鄭安國總經理主持開幕儀式

會場論學一景

香港八十年代文學現象

Literary Phenomena of Hong Kong in the Eighties

總編輯: 黎活仁 龔鵬程
劉漢初 黃耀堃

第一分冊主編: 朱耀偉 白雲開

2000

臺灣 學生書局 印行

·《香港八十年代文學現象》·

目錄

[本論文集曾交兩位「匿名評審」作學術審查]

■第二分冊

■白話新詩

■舊詩詞

[本論文集曾交兩位「匿名評審」作學術審查]

香港八十年代文學現象研究：
規劃與理念

　　「香港大學亞洲研究中心」、「光華新聞文化中心」、「佛光大學」、「嶺南大學文學與翻譯研究中心」和「香港公開大學人文社會科學院」，於1999年12月2至3日，在「光華新聞文化中心」聯合召開了「香港八十年代文學現象國際學術研討會」，開幕典禮由中華旅行社鄭安國總經理主持，「光華新聞文化中心」江素惠主任致開幕辭，並邀請臺灣佛光大學龔鵬程教授作主題演講，講題為〈從臺灣看八〇年代的香港文化〉；臺灣南華大學亞太研究所郭冠廷教授和孫以清教授在會議結束前發表「觀察報告」，臺北師範學院劉漢初教授於會後提交「顧問報告」。

　　宣讀論文的學者依次序包括(敬稱略)：郭冠廷、孫以清、曾焯文、梁麗芳、梁敏兒、鄭振偉、白雲開、劉慎元、鄧昭祺、莫雲漢、黎活仁、劉自荃、陳岸峰、朱耀偉、張慧敏和余麗文；另外請得(敬稱略)李志文、楊宏海、朱耀偉、吳予敏、毛少瑩、劉自荃、林憶芝、魏甫華、盧偉力、璧華、陳以漢、鄭煒明、陳德錦、梁麗芳、劉偉成、陳岸峰、梁敏兒、陳學超、楊靜剛、黃耀堃、劉漢初、龔鵬程、黎活仁、孫以清、張慧敏、郭冠廷、陳惠英、余麗文、尹

昌龍和洪濤等(依場次先後著錄)諸位，或擔任主席，或擔任講評；以上專家學者，有來自各地大專院校，如加拿大阿伯特大學、深圳大學、佛光大學、南華大學、臺北師範學院、靜宜大學，以及香港大學、香港中文大學、香港城市大學、香港浸會大學、香港公開大學、香港嶺南大學、香港教育學院、香港公開大學、香港理工大學、香港科技大學、香港珠海書院文史研究所等，也有來自香港的文化界和出版界；另外，大會也邀請了「深圳市特區文化研究中心」楊宏海主任和三位研究員專程來港擔任「特約講評」。

一、 研討香港文學現象的意義

「文化研究」是繼「後殖民論述」興起的顯學，音樂、電影、文學、哲學和歷史，都可納入「文化研究」的範疇作宏觀的分析，而「香港文學現象」即以「香港文化研究」中與文學有關的部分進行研究。1993年臺灣正中書局出版的《當代臺灣文學評論大系》就有《文學現象卷》。

兩岸三地正在全方位進入資本主義時期，金融股市等經濟問題影響及於知識分子和平民百姓，林行止的社論，以及後來獨立成長篇、每日見報的政經評論，是財經大老部會首長必讀的文章，其感時憂國的情懷，字裡行間自然流露，是一種融合經濟政論的新文體；《林行止作品集》得到很好的整理，印刷精美，見知於不同的文化環境，成

績斐然。這次籌委會邀約了一位臺灣學者嘗試作一分析，希望在若干年後，又再度評估。將來有機會舉辦第二屆的話，無疑可考慮把歌詞，音樂評論、電影劇本、電影評論和話劇劇本等流行現象進行研究。

這次研討會在1999年6月底前開始籌辦，周期也不算太短，規劃中的回顧論題其實比較廣，包括中國古典文學研究以及一些曾經有過影響的報刊雜誌，邀約學者也相當不少，在二十至二十三人左右，但是「香港藝術發展局」沒有通過贊助經費的申請，臺灣又差不多在同時發生了「九二一集集大地震」，十月間嘉義又有強度極高的餘震，原訂要前來參加的臺灣先進各有了不同的狀況，計畫需要重新調整。南華大學就在嘉義，陳玉璽教授本人未便與會，因此特別把購買機票的款項，捐作大會經費，高義隆情，至爲銘感。

在前面有兩個方案：第一，不少與會學者在暑假期間已把宣讀的稿子寫好，因此把這些大作結集成書，也是一項功德；第二，更多的意見是照計畫進行。這次的「籌委會」是由港台兩地學界朋友組成的，在過去兩年內曾合力舉辦了四次國際學術會議，大家一直有充份的默契，經電話和「伊媚兒」(e-mail)一番溝通之後，很快成就「共識」，與會學者各自向所在單位申請或協調所需的資源，共襄盛舉。

二、 匿名評審、論文評獎

學術會議常被譏評爲「廟會」 或「消化預算」的「儀式」，因此「香港八十年代文學現象國際學術研討會」設定多重「學術監控」的遊戲規則: (1). 設立學術論文獎，從另一角度來看，對「提升教授」(升等)，申報學術成就提供了方便; (2). 把論文和講評在會前掛在互聯網的網頁上，讓與會者瀏覽及下載，一起進行監控; (3). 論文送交兩位「匿名評審」作學術審查，然後出版; (4). 配合兩岸三地研究院的發展，撥出名額給研究生，這次有香港科技大學和南華大學研究生參加; 研究生的理論訓練很好，比較有時間寫論文，可作「良性互動」; (5). 沒有依學術規範寫作的論文，特別是沒有注釋，沒有頁碼等等，將不獲送審，又論文字數約一萬二千，限於經費，太長(二三萬字)也不在考慮之列; (6). 研討會運作以「高效率」和儘量配合資訊科技發展爲原則，這次將引進掃描技術及將論文上網，又在可能範圍內給每篇論文加上作者小照和插圖。

個別學者的大作容或太長，籌委會以比較人性的方法處理，下一次將嚴格執行。據鄭振偉博士的評估，按學生書店排版樣式，每篇論文在二十八至三十頁是相當合理的，對評獎、校對和估計印刷經費，都有幫助(見「附錄資料(八)」)。

這次研討會由香港公開大學楊靜剛教授擔任裁判，邀約兩位境外境內「匿名評審」(姓名絕對保密)給論文和講評評獎，並在每場論文宣讀和講評後頒發獎狀(「一等

獎」、「二等獎」、「三等獎」等獎項只論文作者自己知道)，大會結束之前又公布總成績冠亞季軍，以提升論文水準，獲冠亞季軍學者名單(敬稱略)如下：

	姓　名	所　　在　　單　　位
冠　軍	陳岸峰	香港科技大學人文學部(研究生)
雙亞軍	鄭振偉	香港嶺南大學文學與翻譯研究中心
	曾焯文	香港理工大學中文及雙語學系
雙季軍	梁麗芳	加拿大阿伯特大學東亞系
	朱耀偉	香港浸會大學中文系

「評獎制度」實施了三次，研究生兩度拿到冠軍，「限制研究生參加是學術研討會的『馬其諾防線』」，「不如鼓勵『不設防』，讓學者處於高度戒備狀態，反而可以自強不息，續領風騷。」人會籌委鄭振偉博士仕總結過去五次經驗之時有此感喟(見附錄資料[八])!。這一次每篇論文有兩位以至多位講評，水準比前有所提高，以下其中總成績最好的五篇：

	姓　名	評　論　論　文　題　目
第一名	朱耀偉	余麗文：〈也斯說故事：越界的迷思〉

第二名	陳惠英	陳岸峰：〈互涉、戲謔與顛覆：論李碧華小說中的「文本」與「歷史」〉
第三名	龔鵬程	莫雲漢：〈王韶生教授詩述介〉
第四名	梁麗芳	白雲開：〈「六四」香港詩作初論〉
第五名	陳德錦	梁敏兒：〈都市文學的空間：八十年代的《秋螢詩刊》〉

適當的獎勵是完善管理的金科玉律，論文的品第已上軌道，下一步是控制「講評」的素質，籌委會考慮把這次獲獎的「講評」掛在常設的網頁，供大家參考。

來自南華大學文學研究所的劉慎元先生認為這種管理方式的移植需要時間：「會後敘獎制能橫的移植到臺灣來嗎？恐怕不是那麼容易。當然不同的主題和理論思考角度，很難分出伯仲，然而倉促了事的文稿，應該並不難看出來，最近《中央日報》文學獎也開始增設文學批評獎項，這或許嘗試將論文比照其他文體創作，可以一較雄長。所以日後這種甄別的制度設計，也可能漸漸地在臺灣試辦。」(見〈附錄資料(五)〉)

在1999年6月「柏楊思想與文學國際學術研討會」，籌委會開始嘗試實行以「雙講評」制度監控論文水準，效果似乎不錯，但這是新的遊戲規則，在民主社會自然有不同的聲音；世間事物都有正反兩面，如果彈性處理，比較能夠看到積極的一面；「雙講評」制度會因文化環境而呈現不同的功能，據知2000年1月7-8日在臺北國立師範大學主

6

辦的「解嚴以來臺灣文學國際學術研討會」也將採用，當地有優良的學術傳統，相信有更好的發揮。在「學術人口」很少的香港而言，「雙講評」或多位講評的實際意義是讓更多的年輕學者、研究生和文化界人士得以直接參與，會場的氣氛也比較熱鬧。

三、團體和個人合辦與協辦

這次研討會設團體和個人「合辦」與「協辦」的名義，原因如下：(1).「合辦」和「協辦」者協助邀約境外各地學者與會，或聯絡「匿名評審」，整合各院校的人力資源；(2). 召集人與「合辦」單位和「協辦」者建立互信關係，致力長期跨地區的學術交流；(3). 總結經驗之後，有機會將透過「合辦」和「協辦」者邀約臺北隊、台中隊、佛光隊、廣東隊、香港A隊(老師)、香港B隊(研究生)作隊際「良性互動」，提升學術會議文化。我也希望趁這個機會感謝「合辦」單位「佛光大學」(代表人：龔鵬程校長，擔任主題演講)；「協辦」單位「嶺南大學文學與翻譯研究中心」(代表人：劉靖之教授，總結發言一場的主席)、「香港公開大學人文社會科學院」(代表人：林憶芝教授，擔任講評)；以及「個人名義協辦」的鄧昭祺教授(香港大學中文系)、劉漢初教授(臺北師院語文學系，發表觀察報告)、朱耀偉教授(浸會大學中文系)。

　　有了「名義」，外地學者由貴賓的身份變成了大會的主人，參與感增加了不少，大大減輕了籌委的工作壓力，而且因為每位「個人名義協辦」者有不同的人脈，可邀請到各地不同的學者。實踐檢證，這一模式相當易於整合人力和財力資源，相信將來仍有很多的合作空間。

　　過去累積的團體和個人「合辦」與「協辦」經驗，凝聚了有共識的「團隊精神」，不斷共同研究發展學術會議文化，然後協調推廣，實在十分理想。「團隊精神」像科學研究一樣，也是可以規劃和開發的，譬如論文集可以出香港版、大陸版、臺灣版和外文版，或跟學術刊物、媒體合作，以廣流傳。至於後續活動，則包括研討會的報導和論文集的書評。

　　這次得到香港教育學院陳學超博士和香港中文大學中文系張慧敏小姐的幫助，邀約到深圳大學大眾傳播系系主任吳予敏教授和「深圳市特區文化研究中心」的楊宏海主任、尹昌龍博士、魏甫華教授和毛少瑩教授前來擔任特約講評，因此每篇論文得到多元及多角度的討論，也開拓了另一新的交流模式。廣東中山大學中文系的程文超教授也在應邀之列，可惜出發前因事未能成行，至感婉惜。

四、規劃與流程的評估

　　「顧問報告」是新的概念，要求就以下各點作更詳細的評估:(1).「論文撰述人」和「特約講評人」是否稱職;(2).

每場是否準時開始和結束; (3). 行政效率(辦理補助機票手續、膳宿安排、接待等)是否恰當; (4). 列出具體改善的意見。

會後籌委會委託劉漢初教授教授就整個研討會規劃和流程撰寫「顧問報告」, 劉教授多次應邀前來協調香港大學亞洲研究中心舉辦的國際研討會, 貢獻良多, 曾經參與的國際學術會議包括:

年　月　日	會　議　名　稱	擔　任　項　目
1998.6.19-20	中國現代文學批評國際研討會	籌委會籌委、觀察報告
1999.3.26-27	中國小說研究與方法論國際研討會	籌委會籌委、主席、特約講評人、大會裁判
1999.6.10-11	柏楊思想與文學國際學術討論會	「個人名義協辦」、籌委會籌委、主席、特約講評人、顧問報告
1999.12.2-3	香港八十年代文學現象國際學術研討會〔本次會議〕	「個人名義協辦」、籌委會籌委、大會司儀、主席、特約講評人、顧問報告

1999年3月26-27日的「中國小說研究與方法論」研討會擔任「大會裁判」, 確立評獎制度; 1999年6月10-11日的「柏

楊思想與文學國際學術討論會」負責撰寫「顧問報告」；這次再度應邀發表「顧問報告」，檢討整個會議流程，並提供改善的策略。

這次劉教授有兩點建議我覺得值得考慮，(1). 開發更多的人力資源；(2). 增加會後交流活動。籌委會正在致力邀約內地大學系所參與「合辦」；至於交流方面，「柏楊思想與文學國際學術討論會」有會後旅遊，下一次可望到深圳參觀訪問，順便到書城一遊，或住宿一宵，剪燭夜話 (見〈附錄資料(七)〉)。

五、研討會論文集編輯概念

依目前香港的學術遊戲規則，「研討會論文集」需要通過審查，才考慮評分，以下順便說明籌委會的因應辦法：(1). 這本「研討會論文集」是以一般「學術論文集」形式編輯，有「匿名審稿制度」，特別在目錄末端註明，以示醒目；(2). 老師申報著作，必須交附論文所收錄書刊的封面和目錄，這本書的封面和目錄基本上「不」顯示研討會論文集字樣以因應；(3). 論文格式基本上是參考《漢學研究通訊》(68期)所示對臺灣地區學術期刊的評分標準，相信這一嚴格要求也適用於其他地區的學術論文集，特點是指定要附「作者服務單位之中英文名稱」、「中英文摘要齊全」、「中英文關鍵詞齊全」、「論文格式一致」；(4). 籌委會在編校之時，不但統一了論文格式，而且在適當範圍

內加注人物的生卒年。這次大會在召開前邀請余麗文小姐
把論文題目、摘要和關鍵詞英譯, 統一語言風格。

六、 鳴謝

　　最後必須向香港大學亞洲研究中心副主任冼玉儀博士
和一直從旁協調的方小姐、葉小姐致意, 香港大學亞洲研
究中心有豐富的籌備研討會經驗, 而且操作極具效率, 這
絕非溢美之辭。至於編校方面, 這次每一場設一位「責任
編輯」, 負責在會前把收到的論文逐一校對和排版, 這三
位功臣是梁敏兒博士、白雲開博士和鄭振偉博士。另外, 擔
任大會裁判的楊靜剛博士、應邀撰寫顧問的劉漢初教授,
都是長期合作的夥伴, 這次也不辭苦辛, 為大會效力, 合
該在此致意! 另外, 珠海書院文史研究所李志文教授居中
協助, 動員該校同學全程參與, 至為感激!
　　籌委會非常重視跟佛光大學龔鵬程校長的合作關係,
在八十年代中期, 臺灣的中文學界還沒有很多以文會友的
機會, 在龔校長呼籲之下, 各系所紛紛舉辦研討會, 學風
也為之改變, 臺灣的實踐經驗, 對「學術人口」較少的香
港意義十分重大。龔校長已經參與「合辦」過以下在「香
港大學亞洲研究中心」舉行的會議:

年　　月　　日	會　議　名　稱	擔　任　項　目
1998.6.19-20	中國現代文學批評國際研討會	主題演講
1998.11.27	香港新詩國際研討會	合辦單位佛光大學代表人、特約講評人、觀察報告
1999.3.26-27	中國小說研究與方法論國際研討會	合辦單位佛光大學代表人、主題演講
1999.6.10-11	柏楊思想與文學國際學術討論會	合辦單位佛光大學代表人、主席、特約講評人、觀察報告
1999.12.2-3	香港八十年代文學現象國際學術研討會［本次會議］	合辦單位佛光大學代表人、主題演講、特約講評（獲講評獎第3名）

龔鵬程校長又替籌委會解決了出版的問題，相信論文集在今年春天可以交由臺灣的學生書店出版，謹此向龔校長再申謝忱！中華旅行社鄭安國總經理在榮調離港之前，在百忙中撥冗爲大會主持開幕典禮，合辦單位「光華新聞文化中心」江素惠主任擔任揭幕嘉賓，提供場地，謹希望在此再致以十二萬分的謝意！

黎活仁(研討會召集人)

香港大學亞洲研究中心院士

2000年1月8日

從臺灣看八〇年代的
香港文化

■龔鵬程

作者簡介: 龔鵬程(Peng Cheng GONG), 男, 1956年生, 江西省吉安縣人, 臺灣師範大學國文研究所博士, 現爲佛光大學(1996年起)。 著有《龔鵬程四十自述》(1996)、《晚明思潮》(1994)、《近代思想史散論》(1992)、《1996龔鵬程年度學思報告》(1997) 、《1997龔鵬程年度學思報告》(1998)等。

論文題要: 1998年才有機會踏足香港, 以前多靠電影或少數旅臺留學生、曾赴香港講學的學者管窺一二, 這一個小島對80年代對臺灣的第一印象是富裕, 九七大限將至, 於此一知半解的臺灣人感到無奈, 無法著力, 當年仍保有的「購物

天堂」美譽，對錢淹腳目的多金臺灣人仍有一定的吸引力，
觀光採購、驕其鄉里者大不之人。就文化輸出而言，香港實
由邊陲變成兩岸的橋樑和中心，買北京上海以及內地的書，
對大陸政局的認識，得靠香港的書店和政論雜誌，但香港
的中介角色，並不突現本身的面目，以致在本地作家的小
說中，大平山下的變貌，也十分模糊，直至後殖民論述的
興起，才引起文化身分和對本土的認同，香港研究也進入
新的時期。(編委會整理)

關鍵詞(中文): 香港文化　香港電影　香港語文　香港法治精
　　神　江素惠　《包青天》　臺灣連續劇　《英雄本色》　周
　　潤發　成龍　《A計劃》　香港音樂　西西　大中華文化
　　華人資本主義　鍾曉陽　鍾玲　後殖民論述　一九九七問
　　題　(編委會整理)

關鍵詞(英文): Hong Kong Culture, Hong Kong Cinema, Hong
　　Kong Law Ethics, Su Hui JIANG, *Bao Qing Tian,* Taiwan TV
　　Series, *A Better Tomorrow*, Run Fa ZHOU, Jackie Chan,
　　Project A, Hong Kong Music, Xi Xi, Grand Chinese Culture,
　　Chinese Capitalism, Xiao Yang ZHONG, Ling ZHONG, Post-
　　colonial Discourse, Issues of 1997

一、語文環境頗異於臺灣

　　非常慚愧，80年代末期，1988年春，我才開始有與香港
接觸的機會。在我《四十自述》中曾經記載: 當時「中國

古典文學研究會和香港浸會學院有項交流計畫,讓我隨李瑞騰(1952-)、簡錦松(1954-)、顏崑陽(1948-)同去舉行一場關於文學批評的講座,再赴港大座談。我們幾人都是第一次赴港,所以也是無處不感到新鮮。錦松則長袍飄飄,招搖過市,讓港人也覺得十分驚奇。我在某次他過街時,就看見站在公車巴士裡的一位小姐『啊』了一聲,下巴彷彿掉下來,再也合不攏了。」[1]

這是典型的土包子過港。如今視之,仍不免莞爾。但此誠爲我與崑陽、瑞騰諸兄之固陋使然,然而我們當時已是教授、古典文學研究會的負責人,而居然仍如此缺乏香港經驗,實在也不妨視爲一種抽樣示例,說明臺灣當時之學者文化人對港文化狀況的隔膜。

當時我們理解香港學術文化狀況,主要靠香港旅臺留學生及稍早一些曾赴港講學的前輩學者。但數量既有限,更無法有具體的、文化氛圍土壤的認知,隔岸觀煙火,但覺朦朦朧朧。

當時我們抵港後第一個體會,就是語文環境頗異於臺灣。這是一個語言上以英語、粵語爲主的社會,國語普通話寸步難行。中文勉強可以通用,但自成特色。如市招多用趙之謙體,報刊多廣東語彙,有時對之仍須半猜半認,跟去日本差不多。在浸會學院中文系討論《文心雕龍》時,中、英、廣東話參雜使用,更與在臺灣之經驗迥然異趣。

---

[1] 《龔鵬程四十自述》(臺北:金楓出版有限公司,1996),頁369。

　　這個經驗，讓我憶起在臺灣時，報刊上也曾對此有所報導與討論。例如1984四年11月5日《華僑日報》說：九七以後，如果要維持司法制度，就應設立小組，把法律、法例、司法手續本地化，並培養足夠的雙語人才。1987年2月25日《大華晚報》也抱怨：「此間英文報紙《南華早報》進行的一項調查顯示，百分之卅五的香港居民認爲英文對他們的工作或日常生活很重要。」「香港三百所獲得政府資助的中學中，大約有百分之八十利用英語作爲教學工具」「雖然在香港的五百五十萬居民中有百分之九十八是中國人，但一般普遍使用英文」。可是他們的英文也許並不夠好，報導說一位年輕的經理云「我在此間一所英語學校唸物理、化學和其他科目。但我常常必須把我所學的翻譯成廣東方言，以應付每天的生活。因此，我的英文和中文都無法頂呱呱。」這類報導，通常會將此現象歸結爲香港是殖民地的緣故。

　　對於香港是殖民地，我當然曉得；對於殖民地的語文政策也可有基本的理解。但那些報導與數字，對我而言，並不眞確、並無實感。對這處以廣東話爲日常用語的香港，我原先以爲大概不過如說閩南語的臺灣社會罷了。或者，我根本就忘了香港是個講廣東話的地方。因爲我看香港邵氏、嘉禾的影片長大，一直看到80年代的新藝城、世紀。在電影裡，說的可都是國語，新城的光頭麥嘉，甚且滿口

山東土話。香港的連續劇「楚留香」或鄧麗君動聽的「香港、香港」，也都是講國語的[2]。

這樣的經驗，說明了什麼？一、臺灣與香港學術文化界之交往，在80年代其實仍不熱絡，起碼臺灣對香港仍然十分隔閡(事實上，80年代中期解嚴以前，臺人赴港亦並不容易)。二、相關的報導固然有一些，可是整體上是聚焦於香港之政治處境的。殖民地的身分、將要回歸大陸之命運，或左或右或中共與臺灣間角力的場域，成爲臺灣對香港的容顏素描，文化報導則甚少。三、即或看了這些報導，對香港也很難有具體的感知。這除了缺乏實際生活世界的接觸與體驗，宛如隔靴搔癢之外，更涉及媒體之性質、報導之數量、內容及強度。所以在十多年後，今天，一位同樣不曾身履香港的臺灣人，對香港已不再會像當年那樣無

2　1984年10月25日《華僑日報》載: 立法局辯論港督施政報告, 何錦輝議員提出港府應該採取進一步措施以提高中文地位的建議六點: 一是港府應在招聘公務人員時給予受中文中學教育的年青人機會, 中國語文一科須列爲所有申請人的必修科目, 二是内部晉升還須考慮其中文能力水平, 三是能講寫中文指定程度者應予以獎勵, 四是盡力使中文在法庭訴訟中得到與英文同等地位, 五是鼓勵專上教育學院把中文科合格列爲考生入學條件之一, 六是立刻決定使用中文作爲中小學的授課語言, 提高運用中文及英文程度。可是, 華僑日報仍有報導: 高等法院按察司認爲要將香港法律譯成中文, 根本不可能; 要反映原文真義也不可能; 甚至於他還認爲在任何地方, 只要採用普通法, 法庭上都必須讓英文成爲一種使用語文。這可以代表八十年代前期港英政府的語言態度。

知。當年的媒體與報導，有時是起著遮蔽功能的。或者會像哈哈鏡一般，顯相出一個與現實香港未必相同的面貌。

從臺灣看80年代的香港，它觀看的位置與基本限制，就在這兒。因此，底下的觀察，都是在這種限制或觀察情境中說的。

二、第一個特徵，從臺灣來看，那當然就是富裕

80年代的香港社會，第一個特徵，從臺灣來看，那當然就是富裕。

當時香港居民五百三十萬，每人每年平均所得達到二千美元，比大陸的二百五十美元和臺灣的一千美元都高得多，而且實質增長率高到百分六點九。電視機、電話、冰箱等，當時大陸居民夢寐以求的高級消費品幾乎在每一個公共屋邨家庭裏都看得見。以愛民邨為例，1977年的一項調查研究就發現：百分九十八點六的住戶都擁有自己的電視機，其中超過一半是彩色電視機。1977年底香港總共有九十九萬具電話；每四個半居民便擁有一具電話。擁有私家車的程度亦很驚人，1979年底香港私家車總數為十六萬輛，如果以全香港住戶一百二十萬戶計，每一百戶人家便有十四輛私家車。又因物質財富增加，香港居民閒暇消遣的時間亦愈來愈多。據財政司在財政預算案上的估計，在70年代末期「每個工人的工作時數平均每年約下跌百分一點九」。

　　社會富裕之外,臺灣人也感覺香港社會較為文明。所謂文明,是指這個社會中家世、性別、籍貫、宗教等等和出身背境有關的因素,對個人的地位之提升,已經不再那麼重要了。有才幹加拼勁就有機會。其原因在於:一、公營及私營機構趨向科層化,科層組織重視效率和合理化程序,用人唯才,能力和資格成為人事甄選的首要標準。二、在工業化過程中,生產科技日趨精密,沒有專門技術和知識,工作就不能勝任。三、大中小學入學、政府部門及大工商機構挑選人才,都很重視公開考試的成績。四、香港有一個自由企業制度,低薪小白領和勞動工人祇要積累到少許資本,就有機會在自由市場內獨立創業,無須仰賴固定的薪酬工資。五、在資本主義市場經濟中,賣者之間競爭著價格指標並分配利益,競爭者必須順應市場態勢才能擊倒對手。因此,香港形成了一符合現代社會「現代性」的社會,成就取向高於身分取向。這在臺灣80年代現代化思潮仍籠罩著的情況下,當然會覺得它較為文先進[3]。

　　香港還有現代化所標舉的另一項優點,甚為臺人所稱道,那就是法治。臺灣人認為:殖民地統治帶給香港一個開明的法律制度。雖然法律的執行仍然有漏洞、法律制度仍然較多地反映資本家和中產階級的利益與價值觀念,但

---

[3]　詳陳越:〈香港社會結構特性〉,《黃河雜誌》總50號,1983年9月,頁37-38。

基本上在法律面前人人平等，民事和刑事訴訟都有一定的合理化程序，人身自由和私有財產受到保障。尤其是70年代中成立的「廉政公署」，令臺灣大為稱羨。1984年10月27日《民生報》就有文章討論：「香港能，為什麼我們不能？」舉出廉政公署、交通秩序、警民關係等為例，說明其法治成就。

可是，這樣一個富裕、文明且有法治的地方，臺灣人真的羨慕它嗎？不，因為殖民地的歷史與身分，是臺灣人所看不起的，而「九七」的陰影，又使香港的未來，令臺灣人不敢樂觀。

橫亙在整個80年代的香港報導，遂因此與對香港未來前途的疑慮相始終。有關香港的報導與討論，總是涉及「回歸」或「基本法」之某某方案等等。

然而，80年代中香港人在面對基本法制定過程中所體現的激情，如相關的論戰、絕食、遊行等，臺灣人實在又不太清楚，對基本法也缺乏理解和興趣(至今，看過基本法的人，絕不超過萬分之一)。了解中共和香港的人，或許會認為中共把香港做為一國兩制的實驗，正如項莊舞劍，意在沛公，其治港之方案，事實上也就是將來準備推廣至臺灣的草案。可是，臺灣的人對此並無感受。大家都覺得香港是香港、臺灣是臺灣。香港被收回，是宿命。一國兩制，香港是否馬照跑、舞照跳，那是「他家的事」。港人抗爭，很好。抗爭什麼，不知道。反正中共要統治，當然要反抗。港人移民，也很對。要逃避宿命，自然得移民。不移民的，

又將如何活下去,也不曉得。臺灣比較會關切的,只是那些與臺灣有關的機構與符號。例如調景嶺上那片旗海,將來還會再見到嗎?臺灣在香港辦的學校,像珠海學院之類,將來能不能繼續存在等等。

因此,80年代中所展開的香港前途中英論戰、港人治港、基本法論爭等,到底對香港人之精神狀態、心靈意識、文化內涵有何刺激,形成何種變化,臺灣的人大抵是不甚了然。

也就是說,臺灣看80年代的香港,一方面讚嘆它在資本主義現代化的進程上取得了美好的成果,無愧為東方之明珠;一方面又對它的歷史處境感到無奈,那是「知看紅日下西山」式的無奈。無法著力,故亦無憫痛悲傷,唯淡然坐對暮色蒼然掩至而已。

但因時序畢竟又僅是80年代,雖近黃昏,夕陽終究仍有無限之好。所以這時臺灣人也無庸感喟,正好趁著晚霞絢燦之際,好好來香港旅遊、採購一番。旅遊觀光團開始打出香港為「購物天堂」的名號,招攬臺灣人到香港消費。於是,香港又成為臺灣人消費的對象或場域,臺灣人在此見識比臺灣更先進的資本主義文化、體會各種消費模式與經驗,掏空了荷包,而卻自認為大賺了一筆地欣然返臺,驕其同儕與鄰里。

三、香港文化工業發展成熟且向臺灣傾銷

資本主義現代化社會的文化特徵之一，正是文化工業之發達。80年代，是香港文化工業發展成熟且向臺灣傾銷其產品之時代。

1976年2月21日《聯合報》刊載了記者戴獨行的專訪，標題是：「在臺灣技術支援下的香港電視節目，製作水準已經提高了」。裡面說：一般比較，香港三家電視臺的綜藝歌唱節目比臺灣好，而戲劇節目則不及臺灣。香港綜藝節目的進步，僅次於日本。主要是得力於設備的新穎完善，採用電腦作業變換機，錄製歌舞表演時，可以自動控制變換圖案、疊影等，增加畫面的美觀和變化。同時，香港的舞蹈基礎夠，電視臺內每天都有舞蹈團排練，並且管理嚴格。……香港的戲劇節目所以較差，主要原因是沒有製作人制度，因而缺乏完整的構想；其次是不重視劇本。……香港的無線電視臺和佳藝電視臺，在戲劇節目方面都借助於國內。正在播演中的幾齣連續劇，像「包青天」、「俠女尋母」、「洪熙官與方世玉」、「大地風雷」等，都是購自華視和中視，改配粵語發音後播映。新近創辦的佳藝電視臺，更向國內的中國電視公司借將，禮聘連續劇製作人魯稚子赴港，負責製作大型古裝歷史連續劇「隋唐風雲」，自今年元旦推出以來，使港九觀眾一新耳目。該文結論是：「香港螢光幕上的戲劇節目，從此步入一個多采多姿的新紀元」。

　　這是70年代中期的情況,臺港影視尚各擅勝場,臺灣甚且足以技術支援香港。

　　可是,很快地,1983年3月13日江素惠(1947-　)在《中國時報》的報導,標題卻變成了:「香港的電視節目為什麼能勝過臺灣?」文中說道:臺灣的電視節目在國外曾有過一段輝煌的日子,十年前,臺灣的連續劇《包青天》、《保鑣》曾轟動港九。然曾幾何時,香港連續劇之竄升發展,反而侵佔了臺灣市場,目前,香港電視業的水準不僅追上了臺灣,也遠遠地超越臺灣。探討香港電視業之突飛猛進,其因有三:一、自由而激烈的競爭。二、香港電視業近年內吸收了許多外國深造回來的新血,他們以「專業技能」與「新穎的觀念」在電視界施展才華與抱負。三、香港之電視在製作尺度上,有著很大的自由,可以充分發揮與創作,再加上「用人唯材」和「尊重職業精神」,在這些條件之配合下,終得在近幾年來開創了電視的新境界。

　　江素惠的「臺灣觀點」,說明了當時臺灣人對於為什麼忽然香港影視競爭力大增而臺灣招架乏力並不大了解。當時臺灣輿論界最關心的是言論自由的「解嚴式」關懷,因此江素惠討論這個問題時也歸咎於臺灣之創作尺度不如香港自由。可是香港之自由何嘗大於臺灣?香港政府影視及娛樂事務處,同樣有播映前的審查制度,可以吊銷電視臺執照。而且電視臺內部自己就有個自律小組,自認為不妥者早已自宮閹除,故亦不必等送審後得了警告才思改進。因此,自由尺度云云,未必足分軒輊。至於自由競

爭市場、專業人才等，臺灣也同樣有。但硬是比不過香港，為什麼？

到1985年8月14日，《中央日報》另一篇：「香港能，我們爲何不能？」講得就比較準確了。該文以香港無線電視臺成立電影製作部，拍攝電影爲例，說明企業多角化經營之必要，並說：「在今天的工業社會裏，任何事業朝向多元化的方向發展是有必要的，這也是一種必然的趨勢，不只是香港無線電視臺在製作電視節目的同時也參與製片工作，就連香港德寶電影公司在拍攝電影之餘，還與『特高』公司合作生產錄影帶、唱片及其他娛樂事業，諸如這種多元化的企業發展，也算得上是一種穩紮穩打的作法。既然香港無線電視臺都能夠朝多元化的企業發展，我們國內的電視臺又爲什麼不能？」

該文特別提示臺灣影視業應朝多元化的企業發展，可說摸對了路。香港這個時期的電影、電視、唱片製作發行，均不再是仰賴製作人，劇本的人文精神的時代，而是朝文化工業發展，講究的正是企業化經營。

以電影來說，1986年9月8日《大華晚報》標題說：「港片在臺，攻城掠地，宣傳奏效，無往不利」，同年三月十三日《聯合報》標題是：「港片格局愈張愈大，國內業者看得感慨萬千」，1985年12月29日《民生報》標題是：「分採淩厲宣傳攻勢，港片猛搶臺灣市場」。這些報導，都可以看出臺灣電影在香港企業化攻勢下的窘況。

面對這波壓力,臺灣人的反應有兩類,是「有爲者亦若是」,主張也採大製作,堆砌金錢、危險和異國風情,大卡司、大宣傳,追問:「爲什麼不能以企業化的頭腦,和態度團結起來經營臺灣電影市場呢?」[4]

另一種反應則是批判性的,例如1989年2月16日《聯合報》標題云:「港片劍走偏鋒,大陸題材多浮誇嬉鬧」。1988年《中時晚報》又刊載了郭力昕對成龍(陳廣生,1954-)的批評,說無論其影片多麼賣座,「仍不能因此掩蓋成龍電影徹底追求商業價值的本質,以及他急於成名變成超級巨星,不惜以人命(包括自己的與其他演員的)爲賭本來爭取觀眾認同的事實。」並說成龍是「靠著在雜誌上大做廣告以塑造偶像的企業行銷策略,打入了日本市場」。焦雄屏則介紹歐美影評家認爲香港電影那種五光十色、目眩神搖的節奏感,以及相當高的專業分工水準,固然很炫,但香港電影絕非藝術。它毫無原創性,宛如霓虹燈般展示「故事」的力量,並且對「商業」毫不自卑(例如《英雄本色》賣錢,拍續集時周潤發(1955-)只好死而復活,扮演孿生兄弟)。但是,其流行文化的魔力、平鋪直述的說故事方法,卻很有吸引力。徐克(1951-)的《新蜀山劍俠》、《刀馬旦》、譚家明(1948-)的《名劍》、許鞍華(1947-)的《書劍恩仇錄》、吳宇森(1948-)的《英雄本色》、程小東(程

4　見1985年12月29日《民生報》之報導。據阿多諾(Theodor W. Adorno, 1903-1969)之見,電影在文化工業中居核心的地位,生產過程和許多物品的生產模式類似。故此處以電影爲分析對象。

冬兒, 1953-　)的《倩女幽魂》、洪金寶(1950-　)的《東方
禿鷹》和成龍的《A計劃》，都使歐美影評人處於興奮狀
態。他們都同意：「香港電影走回了好萊塢三十年代的商
業傳統。」

　　對於這種企業化的做法，臺灣許多人並不贊成，論調
之一，是說如此做未必就一定能賺錢，80年代初世紀公司
解體就是個例證。世紀「同樣是現代化的經營，用企業化
的方式來拍攝影片」，卻無法與新藝城、永佳競爭，可見
文化工業自有其風險，要營運得好，沒那麼簡單[5]。

　　論調之二，是說此種商業化取向並不可取，反而是70
年代後期的新浪潮電影令人懷念，而臺灣的電影其實還是
比香港好。如1984年4月4日《中國時報》即有報導謂：新
浪潮電影初萌時期，曾拍出過不少藝術評價很高的作品。
但在多次票房失敗的打擊下，只得迎合觀衆口味拍起純爲
賺錢而沒啥「內容」的商業電影。因此，當臺灣的電影選
在香港展出七部藝術性頗高的國內製作電影時，立即獲得
一致的叫好。「蔡繼光和徐克等香港新浪潮導演感慨地表
示，他們也想拍攝文藝氣息較重和抒發個人情懷的電影，
卻沒有像中影這樣一個重視影片藝術性和教育意義的電
影公司。他們所面臨的全是如邵氏、新藝城及嘉禾等唯利
是圖的商業電影機構，使得這些有心有所作爲的香港編導
群感到去年一年，香港電影簡直繳了白卷」。

---

[5] 見1983年1月26日《自立晚報》。

這是電影界回應香港挑戰的模式。這個模式可以概括當時臺灣影視工作者對港式文化工業的態度。不過,程度上總有些不同,電影業徘徊於依從效法與批判之間,流行音樂界則以仿效為主,迅速使自己轉換了體質。

據李活雄〈日本流行文化風靡香港:論日本音樂界對香港樂壇的衝擊〉之分析,80年代中期以後,香港流行音樂界,已把前此十年間日本那一套偶像經營術的商業經營手法學會了,其主要內容包括:一、經理人制度的引進。二、偶像的甄選著重外型多於歌唱技巧。三、塑造良好形象的包裝法。例如悉心鑽研潮流走勢是必需的;花費在唱片封套設計上的金錢在所不計;接受訪問前更要預先與經理人商量好如何應對等等。四、配合歌星形象,盡量悉心安排舞蹈及指導臺風。五、提高燈光及音樂效果的舞臺設計,全面引入吊纜及出動大型吊臂升降器等舞臺技術,澤田研二及西城秀樹在港舉行的演唱會對香港的舞臺表演事業所帶來的影響十分巨大[6]。

這一套,迅即轉口引進了臺灣,港臺流行音樂界逐漸合流。體質相同,資金、人員與技術相互通假,乃漸發展成為港臺跨(國)文化工業,成了90年代新的文化景觀。

這時的香港,是以文化工業先行者之角色,向臺灣演示其利弊,並引領臺灣走向東亞華人資本主義體制的。

---

[6] 原武道(HARA Takemichi)等編,《日本與亞洲華人社會:歷史文化篇》(香港:商務印書館,1999),頁237-250。

四、「大中華經濟圈」裡的重要一環

所謂華人資本主義體制,是指中共改革開放以後,臺灣、香港、大陸共同形成的圖象。這個圖象也曾被冠以「大中華經濟圈」之類名稱,也可以涵括東南亞。

在這個圖象中,香港的地位非常特殊。它逐漸從一個歐洲強權的邊遠殖民地,變成大中華經濟圈裡的重要一環。不論是它看自己,或兩岸看它,都會從翹首西顧,看著它與西方的關係,轉而朝向兩岸三地的華人社會。

在這種視野下,香港乃逐漸扮演起溝通或整合的角色。

溝通,是說兩岸都需要透過香港作為橋樑、中介,去碰觸及理解對方。人員、貨物,固然須藉此地轉運,觀念、訊息也靠此處媒介。

雖然鄭樹森(1948-)曾在1992年8月《聯合文學》月刊香港文學專號的前言中自嘆:「對香港來說,無論語言、文化傳承、地理環境及生存條件,香港都無法自外於『中原』,但客觀情況又注定香港要扮演『邊陲』角色(絕無可能另謀發展),而且往往大陸與臺灣皆視為邊陲。」但事實上,80年代的香港,在兩岸三地中間常常反而是中心,因為一切都要透過它中介。大陸書,臺灣買不著,非飛來香港扛回去不可;大陸學人,無法直接交往,多半是在香港切磋論學;對大陸政局的發展,在臺灣看不真切,往往須仰賴香港的政論雜誌;對大陸文化狀況的認識,也一樣得靠香港。

　　以文學來說，80年代臺灣對大陸之認知，得諸香港的
介紹溝通，是十分明顯的。1987年西西(張彥, 1938-　)編了
兩本《八十年代中國大陸小說選》，一稱《紅高粱》，一
名《閣樓》，都由洪範出版社出版。其序言對大陸小說界
現況的描述、藝術之分析、優劣之評騭，長達廿一頁。第
三冊《爆炸》，次年出版，仍由西西主編。同年鄭樹森續
編了《八月驕陽》、《哭泣的窗戶》，前言也有十一頁。
這些選本所顯示的編選水準、對大陸新時期文學之掌握，
是當時初初接觸大陸文學的臺灣文壇所難以企及的。臺灣
也即是通過這類介紹，才逐漸認識大陸文學。

　　至於整合，是指香港在兩岸三地的分裂地塊之間，企
圖扮演整合者的角色。例如1987年，卜少夫(1909-　)、胡
菊人(1933-　)等人組成了「新亞洲文化基金會」，這個基
金會以新亞洲為名，但事實上它想建立的只是個華人或中
國文化的新亞洲，所以編輯出版了《中國當代政論選》、
《中國當代散文選》、《中國當代女作家文選》、《中國
當代新聞文學選》、《中國當代小品文選》等書。編者曾
自述:「這套叢書準備向海峽兩岸發行。很高興如今臺灣
版已在發行;我們當然希望亦能到大陸發行，但成不成未
可預卜。正因如此，《新亞洲叢書》纔見得特別有意義。
因為這是第一套集合兩岸和海外的中國作家於一堂的選
集。而散文選尤其是最可以達到溶合『分隔』和『流散』
的中國人情懷於一爐的文體。」

　　在兩岸三地間扮演一個整合性的角色，融合分隔流散的中國人，顯然就是這套書或這個基金會的目的[7]。而這種整合，不只是單純的集合而已，更含有「擴散」的作用，亦即將此種整合之意義擴散至海峽兩岸，如此方能眞正達成整合之功能。所以它編的書又要發行至臺灣與大陸。

　　這樣的整合，是80年代香港非常重要的歷史階段使命及自我期許。外界也看好它這種角色地位。因此，當時跨國性的華文新聞報業，就曾競相主動以與消費文化和商業資訊結合的傾銷策略，與中國大陸的當權者商討開放中國報業市場的可能。臺灣和東南亞的報業資本，紛紛以溝通中國大陸、臺灣，和香港三地，以大陸統一臺灣應先開放與臺灣的訊息溝通爲由，爭相向大陸政權爭取讓出有諸多限制和高度壟斷的報業市場。這種努力，與《新亞洲叢書》企圖到大陸發行，可說如出一轍。

　　溝通，縮短了兩岸的差距。整合，又形塑了中國整體的形象。「大中華」、「中國

---

[7]　因爲具有這種整合的企圖，故香港的觀點通常也較全面。例如鄭樹森編的《現代中國小說選》(臺北: 洪範出版社, 1989)，所收就包括了兩岸三地的作家作品，臺灣一般選本都不如此。

人」、「文化中國」的國族文化想像,乃於焉盛行起來了。

　　且不說香港本地人,即使是當時臺灣來港的文化人,輒亦顯現了這種氣質與文化傾向。如逯耀東在港創辦《中國人》月刊,據鄭樹森說「一度與當時香港兩大文化刊物鼎足而三」[8]。余光中則在未來香港之前,頗以鄉愁之作見稱於詩壇。70年代中期赴港之後,鄉愁之作便漸少,因為他發現他站在一個新的位置上:「香港在大陸與臺灣之間的位置似乎恰到好處」,「和大陸的母體似相連又似隔絕,和臺灣似遠阻又似鄰近」。所以他寫出〈心血來潮〉那首抒發「奔向母愛的大陸和童貞的島」,又質問兩岸政治家:「這一生,就被美麗的海峽/這無情的一把水藍刀/永遠切成兩半了嗎?」看見香港的中秋月,則追思:「何日重圓,八萬萬人共嬋娟?」他眼光看見的,是整個的中國。

　　可是,這整個的中國,事實上仍處在分裂當中,因此其整體性並不顯示在它的現實面,而顯示在我們對它的「整體想像」裡。例如想像大家都是中國人、都享用著中華文化、有共同的整體的歷史、也將有整體的未來。在這種認同態度中,歷史文化必然被刻意強調,像流沙河對余光中在港時期詩作的分析,就注意到余光中到港後的一大變化就是回溯歷史文化之作增多了[9]。

8　〈香港文學的界定〉,收入鄭樹森《從現代到當代》(臺北:東大圖書公司, 1994),頁55。本文原是《聯合文學》1992年8月號,香港文學專號的前言。

9　詳流沙河〈詩人余光中的香港時期〉,收入黃維樑編《璀璨的五采筆》(臺北:九歌出版社, 1994),頁151。

　　在香港，70年代末期創辦的《八方》文藝叢刊，也開始「結合海外、香港、臺灣與大陸作家，以文化中國的理想，跨越外在樊籬，充分體現香港中介兩岸的微妙地位」[10]。

　　然而，這個「大中華文化」的體會，又是與「經濟中國」「大中華經濟圈」疊合爲一體的，它的内涵中含藏著一個：我們共同擁有輝煌之過去，也將一道迎接光明新世紀的意念或期許。而這個新未來，即是華人資本主義社會。

　　這種想法，起於70年代東亞經濟的蓬勃發展。「日本第一」之說響徹雲霄，臺灣香港新加坡之經濟成長亦令世人驚艷。以致討論資本主義的學者開始反省東亞傳統文化及社會不利於資本主義發展之舊說，認爲資本主義可有非西方化及多元化的發展。另一些學者則因東亞這些區域都與中國文化或儒家文化傳統有關，而展開「儒家思想與東亞經濟」的探討，希望說明儒家思想非但無礙於資本主義，甚且促成了東亞經濟的快速發展。在這些思路中，都視資本主義體制爲樂觀的、不可避免的進步。恰好大陸也在70年代進行改革開放「搞活經濟」，更令人有兩岸三地將逐漸整合的期待。故而「亞太新世紀」「中華經濟圈」「儒家經濟文化圈」等說法，一時俱起，對分裂的國族，提出經濟文化統一的遠景。

---

[10]　見鄭樹森〈現代中國文學中的香港小說〉，收入陳炳良編《香港文學探賞》(臺北: 書林出版社, 1994), 頁331-334。

　　在社會現實上,這種以中國國族主義為主導的經濟合作大計,在80年代中後期亦確實曾廣泛引起港、臺資本家的興趣。除了香港在九七回歸的大前提下,順此而進行地域經濟轉型,與大陸經濟關係日益密切之外,臺灣亦曾有資本西進的熱潮。更加促進了三地經濟上的整合與文化交流[11]。

五、本身面貌模糊,不知何為香港文化

　　政治體制上隸屬於英國殖民地、經濟體質依附於世界資本主義體系、文化上又扮演著華人資本主義社會之中樞角色的香港,在文化上的特徵,遂又因其國際化、中介轉運站化,而有本身面貌模糊之感,令人不知何為香港文化。

　　中介者,意在溝通兩造,乃橋樑、媒婆、舌人之角色。橋樑之重要性在於它能否確實達成溝通之目的,造型美觀,引人注目,實在其次。媒婆要稱職,更不能太凸出,以免搶了新郎新娘的豐采。企圖整合拉攏雙方,首先亦須減輕自己的本位色彩。何況,處於大陸與臺灣兩大之間,自己也少登臺唱主角,強人以從我之本錢。故這個時期的香港,其本身的面目,頗為模糊。

---

[11] 另參羅永生〈從傳媒帝國主義到傳媒帝國的想像〉,收入陳清僑編《身分認同與公共文化》(香港: 牛津大學出版社, 1977)。

在此，容我引用鍾玲(1945-　)，一位臺灣作家，80年代居港的觀察者)一篇文章來說明什麼叫做香港面貌模糊。

鍾玲〈香港女性小說家筆下的時空和感性〉一文討論了西西、吳煦斌(1949-　)、鍾曉陽(1962-　)三位女作家，認爲：三人以香港爲其小說時空場域之作品都偏少，反而是處理不屬於香港時空的題材，像是異域情調、1940年代中國的生活方式、永生永世受苦受難的中國小老百姓、規模宏大的歷史題材、內心世界以及個性的發展、幻境及超現實主義色彩的夢魘等等。縱使少數寫到了香港，可是在這三位女作家筆下的香港，十有七八不是形象模糊，就是著墨甚少。如吳煦斌的小說〈木〉之中，故事發生的主要地點，固然在香港，可是那些餐廳、公園卻完全沒有香港的特色，可以是世界任何一個城市的餐廳和公園。在鍾曉陽的《停車暫借問》與短篇小說集《流年》之中，大部分也只寫了香港的輪廓，詳盡的描寫畢竟不多。西西有幾個故事也發生在香港，但香港卻隱身幕後，臺前出現的是其他地方。〈十字勳章〉就是一個例子。她另有一篇〈感冒〉女主角是香港人。但是由於故事偏重描寫她的心態與個性，外在的香港環境仍然著墨甚非常少。《像我這樣的一個女子》也一樣，用的背景是香港，但是對香港場景的用墨極淡。故事女主角的職業頗爲奇特，她是殯儀館的化妝師。然而內容上也看不出是香港哪一家殯儀館。此外，鍾玲說：「香港是個國際金融中心，許多企業家、商業行政首腦，直接間接操縱香港的命脈，更有數以萬計的白領階級在商

業社會中工作、生活。然而奇怪的是,這三位女作家,沒有寫過一篇以商場金融界為題材的小說。」[12]

據鍾玲看,西西與鍾曉陽對中國都有回歸意識,她們回歸的對象不盡是共產黨統治的中國,而是中國的大地、中國的傳統、或中國的大眾。而這種現象,與臺灣及大陸均不相同。

鍾玲說:「臺灣近十年來的女作家,如李昂、蕭颯、袁瓊瓊、蔣曉雲等,大多寫都市女性生活這個現實的題材,而中國大陸文革以後湧現的女作家,如茹志鵑、張潔、諶容、王安憶等,也是循著一貫寫實的大方向,寫社會主義中國產生的問題、寫女性的生活。何以單單是香港的女作家作多方面的嘗試呢?我想這與香港社會本身的現實與條件有關。」[13]

什麼現實與條件呢?鍾玲認為:一、因香港是個商業社會,文學不受重視,文學家也投訴無門,故以迴避、不反映現實來間接抗議。二、因香港是國際性都市,故其作品視野較廣闊,不拘於香港一地。

這些理由,我則不敢苟同。香港本地面貌模糊,與世界各大國際大都市,如紐約、東京、巴黎等相較,事實上是極明顯的;與臺北或北京、上海相比,也是如此。在這個城市中,80年代中期以後,雖然開始逐漸思考到本身的文化性格問題,但即使是談香港文學,大體仍是從大陸學

---

[12] 陳炳良編,《香港文學探賞》,頁49。
[13] 陳炳良編,《香港文學探賞》,頁63。

界講「臺港文學」這個概念出發,或由此帶生出來的。1982
年首屆臺灣香港文學研討會,1984年第二屆會議,都不在
香港召開,而分別舉辦於廣州、廈門,正可以說明這一
點。1985年才在港大召開「香港文學研討會」。但1988年
我旅港時,所感受到的氣氛及獲得的知識,都還讓我難以
摸著香港文學的身姿。當時,似乎也只有盧瑋鑾等少數人
在關心並致力這個領域或論題。

香港本身的文化身分及本土認同,成爲蓬勃的議題,
應該是90年以後的風景。一方面,80年代末期「六四」事
件對香港的中國國族認同大有戕傷,港人的文化視角及認
同對象遂亦有所調整:另一方面,後殖民論述,80年代後
期在西方漸成顯學。受美國學風影響的文化研究,亦強烈
影響著(也許還具有殖民地性格的香港)學術界,以致競相
運用此類理論來申談香港應如何建立本地認同及文化身
分。再者,「九七」被稱爲「大限」,在80年度畢竟感受
不如90年代強烈,面臨即將被收回給大陸政權的命運,政
治上突出港人治港的意義,文化上同樣也就要顯示出香港
的特性與格局,不再是80年代對中國的感情與態度了。

當然,80年代的文化認同問題,也絕不是一句「回歸意
識」或「中國人情懷」便可概括,因爲內中非常複雜。當
時港人固然在文化上認同中國,可是它同時也認同資本主
義社會及生活體制。這兩者,在某些時侯是疊合的。如前
文所談及,說大中華經濟圈、儒家文明新世紀時,兩者可
以疊合。但是,在許多時侯它們又是矛盾的。香港人習慣

於這個行之既久的資本主義生活體制，對於代表「中國」的政權即不免頗有疑懼；對於中國文化，有時也未必會熱情擁抱。

這也可以解釋在商業社會中，「照理說文學家可以像西方作家一樣，透過作品來控訴這個現象」，而事實上香港沒有這個現象。從臺灣的角度看，80年代的香港知識人日漸和殖民地權力結構及資本主義制度妥協與合作，不再激進。早期左派、右派之爭業已消逝。思想左傾的文學藝術工作者已拋掉理想和理論，在以賺錢為目的的大眾傳播機構裏當起編導和研究員；政治活動份子重新上大學修讀法律、工商管理碩士、教育文憑課程，甚至棄學從商。秀異的專家、學者、專業人士的專業才識漸漸被香港政府賞識，部份也出席了各種諮詢性的或者具有決策權力的委員會和機構，發揮了一定的影響，變成「技術官僚層」的一份子。這種種變遷的趨勢或許和以下的因素有關：一、重視實際效率的經濟意識形態，厚待有專門知識技術的專業人員，而薄待以思想批判社會文化道德的知識份子。知識份子要獲取比較優厚的生活待遇，就要依附資本主義的工商機構或者政府組織，包括大學。這樣，自然就較難發出尖銳批判的聲音。二、政府的社會經濟角色愈來愈重要，而要解決現代社會各種複雜的問題，要有效地計劃、統籌、分配和使用各種社會及自然資源，因此需要各種經濟、統計學、程序策劃及大型電腦運算等等。精密「知識技術」的幫助，具有專業才能的精英分子因此愈來愈得到政府的

25

重用。專業知識技術人才亦樂於享有新的權力和地位。三、東歐、蘇聯及中國政治局勢的發展，顯示各種激進的左翼思潮經受不住事實的考驗，紛紛崩潰。在文革期間成長的年輕一代香港知識份子普遍感受到彷若「歷史終結」般，資本主義大獲全勝，意識型態爭論已無意義，日益認同或順從於這個社會。在這種種原因下，抗議性漸少，相較於臺灣及大陸，自然就成為另一個特色了[14]。

六、緬念那逝去的80年代，令人感慨良多

1990年，臺北藝文界及商界流傳一則消息，謂蘇富比集團(Sotheby's HK Ltd.)將來臺舉辦拍賣會，且將來準備以臺北做為取代香港的亞洲拍賣中心。

這是一系列八九民運後，「面對九七」看「衰」(不樂觀)香港前途的現象之一。對於這種現象，臺灣基本上覺得是個好機會，因此規劃了龐大的取代香港方案，希望能成為新的「亞太營運中心」。

這個偉大的夢想，如今當然早已不存在了。不過，相反地，在香港80年代推動一些想法，例如文化中國、大中華經濟圈、東亞儒家資本主義、兩岸三地整合等，現在也早已茶淡話冷，少人談及。當時一些指標性的事件，如蘇富比集團是否離開香港，甚或是「六四」，現在看來，好像

---

[14] 陳越：〈香港社會結構特性〉，頁37-38。。

也沒什麼了。1989年六四之後我過港, 感受到的那哀慟且
熾熱的氣氛, 如今亦只是雲淡風輕的一兩句話而已。緬念
那逝去的80年代, 實在令人感慨良多。但喟嘆據說並不適
合在學術研討會上表達, 學術會議據說應該嚴肅、客觀、
理性。所以還是讓我在此住嘴了吧。(1999年12月2日, 香
港八十年代文學現象國際研討會, 主題演講)

~~~~~~~~~

英文摘要(abstract):

Gong, Peng-cheng, "Hong Kong Culture in the 1980s: A Reading
    from Taiwan"
Vice Chancellor, Fouguang University

Before having an opportunity to visit Hong Kong in
person in 1998, information about this island is usually
generated from either few overseas students, or a small
number of Taiwan scholars who have delivered lectures in
Hong Kong. Though the problem of 1997 has unfavourable
influence, this prestigious "shopping centre" is still appealing
to many of the affluent Taiwanese. In the cultural context,
Hong Kong has drastically changed from a marginalized
region to a node between Mainland China and Taiwan.

Bookshops and political magazines in Hong Kong allow the outflow of information from Mainland China, and make the transaction of books from various places possible. This role of "mediator" has not become apparently distinct before the emergence of post-colonial studies. This emanation also leads to the retrieval of cultural identity of Hong Kong and an acknowledgement of the Local. (余麗文譯)

~~~~~~~~~

特約講評人: 朱耀偉

朱耀偉(Yiu Wai CHU), 男, 1965年生, 香港中文大學比較文學博士, 現任香港浸會大學中文系助理教授, 著有《後東方主義》、《當代西方批評論述的中國圖象》、《他性機器? 後殖民香港文化論集》、《香港流行歌詞研究》、《光輝歲月: 香港流行樂隊組合研究(1984-1990)》等。

　　龔校長謙稱從臺灣看80年代香港有著基本限制, 但觀乎其文中有關80年代香港的論述卻是鞭辟入裡, 完全凸顯了香港文化的重點。以下我嘗試東施傚顰, 從香港的角度倒過來看〈從臺灣看八十年代的香港文化〉, 與其說是回應, 倒不如說是希望能借龔校長的洞見表達一下自己對香港文化的看法與期盼。龔校長1988年初到香港, 我更要到

1991年才因到淡江大學開會而第一次踏足臺灣，感覺也像土包子入城。雖然早已習慣了五光十色的資本主義式生活，到忠考東路時感覺那還不如銅鑼灣，擠公車時又抱怨爲何沒有捷運，對臺北那比香港滯後的「現代性」諸多不滿，充分暴露了典型80年代香港人因肥滿的生活而來的自大心態，但這種自滿很快便因受到無情的文化撞擊而崩潰。當我第一次光顧咖啡館，我爲可以隨意翻閱各種書刊而有一種莫名的愜意；當我第一次走到重慶南路的圖書森林，我爲香港只有「重慶森林」而自慚形穢；接著到那時只此一家的敦化南路誠品朝聖，爲售賣學術書籍的書店可以如此華麗寬敞，並與名牌專賣店並列而驚訝，更爲香港當時只有與色情影帶店爲鄰的「二樓書店」而感到無地自容。這次難忘的回憶至今仍縈繞心頭。原來爲了肥滿的生活，香港人付出了沉重的代價。

　　龔校長在文中羅列出的香港文化特色——現代性、文化工業、中介身分——卻反諷地正正是其文化匱缺的徵結所在。首先，香港素被認爲是現代化的大都會，在現代化進程中一直走在華人社會的前端。問題是在其現代性中，除了商業上的急進外，卻是隱含了反動的基因。以龔校長文中提到的法治爲例，香港在回歸後關心的只是保存法制，以作爲自己在全球資本主義制度中吸引外商的賣點，當中更播散了一種「現狀迷思」，誤以爲只要保持現存的法治制度便會繼續繁榮安定，但在既存法制中公義(因如文化、階級、性別、語言等不同因素)不能彰顯的問題卻被掩

飾了。[15]簡言之，法治無疑可能是現代性社會的主要資產，但在香港卻成了非進取(non-progressive)的原因之一。

作爲一個公認的全球資本主義社會的成功例子，香港一直對自己的經濟成就顧盼自豪。在其他「現代性」的要素支持下，這成爲了香港人欠缺政治文化身分，轉向經濟認同自己的一種「補償邏輯」。[16] 80年代香港電影、流行音樂工業的成功，更使人以爲以商業經濟爲主導的文化工業正是香港文化的優點。龔校長文中提到80年代香港文化工業引領臺灣走向東亞華人資本主義體制誠爲事實，但香港在上述視自己爲經濟掛帥的文化的情況下，卻在90年代變得愈更商品化，而文化產品無多元發展，終於被兩岸迎頭趕上(近□香港的電視節目便是明証)。若以我較熟悉的香港流行曲爲例，粵語流行曲在香港的市場也漸爲國語流行曲所攻佔，雖然臺灣國語流行音樂工業也必然商品化，但仍有空間接納不同風格的歌手與產品，故香港很多歌手和創作人都被逼轉到臺灣發展。這大概是香港錯誤地接受文化工業必然只是唯利是圖，生產的必然只爲低俗商品的結果。

龔校長文中提到的「中介身分」又是另一使香港的文化想像被圈定在有限空間的原因。香港一直被視作是中西

---

[15] 詳Sin Wai Man & Chu Yiu Wai, "The Myth of Status Quo: The 'Rule of Law' in the Global Economy of Postcolonial Hong Kong," 評審中。

[16] Rey Chow, *Ethics After Idealism: Theory - Culture - Ethnicity - Reading* (Indianapolis and Bloomington: Indiana UP, 1998), p.171.

之間、中臺之間的中介人。誠如龔校長所言,「媒婆要稱職,更不能太凸出」,香港一直被形塑爲(而它自己也接受)無身分者,只在經濟成就中另覓補償。於是如龔校長所言,80年代香港的敘寫不是面目模糊,便是完全繫於中國。90年代香港的確在九七的陰影下,再加上西方學院的後殖民論述和文化研究的鼓動,展開了不少本土身分認同的探討。可是,在現代性、資本主義大獲全勝,社會瀰漫著唯用是圖的氛圍的情形下,這些探求又有多少會受制於學院要求,變成了滿足職業需要,並重新鞏固資本主義所合法化的教育機器和學院成規?近年大學體制的「公司化」、行政制度主導學術研究等荒謬現象會不會正是80年代香港的經濟神話種下的惡果?

我不希望以上的回應被誤解爲是要落井下石,藉唱衰香港以發出自己的聲音。我們且不要忘記,香港不外是全球資本主義侵佔中國市場的橋頭堡。以上的文化想像並不是其本質,而是在資本主義和政治考慮之下的形塑,其實換個角度看,香港反而可被視作近年急劇發展的大中華華人資本主義社會的一個範例。至今已曾多次踏足臺灣,情況已跟上文所提及的有所不同,誠品書店變成大集團式連鎖經營,遲來的捷運也已部分通車。臺北與香港的現代性已是愈來愈接近,一方面當中的文化氣氛依舊比香港濃烈,另一方面卻愈來愈香港化(北京也如是)。也許在現在反思80年代香港文化的意義在於提醒我們一方面要抗拒盲目擁抱現代性而毋視當中的問題,另一方面又拒絕接受資本

主義之下的文化工業產品只能爲低劣商品，因而只能爲經濟成就自滿和藉「無身分」自慰的迷思。這就是說，香港人要在全球資本的洪流中擺脫上述的補償邏輯，重新考量香港文化在「無身分」、「經濟主義」等堂皇口號之外的不同可能性。這也正是臺灣以至中國大陸目前及/或在可見將來同樣要面對的難題。

　　現在再往重慶南路，再到誠品的時候，也許香港人會自豪的說香港的葉壹堂也同樣豪華，星光行的商務印書館更有維港全景，但我不能忘懷的是當年初到臺北時的慚愧。這正好提醒自己要繼續問這到底只是資本主義的再次勝利，將文化轉化爲資本的新手段，還眞的是文化空間的新陣地。這個問題繼續纏繞下去，正好可以抗衡80年代香港式的自滿，當年的慚愧或許也可以因此變得有價值。

〜〜〜〜〜〜〜〜〜

特約講評人：楊宏海

楊宏海(Hong Hai YANG)，男，廣東梅州人，1951年出生，深圳大學中文系研究生畢業，深圳市特區文化研究中心主任，文學副研究員，兼職有深圳市專家協會副秘書長、深圳市作家協會文學評論委員會副主任、編著有《文化深圳》、《內地與香港：比較文化的視野》等。

　　80年代,無論是對於香港、臺灣抑或是大陸,都是一個經濟與文化加速發展的時期。這段時期內,兩岸三地之間的文化學術交流卻仍是相當貧乏,而香港與臺灣的交通渠道也甚為有限,致使較長時期內臺灣對香港文化的印象甚為模糊。龔鵬程教授選擇從臺灣看80年代的香港文化作為描述對象具有很獨到的視角,令人很受啟發。

　　眾所週知,由於文化交流和學術對話的渠道問題,研究香港文化的難處在於資料匱乏。但這篇論文卻佔有翔實的資料,尤其是對80年代的相關資料蒐集較全,可見龔教授其時已經關注香港文化的發展態勢了。

　　本文主要對以下幾點進行了論述:一是臺灣在對香港陌生和不了解的情境下所認識的香港社會;二是香港文化工業的發展與成熟對於臺灣的影響與衝擊;三是香港在兩岸三地間的影響及其在「中華文化圈」中所扮演的角色:四是香港文化本身面目模糊的現象和原因及其香港的文化認同問題。此四項抓住了80年代香港文化的大致面貌和核心問題。此外,本文在綜述與梳理過程中,也體現了良好的以觀點駕馭材料的能力,能夠結合文本(作品)及文化意識形態進行多方面的評價,對臺、港及大陸學界均可起到一種溝通與互動的作用。在以上四點的論述中,頗多精彩獨到的見解。我總結了一下,文中對於80年代香港文化的評價可分為以下三點:

　　其一是「『文化工業』的先行者」。80年代是香港文化工業取得大發展且開始向臺灣傾銷產品的時代。首先是

香港影視業走30年代好萊塢的商業傳統路線，以企業化經營「竄升發展」，「猛搶臺灣市場」，形成「攻城掠地」，「無往不利」之勢，雖然臺灣業界人士對港式文化工業有所批評，但始終「徘徊于依從倣法與批判之間」。至於流行音樂，則香港將日本「那一套偶像經營術的商業經營手法」學來，進而轉口引進臺灣，最終促成了港臺流行音樂界合流，並由此發展成爲90年代一大文化景觀。

其二是「兩岸三地及『中華文化圈』的溝通整合者」。論者指出，80年代的香港具有特殊的地位，「是大中華經濟圈裡重要的一環」，在兩岸三地之間「逐漸扮演起溝通和整合的角色」。作者以香港80年代的文學期刊和出版物爲例，揭示了這種整合可以「融合分隔分散的中國人」，亦將此種「整合」之意「擴散」至海峽兩岸，「此乃80年代香港非常重要的歷史階段使命及自我期許」。正是由於香港在海峽兩岸之間所做的大量中介工作，才使得長期以來兩岸文化隔離與生疏的情況發生扭轉。非但如此，香港所編的書還力求「發行至臺灣與大陸」，以實現及時地將其所整合的文化之意義「擴散至海峽兩岸」的目的，這在很大程度上促進了兩岸三地對於其共有文化的追思和共勉。雖然香港所做的這種整合從某種意義上來說，是以罔顧自身的文化發展作爲代價的，但無可否認，香港所扮演的角色是異常重要和不可替代的，由是，則「大中華」、「中國人」、「文化中國」的國族文化想象始得盛行。

其三是「『文化認同』的推動者」。雖說,80年代的文化認同問題,「絕不是一句『回歸意識』或『中國人情懷』便可概括」,因爲它是「矛盾」的、「疊合」的,而對於海峽兩岸來說,香港在促進中國人的「文化認同」上所作的貢獻無疑是令人矚目的,一系列對應這種文化認同,諸如「文化中國」、「大中華文化圈」的概念也由此應運而生。90年代以來,香港日益關注起其自身的文化性格,而其曾一度致力的文化認同問題如今卻已「茶淡話冷」、「少人談及」。對此,論者在文末表達了一種追逝和緬懷的感慨。而以我觀之,這是香港90年代以來面嚮自身文化的一種反思並對之進行調整的文化轉型期現象。香港在促進中華文化認同中的地位是無可替代的,九七回歸之後,我們已經注意到香港的這一髮展方向了:即在兼顧自身文化發展的同時,繼續擔當促成文化認同的重要使命。而香港「文化研究」的崛起,就正表明瞭文化認同工作的延續拓展和深化。

除以上所述而外,本文還是存在著一些問題。文章在材料的羅列和總結現象與成因上,可謂是下足了功夫;然而,新的「發現」卻較少,論述問題的角度尚欠新穎,文化評論的最終目的不是「跟著現象走」,而是「領著現象走」,不僅要讀出「所說的」,也要讀出「未說的」,如何從存在的現象中去解讀其中的「空白」和隱含的「意識形態」,並用之于社會也是一個很重要的問題。

另外，本文題爲「從臺灣看八〇年代的香港文化」，我不太明確這裡的「臺灣」是如何界定的，是什麼時間的臺灣，是一種同時代的觀感，還是如今回過頭來的撫今追昔？文中的觀點能否涵蓋整個臺灣學界的看法？旣然談論了學者的見解，那麼臺灣民衆又是怎樣看待80年代的香港文化的？即便是臺灣學者，我以爲其在文中的面目也是相對「模糊」的，我很難從中捉摸到這些學者們眞實的面目，即他們是如何看待80年代的香港文化的？讚同什麼？反對什麼？這些都是我心中的一些疑問。

~~~~~~~~~~

特約講評人：李志文

李志文(Chee Man LEE)，男，1949年生於香港，廣東東莞人。國立臺灣大學中文系畢業，香港珠海書院文學博士，香港中文大學教育文憑，現任香港珠海書院文史研究所兼任教授。

龔教授描繪80年代的香港是「政治體創制上隸屬於英國殖民地，經濟體質依附於世界資本主義體系，文化上又扮演華人資本主義社會之中樞角色的香港」，可謂一針見血。雖然龔教授指出，香港「在文化上的特徵，遂又因其國際化、中介轉運站化，而有本身面模糊之感，令人不知

何爲香港文化」,但龔教授鴻文「從臺灣80年代的香港文化」,卻條理分明,清楚點出了80年代香港文化的三大特色;

一、富裕、文明而有法治;

二、文化工業發達;

三、在中國問題上扮演溝通或整合的角色。

龔教授認爲80年代,是香港文化工業發展成熟且向臺灣傾銷其產品之時代,並且引領臺灣走向東亞華人資本主義體系。龔教授以港、台兩地電影、電視及流行音樂爲例作深入說明,個人非常認同。事實上,80年代的香港,在報章、雜誌、飲食、時裝、電子玩具各方面的發展,都確確切切的表現了資本主義現代化社會的重要特徵——文化工業發達。

另一方面,龔教授認爲80年代的香港,地位非常特殊,在華人資本主義體制內扮演起溝通或整合的角色。

我想,擁有差不多六千年文化歷史的香港,從來沒有脫離過中華民族母體[1]。從1842年以來,英國把資本主義制度、自由政策移植到香港,經過156年的努力,香港得到空前的繁榮。

---

[1] 1998年10月,北京中國社科院、臺灣中流基金與香港中文大學假香港中文大學舉辦《香港對二十一世紀中國人的意義》,吳耀利教授發表論文〈香港的考古發現與歷史回顧〉,指出在1842年以前,香港並不是一個荒島,它有着差不多六千年的人類活動歷史,從史前時代到青銅時代再到秦漢以後的諸朝歷史時代,有着不同時代的歷史文化遺存,已經發掘的遺址有40處,登記在案的遺址超過180處。從秦漢開始,香港居民就在中原統一政權的管轄之下,爲中華民族的文明進步做出自己的貢獻。

　　1949年兩岸對峙，經歷過很多個階段的發展，共通點有三：大家都強調中國必須統一，大家都希望在自己的政府主導下完成統一大業，大家都積極營建自己的優點，樹立自己的強勢。五十年來，兩岸都明白：將來中國統一，能夠和平合作，互相肯定對方的長處、平心靜氣、不卑不亢、平等互諒的研製一套可以共同接受的、循序漸進的統一方案，是最可行，也是最理智的。問題只是：在現實政治下，合作是要觀察、衡量對方的實力，如果對方乏善足陳，卻要處處遷就，事事忍讓，自己不是變成「大傻瓜」嗎？如果各有優勢，又能堅持下去，情況就不同了，終有一天可以激起一股合作的熱浪，扭轉乾坤[2]。

　　80年代，鄧小平提出「一國兩制」[3]，臺灣開放國人「返鄉探親」，就是因應着這個時代全球中國人的需要而來的，

---

[2]　概括地說，將來中國統一，兩岸可能透過下列其中一個方法完成：一、先行充實自己，立於不敗之地，期待對方自我墮落，自我消亡，然後由另一方收拾殘局，完成大業；二、養精蓄銳，一鼓作氣，透過戰爭摧毀對方陣地，實行用軍事行動，完成歷史使命；三、和平合作，平等互諒去協商一套可以共同接受的、循序漸進的統一方案。兩岸經過五十年的考驗，可以預期將來中國統一，第三個方法應該是最可行的。

[3]　《易經‧繫辭》下說：「窮則變，變則通，通則久。」打從1949年統治中國大陸的中共政權，早在70年代已經到了「山窮水盡」的地步，在經濟上，在政治上，可說是一籌莫展。但等到鄧小平第三次上台後，推展一連串的措展，在在顯示出鄧小平的急於求變。求變，必須找出變化的軌跡。自1949年以來，中共種種的「政策」和「運動」中，雖繁頤錯綜，但鄧小平明白到：單是共產主義根本不能令中國強大，必須容許本身以外的制度同時存在，從而由它影響本身的制度，希望掌握時變，在適當的時機找出通往統一的大道，所以提出了「一國兩制」。鄧小平提出的觀念，無疑是向臺灣二千二百萬同胞、海外三千多萬僑胞宣布；中國大陸若堅持共產主義統治不變，是沒有前途的！

但兩岸堅持自己優勢的同時,對對方的優勢了解有限,香港就成為了最理想的中介角色,擔起了溝通的橋樑,而香港在這方面的成績是非常理想的。

　　至於香港在中國問題上扮演整合者的角色,個人認為:80年代,香港各階層人士,似乎極少有這樣的使命感和自我期許。原因是香港人知道:大中華經濟圈、甚至中國的一統,關鍵在於兩岸的合作與協商!龔教授提到諸如「新亞洲文化基金會」種種理想與表現,都是在努力進行承傳中華文化的工作,縮短兩岸的差距。

　　至於龔教授指出:80年代香港的文化特色是「富裕、文明而有法治」,有法治,民主卻不足,或者已是所有研究香港文化人士的共同看法。

　　英國在香港實行殖民統治一五六年,而民主制度的運作,在最後十來年才有少許進展。80年代中期以後,不論港英政府用心何在,香港民主選舉已逐步推展,才有90年代香港區議會全面直選、立法局全面民選。在個人看來,香港,正如龔教授所說:「政治體制上隸屬于英國殖民地,經濟體質依附於世界資本主義體系,文化上又扮演華人資本主義社會之中樞角色」,對於港英政府突如其來的「開放民主機制」,仍然可以馬上接受,可以迅速適應,這就是長久在「文明而有法治」的文化特質下孕育而成的[4]。

---

[4] 　民主,不是叫人民假人權之名,拼命去爭權奪利,其精神首先在尊重別人的不同,進而吸收別人的優點。這就是老子的「和光同塵」、莊子的「天地並生,物我為一」、中庸的「萬物並育而不相害,道並行而不相悖」的道理。這種「兼容並包」,特強的「容他性」,在近百年來的香

可惜的是，九七之後，香港特區政府竟然開民主倒車，立法會直選議席僅得三分一！上周日(11月28日)地方諮詢議會區議會選舉竟然恢復委任制度！還大言炎炎的說要配合政治民主的漸進發展軌跡！如果不是北京當局對香港市民民主運動有戒心，就是不瞭解香港在政治民主的自身運行基礎已經穩固，漸進的發展過程已到了全民直選的階段！

最後，談到香港80年代的富裕——香港的繁榮富裕，是全港市民共同努力得來的結果；最值得香港人引以自豪的是：80年代甚至90年代的今日，香港人是「富而好禮」的[5]。反而，在80年代末期開始，臺灣已經工商業發達，經濟繁榮，明顯出現了奢靡的惡風，部分同胞在行為上、在社會倫理上，明顯有所脫軌[6]，有識之士，已在大聲疾呼：加

港歷史中，是顯露無遺的。所以，縱使政治上沒有真正的民主機制，但在「文明而有法治」的文化環境下，香港人的體質已具備了民主的基礎與素養。

[5] 1949年，大批大陸同胞移居香港，從此香港社會被視為「人情如紙薄」。其中原因是；香港地小人多，市民生活朝不保夕，營營役役，人際關係容易緊張。其實，淡如水、薄如紙的人情交往，正是人與人減低磨擦，消除衝突的利器。於是，香港市民可以全神工作，積極謀生，開闢事業，在文明而有法治的環境中，共同創造了80年代的繁榮、富裕。而這時候的「富有」香港人，沒有「一闊臉就變」，沒有變得跋扈、囂張、財大氣粗、為富不仁。三十年歲月，一路走來，不是因富起來而變質，而是始終如一。由於居住環境改善，交通秩序井然，旅遊事業蓬勃，生活質素提高，香港人的有禮、好禮，關心兩岸的天災、人禍，發揮人溺己溺的同胞愛，在這80年代中，獲得舉世讚譽。

[6] 50至70年代，臺灣被稱為蓬萊寶島，民風純樸，人情味濃厚，被譽為中華民族的淨土；80年代末期開始，經濟起飛，政治民主，有所謂「臺灣奇蹟」，舉世稱美。但在民主潮流中，部分人士竟迷失了正確方向；太多政

強道德文化的教育，建立「富而好禮」的社會。刻下的大陸，也在追隨香港、臺灣之後富起來了，但「暴發戶」的嘴臉，神州大地到處可見。難道，臺灣、大陸同胞不應該認眞檢討，虛心學習香港在這方面的優良文化嗎？

[責任編輯: 鄭振偉博士]

治人物處處以民意爲依歸，與「爲天地立心，爲生民立命，爲往聖繼絶學，爲萬世開太平」的大擔當漸行漸遠; 沒有了「雖千萬人，吾往矣」的大魄力，忘記了「民可以樂成，難於慮始」; 太計較一時之得失、毀譽。不少老百姓在國外處處一擲千金，盡現財大氣粗之醜態; 在國内，事事高喊人權、製造民意，暗地卻在爭名奪利; 時時以多金財厚驕其同儕與鄰里。

八十年代兩岸三地文學思潮的回顧

■郭冠廷

作者簡介: 郭冠廷 (Kuan-ting KUO), 男, 1960年生, 臺北市人, 德國弗萊堡 (Freiburg) 大學政治學博士, 現爲南華大學亞太研究所副教授。著有《周易的政治思想》(1988), "Die chinesische Buerokratie in der Zeit der Kulturrevolution: 1966-1976 (1996)"、《日本國防政策與亞太安全》(1999) 等。

論文提要: 本文的目的在於對八十年代中國大陸、臺灣以及香港三地的文學思潮, 做一結構性、系統性的比較。本文所指的文學思潮, 主要著重於作家創作的方法、觀念與態度, 而較不注重評論界的各種分析理論與架構。中國大陸、臺灣以及香港是華文文學的主要生產區, 而八十年代兩岸三地的文學創作又具有十分

多采、豐富的內容，因此，如能就八十年代兩岸三地的文學
思潮做一比較與回顧的話，對於瞭解華文文學的特質、內
容與發展方向而言，自當有所助益。經過綜合比較後，本文
結論指出，就權力 (政治、社會實踐) 的創作興趣而言，大
陸作家最強，臺灣居次，而香港則最弱。就貨幣 (金錢) 的
創作興趣而言，香港作家的強度最高，臺灣居次，大陸則
較弱。而就文化 (思想) 的創作興趣而言，顯然以臺灣較為
發達，香港可能居次，而大陸似乎較弱。兩岸三地在三種創
作興趣的表現方面，可謂各擅勝場。

關鍵詞(中文)： 中國 臺灣 香港 文學史 權力 貨幣 溝通 文
學理論

關鍵詞(英文)： China, Taiwan, Hong Kong, History of literature,
Power, Money, Communication, Literary theory

一、前言

八十年代的中國大陸、臺灣以及香港三地的文學創作，就
橫剖面的創作內容而言，可以說是呈現出一種變化快速、流派
紛雜以及多采多姿的樣貌。此外，就縱貫的時間軸而言，八十
年代兩岸三地的文學與七十年代的文學相較，在思想風貌以
及創作手法上，也有許多創新、變革與突破的地方。

由於中國大陸、臺灣以及香港三地係八十年代全球華
文文學的主要生產區，而八十年代兩岸三地的文學創作又
具有如前所述的多采、豐富內容，因此，如能就八十年代

兩岸三地的文學思潮做一比較與回顧的話，對於瞭解華文文學的特質、內容與發展方向而言，自當有所助益。

本文的目的即在於探討下列問題：

一、八十年代兩岸三地的文學思潮與前此的文學思潮究竟有何不同？兩岸三地八十年代的文學思潮與七十年代或更早期的文學思潮又何以有所差異？

二、除了在時間軸上探討文學思潮的流變之外，本文還將探討中國大陸、臺灣以及香港三地的文學在思想上、創作上的相異之處，並嘗試解釋個中的原因。

三、論及文學思潮，自不能忽略作家的創作動機及其所處的環境。因此，本文亦將就八十年代兩岸三地的文學思潮、作家創作動機以及經社環境三者之間的關聯性進行探討。

由於八十年代兩岸三地的文學現象十分複雜與豐富，因此本文自無法針對各種文學流派以及思潮進行深入的評介與探討。資料的龐雜與蒐羅不易，以及作者學力的淺陋，遂成爲本文的最主要限制所在。職是之故，本文的重心將放在歸納各種文學現象的共性，至其殊性則將不免有所忽略。另外，在分析的取徑上，本文著重於整體結構的探討與創思，而不措意於文學作品內容的分析與評論，因此，亦當不免有見林不見樹之失，這也是本文的另一項限制所在。

本文所指的文學思潮，主要著重於作家創作的方法、觀念與態度，而較不注重評論界的各種分析理論與架構。

儘管文學研究者所提出的文學理論比起作家的文學觀念
更具有系統性與邏輯性，但由於作家才是文學作品的眞正
生產者，因此，本文將從紛繁的文學創作活動中抽繹肌理，
做爲分析的主要對象。[1]

二、八十年代兩岸三地的文學環境

八十年代兩岸三地的文學環境，雖然存在許多差異，但如
深入分析，卻也存在著某種共同之處，這些共同點是：

1. 戰後新世代作家的崛起

二次大戰後出生的新世代，到了八十年代時，年齡約
在三十至四十之間，這對於文學作家而言，乃是創作的菁
華時期。因此八十年代的兩岸三地均有不少的新世代作家
投入創作行列當中，其中，尤以臺灣的新世代作家人數最
多，作品的數量與品質也最引人注目。新世代作家的成長
背景，由於與其前一世代差異頗多，他們的投身於文學創
作，無疑的將帶來更多新的作風與觀念。

---

[1] 唐翼明指出：「文學觀念，即是對文學是什麼，文學的本質特徵
是什麼的看法。文學觀念往往影響一個時期的文學面貌。」見唐
翼明著，《大陸新時期文學 (1977-1989)：理論與批評》(臺北：
東大出版社, 1995)，頁112。但究竟是文學觀念與理論影響文學創
作，或者文學創作影響文學觀念與理論，由於並非本文的研究旨
趣所在，因此本文不擬於此多做論證。

2.政治環境的改變

兩岸三地在八十年代各自面臨了不同的政治環境的改變。

1976年,中國大陸領導人周恩來(1898-1976)與毛澤東(1893-1976)相繼辭世,之後,四人幫被毛的繼承人華國鋒(1920-)所拘捕,這一事件,標誌了「文化大革命」(1966-1976) 的結束。文革結束後,中國大陸在政治控制方面採取了較爲寬鬆的措施,這種的較爲自由開放的政治環境,提供了大陸作家們一個嶄新的創作環境,創作題材也因此跳脫了以前黨八股的限制。但這種較爲自由寬鬆的政治氛圍,到了1989年由於六四民運的發生,卻受到了某種程度的遏制。

八十年代的臺灣,政治民主化的歷程也加快了他的腳步。在八十年代之中,臺灣的政治產生了一些明顯的變化,例如,蔣經國(1910-1988)的去世、開放人民赴大陸探親、戒嚴的終止、黨禁以及報禁的開放、資深中央民意代表的退職等等。總而言之,臺灣的政治在八十年代有兩個重要的傾向,一是民主政治的進一步發展,二是臺灣本土意識的抬頭。這樣的環境,使得八十年代的許多臺灣作家產生批判的意識,文學上的意識形態傾向也產生了多元的發展。

如果說,八十年代大陸與臺灣的政治發生了實質上的變化,那麼,香港八十年代的政治則面臨了預期上的轉變。1984年,中國大陸與英國簽訂《關於香港問題的聯合

聲明》，宣布香港於1997年7月1日回歸中國，香港現存的
制度與生活方式則於回歸之後的五十年內不變。這樣的政
治預期，顯然給不少香港人帶來焦慮，因此，八十年代的
香港文學，受到九七回歸問題的影響，也產生了一些變
化。

3.經濟上的發展

八十年代兩岸三地的經濟實力與條件雖不一致，但卻都
有著大幅度的經濟成長。臺灣與香港的經濟在七十年代開始起
飛，八十年代仍維持高度的成長。至於大陸的經濟雖在七十年
代受到文革的嚴重破壞，但是隨著經濟上的改革開放，八十年
代的大陸也獲致了相當可觀的經濟成就。兩岸三地的經濟成就，
一方面提供了文學出版一個更有利的物質條件，另一方面則
也使得兩岸三地的文學滲入了更多的商業成分。

4.外來思潮的衝擊

由於政治管制的持續鬆動、國際交流的愈趨活潑，八十年
代兩岸三地的文學，無疑的受到了更多外來思潮的衝擊。例如，
大陸引進了許多與馬列思想並不符合的文學理論與技巧，而
臺灣的許多文藝工作者也可以接觸到更多的左派思潮。外來思
潮的衝擊，使得兩岸三地的文學觀念更形豐富與複雜，創作手
法更形多元，創作題材也更為寬廣。

三、八十年代的大陸文學

1949年中共建政之後，大陸的文學長期淪爲統治者的統治工具。張鐘(1932-1994)指出：

> 一九四九年以後，隨著社會制度的根本變化，社會文化和意識形態迅速地朝著集中統一的方向運動，統一的文學觀念 (爲工農兵服務) 和創作方法 (社會主義現實主義——革命的現實主義與革命的浪漫主義相結合) 取代了多元的觀念和方法。這一變化所產生的文學思潮的運動過程，又被納入到兩個階級的鬥爭模式中來處置……作爲文學觀念的核心的內容本身就是政治觀念，爲政治服務是它的直接的功利目的。[2]

文學之所以淪爲政治統治的工具，除了政治上的強控制之外，也有其經濟上的原因。由於大陸的作家在前述時期均任職於國家機關，實質上作家就是國家的雇員，領的是國家發給的薪水，因此其創作活動也必須遵從機關的指示與領導。在這樣的情況之下，創作乃是一種職業上的任務，創作的主導原則乃是純然的工具理性 (如何滿足黨的需求，迎合黨的口味)，創作工作實不存在太多的個人空間。這一時期的文學作品，著重於描寫社會結構的問題，問題是作

---

[2] 張鐘:《當代中國大陸文學流變》(香港：三聯書店，1992)，頁156。

家們本身未必具備深刻的社會觀察，硬性規定在這些問題上使力，也只有流為虛浮不實。

不但文學創作必須遵循黨的意識形態，文學評論也是依循黨的政治要求在運作的。此一時期大陸的文學評論特別著重於價值體系的批判，至於文學的形式以及美感則非關注的重點。文學作品的意識形態批判原本有其存在的價值，問題是如果這種批判只能有一種官方的標準，而且被批判者必須面臨人身安全的威脅，那麼這樣的批判顯然已違背了學術的、理性的精神。

八十年代之後，由於政治氣氛的寬鬆，大陸文學不再全然是黨的八股，反思成了八十年代大陸文學思潮的主軸。八十年代的中國大陸，多種文學潮流交錯或並行出現，例如，傷痕文學、反思文學、改革文學、尋根文學、鄉土文學、探索文學、紀實文學、現代派文學……等等，可謂流派紛雜、品目繁多。其中的傷痕文學、反思文學……等等，描寫過去中國大陸的政治高壓力量侵入人民生活的現象，對於政治現象的反省意味十分濃厚。

儘管八十年代的中國大陸作家，仍具有相當程度的政治關懷，但他們較諸過去的作家更著重於描寫人的心理層面。過去的大陸文學，寫實主義一直處於主流地位，作家主要以寫實主義的創作手法來反映政治、社會現實。而八十年代的作家則更致力於思考「人」的問題，而非「社會」的問題，「人文精神」在文學上得到更多的強調。

　　八十年代的大陸文學，表現十分活潑，也具有許多創新的精神，何以如此呢？張鐘指出，八十年代的大陸文學，「是一個比較容易突破、比較容易創新、比較容易實驗、比較容易模仿、也是比較容易轟動的時期。文學處在比較容易的層次上。為什麼這麼說？因為文學的起點太低，到處是禁區，所以就很容易突破，沒有什麼探索，所以一探索就打響，遍地的社會問題，一觸及就轟動。」[3]

　　由於處在這樣一個「比較容易突破、比較容易創新、比較容易實驗、比較容易模仿、也是比較容易轟動」的環境之下，八十年代大陸文學的發展十分蓬勃，並獲得了相當值得肯定的成績。唐翼明指出，從1977年以來大陸文學有如下的變化：

> 　　經過十餘年的變化，大陸文學真正是脫胎換骨、面目全非了。試將現在大陸的文學作品與一九七七年以前的中共文學作品同讀，不能不令人有恍若隔世之感。從前充斥作品的革命八股，馬列教條，階級鬥爭的，藥味，模式化、傀儡式的人物，呆板、枯滯的筆墨，現在似乎都一掃而空了。大陸文學接受世界影響的程度與速度也是驚人的，十幾年的時間幾乎走過了西方文壇一、兩百年間所走過的歷程。作品如此，理論與批評也是如此。[4]

---

[3]　張鐘，頁vii。

[4]　唐翼明，頁127。

四、八十年代的臺灣文學

與大陸一樣，八十年代以前的臺灣文學，由於受到政府的強力管制，也比較缺乏作家自由揮灑的空間。所不同的是，臺灣政府當局的管制，不若大陸官方嚴苛而已。

1976年是大陸文化大革命結束的一年，也就在這一年，臺灣掀起了一場引人矚目的「鄉土文學論戰」。大陸1976年以後的「新時期文學」，可以視做為對寫實主義的反動。而臺灣主張鄉土文學的作家，則是標舉寫實主義，抨擊「外省籍」作家的「反共懷鄉文學」，並倡導以臺灣本土的人物以及現象做為文學描繪的題材。1979年12月10日，黨外人士在高雄市舉行「世界人權紀念日」大會，與政府的鎮暴部隊發生衝突，鄉土文學作家王拓(王紘久, 1944-)以及楊青矗(楊和雄, 1940-　)被捕繫獄，為時近三年的「鄉土文學論戰」終於落幕。[5]

但是「鄉土文學論戰」雖然落幕了，臺灣文學的「反叛」潮流並沒有歇止。在八十

5　有關「鄉土文學論戰」的細節，可參葉石濤(1925-)：《臺灣文學史綱》(高雄：春暉出版社, 1998, 再版), 頁140-165。

年代中，臺灣的作家們對於各種政治議題、社會議題、文化議題、環保議題乃至女性地位議題，紛紛展開帶有批判色彩的創作。與大陸「反思」文學不同的是，臺灣八十年代的文學更具有「反叛」性格。前者主要是對於「過去」的文革現象進行反思，但對於八十年代大陸政治體制的問題則基本上採取迴避的態度；後者則往往逕直針對臺灣當前的政治、社會問題進行批判。

八十年代臺灣文學作家的主要構成部分乃是「戰後新世代」的作家。所謂世代，是有別於流派的一個範疇。[6] 可以說，分析臺灣八十年代的文學，世代的觀念或許比流派的觀念更為重要。新世代除了對於政治、社會問題的關注以及批判之外，「文學的文化化」以及「文學的哲學化」也是另外一個重要的現象。對於政治、社會問題的關注，產生了所謂的政治文學以及都市文學，至於「文學的哲學化」現象，朱雙一則有如下的觀察：

> 較多的新世代作家表現出欲以巨視性眼光對整個時代、社會特徵作總體把握，完整呈現臺灣全景社會的宏大企圖。與此相應，作品的理性色彩也明顯增加。作家們似乎並不注重某種細緻的特殊感受和體驗的獲得，卻熱衷於對種種社會符徵加以收集、組合、排比、分析，探索其內含的歷史、文化

---

[6] 朱雙一:《近20年臺灣文學流脈:「戰後新世代」文學論》(廈門:廈門大學出版社, 1999), 頁2。

> 意義，概括出某些具有普遍意義的抽象理念和規律，
> 或通過藝術形象的精心營構，演繹他所認定的某種
> 理念或原則。新世代作家們還常把探索目光從事物
> 的外部關係延展到事物的本體，顯出一種抽象化的
> 趨向。[7]

此外，八十年代的臺灣文學，由於商品經濟的發達，也出現了許多通俗化的文學作品。總而言之，八十年代的臺灣文學呈現出相當多元的面貌。既有以社會、政治議題爲關懷重點的政治文學、環保文學以及女性主義文學……等，也有以文化、心靈關懷爲核心的具有哲學性的作品，更有以市場價值爲導向的通俗作品。臺灣文學在八十年代，可以說是包羅萬象，多元豐富。

五、八十年代的香港文學

香港的文學界，由於作家人數較少，因此較難歸納出種種流派，並予以系統性地分析。此外，香港文學的資料較爲零散，也造成研究上的困難。盧瑋鑾(1939-)就指出：「香港文學研究困難的地方，就在沒有人整理好第一手資

---

[7] 朱雙一，頁15-16。

料,好讓研究者直接利用。」[8] 儘管存在著上述的困難,試行對八十年代的香港文學做一歸納與綜合,仍是必須的。

本文認爲,八十年代的香港文學具有如下的一些特點:

1.對於政治、社會議題的冷漠:

與大陸以及臺灣作家不同的是,八十年代的香港作家對於政治、社會議題一般而言不感興趣,也較少具備反叛的精神。阮新邦就指出:

> 在西方社會裡,對應著主流的社會建制,另類人的聲音開始擴大。環保運動、婦女解放、及其他相應的思潮對現代資本主義社會結構和意識形態展開挑戰。但在香港,我們會發現一直以來,絕大多數的香港人,包括文化和學術界的人,對這些問題沒有多大興趣。[9]

從負面來說,香港人較不具備反叛精神,但從正面來說,則香港人所承擔的意識形態包袱顯然沒有海峽兩岸的人民來得沉重。針對這一點,高承恕有如下的看法:

---

[8] 黃繼持等:《追跡香港文學》(香港:牛津大學出版社, 1998), 頁72。

[9] 阮新邦:《批判理性、社會實踐與香港困境》(New Jersey:八方, 1997), 頁121-122。

　　其實，能夠不理會政治也是一種福份。正是因為能不多理會，所以能讓一般百姓在這空間裡把中國的、西方的、傳統的、現代的一起都打破界線藩籬，作一番選擇、轉化、重新組合、重新改造。[10]

推究其所以如此的原因，實與港英政府的統治手法有關。黃繼持(1938-)指出：

　　港英政府的統治，多年來對正規的教育予以微妙而實際上相當嚴密的控制，但對一般學術文化，在不觸及其實際管治時，則多少放開手腳，放任自流。此地的文學藝術，可以唱高調，可以趨通俗，但真正切入香港實際問題者，其實不多。」[11]

由於以上的原因，八十年代香港的文學作品，能夠真正反映香港的政治、社會問題者，實不多見。這可以說是八十年代香港的文學的一個特色。

---

[10] 高承恕：〈曾經滄海難為水──香港的世界網絡與俗民社會〉，《香港：文明的延續與斷裂》(高承恕，陳介玄主編，臺北：聯經出版社，1997)，頁349。
[11] 黃繼持等，頁79。

2. 創作技巧和題材的多樣化

八十年代的香港文學,並不因為作家人數較少以及對政治、社會問題的冷漠而表現平淡,馮偉才(1952-)於《香港短篇小說選:1984-1985》一書中就指出:「技巧和題材方面的多樣化,是香港小說創作的一個特色。」[12] 盧瑋鑾也提到:「香港是一個相當複雜的城市,中西文化揉集,形成了別的地區不易存在的文化模式。而文藝也在自由地、自生自滅地發展。沒有一貫的文藝政策影響下,作品的多樣化、意識型態的千奇百怪,構成香港文學的特殊性。」[13]不但作家與作家之間具有不同的創作風格,因而形成多樣化,某些作家的創作手法與風格甚至隨著年代的推移而不斷翻新,像是西西(張彥,1938-)的作品風格就不斷處於翻新、變化的狀態之中,就是一個最好的例子。

3. 文學的商業化

香港的大眾通俗文學佔所有文學作品的比例,顯然較大陸以及臺灣為高。馮牧甚至為此而否定「香港文學」的存在,他說:「嚴格講,認真講,香港還沒有形成自己的文學。……要使香港文學繁榮起來,首先要建立一個真正的

---

[12] 馮偉才編:《香港短篇小說選:1984-1985》(香港:三聯書店,1988),頁6。
[13] 黃繼持等,頁72。

香港文學。……都寫吃喝玩樂、消閒的，那怎麼行？」[14] 為什麼都寫吃喝玩樂、消閒的作品呢？這與香港人的實用主義有關。高承恕說：

> 如果説殖民統治、資本主義、華人網絡是瞭解過去香港發展的主要架構。那麼在這架構之中所形塑的是什麼樣的制度世界與生活世界？若説要用一個基本的概念來形容，那便是：實用主義。[15]

實用主義的產生，除了文化的、殖民的因素之外，也與香港的強烈經濟競爭的環境有關。《香港作家》主編陶然 (1943-) 指出：「香港的寫作人，絕大多數是要為稻粱謀的，決不可能花太多的時間與精又去精心炮製長篇小說而毫不計較出路。」[16] 沉重的經濟壓力，使得香港八十年代的部分作家，不得不採取大眾通俗文學的路線，以獲取經濟上的利益。

---

[14] 殷德厚，〈馮牧談新時期文學和香港文學〉，《星島晚報‧大會堂》1985年4月3日，版11。

[15] 高承恕，頁344。

[16] 黃維樑(1947-)編：《中華文學的現在和未來：兩岸暨港澳文學交流研討會論文集》(香港：鑪峰學會，1994)，頁213。

六、文學創作興趣、創作目的與創作手法的關聯性

以上簡略介紹了八十年代兩岸三地的文學現象。在正式進入三者的比較之前,本文將先行提出一套分析架構,以做爲下文的分析工具。

首先,本文依人類的三種互動媒介 (權力媒介、貨幣媒介以及語言媒介),將文學的創作活動也劃分爲三種類別,亦即,權力 (政治、社會實踐) 的興趣、貨幣 (金錢) 的興趣以及文化 (思想) 的興趣。茲將三種創作興趣的目的分述如下:

1.權力 (政治、社會實踐) 的興趣:以作品宣揚一種政治、社會價值觀,並常批判異己的政治、社會價值觀。創作的主要目的在於成就、推動社會實踐。

2. 貨幣 (金錢) 的興趣:將作品作爲獲取金錢利益的工具,創作的內容以市場爲導向。

3. 文化 (思想) 的興趣:作品的主要目的在於抒發作者的思想與情感,對於政治、社會的實踐以及市場需求較不注意。

文學所處理的主要是「人」的問題,就單一個體而言,就是「我」的問題。那麼,「我」的問題有那幾類呢?本文認爲可以概分爲四類,茲說明如次:

1.形上我的問題:形上我的問題是追求人的超越、解脫與救贖,這是屬於形上學以及宗教的層次。如以文學創

作而論，處理形上我的文學作品，乃是基於文化 (思想) 的興趣。

2.道德我：這裡的道德係指作用於人際關係網絡上的道德，而非形而上的道德。道德我的問題是追求社會的倫理、秩序、公平與正義，這是屬於倫理學以及政治學的層次。如以文學創作而論，處理道德我的文學作品，乃是基於權力 (政治、社會實踐) 的興趣。

3. 認知我：認知我的問題是追求知識、見解的深化與圓滿，這是屬於認識論以及學術的範疇。如以文學創作而論，處理認知我的文學作品，乃是基於文化 (思想) 的興趣。

4.情意我：情意我的問題是追求個人情感以及生理的滿足。情意我的追求又可分為兩部分，一是個人情感的探討與反省，這是屬於心理學的範疇；一是個人生理與情意的滿足，這是屬於經濟學以及其他實用技術的層次。如以文學創作而論，處理個人情感的探討與反省，乃是基於文化 (思想) 的興趣；處理個人生理與情意的滿足問題，乃是基於貨幣 (金錢) 的興趣。

現將以上所述，整理為表一以說明之：

表一　文學創作興趣、創作目的及其處理問題的關聯性

文學創作的興趣類別	創作目的	集體/個人主義	處理的問題
權力（政治、社會實踐）的興趣	・以作品宣揚一種政治、社會價值觀,並常批判異己的政治、社會價值觀。創作的主要目的在於成就、推動社會實踐。	・傾向於集體主義	・道德我的處理
貨幣（金錢）的興趣	・將作品作為獲取金錢利益的工具,創作的內容以市場為導向。	・實用性的個人主義	・情意我的處理（情意我的滿足）
文化(思想)的興趣	・作品的主要目的在於抒發作者的思想與情感,對於政治、社會的實踐以及市場需求較不注意。	・思想性、情感性的個人主義	・形上我、認知我、情意我的處理（情意我的揭露與反省） ・

　　以上是就文學創作興趣、創作目的及其處理問題的關聯性而言,現再將文學創作興趣與創作方法的關聯性做一說明:

61

　　1.權力 (政治、社會實踐) 的興趣：以此創作興趣為基礎的作品，強調的是倫理、秩序、公平與正義的追求 (道德我)，作者為了表達其實踐的興趣，發揮其實踐影響力，所採取的創作手法或流派大體如下：寫實主義、浪漫主義、政治文學、鄉土文學、都市文學、環保文學、女性主義文學、傷痕文學、反思文學、改革文學、尋根文學。

　　2.貨幣 (金錢) 的興趣：以此創作興趣為基礎的作品，追求的是金錢利益的滿足 (情意我)，因此，此類作品率為通俗文學、商業文學或大眾文學。

　　3.文化 (思想) 的興趣：以此創作興趣為基礎的作品，追的是人的超越、解脫與救贖 (形上我)，知識、見解的深化與圓滿 (認知我) 或者個人情感的探討與反省 (情意我)，所採取的創作手法或流派大體如下：現代主義、後現代主義、超寫實主義、象徵主義、魔幻寫實主義、意識流小說、文化文學、實驗文學、後設小說、現代派文學……等等。

　　必須說明的是，文學創作興趣與創作手法之間雖具有相關性，但兩者並非等號。上表只是說明文學創作興趣與創作手法及流派之間存在著某種對應的關係，但這種對應關係並不是必然的。也就是說，以上的對應關係只是就大體而言，是屬於韋伯 (Max Weber, 1864-1920) 的理念類型 (ideal type)，並不排除有例外的情況。

　　再者，創作興趣的類別與文章的藝術價並沒有必然的相關性。也就是說，通俗文學與政治文學或者其他種類的

文學,都有具備高度藝術價值的可能性。本文只是針對創作興趣的類別,將文學作品做分類,但各種作品的藝術價值係決定於其創作技巧,而非決定於其興趣類別。

　　茲將文學創作興趣與創作方法的關聯性歸納為表二說明之:

表二　文學創作興趣與創作方法的關聯性

文學創作的興趣類別	創作手法與流派	意識形態取向
權力（政治、社會實踐）的興趣	・寫實主義、浪漫主義、政治文學、鄉土文學、都市文學、環保文學、女性主義文學、傷痕文學、反思文學、改革文學、尋根文學。	・作家往往具備有,甚至自行建構明確的政治價值觀以及意識形態,無論這種價值觀是順服權威或是反抗權威的。
貨幣（金錢）的興趣	・通俗文學、商業文學、大衆文學。	・作家對於政治價值觀以及意識形態通常採取漠視或逃避的態度。

| 文化（思想）的興趣 | ・現代主義、後現代主義、超寫實主義、象徵主義、魔幻寫實主義、意識流小說、文化文學、實驗文學、後設小說、現代派文學……等等。 | ・往往較不措意於政治價值觀以及意識形態的表達，或以較曲折、迂迴的方式來表達其政治價值觀。
・由於作家較強調的是個體的價值，而非群體的價值，因此，對於侵擾個人自由的政治體制以及意識形態，通常採取反省與解構的態度。但建構價值觀的成分較少。 |

七、八十年代兩岸三地文學思潮的比較

根據以上的論述，本文擬就文學創作興趣的分類來比較八十年代兩岸三地的文學創作與思潮。首先，請參考表三的說明：

表三 八十年代兩岸三地在文學創作興趣類別上的比較

文學創作的興趣類別	特性	地區	八十年代兩岸三地文學創作的比較

權力（政治、社會實踐）的興趣	・集體主義	中國大陸	・對過去政治、社會現象的反思。 ・但缺乏對現存政體的批判。 ・傷痕文學、反思文學、改革文學、尋根文學。
		臺灣	・對現實政治、社會體制的反叛。 ・政治文學、鄉土文學、都市文學、環保文學、女性主義文學。
		香港	・對政治的淡漠與逃避。 ・九七問題雖引起香港文學家的關切，但這種關切仍是充滿無力感。
貨幣（金錢）的興趣	・實用性的個人主義	中國大陸	・大眾通俗文學的數量最少。
		臺灣	・大眾通俗文學的數量居次。
		香港	・大眾通俗文學的數量最多。
文化（思想）的興趣	・思想性、情感性的個人主義	中國大陸	・作品大多仍具政治取向，基於文化（思想）的興趣的作品較少。
		臺灣	・許多作品仍具政治取向，但基於文化（思想）興趣的作品頗多。
		香港	・作品多不具政治取向，也有為數不少的基於文化（思想）興趣的作品。

　　根據上表的歸納，我們可以就八十年代兩岸三地的文學創作興趣，進行強度上的比較。本文認為，就權力（政治、社會實踐）的創作興趣而言，大陸作家最強，臺灣居次，而香港則最弱。大陸作家顯然對於政治議題抱有較多的興趣，例如，「『反思文學』一般都具有縱深的歷史感，人物命運與社會政治總是緊緊地扭結在一起。」[17]。但是由於大陸當局的強控制，文學討論的內容則是只能「議古」而不能「非今」。至於臺灣，則也存在許多這類帶有政治性質的作品，尤以統獨的議題為最。總而言之，八十年代大陸與臺灣的作家，仍具有相當程度的集體主義傾向，至於香港的作家，則多傾向於個人主義。

　　就貨幣（金錢）的創作興趣而言，香港作家的強度最高，臺灣居次，大陸則較弱。這種現象，大概與資本主義發達的程度有關。本文並不認為，大眾文學無法產生好的作品。事實上，大眾商業文學與其他種類文學的結合，在國外已有成功的例子，因此，通俗文學並不能一概以低俗視之。

　　就文化（思想）的創作興趣而言，顯然以臺灣較為發達，香港可能居次，而大陸似乎較弱。以文化（思想）創作興趣為主導的社會，一般而言，將產生較多且較為紛雜的創作手法。這是因為，這樣的社會，權力與貨幣對於作家的干擾較少，因而作家個人有較多的思考空間。以文化

---

[17] 黃修己(1935-)主編：《20世紀中國文學史》(廣州：中山大學出版社，1998，下卷)，頁125。

(思想) 的創作興趣爲基礎的作品，雖未必直接對政治現象提出批判，但由於其「個人主義」的傾向，勢必也將危及「集體主義」的思惟邏輯以及集權的政治體制。

八、結 論

　　以上對八十年代兩岸三地文學思潮的比較，顯然是十分粗糙與不完備的。但如果以上的分析架構基本無誤的話，或可做將來進一步研究的基礎。

　　由上文的分析可知，就權力 (政治、社會實踐) 的創作興趣而言，大陸作家最強，臺灣居次，而香港則最弱。就貨幣 (金錢) 的創作興趣而言，香港作家的強度最高，臺灣居次，大陸則較弱。就文化 (思想) 的創作興趣而言，顯然以臺灣較爲發達，香港可能居次，而大陸似乎較弱。兩岸三地在三種創興趣的表現方面，可謂各擅勝場。

　　本文認爲，三種創作興趣並無本質高下之分。眞正決定文學作品地位的，還在於作品本身內容的充實程度、思想的通達程度以及藝術手法的精緻程度。八十年代兩岸三地的文學思潮，透過本文的分析，或有助於吾人思考未來華文文學應有的發展方向。

~~~~~~~~~~~~

參考文獻目錄

CAO

曹文軒:《中國八十年代文學現象研究》,北京:北京大學出版社, 1988。

CHEN

陳清僑編:《文化想像與意識形態:當代香港文化政治評論》, 香港:牛津大學出版社, 1997。

陳信元、欒梅健編:《大陸新時期文學概論》,嘉義:南華管理學院, 1999。

陳昭瑛:《臺灣文學與本土化運動》,臺北:正中書局, 1998。

FENG

馮偉才編:《香港短篇小說選:1984-1985》,香港:三聯書店, 1988。

GAO

高承恕,陳介玄主編:《香港:文明的延續與斷裂》,臺北: 聯經出版社, 1997。

HAO

郝明工:《20世紀中國文學思潮及其流派》,重慶:西南師範大學出版社, 1998。

HUANG

黃繼持, 盧瑋鑾、鄭樹森:《追跡香港文學》, 香港：牛津大
　　學出版社, 1998。

黃修己主編:《20世紀中國文學史》, 廣州：中山大學出版社,
　　1998, 下卷。

黃維樑編:《中華文學的現在和未來：兩岸暨港澳文學交流研
　　討會論文集》, 香港：鑪峰學會, 1994。

　　JIN

金漢、馮青雲、李新宇主編:《新編中國當代文學發展史》, 杭
　　州：杭州大學出版社, 1997。

　　LI

黎活仁、龔鵬程主編:《香港新詩的「大敘事」精神》, 嘉義：
　　南華管理學院, 1999。

李瑞騰:《臺灣文學風貌》, 臺北：三民書局, 1991。

　　QING

青文書屋:《香港文學書目》, 香港：青文書屋, 1996。

　　TANG

唐翼明:《大陸新時期文學 (1977-1989)：理論與批評》, 臺北：
　　東大出版社, 1995。

　　YE

葉石濤:《臺灣文學史綱》, 高雄：春暉出版社, 1998再版。

　　YUEN

阮新邦:《批判理性、社會實踐與香港困境》, New Jersey：八
　　方出版社, 1997。

　　ZHANG

張鐘:《當代中國大陸文學流變》, 香港：三聯書店, 1992。
　　ZHOU
周慶華:《臺灣當代文學理論》, 臺北：揚智文化, 1996。
──:《臺灣文學與「臺灣文學」》, 臺北：生智文化, 1997。
　　ZHU
朱雙一：《近20年臺灣文學流脈："戰後新世代"文學論》, 廈門：廈門大學出版社, 1999。
朱寨、張炯主編:《當代文學新潮》, 北京：人民文學出版社, 1997。

~~~~~~~~~~~~

英大摘要(abstract)

Kuo, Kuan-ting, "A Recollection of Literary Thoughts in the 1980s between Mainland China, Taiwan and Hong Kong".

Associate Professor, Institute of Asia-Pacific Studies, Nanhua University

This essay strives to construct a systematic and structural comparison on literary thoughts of the 1980s between Mainland China, Taiwan and Hong Kong. The literary thoughts integrated in this essay underscore the methodologies, concerns and attitudes of writers instead of giving insights on the theoretical analysis or structural practice of critics. Since Mainland China, Taiwan and Hong Kong are the three major producers of Chinese literature, a meaningful and comprehensive comparison between the places is able to provide valuable experiences for further observation. The theoretical review can also help identify the peculiarities, contents and trajectories of Chinese literature in the above three places. Strengths and weaknesses of the three places are highlighted after a thoughtful analysis. Mainland writers demonstrate the strongest interests in writing power (for instance, politics and social implementation), while Taiwan writers dominate the second place, and Hong Kong writers come at last. When it comes to writing money, the situation reverses and Hong Kong writers reveal their preferences. Taiwan writers nevertheless are most ardent in writing culture, Hong Kong writers probably follow right after, and Mainland writers show little interest. A thorough examination exemplifies the diversified interests of the three places. (余麗文譯)

~~~~~~~~~~~

論文重點

1. 八十年代的中國大陸、臺灣以及香港三地的文學創作，就橫剖面的創作內容而言，可以說是呈現出一種變化快速、流派紛雜以及多采多姿的樣貌。

2. 八十年代兩岸三地的文學環境，雖在許多差異，但如深入分析，卻也存某種共同之處。

3. 1949年中共建政之後，大陸文長期淪為統治者的統治工具。

4. 與大陸一樣，八十年代以前的臺灣文學，由於受到政府的強力管制，也比較缺乏作家自由揮灑的空間。

5. 香港的文學界，由於作家人數較少，因此較難歸納出種種流派，並予以系統性地分析。

6. 筆者認為，就權力(政治，社會實踐)的創作興趣而言，大陸作家最強，臺灣居次，而香港則最弱。

7. 就貨幣(金錢)的創作興趣而言，香港作家的強度最高，臺灣居次，大陸則較弱。

8. 就文化(思想)的創作興趣而言，臺灣作家的強度最高，香港居次，大陸則較弱。

9. 筆者認為，三種創作興趣並無本質高下之分，真正決定文學作品地位的，還在於作品本身內容的充實程度、思想的通達程度以及藝術手法的精緻程度

~~~~~~~~~~

特約講評人: 吳予敏

吳予敏(Yu Min WU), 1954年生, 西北大學中文系碩士, 中國
　社會科學院文學研究所文學博士(1989), 現爲深圳大學傳
　播系教授、系主任, 著有《美學與現代性》、《無形的網
　絡——從傳播學角度看中國傳統文化》。

　　從地域、文化、交往和政治經濟淵源來說, 兩岸三地
的文學的確有很多值得比較的地方。郭冠廷博士的論文,
以宏觀的視野、清晰的線索勾畫出中國大陸、臺灣、香港
三地的文學的特點和走勢。他援用權力、商業、文化三個
維度評價三地文學的偏倚, 給我們帶來了十分豐富的話
題。

　　郭冠廷博士的論文的結論顯然是根據對三地文學的基
本面貌的觀察得出的。他的方法既有政治經濟學的視點,
也有文化學的視點。總體上, 更注意時代的變遷、政治經
濟文化變革對於文學的決定性影響。

　　問題在於, 文學和社會的關係, 並不是直接的對應性
的關係。馬克思(Karl Marx, 1818-1883)和恩格斯(Friedrich
Engels, 1820-1895)曾經認爲, 文學是更高的漂浮於空中的

意識形態，不是直接的反映經濟和政治的鏡子。文學的關切，固然有深刻的社會基礎，但是她由於本身的特性，與社會只是一種複雜的折射關係。拿大陸來說，政治在50多年的社會生活中，一直是人民的實際生活中最重要的決定性的因素。全面的政治控制、高度集中的行政架構、單位化的生活體系、政治對於人際關係的全面滲透，這些決定了文學不可能不去直接或間接表現政治。大陸作家對於政治的關切，是和他們對於人民生活的關切，對於自我的關切聯繫在一起的。可以說，在大陸，沒有與政治相脫離的文化。文化需要有傳承、寄託、蘊積、獨立、碰撞，甚至某種程度的頹廢。80年代的大陸文學，如尋根文學，採用了很多文化素材或意象，但是在文化反思的背後，仍然有政治關切。80年代的文學，在今天看來，也許尚未擺脫理想主義和社會功利主義，藝術上相對粗糙的，但是，確實是憂憤深廣的文學，展露出博大深沉一面，有血有肉，在社會上也有較大的反響。相對於90年代政治沉寂時期的文學，纖細的、堂皇的、鄙俗的、獵奇的、香艷的、精緻的、閒適的文學，似乎更有價值。

大陸寫作的政治導向，從30年代的左翼文學、40年代的抗戰文學、大眾文學、50年代的(蘇式的——社會主義現實主義文學、60年代的(毛式的——革命現實主義與革命浪漫主義相結合的文學、70年代的文革期創作、80年代的傷痕、改革、反思文學、現實主義回歸，構成了蔚為壯觀的政治文學和政治化寫作的洪流。 (關於這種寫作的系統研

究，見于劉再復[1941-]、林崗[1957-]、王曉明[1955-]等
人的工作。)造成這一寫作導向的主要是社會歷史的原因。
80年代以後，大陸文學逐漸走向了多元化的局面。讀者的
興趣也變得分散了。現在即使是嚴肅的作家，寫作時也往
往考慮到可讀性。例如陳忠實(1942-)的《白鹿原》。商業
市場的作用通過讀者閱讀行為反饋到作家的寫作方式。值
得注意的倒是現在一些邊緣性的創作，十分個人化的、不
求讀者注意的、在手法上相當講究、在生活和藝術的視角
上相當獨特的作品。我個人比較推重的是余華(1960-)、殘
雪(1953-)、陳村(1954-)等更年輕的作家。他們是完全超
越了政治寫作模式的。他們有時間接地寫政治，但是政治
只是作家必須面對的一種典型的中國生活素材。

　　香港和臺灣的80年代，都是歷史上的重要轉折點。香
港歷來被視為商業功利主義盛行的地方。然而文學關切的
是在巨大的歷史轉變中，文化認同和自我認同的危機。香
港有她特殊的文化魅力，不只是她的商貿性的文化，還有
她的民間文化、地域文化，以及百年來無確定歸屬感和穩
定認同感的特有的歧異斑駁的文化。香港文學顯然也表現
著這樣的文化。臺灣的80年代，是重新找尋自我本位的時
期。文學的反叛，鄉土的認同，以及臺灣孤島情結，似乎表
現了一種回歸本土的精神和心理的趨勢。「戰後新世代」
文學，是從本土概念上的外拓，其背景是全球化的浪潮以
及全球時代的種種新的觀念，表現了臺灣文學在精神視野

上融入世界的強烈渴望。臺灣文學的動向，很難說只是文化的因素在起作用。

關於三地作家的寫作方式的比較，也是一個有趣的話題。問題是，作家的生活方式和他的寫作方式並非是完全一致的。大陸專業作家一般被歸屬在各級作家協會裡，納入到國家的幹部管理體制。但不等於說，他的寫作也完全服從于國家政治權力的計劃。作家協會制度是蘇聯斯大林式的模式，無疑是對文學的權力控制。在中國大陸，80年代以後，作家協會漸由多種身份的作家構成，其中有相當數量的自由作家(如余華、殘雪、北島[趙振開,, 1949-]、史鐵生[1951-]等。即使是所謂「駐會作家」(如賈平凹、陳忠實、劉心武[1942-]、王安憶[1954-]和軍隊作家(如莫言[1956-]、劉毅然、朱蘇進等，在創作上，仍然是相當自由和個性化的。行政歸屬和創作方式之間的相互影響，顯然是越來越不重要了。

總體上說，用權力、商業、文化的維度評價三地文學特點，把握住了基本的表象，然而，我們還希望看到文學湧動的更深層更複雜的作用力的所在。

~~~~~~~~~~

特約講評人: 毛少瑩

毛少瑩(Shao Ying MAO): 女，廣州中山大學哲學碩士，現任深圳市特區文化研究中心助理研究員。著有《香港普及文化初探》、《十九世紀香港文化一瞥》等論文10餘篇。

八十年代大陸改革開放，八十年代香港經濟騰飛，八十年代臺灣政治民主化進程加快，時代風雲聚會，變革、開放、復甦、進步的種種必然會波及文學，事實上，八十年代確實也是文學思潮活躍變化的時代，對這一時代的回顧成爲一件很有趣也很有意義的事。郭先生的文章通過比較八十年代兩岸三地文學環境的異同，縱向指出了八十年代兩岸三地思潮與前此的文學思潮的不同之處（如七十年代）；橫向則比較了中國大陸、臺灣、香港三地文學在思想、創作上的相異，並提出了自己個人的解釋；最後，就以上分析，對文學思潮、作家創作動機與經濟社會環境之間的關聯進行了探討。文章涉及內容廣泛，但作者宏觀把握能力較強，分別論述，邏輯清晰，全面完整地提出了自己的看法。

作者將文學環境歸結爲：人——本土作家的崛起；政治環境——意識形態由控制轉向多元；經濟環境——較大幅度的經濟增長；外來思潮的衝擊幾個方面，是準確的。文章分別分析大陸、臺灣、香港三地的文學思潮時的基本把握是到位的。特別，鄭先生在比較三地文學創作興趣、創作目的與創作手法之間的關聯時，提出了一套富有新意的分析框架，即「依人類的三種互動媒介（權力媒介、貨

幣媒介以及語言媒介），將文學的創作活動分爲三類：權
力（政治、社會實踐）的興趣、貨幣（金錢）的興趣以及
文化（思想）的興趣。」同時，將文學處理的核心——「人」，
即個體的「我」分爲「形上我、道德我、認知我、情意我」
四類。

據以上框架，文章分析了創作興趣與目的及其處理問
題的關聯性、創作興趣與創作方法的關聯性，並就這兩種
關聯性進行兩岸三地的比較。作者最終的結論是，「就權
力（政治，社會）的創作興趣而言，大陸作家最強，臺灣作
家居次，香港則最弱。就貨幣（金錢）的創作興趣而言，香
港作家的強度最高，臺灣居次，大陸則較弱。就文化（思
想）的創作興趣而言，顯然以臺灣較爲發達。香港可能居
次，而大陸似乎較弱。」這一結論是有趣而大膽的。某種
程度上確實看出了兩岸三地作家的不同。這一結論的正確
與否本人卻抱一定的懷疑態度。比如政治社會的興趣與文
化（思想）的興趣本身即有不容忽視的相關性。此外，作
者對大陸作家作品的了解可能有一定的局限性，因而導致
其結論有些偏差。應當指出的是作者提出的分析框架是很
有創意的，其提出的「形上我」與「道德我」、「認知我」
與「情意我」的說法，與近年來的「政治人」、「經濟人」、
「道德人」之說有異曲同工之妙。從文學史到思想史的視
覺也給人啓發良多。

謹建議：兩岸三地的文學思潮涉及問題非常複雜，要
作出詳盡的回顧分析，此文恐怕還只是一個綱領性的東

西。文中的每一部份都可以補充擴寫爲長文。建議作進一
步的研究。

　　僅供參考，謝謝！

～～～～～～～

特約講評人: 劉自荃

劉自荃(Paris LAU), 男, 香港中文大學英文系碩士, 倫大東方
　　學院博士生。曾任香港樹仁學院英文系系主任及高級講
　　師。 現任教於香港理工大學通識教育中心。 譯作包括《解
　　構批評》,《後現代主義的政治學》,《逆寫帝國》等。

　　郭教授自言其論文有三個目的: 一, 探討八十年代兩
岸三地的文學思潮與前此的文學思潮究竟有何不同? 二,
探討中國大陸, 臺灣以及香港三地的文學在思想上, 創作
上的相異之處, 並嘗試解釋箇中的原因。 三, 就八十年代
兩岸三地的文學思潮, 作家創作動機以及經社環境三者之
間的關聯性進行探討。

　　在論文中郭教授指出八十年代兩岸三地的文學環境的
相同之處如: 戰後新世代作家的崛起, 政治環境的改變,
經濟上的發展, 及外來思潮的衝擊等。 再分別說明三地文
學的不同: 反思成了八十年代大陸文學思潮的主軸。 多種

文學潮流交錯或並行出現。作家更著重於描寫人的心理層面，亦致力於思考「人」的問題。 臺灣文學則多元而豐富，從政治社會文化環保乃至女性地位各種議題，皆有批判色彩，更有反叛性格，作家的世代觀念比流派觀念重要。 香港文學則對政治、社會議題冷漠，文學商業化之餘，創作技巧和題材亦多樣化。

最後郭教授表列出權力、貨幣及文化三種興趣類別。就創作目的、處理的問題、創作手法與流派、意識形態取向等作出區分，偏向於權力興趣的包括寫實主義、浪漫主義、政治文學、鄉土文學、都市文學、環保文學、女性主義文學、傷痕文學、反思文學、改革文學、尋根文學等。偏向於貨幣興趣的包括通俗文學、商業文學或大眾文學。偏向於文化興趣的包括現代主義、後現代主義、超寫實主義、象徵主義、魔幻寫實主義、意識流小說、文化文學、實驗文學、後設小說、現代派文學等。

結論是就權力的興趣而言，大陸作家最強，臺灣居次，而香港則最弱；就貨幣興趣而言，香港作家最強，臺灣居次，而大陸則最弱；就文化興趣而言，臺灣作家最強，香港居次，而大陸則最弱。

郭教授的論點明晰、條理井然. 但論據似乎頗為空泛，論點亦很概念化。對於兩岸三地的文學思潮的論述，不是印象式的歸類，便是倚賴於一兩本二手書籍的援引。 缺乏紮實的歷史文本，或具體的文學作品作根據。有關八十年代的大陸文學作品的論述。記憶中最好的一篇論文，是

Sylvia Chan 的 "Chinese Literature since Mao"[18]。 該文章既建基於實在的歷史文本, 亦有具體文學作品的分析. 有關兩岸三地文學思潮的回顧, 亦應該如是論述。

至於郭教授把現代主義、後現代主義、超寫實主義、象徵主義、魔幻寫實主義、意識流小說、文化文學、實驗文學、後設小說、現代派文學等, 歸為偏向於文化興趣。 有別於偏向於權力興趣的寫實主義、浪漫主義、政治文學、鄉土文學、都市文學、環保文學、女性主義文學、傷痕文學、反思文學、改革文學、尋根文學等, 亦頗有斟酌餘地. 李歐梵(1939-)教授便恰好有篇文章, 喚作 "The Politics of Technique: Perspectives of Literary Dissidence in Contemporary Chinese Fiction"[19]。 論點是文藝上的反叛, 跟政治上的反叛, 不能分割。

最後, 香港文學既然是商業化的, 或對貨幣的興趣是最濃的, 那為甚麼會有如劉以鬯(劉同繹, 1918-)及西西等, 在面對虧本仍堅持搞文藝刊物的作家呢? 誰來代表香港文學呢?

[責任編輯: 梁敏兒博士]

---

[18] *China: Modernization in the 1980s.* ed. Joseph Y. S. Cheng[鄭宇碩, 1949-] (Hong Kong: Chinese UP, 1989), pp.609- 652.

[19] *After Mao: Chinese Literature and Society 1978- 1981.* ed. Jeffrey C. Kinkley (Cambridge, Mass: Harvard UP, 1985) , pp.159- 190。

林行止政經評論—1989年

■孫以清

作者簡介: 孫以清 (Yi-ching SUN),祖
籍安徽省壽縣,1957年10月1日生於
臺北市。中國文化大學俄文系學士,
美 國 德 州 大 學 奧 斯 汀 校 區
(University of Texas at Austin)政治
學博士。著有 *U.S Arms Transfer*
*policy during the Cold War Years*及
《美中台三角關係的再省思》等文。
現任南華大學亞太所助理教授。

論文提要: 本文根據一小部分林行止在
1989年所寫的〈政經短評〉,對他寫
作中的一部份思維做些推敲與分
析。本文以斷章取義的方式討論了幾
個個問題: 第一,政經改革的順序,
第二,自由經濟與政府干涉,第三,
民主導致台獨。

關鍵詞(中文): 政治改革、經濟改革、市場經濟、民主、台獨

關鍵詞(英文):　political reform, economic reform, market economy, democracy, Taiwan Independent

一、引言

　　香港《信報》創辦於1973年，經過70年代的慘澹經營，從80年代初開始逐漸茁壯，至今《信報》不但成為一份在財經界具有重要影響力、同時也深受知識份子重視與喜愛。這份報紙的創辦人林山木先生（筆名林行止，1940-　）以他獨到的眼光撰寫《信報》的《政經短評》。林先生除了藉由《政經短評》傳播新知、與剖析經濟動向之外，他更以其冷靜之筆觸、入微之觀察、慎密之思路、與明澈之析論批評時政，不僅為香港各界所稱道，全球華人報刊也多轉載，因此被譽為「香江第一健筆」。雖然林先生從不諱言《信報》是為生意人辦的報紙，宗旨是教人如何賺大錢[1]，然而《政經短評》的寫作範圍極為廣闊，遠遠超過所謂「賺大錢」的目的。因此，如果要對林先生在80年代所寫的文章作一個整體的評述，實在相當的困難。不但如此，在接近公元2000年時，若要將林先生在80年代所撰述的《政經短評》蒐集齊全也非易事。所幸，臺灣的《遠景》出版社將林先生在1989年之後的《政經短評》集冊出書。

---

[1] 林行止：《身外物語》（臺北：遠景出版社，1990），封底。

如此，不但可使臺灣讀者能夠有系統閱讀林先生的作品，同時也使本文寫作的難度大為降低。

而本文將根據臺灣「遠景」在1990年所出版的《林行止政經短評》一到四集[2]，對林先生寫作中的一些思維做推敲與分析。然而，這四本書僅僅蒐集林先生在1989這一年中所寫的《政經短評》，換句話說，本文所依據的只是林先生作品的一小部分，因此不免有以偏蓋全之嫌。另一方面，作者與林先生並不認識，而僅僅以一年的作品猜測其思維，也難免有誤，希望各位讀者指教。

二、政治上的不確定與政經改革的順序

對林行止在1989年上百篇寫作一個總體的印象是他對這一年中所發生的許多事物（尤其是對香港的前途）感到不確定與不安，同時，他似乎認為由於東歐及俄國的變遷，在經濟上倒是充滿了機會。

1989年在近代歷史上可說是非常重要的一年，首先是東歐共產世界的消逝。從6月波蘭共產黨選舉大敗失去政權開始，9月匈牙利決議實施多黨民主，11月保加利亞也決定推行民主政治，同月，柏林圍牆的倒塌。這一連串事件象徵二次大戰後所形成的國際兩極體系瓦解，以蘇聯為首

2 　一至四集的書名分別為：《身外物語》，《六月飛傷》，《怕死貪心》，《樓台煙火》。

的東歐集團勢力遽減，東西歐長期對而不抗的局面結束，同時也是美國主張「國際新秩序」的開端。但在此同時，一般國家並非大肆慶祝所謂「後冷戰」時期的來臨，國際間反倒是是瀰漫著一股不確定的詭譎氣氛，造成這種氣氛最重要原因是一般大眾對於未來的不確定感。以國際關係中「新現實主義（New Realism）」的觀點來看，這種不確定感是可以瞭解的，新現實主義的學者認為二次大戰後的「兩極體系」是維持世界穩定與和平的主要因素。而兩極極體系的瓦解，不但意味著美國成為世界上的「單一霸權」，而人類也面對一個歷史上從未發生過的「單極體系」，這種國際體系所將帶給人類的是福是禍也不可知。

不過，林行止對上述這種國際間的大變化並沒顯出什麼太大的不安，反倒是抱著樂觀其成的態度。其實，以他對計畫性經濟的反感，東歐共產國家的變革並非什麼壞事，反而能讓香港民眾多做些生意，這種想法可以在他5月16日「化戾氣為生意經，致祥和大家發財」[3]，10月25日「匈牙利變天，中國愈孤立港商應有所為」[4]，與11月13日「留意東歐「變天」帶來的經濟機會」[5]等三篇評論文章中看出些許端倪。

然而，林先生對東歐尤其是前蘇聯是否能夠變革成功，抱持著過於樂觀的看法。而如今看來，林先生對蘇聯改革

---

[3] 林行止：《六月飛傷》（臺北：遠景出版社，1990），頁157-160。
[4] 林行止：《樓台煙火》（臺北：遠景出版社，1990），頁81-84。
[5] 林行止：《樓台煙火》，頁149-152。

方式的見解的確值得商榷。林先生認爲「蘇聯的政治改革
顯然較中國的進步與大膽，雖然戈巴爾喬夫的重建與改革
仍是未知數，但政治改革的步伐走在經濟改革之前，正是
後者得以順利推行的保證」。[6] 他似乎認爲政治上施行民
主化，將可以維護經濟改革的成果，同時，政治上的制度
將是經濟制度的保證。在此推論下，政治改革應當先於經
濟改革。其實林行止的這種看法可能有些問題，不過在看
完林先生對香港的一些看法後，我們對這個問題將再作討
論。

　　造成林先生不安與不確定的最主要因素，則是1989年
的「六四天安門事件」。雖然此一事件的前因、後果、處
理方式、與評價至今在兩岸三地仍不時有所爭議。但當時
香港百姓在電視機前目睹此一事件以悲劇收場時，心中的
感覺想必是對北京當局的氣憤與失望，同時也對自身的前
途感到害怕與不安。林先生的文章可能確實反應了港人的
一般想法，對香港百姓而言，當時距離1997年回歸之日只
剩下8年左右的時間，對香港「五十年不變」的承諾，北京
當局是否會在一夕之間翻臉不認帳呢？同時，在香港各種
不同於北京當局意識型態與其衍生的各種事物，在回歸之
後，是否能繼續在香港發展存在呢？雖然林先生與香港百
姓一向對此有所疑義，但在經歷此一事件之後，疑慮不免
急速加深，進而開始思索要往何處去的問題。在林先生此
年作品（尤其是在6月之後）不時反應出九七大限後繼續

---

[6] 林行止：《六月飛傷》，頁301。

居港的憂慮，譬如，他在7月3日在「前景迷惘何處去，海闊天空容身難」中討論港人居英權的問題時說：

> 中國所以容許香港不變（能否成事是另外一回事），是香港充滿經濟活力，能替中國創匯，一旦移走三百多萬人，香港經濟很難不垮，香港對中國的經濟作用即使不消失亦必然大為遜色，這會否導致中國香港政策大變？……英國政府為了不能收容其香港子民而「贖罪」，勢必大力「催谷」香港政制民主化，以一人一票代替赴英居留權。在英國政府而言，這樣做是說的通同時可獲西方民主社會認同的「甩身妙計」。經過北京屠城之後，香港爭取加速民主政制步伐的聲勢已大為浩大，因此兩者一拍即合，可以斷言。問題是北京的反覆無常及憲法上明文排斥資本主義，加上本港政制全面民主化，資本家又有什麼想法呢？如果資本家認為香港不值得在投資，又會出現什麼局面？[7]

從以上這段文字中可看出：一方面，他擔心香港人獲得居英權之後，將大量的出走，因而導致香港經濟的衰退；而另一方面，他也擔心英國為了不收容其香港人民而「贖罪」，將在香港主導民主化，此舉將會使資本家預期北京與香港間關係的緊張，進而導致投資環境的惡化。換句話

---

[7] 林行止：《怕死貪心》（臺北：遠景出版社 1990），頁7-9。

說，他似乎認為香港的民主化反而會對香港的經濟帶來不利的影響。

現在，我們已經看到林先生對民主政治的兩個看法。第一，他認為政治上施行民主化，將可以維護經濟改革的成果（俄國），第二，而他認為香港的民主化會對香港的經濟帶來不利的影響。其實，這兩個看法並不能說是相互矛盾，因為他推論時所依據的前提不同，當然結論也就不一樣。談到香港民主化問題時，林先生考慮到一些外在因素——英國政府與北京當局；而在談論俄羅斯民主化時，這些外在因素在林先生的思維中是不存在的。如前所述，其實林先生第一個看法是比較有問題的，我們將對此作進一步的討論。

其實這個問題的關鍵在於民主改革與經濟改革的順序應當為何？政治學中「現代化理論（modernization theory）」認為經濟發展及由其所帶來的社會變遷，尤其是中產階級的興起，會產生要求民主的壓力。因此，摩爾（Barrington Moore, 1913- ）認為獨立而強大的中產階級是出現民主的必要條件。根據此一推論，快速的經濟成長可以開創民主的契機，而缺乏經濟發展將會阻礙民主發展。因此，經濟改革應在民主改革之前。[8]然而，許多學者認為當如果一般人民在經濟上無法得到滿足時，將會在政治上要求改革，根據這種說法，經濟上的失敗也可能導致

---

[8] Barrington Moore, *Social Origins of Dictatorship and Democracy* (Boston: Beacon Press, 1966).

民主，所以政治改革可以在經濟改革之前。林行止顯然比較贊成第二種說法。雖然這兩條路徑都可以達成民主。但是我們的問題是：哪一條路徑比較能夠維持經濟的持續發展，而同時能夠保持政治上的穩定呢？

以亞洲一些國家為例，臺灣與南韓、都是在經濟發展至一定程度時，民主改革才逐漸出現。如今，在經濟發展與民主政治上皆有所成就。反而一些先有民主的國家，如印度和菲律賓則在經濟發展上不如南韓與臺灣，同時在政治上也不太穩定。許多國家民眾在先享有有民主制度之後，由於經濟發展遲滯，望治心切，因而透過選舉，選出一位獨裁者來做經濟變革，在經濟變革中輟時，民眾又再次要求民主，如此反覆幾次，國家大亂。換句話說，先實行政治上的民主化，並不能維護經濟發展的成果；而經濟上的發展成就，能夠保證比較穩定的民主制度。因此，中國「經濟先行」的改革可能比俄國「政治先行」要來得穩健一些。懷特（Gordon White, 1942- ） 在其著作《騎虎》（ *Riding the Tiger: The Politics of Economic Reform in Post Mao China* ） 依據「現代化理論」所提示的看法，認為大陸的經濟改革已經造成了社會階層的分化，以及意見的多元化。人們的期望也在不斷升高，而在此同時，社會團體逐漸興起，市民社會的力量也日益壯大，因此，懷特認為自由化和民主化遲早在大陸實現。[9] 雖然我們對大陸目前的

---

[9] Gorden White, *Riding the Tiger: The Politics of Economic Reform in Post-Mao China (* Stanford: Stanford UP, 1993).

政局以及走向不能任意預測，不過一個長遠的趨勢看來，大陸自由化與民主化的前景應是十分光明的。

三. 自由經濟與政府干預

　　這一節將接續上一節的討論，讓我們瞭解林先生對政治與經濟間的關係有著什麼樣的看法。從林行止先生各種有關經濟議題的寫作方向，很容易看得出林先生比較傾心於自由經濟。所謂「自由經濟」就是說社會上每一個人在追求「自利」的過程中，經由一隻「看不見的手」（即市場）的引導，從事分工合作、來增進彼此的幸福的一項機制。任何一個自由經濟學者都會認為政府或政治不應干預市場機能的運作。而各種有關經濟事務的處理，最好由人民自己透過市場運作來解決。而這種說法背後所隱含的意義為：在個人追求最大滿足的前提下，經由市場機能的運作，將使有限的資源得以作最有效率的分配，終使經濟體系中的各個成員都能得到最大滿足。在此狀態下，「政府」在經濟上的功能將變的極為有限， 包括：儘可能地確保競爭狀態，改變所得分配，及維持秩序和強制合約之履行。

　　在林先生大部分有關經濟的評論文章中，大多抱持著這種反對政府干預經濟事務的立場。譬如他在1989年10月17日的「維持經濟長期增長升而不跌的困難」的文章中所言：

迷信政府力量的人，相信政府的行政干預會使
經濟循環消於無形，但我們認爲政府的干預只能收
即時的短期效應，這有如對病入膏肓者注入特效藥，
只能收一時之效，藥性一過，病情加重，死亡愈
近。[10]

然而，許多在80年代及90年代探討東亞經濟發展經驗
的文獻均認爲東亞國家經濟發展的主要原因在於國家機
關（state）藉其自主性（autonomy）與職能性（capacity）
適當與成功的干預國內市場運作，有效的運用本地資本與
外資，成功的統合（壓制）企業和利益團體間可能的衝突，
與以各種政策維護本土新興工業所獲致的結果[11]。換句話
說，這些學者認爲，正因爲國家機關對其經濟採取干預，

---

[10] 林行止：《樓台煙火》，頁57。

[11] 可參以下書目：Chalmers Johnson, *MITI and the Japanese Miracle: the Growth of Industrial Policy 1925-1975* (Stanford, CA: Stanford UP, 1982); Thomas Gold, *State and Society in the Taiwan Society* (New York: M. E. Sharpe, 1986); Stephan Haggard and Tun-jen Cheng, "State and Foreign Capital in the East Asian NIC's.", *Achieving Industrialization in East Asi.* ed. Helen Hughes (Cambridge: Cambridge UP, 1987), pp.1-19; Rober Wade, *Governing the Market: Economic Theory and the Role of Government in East Asian Industrialization.* (Princeton, New Jersey: Princeton UP, 1990). 龐建國：《國家發展理論—兼論臺灣發展經驗》，臺北：巨流圖書，1993; Peter Evans, *Embedded Autonomy: States and Industrial Transformation. Princeton* (New Jersey: Princeton UP, 1994); 廖坤榮：〈國家職能及其從『發展國』到『管理國』的轉變〉《中國行政評論》5卷4期，1996年9月，頁125-148。

才導致這些亞洲國家的經濟發展。以臺灣為例,從1950年代到1960年代,臺灣國家機關對經濟發展一直扮演「耕耘」的角色,對一些萌芽的產業採取各種保護措施,同時解決一般經濟問題也是以管制的方法來處理。例如在1950年代,運用美援來支配產業發展的方向,如紡織業與麵粉等工業。政府運用極為有限的資本,分配給能出口的產業以賺取外匯,並且對所賺得的外匯的使用做出嚴格的管制。1960年代以來運用「獎勵投資條例」,引導民間投資。1970年代,當臺灣經濟陷入景氣低迷之際,政府大力推動擴大內需的「十大建設」與之後的「十二項建設」,施行所謂第二次的進口替代政策,推動發展生產工業原料與零組件、半成品的資本密集產業,加重化工、機械、電子等工業的比重。而此項政策的結果在1980年代開始逐步顯現,一些具有國際競爭力的民間大企業紛紛出現。而此時臺灣的國家機關也調整其角色,即從以前「耕耘」的角色調整為「助產」的角色。所謂「助產」就是一方面放鬆對市場的控制,而另一方面則以政府的力量協助民間業者發展國際競爭力。以臺灣的資訊工業來說,政府建立科學園區、提供業者各類資訊商情,幫助訓練人才,甚至擔當新產品的研究及發展工作等等。而此項政策所獲致的結果則是使臺灣在1990年代成為全球資訊產品的第三大生產國。

其實,從其他亞洲國家如南韓,新加坡、及馬來西亞,經濟發展成功的經驗來看,國家機關似乎都扮演著與臺灣政府類似的角色。一些對經濟採取放任政策的國家,經濟

反而比較不能成功的發展。當然，政府的「職能性」（如
公務人員的能力與操守）對干預是否成功也是十分重要的，
胡亂干預所得到的效果可能比不去干預還來的壞。當然，
本文也不是完全不同意林先生的觀點，其實在經濟發展有
了一定的成就之後，國家機關應當在適當的時機調整期角
色，減少對市場的干預。但是對經濟發展後進國家而言，
在追求經濟發展之初，以政府力量干預市場運作卻是必須
的。

四、民主導致臺灣獨立？

　　以一個在臺灣生長的人，想在此對林先生對臺灣的觀
察提出一些看法。他在臺灣版的序言中說到「至於臺灣問
題，今年的評論不多，為我在『彈性外交與政治民主化是
台獨溫床』（12月8日）所提的觀點，間接轉來一些臺灣讀
者的不同看法；不過我仍堅持我的看法——政治民主化是
台獨的溫床！而這種趨勢不是主觀願望所能轉移的」。而
他在這篇評論中認為：「臺灣政府現在無論如何要『絕不
手軟』地對付台獨份子；若不如此，爭取臺灣獨立遲早成
為大多數臺灣人共識的政治主流」。而本文作者與許多臺
灣民眾一樣，對林先生這種民主導致台獨的看法，是抱持
著不同觀點的。

　　所謂「臺灣的民主化」，根據成功大學政經所張讚合
教授的說法是「只要民選總統能順利選出並宣布就任，臺

灣民主化就算宣告完成」。[12] 而臺灣在1996年選出總統後，根據張教授的說法臺灣民主化可說是已經完成三年多的時間了。以下，讓我們看看民主化之後臺灣「統獨」民意的變化

在臺灣民主化的過程中一個重要的里程碑是停止「動員戡亂時期臨時條款」的施行。臺北在1991年發佈命令，終止「動員戡亂時期臨時條款」，同時公佈施行憲法增修條文，所謂「動員戡亂時期」正式結束、大陸地區在所選出的「老民意代表」全數退職，中央民意代表全面改選。當然，停止「動員戡亂時期臨時條款」也意味著臺灣大陸政策開始轉變。在「動員戡亂時期」，臺北並不承認中國的主權和統治權之更迭已經完成，仍然認為中華民國政府才是中國的主權和統治權的象徵和代表。而動員戡亂體制的終止，則是表示臺灣在法律上可以宣告北京當局是從1949年起就已存在、及擁有大陸統治權及主權的政治實體，臺灣方面不再與大陸當局爭正統，同時，認定1949年以後的中國是「分裂」而不是「改朝換代」。臺灣方面原先的如意算盤是想要兩岸同時都放棄改朝換代和爭正統。並從承認這個「分裂」的現實出發，重新在對等的基礎上商討兩岸的未來。為了增加談判時的籌碼，臺灣也公開到國際上尋求支持，開始發動所謂「務實外交」或「彈性外交」，希望以國際社會能成為臺灣與大陸政治談判的中介架構，以及日後兩岸簽訂合約之後對大陸當局履行合約的一種制

---

[12] 張讚合:《兩岸關係變遷史》（臺北：周知文化 1996），頁444。

約與監督的力量。其實，以實事求是的精神來看，臺北這
種對兩岸關係的新觀點，不但脫離兩蔣時代的「反共八
股」，同時也還蠻符合當前兩岸間的實際情況。然而不幸
的是在推展這項政策時，臺灣領導人的不當發言、一廂情
願、與錯估情勢，引起中共當局對臺灣當局追求「台獨」
的疑慮，不但兩岸緊張關係急速升高，致使兩岸關係不進
反退，更不幸的是大陸當局對臺灣所做出一連串的「文攻
武嚇」，也被臺灣人民解讀爲北京的不友善行爲，臺灣百
姓對大陸的反感增加。

　　在此種惡劣的情況下，臺灣到底有沒有如林先生所言
民主化會導致「台獨」成爲大多數臺灣人共識的政治主流
呢？要回答這個問題，首先我們必須瞭解「統一」與「獨
立」這兩個概念並不是能夠清清楚楚一分爲二的，我們絕
對不能說一個人不希望立即與大陸統一就是贊成台獨。而
「儘快統一」與「儘快獨立」之
間，其實有著無限多個選擇，比
方說，「維持現狀之後統一」、
「維持現狀之後獨立」、「維持
現狀以後再作決定」、及「永遠
維持現狀」等等。根據臺灣陸委
會在1999年10月13日至10月17日
的民意調查報告顯示：「維持現
狀，看情形再決定獨立或統
一」、「維持現狀，以後走向統

林行止留學英國時
的少作評價也不錯

一」的民衆占了一半以上（約51％）。而主張「儘快宣佈
獨立」(4%)、與「維持現狀，以後走向獨立」(17%) 的
民衆合計，約只佔五分之一左右。和1996年8月時相同的一
份民調比較，當時主張「儘快宣佈獨立」(10%)，與「維持
現狀，以後走向獨立」(11%) 的民衆合計也是五分之一左
右。換言之，臺灣在民主化完成之後三年，贊成「臺灣獨
立」人數的比例並没有增加，同時，台獨也不是政治意見
上的主流。更值得注意的是，臺灣主張「儘快宣佈獨立」
的民衆1999年比1996年少了一半以上，從10％降至4.6
％。而主張廣義維持現狀（包括「維持現狀，看情形再決
定獨立或統一」、「維持現狀，以後走向統一」、「維持
現狀，以後走向獨立」、「永遠維持現狀」）的民衆仍佔
絕大多數（84.1%）。

再拿主張臺灣獨立最力的兩個在野政黨：民進黨及建
國黨來看。建國黨在最近的幾次選舉中的得票率都不能跨
過百分之五的「政黨門檻」，而都在百分之二到三之間，民
進黨則更是「順應民意」，大幅修正了他們的台獨路線，向
「維持現狀」的方向靠攏以爭取中間選票。在臺灣選舉之
時，雖然有不少傾向臺灣獨立的候選人當選，進入立法
院、國民大會、或主掌縣政府，不過我們要特別注意的是：
他們當選的原因可能並不是因爲主張臺灣獨立，而可能是
其他有關於民生或內政方面的政見（如反黑金政治，與反
官僚體制等）獲得臺灣百姓的認同。因此，臺灣的反對黨
在民主化之後也並没有朝向臺灣獨立的方向急馳。

從民意調查與反對黨的行為來看，在臺灣民主化之後，目前「臺灣獨立」的主張仍然得不到多數人民的支持而成為政治上的主流。不過，對「統一」持不確定看法的人倒是佔了絕大部分，而且多數民眾(52.2%)贊成兩岸應待雙方政治制度與生活方式比較接近時，再開始討論統一問題。造成這種不確定看法增加的原因可能並不是林先生所認為的臺灣的民主化，而是臺灣百姓對大陸當局的作為（如導彈演習）所產生的反感吧！

五、結 語

這篇文章根據一小部分林行止在1989年所寫的《政經短評》，對他寫作中的一部份思維做些推敲與分析。本文以斷章取義的方式討論了幾個個問題：第一，政經改革的順序，第二，自由經濟與政府干涉，第三，民主導致台獨。

在政經改革的順序上，本文並不同意林先生「先政治後經濟」的改革方式，其原因在於經濟發展與政治改革兩者都成功的國家，都是在經濟發展至一定程度時，民主改革才逐漸出現。反之，一些先有民主的國家，不但在經濟發展上不如先有經濟發展的國家（如南韓、臺灣），同時在政治上也不見得穩定。甚至，有些國家民眾在享有有民主制度之後，導致經濟發展遲滯，因而透過選舉，選出獨裁者來做經濟變革，而一旦在經濟變革中輟，民眾又再次

要求民主, 使國家陷入惡性循環, 元氣大傷。換句話說, 先實行政治上的行民主化, 並不能維護經濟發展的成果;而經濟上的發展成就, 能夠保證比較穩定的民主制度。

其次, 政府是否應當干預市場經濟的問題, 本文部分同意林行止的說法。本文認為對經濟後進國家而言, 在追求經濟發展之初, 以政府力量干預市場運作是必須的。但是在經濟發展有了一定的成果之後, 國家機關應當在適當的時機調整期角色, 減少對市場的干預。以亞洲國家如南韓, 臺灣、新加坡等國經濟發展成功的經驗來看, 政府的計畫與干預, 似乎都扮演著極為重要的角色。而一些對經濟採取放任或胡亂干預的國家, 經濟發展反而比較不能成功。

第三, 本文不同意林先生「臺灣民主化會導致台獨」的看法。本文以臺灣陸委會所做的民意調查為依據發現1999年10月主張「儘快宣佈獨立」、與「維持現狀, 以後走向獨立」的民眾約只佔全台人口的五分之一左右。和1996年8月比較並沒有增加。更值得注意的是, 臺灣主張「儘快宣佈獨立」的民眾1999年比1996年還少了少了一半以上, 從10％降至4.6％。換言之, 臺灣在民主化完成之後三年, 台獨也還不是政治意見上的主流。更值得注意的是, 臺灣主張「儘快宣佈獨立」的民眾1999年比1996年少了一半以上, 從10％降至4.6％。不過多數民眾(52.2%)贊成兩岸應待雙方政治制度與生活方式比較接近時, 再開始討論統一問題。

最後，請讀者特別注意，本文只談論到林行止三個觀點，而且本文對這些觀點都是持比較不同意的態度，然而，這三個觀點只是林先生在1989年寫作三百多篇《政經短評》的一小部分。在大致讀完林先生這一年的作品後，其實作者同意他絕大部分的觀點。也對這位「香江第一健筆」感到佩服。

~~~~~~~~~~

參考文獻目錄

LIAO

廖坤榮:〈國家職能及其從『發展國』到『管理國』的轉變〉
《中國行政評論》5卷4期, 1996年9月, 頁125-148。

LIN

林行止:《身外物語》, 臺北：遠景出版社, 1990。

──:《六月飛傷》, 臺北：遠景出版社, 1990。

──:《怕死貪心》, 臺北：遠景出版社, 1990。

──:《樓台煙火》, 臺北：遠景出版社, 1990。

LU

陸委會:〈「921地震後民眾對兩岸關係之看法」民意調查結果摘要〉, 1999。

<http://www.mac.gov.tw/pos/881013/po8810ch.htm?>

——:〈民眾對統一、獨立或維持現狀的看法(折線圖)〉,
　1999。參<http://www.mac.gov.tw/pos/881029/8810_1.gif>
——:〈第四次「大陸政策與兩岸關係」大型面訪民意調查結
　果分析報告(88.5.6)〉, 1999。
　<http://www.mac.gov.tw/pos/880511/po8805.htm>
PANG
龐建國:《國家發展理論一兼論臺灣發展經驗》, 臺北:巨流圖
　書, 1993。
ZHANG
張讚合:《兩岸關係變遷史》, 臺北:周知文化, 1996。
Evans, Peter. *Embedded Autonomy: States and Industrial
　Transformation. Princeton*, New Jersey: Princeton UP,
　1994.
Gold, Thomas. S*tate and Society in the Taiwan Society.* New
　York: M. E. Sharpe, 1986.
Haggard, Stephan and Tun-jen Cheng. "State and Foreign Capital
　in the East Asian NIC's." , *Achieving Industrialization in
　East Asia.* Ed. Helen Hughes, Cambridge: Cambridge UP,
　1987, 1-19.
Johnson, Chalmers. *MITI and the Japanese Miracle: the Growth
　of Industrial Policy 1925-1975.* Stanford, CA: Stanford UP,
　1982.
Moore, Barrington. *Social Origins of Dictatorship and
　Democracy* . Boston: Beacon Press, 1966.

Wade, Rober. *Governing the Market: Economic Theory and the Role of Government in East Asian Industrialization.* Princeton, New Jersey: Princeton UP, 1990.

White, Gorden. *Riding the Tiger: The Politics of Economic Reform in Post-Mao China.* Stanford: Stanford UP, 1993.

~~~~~~~~~~~~

英文摘要(abstract)

Sun, Yi-ching, "The Politico-Economic Critique of Lin Xing Zhi: A Theoretical Approach to His Column in 1989".

Associate Professor, Institute of Asia-Pacific Studies, Nanhua University

This essay strategically analyzes and connotes thoughts of Lin Xing Zhi, in which handful materials from *Zheng Jing Duan Ping* are incorporated. Three questions are raised alongside the theoretical discussion: the chronological discourse of politico-economic revolution; free trade and government intervention; and the emergence of Independent Taiwan as a result of the proliferation of democratic ideas. (余麗文譯)

特約講評人：林憶芝

林憶芝（Yik Chi LAM），女，香港中文大學文學士（1987）、
　教育文憑（1991）、哲學碩士（1994），香港浸會大學哲
　學博士研究生。現任香港公開大學人文社會科學院助理教
　授。

　　一九八九年的確是歷史上很重要的一年，孫先生的文
章〈林行止政經評論──1989〉截取了林行止先生在1989
年所寫的〈政經短評〉來討論，是很有意思的。十年後的
今日，重看林先生的社論，實在有無限的感慨。

　　孫先生自言，他這篇文章是以斷章取義的方式討論林
行止先生的觀點。孫先生選取了「政經改革的順序」、「自
由經濟與政府干預」和「民主導致台獨」三個論題爲文章
的焦點。筆者當然不能代林先生回應，不過以下的一些看
法，是站在香港人的立場上說幾句話，也許可以引起更多
的討論。

　　就筆者所知，林行止先生除了是一位自由經濟主義者
外（主張小政府，信賴市場機制），更重要的是，林先生身
在香港，與香港人一起生活，憂感與共。因此，在他的社論
中，不難看見林先生對香港處境，對中國前途的眞切關

懷。林先生總是從實際情況與利害關係來分析問題，並不是單純從理論出發而空言理想。

林先生所創辦的《信報》是「爲生意人辦」的財經日報，然而，林先生把報紙的社評命名爲「政經短評」，大概認爲經濟事務與政治事務、政府政策有十分密切的關係。雖然政治與經濟的側重點不同，但兩者的關係緊密，在現實上是很難截然而分的。政治制度的改革對經濟活動有影響，反之，經濟情況的發展，同樣會對政策產生影響，可見政經是相互關連的。因此，在討論政經改革的順序問題上，筆者以爲很難一概而論，有所謂「兩條腿走路」，政治與經濟的發展是互相配合的，必須因應現實的具體情況而定，孰先孰後，亦並非必然不變的。

孫先生本於臺灣的成功經驗，認爲在經濟發展至一定程度時，然後才逐漸進行民主改革，社會會較爲穩定，因此中國「經濟先行」的改革可能比俄國「政治先行」要來得穩健一些。這是孫先生的判斷，也許是對的。但亦有人認爲中國在八九年的學運與民運潮流中，領導人未能及時把握時機，革除「官倒」與官僚體制的腐化，回應人民的民主訴求，實在是錯失進步的契機。時光不能倒流，我們不知道中共若不以屠城結束民運，不以鎮壓求取穩定，中國是否必如俄國的動亂？

關於政府干預的討論，從孫先生文章的字裏行間，隱約得知孫先生對政府抱持信任的態度，並且預設政府是全能而且是善意的。「權力令人腐化，絕對的權力令人絕對

腐化」，政府機關享有大權，若得不到人民有力的監察，擁權者是否能夠大公無私，不為金錢利益所引誘而作出不法的鉤當？其實貪污舞弊的事情時有所聞，正是官商勾結的一種反映。正如孫先生所言，臺灣有所謂「黑金政治」，在這樣的環境下，臺灣人民要為政府干預經濟事務而付出多少代價？兩個多月前發生的九二一大地震，就暴露了官商勾結的醜態。由於官員受賄而驗收不及格的樓房，因而在大地震中，多少生命被壓在倒塌樓房之下而無辜犧牲？

　　孫先生認為林先生說：「政治民主化是台獨溫床」是不合事實的。然而，筆者以為，臺灣陸委會的民意調查在中共舉行台海實彈射擊演習之後，臺灣民眾在導彈侵襲的陰影底下，若仍然堅持立即獨立，後果是顯然易見的。

　　最後，孫先生指出臺灣在1991年發佈命令，終止「動員戡亂時期臨時條款」，意思是在法律上宣告北京當局從1949年起就已存在、及擁有大陸統治權及主權的政治實體，臺灣方面不再與大陸當局爭正統，認定1949年以後的中國是「分裂」而不是「改朝換代」。其實所謂「分裂」，就表示臺灣不願受中共的統治，這與台獨只是字眼上的不同，就現時的情勢看，臺灣正一步步走向獨立，雖然並不是現在就宣佈獨立。(完)

~~~~~~~~~~~

特約講評人:魏甫華

魏甫華(Fuhua Wei),男,1971年出生於湖南隆回,現爲深圳市
特區文化研究中心研究人員。廣州中山大學哲學碩士
(1998),主要論文有《怨恨、市民倫理與現代性》、《從鄉
民到市民》等。

　　我在一家經濟類報紙做編輯和記者的時候,就非常喜
歡上了《信報》的「林行止專欄」,不僅是他的文章知識
面廣,且切入對社會的經濟政治的評論的角度和敏銳,發
常人所未識。再是喜歡他那「熱烈而冷靜」的文字,而這
類型的文字,我以爲是思想家型的,非一般的媒體知識分
子所能爲。孫以清先生通過對林行止先生的一部分「政經
短評」的評論,對林先生的「政經改革的順序」、「自由
經濟與政府干涉」、「民主導致台獨」三個問題進行了討
論,並提出了自己不同的看法,也給了我很多的啓迪。但
我認爲他們兩個人之間的觀點的論爭,基本上是屬於個人
學術訓練上的不同,就像 Paul R. Krugman 和 Robert
Kuttner之間的爭論一樣。
　　林先生是從英國回來的經濟學博士,而孫先生是從美
國回來的政治學博士。我們知道經濟學和政治學的理論預

設是不同的，這導致了他們對問題的解決的方式會產生差異，再是他們自身的立場及價值選擇，也會使他們之間產生分野。例如，林先生和孫先生的第一個問題「民主改革和經濟改革順序」，即誰先誰後的問題。我以為這或許是政治學的一個重要問題，但不是經濟學的重要問題，經濟學並不問誰先誰後，而是思考市場秩序的擴展的外部性問題，在這裡牽涉到政治制度和法律制度，後者在什麼程度上保証市場秩序的有效擴展。第二個問題「自由經濟和政府干預」也是如此。所以，我認為林先生關注的並不是民主改革和經濟改革的順序問題，和要不要政府干預問題，而是思考民主化和政府干預在什麼情況下對經濟發展產生深刻影響。

第三個問題「民主導致台獨」比較復雜一些，鑒於我對臺灣的民主化進程並不了解，所以不便在此作評，不過希望日後有機緣求教孫先生。

在這裡，我想稍微談一點自己的看法，並不一定正確，也是想就教於各位專家學者。對孫先生的前面兩個問題，我曾在一篇對日本經濟學家南亮進(MINAMI Ryoshin, 1933-)教授訪談時有過探討，那是，許多問題在我的腦海裡還比較模糊，但我試圖把這個問題轉化為一個對「傳統和現代」關系的思考，尤其是針對中國這個傳統社會向現代社會轉化問題而言。我們知道自由經濟或者說韋伯所界定的資本主義，其實根植於歐洲的自然理性傳統，它並不僅僅是一種經濟秩序，還是一種社會秩序和法律秩序。對

於中國社會來說，這一傳統是沒有的，雖然現在有學者通過對東南亞經濟發展的探討追思到儒教倫理(相對於韋伯的新教倫理)，認爲也可以開出這樣一條路來。我對此持有深刻的懷疑態度。

對於一個没有這樣傳統的社會如何現代問題(當然對現代的知識考掘亦有許多不同的觀點，且有諸多層面的問題，在這裡我們只把它限定在經濟領域，指的是基於歐洲自然理性傳統的現代經濟秩序)，這也是哈耶克(Friedrich A. von Heyek, 1899-)晚年思考的「自發秩序」(spontaneous order)的擴展問題。我以爲對這一問題的突破是經濟學家汪丁丁(1953-)先生關於知識經濟學的一系列論文，尤其是《知識：互補性與本土性》(1997)，而他這一思考，在我看來還沒有引起學界的足夠重視。汪丁丁先生指出，傳統也就是一定的知識結構，由於知識的兩種特性，即沿時間的傳遞性和沿空間的互補性，只要知識類型發生變化，就會引起傳統的知識結構發生變化，傳統也就會發生變化。汪還指出，知識只有經過本土化之後，才可能是福科意義上的知識與權力關系。所以對「傳統和現代」的思考，發生了問題本身的置換，應當轉化爲對知識結構問題的研究，我們如何開放知識的制度空間。玻普爾在他《通過知識獲得解放》的論文裡也有類似的思想。這是對於中國社會來說，還是自晚清以來的一個最大的現代問題：知識啓蒙。

[責任編輯：梁敏兒博士]

《洛麗桃》與《圓舞》:
兩本兒童情慾小說

■曾焯文

作者簡介: 曾焯文 (Chapman CHEN), 香港中文大學英文榮譽學士, 翻譯碩士, 香港城市大學文學博士。曾專業翻譯多年, 現任香港理工大學中文及雙語學系助理教授, 並爲香港性教育促進會秘書、香港心理治療學會會員。 著有《香港性經》(香港:明窗出版社, 1998),《達夫心經》(香港:香江出版社, 1999), 譯有《家庭生活教育── 教師手册》(1996)。

論文提要: 兒童情慾文學指涉及兒童間性戀或兒童與成人間性戀的文學作品。百年來, (成人-)兒童戀是所謂文明社會的最重大禁忌或其中之一。近年來, 不少科學研究成果顯示許多有關兒童情慾的普遍觀念皆沒有根據或簡直錯誤。

關鍵詞(中文): 納博科夫　權力　亦舒　心理分析　洛麗桃
性學　圓舞　　兒童性慾　兒童情慾文學　同意年齡
關鍵詞(英文): Nabokov, Power, Yi Shu, Psychoanalysis, *Lolita,*
Sexology, *Yuanwu,* Child, sexuality, Child-romance literature,
Age of consent

一、何謂兒童情慾

　　兒童情慾文學指涉及兒童間性戀或兒童與成人間性
戀的文學作品。(兒童指在同意年齡以下的人。)「兒童戀」
指成人對兒童的性戀。對兒童感到性愛吸引的人士稱為
「戀童者」。戀童者可以是男，也可以是女。「兒童戀」
是較「戀童癖」更為中立的名詞；戀童癖有精神病或變態
的涵意。百年來，「兒童戀」是所謂文明社會的最重大禁
忌或其中之一。近年來，許多嚴肅的科學研究顯示許多關
於兒童性事的普遍觀念沒有根據或簡直錯誤。例如：金賽
博士(Alfred Kinsey, 1894-1956) 和約翰・文尼(John Money)
的研究顯示兒童生而有性慾；波曼(Baurmann)、康斯坦丁
(Constantine)、佛烈斯・班納(Frits Bernard)等人的研究顯
示成人—兒童戀不但無害，而且可能有益。本論文的目標
有四：一、以中西各一本兒童情慾文學作品[1]——納博科夫

---

[1]　和西方不同，同性戀在中國從未是刑事罪行。西方殖民地主義入
　　侵之前，中國人從未視同性戀為變態。而古代中國盛行早婚（參

（Vladimir Nabokov, 1899-1977）的《洛麗桃》（*Lolita*）
和亦舒(倪亦舒, 1946-)的《圓舞》——闡釋上述科研發現；
二、引起讀者對於兒童情慾文學的注意；三、協助兒童情
慾文學作家為自己重新定位，以便他們創作時能夠發揮得
淋漓盡致；四、建立對於兒童性愛的理性觀念。以下就讓
我們瀏覽《洛麗桃》和《圓舞》的情節梗概。

二、《圓舞》故事簡介

　　周承鈺幼時，父親拋妻棄女。承鈺七歲時，母親改
嫁。在婚宴上，承鈺初遇高大有型的傅于琛。傅于琛當時
年約三十，是承鈺母親的舊同學。傅與承鈺一見鍾情，互
相「過電」。兩年後，承鈺母親與第二任丈夫離異，拋下
承鈺不顧。承鈺後父破產，無力照顧她。虧得名成利就的
傅于琛出現收養承鈺。二人自此相依為命。承鈺十四歲時，
傅于琛由於近親戀禁忌以及戀童恐懼，開始不斷結婚，並
多方結交女友。承鈺長大後，也走上類似的道路。承鈺約
三十歲時，終於下決心與傅于琛結婚，不幸突然發現自己
患上了乳癌，自慚形穢，乃又拒絕傅的求婚。數年後，二人
在一個宴會上蹴頭，依然餘情未了，惟承鈺忽見傅有一酷
似承鈺自己青春時的少年女友伴隨，於是黯然離去。亦舒

見以下有關「同意年齡」的章節）。所以描寫少年情慾的古典中
國文學作品很多。

將周承鈺與傅于琛間的關係喻爲圓舞（即華爾玆舞）。首先帶承鈺入場的是傅于琛。根據遊戲規則，他們必須不時較換舞伴，然而最終還是會重聚。他們之間的情感連繫是永恆的，其他的伴侶只是過客。

三、《洛麗桃》故事簡介

來自俄國的韓百德在美國當文學教授。他租了寡婦房東查樂·希斯太太的一間房間，並瘋狂愛上其十二歲狐媚女兒洛麗桃。爲了親近洛，韓不惜答應查樂的求愛，娶之爲妻。其後，查樂發現真相，一怒之下衝出馬路，慘遭一輛私家車輾斃。韓乃去夏令營接走正在其中渡暑假的洛麗桃，開始與之雙宿雙棲。二人周遊美洲，途中洛麗桃爲淫賤戀童編劇家喬迪誘拐，可憐韓百德還懵然不知是誰奪走他心中至愛，踏破鐵鞋，找遍天涯海角，仍然未能覓見伊人芳蹤，只落得自己臨近精神崩潰邊緣。三年後，韓方收到洛來信借錢。當韓見到洛時，洛已嫁與一年青工人，並懷了他的骨肉。在韓追問下，洛終透露當年誘拐她的人是誰，並承認喬迪，而非韓百德，方是縈繞她心頭之人。接下來，韓去找喬迪算帳，開槍把他轟斃。不久韓心臟病發，死於獄中，而洛麗桃亦死於難產。

四、《洛麗桃》與《圓舞》中的戀童者:

韓百德、喬迪、傅于琛和承鈺的意大利藉後後父基度無疑是戀童者。韓百德的最大興趣是坐在公園中, 欣賞周遭的漂亮小女孩玩耍:

> 當坐在公園硬木長椅上, 假裝沉迷手上顫抖書本時, 我幻想的冒險歷程是如何奇妙啊……有一次, 一位身穿格子花呢罩衣的小美人, 嘟噹一聲, 把全副武裝的腳放在我坐著的長椅上, 然後把赤裸的幼胳膊伸進我懷裡, 繫緊她溜冰鞋的鞋帶。她金色的捲髮垂下來滿佈外皮擦破了的膝蓋, 發亮的肢體就在我變色龍似的面頰旁邊, 而我所分享得的葉影在其上顫動銷溶, 我當下在陽光中融化了, 手中書本亦化為無花果葉……跳繩, 跳房子。一個小妖女跑到我腳下搜索不見了的石春, 正當我歡欣若狂之際, 身旁坐著的黑衣老婦竟然問我是否胃痛, 討厭的母夜叉!啊!就讓我靜靜的呆在這洋溢青春氣息的樂園, 這處處苔蘚的花園吧。就讓她們永遠在我身邊玩耍, 勿要長大吧![2]

---

[2] *Lolita*的引文為筆者翻譯。Vladimir Nabokov, *Lolita* (New York: Vintage, 1997), pp.20-21.

同樣，正如承鈺一度向傅于琛直言不諱，傅于琛「喜歡年輕的女孩」[3]。又有一次，傅于琛對承鈺說：「你不長大，我就不老，所以希望你一輩子是小孩」[4]。

在小說《洛麗桃》中，韓百德經常自言自語：「洛麗桃，我生命的光，情慾的火」[5]；「噢，洛麗桃，你是我的女孩，正如維珍尼亞是愛倫坡的女孩，比亞翠斯是但丁的女孩」[6]。同樣，傅于琛對承鈺說：「那真是一生中最黑暗的一段時期[7]……承鈺，你是我的小火焰」[8]；「承鈺，你是我生活中唯一的安慰[9]」[10]。

在小說《洛麗桃》中，韓百德說道：「我必曾多次，如果我對韓百德此人了解不差的話——專門考慮迎娶一個好像查樂・希斯一樣舉目無親的成熟寡婦，目的只為得到其稚女（洛，洛麗，洛麗桃）」[11]。

同樣，儘管承鈺的母親是個「殊不可愛的女子」，傅于琛為了承鈺，卻「會毫不猶疑娶」其母親[12]。

---

[3]　亦舒:《圓舞》(香港: 天地圖書, 1998), 頁225。
[4]　亦舒, 頁357。
[5]　Nabokov: *Lolita,* pp.9.
[6]　Nabokov: *Lolita,* pp.107.
[7]「最黑暗的時期」指傅于琛在承鈺母親婚宴上(承鈺七歲時)初遇承鈺的時期。
[8]　亦舒, 頁115。
[9]　承鈺當時十五歲。
[10] 亦舒, 頁128。
[11] Nabokov: *Lolita,* pp.70.
[12] 亦舒, 頁21。

　　韓百德幻想很多佔有洛麗桃的方法：「我想到明年春天，如果爲了接受剖腹生產手術以及染上其他併發症的緣故查樂·希斯必須久困婦產病房的話，我就會有機會和洛麗桃單獨相處多個星期，也許還可以餵這機靈的小妖精吃安眠藥」[13]。同樣傅于琛處心積累爲得承鈺；他借錢給承鈺後父的條件就是要他讓出舊屋（兼小承鈺）[14]。

　　正如韓百得視洛麗桃爲他少年時代熱戀的十四歲女友安娜貝再世，基度，承鈺的意大利藉後後父，亦視承鈺爲其少年時代痴戀少女之化身：

　　　　「我是一個裁縫店學徒，她父親擁有葡萄園，不能匹配。」[15]
　　　　「你們是否在一道橋畔相遇，如但丁與比亞翠斯？」[16]
　　　　基度吻我的手，「可愛的安琪，不不不，不是這樣，但多麼希望可以這樣。」[17]
　　　　「我會把半數財產給你……，你使我無上快樂，這是你應得的報酬。」[18]

---

[13] Nabokov: *Lolita,* pp.80.

[14] 亦舒, 頁75。

[15] Nabokov: *Lolita,* pp.208.

[16] Nabokov: *Lolita,* pp.208.

[17] Nabokov: *Lolita,* pp.208.

[18] Nabokov, *Lolita,* pp.210.

「那日, 她站在橙樹底下, 小白花落在她金色
的長髮上, 她十四歲, 穿白色的的薄衣……」[19]

編劇家喬迪是個濫交的戀童者, 也是唯一令洛麗桃瘋狂的
男人[20]。他狡猾地把洛從韓百得身邊誘到他（喬迪）自己
的農莊, 期望洛在那兒「和其他人合作拍攝淫褻電影, 而
喬自己則在天知道那裡鬼混。嗯, 他回來時, 我〔洛麗桃〕
告訴他我要的是他, 而不是那群變態的傢伙, 我們大吵了
一頓, 結果我給他踢了出來」。[21]

五、戀童者的心理分析形象

當奴‧威斯 (Donald West) 教授形容典型的戀童者為
「膽小壓抑的男性, 溫文可憐地求歡, 目的不外乎一般兒
童常愛玩的互相撫摸和觀淫」[22]。其他研究亦指戀童者「膽
怯、孤立、依賴、馴服、女性化、性壓抑」[23]。具體而言, 據

---

[19] Nabokov: *Lolita,* pp.211.

[20] Nabokov: *Lolita: A Screenplay* (New York: Vintage, 1997), pp.205.

[21] Nabokov: *Lolita: A Screenplay,* pp.208.

[22] Donald J West, *Homosexuality* (London: Duckworth, 1955), pp.210.

[23] 可參: 1. Mark Cook and Kevin Howells.: *Adult Sexual Interest in Children* (London: Academic Press, 1981), pp.55. 2. Glenn D. Wilson and David N.Cox. *The Child-Lovers: A Study of Paedophiles in Societies* (London; Boston: Peter Owen, 1983). 3.Norman Kiell: *Varieties of sexual Experience: Psychosexuality in Literature* (New York: International Universities, 1976).

羅文・喬魯Norman Kiell 指出,「戀童者的心理分析形象……是個基本上不成熟和害羞的人,此人口腔慾受挫,極需陽具母親所沒能提供的溫暖」[24]。換句話說,戀童者不會傷害兒童。在小說《洛麗桃》中,韓百德爲戀童者所作的辯護——很可能是西方文學史上同類辯護中最強者——與戀童者的心理分析形象互相呼應:

> 性罪犯中有渴求與女童發生心猿意馬,銷魂蝕骨,肉慾而又不一定是性交的關係者,他們大部分皆爲匱乏無害,被動膽怯的陌生人,只求社會容許他們追求所謂變態,但實際上無害的行爲,批准他們沉迷卑微但熱刺的私人性偏差活動,而不要制裁他們。我們並非色魔,我們並不像愛國士兵一樣強暴婦孺。我們是憂鬱、溫和、死心眼的紳士,在成人面前,尚算合群,能夠控制自家的衝動,卻隨時爲一親某隻小妖精的香澤而犧牲經年的歲月。最重要的是,我們並非殺人兇手。[25]

根據郭普(Kopp) 指出,戀童者尚有另一類型。「對比幼稚型戀童者,這類戀童者老於世故,自大自尊,自以爲是,

---

[24] Norman Kiell, pp.505.
[25] Nabokov: *Lolita,* pp.89-90.

具有幾近傲慢的獨立氣質。他通常結過幾次婚，事業成功，在成人社群中擔當活躍角色」[26]。

似乎納博科夫筆下的韓百德以及亦舒筆下的傅于琛是上述兩種類型的混合體。韓百德是出色文學教授，而傅于琛則爲有財有勢的商人，了解人心，能夠有效駕馭屬下。但二人對於自家心愛的小女孩俱慈祥溫柔。

從心理分析角度看，男性戀童成因是幼年失去母親或其乳房。口腔慾受挫，驅使小孩在幻想中襲擊母親。基於一報還一報的原則，母親遂在嬰兒心目中變成一心存報復，準備閹人的惡母，這在嬰兒潛意識中播下心理性無能的種子，嬰兒長大後，便不敢揀像母親般成熟的女子爲性對象，而專揀代表自己兒時的小童爲性對象。主體對待這些自戀對象，就像主體本想母親如何對待主體一樣[27]。這似乎符合韓百德和傅于琛的童年。二人俱年幼失母。韓百德嘗謂：「我那非常上鏡的母親意外（野餐時遭電殛）身故時，我只有三歲，除了陰沉過去裡的一絲溫暖外，在埋葬我童年的空洞記憶中，母親什麼也沒有留下來」[28]。

---

[26] Kopp, pp.66.

[27] 可參1. O. Fenichel, *Psychoanalytic Theory of Neurosis* (New York: Norton, 1945). 2. L.C. Hirning, "The Sex Offender in Custody." *Handbook of Correctional Psychology.* ed. R. Lindner and R. V. Seliger, New York: Philosophical Library, 1947), pp. 233-256. 3. J.H. Cassity, "Psychological Consideration of Pedophilia." *Psychoanalytic Review,* no. 14, 1927, pp. 189-199. 4.曾焯文:《香港性經》(香港: 明窗出版社, 1998), 頁51。

[28] Nabokov: *Lolita,* pp.10.

六、兒童性慾

衛道之士矛盾地假定兒童在未遭「污染」前都是無性的,我們必須保持他們性無知,性壓抑,以免其為自身的感覺所「腐化」。然而性專家如弗洛依德(Sigmund Freud,1856-1939)(〈性學三論〉["Three Essays on the Theory of Sexuality"]),威咸・萊克(Wilheim Reich)(《未來的兒童》[*Children of the Future*]),仁尼・古洋 (Rene Guyon)(《性行為的道德》[*Ethics of Sexual Acts*]),約翰・文尼 (John Money)(〈童年:性研究的最後防線〉["Childhood: The Last Frontier in Sex Research"] and 《愛情與相思》 [*Love and Love Sickness*]) ,皆指出兒童是天生有性慾的動物。具體而言,金賽博士發現所有年齡之女童和男童俱有自慰及性高潮[29]。此外,在Oslo大學兒童精神科診所心理學家托爾．冷費特 (Thore Langfeldt) 觀察到假如沒有成年人干預的話,兒童會和友伴自發進行性活動[30],其中包恬盤骨推進動

---

[29] 可參: 1. A.C. Kinsey, W. B. Pomeroy and C. E. Martin, *Sexual Behaviour in the Human Male* (Philadelphia: W. B. Saunders Co., 1948), pp. 104-105, 116. 2. A.C. Kinsey, W. B. Pomeroy, C. E. Martin and P. H. Gebhard, *Sexual Behaviour in the Human Female* (Philadelphia: W. B. Saunders Co., 1953), pp. 177-179.

[30] 根據王川所撰傳記小說《伊甸園之夢》,中國首位性學博士張競生八歲時在鄉間後山與七歲女友春色扮新郎新娘, 走進刺蓬, 脫掉褲子, 抱在一起「野合」, 但沒有插入, 事後春色被母親關起來毒打, 備受街坊恥笑羞辱, 一到八歲, 就賣給大他十歲的男人當小媳婦, 三十多年後, 春色早被丈夫拋棄, 又遭大伯欺凌, 適逢張競生退隱回鄉, 便助她改嫁, 詎料鄉間父老又謠傳「大痴哥鄰

作、陽具勃起、攀騎以及對準行為[31]。Langfeldt又發現性
遊戲有助兒童學懂「如何運作, 減輕焦慮, 以及普遍肯定
性事」[32] 約翰‧文尼 (John Money), 約翰‧鶴健士大學
(John Hopkins University) 醫學心理學及兒科教授, 認為
此等早期性經驗對於健康的成年性生活非常重要:「早期
性演習遊戲不僅是大部分靈掌類動物行為發展中典型的
現象, 而且對於成年性表現成熟不可或缺」[33]。

　　況且, 詳細分析過三十項有關童年近親戀以及兒童成
人性接觸的研究後, 康斯‧坦丁(Constantine) 得出以下結
論:「研究文獻和臨床報告均不約而同, 幾乎毫無疑問地
顯示有些兒童真的會發動性接觸, 而許多雖尚在年幼, 但
仍自願參加與較年長者的性活動。」[34]

惜新娘子」（王川, 214-215）。可見兒童情慾禁忌與吃人禮教的
密切關係。

[31] Thore Langfeldt, "Childhood Masturbation: Individual and Social
Organization." In *Children and Sex: New Findings, New Perspectives*.
eds. Larry L. Constantine and Floyd M Martinson (Boston: Little,
Brown and Co., 1982), pp.39.

[32] Thore Langfeldt, "Early Childhood and Juvenile Sexuality,
Development and Problems", *Childhood and Adolescent Sexology*. ed.
Michael E. Perry, vol. 7 (New York: Elsevier, 1991), pp. 179-200 ;
John Money and H. Musaph, *Handbook of Sexology*. Vol, 7, pp.200.

[33] John Money, "Childhood: The Last Frontier in Sex Research." *The
Sciences*, Vol.16, no.6, 1976 Nov/Dec, 16(6), pp.12.

[34] Larry L Constantaine and Floyd M. Martinson, *Children and Sex*
(Boston: Little, Brown & Co., 1982).

同樣, 據蘭度(Randall) 指出, 「人種學研究, 以及對
於公社、宿營、寄宿學校、育嬰院和許多其他地方的觀察,
皆毫不含糊地顯示即使非常年幼的兒童亦能發動並享受
各式各樣的性活動」[35]。

事實上, 性引誘韓百德的是洛麗桃[36]:

洛麗桃:那⋯⋯是我們在森林中玩的一種遊
戲⋯⋯一種現在許多小孩都愛玩的遊戲⋯⋯

洛麗桃併發一陣嘻哈大笑, 然後將嘴貼近
韓⋯⋯跪在地上仰臥著的韓百德上面⋯⋯她潤濕的
嘴唇和瞇成一線的媚眼似乎在期待他的首肯。

韓百德的聲音 我不曉得你們小孩子玩什麼
遊戲⋯⋯

洛的聲音 要我示範給你看嗎?

韓 如果不太危險的話。如果不太困難的
話。如果不太──噢, 主啊![37]

---

[35] John L Randall, *Childhood and Sexuality: A Radical Christian Approach* (Pittsburgh: Dorrance, 1992), pp.181.

[36] 可與Lue Besson導演的電影*The Professional*(這個殺手不太冷)中之Mathilda比較。在戲中, 這位十二歲的女主角愛上來自意大利的殺手Leon, Leon曾從一窮兇極惡的紐約探長手中救出Mathilda, 並且照顧提攜之。後Mathilda主動要求Leon替他「開苞」, 但Leon對於男女之事十分靦腆, 拒絕了她。

[37] 參Nabokov的兩部書: 1. *Lolita: A Screenplay,* pp. 110-111. 2.*Lolita, pp.* 132-134.

而洛麗桃「反視這種赤裸裸的行為作少年人不為成人所知的秘密世界」[38]。

　　另一方面，嫁與傅于琛是周承鈺自七歲起的宏願[39]。九歲時，她和傅有以下的對話：

　　　　他柔聲問我，「要不要做我的女兒？我收你做乾女兒可好？」我緩緩搖頭。「不喜歡？」「我不要做你的女兒。」「為什麼？」「我要與你結婚。」「什麼？再說一次。」我肯定的說：「我要嫁給你，做你的妻子。」「啊，」他驚歎，「真的？」「因為你對我好，而且保護我。」「就為了那樣？」「是。」過了許多年，才曉得自己原來那麼早就有智慧。[40]

然而在承鈺年屆同意年紀之前，她和傅于琛有沒有性交過，甚或從頭到尾她和傅究竟有沒有性交過，我們都不能夠肯定。（唯一肯定的是他們時常互相擁抱[41]）。不能肯定的原因如下。在故事之初，三十來歲的承鈺回顧過去的生活，說道：

---

[38] Nabokov: *Lolita,* pp. 133.
[39] 亦舒，頁325。
[40] 亦舒，頁22-23。
[41] 亦舒，頁20, 105, 235, 328, 356-357。

　　我的一生，像是受一個男人所控制，使我不能
有自由投入別的感情生活，不過我與他之間，卻沒
有怨懟憤恨，我們深愛對方，但他既不是我的配偶，
又不是情人，這一段感情，長而勞累，卻不苦澀。[42]

而當承鈺年屆十四歲時，傅于琛對她說：

　　「我真的糊塗了，連我也不曉得，我心中有些
什麼企圖慾望，你已漸漸長大，我們勢必不能再在
一起。」[43]

另一方面，當承鈺年屆十五，而其母突然出現，意欲從傅
于琛手中奪回她時，承鈺與意大利藉後後父基度有如下的
對話：

　　老頭的雙眼一閃，他試探地問：「你不會是……
可是，愛上了傅生？」……「你們為什麼不早點來？
現在已經來不及。」「親愛的，你在暗示什麼？」[44]

---

[42] 亦舒，頁2。

[43] 亦舒，頁64。

[44] 亦舒，頁94-95。

七、成人-兒童戀一定有害嗎？

「無人可以害任何人，除非那個人願意被對方害。」
周承鈺對傅于琛說。[45] 菲哥賀年(Finkelhor) 視兒童與年長
者的所有性接觸爲侵犯，即使當事兒童並不如此看[46]。

許多研究斷定雙方同意[47]的成人兒童性活動[48]並不對
兒童造成任何心理傷害，因被人發現和干預而衍生的問題
除外[49]。具體而言，波曼(Baurmann)的《性事，暴力與心理

---

[45] 亦舒, 頁104。

[46] Finkelhor, pp.52.

[47] Randall謂：「關於涉及暴力威脅的性行爲之惡果，早有公論」
(187)。這種違反受害人意願的行爲已爲針對強姦、非禮的法例所
涵括。

[48] O'Carroll謂:「沒有頭腦清醒的人會以爲四、五歲的女童可以有效
同意與成人性交，或同年紀的男童可同意被動的肛交。這些活動
差不多一定會導致錐心的痛楚以及嚴重的肉體傷害，至於長久的
心靈創傷更不消提」(119)。無論如何, Paul Gebhard, 調查過一千
三百多名男性性罪犯後, 發現成人與十二歲以下兒童非暴力性行
爲中百分之九十四至九十六皆爲插入式（72. 273, 819）。洛麗桃
與韓百德性交時十二歲又六個月（Nabokov, *Lolita*, pp.105-106）；
正如前述, 承鈺十二歲時肯定沒有與傅于琛性交。其實, 他們自
始至終曾否性交都是疑問。唯一可以肯定的是自承鈺兒時起, 他
們經常互相擁抱。

[49] 可參: 1. M.C. Baurmann, *Sexuality, Violence, and Psychological
After-Effects: A Longitudinal Study of Cases of Sexual Assaults which
were Reported to the Police* (Wiesbaden: Bundeskriminalamt, 1988).
2.. Lauretta Bender and Alvin Eldrige Grugett. "A Follow-up Report
on Children who Had Atypical Sexual Experience", *Amer. J.
Orthopsychiatry*, 22 (1952): 825-837. 3. Ken Plummer, "Pedophilia:
Constructing a Sociological Baseline", *Adult Sexual Interest in*

後果》(*Sexuality, Violence and Psychological After-Effects*)
是一項關於西德薩克森州所有性罪案少年受害人的大型
縱觀研究,歷時四年(1969-1972),跟進六至七年,由德國
司法部監督。總樣本超過八千人,包括八百多名十四歲以
下的男童。大約一半侵犯女童的罪案涉及暴力/迫逼,而
與負面後果有並置關係。所有男童中沒有一人受到暴力或
迫逼對待,也沒有一個表現出負面後果。該項研究採用主
觀以及多項標準化客觀衡量方法,乃迄今在此領域內最全
面和深入的研究。

　　再者,倫敦大學精神科院的格咸·保維(Graham Powell)
和 A. J. 卓祺(Chalkey)分析過他們能夠搜集得到的所有已
發表性侵犯兒童個案,結論是沒有任何長期的負面後果可
能觀察得到,事後感覺困擾的兒童大多事前已感覺困擾。
同樣,在〈早期性經驗的後果:研究的檢討與整合〉
("The Effects of Early Sexual Experience: A Review and
Synthesis of Research") 一文中,康斯坦丁(Constantine)
檢視三十項有關這方面的獨立調查報告。其中只有五項推
斷一些不良的長期後果,可能存在。但在該些個案中,當
事兒童本來就是少年犯或精神病患者,所以很難分開成因
和後果。而當樣本來自普通人口時,不良後果就未見提
及。六項研究發現正面長期後果。Wilson and Cox雖然反
對成人兒童性活動非刑事化,但仍斷定:「許多實證研究

Children. eds. Mark Cook and Kevin Howells (London: Academic
Press, 1981), pp.537-540.

嘗試證明與成年人的性接觸會對兒童造成長久的心理傷害（例如：改變其性傾向，或令其性無能），但都不能提供真憑實據。大部分研究似乎同意：除了在對不自願的兒童暴力侵犯的情況（相當於強姦），沒有任何對於「受害」兒童的性或社會發展的長久損害可以探察得到」[50]。

又受到瑞典政府委託，兒童精神科醫生愛莎--畢烈治.羅倫特(Elsa-Brit Norlund)在於1944至1949年間研究過數以百計涉及兒童而結果由法院審訊的性接觸個案。Norlund 的結論是性活動本身不會對兒童造成損害，只要成人一方沒有使用暴力或迫逼手段。再者，李健強(Chin-Keung Li)發現在成人兒童性接觸方面，社會迫切需要將使用暴力的成人和非暴力成人驅分，又須要驅分只是默默忍受的兒童和積極參與的兒童。否則，對於只是享受雙方同意的性愛活動的戀童者不公。Li博士的研究在劍橋大學犯罪學研究所進行，由《兒童與成人的性接觸》[*Children's Sexual Encounters with Adults*]另一作者當奴·詹士·威斯(Donald James West)教授指導。康斯坦丁(Constantine) 之大型文獻評論〈兒童性事：最新發展及對治療，防治和社會政策的影響〉["Child Sexuality: Recent Development and Implications for Treatment, Prevention and Social Policy"]亦發現「決定童年近親戀或成人兒童性接觸是否有害的最

---

[50] Glenn D Wilson and David N. Cox, *The Child-Lovers: A Study of Paedophiles in Societies* (London; Boston: Peter Owen, 1983), pp.129.

重要因素是兒童是否覺得有自由選擇參與」,而兒童的主觀經驗最值得關注[51]。

八、對青少年的次生損害

家長、警方、社工、律師及其他成年人的負面反應,以及關於戀童禁忌的內在化罪疚感,可引發對成人兒童性愛中兒方的繼發損害。

金賽博士發現大部分(若非全部)與成人有性接觸的兒童所受的創傷都不是該項行為本身所致,卻是社會所持負面態度所致:

> 很難明白,除了出於文化規範以外,一個小孩子給人撫摸性器官,或看見他人性器官,或與人有更具體性接觸時,何以一定會受到困擾。目下家長和教師經常警告兒童不要和成年人接觸,又沒有解釋接觸的準確性質,無怪任何成年人即使完全沒有抱著任何性目的,但一接近兒童,或在街上停下來和他們攀談,或逗弄他們,或提出為他們做點什麼,他們便極容易變得歇斯底里,部分對青少年問題較有經驗的專業人士相信家長、警察、以及其他發現

---

[51] Larry L. Constantine, "Child Sexuality: Recent Development and Implications for Treatment, Prevention, and Social Policy".

> 兒童與人有性接觸的情緒反應，可能比那些性接觸
> 本身更困擾兒童。目下關於性犯罪者的歇斯底里態
> 度很可能嚴重影響許多有關兒童日後婚姻的性適應
> 能力。[52]

米高·英格咸 (Michael Ingram), 佛烈斯·班納 (Frits Bernard), 和約翰·蘭度 (John Randall) 合理地觀察到被人發現涉及兒童戀的兒童受到精神創傷的原因是：母親尖叫以及父親誓要手刃戀童者的家變情景；磨人的醫學檢驗和心理輔導；警方的疲勞盤問；法庭上多日的尷尬盤問；事後可能還要送去女童院或男童院〔在美國司空見慣；在香港則偶然如此〕；最重要的還是成人不斷向兒童灌輸「一失足成千古恨」的思想。

韓百德很清楚和正確地看到這種危險：

> 我無疑是個中年道德犯，*OK*, 但你是個在高級
> 酒店敗壞成人道德的未成年少女。我瑯璫入獄 --
> *OK*。但你又怎樣呢？無人照料，死不悔改的孤兒。
> 讓我告訴你吧：一個兇神惡煞的媬姆會拿走你的奇
> 裝異服，你的口紅，你的人生。等待我的是監牢，等
> 待你這小鬼的則是暗無天日的教導所或女童院，在

---

[52] A. Kinsey: *Sexual Behavior in the Human Female*, pp.121.

那裡你織織東西, 唱唱兒歌, 禮拜天吃幾塊酸臭煎
餅。[53]

承鈺之母爲了面子, 回港欲奪回承鈺時, 亦以類似的前景
威脅傅于琛:

母親坐下來, 高聲説:「她尚是未成年少女, 不
管你們關係如何, 我仍有權領回她, 再不服, 告你
誘拐少女!……我下個月一號走, 你不在這個日子
之前把承鈺送過來, 我掀你的底, 叫你身敗名
裂!……」[54]

對於兒童戀的罪疚可能拆散深情的戀人, 引致他們終身抱
憾, 因此同樣有害。例如, 由於關於近親戀和兒童戀的罪
疚感, 當承鈺到達青春期時, 傅于琛和她都先後和他人拍
拖結婚。但其實那些人僅屬替身, 承鈺和傅不久定會拋棄
他們;承鈺和傅于琛內心深處永遠都只有對方。承鈺本身
對此非常清楚:

婚姻一直是他的盾牌, 他總是企圖拉一個不相
干的女子來作掩護。[55]

---

[53] Nabokov: *Lolita: A Screenplay*, pp.133.
[54] 亦舒, 頁97。
[55] 亦舒, 頁270。

　　但我們當中永遠隔著無關重要的事與人，因爲
我們互不信任，身邊永遠拉著個後備，充作煙幕，
不甘示弱。[56]

九、有益的經驗

　　有些研究推斷成人兒童性愛甚至可能有益兒童[57]。　正
如湯美．奧嘉魯(Tom O'Carroll) 所說：爲了得到摟抱而接
受性遊戲的兒童眞正的問題根本不是性問題。他們的問題
是如何得到他們熱切需要的溫情，而這正正是毫無愛心和
不負責任的家長所拒絕付出者。我們不應忽視對於這些孩
童而言，戀童者雖有其局限，但仍代表一種解決方法而非
一種問題。在兒童心目中，戀童者優勝之處正是家長失敗
之處[58]。

　　明顯，周承鈺與傅于琛的情慾關係對於前者很有益
處。在其人生中，尤其是童年時代，承鈺唯一能夠倚仗的
人便是自己和傅于琛。（當談到兒童的最佳利益時，我們

---

[56] 亦舒，頁290。

[57] 可參: 1. Frits Bernard, "Pedophilia; Psychological Consequences for the Child.", *Children and Sex*, pp.189-199. 2. Constantine and Maritinson: *Children and Sex,* pp. 163-174。

[58] Tom O'Carroll, *Paedophilia: The Radical Case* (London: Peter Owen, 1980), pp.181.

會進一步評論這一點。）而由於傅于琛自幼把承鈺當作大人, 承鈺心理上一直都比同齡女子成熟至少十年。[59]

十、兒童性權利

世界性學會在1999年所作的〈性權利宣言〉包括人類享受性快樂的權利。而根據該會主席亞里. 高文 (Eli Coleman) 解釋, 此項權利包括兒童享受性快樂的權利（私人訪問, 一九九九年十月二十七日）。

正如湯美・奧嘉魯(Tom O'Carroll)指出, 兒童之所以被剝奪性權利的原因在於傳統思想認為兒童沒有經驗, 不夠理性；太年青, 不能明白自己所作的任何決定的可能意義；容易作出違反自己最佳利益的選擇；兒童－成人的性關係是不平等的關係。[60]保守心理學家如菲哥賀年 (Finkelhor) 相信「由於現今社會成人和兒童的權威和知識有差距, 兒童根本不可能真正同意與成人的性關係......換句話說, 即使受害人不一定感到受害受損, 損害仍可發生」[61]。

另一方面, 兒童性權利支持者, 例拉里・康斯坦丁 (Larry Constantine) (〈兒童性權利〉["Sexual Rights of Children"]), 理察・花臣(Richard Farson) (《天生權利》

---

[59] 亦舒, 頁353。
[60] O'Carroll , pp.119,127.
[61] Finlkelhor, pp.52.

Birthrights), H. H. 霍士特 (Foster) and D. J. 非特 (Freed)(《兒童權利草案》[*A Bill of Rights for Children*]), 湯美·奧嘉魯(Tom O'Carroll) (《兒童戀：激進的個案》[*Paedophilia: A Radical Case*]), 約翰·蘭度(John Randall) (《童年與性》[*Childhood and Sexuality*]), 堅持兒童應在自家的性事方面有點自主權。據上述專家的兒童性權哲學, 目下的同意年齡過高；剝削兒童享受性愛的權利, 並不符合兒童的最佳利益；兒童成人性事中的權力不均, 並不一定對兒童不利。

1. 哲學

對法國心理分析家兼律師Rene Guyon以及John Money而言, 那些試圖桎梏兒童天然性活動的家長、教師、神職人員、心理學家、社工、以及其他衛道之士, 才是真正性虐待兒童的人[62]。蘭度(Randall)說得好：

> 把剝奪兒童的性知識和性經驗說成維護他們的性權利似乎甚不理性；在任何其他人類活動範疇中, 我們都不會視剝奪或無知為權利。既然我們現

---

[62] 可參: 1. Rene Guyon, *The Ethics of Sexual Acts.* trans. J.C. and Ingeborg Flugel (New York: Alfred A. Knopf, 1934), pp.56. 2. John Money, *Love and Love Sickness: The Science of Sex, Gender Difference, and Pair-Bonding* (Baltimore: Johns Hopkins UP, 1980), pp.53.

在知道兒童並非維多利亞神話中的無性東西, 他們
就似乎理應像在其他生活範疇中一樣, 得到性成長
和性發展所必需的知識和實際經驗。反性侵犯兒童
人士經常告訴兒童他們有權對任何性要求說「不」,
這倒也合情合理;但如果兒童真欲說「好」又如何?
在現行法例下, 兒童不得如此做去。故曰, 對於此事,
兒童其實並無真正的選擇。[63]

Jill Richard在其為*The Radical Therapist* 寫的文章中也談
到:「社會不許兒童充分體驗自身的性事, 由是抑制了他們
的生機……社會不應只因部分兒童在與成人性接觸的過程
中受損而禁止所有兒童參與這些性關係, 否則無疑因噎廢
食。[64]

2.同意年齡

蘭度(Randall) 論辯, 十六歲作為同意年齡實在過高
——「我們的社會不但剝削青春期前的兒童, 任何參與性
演習遊戲的機會, 而且青少年身體成熟後幾年還不容他們
享受性權利」[65] 當然, 我們這裡說的是知情選擇, 即是說,

---

[63] John L. Randall, *Childhood and Sexuality: A Radical Christian Approach*(Pittsburgh: Dorrance, 1992), pp.226.

[64] J. Richard, "Children's Sexuality." *Radical Therapist* (W. Somerville, Mass.) vol.5, no. 1, 1976, pp.168.

[65] Randall, pp.185.

社會應爲兒童提供足夠的性教育，讓他們在參加任何性活動前，知悉其中內容以及各種避孕和防止性病方法。

在香港，同意年齡爲十六歲。然而在中國古代法定婚齡或同意年齡幾乎一向都低於十六歲[66]。

在西方，英國的米高·蘇飛特(Michael Schofield) 指出：

> 不滿百年之前，同意年齡爲十三。一八八五年發生了一宗雛妓醜聞後，當局決定將同意年齡升到十六歲，但現在少年人進入青春期之年歲遠較當年爲輕。百年前，半數女孩十五歲便開始行經，而現在半數女孩十二歲便開始行經。[67]

同樣，在小說《洛麗桃》中，韓百德注意到：

> 娜合（Rahab）十歲便當娼……青春期之前結婚和同居在某些印度省份並非罕見。在立差（Lepcha），八十歲老翁和八歲女童交媾，無人過

---

[66] 在明朝（1368-1644）及清朝（1644-1911），男女的可婚年齡分別定爲十六及十四歲。雖然滿清皇太極曾下令禁止十二歲以下人士嫁娶，但民間早婚現象仍然普遍。

[67] Michael Schofield, "Patterns of Sexual Behavior in Contemporary Society", *Reproduction in Mammals, Book 8: Human Sexuality.* eds. C.R. Austin and R.V. Short (Cambridge: Cambridge UP, 1980), pp.119.

問。更何況，但丁瘋狂戀上比雅堤詩時，後者只有九歲……而比特拉克（Petrarch）瘋狂愛上羅蓮（Laureen）時，後者是一個年僅十二歲的金髮小妖精……乳房萌芽階段在伴隨發育期的連串生理轉變中最早出現(10.7歲)。而另一成熟項目是有色恥毛之出現(11.2歲)。[68]

對Rene Guyon來說，兒童性慾受禁制就「好比一隻快速成長的動物長期困於同一小籠中，備受煎熬」[69]。同時，當記者就香港初中學生嫖妓現象訪問性學家吳敏倫教授時，吳即指父母閉塞性慾旺盛的青少年之性出路其實是一種性虐待。青少年既不准有婚前性行為，又不准嫖妓，於是變得嚴重性苦悶。具有犯罪傾向者甚至可能會淪為強姦犯[70]。

[68] Nabokov: *Lolita*, pp.19-20.
[69] Guyon, pp.56.
[70] Guyon, pp.28.

3. 兒童的最佳利益

聯合國一九五九年會員大會所作宣言中第七項原則聲明:「兒童的最佳利益應為負責教育之監護者的指導原則;是項責任首先要由父母承擔」[71]。然而,父母的利益不一定吻合兒童的利益,奧嘉魯(O'Carroll) 問得好:「如果因為某些原因,國家或家長都犯錯又怎樣?」[72]。事實上,正如奧嘉魯(O'Carroll)指出,「父母時常行事不夠善良,國家也是,有時他們儘管出發點良好,但仍不比兒童本身更能準確評估「兒童的最佳利益」[73]。而「即使年紀很少的兒童對自己最佳利益之認識[74]也遠勝於哺育他們的親生老母,又或受過高深教育的社會工作者,那些社工滿口理論,但卻不能對每一個案中的實際情況都瞭如指掌」[75]。

例如,在《圓舞》中,小承鈺自幼為雙親拋棄。其母是典型自私自利,不負責任、缺乏愛心的母親。再婚後,其母開始忽略承鈺,當時承鈺只有七歲。承鈺九歲時,其母與其後父齟齬,離家出走,留下承鈺給其後父前妻所生二子欺侮。[76]如果不是傅于琛領養承鈺的話,承鈺就會淪落陰

---

[71] 引自 Gross and Gross eds., *The Children's Rights Movements* (New York: Anchor Doubleday, 1977), pp. 338-339.

[72] O'Carroll, pp.130.

[73] O'Carroll, pp.128.

[74] O'Carroll, pp.170.

[75] O'Carroll, pp.131.

[76] 亦舒, 頁18-35。

冷的孤兒院,而那種情遇最令承鈺寒心。[77]承鈺十二歲時,其母迫傅于琛借他二萬磅作爲保有承鈺的代價。當時,她甚至惡意暗示傅于琛畜承鈺作性奴。承鈺十五歲,其母嫁得年紀老邁的意大利富商基度,意氣風發,回港要從傅手中奪回承鈺,爲的是面子,全然不顧承鈺對傅的感情[78],對比承鈺母親,戀童者傅于琛是唯一眞正關心承鈺身心幸福的人,是他永遠保護承鈺,是他永遠在危急關頭拯救承鈺,是他送承鈺去最好的本地及外國學校唸書,是他……。而正如前述,承鈺自九歲起就曉得傅對她最好。無疑,傅也有私心,曾出於伊底帕斯妒忌而不讓養女和潛在追求者接觸。[79]但許多女兒的親生父親也有這樣的傾向。[80]

洛麗桃的母親比承鈺的母親好得多,但仍爲了和韓百德過二人世界生活而過早趕洛出家門:

> 韓百德　請問你有了客人或女傭之後,將如可安置你的女兒?
> 查樂(溫柔地氣並豎起一邊眉毛) 啊,洛,我怕,完全不入構思之中。小洛將直接從夏令營進入一所

---

[77] 亦舒, 頁38,40。

[78] 亦舒, 頁84-98。

[79] 亦舒, 頁77-78,227。

[80] Jane Ford詳細闡釋重要的西方作家, 包括莎士比亞、查理士·狄更斯、康德拉、喬伊思, 如何在其小說中不斷重複父/女/追求者的鐵三角關係。 參 *Patriarchy and Incest from Shakespeare to Joyce* (Gainsville: Florida UP, 1998).

紀律森嚴的優良寄宿學校。我已胸有成竹， 你少擔
心。[81]

4. 權力與不相等

正如利夫斯(Reeves)和奧嘉魯(O'Carroll) 所指出，對
於成人兒童性關係的終極假設是這種關係發生於不相等
的參與者之間，權力和體形不相稱，有利年長一方，必定
導致兒童受到控制、剝削和傷害[82]。然而，正如奧嘉魯批
評：「我們必須懂得成人可以爲惡，也可以爲善⋯⋯母親
孺子關係中存在壓迫因素並不代表有廢除母子關係之必
要。母親孺子關係不平等並不表示這種關係一定有問題；
孺子所有權力雖較小，但仍可以從這不平等關係中得益」
[83]。

利夫斯亦云：「要雙方相等才有公平以及眞正互惠其
實是對權力的膚淺見解。首先，沒有兩個人是眞正相等，
而相等的外衣往往掩蓋了操縱和不公。邏輯或經驗都沒有
証據假定不相等的關係必定不公平，不能眞正互諒互
惠」。[84]

---

[81] Nabokov, *Lolita: A Screenplay*, pp.79.

[82] 可參: 1. O'Carroll, pp.66. 2. Tom Reeves, "Reviving and Redefining Pederasty" *Varieties of Man/Boy Love.* ed. Pascal, Mark (New York: Wallace Hamilton Press, 1992), pp.64.

[83] O'Carroll, pp.166-167.

[84] Reeves, pp.64-65.

再者，正如奧嘉魯指出，均勢可能轉移為，變成對兒童有利[85]。套用申福特(Sandfort) and 伊化兀特(Eveaerd)的字眼：

> 兒童擁有權力的原因是其對戀童者性需要和人生盼望的滿足非常重要。兒童只要跑開就能令成人一方失去一般因社會限制而不易代替的關係。這些關係的非法本質亦能令成人一方依賴兒童。我們不應以為兒童看不透這一點。在不少兒童戀關係中⋯⋯我們都可觀察到成人越來越向兒童讓步。[86]

在小說《洛麗桃》中，韓百德確為洛麗桃所掌握。他為了洛生，為了洛死，為了洛殺人，而洛很清楚如何運用自己對於韓的性吸引力操縱他：

> 只有最無精打采時，她才一天只賺我三美分或十五美分；而每當有機會拒絕讓我享受那種令人欲仙欲死，妙不可言的春情時，她便討價還價，毫不留情，可憐沒有了那個我便活不了幾天，而由於柔情似水，我又無法對她用強。她深知自己朱唇的魅

---

[85] O'Carroll, pp.167-180.

[86] T. G. M. Sandfort and W. T. A. M. Everaerd, "Male Juvenile Partners in Pedophilia", *Childhood and Adolescent Sexology*, pp.373.

力，竟在一學年間把一次擁抱的價錢升至三塊甚至四塊！[87]

同樣，在《圓舞》中傅于琛曾問：「是我寵壞她〔承鈺〕抑或是她寵壞了我？」[88]。

十一、結論

《洛麗桃》與《圓舞》的確支持上述有關兒童情慾的正面理論。韓百德和傅于琛溫柔敦厚，不會傷害兒童，契合戀童者的心理分析形象。洛麗桃主動勾引韓百德；周承鈺自七歲起矢志嫁予傅于琛，響應康斯坦丁(Constantine)及其他性學家關於兒童能夠發動和享受性愛的發現。《洛麗桃》和《圓舞》又顯示雙方同意的成人兒童性戀對兒童不但無害可能反而有益，彰顯佛烈斯·班納(Frits Bernard)等人的研究結論，例如是洛麗桃玩弄傷害韓百德的感情而非韓蹂躪洛；而正如前述，承鈺和傅于琛的關係給承鈺提供其父母親戚所沒能提供的愛護關懷。許多東西方的兒童情慾文學作品亦可如是研究下去。

故此，根據世界性學會所作〈性權利宣言〉知情性同意[89]年齡應降為十四或十五歲（這已高於許多歐洲國家），

---

[87] Nabokov: *Lolita*, pp.184.
[88] 亦舒，頁169。

而兒童朋輩間非穿插的性遊戲應獲社會，尤其是家長，包容（須記取性學家經發現性演習遊戲對於兒童健康心性成長不可或缺）。

~~~~~~~~~~

參考文獻目錄

WANG

王川:《伊甸園之夢——性學家張競生博士文學傳記》, 香港：雅林, 1991。

YI

亦舒:《圓舞》, 香港：天地圖書, 1987初版, 1998再版。

ZENG

曾焯文:《香港性經》, 香港：明窗出版社, 1998。

Baurmann, M.C. *Sexuality, Violence, and Psychological After-Effects: A Longitudinal Study of Cases of Sexual Assaults which were Reported to the Police.* Wiesbaden: Bundeskriminalamt, 1988.

Bernard, Frits. "Pedophilia; Psychological Consequences for the Child." Constantine and Martinson 189-199.

---

[89] 一方面, 儘管嚴肅科學研究發現自兒童與成人間自願而非插入的性接觸對兒童無害, 但由於兒童情慾禁忌在當代社會禁忌過於巨大, 爭取上述性接觸非刑事化在策略上誓不可行。

Constantine, Larry L. and Floyd M Martinson. *Children and Sex: New Findings, New Perspectives.* Boston: Little, Brown and Co., 1982.

Freud, Sigmund. *Pelican Freud Library.* Trans. James Strachey. Ed. Angela Richards. 15 vols. Harmondsworth: Penguin, 1973-86.

---. "Three Essays on the Theory of Sexuality", *Freud, Pelican Freud Library* 7, pp.45-170.

Guyon, Rene. *The Ethics of Sexual Acts.* Trans. J.C. and Ingeborg Flugel. New York: Alfred A. Knopf, 1934.

---. *Sex Life and Sex Ethics.* London: Bodley Head, 1949.

Kiell, Norman. *Varieties of Sexual Experience – Psychosexuality in Literature.* New York: International Universities, 1976.

Kopp, S. B. "The Character Structure of Sex Offender." *American Journal of Psychotherapy* 16 (1962): 64-70.

Kubrick, Stanley, dir. *Lolita.* Perf. James Mason and Sue Lyon. Warner Studios. 1962.

Li, Chin-Keung, Donald James West, and T. P. Woodhouse. *Children's Sexual Encounters with Adults: A Scientific Study.* London: Duckworth, 1990.

Lyne, Adrian, dir. *Lolita.* Perf. Jeremy Irons and Dominique Swain. Vidmark/Trimark. 1997.

Nabokov, Vladimir. *Lolita.* New York: Vintage, 1997.

---. *Lolita: A Screenplay.* New York: Vintage, 1997.

O'Carroll, Tom. *Paedophilia: The Radical Case.* London: Peter Owen, 1980.

Perry, M. E., ed. *Handbook of Sexology, Vol. 7: Childhood and Adolescent Sexology.* New York: Elsevier, 1991.

Randall, John L. *Childhood and Sexuality: A Radical Christian Approach.* Pittsburgh: Dorrance, 1992.

Wilson, Glenn D. and David N. Cox. *The Child-Lovers: A Study of Paedophiles in Societies.* London; Boston: Peter Owen, 1983.

~~~~~~~~~~~

英文摘要(abstract)

Chen, Chapman, " *Loita* and Yuanwu: Two Child-Romance Novels".

Assistant Professor, Chinese and Bilingual Studies, The Hong Kong Polytechnic University

Child-romance literature refers to literary works dealing with erotic love amongst children or between adults and children. For more than one hundred years, child-romance has been one of the most, if not the most, severe taboo in human society. In recent years, many serious scientific studies have shown a lot of commonly held beliefs about child-love to be either ungrounded or mistaken.(作者提供)

~~~~~~~~~~~~~~~~

論文重點

1. 兒童情慾文學指涉及成人兒童間或兒童間性戀的文學作品。

2. 戀童者通常溫文柔和，不會傷害兒童，就好像納博科夫《洛麗桃 (*Lolita*)》中的韓百德以及亦舒《圓舞》中的傳于琛。

3. 從心理分析的角度看，成人戀童可能是由於幼年失母或其乳房，正如韓百德和傳于琛一樣。

4. 兒童能夠主動提出並且享受性愛，正如《洛麗桃》中的洛麗桃以及《圓舞》中的周承鈺。

5. 性學研究發現：雙方同意的成人—兒童戀對兒童不但無害，而且可能有益；戀童者，如韓百德和傳于琛，常可給兒童，如洛麗桃和周承鈺，提供他們父母所沒能提供的愛護和關懷。

6. 在成人-兒童戀中，兒童所受創傷通常是由於社會所持負面態度。

7. 合法性接觸和性交年齡太高，不能配合現代兒童，如洛麗桃和周承鈺，的身心成長。

8. 父母的最佳利益不一定是兒童，例如周承鈺，的最佳利益。

9. 成人──兒童戀中的權力差距可以爲惡也可以爲善；而權力平衡更可能變爲對兒童有利。

10. 社會應鄭重考慮降低同意年齡以及容納兒童本身之間的性活動。

~~~~~~~~~~

特約講評人： 盧偉力

盧偉力(Wai Luk LO)，男，1958年生於香港，1987年赴美國進修，得新社會研究學院媒介碩士，紐約市立大學戲劇博士，現爲香港浸會大學傳理學院電影電視系助理教授，參與戲劇活動二十多年，亦寫詩，有《我找》(詩集)、《紐約筆記》(多文體合集)等。

有沒有超越的愛？

讀曾焯文的《〈洛麗桃〉與〈圓舞〉：兩本兒童性愛小說》，心裏的聯想域是很廣闊的。文章大量引用有關兒童之間或兒童與成人之間的性愛心理學或精神分析學上的研究成果，來說明兒童不單有性的慾望或者潛意識，甚至更可能是主動確立性愛關係的一方。就是撇開文中所討論的兩本書，這文章亦是很有價值的，它質疑了世俗很多既定的成見和想當然的約束，有寬闊自由的生命態度。

對「兒童性愛」這題目的研究，從文化層面來看，又似乎並不能用太簡單的邏輯去推想，因爲「性」是一回事，「愛」又是另回事。兒童有性能力、性需要、性幻想，但對於涉及男女（或者廣義來說：情欲）的愛，卻要有文化基礎，是要學而知之、明之、體會之的。我們要有「性教育」，也要有「愛的教育」。不過，這方面，也許是另外一個題目，而不是曾焯文的原意了。

說回曾焯文的文章。我一邊看，一邊又想：究竟兩本書的作者創造的兒童——成人性愛小說，是根據觀察、體會、想象，還是由理論出發的呢？

這點是很重要的，因爲如果是後者，則曾焯文的論述，就有一個邏輯上的同義反覆問題，即把根據 A 理論寫成的 B 作品，作爲說明 A 理論的眞確性。當然，就現在的文章中心思想來說，這也並不是致命的，因爲曾焯文還有很多証明 A 理論的証據 C、D、E、F。

然而作爲讀者，我還是有點不滿足。我希望可以看到一些兩本小說的深層結構的分析，而並不單單止於對兒童性愛心理的比附上。

例如，在文首中，曾焯文提到《圓舞》的書名，象微著情愛拍擋就好比圓舞的動律，合過要分，各自在人生舞池中經驗其他男男女女，又再重逢，然後又分開，這是很好的解釋，但這跟男女主角的成人——兒童情慾有些甚麼深層的心理關係呢？

　　當愛情故事當事人擴闊，把兒童也放進去，那麼，這個愛情故事的結構和發展，又會是怎麼樣的呢？會不會有質的改變呢？於是我對這個題目作了一些戲劇假定：

1. 兩個人相愛，是基於對方的特性；
2. 這特性，也包括對方的「生命階段」；
3. 於是，當對方不再是這「生命階段」時，愛的基礎就改變了。
4. 戀童者或許有兩種：一種是純粹的，他們只愛「兒童」；另一種是把愛慕的對象擴闊，也包括兒童。

　　上述邏輯，可以美其名為「戲劇形式邏輯」，亦是一種代數，把「兒童」作為一個變量看，可以代入「二十至二十五歲的人」、「老年人」、「中年人」……等等；「生命階段」亦是一個變量，可以代入「性向」、「性別」、「健康狀況」、「財產」狀況……等等。

　　於是，我們要問的是：有沒有超越的愛？曾焯文討論的兩本書，《洛的桃》似乎要確認愛的執著，而《圓舞》則否定它，而就愛為一個不由人自己控制的生命運動。

～～～～～～～～

特約講評人：孫以清

孫以清(Yi-ching SUN)，祖籍安徽省壽縣，1957年10月1日生於台北市。中國文化大學俄文系學士，美國德州大學奧斯汀校

區(University of Texas at Austin)政治學博士。著有 *U.S Arms Transfer policy during the Cold War Years* 及《美中台三角關係的再省思》等文。現任南華大學亞太所助理教授。

　　我認為曾先生這篇文章所討論的是一個非常嚴肅的話題，他寫作的態度也極為認真，是一篇非常不錯的作品。我在某種程度上同意曾先生的一些看法。不過，在此要對曾先生在文中的一些論點提出一些質疑。

　　首先，我覺得曾先生對於現實與小說間關係的處理不是很清楚，所以，在閱讀中常常不知道曾先生所分析的是小說還是現實。我覺得曾先生是要透過對小說中人物心理的描述與分析，幫助在現實世界中相類似的人物尋求一些藉口與合理性。不過如此做是十分危險的，因為小說中的人物是虛構的，在現實中並不存在，小說中人物的行為無論如何的合理，並不能據此做推論，同時延伸到現實世界之中。比方說，曾先生認為「戀童者通常溫文柔和，不會傷害兒童」，因此對戀童者不需要太過反對。也許在他分析的小說中，那些人物確實有此特質，但在現實世界中的戀童者是否真的大都如此呢？因此以小說中的人物行為做推論，再延伸此一推論到現實世界之中是有危險性的。

　　第二，我十分同意曾先生的看法，一些兒童間（只限於兒童之間）的性演練對兒童並無害處，不必太過壓抑。不過，我並不同意兒童與成年人間，對此可以一體適用。換言之，我不認為兒童與成年人間有性關係對兒童是無害的。如上述，曾先

生文章中一個預設的立場是,戀童者對兒童是不會有傷害的,因此,兒童性演習的對象是兒童或是成人對曾先生而言都無所謂,然而這可能又是小說中得情況,而在眞實世界中可能並不確實。

第三,我也同意曾先生的看法,兒童對「性」有選擇權。然而,我們必須瞭解「選擇」,與「被欺騙」之間只有一線之隔。所謂選擇是一個人在考慮,並瞭解「做」與「不做」的各種利害得失之後,在這兩者之間去挑一個對自己比較有利選項。而被騙則是在尚未瞭解各種利害得失之前,就先去做了一種對自己不利的選擇,因此在事後瞭解這些利害之後,才會覺得後悔與有一種被欺騙的感覺。而兒童對「性」的利害與後果,可能並不十分瞭解。就如同十歲前的兒童因爲不能判斷來車的速度,因此不適合自行選擇是否要穿越一條馬路,相同的道理,兒童對性說「yes」之時,到底是他的「選擇」,或只是「被欺騙」,是值得曾先生考慮的問題。

第四,我也不能同意,在兒童與大人的權力關係中,對兒童較爲有利的說法。其實,根據常識的判斷,大人不論經驗,力量都比小孩子有利的太多,在大人如此有利的情況下,怎能夠說小孩在與大人的權力關係上佔便宜呢?

最後,我覺得這篇文章在寫作上十分的用心,在引經據典方面下了不少功夫,理論運用上也頗有可看之處。我並非完全不同意曾先生得說法,相反的,我覺得我們應當正視他所提出的問題,同時好好的做些思考。

~~~~~~~~~~

特約講評人: 余麗文

余麗文(Lai Man YEE), 女, 1975年生, 香港大學畢業(1998)。現
於英國Warwick大學主修英國殖民與後殖民文學碩士課
程。 曾發表〈蔡源煌《錯誤》的壓抑與解放觀〉(1998)、
〈香港的故事: 也斯的後殖民話語〉(1999)、〈歷史與空
間: 董啓章《V城繁勝錄》的虛構技法〉(1999)等論文數篇。

　　曾焯文教授的論文以「戀童」作爲主題, 提出Lolita 與
《圓舞》兩部小說相近的地方; 例如戀情對成年一方和孩
童之間的關係以及影響。論文更從心理學的角度分析了兩
部小說在處理人物性格的不同層面, 其中特顯了「戀童」
關係中不一般的閱讀, 解構了這一普遍被視爲不道德、或
違反正常倫理的關係。 文中寫兩部小說引證了成年人與
孩童的情色關係不一定是潛藏傷害性, 反而可能對孩童有
利[90]。另外更賦予了其中的正面意義, 認爲較爲年長的一方
提供父母的愛護和憐惜; 而孩童亦能從關係中獲得歡愉。

---

[90] Original text, "*Lolita* and *Yuanwu* also illustrate the scientific findings
that adult-child eroticism is not only harmless but possibly beneficial
for the child." In Chen Chapman, "*Lolita* and *Yuanwu* – Two Child-
romance Novels."(編者案: 曾氏本來以英文宣讀, 會後改譯爲中
文)

曾教授的閱讀強調了從較正面的角度理解孩童和成年人的戀愛關係, 也似乎認同了這種關係可以從一般男女關係中得以解答; 然而戀童關係中的「不尋常」介面卻似乎因而被抹殺。假若詳細咀嚼兩本小說, 可以得知其中的「戀童」行徑是大大分別於世俗所謂的男女關係; 兩部小說的四位主角目的也就是要尋找失落的家庭情感。文中明確指示Humbert 和Fu Yuchen 都在十分年青的時候失去了母親, 而相對兩位較年長的男士則提供予女主角們家庭的呵護。兩者共同的地方是對父母親理念的構想, 並將家庭溫暖浪漫化地處理; 實質上兒童的心理反而未能得到正常的發展, 筆者對於這種關係的正面影響是有所保留。這種關係的書寫其實並未眞正解放了兩方面的關係, 反而是透過文本的書寫強化了其中的社會理念。

另外又就研究「戀童」的書寫提出一點筆者的意見, 書寫這種關係時不難發現其中多從成年人的角度出發; 解說的時候也難免以成年人的角度辯白, 並不自覺/或有意識地抹黑了孩童的位置。例如在兩篇文本之中, 也把孩童的一方視爲性的符號, 也是一個被凝視的物件(spectacle)。而且兩部作品也不謀而合地把結論暗示成是孩童, 也是女性的一方, 在利用較年長的男方的感情。不難想像這種構圖將女性是紅顏禍水的壓迫象徵再一次認明; 如果能進一步把男女角色的塑造與「戀童」的關係深入解體, 論文定必更臻完備。

最後想補充曾教授對「圓舞」理念的解讀，論文部分突顯了感情的錯落從「圓舞」的步履中得以表現，迴轉不斷、舞伴不絕的狀態中，男女主角仍舊在同一的圈內兜轉。若將該理念再加上「戀童」的複雜關係再度理解，可以發現這種「圓舞」的規律必須受制於對成長和回歸的條件之中。孩童從較年長的對象中獲得的是成熟的經驗 (即孩童—戀愛經驗—成長)；而相反較年長的一方則希望回味孩童的記憶 (即成長—戀愛經驗—孩童)。由此可見，這同樣是一個圓形的狀態，作者是有意透過一種迴環的過程令人生出現一種永恆不停止的幻象。

[責任編輯: 梁敏兒博士]

八十年代的《爭鳴》與中國當代文學的互動

■梁麗芳

作者簡介：梁麗芳(Lai Fong
LEUNG), 女，在香港長大並
完成中學教育，加拿大卡格
利大學(University of Calgary)
文學士，不列顛哥倫比亞大
學 (University of British
Columbia)碩士和博士。現爲
阿爾伯達大學東亞系副教
授。著有《柳永及其詞之研
究》、《從紅衛兵到作家：覺
醒一代的聲音》(*Morning Sun:*

Interviews with Chinese Writers of the Lost Generation), *A
Guide to the Film Early Spring in February* (*Zaochun eryue*).

論文提要: 《爭鳴》雜誌爲香港最暢銷的政論刊物之一。本文
　　的目的, 是從邊緣怎樣解構權力話語中心的角度, 看《爭
　　鳴》於1977年創刊到80年代末期間與中國文學的互動的實
　　質, 內容與效果。
關鍵詞(中文): 互動　解構　雙百　冷風與暖風　傷痕文學
　　現代派　社會效果　北島　劉賓雁　白樺　懷冰　非中心
　　化
關鍵詞(英文): Interactivity, Deconstruct, Shuangbai, Cold Wind
　　and Warm Breeze, Literature of Wounded, Modernist, Social
　　Effect, Bei Dao, Liu Binyan, Bai Hua, Huai Bing, Decentring

一、引子

　　《爭鳴》雜誌創刊於1977年11月, 時爲毛澤東(1893-1976)逝世一年零兩個月, 四人幫垮台後一年零一個月, 亦是十年浩劫的文革(1966-1976)結束之後。這時, 中國大陸正百廢待興, 過渡的政權, 仍以毛澤東的話語爲準則, 凡是之聲仍佔主導, 遠遠跟不上民間強烈要求解放思想禁錮的呼聲。

　　從香港的時間坐標來看, 鴉片戰爭遺留下來喪權辱國的歷史, 將要結束, 維多利亞港飄揚的英國國旗, 時日無多了。敏感的香港人, 已經開始考慮他們的未來, 開始把目光越過邊界, 關注內地的發展。於是, 有識之士, 利用有充分言論自由的港島, 在世紀末回歸前的珍貴時刻, 希望

通過輿論，來促進內地的改革。因此，《爭鳴》創刊於快將終結殖民的香港，有它深長的意義和功能。

《爭鳴》這個名字，取自百家爭鳴，開宗名義地標明了它開放的基調，同時，亦以它的名字，寄望於未來的中國大陸。創刊以來的二十三年間，《爭鳴》所扮演的角色，正如編者在創刊詞中說，是「提供一個『海德公園』，可以各抒己見，暢所欲言的論壇，可以聽到百家之言的講堂。」在香港眾多的雜誌中，能夠一直堅持初創時的立場和活力的，《爭鳴》是佼佼者。

《爭鳴》以敏銳的觸覺，快速的訊息，流暢而深入淺出的文字輔之以插圖和照片，使它迅速成為香港最暢銷的政論雜誌之一。一般來說，政論雜誌因其題材的嚴肅性，不容易留得住讀者的目光。但是，我多年來的觀察，發現《爭鳴》的銷路一直佔領先的地位。生活在海外的華僑，不少每個月追看《爭鳴》，以此了解中國。北美一些大學圖書館內，《爭鳴》是最多人閱讀的雜誌。中國大陸的留學生，更是常客。因為看的人太多，容易破爛，圖書管理員特別用一個透明塑料套套住，並把《爭鳴》放在櫃台下面，規定只准借閱兩個鐘頭。連不懂中文的圖書管理員，也能叫出《爭鳴》的名字。

從《爭鳴》的一些內幕消息報導來看，相信內地有人供稿。而且，《爭鳴》的記者，似乎獲得內地的某些官僚階層的默許，讓他們能到一些一般人不能涉足之地採訪。他們的足跡遍及大江南北的大街小巷，上至高層及高幹子

弟，下至販夫走卒，獲得最新的消息。有意思的是，不少小道消息，後來陸續證實，並非空穴來風。

因為《爭鳴》的記者對某些官僚階層的人事關係瞭如指掌，使他們的報導，不是乾巴巴的事件和人物的羅列，而是把事件放在更大的政治格局和錯綜複雜、新仇舊很的人事網絡中來考察。《爭鳴》的文章的一個特色，是內容不是抽象的概括，而是言之有物，有聲有色。筆觸帶感情而分析清晰的柳瑩和明蕾是其中的表表者。

正因為《爭鳴》的消息有份量，不少漢學家都樂於引用，甚至把自己的研究成果，在《爭鳴》發表，例如法國學者潘鳴嘯，就在《爭鳴》發表他的論文〈「改造一代人」戰略的興亡——上山下鄉運動「20周年」的分析與總結〉[1]。《爭鳴》的國際性影響，不言而喻。

本文研究的對象，是《爭鳴》從1977年11月創刊號到1989年，這期間涉及中國當代文學的論述。《爭鳴》是個以政論為主的刊物，有關文學的內容只佔一小部分。每一期文學方面的文章，只有幾篇。除了每期懷冰(紀馥華，1934-)的文學專論以外，其他有關文學的論述，不可避免地常帶有報導性質，因此，本文不著重評價這些論述的文學性。本文的目的是從這一百三十多本雜誌的關於中國文學的論述文本中，找出《爭鳴》與中國文學互動的實質和一些規律。本文著重探討幾個問題：這些互動之成為可能的基礎是什麼？這種互動包括哪些方面，牽涉到什麼樣的

---

[1] 《爭鳴》1989年第1期，頁54-57, 1989年2月，頁76-79。

人和事, 產生了哪些效果? 因為篇幅所限, 本文只能作簡
括的評述。

　　本文的理論出發點, 是看香港以它的邊緣位置, 怎樣
扮演由邊緣的旁觀者去凝視與解構權力話語中心的角
色。換言之, 是看《爭鳴》怎樣利用香港的獨特的中間性,
利用它的言論自由, 越過界限, 對中國大陸的文藝界發生
的事件, 作品和作家被官方的接受與拒絕的情況, 作一個
適時回應, 造成輿論和國際壓力, 以此非中心化, 使之開
放, 以求營造一個寬廣的創作環境, 恢復作家的個人尊嚴,
讓他們可以翱翔自由想像的空間。

二、互動怎樣成為可能

　　香港的獨特位置, 便它成為國共緩衝地的同時, 也擔
任促進和帶領的角色。單單是地理上的邊緣位置, 不能構
成香港的優勢。香港的優勢很大程度上來自它文化上的混
合性質(hybridity), 這種混合性質不因殖民者的離去而消
失[2]。香港具有英國殖民的西方文化, 也有來自本土傳統的
中華文化, 二者混合, 成一個充滿活力的混合體。還有, 香
港的位置在中國政權之外, 即使九七回歸, 也因一國兩制
而在一定程度上保持 「外」的位置, 這雙重的「外」, 比

---

[2]　Bill Ashcroft, Gareth Griffiths and Helen Tiffin, *The Empire Writes Back: Theory and Practice in Post-colonial Literatures* (London, New York: Routledge, 1989), p.33.

在「內」更利於向權力中心進行影響。而且，英國一百多
年來的統治帶來的西方文明，現代化的操作方式和思維方
式，使香港人的現代意識無疑遙遙領先於大陸的民眾。香
港雖然沒有民主，但它有自由。因此，它能利用這個自由
的論述空間，在南陲之地，向中心喊話、督促、推動、以
至解構，運用得好，這將是香港對中國的貢獻。

大陸通過香港向外發放的消息，造成輿論，可以非常
迅速地轉內銷。這個互動機制，成為改革人士的有力工
具。《爭鳴》在這方面，擔任了它的角色。當然，我們很
難斷定哪些是內地放出來的消息，哪些是香港方面自發的
行動。不管怎樣，如果能夠推動改革開放的進程，目的便
達到了。例如《爭鳴》在創刊號發表〈我們為什麼離開祖
國?〉一文[3]，同月的11月28日，大陸《參考消息》就轉載，引
起議論與共鳴。轉載的迅速，令人意想不到。1978年2月總
第4期，《爭鳴》乘勝追擊推出「中共僑務問題特輯」，發
表一系列因為愛國而回國，卻在國內的歷次政治運動中受
迫害的華僑的悲慘經歷。中共領導層當然了解，獲得遍布
世界的華僑的支持，對中國的經濟改革非常重要，從這點
來看，他們的迅速反應便不令人驚訝。

例如，《爭鳴》早在1978年1月總第3期，就推出特輯
「我參加了天安門事件」，為1976年的天安門事件平反呼
籲。到了同年12月號，也是第十一屆三中全會時，中共中
央正式為之平反，順應了民意。《爭鳴》立即推出天安門

---

[3] 《爭鳴》總第1期, 1977年11月, 頁24。

事件的「翻案問題特輯」和「天安門革命事件畫頁」,正式把參加事件的英雄人物公諸於世。

劉少奇(1898-1969)的平反,我看是一個轉內銷例子。首先,羅冰在1978年第11期發表〈應當怎樣看劉少奇〉[4]。1979年1月第15[?]期,有文章〈王光美仍在獄中〉[5],為她的出獄與劉少奇的重新評價呼籲。幾個月後,《爭鳴》的記者柳瑩從1979年6月(總20期)開始到1980年4月(總30期),一連多期寫了〈劉少奇家庭悲喜劇〉的紀實。她透露的材料非常豐富,而且她能夠接近一般人不能接近的劉少奇家人,以及獲得劉少奇在文革時期的種種情況資料,不禁令人猜測,是否有相當級別的人士,在背後點頭和促成。這個紀實引起了很大的回應[6],劉少奇的悲劇獲得大眾同情,到了真正為劉少奇平反的時候,已水到渠成。

同樣引人注目的,是《爭鳴》從1978年4月-8月,推出了「文革評價問題辯論特輯」,為日後評價毛澤東的功過開路。這以後陸續發表文章,討論毛澤東的功過,與內地民眾的意願相呼應。到了1981年,中共黨中央終於作了並不徹底的評價的第一步,發表〈建國以來黨的若干問題的決議〉[7]。

---

[4] 《爭鳴》總13期, 1978年11月, 頁20-21。
[5] 《爭鳴》總15期, 1979年1月, 頁38-40。
[6] 柳瑩:〈有關劉少奇問題答讀者〉,《爭鳴》總31期, 1980年5月, 頁18-19。
[7] 香港: 三聯書店, 1981。

　　雖是英國的殖民地，香港是文化中國的一部分[8]，與內地不是勢不兩立，而是越界相互滲透。這種情況，1949年以前就存在。南來作家在香港的活動情況，已有學者作了詳盡的研究[9]。1949年後鐵幕相隔，文化互動陷於靜止或不正常狀態，尤其是文革期間爲然。這種人爲的分隔，1978年底三中全會後，隨著文藝政策解凍，互動的步伐才得以邁開。80年代以後，各領域的交流，已經有目共睹。從鄧麗君(1954-1995)的抒情歌曲，金庸(查良鏞，1924-)、梁羽生(陳文統，1926-)的武俠小說，到香港電影及明星歌星，更重要的是現代化的經營方式和思維方式，在短短的十多年間，滲入大小城市和鄉鎮。在後毛澤東時期意識形態破敗的眞空狀態下，民衆對物質與精神的飢渴，對外面世界的好奇，與香港人對內地的關注，同時造就了來自邊緣的力量。香港是個窗口，是大陸看世界的眼睛。這就形成一個奇特的關係：香港的眼睛看大陸，大陸通過香港的凝視中的形象反映，來看世界及自己。《爭鳴》在這方面擔當了一個角色。

---

[8] 對於文化中國的討論，可見杜維明：〈文化中國初探〉，《九十年代》1990年6期，1990年6月，頁60-61。

[9] 盧瑋鑾：《香港文縱——內地作家南來及其文化活動》(香港：華漢文化事業出版社，1987)。

三、《爭鳴》雜誌與中國文學的互動

《爭鳴》的文學報導和分析, 往往能一針見血, 道出中國大陸作家和民衆所想說, 而又不能說的話。在這一意義上, 《爭鳴》是中國大陸作家和民衆的代言人。《爭鳴》的角度, 就是香港的角度, 也應是一國兩制的角度。

從1977年11月到1989年末這146期, 《爭鳴》有關文學的論述, 可以分爲三大類:1.文學潮流的爭議與批判; 2.作家平反, 近況與訪問; 3.個別作品評論及其他。

1.文學潮流的爭議與批判

從1977年創刊開始, 可以說, 《爭鳴》是爲了促進大陸文藝的放, 針對大陸文藝的收, 來作文章。收與放的鐘擺機制[10], 周期性地在神州大地刮起冷風與暖風, 冷風起烏雲湧, 風暖來百花開。一來一往, 在政策收緊的時候, 《爭鳴》揭露、抗議; 在它欲放還收的時候, 催促鬆綁; 在它放寬的時候, 鼓勵肯定。

---

[10] 關於鐘擺機制的論述, 可見美國學者高得曼的著作, Merle Goldman, *Literary Dissent in Communist China* (Cambridge, Mass: Harvard UP, 1967), *China's Intellectuals: Advise and Dissent* (Cambridge, Mass: Harvard UP, 1981).

(一)呼喚雙百

　　評論家懷冰加盟《爭鳴》後的第二篇文章，發表於1978年1月總第3期，題為〈中共文壇現狀與黃鎮出掌文化部〉，正式呼籲文藝的開放和繁榮[11]。他認為黃鎮(1909-1989)曾是駐聯合國大使，又到過其他國家，視野廣闊，是出任文化部的人選。接著，在1978年2月總第4期，他發表〈把顛倒了的一切再顛倒過來——對中共「文藝黑線回潮」問題的我見〉[12]，引用了毛澤東1967年5月28日在《人民日報》的原話，澄清了毛澤東沒有把「十七年定為反黨反社會主義黑線」的說法。四月，再為文仔細解釋了毛澤東的文藝黑線論的批文怎樣被四人幫利用，使得文藝黑線論成為定論的過程[13]。懷冰為什麼不厭其煩地去證明十七年文藝黑線的子虛烏有呢？道理很簡單，如果這個符咒不煙消雲散的話，被這個符咒緊箍著的作家和作品就無法恢復名譽，文藝的解凍就無從談起，所謂雙百方針的實踐，便成虛言。

　　針對那些認為大陸文藝已經「繁花初開」的說法，懷冰是不苟同的，他認為「繁花不開」才合乎事實，因為像

---

[11] 《爭鳴》總第3期，1978年1月，頁23-24。

[12] 《爭鳴》總第4期，1978年2月，頁33-35。

[13] 懷冰：〈毛澤東原意並非如此〉，《爭鳴》總第6期，1978年4月，頁34-35。

樣的文藝作品還没有出現[14]。懷冰的觀察是基於閱讀作品
所得的結論, 不是感情用事的主觀樂觀主義。事實上, 當
時, 連傷痕文學還没有出現, 遑論其他。懷冰是清醒冷靜
的觀察者, 這種氣質, 令他能二十多年來, 守著公正的立
場, 作中國文學的諍友。

(二)批判冷風, 留住暖風

1979年的春天並不溫暖。民主牆倒下, 魏京生 (1950-)
被捕。4月15日《廣州日報》有王安思者拋出〈向前看啊, 文
藝〉, 企圖打擊傷痕文學。1978年8月11日上海《文匯報》
發表盧新華(1953-)的小說〈傷痕〉, 雖然没有立即獲得
肯定, 但這年冬天和1979年春天, 已經湧現一批反映文革
悲劇的作品[15]。王安思提出忘記過去, 爲所謂光明的未來
寫作, 無形中流露某些不願審視過去(即文革)的觀點。針
對這篇保守性的短文, 懷冰的〈廣州最近的一場文藝論
戰〉[16] 一針見血地問, 「如果〈向前看啊, 文藝〉 文中
對寫個人悲劇的批判的論點得以推行, 那麼誰還敢去寫社
會主義的黑暗面?」

---

[14] 懷冰:〈繁花眞是初開了嗎?——答艾文倪先生〉,《爭鳴》總第
5期, 1978年3月, 頁34-35。
[15] 例如孔捷生的〈在小河那邊〉,《作品》1979年3期, 1979年3月, 頁
31-42。
[16] 《爭鳴》總21期, 1979年第7月, 頁54-56。

關於描寫黑暗面的問題，從毛澤東1942年〈在延安文藝座談會上的講話〉[17] 發表以來，中共從來沒有徹底解決過。當出現了一些社會批判性的作品時，教條的衛士就擺出姿態。1979年6月的《河北文藝》，李劍的〈哥德與缺德〉的短文[18]，否定傷痕文學，說這些作者缺德，因為他們沒有歌頌美好的社會主義。李劍是這樣說的，「現代的中國人並無失學，失業之憂，也無無衣無食之慮，日不怕盜賊執杖行兇，夜不怕黑布蒙面的大漢輕輕叩門。河水渙渙，蓮荷盈盈，綠水新池，艷楊高照。當今世界如此美好的社會主義為何不可『歌』其『德』？」

《文藝報》發表了反駁文章[19]，可是，沒有介紹作者，甚至沒有指出作者的名字。李劍本是寂寂無名的年青人，如果不熟悉國內文化界，要找出這類文章的幕後人，談何容易。《爭鳴》在這方面，為一般的讀者，特別是海外的讀者解決了一個難題。羅冰在北行放話為讀者找到答案，指出幕後人是詩人田間(1916-1995)[20]。

羅冰清楚利落地批評了李文四點：一是為四人幫文過飾非，二是為四人幫路線翻案，三是庇護邪惡勢力和官僚特權，四是鼓吹弄虛作假歪風，正是阻止文學創作。這樣

---

[17] 北京: 商務印書館, 1972。

[18] 轉載於《人民日報》1979年7月31日, 版3。

[19] 例如干晴,〈如此「歌德」〉,《文藝報》總356期, 1979年8月, 頁17-19。

[20]〈找到了歌德派的幕後人——北京放語〉,《爭鳴》總第23期, 1979年9月, 頁11-13。

一分析，就把這個似乎是孤立的事件，放在廣闊的政治語境。後來《爭鳴》在報導第四屆文代會的文章裏，特意跟進這個事件，指出田間爲這事件上作自我檢討[21]。《爭鳴》能跟進某些人物的言行，除了滿足讀者的好奇心外，還表現了它能持續地追求事情的前因後果的態度。

(三).社會效果的爭論

社會效果也是〈在延安文藝座談會上的講話〉提出的問題，也是到如今中共文藝界比較敏感的問題。不難想像，當1979年和1980年社會批判性的作品出現時，這個問題又借屍還魂。針對國內社會效果的爭論，懷冰支持開明的韋君宜(1917-1998, 人民文學出版社編輯)[22]，並追溯社會效果這條棍子，對1949年來的文藝創作造成的惡果[23]。爲了介紹這些作品的成就，《爭鳴》轉載引起爭議的〈在社會的檔案裏〉[24]。

---

[21] 梁一豪:〈文代會幕後種種〉,《爭鳴》總第26期, 1979年12月, 頁8。

[22]〈談談「社會效果」〉,《文藝報》總367期, 1980年7月, 頁20-21。

[23] 懷冰:〈如何評價暴露文藝的社會效果〉,《爭鳴》總第29期, 1980年3月, 頁62-63。〈冷風, 又是一股冷風——中共文藝動向探測〉,《爭鳴》30期, 1980年4月, 頁53-55。

[24] 王靖:〈在社會的檔案裏〉, 轉載於《爭鳴》總第28期, 1980年2月, 頁80-90。

　　針對〈假如我是眞的〉,〈在社會的檔案裏〉和〈女賊〉等具有社會批判性的戲劇作品[25],胡耀邦(1915-1989)在1980年2月12及13日發表〈在劇本創作座談會上的講話〉[26],長篇大論迂回曲折的講話,雖然苦口婆心態度溫和,但内容仍没有擺脱教條。他一方面指出社會主義社會存在不合理的地方,但始終光明面比較大,黑暗面小,所以,作家應該反映光明面、歌頌光明面。

　　胡耀邦的講話没有透露這些作品的實質内容和創作經過。不過,通過《爭鳴》報導,讀者對〈假如我是眞的〉的寫作,演出和被禁有一個了解。這是《爭鳴》一次有趣的互動,不妨簡述一下。

　　1979年8月,大林的文章〈「參謀長公子」大鬧上海記〉[27]披露了某青年人冒認李達的兒子,在上海行騙。本來市委不想報導,或暫緩報導,但《爭鳴》已經報導了,打亂了上海市的部署,上海市委專爲此開了會,商量對策。上海戲劇學院幾個劇作者,根據這事編了〈假如我是眞的〉,市委領導開始贊成,後來反對,在大小會議批判此劇和劇作者。在1979年底的第四屆文代會上,有人指出《爭鳴》的

----

[25] 參1. 沙葉新、李守誠、姚明德:〈假如我是眞的〉,《爭鳴作品選編》(北京市文聯研究部編,内部資料,1981,第1輯),頁215-284; 2. 王靖:〈在社會的檔案裏〉,頁110-151; 3. 李克城:〈女賊〉,頁162-214。

[26]《文藝報》總360期,1980年1月,頁2-20。

[27]《爭鳴》總第22期,1979年8月,頁22-24。

報導批判了特權。可見《爭鳴》在文化界的影響。至於劇作者沙葉新(1939-　)(作者之一), 亦因而在聞名海外。

2.作家近況, 平反與訪問

(一)突出大膽的言論, 打破教條框框

　　《爭鳴》報導作家大陸近況, 是從報導第四屆文代會開始的。中共1949年7月開第一次, 1953年第二次, 1960年第三次, 1979年10月30日到11月16日, 才開第四屆代表大會。這是十九年來第一次, 劫後歸來的作家, 已是傷痕纍纍, 早生白髮。

　　《爭鳴》重點報導文代會, 不但讓久已消失文壇的作家重新亮相, 還突出強烈要求創作自由的作家和言論。例如, 夏衍(1900-1995) 在文代會閉幕時控訴式的大膽發言[28], 就很有代表性。夏衍指出世界在變, 人的思想也在變, 所以, 要考察「用慣了的文藝理論」。夏衍的所謂「用慣了的文藝理論」, 其實就是毛澤東〈在延安文藝座談會上的講話〉定下來的金科玉律。夏衍拷問的文藝與政治關係, 文藝工具論等問題, 均成為80年代, 中國文藝理論要修正的基礎問題。

---

[28] 馬路:〈提心吊膽廿二年——從夏衍的文代會閉幕詞看文藝界氣象〉, 《爭鳴》總第26期, 1979年12月, 頁16-17。

同樣獲得《爭鳴》重視的，還有王若水(1926-)1980
年8月在廬山全國高等學校文藝理論討論會上的演講〈文
藝·政治·人民〉，王若望 (1917-)的〈談文藝的無爲而
治〉，和趙丹(1915-1980)的文藝遺囑〈管得太具體，文藝
沒希望〉[29]。懷冰特別撰文支持趙丹，並轉載了該遺囑原
文[30]。1984年底與1985年初的第四屆作協大會上，吳祖光
(1917-)的發言，亦獲得《爭鳴》全文轉載。這篇氣勢磅
礴的發言，不但大膽否定「精神污染」運動，還爲自己曾
說過「香港很自由」不斷受檢查，提出強烈的反擊[31]。

王若水，王若望和吳祖光是異議人士。後來，他們的
命運發展——王若水辭去《人民日報》總編輯職位，王若
望受盡打擊後去國，吳祖光出黨，都是爭取自由付出的代
價。《爭鳴》把他們的言論登載，造成輿論，對權力階層
有一定的警醒作用。

(二)報導作家的下落, 呼籲平反

反右和文革以來，無數作家死的死，勞改的勞改，沉
默的沉默。第四屆文代會上讀出的死難者長長的名單，令
人毛骨悚然，萬般憤慨。活著的作家怎樣了，令人擔憂。

---

[29] 王若水: 《爭鳴》總第56期， 1982年6月，頁57-60; 王若望，總48
期, 1981年10月，頁24-25; 趙丹: 《人民日報》,1980年10月8日，版
5。

[30] 〈評趙丹的文藝遺囑〉，《爭鳴》總第37期，1980年11月，頁90-91。

[31] 〈一個受迫害作家的控訴書〉，《爭鳴》總第89期，1985年3月，頁
11-I2。

早在1978年8月，香港詩人何達(1915-1994)，報導了詩人艾青(1900-1996　)的消息。原來艾青當了右派之後，1959年去了新疆石河子十多年，1978年才回北京，在北京與闊別四十年的何達相見。未幾，艾青平反，他的詩作(在浪尖上)成爲文化界打破沉默的先聲[32]。

　　1949以來文壇最大的冤案[33]，莫如牽連二千多人的胡風(1902-1985)事件。胡風的冤案，是毛澤東拍板一手造成，爲胡風翻案，是非毛的一個非常重要的一步。《爭鳴》爲此積極呼籲爲胡風平反。郝浩首先發表了〈胡風出獄前後〉，並指出《人民日報》1979年4月7日說，全國文藝界落實知識分子政策，平反冤案，胡風平反有望。跟著，他連續兩期發表了〈胡風事件眞相〉，把胡風的冤情暴露於世，呼籲應該重新給予審定，實事求是爲他平反[34]。其後，胡風在1980年獲得初步平反，恢復名譽。胡風在1985年6月8日逝世，政論家金鐘寫了紀念文章，爲這位反對毛澤東文藝教條的文藝理論家致祭[35]。

---

[32] 懷冰:〈圍繞著「在浪尖上」的一場鬥爭〉,《爭鳴》總16期, 1979年2月, 頁48-50。

[33] 曉風主編:《我與胡風: 胡風事件三十七人回憶》(銀川: 寧夏人民出版社, 1993), 頁 845。

[34] 郝浩:〈胡風事件眞相〉,《爭鳴》總第22期, 1979年8月, 頁18-21;總第23期, 1979年9月, 頁26-29。

[35] 〈紀念胡風〉,《爭鳴》總第93期, 1985年7月, 頁40-43。

(三)為被批判的作家鳴不平

《爭鳴》從一開始就旗幟鮮明，它要指責的，是保守分子，是僵化的官僚文人，是一切妨礙自由開放的人。《爭鳴》要支持的，是因為寫了批判社會的作品，或是追求創作自由和表現手法而受壓抑批判的作家、詩人和評論家。

創刊以來至80年代末，《爭鳴》批評的保守文化官僚有：鄧力群(1914-)、胡喬木 (1912-1992)、田間、臧克家(1905-)、姚雪垠(1910-?)、賀敬之(1924-)、黃鋼(1917-1994)、林默涵(1913-)。《爭鳴》支持的有詩人北島(1949-)、葉文福(1944-)、孫靜軒(1930-)、熊召政、黃翔(1952-)；作家劉賓雁(1925-)、白樺(1930-)、王若望、劉心武(1942-)、遇羅錦(1946-)、吳祖光、張辛欣(1953-)、沙葉新、戴厚英(1938-1997)、張賢亮(1936-)；評論家王若水、孫紹振(1936-)、徐敬亞(1949-)和秦兆陽(1916-1998)。以下是後者在80年代被批判的主要緣由：

北島	朦朧詩
葉文福	詩作〈將軍，不能這樣做〉，〈將軍，好好洗一洗〉
熊召政	詩作〈請舉起森林一般的手，制止！——致老蘇區的人民〉
孫靜軒	詩作〈一個幽靈在中國大地上游蕩〉

黃翔	政治諷刺詩，第一個在民主牆貼中國人權大字報
沙葉新	戲劇〈假如我是真的〉
劉賓雁	報告文學
白樺	劇作〈苦戀〉
王若望	雜文〈談文藝的無為而治〉
劉心武	(《人民文學》)發稿事件。稿件是馬建的小說〈亮出你的舌頭或空空蕩蕩〉
遇羅錦	離婚事件，及紀實體小說〈一個春天的童話〉
吳祖光	在美國及香港的發言，反對「精神污染運動」，說「香港很自由」
張辛欣	小說〈在同一地平線上〉，〈我們這個年年紀的夢〉
戴厚英	小說〈人啊！人〉
張賢亮	小說《綠化樹》
王若水	發言〈文藝、政治、人民〉
孫紹振	評論〈新的美學原則在崛起〉
徐敬亞	評論〈崛起的詩群——評我國新詩的現代傾向〉
秦兆陽	評論〈寫真實論〉

現在以白樺為例，說明一下《爭鳴》所扮演的角色。

　　白樺曾被打成右派。平反後，寫了不少作品。使白樺
名聞天下也使他身受其累的，是他的劇本《苦戀》[36]。這
個劇本在1981年4月開始被批判，《爭鳴》及時在5月號發
表了兩篇支持文章，一是徐明的〈白樺事件與文壇反
「右」〉[37]，一是懷冰的〈《苦戀》是愛國主義的詩篇〉[38]，把
這個事件的源起和牽涉到的人事，作詳細的報導。他們披
露了《解放軍報》根據《苦戀》拍攝的電影《太陽與人》
的批判，揭露黃鋼在他主編的《時代的報告》對白樺的責
難。

　　《爭鳴》的報導，無形中
向世界披露了這個文革結束
以來，第一個被點名批判的
作家和他的作品。懷冰接著
在《爭鳴》同年的第7期為文
[39]，以他閱讀大陸材料的敏
銳，指出了周揚(1908-1989)
在1980年全國優秀短篇小說
評選發獎大會上的講話發表
於《人民日報》1981年4月21

---

[36] 白樺、彭寧：〈苦戀〉，《十月》1979年第3期，1979年9月，頁
140-248。

[37] 《爭鳴》總第43期，1981年5月，頁14-15。

[38] 《爭鳴》總第43期，1981年5月，頁38-39。

[39] 〈中共文藝鬥爭的一次交鋒——「白樺事件」的一點內情〉，《爭
鳴》總第45期，1981年7月，頁50-51。

日,剛好是《解放軍報》的〈四項基本原則不容違反──評電影劇本「苦戀」〉發表後一天,這是說,周揚的講話,正巧妙地發揮了保護白樺的效用。同年10月,《文藝報》終於不得不表態,發表了由唐因(1925-1998)和唐達成二人炮制的〈論「苦戀」的錯誤傾向〉[40],懷冰沒有放過這篇文章,他把它與黃鋼的批判文章作比較,指出二唐的文章無說服力,本質上與黃鋼的歪曲挑剔毫無分別[41]。

雖然白樺被迫寫檢討,但並沒有按官方要求認錯,充分表現了他的傲骨[42]。這也是《爭鳴》對他另眼相看的原因所在。白樺在中國作協第四屆代表大會的發言,屢次被掌聲打斷,他最後說,「本來我根本沒有什麼高的奢望。我的要求很低,我真沒有想到會得到這麼高級的自由,完全沒有想到能得到創作自由。」[43] 諷刺地,到了1987年,反資產階級自由化再起,白樺還是活在陰影之下[44]。

---

[40] 《文藝報》總391期,1981年10月,頁9-16。

[41] 〈讀「文藝報」批「苦戀」的文章〉,《爭鳴》總第49期,1981年第11期,頁62-63。

[42] 方醒:〈白樺檢討之後〉,《爭鳴》總第55期,1982年5月,頁33-34。白樺的檢討,見他的〈關於「苦戀」的通信──致「解放軍報」、「文藝報」編輯部〉,《文藝報》總397期,1982年1月,頁29-31。

[43] 〈白樺在作協大會上的發言〉,《爭鳴》總第93期,1985年7月,頁44-45。

[44] 尤妮:〈軍方又要批白樺〉,《爭鳴》總第115期,1987年5月,頁18-19。

　　《爭鳴》對劉賓雁的關注，一直沒有因為他離開中國
而停止。劉賓雁跟白樺一樣都是被打成右派。劉賓雁不但
是優秀的報告文學家，他更以道德勇氣代表了中國的良
心。《爭鳴》對劉賓雁的密集關注，是1987年的「反資產
階級自由化」導致他出黨之後。為了表示對他的支持，《爭
鳴》連載了胡平(1948-)與張勝(1948-)的報告文學〈劉
賓雁血淚歷程〉(原題: 全憑這顆心——劉賓雁紀事)[45]。日
後，無論他到西德，法國還是香港，都受邀訪問，在《爭
鳴》登載[46]。《爭鳴》對劉賓雁的支持，就是對為民請命
的支持，和對知識分子的良心的支持。

　　《爭鳴》早已注意到現代派詩人北島。作為一個朦朧
詩人，因為詩作反叛了官方歌頌集體、意象單調、語言顯
淺的詩風，在國內沒有受到應得的承認[47]。因此，當北島以
非作協會員的身分，與王蒙(1934-)、孔捷生(1952-)、
舒婷(1952-)、張抗抗(1950-)、張潔(1937-)等一同到

---

[45] 《爭鳴》總第113期, 1987年3月, 頁79-81; 總第114期, 1987年4月,
頁69-712; 總第115期, 1987年5月, 頁70-74; 總第118期, 1987年8月,
頁78-80; 總120期, 1987年10月, 頁74-75。

[46] 馬漢茂: 〈劉賓雁在西德〉,《爭鳴》總第99期, 1986年1月, 頁
44-45; 明蕾: 〈試評劉賓雁在法言論〉,《爭鳴》總第131期, 1988
年9月, 頁48-49; 卓文: 〈陳映真眼中的劉賓雁〉,《爭鳴》總第
131期, 1988年9月, 頁39-41; 卓文: 〈人格震撼——陳映真、劉賓
雁在香港〉,《爭鳴》總第131期, 1988年9月, 頁41-42; 慧生: 〈劉
賓雁的吶喊與無奈〉,《爭鳴》總第131期, 1988年9月, 頁43-44。

[47] 呂詩: 〈北島、顧城和「北京詩派」——「朦朧詩」作者為什麼
不斷遭壓?〉,《爭鳴》總第79期, 1984年5月, 頁22-26。

西歐幾個國家參加多項文學活動的時候，《爭鳴》發表重點文章支持，標題是：北島終於出國了[48]！北島在海外受歡迎，爲日後離國打了基礎，他終於在90年代浪跡天涯，而他的行蹤始終受到《爭鳴》關注。

此外，受到《爭鳴》注意的四個詩人，是孫靜軒、葉文福、熊召政和黃翔。他們都是因爲寫了充滿激情的富於批判性的政治詩而受到官方的批判。孫靜軒的〈一個幽靈在中國大地上游蕩〉勇敢批判了毛澤東[49]；葉文福的〈將軍，不能這樣做〉和〈將軍，好好洗一洗〉揭露官僚的只顧私利而不顧民衆福祉。這位在海外寂寂無聞的青年詩人，曾被鄧小平(1904-1997)批判[50]，經過《爭鳴》的詳細報導，他的生平遂爲人所知[51]；熊召政的〈請舉起森林一般的手，制止！——致老蘇區人民〉以悲憤的筆調責難革命背叛了人民，是一篇大膽之作[52]。黃翔是貴州詩人，他寫政治諷刺詩，是第一個在北京民主牆貼出中國人權問題大字報的人[53]。

---

[48] 蘇文：〈現代派作家走向世界〉，《爭鳴》總第93期，1985年7月，頁46-48。

[49] 原載《長安》，1981年1月，轉載於《爭鳴》總第46期，1981年8月，頁75-76。

[50] 〈關於思想戰線上的問題的談話(1981年7月17日)〉，《鄧小平文選(1975-1982)》(北京：人民日報出版社，1983)，頁344。

[51] 伊西：〈一個軍中詩人的痛苦——鄧小平批葉文福之後〉，《爭鳴》總第89期，1985年3月，頁34-38。

[52] 轉載《爭鳴》總第47期，1981年第9月，頁24-25。

[53] 朱園：〈黃翔——被遺忘的民運詩人〉，《爭鳴》總第97期，1985年11月，頁32-36。

3.個別作品評論及其他: 懷冰的貢獻

懷冰從1977年12月開始, 就在《爭鳴》發表文學評論。
歷年來, 可謂風雨不改, 以一貫的激情, 詳盡的材料引證,
強勁的說服力, 爲中國文學把脈。單是這個十年如一日的
毅力, 就叫人佩服。能如此持續地關注中國文學的氣候,
作家的命運和作品的軌跡的, 他是香港文化界的第一人。
懷冰同時以璧華的筆名替香港的《七十年代》(即《九十年
代》)寫文學評論, 跟《爭鳴》的同一風格。這樣看, 他的
工作成果, 更要以雙倍計算。

這十二年間, 懷冰在《爭鳴》發表的一百多篇文章, 特
點之一是其及時性。他的論述, 緊貼著中國文壇的風雲起
伏, 是海外了解中國當代文學的晴雨表。這當然與《爭鳴》
作爲月刊, 並且是政論性濃厚的刊物有直接的關係。及時
地報告內地文壇的最新動態, 是懷冰的功績之一。

懷冰的論述的主導思想, 是解構毛澤東〈在延安文藝
座談會上的講話〉, 以及相伴而生的僵化極左的壓制性管
理方式。換言之, 是把大陸權力話語非中心化。在這個主
導思想下, 對於違反藝術規律的運作, 他不但回應, 而且
主動提出異議, 表示自己的立場。

例如, 他爲被批判的理論和作家呼籲平反。1978年初,
他提出推翻文藝黑線論, 又寫了〈爲「寫眞實」論翻案〉,
讚揚了秦兆陽的藝術道德勇氣[54]。對1979年後的幾陣冷風,

---

[54] 《爭鳴》總17期, 1979年3月, 頁52-53。

他及時為文評擊。例如，對當時的幾個社會批判性的劇本，和所引發的社會效果的爭論，懷冰寫了〈冷風，又是一股冷風——中共文藝動向探測〉和〈為「在社會的檔案裏」辯護〉[55]。對1981白樺的《苦戀》被批事件，懷冰一連寫了四篇文章，支持白樺，斥責黃鋼的無理指控。他指出《苦戀》是愛國的詩篇，反駁了對方的指責。跟著，否定了批判文章的謬誤，和揭露事件背後的內部鬥爭[56]。

除了上述提到的作品之外，他還評介不少小說，如李存葆(1946-)〈高山下的花環〉在軍事題材方面的突破[57]，王兆軍(1947-)〈拂曉前的葬禮〉對毛澤東的隱喻式的批判[58]，和江灝〈紙床〉對窮教師住房困難引起的社會問題[59]。懷冰所關注的作品範圍廣闊，包括小說、詩歌、報告文學、戲劇、雜文等各種文類。內容的選擇，明顯傾向於具有社會批判性的作品。這個偏向(或局限)跟《爭鳴》的立場和它作為一種大眾讀物(雖然絕不是一般的讀物)有直接的關係。懷冰的分析無疑多從作品的寫實意義來著眼，他提出的新寫實主義，對1949年以來，在社會主義現實主

---

[55] 《爭鳴》總第30期, 1980年4月, 頁53-54; 1980年8月, 頁72-74。

[56] 〈中共文藝鬥爭的一次交鋒——「白樺事件」的一點內情〉,《爭鳴》總第45期, 1981年7月, 頁50-51。

[57] 〈軍事文學作品的突破——由兩篇軍事小說起〉,《爭鳴》總第95期, 1985年9月, 頁48-49。

[58] 《爭鳴》總第92期, 1985年6月, 頁36-37。

[59] 《爭鳴》總第135期, 1989年1月, 頁52-53。

義的幌子下出現的謊言文學, 當頭棒喝。同時, 還爲日後
這種寫實主義的文風, 起了確認作用[60]。

懷冰其實也並非只偏重作品的社會批判性, 他也注意
有藝術開拓性的作品和作家。例如, 他對現代派作品和作
家, 特別支持。他的〈爲中國現代派一辯——試析北島、
舒婷的詩〉一文, 就從藝術上來肯定朦朧詩的成就[61]。爲
此, 他在〈助紂爲虐的可恥行徑——從程代熙批判孫紹振
談起〉一文中, 直斥堅守毛教條的程代熙(1927-   ), 肯定
評論家孫紹振對朦朧詩的分析與評價[62]。

懷冰肯定作家, 並非毫無原則。他觀察他們的發展,
提出適時的忠告。譬如, 馮驥才(1942-   )在1980年曾經寫
了一篇優秀的短篇小說〈啊!〉[63]驚心動魄地描寫生活在
政治壓抑氣氛下知識分子的恐懼, 以及由恐懼導至的神經
質和互相揭發的惡果。可是, 在1985年發表的〈感謝生活〉,
馮驥才卻寫一個藝術家, 因爲下放承受苦難, 認識人民的

---

[60] 見懷冰的兩部著作: 1.《中國新寫實主義文藝論稿》(香港: 當代
文學研究社, 1984)。2.《中國新寫實主義文藝論稿二集》(香港: 當
代文學研究社, 1987)。

[61] 《爭鳴》總第77期, 1984年3月, 頁58-59。

[62] 《爭鳴》總第114期, 1987年4月, 頁56-57。見孫紹振:〈新的美學
原則在崛起〉,《崛起的詩群——中國當代朦朧詩與詩論集》(璧
華、楊零編, 香港: 當代文學研究社, 1984), 頁93-96。

[63] 收入《馮驥才代表作》(鄭州: 黃河文藝出版社, 1987), 頁243-
319。

偉大,在藝術上有所突破,而去感謝生活[64]。懷冰指出馮驥
才批判勇氣大倒退,以此提醒其他作家。

　　總之,懷冰「不斷注視著中國文壇發展的每一個訊息,
諦聽著文學前進的每一個步伐,並及時捕捉加以評析」[65],
他的評論,具有相當重要的歷史價值。

四、結語

　　這些年來,我們從不少的讀者來函一欄,看到了《爭
鳴》被內地郵局退回的消息。1987年大陸官方發出第十號
與第十一號文件,整頓刊物,把《爭鳴》包括在被禁之列。
諷刺的是,《爭鳴》的文章,不時獲得內地《參考消息》
的轉載,甚至流傳。如上所述,有不少國內重要的議題——
—如評價毛澤東,否定文革,平反1976年天安門事件,平
反劉少奇等,經過《爭鳴》的報導,造成國際輿論,轉內銷,
著實起了推動的作用。在文學上,對於幾次冷風,《爭鳴》
的反擊雖然不能扭轉方向,然所製造的國際輿論及其影響,
不能低估。這些年來,《爭鳴》的報導,為海外提供一個
了解中國文壇的窗口。它為受批判的作家、詩人與評論家

---

[64] 〈從嚴峻的生活面前退縮——評馮驥才的小說《感謝生活》〉,《爭
鳴》總第94期,1985年8月,頁51-52。〈感謝生活〉一文,參馮驥
才,頁406-470。

[65] 懷冰:《中國新寫實主義文藝論稿二集》,頁3。

及其作品鳴不平的同時, 也使其聞名於世。他們的聞名於
世, 反過來, 又使內地文化官僚不能不有所顧忌。

在肯定《爭鳴》的成就之餘, 我們應該把它放在香港
出版界的語境來看。80年代這個時段, 同時出現的同類雜
誌, 不止一家。非中心化的力量乃來自多個個體共同的努
力。我相信, 心靈深處, 他們都有一個願望, 就是希望努力
沒有白費, 新世紀的中國文學將達到更高的層次。(全文
完)

~~~~~~~~~~

參考文獻目錄

FENG

馮驥才: 《馮驥才代表作》, 鄭州: 黃河文藝出版社, 1987。

HUAI

懷冰: 《中國新寫實主義文藝論稿》, 香港: 當代文學研究社,
1984。

——: 《中國新寫實主義文藝論稿二集》, 香港: 當代文學研
究社, 1987。

LU

盧瑋鑾: 《香港文縱——內地作家南來及其文化活動》, 香港:
華漢文化事業出版社, 1987。

Ashcroft, Bill, Gareth Griffiths, and Helen Tiffin. *The Empire Writes Back: Theory and Practice in Post-colonial Literatures.* London, New York: Routledge, 1989.

Goldman, Merle. *Literary Dissent in Communist China*, Cambridge, Mass: Harvard UP, 1967.

---. *China's Intellectuals: Advise and Dissent.* Cambridge, Mass: Harvard UP, 1981.

~~~~~~~~~

論文摘要(abstract)

Leung, Laifong, "The Interactive Relation between *Cheng Ming* and Contemporary Chinese Literature in the 1980s".

Associate Professor, Department of East Asian Studies, University of Alberta

Cheng Ming is one of the most popular and widely circulated political journals. This essay exultantly deconstructs the political discourse from the margins, mounts a blistering critique of the interactivity between *Cheng Ming* and Chinese literature from the period of 1977 to the end of the 80s, and pertinently discusses the content and its influence resulted from this interactivity.(余麗文譯)

~~~~~~~~~~~

論文重點

1. 《爭鳴》創刊於快將終結殖民的香港, 有它深長的意義和功能。

2. 《爭鳴》以敏銳的觸覺, 快速的訊息, 流暢而深入淺出的文字輔之以插圖和照片, 使它迅速成爲香港最暢銷的政論雜誌之一。

3. 香港的位置在中國政權之外, 即使九七回歸, 也因一國兩制而在一定程度上保持「外」的位置, 這雙重的「外」, 比在「內」更利於向權力中心進行影響。

4. 整個80年代, 可以說, 《爭鳴》是爲了促進大陸文藝的放, 針對大陸文藝政策的放, 來作文章。

5. 評論家懷冰加盟《爭鳴》後的第二篇文章, 發表於1978年第1期, 題爲〈中共文壇現狀與黃鎮出掌文化部〉, 正式呼籲文藝的開放和繁榮。

6. 《爭鳴》重點報導文代會, 不單讓久已消失文壇的作家重新亮相, 還突出強烈要求創作自由的作家和言論。

7. 《爭鳴》從一開始就旗幟鮮明, 它要指責的, 是保守分子, 是僵化的官僚文人, 是一切妨礙自由開放的人。

8. 懷冰在《爭鳴》發表的一百多篇文章, 特點之一是其及時性。他的論述, 緊貼著中國文壇的風雲起伏, 是海外了解中國當代文學的晴雨表。

9. 懷冰其實也並非只偏重作品的社會批判性, 他也注意有藝
   術開拓性的作品和作家。例如, 他對現代派作品和作家,
   特別支持。

10. 懷冰肯定作家, 並非毫無原則。他觀察他們的發展, 提出
    適時的忠告。馮驥才就是一個很好的例子。

~~~~~~~~~~~~~~~

特約評論人: 璧華

璧華(Bi Hua), 原名紀馥華, 男, 筆名璧華、懷冰等, 福建福清
    人, 1934年生於印尼萬隆市, 山東大學中文系畢業, 香港大
    學哲學碩士, 現任麥克米倫出版(香港)有限公司中文總編
    輯, 著有《意境的探索》(1984)、《中國新寫真主義論稿二
    集》(1992)等。

　　中國經濟的開放、政治的改革、意識形態的變化, 有
賴於香港之處甚多, 可以說, 如果沒有香港, 中國的面貌
決不能在這短短的二十年內產生如此驚人的變化。

　　1976年前二十六年間, 中國的文藝在毛澤東文藝教條
的重重束縛下, 出現的只有用社會主義現實主義創作方法
寫出來的歌功頌德之作。再看看當前中國文壇從內容到形
式的百花齊放, 真令人有滄海桑田之感。

　　中國文藝的這種使人目不暇給變化，因素自然很多，但是香港的一些政論雜誌對文藝的民主化自由化的推波助瀾所起的作用決不可低估，遺憾的是這方面的工作以往無人去從事，因此《互動》這篇論文就具有開拓的意義，希望此項工作梁氏或其他中國文學研究者能繼續做下去，取得更豐碩的成果。

　　梁文對《爭鳴》與中國文學互動的實質和規律的分析是相當精緻、深入而具體的，因此極具說服力。不過我仍有幾點補充，提出來供梁氏參考。

　　毛澤東當政時代，對海外輿論是我行我素，不加理睬的。1979年開放以後，由於需要外商投資，在進行文藝批判時，不能不投鼠忌器，在作法上有所控制。1981年4月對白樺《苦戀》的批判從來勢洶洶到無疾而終就充分顯示這點。《苦戀》批判開始後，由於《爭鳴》以及香港報刊的大量報導，使人覺得山雨欲來風滿樓，第二次文化大革命似乎即將爆發，中共有面臨第二次大動亂之虞。海外人士這種強烈的反應可能會挫傷外商的投資信心，影響開放的過程，所以儘管這次大批判是根據鄧小平的「對電影文學劇本《苦戀》要批判，這是有關堅持四項基本原則的問題。」(1981年3月27日)的指示，而且由是中共中央和中宣部部長王任重直接進行部署、胡耀邦親自抓的，但都不能不在國內外強大輿論壓力下節節敗退。左派主辦的刊物《文藝理論與批評》在1991年第1期上也承認當時「文藝界有些人對此不理解，港澳有些傳媒乘機進行煽動，抨擊

對《苦戀》的批判。」(頁23)使得鄧小平在7月7日對宣傳部負責人的談話中指出那些文章有缺點，缺點為「評論文章說理不夠完滿，有些文章不是以理服人，是在搞大批判，在抓辮子、扣帽子、打棍子。

　　白樺事件以左派的失敗告終，使海外傳媒充分地認識到他們對國內爭取民主自由行動不是徒勞而是有益的，更使國內的文藝家感覺到他們不是孤立無援的，因而增長了爭取文藝民主與自由的勇氣。

　　還有一個非常有趣的現象：毛澤東時代，凡是被批判的文藝家，在被打倒之後，都要被踏上一隻腳，永世不得翻身，更禍延九族，過不見天日的生活；而今卻不然，那些被批判的作家，不但未被打倒(如白樺，還可以繼續寫作，繼續發表並演出他的喻古諷今的歷史劇《吳王金戈越王劍》)，而是一經海外傳媒報導，馬上身價百倍，作品則萬人爭看，一夕之間，名滿天下。外國的大學和研究機構紛紛邀請他們去講學，開研討會，神氣之極，這無疑會助長文藝家。敢於向現有的中共文藝路線挑戰的勇氣。

　　由於文藝和中共奪取政權中產生極大作用，所以建政之後對文藝抓得特別緊，唯恐它對政權有負面作用。只許歌頌，不准暴露的文藝方針即是因此而制定的，然而引起國外注意並產生轟動的都是一些揭露中共陰暗面的作品，國外亦以中共是否容許文藝家這樣做來測定中共的開放程度。事實使中共看到國外的這種鼓勵雖然令這類作品增多，卻並未對其政權的穩固性產生重大影響，國外形形色

色的文藝流派在中國文藝界的泛濫, 亦未對政權有任何的
衝擊, 於是文藝家所受的限制越來越少, 今天文壇的百花
齊放的局面就是如此一步步形成的, 實在是來自不易啊。

　　至於文中提到的懷冰, 就其個人而言, 他寫的有關中
國文藝的評論雖然比別人多, 看起來他比別人更爲努力,
那正是說明了他極爲關心中國文藝, 希望中國文藝家有更
多的自由。當前中國文藝家已經基本上擺脫了毛澤東文藝
教條的桎梏, 相信未來的道路會愈走愈寬, 面對光明前景,
說明他和大家的努力, 取得了相當的成果, 應當心滿意足
了。

~~~~~~~~~~

特約講評人: 陳以漢

陳以漢(Yee Hon CHAN), 男, 1949年生, 廣東省大埔縣人, 美
　　國密蘇里大學新聞學碩士, 任職美港記者編輯多年, 現爲
　　香港大學專業進修學院教學顧問。

　　相信很多人會同意, 80年代的《爭鳴》和《動向》, 加
上《七十年代》(後來變爲《九十年代》), 對中國內部的
發展, 有一定的影響。這種影響, 不單純是文學性的, 因爲
大家都知道, 在中國, 文藝的爭論, 往往實質是政治的爭

186

論。文藝政策的寬鬆與收緊，涉及新聞自由和言論自由，甚至政治的開放。

《爭鳴》等對中國的互動影響，正如梁麗芳教授所指出，是透過「出口轉內銷」的途徑而發揮的。這種做法是源於當年內地消息的封閉，及可能是某些求變的政治派別(常常是自由派、開放派)在國內缺乏發表意見的講壇及發表消息的渠道。在80年代，《美國中報》作為臺灣反對派人士言論發表的講壇，也發揮過影響臺灣政治的類似作用。

正如上述，《爭鳴》等政論雜誌，在消息相對封閉的年代，即使純粹發表一些消息或傳聞，也能製造輿論或聲勢，形成壓力。但問題是，這種作用有多大，就難以估計。

《爭鳴》等雜誌的作用，要放在80年代中國的大環境來衡量。

從70年代來起，中國經歷建國以來最大的政治、經濟及社會變革。

從周恩來(1898-1976)、毛澤東、朱德(1886)等第一代領導人相繼去世，到四人幫被打倒，鄧小平時代的啓幕開始，中國從70年代末起就設法逐步擺脫毛澤東思想、蘇聯或共產主義體制的桎梏。這個過程並非一帆風順，毫無障礙。鄧小平領導下的政府對經濟及政治開放和改革，一直搖擺不定。尤其是80年代下半，當全面開放價格的經濟改革操之過急，出現急劇通脹、大量失業、民怨沸騰、社會不安時，鄧同時受到來自保守及開明派的壓力。中國在各

種勢力爭持下，竭力尋找共產主義和西方資本主義之外的
第三路向的過程中，常出現左搖右擺、驚心動魄的局面。

　　《爭鳴》等雜誌的報導，肯定在其中充當過重要的角
色。1981年中共中央宣傳部通知香港四家雜誌爲《反動雜
誌》及《七十年代》的改組，都從反面證實了這一點。

　　《爭鳴》及《七十年代》兩刊物的創辦人溫煇與李怡
(1936-　　)當年均爲香港親中人士，與北京當局有千絲萬縷
的關係，得以透過特殊渠道，取得消息發佈。從它們的內
容來說，基本上是要求中國改革及開放的。兩雜誌的銷路
和受歡迎程度，反映它們在海外知識分子有一定的影響
力。

　　這種影響力又因著當時資訊封閉的環境，及領導層少
數者平領導者專斷獨裁的統治體制，而變得增大。不過，
如何衡量其具體影響，除非溫煇、李怡等願意透露，外界
難以知曉。

~~~~~~~~~~

特約講評人：盧偉力

盧偉力(Wai Luk LO)，男，1958年生於香港，1987年赴美國進修，
　　得新社會研究學院媒介碩士，紐約市立大學戲劇博士，現
　　爲香港浸會大學傳理學院電影電視系助理教授，參與戲劇

活動二十多年，亦寫詩，有《我找》(詩集)、《紐約筆記》
(多文體合集)等。

1976年中國大陸政治有非常巨大的變化，周恩來、毛
澤東、朱德幾位國家領導人先後過身，加上「四人幫」倒
台，不單標誌著中國大陸權力的轉移，也標誌著所謂「十
年浩劫」的文化大革命的結束。

在香港，這一切對左派，親左知識分子，一般愛國人
士、右派等都有重大影響。無論是甚麼成分、背景的人，對
中國大陸當時的狀況，都會自覺或不自覺地關心起來。這
就是70年代末、80年代初香港的中國政論雜誌蓬勃的直接
原因。

從這個角度看，梁麗芳選擇研究80年代的《爭鳴》，並
看它與中國大陸當代文學的互動，並不是最理想的，因為
由文革結束到1978年底中共十一屆三中全會這一段時間，
中國大陸「百案待翻」、「百廢待舉」，政治發展，在未
知、期待、傷痕、創造、視野、幻滅種種因素之間，找尋
安定的軌跡，其實相當關鍵，又1979年，是十一屆三中全
會後的第一年，亦非常關鍵。筆者觀察，1979年大陸有很多
刊物復刊了，這其中也包括文學刊物、藝術刊物在內。

所以我建議梁麗芳無須圍於「80年代」這規定，把論
述推前，並細分出幾個階段。按照歷史的自然型態來描述
歷史，往往是最美好的形式。

　　至於80年代中後期，相對於80年代初，論述亦相對地不夠。也許，在改革開放和避免資本主義自由化之間，80年代中後期有很多有趣的轉折，1987年的民主化運動，1989年的反貪污呼聲而終促成「天安門民主運動」等等，就敘述來說，有很多可能性，希望作者可以發展下去。

　　就理論的選擇來說，本文是很有趣的，一本雜誌，地處邊緣，如何與中心互動，這不單是文學評論，更是文學史，文化史中的特定論題。習慣中國式思維的人，能看出「乒乓」的「外交可能性」，因此，作者提出的一些假定，亦可以深化下去，例如把《爭鳴》看成是一個自我反照的窗口，是有心人借來作為推動中國改革的渠道。作者在建立這觀點時很有信服力，不過，在80年代中後，這條線索的發展又如何呢？如果能夠有所跟進，對「互動」的探索會更實在。

　　互動意味著雙方，但中國和香港之間亦處於非常特定的歷史時期，亦在互動，1982年中英談判，1984年中英草簽，1989「六四」等，香港其他許多政論性或綜合雜誌，對中國都有影響，例如《七十年代》、《廣角鏡》、《明報月刊》、《百姓半月刊》等，如何說明《爭鳴》在芸芸雜誌中的特殊性，亦是頗有趣的一個課題，例如在當時中國當代文學的討論上，《七十年代》亦做了很重要的工作，它跟《爭鳴》的比較，有沒有傾向的不同？

　　　　　　　　　　　　[責任編輯：鄭振偉博士]

都市文學的空間:
八十年代的《秋螢詩刊》

■梁敏兒

作者簡介: 梁敏兒(Man Yee
LEUNG), 女, 1961年生於香
港, 廣東南海人。香港大學文
學學士、哲學碩士, 日本京都
大學文學博士。現爲香港教育
學院中文系講師。著有〈詩語
與意象之間: 余光中的「蓮的
聯想」〉(1999), 〈犧牲與祝
祭: 路翎小說的神聖空間〉
(1999), 〈想像的共同體: 柏
楊筆下的國民性〉(1999)等。

論文提要: 《秋螢詩刊》經常強調「不同的方針, 不同的方向」,
反對迷戀於旣有的成就, 使詩歌僵化, 而在創作的時候,
又刻意避開「大文本想像」, 這些特徵都使《秋螢詩刊》

的作家呈現出一種獨異性。縱觀以明信片形式印刷的《秋
螢詩刊》,雖然每首詩的創作風格都不盡相同,但相同的是
沒有一首詩引用傳統的典故或者意象,他們表現的對象都
是「現在」,充滿了生活的細節。本文將以復刊後的第25
期至第37期爲討論的核心,探討一下詩與都市空間的關
係。這裏所說的都市空間將以30年代的德籍思想家本雅明
的理論爲重點,輔以日人若林幹夫的社會學觀點,來探索
《秋螢詩刊》不以主流爲依歸的拼貼風格。

關鍵詞(中文): 寓言　象徵　都市文學　空間　秋螢詩刊　本
雅明　若林幹夫　碎裂　驚愕　中斷

關鍵詞(英文): allegory, symbol, urban literature, space, Qiuying
Shikan, Benjamin, Wakabayashi Mikio,

一、引言

《秋螢詩刊》創刊於1970年7月,終刊於1988年3月,
全部出版共37期: 1-11期爲油印; 12(1971年8月)-17期鉛印;
後停刊, 1978年5月(18期出版日期爲1978年6月15日, 我有
原件)以海報形式復刊; 從1986年1月的第25期開始, 以明
信片的形式出版, 至1988年的第37期停刊[1]。本文將以復刊

---

[1]　胡國賢: 〈葉葉知秋──從「詩刊」看香港新詩發展脈路〉, 《香
港新詩的大敘事精神》(黎活仁、龔鵬程編, 嘉義: 佛光大學出版
社, 1999), 頁18。

後的第25期至第37期爲討論的核心,探討一下詩與都市空間的關係。

根據胡國賢(1946-　)在〈葉葉知秋——從「詩刊」看香港新詩發展脈絡〉的說法,《秋螢詩刊》的編輯名單爲:關夢南(關木衡,1946-　)、李家昇、藍流、葉輝(葉德輝,1952-　)、羅貴祥(1963-　)、駱笑平(1952-　)、官有榮、馬若(馬港生,1950-　)、麥繼安、卡門(鄧文耀,1946-　)等[2]。而以明信片形式出版的80年代的《秋螢詩刊》,主編的名字是關夢南、李家昇和葉輝,第32期以後,增加了羅貴祥,35期以後再加上駱笑平。以上的編輯中,仍然繼續發表詩作的有:關夢南(3首)、葉輝(3首)、羅貴祥(3首)、馬若(2首),由25期至37期,共發表詩作82首,而屬於編輯部的詩只得11首,可見《秋螢詩刊》的包容性是比較強的。除了也斯(梁秉鈞,1947-　)在第28期出了個人的詩輯,所以佔整個詩刊的篇幅較多外(共9首),其他49位詩人,每人平均是一至兩首,發表了三首以上的作者只得8人,除了編輯部的三位外,另外的5位是何福仁、韓牧(1938-　)、飲江(劉以正,1949-　)、胡燕青(1954-　)和黃燦然(1963-　)。

不過,詩刊每期都有一篇短小的評論文章,其中開首的4期:25,26,27及28期,都標明是「秋螢編輯部」,而署名者分別是第25期的關夢南(〈舊朋友新面貌〉),第26、29期的李家昇(〈空間大團結萬歲〉、〈方針,幾個方針,以及不同方向的方針〉),第27期的葉輝(〈與〉),第32期的

---

[2] 胡國賢,頁18。

駱笑平(〈「女詩人專輯」後記〉)。其他各期，雖然有評
論，但再沒有「秋螢編輯部」的字樣。

二、《秋螢詩刊》的編輯方針

復刊號的第一期，關夢南以「秋螢編輯部」的名義發
表了一篇題爲〈舊朋友新面貌〉的文章，指出《秋螢詩刊》
復刊的目的是希望多發表些好詩，以造成「秋螢」實際存
在的一種「喧嘩」[3]。

1.沒有方針的方針

這種對「喧嘩」的堅持，也可以在第26期(1986年2月)
和29期(1986年5月)，李家昇以「秋螢編輯部」的名義發表
的兩篇文章中見到，這兩篇文章是〈空間大團結萬歲〉和
〈方針，幾個方針，以及不同方向的方針〉。前者談到了
《秋螢詩刊》要打破自封的空間，讓詩飛翔於每個人的眼
睛裏；後者則重申《秋螢詩刊》不想僵化在一些既定的成
績之中。到了第31期，評論的欄位刊登了王仁芸的〈一定
要主流嗎?〉，這篇文章雖然沒有署「秋螢編輯部」等字樣，
但觀點似乎和關夢南、李家昇非常相近，都是反對新詩的
「主流」，因爲主流往往有強烈的排他性[4]。

---

[3] 《秋螢詩刊》25期，1986年1月。
[4] 王仁芸：〈一定要主流嗎?〉，《秋螢詩刊》31期，1986年7月。

2.日常化的生活調子

縱觀十三期的《秋螢詩刊》, 的確缺乏宏觀的描寫, 詩的內容側重刻劃纖細的個人感情, 充滿日常生活的調子。曾經在第28期出版個人詩輯的也斯, 在1998年由香港青文書屋出版的《十人詩選》的序言中, 談到了詩集中的十人, 只是私交, 並不代表一個流派, 但接着又說:「當時對他們的詩, 有一種籠統的『生活化』的說法。」這種「生活化」, 是相對於兩種大方向而言的, 以下是他說的兩大方向:

> 一是政治主導的壯麗言辭、二是堆砌典故的偉大文本想像[5]。

《十人詩選》的作者[6], 堅持的是這兩種方向以外的選擇, 他們都曾經在《秋螢詩刊》投稿, 其中的葉輝、馬若、李家昇和關夢南, 更是編輯之一。因此, 將也斯對「生活化」一詞的解釋, 落實到80年代《秋螢詩刊》的時候, 有一定的參考價值。

---

[5]　錢雅婷編: 《十人詩選》(香港: 青文書屋, 1998), 頁IX。

[6]　這10個人分別是: 李國威、葉輝、阿藍(鄧文耀)、馬若(馬港生, 1950-　)、李家昇、黃楚喬、禾迪、吳煦斌(吳玉英, 1949-　)、關夢南、也斯。

三、「時間靜止」的都市空間

《秋螢詩刊》經常強調「不同的方針，不同的方向」，又刻意避開「大文本想像」，這些特徵都使《秋螢詩刊》的作家呈現出一種獨異性。

以明信片形式印刷的《秋螢詩刊》，雖然每首詩的創作風格都不盡相同，但相同的是沒有一首詩引用傳統的典故或者意象，他們表現的對象都是「現在」，充滿了生活的細節。例如禾迪(駱燕平，1954-)的〈舊屋頌之三——走廊〉：

> 各人回歸自家的房間
> 走廊且將疲累卸下
> 拜神殺雞爭吵
> 串膠花煮飯仔剪髮
> 搓麻將拍公仔紙打架
> 夜降臨把繁瑣撥開
> 讓走廊躺一躺[7]

詩句裏的空間沒有歷史的痕跡，只有生活的細節。如果將這種空間和余光中詩的歷史空間比較，就可以發現以生活細節拼貼的空間是零散的，失去了一種向中心的聚焦力。例如余光中(1928-)的〈北望〉：

---

[7] 《秋螢詩刊》第25期，1986年1月。

一撞頭就照面蒼蒼的山色
咫尺大陸的煙雲
一縷半縷總有意繚在
暮暮北望的陽臺
……
疊嶂之後是重巒, 一層淡似一層
湘雲之後是楚煙, 山長水遠[8]
(按: 第三行以後爲筆者所刪)

這首詩的每一個景色, 都朝着三峽的山水而築構, 與禾迪
〈舊屋頌之三——走廊〉的對比可謂鮮明。後者寫的是一
個還沒有納入歷史場景之中的空間, 因此在沒有出現整體
性的結構以前, 禾迪的空間顯得零碎。

1.本雅明的非總體論[9]

德籍思想家本雅明(Walter Benjamin, 1892-1940)被譽
爲是馬克思主義和現代主義交疊期的傑出觀察者, 他認爲
眞正的歷史唯物主義不應該堅持有機的總體論, 眞理是由

---

[8]　余光中:《與永恆拔河》(臺北: 洪範書店, 1979年初版, 1986年6
月版), 頁20。

[9]　關於非總體論的主張, 散見於本雅明的文章之中, 但從歷史着眼
而又簡約的入門性篇章可參:〈歷史的概念〉,《說故事的人》(林
志明譯, 臺北: 臺灣攝影工作室, 1998), 頁130-140。

諸種理念所構成的一種没有指向的存在，這種「無指向的
眞理」被研究者稱爲「靜止狀態的辯證法」，強調辯證過
程的非論理性，將原應處於完結狀態的「綜合」，開放成
未完結的靜止狀態，以逃過主觀的論理的循環運動，這種
辯證法是非觀念論的[10]。馬國明在《班雅明》一書中，稱
傳統的辯證法爲「進步論」，他用「時間靜止」來解釋本
雅明的未完結狀態：

> 事實上，抗衡進步論最佳辦法就是把時間靜
> 止。進步論建基於劃一和空洞的時間觀，情形就有
> 如一列前進中的火車，軌道則是毫無阻力又永遠不
> 會終止。……時間靜止的客觀後果是取消過去和現
> 在的分界，或者說是將過去和現在融在一起，也就
> 是不再忌諱，引述過去每寸光陰的事蹟的時刻[11]。
>
> (按：中段爲筆者所刪。)

將時間靜止以後，歷史不再被主觀地納入觀念論的辯證法
之中，過去的映像才能眞實的顯現出來。這種過去的映像
作爲一種眞理，又必然是存活在此時此刻之中。

---

[10] 道旗泰三(MICHIHATA Taizou, 1949-)：《ベンヤミン解讀》(本
雅明解讀)(東京：白水社，1997年12月初版)，頁49-51。
[11] (臺北：東大圖書公司，1998)，頁59-60。

(一)中斷與驚愕

「時間靜止」可以透過拒絕已經定式化了的傳統而達到。本雅明在一篇題爲〈什麼是史詩劇?〉的文章中, 論述了布萊希特 (Bertolt Brecht, 1898-1956) 和亞里士多德 (Aristotelês, 前384-前322)的戲劇理論, 最大的差異在於前者以驚愕代替傳統的共鳴, 因爲史詩劇的任務不在於展開很多故事情節, 而在於揭示狀況, 也就是將狀況陌生化。陌生化是通過中斷情節發展來實現的[12]。將情節中斷了以後, 情節和情節之間由連續變成了並置關係, 這種並置的模式中斷了對於傳統的想像, 從而達到對當下狀況的認識。

(二)不同媒體之間的獨立與並置

《秋螢詩刊》每期都爲新詩配上圖片, 這些圖片和作品之間沒有必然的關係, 而且內容多元化, 例如第25期刊登黃楚喬的攝影、26期駱笑平的銅版畫、27期黃仁逵的素描、28期則分別有駱笑平和辜昭平的木筆彩、李錦輝的木板畫、蔡仞姿的混合拼貼、禾迪和蘇澄源的膠油彩、李家昇的攝影、29期陳贊雲的攝影、30期麥顯揚的雕塑、31期古元的木刻版畫、32期駱少平版畫、33期蔡仞姿的裝置和黃楚喬的攝影、34期高志強攝影、35期的「外圍」展覽等。

---

[12] 本雅明:《啓迪: 本雅明文選》(*Illuminations: Essays and Reflections*, 張旭東等譯, 香港: 牛津大學出版社, 1998), 頁142-143。

李家昇在第26期的〈空間大團結萬歲〉一文中，曾經這樣
說明圖片和詩作之間的關係：

> 一些做畫的朋友問我們説應該有畫做詩還是
> 應該有詩做畫。秋螢是鼓勵兩種可能性也容納兩種
> 媒體的獨立存在。這裡沒有插詩一回事，也廢除了
> 插圖的字眼[13]。

強調兩種媒體的獨立，又不否認兩者之間的關係，正正符
合了「並置與中斷」的精神。後來到了第28期，也斯刊登
了個人的詩輯，並在卷頭發表了一篇題為〈談藝的明信
片〉的文章，其中將私人的和公眾化對等起來，認為當説
話要變成公眾的，便會將個人的、散亂的和特殊的東西刪
剪掉，變成了堂皇和劃一，而這種公眾化的東西，和現實
的狀況有很大的距離，他這樣描述具體的生活：

> 我們寫信給朋友，總不會説你最近和永恒拔河
> 的成績還好吧，或者你攀過多少座文學的高峰了？
> 我們説的恐怕還是誰去世了，誰生了孩子，菜的價
> 錢，酒的味道[14]。

---

[13] 《秋螢詩刊》，1986年2月。
[14] 《秋螢詩刊》，1986年4月。

2. 歷史記憶與迷宮

弗萊(Northrop Frye, 1912-1991)在名著《批評的解剖》一書中, 談到神話的內容主要分爲三類: 神啓的、魔怪的和類比的。其中談到魔怪世界的特徵是人的願望徹底被否定, 是一個「夢魘和替罪羊的世界, 痛苦、迷惘和奴役的世界」, 到處都有「摧殘人的刑具, 愚昧的標記、廢墟和墳墓、徒勞和墮落」, 這個世界沒有城市和花園, 也沒有天堂[15]。混亂是魔怪世界的特徵, 而迷宮就是最具體的表現, 弗萊認爲這種失去方向的感覺是和「大先知伊賽亞所指明的大沙漠裏通向上帝的神啓式的光明大道相對應」的[16]。

(一)弗萊徹的多維度迷宮的出路

後來弗萊徹(Angus Fletcher, 1930-)在〈迷失方向的意象〉一文, 將弗萊有關迷宮的想法進一步引伸, 並應用於現代文學之中。他認爲迷失方向的原因是和「過去」截斷了聯繫, 在迷宮之中, 記憶拒絕運作, 希臘神話的英雄忒修斯(Theseus)所以能夠逃出迷宮, 完全因爲公主阿里阿德涅(Ariadne)給了他一個線球的關係, 這個線球使忒修斯得以和迷宮外的世界保持聯繫, 因此沒有和過去中斷。後

---

[15] 弗萊:《批評的解剖》(陳慧等譯, 天津: 百花文藝出版社, 1998), 頁167。

[16] 弗萊, 頁172。

來迷宮的設計者彌諾斯(Daedalus)被困於迷宮，他懂得迷宮是一個兩維度的平面，於是他爲迷宮增加一個三維度的空間——利用飛行逃出迷宮。弗萊徹因此而得出結論，忒修斯模式的迷宮的出路有二: 一、增加空間的維度，使迷宮不再是一個平面; 二、增加時間的維度，讓記憶使迷宮出現方向，正如阿里阿德涅的線球[17]。

(二)十七世紀德國的巴羅克文學與本雅明的廢墟

本雅明在《德國悲劇的起源》一書，談到傳統的崩壞造就了廢墟的出現，而巴羅克的寓言就是由廢墟的部件築構而成的[18]。十七世紀德國的巴羅克風格，洋溢着文藝復興時期的自由和世俗化傾向，這種傾向是作爲宗教改革的徵兆而出現的。巴羅克時期代表德國人面對着無法自拔而又無可如何的陰鬱的精神面貌。就是由於這種絕望的境況使文學出現了大量的恣意性的寓言，道旗泰三在〈作爲廢墟築構的寓言〉一文中，曾經這樣解釋巴羅克文學中寓言的現象:

---

[17] Angus Fletcher, "The Image of Lost Direction," in Eleanor Cook ed., *Centre and Labyrinth: Essays in Honour of Northrop Frye* (Toronto: Toronto UP, 1985), pp.338-340。

[18] 華特‧本雅明: 《ドイツ悲劇の根源》(《Ursprung Des Deutschen Trauerspiels》)(川村二郎[Kawamura jirô, 1928-]等譯，東京: 法政大學出版社,1975年初版,1993年8刷)，頁214-215。

巴羅克式的寓言, 在意義的層面上而言, 是將
原來無意味的現世事象, 恣意地付與普遍的意義,
詩人希望藉此可以使自己從一個虛無的世界, 救贖
到另一個包括着別的意義的世界中去。這是一種違
反心理學的存在力學[19]。

(按: 引文爲筆者所譯。)

本雅明文集《啓迪》的編譯者阿倫特(Hannah Arendt,
1906-1975)以潛水採珠人來形容本雅明利用過去建構世界
的行爲, 傳統的斷裂和權威的淪喪, 仿如廢物下沉於海,
而採珠人的任務就是要在深海發掘廢物的結晶[20]。在《德
國悲劇的起源》一書中, 本雅明以鍊金術師來形容巴羅克
時期的文人, 古代的遺產就好像一樣樣的元素, 經過鍊金
術師的努力, 混合而成爲新的全體, 雖然由廢墟組成的仍
然是一個廢墟[21], 但這個新的廢墟充滿了甜美的解放感和
誘惑, 足以令人陶醉[22]。

---

[19] 道旗泰三:〈廢墟的構築としてのアレゴリー〉,《アレゴリー
としての文學: バロック期のドイツ》(*Deutsche Literatur der
Barockzeit*)(作爲寓言的文學: 巴羅克時期的德國)(Wilhelm
Emrich[1909-]著、道旗泰三譯, 東京: 平凡社, 1993), 頁566-
567。

[20] 〈瓦爾特・本雅明〉,《啓迪: 本雅明文選》(張旭東等譯, 香港: 牛
津大學出版社, 1995), 頁38-50。

[21] 《ドイツ悲劇の根源》, 頁215。

[22] 《ドイツ悲劇の根源》, 頁219。

c.也斯的陶醉

也斯在〈談藝的明信片〉一文中, 說過這樣的話:

> 我感興趣的是溝通的問題: 一個人和另一個人
> 的關係、一種媒介和另一種媒介、甚至一尊銅像和
> 另一尊銅像溝通; 這可以是生者和死者、過去和現
> 在、男和女的各種溝通: 通過曖昧不定形的事物, 用
> 信、明信片、說話……[23]

上述引文中所說的「關係」, 很明顯不是一種逃出迷宮的
方法, 只是使現實還原為迷宮並沉醉於其中。《秋螢詩刊》
的第28期刊登了也斯的個人詩輯, 共發表了6首詩作。這6
首詩有很深的「採珠人」味道, 例如〈看李家昂黃楚喬照
片冊有感〉一詩中, 有這樣的詩句:

> 舊照片提醒我們不要忽略了的細節
> 第一次的商業攝影, 第一次搞設計
> 木刻板畫展, 第一個女兒出生
> 政治變幻不定生活照卻是永恒的
> ……
> 我的照片都散失了, 我們的歷史往往模糊不清
> 直至一張昔日的照片提醒了我們

---

[23] 《秋螢詩刊》, 1986年4月。

　　靜寂裏點點冷冽而又燦爛的燈火

　　像一張你拍攝的硬照凝止在那裏

　　直至有甚麼閃動,熄了一些,又亮了一些燈光

　　告訴我們這風景裏有人,鏡頭拉開來

　　一張生活的硬照又再活轉過來

　　溶入不同的時間在流動裏變化[24]

　　(按:中段爲筆者所刪)

當整體想像崩潰的時候,生活細節是個人唯一可以用來重建
過去的部件,而這些部件的組合各適其式,無論如何都可以成
爲「當下」和「現在」的一種構圖。因此詩人說「政治變幻不
定生活照片卻是永恒的」,當「一張昔日的照片提醒了我們」,
透過作者的組合,「一張生活的硬照又再活轉過來」。這種從
廢墟[25]中檢拾而重組的想法,還可以在同期的〈蔡仞姿討論裝
置藝術及其他〉一詩中見到:

　　我們看朋友怎樣在不同的空間中

　　放置每人心中脆弱的木條和紗幕

　　也許有時在鏡裏看見自己的臉,有時

　　看見腳。我也想把我的地方裝置一下

　　開拓遊戲的範圍,拆開白雲四邊的

---

[24] 《秋螢詩刊》,1986年4月。

[25] 我在這裏運用「廢墟」一詞,意指主流的權威崩潰以後的迷失狀
　　況。

205

　　　　框架，把記憶像安石榴種籽埋藏
　　　　長出玉蜀黍的鬚子，用來做網
　　　　撩撥地皮上起伏的潮水和螃蟹[26]

各人在自己的空間放置自己心中的東西，以至「拆開白雲
四邊的框架」、「開拓遊戲的範圍」等等句子，都流露了
詩人要建構自己的空間，放置自己檢拾回來的碎片的企
圖。《秋螢詩刊》的作者群中，也斯的檢拾和重組的意識
是最強的，同期的另外幾首：〈信裏續談一齣不完整的電
影〉、〈在梵谷大展場外想念文生〉、〈從烏蛟騰經林往
荔枝窩〉和〈青銅雙像——其一的說話〉等，都深具這方
面的特色。

四、都市的寓言性

　　若林幹夫(WAKABAYASHI Mikio, 1962-　)運用社會
學的視野，來說明本雅明有關都市的觀察，他在《城市的
寓言》一書，引用本雅明的觀點，將寓言(allegory)視作城
市的特徵。他所指的寓言是一個缺乏全體的連繫和統一性
的世界，不單是古典修辭學上所指的寓言而已[27]。

---

[26] 《秋螢詩刊》，1986年4月。
[27] 若林幹夫：《都市のアレゴリー》(東京：INAX出版, 1999)，頁28。

1. 象徵和寓言

象徵和寓言在古典修辭學中, 原來就是相對的概念, 而自十九世紀初以來, 英國批評家柯格律治(Samuel T. Coleridge, 1772-1834)將象徵的價值置於寓言之上, 寓言的價值被視作機械的、人為的比喻, 是純粹的將抽象概念轉換成具體符號而已。直至本雅明, 寓言的現代意義才再被重新評價[28]。他在《德國悲劇的起源》一書裏指出象徵是一種自足的、壓縮的理念, 是一種不斷向自己尋求的記號; 而寓言是不斷生現, 與時間並進的理念, 它的特徵是非封閉的, 但是由於不是自足的, 寓言一般是直接的, 內容上並不婉曲[29]。他以德國巴洛克時期的一首詩來說明這種特徵:

> 正如多種的裝飾所描繪的　美麗的女子
> 仿像　可以讓許多人的肚子飽滿的　吃不完的餐
> 　桌
> 她總是裝滿水　當鬆軟的砂糖從幾百枝管道流
> 　進的時候
> 仿像　裝滿甘美的愛的乳汁的　永遠汲不盡的
> 　泉水

---

[28] 《最新文學批評用語辭典》(川口喬三[KAWAGUCHI Kyôichi]等編, 東京: 研究社, 1998), 頁13。
[29] 《ドイツ悲劇の根源》, 頁191-230。

　　自己無法吃盡
　　令人快樂的食物　　卻拒絕分給別人
　　嫉妬的技倆　　屬於鬼畜所授的畛域[30]
　　（按：引文爲筆者從日文轉譯。）

在巴洛克時期的文人筆下，戀愛和永生都完全沒有神秘的
色彩，離開了現世的想法，剩下來的是「忘掉了自己」的
好色，這就是巴洛克的憂鬱與魅力。這首詩全是小道具，
腹部脹滿，放滿食物的餐桌，鬆軟的砂糖……等等，都是
具體的事物，談不上體系的統一，比喻都是直接的，一物
對一物，比喻之間沒有統一的聯繫，更難另人勾起性的聯
想。

　　如果我們將上述的寓言體詩和余光中的詩集《蓮的聯
想》比較一下，就會發覺蓮的意象是不斷向自己尋求、不
斷演新，使蓮不單作爲愛情的象徵，而是逐步深化，逐步
向中心挖掘出不同的層次。透過紅蓮和戀愛的聯繫，戀愛
和紅蓮之間，演伸出熱戀和燃燒，而蓮作爲佛教的代表植
物，燃燒又引伸出一種宗教的色彩，自焚和煉獄的意象不
自覺地被紅蓮拉扯進來，並演變成飛昇與鳳凰鳥的想像

---

[30] 《ドイツ悲劇の根源》，頁218。

[31]。這組想像是屬於象徵的——封閉、不斷向自己尋求、不斷使自己複雜化並結成統一體系。

本雅明的這種觀點,深刻地影響了保羅・德曼(Paul de Man),德曼在名著《盲目與透視》一書中,指出象徵是建基於一體化的基礎,訴諸五感的意象和其暗示的超感覺的全體之間,親密無間,而寓言則建基於類似性,是二次性的記號,當記號遭到解讀,其暗示的潛力則完全枯渴[32]在。德曼的思想影響之下,寓言成為了與擬像,脫中心等具相似含義的後現代術語。

2. 沒有記憶的城市與二次性的空間

若林幹夫將寓言的思想,運用於對都市的觀察之上。他認為要說明都市的秩序,已經非得靠剪貼的方式不可,1920年代至30年代出現的東京攝影拼貼集就是一個好例,這些攝影拼貼集除了相片外,還附加了地圖,統計和說明文字。將一大堆的東西組合起來,都市的整體面貌才開始被暗示出來,這其實就是一種寓言的方法。在現代的都市裏,具統一性的象徵記號失去了地位[33]。若林氏指出原住民對於居住地的想法,和現代人迥異,他引用列維史陀

---

[31] 梁敏兒:〈詩語和意象之間: 余光中的「蓮的聯想」〉,《香港新詩的大敘事精神》(黎活仁等編,嘉義: 佛光大學出版社, 1999),頁135-162。

[32] "The Rhetoric of Temporality", *Blindness and Insight* (Minneapolis, Minn.: Minnesota UP, 1983), pp.187-228.

[33] 若林幹夫, 頁23-24。

(Claude Lévi-Strauss, 1908-　)的研究，指出原住民將居住
地視爲部族的世系圖，每條河流，每座山的名字都可以勾
起對某人的回憶，村落的分佈以社會組織的關係來決定，
定住地爲了向共同體轉化的媒介，成爲了一個神話的時空
[34]。

　　現代的都市空間是建立在貨幣的基礎之上的，和土
地、血緣這些第一次元的東西已經没有了聯繫，人儘管認
爲擁有居所是重要的，但居所只是身外物，和村落社會對
待土地的態度很不一樣。村落的社會關係取決於住民之間
的關係，不像現代的都市那樣，建立在市場的匿名的交換
關係上，土地不再是勞動的對象，而是交換經濟的場所。

　　相對於村落社會，現代的都市是開放的，透過貨幣的
交換，共同體有越境的可能性，都市裏的所謂鄰居，可以
是任何人、他們的出現某程度上來說是任意的，和村落的
共同體很不一樣。這種社會結構的變化影響了人對空間的
感覺，人的居住空間逐漸和外部的開放空間靠近，正如阿
根延作家博爾赫斯(Jorge Luis Borges, 1899-1968)筆下的地
下室，在階梯不斷被放置的同時，世界的一切事物都能映
照出來，仿彿一個無限次方的球體。都市成爲了一個媒介，
讓不特定的土地和不特定的他者發生關係，這種關係有着
無限集合的濃度，正如無限次方的數字一樣[35]。

---

[34] 若林幹夫，頁48-51。
[35] 若林幹夫，頁60-67。

不特定的關係是二次性的,和土地的生產力本身沒有關係,因而不特定的關係也是一種任意的,非主體的關係。

3. 不特定關係的游移

貨幣社會因爲和土地失卻了聯繫,是非本質性的,而是選擇性的。他者成爲一個任意出現的對象物[36]。通過無媒介的身體,都市的體驗是不連續的,沒有相識關係的他者被不斷地配置在一起[37]。

(一)「非我」的自我的浮遊感

這種感覺最容易發生在都市的行人身上。植田和文在一篇題爲〈步行者意識的(超)現實都市風景〉的文章中,以艾略特(Thomas S. Eliot, 1888-1965)爲研究對象,歸納出步行者意識的特徵有三:1.從日常生活中的身分和個性中浮遊出,自我和外界的意識沒有對立的關係;2.自己的意識浸透於其他人物和事物的知覺之中,形成了「非我」的自我意識;3. 行人的意識經過一定的持續以後,突然一下子回到現實的日常生活之中,形成一種不連續的斷裂感[38]。

---

[36] 若林幹夫,頁66。

[37] 若林幹夫,頁109-110。

[38] 植田和文:〈步行者の意識に映る(超)現實的な都市風景〉,《風景の修辭學》(森晴秀編,東京:英寶社, 1995),頁243-246。

植田和文所說的「非我的」自我意識，和本雅明在《發達資本主義時代的抒情詩人》中所說的「游手好閒者」非常近似，這些專事散步的人是現代社會的產物，他們總在

人群之中等待可以捕捉的獵物，這種等待和捕捉形成了一種「非我的」狀態，而步行者的自我就是建基於這種非我之中[39]。

由於不知道將要遇上什麼事物，就形成了一種等待，而獵物出現的時候，又可能會出現一連串陌生經驗的累積，這些經驗是分散的、零碎的，也就是寓言式的。

《秋螢詩刊》裏有不少屬於行人想像的詩作，其中表現得比較強烈的是羅貴祥的〈地下鐵的大提琴手〉(25期)、和周禮賢的〈地鐵車廂的孩子〉(31期)兩首。羅貴祥的詩

---

[39] 同樣是步行，這種非我的狀態並不見於魯迅式的求索、浪漫者的零餘以至現代派的倦行。

的視點是一個旁觀的乘客, 他看到一個抱着大提琴的乘客
走進車廂, 然後引起一系列的想像。其中有這樣的詩句:

> 腳指頭在互相磨擦, 開門的第一時間踩進車廂
> 你抱着你的大提琴擠在人叢中會想些什麼[40]?

　　作者在疑問的同時, 將自己代入對方的身分之中, 考
慮對方會在想些什麼——在地鐵大堂辦私人演奏會, 是用
私人的語言還是公眾的語言, 用古典音樂的低音色還是用
緊湊的旋律……詩人的這些想像, 用本雅明的話說, 當然
仍然是個人過去的生活斷片的「現前」, 是一種對過去的
檢拾。這種情形在周禮賢的〈地鐵車廂的孩子〉中同樣可
以見到, 詩人離開了自己, 去想像車廂內小孩的想法:

> 常常你喜愛爲周圍的東西編織頑皮的故事,
> 就像早一陣子電視動畫裏的春夢婆婆
> 頻頻報夢, 夢見笨笨胖胖的超人咚咚跌倒;
> 饞嘴的小吉拍拍飛舞, 吃掉整個城市[41]。

---

[40] 《秋螢詩刊》, 1986年1月。
[41] 《秋螢詩刊》, 1986年7月。

(二)等待他者的自我

　　代入「他者」是一種明顯的「非我」的自我意識, 而
到處溜達和捕捉, 也極具本雅明所說的收集者的特徵。在
城市裏散步成為了城市生活的一部分, 這些游蕩的人成為
了偵探小說的主角, 他們具有與大城市節奏相合拍的反應,
可以抓住稍縱即逝的東西。他們將自己夢想為一名藝術家,
人人都讚嘆速寫畫家的神筆。巴爾扎克(Honoré de Balzac,
1799-1850)認為, 這樣的藝術就在於快速的捕捉[42]。例如蔡
炎培(1935-　)的〈海市〉(26期)和銅土的〈在深圳拍一張
加拿大國家銀行年報的照片〉(27期)。蔡炎培的〈海市〉
完全是一組碎亂的行人的感覺, 例如:

> 這表是富麗華酒店
> 時裝展準午間十二點
> 再過去是拆卸不久的郵政大廈
> 曼陀羅
> 我們最好隨路款嘴
> 書信可太費時失事了
> 現代媒介要多方便有多方便
> 置地廣場一帶合龍式精品店
> 久不久洗劫一次的飾物

---

[42] 本雅明:《發達資本主義時代的抒情詩人》(張旭東等譯, 北京: 三
　　聯書店, 1989), 頁59。

現下重新鑄造另一種容顏
這個是邱比特胸針
無心女人配戴最適合
至於那個什麼的錶子
牌價十萬九千七
中了六合彩大獎不遲
可不是嗎?[43]

　　行人的隨想跟着眼睛不斷的轉換,完全欠缺中心的,
這種視覺式的捕捉還可以在銅土的〈在深圳拍一張加拿大
國家銀行年報的照片〉中見到,銅土寫的是一組碎亂的視
覺印象:

正午的陽光
一把掃向
草帽下
一張一張
裂開又合着的嘴巴
⋯⋯
十一月的早上
陽光長長的
懶腰
一把伸向

---

[43] 《秋螢詩刊》,1986年2月。

> 窗櫥內
> 一瓶一瓶
> 紅色藍色乳白色的
> 資生堂[44](按: 中段爲筆者所刪。)

以上兩首詩都是意識流的, 是隨眼見的事物來轉動意識, 本雅明認爲只用眼而不用耳的結果, 是一種現代城市獨有的不安。群衆彷彿像一大群密謀者, 等待扮演偵探的步行者去發掘和捕捉[45]。

(三)拼湊的樣式

拼湊作爲都市文學的特徵, 已經成爲定論[46]。但是, 同樣的拼湊, 可以出現不同的樣式, 它們對於聯想的速度會產生不同的影響。例如韓牧(1938-   )的〈那一列大葉榕〉(26期)和羅貴祥的〈霍亂流行的十日〉(34期)就是兩種比較明顯的類別。

韓牧的〈那一列大葉榕〉是圍繞在大葉榕來拼揍成的一幅素描, 作者從「八爪魚似的爬向腳板」的樹根開始, 然

---

44 《秋螢詩刊》, 1986年3月。
45 本雅明: 《發達資本主義時代的抒情詩人》, 頁56。
46 將有關的理論運用於香港文學方面的, 可參陳少紅的兩篇文章: 1. 〈香港詩人的城市觀照〉, 《香港文學探賞》(陳炳良編, 香港: 三聯書店, 1991), 頁119-158。2. 〈從後現代主義看詩與城市的關係〉, 《中國現當代文學探研》(陳炳良編, 香港: 三聯書店, 1992), 頁119-158。

後樹影「輾到我身上」、再從樹影拉到古圍牆、再從古圍
牆想到掛在樹頂上的紙鳶的屍體,最後以樹上的落葉和毛
虫收結。整個想像的過程都有線索可尋,從行人到樹根到
樹影到古圍牆到樹頂再到行人。不過雖然這樣,但意象之
間是不連貫的,八爪魚、輾過、古圍牆、紙鳶的屍體、黃
葉和掉下來的黃灰色的毛虫,都有一種沒有生氣的死寂感,
然而因為要拼貼,速度是緩慢的。

　　與韓牧類型相同的還有秀實(梁新榮, 1954-　)的〈午
睡醒來〉(26期)、迅清(姚啓榮, 1961-)〈歸家路途的隨想〉
(27期)、葉輝的〈登玉壘關看岷江分內外〉(31期)、〈隔床
的重慶老鄉〉(35期)、葉辭(何志英)的〈冷媒介〉(35期)等。

　　與此不同的是羅貴祥的〈霍亂流行的十日〉[47],詩作由
第一段的豎起的腳尖,第二段的走鋼索的賣藝人到掰開海
鮮時,用具的震動,之後詩開始向這種不穩定性的感覺延
伸,談到了文字「何嘗不是新奇與陌生好像能夠把持又不
能把持」、疫症流行期間的亂七八糟的感覺、從「牙膏」
想到「罐頭的招紙」到「世界還是理不出頭緒」到「凌亂
的鞋帶」到「胡扣的衫鈕」、髮式……等等,每一段之間
欠缺像韓牧詩的連繫,而整體只圍繞着一種比較難把捉的
飄忽感覺,和〈那一列大葉榕〉圍繞着樹的表現手法很不
同。

---

[47]　《秋螢詩刊》34期, 1986年9月。

然而，形態儘管有分別，兩類型的想像都是外射型的[48]，意象圍繞着一個主題，一個接一個的分散開去，而物與物之間並沒有連繫，這種分散開去的特徵是巴羅克式的，和象徵圍繞着一個主題，一個接一個聚攏起來是不一樣的。

(四)內聚型的象徵和想像速度

爲了說明這種《秋螢詩刊》缺乏的內聚型想像，以下將舉余光中和洛夫(莫洛夫, 1928-)的兩首詩作爲例子。第一首是余光中的〈削蘋果〉：

> 看你靜靜在燈下
> 爲我削一隻蘋果
> 好像你掌中轉着的
> 不是蘋果, 是世界
> 一圈一圈向東推

---

[48] 洛楓(陳少紅, 1964-)曾經提出過擴散式和凝聚式二分的說法，她認爲梁秉鈞由於反叛現實，屬於前者; 而王良和(1963-)因爲相信詩歌的永恆性，在詩歌中竭力尋找眞理，所以經常在咏物哲理詩中強調「中心」，屬於後者。不過洛楓說的「擴散」和「凝聚」與本文的着眼之處不同，特別是「中心」的想法，是指物的中心，而沒有從想像的速度和空間的連繫方面考慮。參洛楓:〈渾圓的實體有自己的重量——論王良和的「詠物哲理詩」〉，《樹根頌》(王良和著, 香港: 呼吸詩社, 1997), 頁166。

> 推動我們的歲月
> 這世界正是那蘋果
> 爲了送到我唇邊
> 總經你揀過, 洗過
> 而且削淨了果皮
> 把最好的果肉給我
> 而帶核的果心總是
> 靜靜, 留給你自己[49]

在上述的詩行裏, 蘋果和地球是相關聯的, 削蘋果的動作
令作者想起了地球的自轉, 然後又由自轉帶出了時間的推
移, 詩人和削蘋果的人的歲月就在這種旋轉之中渡過。蘋
果、地球和歲月的推移成爲了這首詩的主題, 而整首詩都
朝向這個主題發展。明顯和集中的主題能夠使讀者的想像
速度加快, 從蘋果跳到地球, 再從削蘋果的動作跳到地球
自轉, 再從此而想到歲月的推移, 一個一個的跳躍都是相
對容易的, 因此聯想的速度會比韓牧的〈那一列大葉榕〉
快, 比羅貴祥的〈霍亂流行的十日〉更快。除了余光中這
種喻體和本體之間有明顯對應關係的詩作以外, 對應關係
比較隱晦的詩, 也同樣可以有快速聯想的空間, 例如洛夫
的〈午夜削梨: 漢城詩鈔之七〉:

> 冷而且渴

---

[49] 《安石榴》(臺北: 洪範書店, 1996), 頁11-12。

我靜靜地望着
午夜的茶几上
一隻韓國梨

那確是一隻
觸手冰涼的
閃着黃銅膚色的
梨
一刀剖開
它胸中
竟然藏有
一口好深好深的井
戰慄着
拇指與食指輕輕捻起
一小片梨肉

白色無罪

刀子跌落
我彎下身子去找
啊！滿地都是
我那黃銅色的皮膚[50]

---

[50] 《愛的辯證——洛夫選集》(非馬選，香港：文藝風出版社，1988)，
頁50。

洛夫的詩雖然充滿了碎裂的意象, 表面上失去了邏輯的連
繫, 但意象之間互相牽連, 朝著一個中心發展。這些意象
包括了冷、冰涼、刀子、黃銅色、深的井、戰慄、白色等
等, 全是一種關於膚色的危懼感, 危懼的感覺是通過向深
挖掘而來的, 向心的意思是向梨子的表皮、梨子的内心、
到梨子的白色的肉和自己散得到處都是的黃皮膚的影
子。和羅貴祥的向外擴散而來的不同情境的拼貼不同, 和
韓牧行人式的隨邏輯連繫起來的幾組意象拼貼也不同。洛
夫的這首詩看似碎裂, 但因爲有向心的力量, 從一個想像
到另一個想像之間, 跳躍的時間也是很快的。如果從這個
角度來看羅貴祥以下的兩段詩行, 就會發覺由於擴散式的
拼貼, 使想像的速度明顯減慢:

> 又徐徐放成踏實路面的腳皮你續說芭蕾舞員
> 以及走鋼索的賣藝人步姿好比舞弄着筷子
> 心情緊張地要掰開一條靭肉海鮮的外國遊客
> 用一個不穩定的媒介

> 幹着些甚麼又享受着些甚麼你以爲關於文字
> 運作何嘗不是新奇與陌生好像能夠把持又不
能
> 把持紙上相片熒光幕收音機的現實終於趕上
我們

在周遭卻看不見[51]

五、結論

抗拒主流，使充滿符號意義的共同想像體系崩潰，詩人要不斷捕捉瞬間的景象，來拼湊和修補偉大文本想像倒塌以後的廢墟，這種表現方式較之傳統的象徵體系，是屬於外射型的，詩歌在摸索適合的表達語言的時候，不斷經歷受肉的過程，因而意象跳躍的速度比較慢，這是都市文學的空間感特別強的原因之一。

共同想像領域的情感一般含有崇高的元素，例如愛國、歷史的使命感、永恒的愛情和宗教等，但抗拒主流而使用寓言式的拼貼技巧，卻永遠無法使平面表達出深度。萊辛(Gotthold E. Lessing, 1729-1781)在《拉奧孔》(*Laokoon*)一書裏就說過畫無法產生眞正的崇高，他認爲巨大莊嚴的廟宇所以令人覺得崇高，是因爲我們的眼睛可它上面周圍巡視，無論視線停在哪裏，都以看出各個類似的部分都顯現出同樣的偉大、堅實和單純。而當這個廟宇被嵌進一個窄小的空間的時候，我們一眼就可以看遍，不能再引起人的驚奇[52]。「一眼看遍」和寓言式的表現技巧有點相類的地方，就是不能從四面八方去構築一個內聚型的象徵體系；

---

[51] 《秋螢詩刊》33期, 1988年1月。

[52] (朱光潛譯, 北京: 人民文學出版社, 1979年初版, 1982年3刷), 頁180。

《秋螢詩刊》的作者反對大文本, 而着意捕捉平凡的生活的細節, 這些細節都不是萊辛所說的連繫着前和後的、一瞬即逝的場面。沒有了激越的感情, 使詩和畫接近起來, 這是都市文學增強了空間感覺的原因之二。

拼貼的特徵是隨意的, 各自獨立而不連貫的, 相對於光明大道, 這種混亂的狀態使人有一種迷失方向的感覺, 彷彿置身於迷宮, 當然平凡生活和都市的環境都不斷強調這種「亂七八糟」的感覺, 歐陽江河在〈空中家園〉一詩中, 有這樣的詩句:

> 就象樓梯經過我們體內
> 到達形而上的高度
> 我們把大地搬到了天空
> 在上面立足, 走動, 或此或彼
>
> 而我們雙手建造的家園
> 一天天從腳下飄去
> 此生匆匆走不出異鄉
> 骨肉分離, 如最後的晚餐[53]

「永遠走不出異鄉」的迷失, 並在迷宮之中陶醉, 放棄建立第三維度的企圖, 是造成都市文學的空間感覺的原因之三。

---

[53] 《秋螢詩刊》35期, 1988年1月。

最後，不得不說明的是《秋螢詩刊》接近一半的詩人
保持了別於本文分析的風格，充分反映了秋螢是一份多方
向的刊物。因此，不能說凡是在詩刊上發表過新詩的，就
是「秋螢詩人」，「秋螢」既不是黨派，也不是口號。這
大概是《秋螢詩刊》編者的意願，然而諷刺的是不要口號
本身，其實就是一種口號、一種風格，本文要探索的正是
這種不要中心背後的思想含意，以至其在詩歌表現上的形
態。(全文完)

[本文所引用的《秋螢詩刊》第25期至第36期，是由胡國賢先生
提供的，此外，胡先生還借出自己珍藏的《詩風》、《九分壹》和《新
穗詩刊》，使我在研究80年代詩歌的過程中，得到許多裨益和方便，
謹此致以萬二分謝意！]

~~~~~~~~~~

參考文獻目錄

AI

艾姆里希(Emrich, Wilhelm): 《アレゴリーとしての文學: バ
　　ロ ッ ク 期 の ド イ ツ 》 (*Deutsche Literatur der
　　Barockzeit*)(作為寓言的文學: 巴羅克時期的德國), 道旗
　　泰三譯, 東京: 平凡社, 1993。

BEN

本雅明, 華特(Benjamin, Walter): 《發達資本主義時代的抒情詩人》(*Charles Baudelaire: A Lyric Poet in the Era of High Capitalism*), 張旭東等譯, 北京: 三聯書店, 1989。

——: 《陶醉論》(Über Haschisch), 飯吉光夫(Îyoshi Mitsuo)譯, 東京: 晶文社, 1992。

——: 《ドイツ悲劇の根源》(Ursprung Des Deutschen Trauerspiels)(德國悲劇的根源), 川村二郎等譯, 東京: 法政大學出版社, 1975年初版, 1993年8刷。

——: 《啓迪: 本雅明文選》(*Illuminations: Essays and Reflections*), 張旭東等譯, 香港: 牛津大學出版社, 1998。

——: 《迎向靈光消逝的年代》, 許綺玲編譯, 臺北: 臺灣攝影工作室, 1998。

——: 《說故事的人》, 林志明編譯, 臺北: 臺灣攝影工作室, 1998。

——: 《ベンヤミン・コレクション》(本雅明文集), 1-3卷, 淺井健二郎等編譯, 東京: らくま學藝文庫, 1997年初版, 1999年2刷。

——: 《本雅明: 作品與畫像》, 孫冰編譯, 上海: 文滙出版社, 1999。

DAO

道旗泰三(MICHIHATA Taizou): 《ベンヤミン解讀》(本雅明解讀)(東京: 白水社, 1997年12月初版), 頁49-51。

FU

弗萊, 諾思羅普(Frye, Northrop): 《批評的剖析》(*Anatomy Of Criticism: Four Essays*), 陳慧等譯, 天津: 百花文藝出版社, 1998。

弗蘭克, 約瑟夫等著: 《現代小說中的空間形式》, 秦林芳編譯, 北京: 北京大學出版社, 1991。

QING

清水康雄編: 《ベンヤミン: 生誕100年記念特集》(本雅明誕生100周年記念特集), 《現代思想》1992年12月臨時增刊。

RUO

若林幹夫(WAKABAYASHI Mikio): 《熱い都市　冷い都市》, 東京: 弘文堂, 1992。

——: 《地圖の想像力》, 東京: 講談社, 1995。

——: 《都市のアレゴリー》, 東京: INAX出版, 1999。

SAN

三原弟平(MIHARA Otohira): 《ベンヤミンの使命》(本雅明的使命), 東京: 河出書房新社, 1995。

ZHANG

張旭東: 《幻想的秩序: 批評理論當代中國文學話語》, 香港: 牛津大學出版社, 1997。

De Man, Paul. "The Rhetoric of Temporality." In *Blindness and Insight*. Minneapolis, Minn.: Minnesota UP, 1983, pp.187-228.

Fletcher, Angus. "The Image of Lost Direction." In *Centre and Labyrinth: Essays in Honour of Northrop Frye*. Ed. Eleanor Cook. Toronto: Toronto UP, 1983, pp.329-346.

~~~~~~~~~~~

論文摘要 (abstract)

Leung, Man Yee, "The Notion of Space in Urban Literature: *Qiu Ying Shi Kan* in the 1980s"

Lecturer, Department of Chinese, Hong Kong Institute of Education

Qiu Ying Shi Kan is a journal in which the notion of "different trajectories and different direction" is resolutely stressed. It refuses to stagnate upon the existing achievement that will ossity the creativity of poetry, and attempts to eschew the influence of grand narrative. Although the style of every unique piece of work varies, all works share and attain a concentration on contemporaries and trivialities of everyday life. This essay acutely remarks the relationship between city space and poetry underlying in the issues No. 25-37. Walter Benjamin's spatial theory will be blended with Wakabayashi Miko's sociological point of view to examine the style of pastiche. (余麗文譯)

論文重點

1.　《秋螢詩刊》是一份標榜反主流，容納不同風格的詩刊。

2.　「生活化」而非大文本想像是《秋螢詩刊》的特色。

3.　本雅明認爲情節突然中斷和驚愕是史詩劇的重要元素，這樣可以使史詩脫離共同的歷史想像，走入當下的情境。

4.　不同媒體的並置，可以使詩作更易偏離傳統的氣氛。

5.　迷宮是一種屬於魔怪世界的心理狀態，這種狀態和德國巴羅克時期的寓言文學有相通之處。

6.　沉醉是和迷宮對峙的方法之一。

7.　寓言式的表達方法和失去了記憶的二次性空間有關。

8.　二次性的空間加強了非我的感覺。

9.　外射型的表現技巧減慢了想像的速度，加強了文學的空間感覺。

10. 拼湊而來的空間不能表達深度。

特約講評人：魏甫華

魏甫華(Puhua Wei), 男, 1971年出生於湖南隆回。廣州中山大
學哲學系碩士(1998), 現爲深圳市特區文化研究中心研究
人員, 主要論文有〈怨恨、市民倫理與現代性〉、〈從鄉
民到市民〉等。

胡塞爾(Edmund Husserl, 1859-1938)和海德格爾
(Martin Heidegger, 1889-1976)認爲近代科學導致了人們對
「生活世界」的遺忘, 這是歐洲的現代性事件, 昆德拉
(Milan Kundera, 1929-　)在他的《小說的藝術》(*Art of the
novel*)中指出, 這一論斷只對了一半, 他認爲早在此之前,
在塞萬提斯(Miguel de Cervantes Saavedra, 1547-1616)的小
說中已經出現了歐洲的現代性事件。當然, 這是歐洲的現
代性問題, 似乎和中國的或者香港的現代性並不相干, 因
爲現代性的發生應當是生活在「現代」的我們對生存性現
實的反思。那麼中國或者香港的現代性是什麼呢, 也就是
我們如何講述自己的現代性事件的呢？我把梁敏兒博士
的〈都市文學的空間〉一文的分析, 看作是她對發生在我
們身邊的這一現代性事件梳理和反思, 雖然她的後現代味
比較濃, 或許這也是中國或香港的現代性建構不同於歐洲
現代性的一種維度, 即是解構過程中的現代性。我比較注
意梁博士在論文中對德籍思想家本雅明和日本社會學家
若林幹夫的有關理論的引述, 因爲它們構成了論文的理論
框架。

若林幹夫有關的貨幣社會理論(其實這一理論早在德籍社會理論家西美爾[George Simmel, 1858-1918]、桑巴特那里有精辟的論述)指出了首先發生在歐洲, 然後發生在我們身邊的社會結構的變化所導致的生存結構的變化。馬克思 (Karl H. Marx, 1818-1883) 和恩格斯 (Friedrich Engels,1820-1895) 在他們著名的《共產黨宣言》(*The Communist Manifesto*)裡也闡述過, 貨幣關係的可計算倫理(工具倫理)已經代替了我們的傳統關係中的價值倫理, 而後者是我們得以生存和延續的一個重要因素。正是在這一意義上, 本雅明的「潛水採珠人」們要承擔起拯救傳統的責任。

梁博士的論文通過對80年代香港《秋螢詩刊》這一文學現象的精彩解讀, 探討詩和都市空間在香港的發生關係是怎樣的。我以為是在我上述的概述中的展開, 她在努力追問香港現代性的發生和存在樣式。我感覺到她在這一追問和選擇中的某種淡淡的無奈和憂愁, 這是因為「詩」的敏銳可以比其他的文體更早地感受到「現代」的呼吸, 但卻非常清楚自身在「現代」中的命運, (我曾在某刊物上看到香港的幾位詩人的「焚詩事件」的報道), 這或許是現代理論家們對「寓言」的強調的原因。對於現代事件而言, 我們是否已經忘卻了「詩(思)」, 而只剩下「寓言」了呢。

~~~~~~~~~~

特約講評人: 陳德錦

陳德錦(Tak Kam CHAN), 男, 廣東新會人, 1958年生於澳門,
香港大學中文系碩士。現任教於嶺南大學院中文系, 著作
有《如果時間可以》(1992)、《文學散步》(1993)、《李廣
田散文論》(1996)、《邊緣回歸》(1997)等。

　　梁敏兒博士以「都市文學的空間」議題切入對80年代
《秋螢詩刊》的整體評介, 固然是十分對路的觀點, 因為
不管該詩刊如何開放, 它總離不開同人的共通詩觀、詩技
和投稿者對詩刊形式的間接認受。本雅明在〈機械複製時
代的藝術作品〉中認為藝術作品通過複製加強了可展示性,
《秋螢詩刊》以明信片方式包裝、流通, 以詩畫並置打破
兩種媒體的界限, 均有意顯示該刊的後現代意識。

　　文中廣泛引用本雅明的「非總體論」、「(現代)寓言」
等觀念說明「秋螢」詩人的創作方向。但「秋螢」詩人是
否有打破舊傳統、建立一個「非我」在眾多「他者」中「浮
游」的「城市寓言」, 似仍待進一步的探討。我們仍需檢
視在詩作中反映出的孤立、非我、空間不確定、無歷史重
量等感覺是否形成一個有別於現代主義的後現代特徵。我

認為這條思路是明確可為的，但可能還需參照其他理論(以及把這些理論轉化為批評工具)再行論定。

「也斯的陶醉」一節很有意思。梁博士試圖判斷也斯的詩歌是一種後現代主義(寫實)或另一種現代主義(象徵)，是一種能使讀者自我定位投入城市空間之中，或是只能徘徊於作者所自設的城市想象空間之中。我認為洛奇(David Lodge, 1935-)對雅各布森(Roman Jacobson) 語言兩軸(選擇軸/連結軸)的理解，可以提供一個看法。代表著「秋螢」或「九分壹」的作者或也斯的詩，其基本表達城市感受的方式，是偏向洛奇所謂的「轉喻性」(metonymic)，即在連結軸上把不同的符號、意象、事件連接起來，如禾迪的「夜降臨把繁瑣撥開/讓走廊躺一躺」、銅土的「正午的陽光/一把掃向/草帽下/一張一張/裂開又合著的嘴巴」，都是典型的轉喻型詩句。相對於余光中、王良和某些詩作，後者明顯是在選擇軸上開展詩歌，使其產生張力(tension)，即所謂的「隱喻性」(metaphoric) 結構，斟酌一個本體和一個喻體的同異來說明感受。梁博士指出這兩種詩技有一慢一快的「想象速度」的差別，我想指出，這兩種詩型的想象方式是不同的，因此不能簡單判斷孰「快」孰「慢」。勿寧說，一種像電影一樣開放空間、擴展視域，一種像戲劇那樣，封閉空間，在對立、矛盾中尋求和解。

梁博士在結論中指示出城市詩的特點是空間感較強(相對來說想象速度較慢)，而空間感較強(近畫)是不能達到「深度」的原因。對此我有一點保留：萊辛認為神廟比

繪畫崇高, 他的看法需要補充。神廟的偉大莊嚴是因為它
能在大自然界並顯示神(真理)的出場, 不在其實際形體的
大小。一幅圖畫(如梵谷[Vincent van Gogh, 1853-1890]的
《草鞋》), 當其負載了更大的生命聯想, 也可以偉大。(可
參海德格爾[Martin Heidegger, 1889-1976]的〈論藝術作品
的起源〉)決定作品深度, 內容因素是一個很重要的條件。
因而, 城市詩固因不著意表現確定的觀念而先天上欠缺了
第三維度(象徵), 但仍可在時間和空間兩個維度上開展視
野, 如做得好(拼湊也需要技巧), 整篇作品也能予人統一
感和寓言化(雖然詩人也許不願意)。比較一些不能好好運
用這兩個維度、寫得較為空泛的「象徵」詩歌, 未必就欠
了深度, 主要還視乎作者是否有一個較高層次的命意, 提
升讀者對城市的思考。

~~~~~~~~~~

特約講評人: 劉偉成

劉偉成(Wai Shing LAU), 男, 香港浸會大學中文系碩士研究
　　生。著有詩集《一天》(1995), 即將出版詩集《感覺自燃》。

　　梁博士在論文的第二節指出《秋螢》堅持「喧嘩」的
編輯方針帶有「反主流」的意味。「喧嘩」, 單從字面上
理解, 是一種有意識而沒內容的吶喊, 《秋螢》編輯選擇

這詞來交代編輯方針似乎有意表現其強烈的發聲意慾，間接反映直率的感情宣洩先於具體內容呈現的觀點。若從傳理學的角度看，「喧嘩」屬於「雜音」(Noise)的一種，即是說具備三種特質：第一、來自背景(Background)；二、可以發自人或物；第三、會對中心內容造成干擾。上面對「喧嘩」的衍伸意義可說是梁博士論文粗略的歸納。

梁博士指出《秋螢》裏的作品有刻意避開「大文本想像」的傾向，詩刊裏某些作品可能真有這種意圖，但更可能的是這些詩人希望直接表現自己情緒的波動，宣洩鬱結，似乎沒有表現甚麼「中心聚焦力」的意圖。例如梁博士引禾迪的〈舊屋頌之三〉，內容雖如梁博士所言略嫌零碎，但詩人把一幅幅當時普羅人眾的生活寫照拼貼起來：「串膠花」、「煮飯仔」、「拍公仔紙」等，難道算不上是香港歷史的痕跡？

論文裏雖然沒有明言「主流」是指何種詩風，但從字裏行間及多次引用余光中的詩作和《秋螢》的詩作對照比較，便會猜想到「主流」大概是指所謂的「余派」詩風了。事實上當時「余派以外」的詩人所渴望的，是在「歷史大主題」以外，能有一些本土意識較強的作品出現，以反映香港文化獨有的混沌狀態。這亦是筆者所謂「喧嘩來自背景」的含意。陳智德在《呼吸》創刊號中的〈詩觀與論戰〉一文中所言：「這種『本土意識』不單表現在題材和語言上，也包括他們寫香港時沒有喊口號式的激烈批判，而是

懷着比較樸實和寬容的態度,這相信也是本土意識中最值
得珍惜的地方。」

　　「喧嘩」的另外一個特點是可以發自人或物,這個特
點其實是梁博士在「不特定關係的游移」一節所闡述的內
容。梁博士分析《秋螢》裏一些詩作時歸納出一些共同點:
「『非我』的自我的浮遊感」、「等待他者的自我」和「拼
湊樣式」,可說是深入精闢。這三個特點除了扼要地道出
《秋螢》作品的特色和風格,更進而帶出香港詩壇直至現
在為止的弊端:不斷「喧嘩」干擾中心的主流,卻未能成
就另一個可與「主流」抗衡的主張和中心。英國50年代以
拉金(Philip Larkin, 1922-1985)為首的「運動派」,對抗40
年代「新浪漫主義」詩派的華麗詞藻和艾略特為主的「現
代派」的玄學高姿,拉金等人和「秋螢」詩人一樣,強調
和追求日常生活經驗的詩語言,同樣否認自己派別的存在
(「運動派」這一名稱亦是由批評家倡議的)。不同的是,
拉金等詩人有鮮明的主張和創作傾向,所以能成功扭轉當
時的詩風,影響深遠。香港的詩人直至埌時為止,只流於
「干擾」的層面,不斷強調自己的「無派別」,彷彿生怕
自己成為新的「主流」後,要面對相同的「干擾」。無怪
梁博士在收結時語帶無奈地說:「……『秋螢』既不是黨
派,也不是口號。這大概是《秋螢詩刊》編者的意願,然
而諷刺的是不要口號本身,其實就是一種口號、一種風
格……」對於梁博士的慨嘆,筆者作為香港詩人,實在有
深切的共鳴和體會。　　　　　　[責任編輯: 鄭振偉博士]

給香港文學寫史:

論八十年代的《香港文學》

■鄭振偉

鄭振偉(Chun-wai CHENG)，男，1963年生於香港，廣東潮州人，香港大學中文系哲學博士。現職香港嶺南大學文學與翻譯研究中心研究統籌員，負責行政及研究工作，另爲該中心出版之《現代中文文學學報》及《嶺南學報》執行編輯。編有《當代作家專論》(1996)、《女性與文學》(1996)。

論文提要: 本文討論80年代在香港出版的《香港文學》，確定該雜誌爲主編劉以鬯個人理念的一種顯現: 抵拒商業文化對嚴肅文學的侵襲，確立香港文學地位。《香港文學》自出版以來，不斷爲香港蒐集和編寫自身的歷史，是筆者的一種想法。文中概述了劉以鬯編刊物的經驗，80年代初期的

文學環境, 以及中國大陸和臺灣在推動華文文學活動及研究的客觀事實。尤其當《亞洲華文作家》雜誌和《香港文學》並列, 更彰顯《香港文學》對香港文學的重要性。

關鍵詞(英文): 關鍵詞(中文): 劉以鬯 《香港文學》埃斯卡爾皮 商品化 原甸 橋樑 世界華文文學

關鍵詞(英文): Liu Yi Chang, *Xianggang wenxue*, Robert Escarpit, Commodification, Yuan Dian, Bridge, World Literature in Chinese

一、引言

劉以鬯(1918-)於1985年創辦《香港文學》月刊, 出版至1999年12月, 共180期。劉以鬯創辦這份雜誌以前, 1979年5月也有一本以「香港文學」爲名的文學雜誌在香港出版, 負責人是蔡振興(1953-), 恰巧的是該刊第一期即爲劉以鬯的專輯。該刊出版至四期(1980年5月), 也就結束了。這篇文章, 因題目所限, 將以80年代劉以鬯所辦的《香港文學》爲對象, 討論時段則以1985年1月創刊號至1989年12月底出版各期爲限, 看該雜誌在如何在商業社會中確立自身的位置, 以及在推動華文文學方面的貢獻, 至於各期內容及作品, 則不作繁瑣的介紹。

首先, 雜誌取名爲「香港文學」, 本身的意義就是肯定了香港文學的存在, 這是一本以中文爲話語媒介的雜誌。研究香港文學史, 其中一個可行的方式, 是追縱各種

在香港出版的文學雜誌, 而《香港文學》的出現, 其實已意味著它將成為香港文學史的一部分。從80年代中期開始, 這本雜誌本身不斷地給香港編寫自身文學的歷史, 有過去的, 也有當時的。詩歌、小說、散文、戲劇和文學研究, 在各期都有一定的篇幅, 編者又照顧到執筆者的資料, 每期均有介紹, 其中包括職業及所屬地區。再加上文學報導、照片, 以及其他訊息, 這份雜誌就像是香港文學的資料庫。再重新翻閱, 香港文學發展的縱跡是顯見的。

1.編輯的選擇: 嚴肅與通俗

從1979年出版的那一本《香港文學》, 我們已經看到一班年青人是著意於「對香港文學的了解, 進一步探討中國和香港在文學上、甚至其他方面的關係」, 並揭示「香港文學的現況和香港社會的意識形態」[1]。自60年代出版以來的《中國學生周報》、《當代文藝》、《純文學》等, 踏入80年代都先後消失了, 雖然有小部分人尚在努力, 例如80年代初有一份由教會人士主辦的《文藝雜誌》(1982-1986年6月)季刊, 出版了18期。

進入80年代, 隨著香港經濟的起飛, 右右的意識形態逐漸消弭; 從香港是文化沙漠, 到香港有沒有文學的問題, 再到文學會否死亡等連串問題, 我們仍然看到劉以鬯仍堅持一種純文藝的觀念。劉以鬯從40年代開始, 就一直從事

---

[1] 〈編者的話, 還有…〉, 《香港文學》第4期, 1980年5月, 頁82。

編輯工作, 從最初《國民公報》, 其後《掃蕩報》(後改名
《和平日報》), 自辦懷正文化社, 1948年底到港, 在《香
港時報》編副刊, 1951年職《星島周報》執行編輯及《西
點》雜誌主編, 1952年到星加坡任《益世報》主筆兼編副
刊, 後赴吉隆坡任《聯邦日報》總編輯, 1957由星加坡返港,
重入《香港時報》編副刊, 1963年任《快報》副刊編輯[2]。
劉以鬯數十年來在香港編副刊, 他長期的經驗, 是不斷地
在商業化的社會, 給嚴肅或純文學, 謀求生存空間[3]。他的
貢獻和熱忱, 是肯定的。劉以鬯在《香港文學》的〈發刊
詞〉中, 開宗明義的說, 香港是高度商品化的社會, 文學也
傾向商品化, 帶出了「嚴肅文學」跟商品化文學的對立問
題。要抗衡這種商品潮, 一方面固然是提高作品的質量,
這包括提高讀者的欣賞能力, 也涉及文學批評的問題[4]; 另
一方面也要壯大嚴肅文學的聲勢, 盡量爭取發言。他所作
的比喻:

---

[2] 參劉以鬯:〈自傳〉,《劉以鬯研究專集》(梅子、易明善編, 成
都: 四川大學出版社, 1987), 頁1-2。

[3] 劉以鬯在〈從《淺水灣》到《大會堂》〉一文, 曾憶述如何將嚴
肅、有文學價值和藝術感染力的作品擠入報刊版面, 該文更以梁
錫華的《獨立蒼茫》在《快報》上連載爲例, 説明所受到的干擾。
見《香港的流行文化》(梁秉鈞編, 香港: 三聯書店, 1993), 頁
120-128。

[4] 陳炳良:「好的文學作品爲什麼不受人注意呢? 主要的原因是香
港沒有好的批評。」見〈從雅俗之辯説起〉,《香港的流行文化》,
頁211。

> 香港文學與各地華文文學屬於同一根源,都是
> 中國文學組成部分,存在著不能擺脫也不會中斷的
> 血緣關係。對於這種情形,最好將每一地區的華文
> 文學喻作一個單環,環環相扣,就是一條拆不開的
> 「文學鏈」[5]。

文學商品化的問題,即市場價值和藝術魅力的對立,在香
港這個商業社會,似是無可避免的事實,劉以鬯不斷強調
這種論點,也許如黃繼持(1938-   )所說,這未嘗不是一種
在夾縫中掙扎的最佳策略[6]。

《香港文學》月刊,標誌著一種匯聚和推動文學活動
的力量。中國現代文學史上的社團或雜誌,也產生過同樣
的作用。雜誌跟書籍的生產周期不同,它是一種增加文學
流量或傳播的手段,而且是按月出版。儘管香港的閱讀人
口不一定很多,但這卻是傳播作品或檢驗作品的方式。埃
斯卡爾皮(Robert Escarpit, 1918-   )指出:

> 出版者(或他的代表)應想到一種可能的讀者,
> 並在收到的大量稿件中挑選出最能適合這種讀者消
> 費的稿件。這種對讀者的考慮具有一種雙重的並互

---

[5] 劉以鬯:〈發刊詞〉,《香港文學》第1期,1985年1月,頁1。
[6] 黃繼持:〈古為新用,洋為我用——「劉以鬯論」引端〉,《從四
〇年代到九〇代——兩岸三邊華文小說研討會論文集》(楊澤編,
臺北:時報文化出版企業公司,1994),頁114。

相矛盾的特點: 它一方面包含著要對這種可能的讀
者希望哪些作品, 並將購買哪些作品, 作出一種事
實判斷; 另一方面, 由於出版活動是在人類群體的
道德審美體系內部展開的, 因此, 它要對讀者大眾
「應該」愛好哪些作品, 作出一種價判斷[7]。

從這個角度, 我們可以在《香港文學》出版的數年內, 看
一位對文學抱有一定信念的編者如何貫徹他的某些想
法。編輯的責任是策劃、邀稿、選稿、編校、設計等,「一
切選題的確定都是以一種理論上的讀者大眾和一種樣板
作家為前提的, 並且是以這種讀者的名義和利益而進行的,
而樣板作家則被認為反映了這種讀者的需要。」[8] 劉以鬯
曾指出「大部分作家, 因為受到這個商業社會壓力, 就產
生了不大正確的寫作態度, 把文章當作商品, 盡量提高文
章裏面的商業價值, 完全不考慮文章發表之後對社會有什
麼影響。」[9] 相反, 劉以鬯則盡力將嚴肅文學擠進商品文
字當中。假如後現代的美學意識, 真的如劉以鬯所言, 是

[7] 埃斯卡爾皮(Robert Escarpit, 1918-): 《文學社會學》(*Sociology of Literature*, 符錦勇譯, 上海: 上海譯文出版社, 1988), 頁77-78。
[8] 埃斯卡爾皮: 《文學社會學》, 頁80。
[9] 黃楊烈整理及紀錄:〈作家的社會責任: 兼論香港社會與作家的問題〉,《明報月刊》13卷5期, 1978年5月, 總149期, 頁4。

與商品生產密切聯繫在一起[10], 那麼劉以鬯就是一直在抵
拒後現代的文學商品化──低級和複製(欠缺個人風格)。
陳炳良(1935-　)曾經在一次討論會中, 向編輯提出一點要
求, 「我認為一個副刊的編輯除了要照顧銷量之外, 也要
注意提拔新的作家, 同時要尊重他們。否則一味去媚俗,
便只能普及, 不能提高。……編輯應該用一個開放的態度
來集稿, 不要把版面都填滿『消費者作品』。」[11] 出版社
始終也是一種商業經營, 要負責各樣營運開支, 銷量也就
無可避免是考慮的要素。

　　創辦《香港文學》的目的, 劉以鬯在發刊詞中已說得
清楚:

　　　　香港是一個高度商品化的社會, 文學商品化的
　　傾向十分顯著, 嚴肅文學長期受到消極的排斥, 得
　　不到應得的關注與重視。儘管大部份文學愛好者都
　　不信香港嚴肅文的價值會受到否定, 有人卻在大聲
　　喊叫「香港沒有文學」。這種基於激怒的錯誤觀點
　　不糾正, 阻擋香港文學發展的障礙就不易排除。在
　　香港, 商品價格與文學價值的分別是不大清楚的。

---

[10] 劉以鬯:〈文學的將來〉,《文學的將來及華文文學的前途討論
　　會議文集》(現代中文文學研究中心編, 香港: 嶺南學院現代中文
　　文學研究中心, 1993), 頁20。

[11] 陳炳良:〈編者、作者、讀者──談談香港的專欄寫作〉,《香
　　港的流行文化》, 頁116-117。

　　如果不將度量衡放在公平的基礎上, 就無法定出正
確的價值標準[12]。

劉以鬯所要秉持的, 就是這個正確的價值標準, 儘量抗拒
市場價值和商業文化的侵襲。

　　讀者的增加, 出版者的工業化, 作家隨時準備滿足市
場的需求, 這些變化都緣於經濟環境和社會環境的變化
[13]。購買暢銷書有損文學, 割斷了讀者與文學的關係, 讀書
可以改變和糾正環境的影響。如何捍衛文學本體的價值,
就給提到一個重要的位置上。劉以鬯表現的是一種責無旁
貸的堅持。

　　劉以鬯在一篇研討會上的發言稿中, 清楚地說明了在
香港辦文藝刊物的困難。這篇發言稿於1981年發表, 當中
談到《詩風》、《海洋文藝》、《香港文學》、《大拇指》、
《八方》、《素葉文學》等雜誌的情況, 也說出了當時的
文學雜誌陷於停頓或半停頓的狀態, 甚至依附於綜合性雜
誌, 但偏偏綜合性雜誌為著避免銷量下降而削減文學的篇
幅, 文學工作者寄望於報章, 但報章卻又不願刊登嚴肅的
文學作品。當其時刊登嚴肅文學作品的園地, 只有《新晚

---

[12] 劉以鬯: 〈發刊詞〉,《香港文學》第1期, 1985年1月, 頁1。
[13] 讓-伊夫·塔迪埃(Jean-Yves Tadié, 1936-): 《20世紀的文學批評》
(*Critique Littéraire au XXe Siècle*, 史忠義譯, 天津: 百花文藝出版
社, 1998), 頁200。

報》的《星海》和《文匯報》的《文藝》[14]。我想這正是劉以鬯創辦《香港文學》的一種動力: 嘗試改變社會的風氣。在該刊的〈發刊詞〉中說得最明白不過:

> 歷史已進入新階段, 文學工作者不會沒有希望與新設想。爲了提高香港文學的水平, 同時爲了使各地華文作家有更多發表作品的園地, 我們決定在文學刊物不易立足的環境中創辦一種新的文藝刊物[15]。

在《香港文學》創刊號上的筆談會, 集錄了十位人士的意見, 其中黃傲雲(1938-　)給80年代初的香港文壇作了一個高度概括的敘述:

> 從八十年代開始, 香港在蛻變, 香港政府已逐步放棄殖民地政策, 市政局開始舉辦香港文學獎, 大學生開始反省; 他們主持的青年文學獎已捱過了十年, 青年人開始買書, 雜文作家開始精選作品, 結集成書, 文藝雜誌開始出版, 雖然銷路不多。這又是甚麼緣故呢?

---

[14] 劉以鬯:〈香港的文學活動〉,《素葉文學》第2期, 1981年6月, 頁44-45。
[15] 劉以鬯:〈發刊詞〉,《香港文學》第1期, 1985年1月, 頁1。

　　原來從八十年代開始，香港不只在蛻變，而且
在整體地蛻變，青年一代開始成長，開始目香港爲
家鄉，於是他們開始需要精神寄託，開始謀求思想
出路；而文學是精神性的，是思想性的，於是便有
香港本身的文學出現[16]。

　　重新審視香港過去的文學，較有系統的，應始於1975
年香港大學文社主辦的「香港文學四十年文學史學習班」，
後來編印了《香港文學四十年文學史學習班資料彙編》，70
年代末和80年代初，出現各種有關香港文學的講座及討
論。這可以說是一種自覺意識的崛起。香港並不是沒有文
學，只不過如胡菊人(1933-　)所說，它是棄兒，但卻是「有
爲的」棄兒[17]。

2.華文文學的橋樑

　　80年代初期，文學上左右翼的意識形態開始淡化，所
謂左右翼的意識形態，原是現代中國文學的一種延伸。一
種本土的感覺已逐漸成形，配合著內地的改革和開放政策，
香港的文學如何重新定位，就成爲一個首要考慮的問題。
劉以鬯就說過他編《大會堂》的時候，定下了一個原則：

---

[16] 黃傲雲：〈微弱的脈搏〉，《香港文學》第1期，1985年1月，頁25。
[17] 胡菊人、羅卡等：〈香港有沒有文學?(筆談會)〉，《八方》第1
　　輯，1979年9月，頁30-36。

「中、左、右」和「老、中、青」的稿子[18]。《新晚報》於1980年9月14日主辦的「香港文學三十年座談會」,據馮偉才(1952-　)的報導,「是希望將三十年來香港文學發展的情況,不分左右,作一概括性的簡介。」[19] 這種訴求隨時代變化而益顯[20]。關於70至80年代初期有關香港文學的活動,已有文章論及[21]。這裏擬引原甸(林佑漳, 1940-　)的描述:

> 香港的知識界在七十年代有了較大的變化。首先它出現了一批年輕的知識分子,他們在香港長大,在香港接受教育,他們對香港的社會實際有自己獨特的感受……他們關心香港社會,他們對現存的社會缺點並不滿意,並有不同程度的改變現狀的要求和決心。他們當中有些人就是從這一基本上良好的願望出發,接觸了文藝,從事文藝工作。同時,當他

---

[18] 劉以鬯:〈從《淺水灣》到《大會堂》〉,見《香港的流行文化》,頁127。

[19] 本報記者:〈回顧過去　展望未來——記《香港文學三十年》座談會〉,《新晚報·星海》, 1980年9月23日, 12版。

[20] 黃繼持在〈文藝、政治、歷史與香港〉一文中,也談過源於國共兩黨的左右界線,在70至80年代之際開始緩解,一些文藝工作者希望能夠重新從中華民族的整體立場、中國文學的整體觀點,去思考香港的文化人所能做的工作。該文見《八方》第7期, 1987年11月,頁73-78。

[21] (1)君平:〈香港文學本土化運動〉,《新火》(香港: 香港大學學生會港大文社)第4期, 1982年2月,頁6-9。(2)盧瑋鑾:〈香港文學研究的幾個問題〉,《香港文學》第48期, 1988年12月,頁9-15。

們當中的一些人從外國留學回來後，現代西方資本
主義社會對現存文化的驕傲感必然也給他們帶來了
激勵，這在某程種程度上對他們從事文化工作產生
了鼓舞的力量。同時，作爲一個對居民控制並不嚴
密的港口城市，從香港地區以外也湧來了一些文化
的補充力量，這裏面包括了從中國內地、臺灣和東
南亞其他地區直接的或非直接的變相移民定居的文
化工作者。這種力量的組合對於香港的文學界產生
了一定的觸動作用[22]。

　　在第37期的編後記中，劉以鬯說：「本刊是一本世界
性的中文文藝雜誌，創刊宗旨有二：(一)提高香港文學的
水準；(二)充分發揮香港的橋樑作用，團結各地華文文學
工作者，使華文文學成爲一條拆不開的『文學鏈』。」[23] 劉
以鬯將《香港文學》定位爲一本「立足香港，面向世界的
華文文藝雜誌」[24]，在《香港文學散文選》的序言中說：

　　香港是一座國際城市，地理環境特殊，有足夠
的條件在世界華文文學的發展中擔當重要的角色。

---

[22] 原句：〈香港詩壇一瞥〉，《香港・星馬・文藝》(新加坡：萬里
　　書局，1981年6月，頁4-5。
[23] 劉以鬯：〈編後記〉，《香港文學》第37期，1988年1月，頁96。
[24] 劉以鬯：〈前言〉，《香港文學散文選》(臺北：蘭亭書店，1988月)，
　　前言頁1。

　　各地華文文學的發展一直屬於個別性質，縱有
血緣關係，彼此之間沒有緊密的聯繫，缺乏具有動
力的協作。

　　令人擔憂的是：有些地區的華文文學正於逆境
中，危如朝露，連繼續生存都受到威脅。這種情況，
引起我們的憂慮。我們在創辦《香港文學》時就拿
定宗旨：盡量撥揮香港的橋樑作用，爲華文文學服
務，將各地華文文學結合在一起，當作有機的整體
來推動[25]。

又盧菁光也指出《香港文學》的中介作用，尤其是內地對
於臺灣文學的研究，其時仍受到某些局限[26]。其實，原甸在
1980年1月所寫的文章，即指出：

　　目前的香港文藝界出現的情況正是如此，一切
首先讓位於「統戰」，一切首先讓位於「橋樑」作
用，凡有「統戰」意義和「橋樑」作用的，文藝界傾
力而爲，爭相奔忙。香港的出版界，首先出版的正是
有這方面作用的作家作品；香港的評論界，首先引
他們興趣的便是有這方面作用的作家作品；香港的

---

[25] 劉以鬯：〈前言〉，《香港文學散文選》，前言頁1-2。

[26] 盧菁光,：〈她在建構兩座橋樑——《香港文學》四十期述評〉，香
港中文大學，香港三聯書店主辦，「香港文學國際研討會」，1988
年12月5-8日。

刊物，首先刊發的也是有這方面作用的作家作品
[27]。

當然，《香港文學》並不止於「橋樑」作用。原甸當時即
呼籲「香港文藝要有作為文藝的存在意義」。

80年代，香港和海峽兩岸，關係微妙。要討論80年代
的香港文學，我們無法擺脫一些客觀歷史事實，尤其是中
國大陸開放以後，各省份的院校紛紛成立一些研究室或研
究所。1993年6月，當時的嶺南
學院，曾經與廣州的暨南大學
組織過一次華文文學研究機
構聯席會議，有接近二十個單
位的負責人出席[28]。至於內地
組織的各種研討會，時間延續
得最長的，大概是始於1982年
的「首屆臺灣香港文學學術研
討會」。當然，80年代中國大
陸和臺灣在海外的學術交流
活動，其實仍然是非常有限的，

[27] 原甸：《香港・星馬・文藝》，頁66。
[28] 現代中文文學研究中心編，《華文文學研究機構聯席會議文集》
（香港：嶺南學院現代中文文學研究中心，1993）。

沒有充分的展開,詳情可參黃維樑(1947-)的文章[29]。自暨南大學召開了首屆臺灣香港文學學術研討會以後,隔年便有一次研討會,研討會的名稱,第一(1982年6月)、二(1984年4月)兩屆用「臺灣香港」,第三(1986年12月)、四(1989年4月)兩屆加上了「海外華文文學」,第五屆(1991年7月)加上了「澳門」,第六屆以後,則變成了「世界華文文學」。這種演變,是頗有意思的。「香港文學」從最初開始,是「祖國文學不可分割的一部分」,到最後歸入世界華文文學的宏大架構中[30]。

增加交流和瞭解固然是籌辦研討會的主力,但也不難看到其他方面的考慮,尤其是中國內地的學術人口,香港是無法比擬的。踏進90年代,導論、概觀、簡述香港文學史的書籍,也陸續出現了。這十年的工作,也就漸見成效了。

在80年代,除了《香港文學》以外,臺灣也出版了《亞洲華文作家》雜誌季刊,創刊較《香港文學》還要早一點。該雜誌由亞洲華文作家協會主辦,於1984年3月出版,在香港、日本、韓國、馬來西亞、菲律賓、新加坡和泰國等地,都有一位地區連絡人。該刊至今仍在出版,但截至1989年12月,共出23期,除刊登各個華文地區的作品和論

---

[29] 黃維樑:〈八十年代以來兩岸香港的文學交流〉,《中華文學的現在和未來——兩岸暨港澳文學交流研討會論文集》(黃維樑編,香港:鑪峰學會, 1994),頁319-332。

[30] 《海峽》編輯部:〈台港文學研究的新起點〉,《臺灣香港文學論文選》(福州:福建人民出版社, 1983),頁1。

文外，包括座談會，以及會議的論文，也辦過不少以詩爲主的專輯[31]。然而，第一屆的亞洲華文作家會議早於1981年12月已在臺北舉行了，第2屆(1985年12月)在馬尼拉舉行，而第二次會議的主題就是「一、亞洲華文作家的使命與努力的方向；二、發揚中華文化，著眼世界文壇」[32]，第三屆(1988年4月)在在吉隆坡，第四屆(1990年6月)在泰國，而世界華文作家協會則於1992年11月成立[33]。筆者並不是要比較兩份刊物，但從兩份刊物的性質和取向——各自有它的立足點，同時又嘗試將各地區的華文文學連繫起來，它們似乎是各自於華文文學的空間，相互競爭。當然，犁青(1933-)在1987年12月主編的《文學世界》，也應添上一筆，但它出版日期較後，屬後來者，也就暫且不論。

　　華文文學的發展不管是出於因內地與香港過去的隔離而有需要在文化上多加溝通，抑或是華文文學發展必然形成的大趨勢。《香港文學》如實地記錄了這段時期不少可資研究的材料。從《香港文學》所載有關各地華文文學的作品特輯及論文，以足資說明。香港以外地區的華文文學

---

[31] 如「自由越華新詩專輯」(23期)，「六四天安門事件專輯」(22期)，「澳門新詩專輯」(18期)，「第三屆亞洲華文作家會議專輯」(17期)，「菲華新詩專輯」(15期)，「泰華新詩專輯」(14期)，「新華新詩專輯」(13期)，「馬華新詩專輯」(12期)，「第二屆亞洲華文作家會議專輯」(8期)。

[32] 《第二屆亞洲華文作家會議大會手冊》(1985年12月)，頁31。

[33] 《世界華文作家協會第一屆大會手冊》(臺北：世界華文作家協會，1992年11月)。

作品特輯, 如:「馬來西亞華文作品特輯」(01期)、「加拿
大華文作品特輯」(02期)、「新加坡華文作品特輯」(03期)、
「美國華文作品特輯」(04期)、「泰國華文作品特輯」(08
期)、「菲律賓華文文學作品特輯」(11期)、「泰國華文文
學作品特輯」(36期)、「新加坡女作家作品特輯」(40期)、
「馬來西亞女作家作品特輯」(47期)、「新加坡微型小說
特輯」(48期)、「澳門文學專輯」(53期)、「印尼華人文學
作品特輯」(56期)、「新加坡青年作家作品特輯」(58期)
等等。至於討論香港以外地區的華文文學的文章, 也有相
當的數量, 此處不贅。

二、給香港文學寫史

劉以鬯十分重視整理香港本地文學史料的整理, 第十
三期的一周年紀念號, 談的就是香港文學的過去和現在。
《香港文學》給現在的讀者和將來的讀者, 下了許多工夫,
最明顯的就是分類的問題。翻開目錄, 就是清晰的分類。
每隔十二期, 就是一個總目。翻檢第13、25、37、49、61
各期所見的年度總目, 可以清晰看到各類文章和創作的名
目。從第1期至第60期所刊登過的篇數, 即有二百多篇關於
評論、文學研究、文學論文和史料的文章。所以, 在十多
年後重新檢視劉以鬯當時編輯的《香港文學》, 可以見出
一種通盤的考慮。除創作以外, 戲劇、訪問、報道、序跋、
華文動態、書評等等, 都有適當的篇幅。至於該六十期所

論及的作家或人物，包括: 也斯(梁秉鈞, 1949-)、乞靈(吳呂南, 1952-)、小思(盧瑋鑾, 1939-)、古蒼梧(古兆申, 1945-)、司馬長風(胡若谷, 1920-1980)、西西(張彥, 1938-)、何紫(何松柏, 1938-1991)、余光中(1928-)、李英豪(1941-)、李援華(1915-)、杜國威(1946-)、秀實(梁新榮, 1954-)、東瑞(黃東濤, 1945-)、林奕華、金耀基(1935-)、侶倫(李林風, 1911-1988)、彥火(潘耀明, 1947-)、洛楓(陳少紅, 1964-)、胡燕青(1954-)、郁達夫(1896-1945)、唐滌生(1917-1959)、夏易(陳絢文, 1922-)、梁燕城、梁錫華、犁青(1933-)、許地山(許贊堃, 1893-1941)、許廣平(1907-1968)、陳啓佑(1953-)、陳德錦(1958-)、曾敏之(1917-)、覃權(1944-1978)、黃谷柳(1908-1977)、黃國彬(1946-)、黃維樑(1947-)、葉娓娜、劉以鬯、劉培芳、鄭清文(1932-)、盧因(盧昭靈, 1935-)、戴天(戴成義, 1938-)、戴望舒(戴朝宷, 1905-1950)、鍾玲(1945-)、鍾偉民(1961-)、聶紺弩(1903-1986)、羅貴祥(1963-)、羈魂(胡國賢, 1946-)等，共四十多位。《香港文學》給香港的讀者，提供了許多信息，這些都不是商業雜誌或報章所能長期容許的。

單看每期的作者簡介，可以瞭解到撰稿者的身分或社會職業。在這一群作者中，有大學教職員、大學生、書刊編輯、文學家、中學教員、在香港一直從事文學活動或寫作的人; 他們有居港的，也有旅居外地，也有仍在國內生活。現在回過來看到這個陣容，不一定要作出是編者有意

爲之的結論, 但這份刊物得到當其時各界的認同, 卻是無可置疑的。梁燕城曾認爲《香港文學》的出版, 是香港80年代文學復興的一個高潮[34], 而今看來, 這個美譽實不爲過。

假如將《香港文學》的出現, 放進香港80年代的歷史框架內, 筆者猜想這是否客觀環境漸臻成熟而推動了香港文學的發展。華文文學受到重視, 當然不是一瞬間的事情, 但香港作爲一個對外敞開的大門, 的確是一條紐帶, 也就是劉以鬯在發刊詞所打的譬喻, 環環相扣。「環環相扣」是一種消解中心想法, 如果中國大陸是中心的話, 世界各地的華文文學即是非中心化的集合。劉以鬯在一次聯歡會上, 曾提過:

> 在研究與推動華文文學時, 我個人認爲有必要成立一個世界性的華人作家組織, 一方面加強聯繫與交流, 一方面推動華文文學提供發展所需的動力。然後, 通過這個組織, 設立世界性的華文文學獎[35]。

---

[34] 梁燕城: 〈千巖競秀──略評《香港文學》〉, 《香港文學》第3期, 1985年3月, 頁73。

[35] 見盧紹武: 〈對世界華文文學的回顧、反思和前瞻──粵、港、澳、深、珠五地作家深圳聯歡會紀事〉, 《香港文學》第45期, 1988年9月, 頁5。

這個「世界性的華文文學獎」, 明顯是衝著諾貝爾文學獎
而來。有關中國文學應否得到諾貝爾文學獎的討論, 其實
只是爭取國際認同的問題。既然中國文學要通過翻譯, 始
能有機會得到認同[36], 搞一個華文文學獎, 自然是務實的
方式。

正如李歐梵(1939-)所說, 香港和大陸間的中心和邊
緣關係, 並不是一種中心強, 邊緣弱的關係。「我覺得對
中國大陸而言, 香港毋寧繼承了19世紀的邊緣傳統——從
一個華洋雜處、中西交匯的環境中作不斷的創新, 以之向
內陸的中心挑戰, 並逐漸改了內陸的文化。」[37] 《香港文
學》就是一本這樣的雜誌, 它不單影響內地, 而且也走向
世界, 向華人地區進軍。八十年開始蓬勃的所謂海外華文
文學, 劉以鬯就是自覺地要做這件事。

香港並不是唯一以中文寫作的地區, 劉以鬯是從世界
整體來觀察這個華文文學。在華文文學的前提底下, 可以
免去地域觀念或某些意識形態的束縛。他是在重新爲華文
文學在世界中建立一個新的空間。重新找出自己的位置,
是克服異化的方法, 重構一個連貫的整體, 讓不同的個別

---

[36] 據王潤華(1941-)所記, 馬悅然(N.G. Malmqvist, 1924-)在1986
年11月3-6日參加在上海舉行的「中國當代文學國際討論會」, 曾
表示中國作家未能獲獎, 主要原因是翻譯的質素太差。參王潤華:
〈走向世界的中國當代文學——中國當代文學國際討論會散
記〉,《香港文學》第27期, 1987年3月, 頁10。

[37] 李歐梵:〈香港文化的「邊緣性」初探〉,《今天》1995年1期, 總
28期, 頁79。

主體在可選擇運動路線的諸節上繪製成圖[38]。這是存在等
於定位的一種闡述。

曾經有批評指《香港文學》刊登太多香港以外的來稿,
以地區為限, 其實是牽涉到作家聚居的地方或出生地, 以
及擴散的問題。這種地域的觀念, 忽略了原來聚居於香港
的許多作家, 他們的背境同樣如此, 只不過在香港居留的
日子久了, 時間把他們的地域標籤抹掉了。正如鄭樹森
(1948-)在《聯合文學》月刊的「香港文學專號」前言所
說:「香港文學有狹義和廣義的兩種。廣義的包括過港的、
南來暫住又離港的、僅在臺灣發展的、移民外國的。但兩
種之間隨著時間的流逝, 有時不免又得重新界定。」[39] 當
然, 歷史最後可能會告訴我們, 香港文學將匯入華文文學
的大流。

提倡各地的華文文學, 這是一種強化的手段, 給予主
體一種新的感受。將過去原來是零散的, 重新組合。也許
劉以鬯就是希望這種最終的整合。劉以鬯是在按照自己的
信仰, 去建構一個認識的結構, 這種大同的觀念, 也是一
種傳統美學觀——推崇一種不可分割和一體的觀念。

---

[38] 弗里德利希·杰姆遜(Fredric Jameson): 〈後現代主義或晚期資本
主義的文化邏輯〉("Postmodernism, Or, the Cultural Logic of Late
Capitalism"), 《後現代主義文化與美學》(王岳川、尚水編, 北京:
北京大學出版社, 1992), 頁86。

[39] 鄭樹森: 〈香港文學的介定〉, 《從現代到當代》(臺北: 三民書
局, 1994年), 頁56。

馬漢茂(Helmut Martin, 1940-1999)在《世界中文小說選》的前言中，擔心假如大陸最早編寫出臺灣文學史的話，而臺灣又毫無異議的話，則大陸的臺灣文學史將主宰日後西方學者對臺灣文學的解釋，以及西方大眾對臺灣文學的瞭解[40]。葉石濤(1925-)的《臺灣文學史綱》1987年2月由高雄的文學界雜誌社出版，但這部作品的首兩章，以〈臺灣文學史大綱〉為題，在《香港文學》第4期(1985年4月)至8期連續五期刊載，似有示範性的作用。

三、小結

80年代以來，人們開始關心香港文學的問題，整理史料就成為一個非常突出的問題。要搞研究，資料是第一步，過去內地或香港學者研究香港文學，已深切體會到資料不足，致文章以偏概全的嚴重問題。翻閱這六十期的《香港文學》，劉以鬯的確起著牽頭的作用，且建樹良多。更重要的是，《香港文學》的出現，給香港在世界華文文壇上確立了她應有的地位。只有在歷史中，我們才能發現香港的文學，才能理解當前香港文學所處的狀況。劉以鬯的精神和實踐是緊密結合著的。《香港文學》立足於香港，為香港文學發言，它跟社會、政府和大專院校的文學活動接

---

[40] 馬漢茂:〈「文化統一」與「世界」──對當前轉變的若干省思〉，《世界中文小說選》(劉紹銘、馬漢茂編, 臺北: 時報文化出版企業有限公司, 1987), 頁14。

軌, 尤其難得。林融曾說過, 在某種意義上講, 香港新文學史, 實際上主要是香港文藝刊物和報紙文藝副刊歷史的分析和綜合[41], 在這個世紀之交, 《香港文學》已成爲香港文學史一筆豐厚的資產。

~~~~~~~~

參考文獻目錄

AI

埃斯卡爾皮(Robert Escarpit), 《文學社會學》(*Sociology of Literature*), 符錦勇譯, 上海: 上海譯文出版社, 1988。

BEN

本報記者:〈回顧過去 展望未來──記《香港文學三十年》座談會〉, 《新晚報·星海》, 1980年9月23日, 12版; 1980年9月30日, 12版; 1980年10月14日, 12版; 1980年10月21日, 12版。

CHEN

陳炳良:〈從雅俗之辯說起〉, 見《香港的流行文化》(梁秉均編, 香港: 三聯書店, 1993), 頁203-213。

──:〈編者、作者、讀者──談談香港的專欄寫作〉, 《香港的流行文化》, 頁116-117。

---

[41] 林融:〈獨語於二十四座風景之間──讀兩年來的《香港文學》扎記〉, 《香港文學》第25期, 1987年1月, 頁82。(79-84)

DI

《第二屆亞洲華文作家會議大會手冊》, 1985年12月。

HAI

《海峽》編輯部編: 《臺灣香港文學論文選》(福州: 福建人民
出版社, 1983), 頁1。

HUANG

黃傲雲: 〈微弱的脈搏〉, 《香港文學》第1期, 1985年1月, 頁
25。

黃繼持: 〈文藝、政治、歷史與香港〉, 《八方》第7期, 1987
年11月, 頁73-78。

──: 〈古爲新用, 洋爲我用──「劉以鬯論」引崗〉, 見《從
四0年代到九0代──兩岸三邊華文小說硏討會論文
集》(楊澤編, 臺北: 時報文化出版企業公司, 1994), 頁
111-119。

黃維樑編: 《中華文學的現在和未來──兩岸暨港澳文學交流
硏討會論文集》, 香港: 鑪峰學會, 1994。

黃楊烈整理及紀錄: 〈作家的社會責任: 兼論香港社會與作家
的問題〉, 《明報月刊》13卷5期, 1978年5月, 總149期, 頁
2-13。

HU

胡菊人、羅卡等: 〈香港有没有文學?(筆談會)〉, 《八方》第
1輯, 1979年9月, 頁30-36。

JIE

杰姆遜, 弗里德利希(Jameson, Fredric): 〈後現代主義或晚期
　　資本主義的文化邏輯〉("Postmodernism, Or, the Cultural
　　Logic of Late Capitalism"), 《後現代主義文化與美學》(王
　　岳川、尚水編, 北京: 北京大學出版社, 1992年2月), 頁
　　73-89。

　　JUN

君平: 〈香港文學本土化運動〉, 《新火》(香港: 香港大學學
　　生會港大文社)第4期, 1982年2月, 頁6-9。

　　LIANG

梁秉鈞編: 《香港的流行文化》, 香港: 三聯書店, 1993。

梁燕城: 〈千巖競秀——略評《香港文學》〉, 《香港文學》
　　第3期, 1985年3月, 頁72-73。

　　LIN

林融: 〈獨語於二十四座風景之間——讀兩年來的《香港文
　　學》扎記〉, 《香港文學》第25期, 1987年1月, 頁79-84。

　　LIU

劉紹銘、馬漢茂編: 《世界中文小說選》, 臺北: 時報文化出
　　版企業有限公司, 1987。

劉以鬯: 〈香港的文學活動〉, 《素葉文學》第2期, 1981年6
　　月, 頁44-45。

——: 《短綆集》, 北京: 中國友誼出版公司, 1985。

——: 〈文學的將來〉, 《文學的將來及華文文學的前途討論
　　會議文集》(現代中文文學研究中心編, 香港: 嶺南學院
　　現代中文文學研究中心, 1993), 頁19-20。

──: 〈從《淺水灣》到《大會堂》〉, 見《香港的流行文化》,
頁120-128。

──編: 《香港文學散文選》, 臺北: 蘭亭書店, 1988。

LI

李歐梵: 〈香港文化的「邊緣性」初探〉, 《今天》1995年1
期, 總28期, 頁75-80。

LU

盧菁光: 〈她在建構兩座橋樑──《香港文學》四十期述評〉,
香港中文大學, 香港三聯書店主辦, 「香港文學國際研討
會」, 1988年12月5-8日。

盧紹武: 〈對世界華文文學的回顧、反思和前瞻──粵、港、
澳、深、珠五地作家深圳聯歡會紀事〉, 《香港文學》
第45期, 1988年9月, 頁4-11。

盧瑋鑾: 〈香港文學研究的幾個問題〉, 《香港文學》第48期,
1988年12月, 頁9-15。

MEI

梅子、易明善編: 《劉以鬯研究專集》, 成都: 四川大學出版
社, 1987。

SHI

《世界華文作家協會第一屆大會手冊》, 臺北: 世界華文作家
協會, 1992。

WANG

王潤華: 〈走向世界的中國當代文學──中國當代文學國際討
論會散記〉, 《香港文學》第27期, 1987年3月, 頁4-10。

XIAN

現代中文文學研究中心編: 《華文文學研究機構聯席會議文
集》, 香港: 嶺南學院現代中文文學研究中心, 1993。

YUAN

原甸: 《香港・星馬・文藝》, 新加坡: 萬里書局, 1981。

~~~~~~~~~~

英文摘要(abstract)

Cheng, Chun Wai, "Writing History for Hong Kong Literature:
Analyzing *Xianggang wenxue* in the 1980s."
Research Coordinator, Centre for Literature and Translation,
Lingnan University

This essay leniently unfolds the embodiment of Liu Yi
Chang, the editor of *Xianggang wenxue*, in the journal in the
1980s. The journal confronts the prevailing influence of
commercial culture, and fortifies the position of Hong Kong
literature. The author believes that the journal continuously
collects desirable information of Hong Kong and writes her own
history.

Liu's editorial experience, together with the literary
environment in the 1980s and the perplexing of Chinese cultural

activities and research by both Mainland China and Taiwan, will be expounded. The juxtaposition of *Yazhou huawen zuojia* and *Xianggang wenxue* consolidates and perpetuates the indispensable impact of the journal upon the development of Hong Kong literature. (余麗文譯)

~~~~~~~~~~

論文重點

1. 主要討論劉以鬯主編的《香港文學》如何在香港確立自身的位置，以及在推動華文文學方面的貢獻。

2. 雜誌取名爲「香港文學」，本身的意義就是肯定了香港文學的存在。它的出現也早已意味著必將成爲香港文學史的一部分。

3. 從劉以鬯過去的編輯生涯，是一直堅持一種純文藝的觀念，抵拒低級和複製，而不斷強調文學給商品化了是一種掙扎的策略。

4. 創辦《香港文學》的動力是嘗試改變社會的風氣，一方面拔高香港文學的水平，同時讓各地華文作家有更多發表作品的園地。

5. 劉以鬯把《香港文學》定位爲一本「立足香港，面向世界的華文文藝雜誌」。

6. 80年代, 中國大陸各省份的院校紛紛成立一些研究室或研究所; 最突出的研討會始於1982年的「首屆臺灣香港文學學術研討會」。

7. 跟《香港文學》差不多同時創刊的《亞洲華文作家》雜誌季刊, 性質和取向近似, 各自有它的立足點, 同時又嘗試將各地區的華文文學連繫起來, 它們似乎是各自於華文文學的空間, 相互競爭。

8. 劉以鬯特別重視整理香港本地文學史料的整理。

9. 劉以鬯在發刊詞所打的譬喻「環環相扣」, 是一種消解中心想法, 世界各地的華文文學即是非中心化的集合。

10.《香港文學》不單影響內地, 而且也走向世界, 向華人地區進軍。

~~~~~~~~~~~~~

特約講評人: 陳德錦

陳德錦(Tak Kam CHAN), 男, 廣東新會人, 1958年生於澳門, 香港大學中文系碩士。現任教於嶺南大學院中文系, 著作有《如果時間可以》(1992)、《文學散步》(1993)、《李廣田散文論》(1996)、《邊緣回歸》(1997)等。

　　鄭博士論及80年代由劉以鬯主編的《香港文學》(1985年1月至1989年12月)的創辦經過，指出《香港文學》在當代華文文學中擔任了橋樑的作用，並有意立足香港，以提高香港本土文學的水準爲宗旨。文章的意圖清晰、論點客觀，所引述的文獻有啓發作用。茲略陳管見以備補充：

　　(一)文學環境：鄭博士概述了《香港文學》所處身的文學環境。事實上，80年代確實是一個特殊的文學環境。首先是香港本身言論自由、資訊密集、教育普及的社會環境，而中英聯合聲明亦落實了九七回歸，過渡期間香港加強了對於中港關係的關注；其次是中國實行開放政策、「新時期文學」有突出的表現，而臺灣的文學論爭也平息已久，文學轉爲更具包容性，三地文學的溝通、借鑑增加，種種條件，形成了一個華文「文學鏈」出現的可能。

　　(二)本土文學：香港於70年代至80年代湧現了一群青年作者，他們積極於探討和建立本土文學，有意了解中國現代文學的過去和現在，相繼創辦了不少同人文學刊物(全盛時期爲1980年前後數年間)，在《香港文學》創刊之前，至少還有《詩風》、《大拇指》、《八方》、《文藝雜誌》、《星島晚報·大會堂》(劉以鬯主編)等純文學雜誌或報紙副刊存在，爲青年作家提供了發表作品的園地(還有市政局「中文文學獎」的設立)。這使中、青年作者增加了發表機會，《香港文學》所以能提高本土文學水準，除了主編較嚴格的選稿標準外，也基於這個趨勢。在80年代提出促進香港嚴肅文學的想法並不始於《香港文學》，但

《香港文學》的創刊無疑促進了香港嚴肅文學進一步的發展。

(三)嚴肅文學和商品化: 鄭博士指出《香港文學》是一份抗衡商品文化的雜誌, 但作爲一份期刊,《香港文學》本身卻以商品形式流通。要存在就得商品化, 但不存在則無法抗衡商品化, 這顯然是一個悖論。若從這個悖論看《香港文學》存在的意義, 就需進一步推斷它是否有下述的意圖——旣要融入好壞不分的「後現代」文化, 又要保持一種「主體性」去抵消「後現代」文化對這個「主體」的「異化」——以及實現這意圖的方法和成效。

(四)異化: 文章引用傑姆遜(F. Jameson)的看法, 指世界各地華文文學可以通過「文學鏈」來抵制「異化」。但「異化」是指什麼? 是「商品」對「藝術」的異化, 或是東南亞華文文學因語言、種族、政治、社會風俗等因素干擾對中華文化、華文、中國文學的異化? 劉以鬯提出的「文學鏈」似乎是傾向支持後者, 即同根源論, 但他的用意在於不同地區的嚴肅文學可以有機地協作, 乂似傾向以「藝術」抗衡「商品」。我想指出, 文學品格上的「商品/藝術」和語言文化上的「同源/異質」是兩個不能混淆的觀念。《香港文學》如何介入這兩方面而爲自身定位, 可作更清晰的分析。

特約講評人: 毛少瑩

毛少瑩(Shaoying MAO), 女, 廣州中山大學哲學碩士, 現任深
圳市特區文化研究中心助理研究員。著有〈香港普及文化
初探〉、〈十九世紀香港文化一瞥〉等論文10餘篇。

　　寫史必須到「過去」裡尋找歷史足跡, 找得到, 詳察
審辯, 使所記所述能夠符合事實。「這是劉以鬯先生在給
袁良駿(1936-　)所著的《香港小說史》一書作序中的一句
話。這裡恰好可以引來作我的評講的開始。鄭先生的〈給
香港文學寫史——論八十年代的《香港文學》〉一文正是
懷著追根溯源的願望, 從考察香港文學史的角度, 尋找歷
史足跡, 詳查審辯, 最終以翔實的史料, 嚴謹的推理, 得
出《香港文學》這一刊物在香港文學史中具有重要地位的
結論。

　　作為香港難得的影響較大的純文學刊物, 《香港文
學》在香港文學發展中起的作用究竟如何顯然是一個值得
思考問題。鄭先生文中將《香港文學》的成長放進了香港
80年代的歷史框架內。80年代以前的香港文學其實處於起
步階段, 由於作家人數較少, 尚未形成種種流派, 文學活
動零散而個人化。80年代以後, 香港成為國際金融、經貿

中心, 具有鮮明的香港本土特點的文學藝術得到迅速發展。「從80年代開始, 香港不只在蛻變。而且整體地在變, 青年一代開始成長, ……於是便有香港本身的文學出現。」也正是在這個時候《香港文學》創刊。論文由此分析了《香港文學》的發刊詞、創刊宗旨、各期內容乃至目錄及專輯等指出, 《香港文學》及主編劉以鬯先生清醒地在一個不斷商業化的社會, 給純文學謀求生存的空間並卓有成效。這樣的努力積累相當寶貴的經驗, 如盡力「將嚴肅文學擠進商品文字當中」, 以儘量抗衡市場價值和商業文化的侵襲。從創刊到現在, 《香港文學》的這一立場是沒有改變的。此外, 劉以鬯先生將《香港文學》定位爲一本「立足香港, 面向世界的華文文藝雜誌」。由於上述種種文化自覺, 香港文學水準得以提高, 逐漸形成了一種本土的文化感覺。《香港文學》團結了一批作者, 積累了大量豐富的文學史料, 尤其是香港本地的文學史料, 除創作外, 文學研究、戲劇、訪問、報導、序跋、華文動態、書評等。《香港文學》的歷史地位, 不證自明。

　　本論文資料豐富, 觀點清晰。其從一本雜誌談到一部文學史, 獨具新意, 爲香港文學史的寫法, 提供了豐富的啓示。論文後段關於「世界性華文文學獎」等問題, 似乎可以另寫爲關於《香港文學》或曰「香港文學」的發展前景的一種前瞻性研究。另有兩點意見:

　　1. 對「香港文學」的界定似乎應給出(無論廣義還是狹義), 以避免討論時的困難;

2. 既然《香港文學》是這樣一本不單影響內地, 而且也走向海外, 面向全球華文文學的雜誌, 那麼, 文章的題目「給香港文學寫史」似乎就不如「論《香港文學》的作用和影響」之類的題目來得準確了。因為《香港文學》面向華人, 香港文學卻不等於華文文學。僅供參考。謝謝!

~~~~~~~~~~

特約講評人: 鄭煒明

鄭煒明(Wai Ming CHENG), 男, 中央民族大學語言民族學博士, 現任澳門大學中文學院講師。

鄭振偉博士在其〈給香港文學寫史──論八十年代的《香港文學》〉一文(以下稱鄭文)中, 對《香港文學》的主編劉以鬯先生個人的辦刊理念, 給予高度的評價和充分的肯定; 其主要結論有三:

一、認為劉氏在維護嚴肅文學的尊嚴、抵抗市場價值和商業文化對文學的侵襲等各方面, 都盡了很大的努力, 居功至偉; 並認為《香港文學》的存在, 已令香港文學的地位得以確立。

二、指出劉氏把《香港文學》辦成一座溝通各地華文文學社會的橋樑, 從而為香港文學在華文文學界裡找到了一個確定而又重要的位置。

　三、高度讚揚了劉氏十分重視整理香港文學史料的辦刊方針，促使《香港文學》成爲香港文學史的一筆豐厚資產。

　對於上述三點，我們不會有太多的異議，因爲劉氏及其主編的《香港文學》對80年代香港文學的發展的確曾經作出了重大的貢獻。劉氏個人的努力無疑是《香港文學》成功的其中一個重要元素，但我們必須指出，這樣的角度，不能使我們全面和立體地認識80年代的《香港文學》甚至香港文學。因此我想對鄭文的論述角度提出幾點討論意見：

　一、鄭文似乎過於強調劉氏個人主編/主辦《香港文學》這份嚴肅文學雜誌的「決定性」影響力，因而忽略了這份文學雜誌的內在結構方面的問題：特別是在實際操作層面上，如何對待源自雜誌內部但屬文學以外的影響(包括刊物的生存條件的局限)等。

　二、有關《香港文學》在80年代的不同時期(如前六四/後六四時期)的意識形態取向問題，鄭文亦未見觸及，因而對該刊在80年代所經歷過的幾次在實際操作上體現出來的編輯方針/策略的變遷(尤其在嚴肅/商品化←→普及/提高←→本土性/世界性等比重的多維衝突情況下的調整)，亦未能爲我們提供較詳盡而有效的分析。

　三、鄭文引述了原甸所提出的「香港文藝要有作爲文藝的存在意義」這點要求，但並沒有剖析到底《香港文學》是否在實踐橋樑作用之餘，已經做到了「作爲文藝而存在」，抑或有所犧牲。

四、鄭文以一大段文字介紹了《亞洲華文作家》一刊，不知是否意欲揭示《香港文學》創辦的其中一個可能屬隱性的原因，就是爲了要抗衡《亞洲華文作家》在世界華文文學界的影響力？文未有作進一步解釋，反而表明無意將兩者加以比較，實在使人有點兒摸不著頭腦之感。

五、研究一份文學刊物的創刊詞、不同期數的「編者的話」等等，固然可以了解該份刊物的編輯方針、文學理想以至於各方面的立場和取向，但我們必須結合該刊在實際操作方面的表現，審度其是否言行一致，並就有關的現象作出分析和評估。鄭文在這方面，則似乎太過以《香港文學》該刊所公開宣示的表面立場爲本位。若能在論述時同時兼顧他者的觀點與角度，當會有較佳的效果。

六、鄭文乃以《香港文學》在80年代的業績爲研究對象，除以長期的觀察爲研究方法外，更可以考慮多用訪問和計量方法以說明問題，如筆者上面所提到的第二、三、四、五點，都可以嘗試以這些方法作較深入的分析。

[責任編輯: 梁敏兒博士]

同途殊歸:

八十年代香港的中西比較文學

■朱耀偉

作者簡介: 朱耀偉(Yiu Wai CHU,
男, 1965年生, 香港中文大學比
較文學博士, 現任香港浸會大
學中文系助理教授, 著有《後東
方主義》、《當代西方批評論述
的中國圖象》、《他性機器? 後
殖民香港文化論集》、《香港流
行歌詞研究》、《光輝歲月: 香
港 流 行 樂 隊 組 合 研 究 (1984-
1990)》等。

論文提要: 香港大學自60年代起已有比較文學的課程設立, 後
來香港中文大學英文系於70年代邀得多位中西比較文學家
先後到任, 漸漸孕育出中西比較文學的雛型。及至80年代,
中西比較文學在香港可算是全面發展, 但在一片大好形勢
下, 香港的中西比較文學論述在90年代卻是不進反退。本

文會嘗試從知識生產場域理論探析箇中原因，希望在整理
80年代香港中西比較文學的重點之外，也借「正統/異端」
的觀念闡釋80年代香港的中西比較文學的隱憂。香港的中
西比較文學一直在英文系的邊緣發展，擺脫不了英文性的
陰影，亦因而使其未能對80年代國際比較文學的重要課題
作出回應，並因此無法在90年代的全球化後殖民脈絡中固
本應變，最後還內部分裂，未能成爲健全的系科。

關鍵詞(中文): 中西比較文學、中國學派、英文性、邊緣他者、
　　文化邊陲、知識生產、場域、正統/異端

關鍵詞(英文): Chinese-Western Comparative Literature, Chinese
School, Englishness, marginal Other, cultural periphery,
knowledge production, field, orthodox/heresy

一、歷史場景

自50至60年代香港經濟開始發展至70年代全面起飛，
香港一直被認爲是中西文化交流之地，能夠將世界上不同
文化兼收並蓄，且又藉此開拓出具自己特色的混雜文化。
以香港的獨特歷史位置而言，本應可爲跨文化研究提供理
想的論述場域，可惜在「中西文化交流」的堂皇口號之下，
強調跨文化研究的比較文學在香港卻反諷地一直未有充
裕的論述空間。香港的論述脈絡其實十分有利於中西比較
文學的發展，而在80年代中西比較文學也的確曾出現過頗
爲鼎盛的局面：70年代後期創辦的香港比較文學學會運作

漸趨成熟，研究院課程開始設立，各種刊物專著也紛紛出版。可是，在90年代的國際新論述秩序中，香港的中西比較文學卻又如江河日下。以下將先從不同方面重溫80年代香港的中西比較文學的發展，然後再進一步解析當中所隱含的問題。

1. 系科

作為一門系科，「比較文學」要到1989年7月香港大學的比較文學系成立才算名正言順。可是，直至今時今日，比較文學系還是只正式存在於香港大學。雖然香港中文大學有現代語言及文化系，嶺南大學有文化研究課程，浸會大學有人文學科，科技大學人文學部也有附設比較文學，但比較文學作為一門系科到現在還顯然未曾找到自己的空間。早至1965年，香港大學已經開設比較文學課程，而到1975年更成立了「英文研究和比較文學」系，但早期的課程以歐洲文學的比較研究為主，與本文所著重的中西比較文學有所不同。香港中文大學亦於70年代設有與比較文學相關的課程，當時任教中文大學的比較文學家如葉維廉、袁鶴翔、李達三、鄭樹森都與臺灣有深厚淵源，於是將在70年代臺灣發展得十分蓬勃的中西比較文學引入香港，亦使中西比較文學成為香港比較文學的主流。及至80年代初，中文大學成立碩士課程，而研究重點正是中西比較文學。雖然如此，中西比較文學在中文大學一直附屬於英文系，要到90年代後期才正式分家，但比較文學卻又被

編入現代語言及文化系之中，只是其中一環。就算到了
1989年香港大學成立了比較文學系，中西比較文學仍是只
居邊緣，中國學者(如黃德偉[1946-]、梁秉鈞[1948-   ]等)
只佔少數。故此，比較文學在整個80年代嚴格而言都要寄
人籬下。

　　雖然比較文學作為一個系科，在80年代並未正式拓立，
但在學院系科之邊緣也可算有長足的發展。正如上述，在
70年代移居香港的臺灣批評家在香港中文大學的英文系
大力推動中西比較文學，至80年代可說是步入了收成期。
在1980年，香港中文大學初次設立了中西比較文學的碩士
課程，在1983至1989年間，共有十多篇碩士論文完成，而
在英文系的本科層次，也有引入「比較文學導論」、「東
西比較詩學」般的比較文學科目，可見中西比較文學的風
氣在80年代的中文大學已是廣泛播散。另一方面，在香港
大學，雖然中西比較文學在「英文研究和比較文學系」中
的「比較文學」只佔次要地位，但在1981至1988年間也先
後有五篇碩士論文完成。[1] 此外，當時的香港浸會學院(浸
會大學的前身)的英文系也有開設「比較文學」的選修範圍，
至1990年成立人文學科，中西比較文學也是當時兩大選修
範圍之一。除了這些寄居於英文系的中西比較文學外，也
有個別學者在中文系作出迴響(如陳炳良[1935-]、黃維樑

---

[1] 有關80年代兩間大學的碩士論文題目，詳參*Chinese/Foreign Comparative Literature Bulletin* 1 (March 1990), pp. 13, 15。

[1947-]和80年代後期的陳國球[1956-]等)。中西比較文學在80年代一直在香港的學術機制的隙縫中不斷發展。

2. 出版

　　雖然香港的中西比較文學在學報期刊方面未有系統發展, 但在其他相關範疇仍算是有不少成果。香港中文大學出版社便在80年代先後推出了三本有關中西比較文學的論文集: 鄭樹森[1949-]、周英雄[1939-]、袁鶴翔[19??-]合編的《中國與西方: 比較文學研究》(*China and the West: Comparative Literature Studies*) (1980)、李達三 [John Deeney, 1931-]主編的《中西比較文學: 理論與策略》(*Chinese-Western Comparative Literature: Theory and Strategy*) (1980)和周英雄主編的《中國文本: 比較文學的研究》(*The Chinese Text: Studies of Comparative Literature*) (1986)。三本論文集都以探析中西比較文學為主。相對之下, 香港大學在80年代推出的作品涉獵範圍則較廣。黃德偉與阿巴斯(Ackbar Abbas, 19??-)合編的《今日的文學理論》(*Literary Theory Today*) (1981)和《重寫文學史》(*Rewriting Literary History)* (1984)、賀爾(Jonathan Hall, 1942-　)和阿巴斯合編的《文學與人類學》(*Literature and Anthropology)* (1986)都有收錄較廣義的文學理論和比較文學論文, 直接與中西比較文學有關的則有塔特婁(Antony Tatlow)及黃德偉合編的《布萊希特與東亞劇場》(*Brecht and East Asian Theatre)* (1982)。除了上述那些論文集之外,

較值得一提的還有一些有關翻譯的作品。比較文學研究偶
爾也有出現在中文大學翻譯研究中心出版的《譯叢》
(*Renditions*) (1973年開始出版) 。當然, 除了這些在香港推
出的比較文學作品外, 香港學者也有在其他地區出版專著
論文(尤以臺灣爲主), 但那已超越本文範圍, 在此只好存
而不論。

　　相比起中國大陸和臺灣, 香港的中西比較文學的學報
期刊出版顯然有所不如。臺灣早在70年代已有《淡江評
論》(*Tamkang Review*)和《中外文學》兩個分別刊載英文
和中文比較文學文章的重鎮, 而中國大陸在1984年也出版
了重點期刊《中國比較文學》, 再加上種類繁多的雜誌通
信, 香港的中西比較文學雖說發展得較早, 但出版可算落
後甚遠。這也許正是香港的中西比較文學後來發展得不如
臺灣和中國大陸的原因之一。

3. 淵源

　　正如上述, 80年代香港的中西比較文學主要以香港中
文大學和香港大學爲核心, 而其中又以前者更專注於中西
比較文學的發展。在當時任教於香港中文大學的比較文學
學者中, 絕大部分都與臺灣有或多或少的淵源。袁鶴翔、
李達三、周英雄、王建元(1944-) 都曾在臺灣任教及/或長
期居住, 而香港大學的黃德偉以至較早期的鍾玲也與臺灣
關係密切。誠如周英雄所言, 「就人才而言, 說香港比較
文學爲此地[臺灣]的支流其實亦不算過分, 因爲目前[指

1988年]在香港的比較文學學者, 若非來自臺北, 便是與臺
北有不解之緣, 這是無可否認的。」[2] 再者, 當時旳中西比
較文學學者幾乎全都是在美國學院受訓的, 除了以上諸位
以外, 香港中文大學的陸潤棠(1946-)、譚國根(1952-)、
陳清僑(1957-), 香港大學的梁秉鈞, 以至浸會學院的葉
少嫻(1956-), 都是負笈美國後回港任教的中西比較文學
學者, 其中陳梁兩位更是與鄭樹森、周英雄、王建元都是
在葉維廉(1937-)任教的加州大學聖迭戈分校(University
of California at San Diego)作博士研究的。要言之, 80年代
香港的中西比較文學研究與臺灣有不解之緣, 而也直接或
間接又受到美國學院的理論訓練的深遠影響。香港本土的
中西比較文學尚未建立, 而香港中西比較文學當時的發展
也很大程度追隨臺灣的中西比較文學(也深受美國影響),
與香港大學深受歐洲學院影響的比較文學不同。在香港大
學的比較文學系只佔少數的中西比較文學學者則與其他
院校的學者一樣, 都來自美國學院, 而這對當時中西比較
文學的研究重點有著微妙的影響(詳下文)。

4. 學會

除了以上各種與學院有關的因素外, 對80年代香港中
西比較文學的發展有著舉足輕重的地位的還有香港比較

---

[2]　周英雄:〈香港之比較文學〉, 載李達三、劉介民主編:《中外
比較文學研究》(臺北: 學生, 1990), 第1冊, 頁194。

文學學會。香港比較文學學會於1978年1月正式成立，早期
主要由香港大學和香港中文大學的比較文學學者合作而
成。該會的目的主要如下：

1. 發掘中國文學之特點，並予宏揚，俾爲世界文學
   增華。

2. 提倡西方區域以外之比較文學研究（如中、日、
   韓文學之比較），俾對文學理論及批評之發展有
   所貢獻。

3. 闡明東方文學之比較研究，應與西方文學之比較
   研究同受重視，俾使比較文學研究之範圍眞正遍
   及全球。

4. 促進東西文學觀之融會貫通，以期國際間能有共
   通的認識，蓋此觀點雖以國家爲單位，亦能於闡
   釋東西文學之際不爲國界所限。[3]

香港比較文學學會先後舉辦了不少研討會和座談會，
對推動香港的中西比較文學曾出了不少力，可惜在90年代
卻因事停止運作了。我在此無意細論該會舉辦過的講座，[4]
反而希望借上引的創會目的作爲探析80年代香港中西比
較文學的發展的基點。從以上四項目標可見，香港比較文
學學會的發展方向爲突破西方中心的東西比較文學，除了

---

[3] 轉引自李達三：《比較文學研究之新方向》（臺北：聯經，1986年
增訂版），頁282。

[4] 有關香港比較文學學會所曾舉辦的研討會和座談會可參李達三：
《比較文學研究之新方向》，頁282-284。

帶動有關中國的比較研究外,也申明東方文學之相互比較之重要性,並早在70年代末期便高瞻遠矚的提出全球化的重要性。可是,歷史證明了80年代香港的比較文學發展偏重第1和第4點,對中外(歐美之外其他非英語世界)和東方國家(如日韓)之比較研究之發展可說是乏善足陳,再一次證明80年代香港比較文學還是以中西比較文學為最重要的一環。

二、研究重點

正如上述,香港的比較文學研究深受臺灣影響,重點主要置放在中西比較文學上。由於臺灣又深受美國學院影響,在中西比較文學之方法上早期大致遵循美國學派的平行研究,較少法國學派式之影響研究,而香港之中西比較文學亦呈現出類似的特點。[5] 在上節所提及在香港出版的中西比較文學專著中,便佔大部分是此類作品。再者,這些作者又多與臺灣有緊密關係,故亦呈現出如李達三所言的「中國特質」:「大部分的臺灣比較文學家認為強烈的傳統感是必需的,是至為重要的。」[6] 若以李達三自己主編的《中西比較文學:理論與策略》為例,除了袁鶴翔和李達三的中西比較文學概論、韋思靈(Donald Wesling)和佛

---

[5] 可參徐志嘯:《中國比較文學簡史》(漢口:湖北教育出版社, 1996),頁220。

[6] 李達三:《比較文學研究之新方向》,頁281。

克瑪(Douwe Fokkema, 1931-)兩位外籍學者外，張漢良
(1945-)、周英雄、鄭樹森和葉維廉諸位的作品都可以說
是在不同程度上借外國理論和作品凸顯中國文學的特
色。[7] 除張漢良外，其他三位都曾在香港任教，而張漢良的
比較文學論著亦在香港產生了深遠的影響。他們的理論探
索可說是主宰了80年代香港中西比較文學的發展。回首80
年代香港中文大學和香港大學的中西比較文學研究生論
文，全數都用西方理論來整理中國文學，從文類、主題、
結構、原型等方向探析中國文學的特質。[8] 要到1990年，香
港大學才有羅貴祥(1963-)的論文是以50年代到80年代的
香港小說爲研究對象。要言之，雖然中西比較文學在80年
代的香港有不錯的發展，但研究重點卻一直以中西爲主，
「香港」其實未曾眞正發聲。

　　當然，期間李達三大力鼓吹的「中國學派」也可說是
香港比較文學的特色之一。「中國學派」的「中國」在李
達三的不同著作都是由中港臺鼎足而成的。可是，當時中
國大陸的中西比較文學才剛發展不久，對香港的影響不大，
而香港雖經歷了60至70年代的初階，但在80年代仍是没法
拓建自己的論述走向，故當時可說是以臺灣的中西比較文
學爲根基。在所謂「中國學派」的堂皇口號之下，相對於

---

[7] 詳參John J. Deeney ed., *China–Western Comparative Literature: Theory and Strategy* (Hong Kong: Chinese UP, 1980)。

[8] 有關80年代兩間大學的碩士論文題目，詳參*Chinese/Foreign Comparative Literature Bulletin* 1 (March 1990), pp. 13, 15。

法國學派、美國學派的中國學派彷彿可以破解西方中心的
比較文學，發揚中國文學的特色。在這個大口號之下，中
港臺論者表面上可以一致槍口對外，但實際上卻又不能不
借用西方理論，但這些理論是否具有普遍性或有效性，當
中有否隱含文化論述霸權，又或臺灣的比較文學是否完全
適用於香港等問題完全未有被提出。當80年代的西方學院
全面關注後殖民和東方主義等有關他者的批評論述之際，
香港的中西比較文學的回應卻是零星得很，這個情況背後
又有甚麼原因呢？

上文已曾提出，80年代是香港的中西比較文學正式系
科化之始(如大量研究生、穩定的出版和研究、香港比較文
學學會的成立)，大家都在埋頭苦幹，生產大量有關中西比
較文學的論述來穩定這個系科，借西方理論的實際批評、
平行研究等研究方法對中西比較文學的系科本身的有效
性完全沒有質疑，自然更有利於其發展。如「中國學派」
這種口號更彷彿可以團結人心，將內裏實質路向十分不
同、研究理論旨趣迥異的論述同質化，製造一種大合唱的
局面。當然，無人能夠否定80年代香港的中西比較文學有
著不少理論精深，批評也不乏洞見的作品，但難免給人有
不夠全面和互相呼應之感。比方，周英雄便曾卓見地指出，
香港的中西比較文學研究呈現出一種二分的局面：「一派
致力於中國文學特質的追緒」，「另一派著眼於中國文學
的整理，目標是要向海內外人士作個交代，證明中國文學
並未脫離生活或世界文化」，而此二分的最大問題是欠缺

理論層面的比較和探討。[9] 周氏本身在70年代臺灣已經大力推動結構主義研究，在80年代臺灣本身也有現象學、後結構主義等尖端理論先後登陸，[10] 更有不少比較文學家從這些理論反思中西比較文學本身的有效性及局限性，但在80年代的香港卻似乎欠缺足夠的回應。究其原因，大概正如周英雄所言，80年代香港的中西比較文學局限於上述的二分，且又正值建立系科的階級，將矛頭指向生產從內鞏固系科之論述，而少有從外質疑比較文學本身的問題(但這卻是80年代歐美比較文學的大趨勢)。

當研究重點偏向實證研究、實際批評和西方理論之運用，而理論層面之探索又較爲貧乏之時，對中西比較文學所可能發展之其他課題，如跨文化論述、知識生產的合法性政治、文化之間的互動與隙縫，便自然欠缺足夠的理論基礎去支撐。若以80年代美國比較文學界爲例，我們便可見出批評理論的探討使比較文學創獲甚多。70年代(以格連[Tom Greene] 1975年的比較文學研究報告爲準[11])比較文學強調文本分析/比較和對外國語言文化之掌握，而到80年代末期，比較文學已開始考量其他批評範疇(如後殖民、第三世界、女性批評)，嘗試將之納入比較文學的新論述架構

---

[9]　周英雄:〈香港之比較文學〉，頁195。

[10]　如鄭樹森編:《現象學與文學批評》(臺北: 東大, 1984)、王建元:《現象詮釋學與中西雄渾觀》(臺北: 東大, 1988)、廖炳惠:《解構批評論集》(臺北: 東大, 1985)等。

[11]　此報告收於Charles Bernheimer ed., *Comparative Literature in the Age of Multiculturalism* (Baltimore: Johns Hopkins UP, 1995).

之中,使比較文學愈來愈多元化。[12] 從此可見,80年代香港
比較文學比歐美比較文學的發展可說滯後了一個年代。[13]
這種情況使香港比較文學面對80年代急劇轉變的跨國資
本主義發展、族群流徙、全球化以至臨近1997所引起的後
殖民問題未有足夠準備去作出回應。隨著這些理論脈絡的
不停轉化,香港之比較文學難以固本應變,因而面臨解體
分化之危機。本來1989年應是香港比較文學發展之重要里
程碑,這一年香港大學的比較文學系正式成立,香港中文
大學正式成立比較文學博士班,香港浸會大學於翌年成立
有中西批評專業的人文學科,而香港科技大學(人文學部
有比較文學的研究院課程)也正在積極籌辦之中,比較文
學之發展形勢彷似一片美好。可惜,歷史往往是反諷的,
踏入了90年代,香港的中西比較文學反而變得分化,失去
了80年代的凝聚力。以下將嘗試從香港比較文學的「邊緣
性」和知識生產場域的角度探析箇中問題。

---

[12] 可參 Carnelia Moore and Raymond Moody eds., *Comparative Literature East and West: Traditions and Trends* (Honolulu: U of Hawaii P, 1989), Clayton Koelb and Susan Nookes eds., *The Comparative Perspective on Literature: Approaches to Theory and Practice* (Ithaca: Cornell UP, 1988), Claudio Guillen ed., *The Challenge of Comparative Literature* (Cambridge: Harvard UP, 1993).

[13] 試看李達三、羅鋼主編,1997年底出版的《中外比較文學的里程碑》便可見中西比較文學在90年代的發展十分有限,書中所收文章全為70-80年代的作品;參李達三、羅鋼主編:《中外比較文學的里程碑》(北京:人民文學,1997)。

三、邊緣他者：文化邊陲的知識生產場域

李達三在不同場合反覆強調，香港在發展中西比較文學之上有很多優厚條件，如位居國際十字路口的香港可讓東西學者自由的交換意見，而作爲中西文化交流之地的香港中英文都普及，可以作爲理論和文化的溝通的「自由港」。[14] 然而，這種一直以來被加諸香港身上的堂皇外衣卻從來都只像皇帝的新衣。以上的說法使香港一向變成只能在經濟上發展的政治文化失聲者多於利用其獨特的學術「自由港」。一向以跨文化溝通爲己任的比較文學的發展可說是一大明證。正如上述，中西比較文學一直都只能在系科的夾縫生存，要至1989年才算眞正有比較文學系的成立，而中西比較文學在系中仍非正統。在80年代，除了在如中文系的系科有零星的回應之外，中西比較文學主要靠在英文系的邊緣生存(早期的香港大學如是，香港中文大學和香港浸會學院也如是)。易言之，中西比較文學在香港的生存之道很大程度繫於「英文性」(Englishness)。梁秉鈞便曾指出，香港大學的比較文學無論在語文和認識問題的方法上都完全以西方語文文化(尤以英文文化)爲主，校外評審也「一直由不懂東方語文和文化的西方學者擔

---

[14] 參李達三：《比較文學研究之新方向》，頁287。同時可參John J. Deeney, *Comparative Literature from Chinese Perspectives* (Shenyang: Liaoning UP, 1990). 以及其他散見《中外文學》、*Tamkang Review* 等期刊的文章。

任」。[15] 若以香港中文大學為例, 比較文學與英文性在80年代的英文系在袁鶴翔、周英雄等學者的領導下, 尚算是相安無事, 甚至可以互動互補。然而, 當中所隱藏的衝突在表面的平衡之下其實從無消失。在1984中英草簽之後, 香港正式踏入後過渡期, 「英文性」在1997這個課題之下更要面臨一種危機。在鞏固「英文性」的大前提下, 不能與之「合法地」拉上關係的都會被視為異類。最大問題卻是80年代歐美的比較文學卻正正是以主導論述的霸權位置及其合法性政治為主要課題。香港比較文學的發展因此暗地陷入了一種兩難的局面: 抑是毋視比較文學之最新發展而在「英文性」所圈定的「合法」範圍下繼續生存, 或是面對這些新變化而被邊緣化為異類。衝突因此變得無可避免, 1989年香港大學的比較文學系逐要從英文研究和比較文學系中獨立出來, 香港中文大學的「恐怖的平衡」在周英雄等學者先後離開中大英文系之後亦無法再維持下去。1997年底中文大學英文系爆發有關學術自由的爭論, 因為英文系要圈定與「英文性」有「合法」關係的研究才算是英文系的「正當」研究, 任何其他有關跨文化的研究(如從跨文化的角度分析香港文化)便被視為他者。這種「英文文本」的政策在陳清僑等比較文學學者的眼中自然是難

---

[15] 詳參梁秉鈞:〈雅俗文化之間的文化評論〉,《香港文化多面睇》(黃淑嫻編, 香港: 香港藝術中心, 1997), 頁7-8。

以接受。[16] 實際上,「英文文本」的政策在英文系存在已久,而到了1997香港回歸之後,「英文性」受到威脅(其實只是自己感受到威脅,現實並不如此,「英文性」仍然處於主導),故要借助馴服或排除他者來鞏固自身的合法地位。這場論爭可說將80年代隱含在香港中西比較文學發展的隱憂赤裸的暴露出來。

在大學的既存系科區分中,英文系自然可以名正言順的以發展英文研究為主,於是任何有關比較文學的研究必需或多或少與英文研究拉上關係。這種權力上的關係很容易會建構了一種「英文文本」的謬論,認為比較文學必需以「英文文本」為主。於是合法的中西比較文學研究必須以西方(專指英語世界)之理論分析中國或香港文本,又或以英國文學和中國文學作平行研究,表面上發現中國文學之特質,實際上強化了英文論述的主導地位。這種以英文性為合法條件的內在結構局限使香港80年代的中西比較文學主要集中於以上的研究課題,無法(起碼在建制內無法)處理歐美比較文學在80年代的最新發展: 如後殖民、女性、第三世界、權力論述等會直接質疑到英文性的權威的課題。在如此情勢下,香港的中西比較文學學者只能在建制的邊緣各自處理理論的課題,各自的研究之間未能廣泛溝通互動。因此,雖有如周英雄、王建元、梁秉鈞等學者在理論層面分別探討西方理論以至香港文化的問題,不同

---

[16] 詳參李行德、陳清僑: 〈中大英文系的學術自由爭論〉,《信報》(香港), 1997年11月3日, 第7版。

論述都各自身處邊緣, 無法在既存建制之下多作交流, 故難以形成一個實踐平面(plane of praxis)。在欠缺足夠的理論溝通和互動之下, 當90年代面臨上文所述的跨國資本、多元文化等課題, 香港的中西比較文學便無法固本應變, 最後唯有各走各路。

正如不少後殖民學者所一再強調的, 邊緣他者在學術機器中所要面對的問題是建制的壓力、合法性條件和系科權力區分等因素。[17] 基於英文性的主導地位, 香港的中西比較文學受制於建制壓力和以英文性爲主的合法性條件, 未能有系統地發展有關邊緣他者在學術機器中的位置的反思, 只靠有心人士在不同範疇零敲碎打, 自然難以建立有介入力量的抗衡論述。在香港這種文化邊陲發展學術知識已必然會遇到困難, 而要在系科之邊緣發展就更是要面對一種雙重邊緣化的困難。這即是說, 學術知識生產本身已經有它的成規, 而處於文化邊陲的知識體系既要面對這些成規, 又要面對本身身處邊緣, 如何才能迎合主流的另一些遊戲規則。香港的中西比較文學止是在這種雙重邊緣化的情況下, 被不同的合法化條件圈定在特有限的論述空間之中。

以下我會嘗試將80年代香港的中西比較文學置放在布爾迪瓦(Pierre Bourdieu, 1930-　)的「場域」(field)理論的

---

[17] 比方, 可參Rajeswari Sunder Rajan, 「The Third World Academic in Other Places; or, the Postcolonial Intellectual Revisited,」 *Critical Inquiry* (Spring 1997), p.596.

脈絡來作進一步分疏。布爾迪瓦的「場域」主要是指一個由不同社會位置組構而成，有著自己的運作模式和權力關係的場所。[18] 雖然不同場域有著各自不同的性質，但大學體制的知識生產場域與其他場域亦有共通的地方：「大學場域跟其他場域一樣，都是一個爭取去決定合法成員身分和合法等次的條件和準則的地方。」[19] 易言之，知識生產場域本身也必然是一個權力場，知識生產必然牽涉「就位」(position-takings)的問題。[20] 整個場域的流動關係乃取決於不同人所佔不同位置之間的複雜關係。比方，在《學術圈》(Homo Academicus)一書中，布氏便將法國學術圈子的論爭視爲「正統」(orthodox)與「異端」(heresy)之爭(並非個人之爭)。若按此「場域」的觀念，香港的中西比較文學乃一直處於學術場域的被支配一端。因爲80年代香港的中西比較文學要附屬於英文系，可說爲「英文性」的「合法」地位所支配，因而其作爲「異端」的發展必然受制於「正統」的「英文性」。故此，中西比較文學當時的發展都以能兼容「英文性」的比較研究爲主。因爲中西比較文學一直無法佔據中心的位置，其發展無法配合比較文學在

---

[18] 可參Pierre Bourdieu, *The Field of Cultural Production* (New York: Columbia UP, 1993), pp.37-41, 同時可參此書之編者導言, pp. 6-7。

[19] Pierre Bourdieu, *Homo Academicus* (Cambrigde: Polity, 1988), p.11.

[20] 有關法國學術圈子的場域結構如何影響知識分子的文化產品, 可參*Homo Academicus*一書；有關「就位」一詞之詳細討論, 參見Bourdieu, *The Field of Cultural Production*, pp.131-138.

主導機制中的新突破, 變成一個邊緣封閉的地帶。再者, 香港的學術圈子本來又處於世界以至中國的知識生產的邊緣, 以文學研究來說, 一直都受制於西方學術機制和中國傳統的知識生產。文化邊陲要發展知識體系, 必然要在整個知識生產場域中佔位, 獲取「文化合法性」(cultural legitimacy)。[21]可是, 在主導機制的「合法」論述生產條件的牽絆下, 文化邊陲的知識集團無法按自己的自主原則發展, 故未能發展出健全的知識生產機制。換言之, 80年代香港的中西比較文學一方面不能擺脫「英文性」的陰影, 另一方面又被由西方所主導的「比較文學」的學術生產機制所主宰, 無法開拓完全脫離主導論述眼中的「比較文學」以外的向度, 故此變得如周英雄所言的「二分」和封閉。再者, 這亦可能會使中西比較文學在80年代的香港又未能組織為健全的知識集團, 難以發動如布爾迪瓦所言的「正統」與「異端」的位置爭奪戰。

反之, 這種位置爭奪反而在90年代在中西比較文學本身中出現, 變成堅守80年代以前的比較文學傳統和鼓吹以90年代式比較文學改革來突破「英文性」的局限的兩個陣營之分。80年代的「正統」與「異端」就似來了一個換位, 從前一直與「正統」英文性抗爭的比較文學「異端」內部

---

[21] 文化知識生產的合法化過程牽涉複雜的論述實踐, 詳參 Pricilla Ferguson, "A Cultural Field in the Making: Gastronomy in the 19th Century France," *American Journal of Sociology* 104:3(1998): 597-641.

分裂, 變成了維護英文性的比較文學「正統」和鼓吹跨文
化科際研究的「異端」之爭。「英文性」和「比較文學」
的「就位」的戰場轉移到「比較文學」的系科的本身, 最
後引發出上文所曾提及的比較文學論爭。可惜的是, 本來
同在途上作邊緣戰鬥的比較文學家, 在90年代反而因學科
的發展, 知識生產場域的遊戲規則(香港開始「重視」人文
教育、文化研究)改變之下, 竟然變得分崩離析。這個現象
說明了在全球化的論述局勢下, 正如吉登斯(Anthony
Giddens, 1938)所言, 「後傳
統社會世界的眞理是無人有
激進思想和行爲的專利」, 即
是說「保守」、「激進」會
隨時換位, 昔日的激進主義
很容易會變成今日的新保守
主義[22]。回首觀之, 這乃與80
年代中西比較文學未能發展
爲自足的場域, 未能充分回
應當時的他者論述, 因此在
面對多元文化的新局面時無
法固本應變, 反而要退守自

資料豐富但偏重現代文學

---

[22] Anthony Giddens, *Beyond Left and Right: The Future of Radical
Politics* (Cambridge: Polity, 1994), p.250. 有關紀登斯對保守主
義、激進主義、新保守主義之間的複雜關係的分析, 詳參頁22-
50。

己的邊緣場域，部分擁護「英文性」並寄生於英文系之中，部分則要跨出門檻，在不同系科繼續自己的遊擊戰。總而言之，80年代乃香港中西比較文學的奠基期，但反諷的是在根基未曾紮穩以前，卻已因系科的合法化條件限制而未能兼容國際比較文學的最新發展，至90年代更是幾近瓦解(刊物停辦、學會解散等)。

四、後話

因為80年代香港的中西比較文學擺脫不了「英文性」，在高舉「中國學派」的旗幟以凸顯「中西」之時，「香港」只能變成邊緣的點綴。正如上述，叫人難以想像的是整個80年代竟然沒有一篇比較文學的論文乃直接處理香港本身的跨文化問題。(「香港」完全失聲的情況要到梁秉鈞在香港大學比較文學系開設有關香港的課程才有改善。)職是之故，本文所談的「80年代香港的中西比較文學」顯目充其量只能說是「中西比較文學在80年代香港」。筆者沿用前者為題目的用意是希望強調發展真正「香港的比較文學」的重要性。不少在80年代開始從事研究的香港比較文學家今日已學有所成，卻仍然要身處香港這個所謂重視中西文化交流的自由港的封閉學院制度的邊緣。香港大學比較文學系仍然以歐美文學之比較為主，再輔以跨媒體(尤以電影)研究，中西比較文學和香港依舊只是他者。香港中文大學剛成立了現代語言及文化系，比較文學又要跟歐洲

研究和語言學共存，發展空間尚待開拓。香港科技大學仍
未成立人文學部的本科生部，香港浸會大學的人文學科經
歷多年仍未能獨立成系(中西文學批評專業更已在1998年
取消)，中西比較文學的氛圍難以普及。香港嶺南大學剛成
立的文化研究課程以香港爲本，但主要已是大部的文化研
究，比較文學及文學再非主要組件。當年的中西比較文學
今日可說是同途殊歸，各自遊離在不同的新系科組構中，
繼續適應不同的場域變化。這種情況使人不禁再問，「中
西文化交流」的堂皇口號和與之息息相關的中西比較文學
何時才能不再作爲皇帝的新衣？中西比較文學的變化又
會否叫我們想到，80年代與90年代香港的「中西文化交
流」只是由「雖然皇帝沒穿衣，人們卻看到了衣服」變成
「正因皇帝沒穿衣，人們便爭相以自己的視點塡補那個匱
缺」？[23]

~~~~~~~~~~

參考文獻目錄

Bernheimer, Charles ed. *Comparative Literature in the Age of Multiculturalism*. Baltimore: Johns Hopkins UP, 1995.

---

[23] 此說法借自周蕾，參見Rey Chow, "The Facist Longing in Our Midst," *Ethics after Idealism: Theory-Culture-Ethnicity-Reading* (Bloomington and Indianapolis: Indiana UP, 1998), p.29.

Bourdieu, Pierre. *The Field of Cultural Production*. New York: Columbia UP, 1993.

---. *Homo Academicus*. Cambridge: Polity, 1988.

Chinese/Foreign Comparative Literature Bulletin 1 (March 1990).

Chinese/International Comparative Literature Bulletin 2 (December 1990).

Chinese/International Comparative Literature Bulletin 3 (August 1991).

Chinese/International Comparative Literature Bulletin 4/5 (October 1992).

Chou, Ying-hsiung ed. *The Chinese Text: Studies of Comparative Literature*. Hong Kong: Chinese UP, 1986.

Chow, Rey. *Ethics after Idealism: Theory-Culture-Ethnicity-Reading*. Bloomington and Indianapolis: Indiana UP, 1998.

Deeney, John J. ed. *Chinese–Western Comparative Literature: Theory and Strategy*. Hong Kong: Chinese UP, 1980.

Deeney, John J. *Comparative Literature from Chinese Perspectives*. Shenyang: Liaoning UP, 1990.

Ferguson, Pricilla. "A Cultural Field in the Making: Gastronomy in the 19th Century France," *American Journal of Sociology* 104:3(1998), 597-641.

Giddens, Anthony. Beyond Left and Right: The Future of Radical Politics. Cambridge: Polity, 1994.

Guillen, Claudio ed. *The Challenge of Comparative Literature*. Cambridge: Harvard UP, 1993.

Hall, Jonathan & Ackbar Abbas eds. *Literature and Anthropology*. Hong Kong: Hong Kong UP, 1986.

Koelb, Calyton and Susan Nookes eds. *The Comparative Perspective on Literature: Approaches to Theory and Practice*. Ithaca: Cornell UP, 1988.

Moore, Carnelia and Raymond Moody eds., *Comparative Literature East and West: Traditions and Trends*. Honolulu: U of Hawaii P, 1989.

Rajan, Rajeswari Sunder. "The Third World Academic in Other Places; or, the Postcolonial Intellectual Revisited," *Critical Inquiry* (Spring 1997): pp.596-616.

Tatlow, Anthony & Wong Tak Wai eds. *Brecht and East Asian Theatre*. Hong Kong: Hong Kong UP, 1982.

Tay, William et. al. eds. *China and the West: Comparative Literature Studies*. Hong Kong: Chinese UP, 1980.

Wong, Tak Wai & Ackbar Abbas eds. *Literary Theory Today*. Hong Kong: Hong Kong UP, 1981.

---. *Rewriting Literary History*. Hong Kong: Hong Kong UP, 1984.

LI

李達三:《比較文學研究之新方向》。臺北: 聯經, 1986年增訂版。

李達三、羅鋼主編:《中外比較文學的里程碑》。北京: 人民
　　文學, 1997。

李行德、陳清僑:〈中大英文系的學術自由爭論〉,《信報》(香
　　港), 1997年11月3日, 第7版。

LIANG

梁秉鈞:〈雅俗文化之間的文化評論〉, 載黃淑嫻編:《香港
　　文化多面睇》(香港: 香港藝術中心, 1997), 頁1-21。

LIAO

廖炳惠:《解構批評論集》。臺北: 東大, 1985。

WANG

王建元:《現象詮釋學與中西雄渾觀》。臺北: 東大, 1988。

XU

徐志嘯:《中國比較文學簡史》。漢口: 湖北教育出版社, 1996。

ZHENG

鄭樹森編:《現象學與文學批評》。臺北: 東大, 1984。

ZHOU

周英雄.〈香港之比較义學〉, 載李達三、劉介民主編:《中
　　外比較文學研究》(臺北: 學生, 1990), 第1冊, 頁194-
　　196。

~~~~~~~~~~~~~~

英文摘要(abstract)

Chu, Yiu Wai, "Hong Kong Chinese-Western Comparative Literature in the 1980s"

Assistant Professor, Department of Chinese, The Hong Kong Baptist University

Courses on Comparative Literature have already been offered in the University of Hong Kong since the 1960s. In the 1970s, there were several renowned Chinese-Western comparatists coming to the Chinese University of Hong Kong, creating an aura for the later development of Chinese-Western comparative literature in Hong Kong. It should be generally agreed that the 1980s witnessed the swift development of Chinese-Western comparative literature in Hong Kong. Postgraduate courses on Chinese-Western comparative literature were being launched, the Hong Kong Comparative Literature Association founded in the late 1970s became more and more active, and different kinds of book, journals and bulletins were published. However, despite the fruitful contribution of the 1980s, Chinese–Western comparative literature reached an "anti-climax" in the 1990s. This paper tries to use the notion of field of knowledge production to analyze the reasons behind this. Through the concept of orthodox vs. heresy, the analysis will hopefully expose the hidden problems of Hong Kong Chinese-Western comparative literature in the 1980s. Hong Kong Chinese-

Western comparative literature has to survive on the margin of the English department and has thus never quite escaped from the shadow of Englishness. The surrender to Englishness makes it difficult for Hong Kong Chinese-Western comparative literature to respond to the international trends of critical thoughts in the 1980s (such as postcolonial and Third-World discourse which would radically question the authority of Englishness). Hong Kong Chinese-Western comparative literature fails to adapt to the new globalized and postcolonial discursive context in the 1990s. This paper argues that this leads directly to the internal split of the field of Hong Kong Chinese-Western comparative literature.

~~~~~~~~~~

論文重點

1. 60至70年代香港的大學已有開設比較文學課程。
2. 中西比較文學在70年代在香港中文大學開始成長，並成為香港比較文學的主流。
3. 80年代香港的中西比較文學有全面的發展，出版、會議等都有可觀成果。
4. 香港中西比較文學深受臺灣中西比較文學學者影響。
5. 中西比較文學一直在英文系的邊緣生存，「英文性」主宰了中西比較文學的「合法化」條件。
6. 香港中西比較文學欠缺理論層面的比較和探討。
7. 香港中西比較文學受制於系科成規，未能配合80年代世界比較文學的大趨勢。

8. 80年代中西比較文學未能發展爲自足的場域，未能充分回應當時的他者論述，因此在面對多元文化的新局面時無法固本應變，反而要退守自己的邊緣場域。
9. 80年代的中西比較文學與英文性的異端vs.正統的抗衡，在90年代轉化爲中西比較文學的內部衝突，最後還內部分裂，同途殊歸。

~~~~~~~~~~

特約講評人: 龔鵬程

龔鵬程(Peng Cheng GONG)，男，1956年生，江西省吉安縣人，臺灣師範大學國文研究所博士，現爲佛光大學(1996年起)。著有《龔鵬程四十自述》(1996)、《晚明思潮》(1994)、《近代思想史散論》(1992)、《1996龔鵬程年度學思報告》(1997)、《1997龔鵬程年度學思報告》(1998)等。

80年代的臺灣，比較文學事實上已呈下降的走勢，比較文學研究所的運作一直不理想，終至停辦；比較文學會議也漸乏盛況。在引領風潮、創造議題方面亦漸減弱。在那個時候，我們翹首西望，看著香港與大陸日益熱絡的比較文學事業，心中其實非常羨慕。

不過,彼時霧裡看花,對香港比較文學之發展實況,並不了解。如今讀了朱耀偉先生這篇文章,才有了比較多的認識。香港與臺灣的學風,跟大陸最不同的地方,在於很少人寫總結回顧檢討的文章。大家只顧著做自己的專題研究,對整個學門的年度報告、趨勢分析,多半興趣缺缺,就連學會也很少從事此類工作。以致事過境遷,遂如一場春夢,不知如何尋覓縱跡。因此看朱先生的文章,也頗有點尋索舊夢的意味。

但朱先生此文,除了描述當年比較文學之出版、教育體系、學會運作、淵源、研究重點、可備史料之外,主要是藉史申論。著重討論的幾個問題,是:一、比較文學做為一個知識學門,在大學這種學術教育體制中邊緣化的處境,無正式身分,且往往依存在英文系中,居次要地位。二、處境限制了研究性質。在英文系中進行比較文學研究,須以用英語世界之理論分析中國文本,或以英美文學和中國文學平行研究為主,以致影響研究或所謂中國學派無法建立。三、亦因場域之限,與歐美比較文學潮流,如後殖民、第三世界、女性批評、權力論述等,亦無法接軌。

這三個問題,其實都是極複雜的。以第一個問題來說,起碼包含兩個部分。一、比較文學究竟能否視為一門獨立的知識領域或學科,有其獨特的方法學?二、才是在大學知識生產權力結構中之境遇。前面這個部分,事實上就是個大爭論。過去比較文學界在爭取學界承認其身分時,有時會說文學研究本來就需要比較。但如此將比較做為一種

普遍化的方法，無異也消解了它成爲一個獨立學術門類的
企圖。反之，若將比較文學定性爲兩類文學之間的比較研
究(例如中國文學與英美文學、日本文學與韓國文學)，則
它又是局處於「之間」的學科，註定只能徘徊遊走於中間
地帶。也就是說，它旣不是飛禽也不是走獸，又不是兼具
兩者質的蝙蝠，而是禽與獸的「之間」或「關係」。用王
船山(1619-1692)在《讀孟子大全說》的分析術語來說，這
種之間或關係，是「無自性」的。那麼，究竟比較文學本
身做爲一個獨立的知識門類，其條件與性質爲何呢?

這個問題，在過去其實已有許多爭議，而重提此類爭
議，我的意思是說：比較文系所獨立設置，一直不順利，
可能更主要的原因，在於這門學問的性質。或者，是許多
人認爲，依據上述諸原因，比較文學並無獨立設置系所之
必要。

朱先生處理這個問題，顯然就與此種理解不同。他完
全不考慮這些爭論，直接就從「場域」進行批判。說因爲
在知識場域的權力結構中，比較文學一直居於邊緣地位，
所以邊緣化、所以內部分化了。因此，別人可能會說，因
爲比較文學的性質，決定了它處境。朱先生則是說處境決
定了它的性質與發展。這是基本思路的差異。

但存在決定意識，什麼人站在什麼位置，就會唱什麼
樣的歌，雖符合若干事實，卻絕非所有事實。比較文學者
在英文系存活固爲多數，可是中文系中仍有治比較文學
者。此類人士，爲何也與英文系裡的比較文學者一樣，擺

脫不了「英文性」呢? 以場域論述來說, 此正為以子之矛
攻子之盾的詰問。其次, 英文系也不是鐵板一塊的, 據朱
先生自己說, 香港大學英文研究和比較文學系早期係以歐
洲文學的比較研究為主, 並不熱衷從事中西比較文學。那
麼, 在這樣的場域中, 為何竟會形成「以西方理論分析中
國文本, 或以英國文學和中國文學作平行研究才具有合法
性」的現象。

　　這是對朱先生整個分析進路的質疑。這樣的質疑或許
仍不足以瓦解朱先生的立論, 但朱先生若要貫徹其說, 勢
必須有些補充: 或就比較文學本身進行些方法論的檢討,
或對場域進行更細致的分析。

　　再者, 朱先生批評80年代香港的比較文學既是臺灣比
較文學的分支, 缺乏香港主體; 且深受美國之影響, 只做
中西比較文學, 受限於英文性。然而, 他又期望香港比較
學界能注意歐美比較文學之趨勢與課題, 以免趕不上或接
不上潮流。這兩點我以為也是矛盾的。

　　或許朱先生認為:「歐美比較文學在80年代的最新發
展: 如後殖民、女性、第三世界、權力論述等課題, 會直
接質疑到英文性」。但是, 這些理論不正是現今當紅的英
文文本嗎? 它們不都是英文論述嗎? 在國際學術體系中它
不形成建制的壓力、不具有新正統性嗎? 為什麼朱先生會
強調: 未來香港的比較文學, 前途在於回應這些課題、參
與這一脈絡, 而不是回到香港比較文學會所揭櫫的:「提
倡西方區域以外之比較文學研究」及「闡明東方文學之比

較研究，應與西方文學之比較研究同受重視」？如果朱先
生認爲唯有處理這些歐美比較文學的新課題，才能達成打
著紅旗反紅旗的效果，則其理據與方法，顯然也還要補充
說明。

　　最後，對於英文性的問題，我有一點不同的理解。朱
先生指摘當時大家熱衷作中西比較文學，且主要是以西方
理論來談中國文學，但對此種方法缺少反省，也未注意其
中是否會有文化霸權論述。這是他所描述的「英文性」主
要徵象之一。然而，英文系或嫻熟於英美文學及理論的學
者，爲什麼要花氣力來做中西比較呢？仍作其英美文學及
理論之研究，不是可以穩居建制或場域中的正統主流地位
嗎？何苦來從事這兩面不討好的工作？中文系覺得你踩了
地盤、搶了飯碗，而且是用西方理論亂套一番；英文系則
覺得你不務正業。可見從事於此者，應該有一價值之選擇，
認爲通過這種比較可以達成一種意義，才會走這一條頗受
爭議的路。

　　那麼，這個意義是什麼呢？那恐怕不是英文性而是
「中國性的追求」。

　　用西方理論來討論中國文學，固然顯示了西方文本及
觀點的強制力，但其目的，其實是希望能藉此說明中國文
學的美。而且當時中西比較文學學者，更是如朱先生自己
所說：「在不同程度上借外國理論和作品凸顯中國文學的
特色」。如葉維廉講道家美學、王建元談中國雄渾觀、周
英雄等討論結構主義是否適用於中國文學。說他們對西方

理論是否具有普遍性或有效性、其中是否隱含文化論述霸權「完全沒有質疑」,是不公平的。恰好相反,這種「發掘中國文學之特點,並予宏揚」(香港比較文學學會宗旨第一條)的態度,才是當時中西比較文學的用力所在。

正因為如此,才有李達三之大力鼓吹建立比較文學的中國學派,才有中文系內部比較文學學者相與呼應唱和。而東方文學之相互比較,則因對這個意義的探尋幫助不大,不如在與西方文學的對比中豁顯中國性來得有效,才會遭到忽略。

這種中國性的追求,生發於70年代的臺灣。提倡比較文學,用西方理論來探討中國文學作品而被中文系痛罵的顏元叔,正是倡言「民族文學」之健者。臺灣的比較文學,事實上一開始就具有這種性格。80年代學風也影響到了香港。

但80年代以後,臺灣的中國性追求已開始分裂。中國性之外,臺灣性崛起,比較文學界長期從事的中西比較文學,意義開始模糊,不得不逐漸觀望、停滯。到了90年代,才以「臺灣性的辨認」為主軸,《中外文學》上也開始連篇累牘的臺灣文學論戰,而由比較文學學者上場搦戰。這個趨向,香港似乎也有類似的進程。比較文學界同途殊歸,終於分裂,或許原因不在英文性,而在中國性的追求停頓且發生了變異。

這是對香港80年代比較文學發展狀況的另一種觀察,提供給朱先生及香港比較文學界的朋友參考。

~~~~~~~~~~

特約講評人: 尹昌龍

尹昌龍(Chang Long YIN), 男, 1965年出生。文學博士, 畢業於
北京大學中文系, 現當代文學專業。現工作於深圳市特區
文化研究中心, 任副主任, 副研究員。著有《1985: 延伸與
轉折》(1998)、《重返自身的文學: 當代中國文學實踐中的
話語類型考察》(1999)。

　　朱耀偉博士的這篇論文, 實際上給我們講述了香港比
較文學特別中西比較文學這門學科的發生歷史和變遷過
程。作為一個原本應該是一本論著的題目, 通過朱耀偉博
士的論文闡述, 倒也提供一種較有眼光的「概覽」和較為
重要的「脈胳」。特別是論題涉及到「歷史場景」、「研
究重點」、「知識生產場域」等諸多方面, 體現了一種「宏
大敘事」的能力和廣闊的研究視野。而對這門學科在80年
代的知識生產方式、場域等的分析, 有諸多新意, 即使是
對其它學科、門類的歷史的研究也會多有啓發。

　　但是, 本篇論文的研究從學理上講也存在一些問題,
這些問題包括:

　　一、旣然接觸的是一個較大的歷史命題, 首先應該展
示某種歷史現場並加以概括, 而文中僅僅列出比較文學出

版了哪些著作、成立了什麼學會還遠遠不夠,這些還只是外在性,問題在於,由於缺乏對其研究內容的概說,因而不能說明,80年代的香港中西文學到底提供了什麼樣的學術想象,它的學術積累或貢獻到底是什麼,這些顯然要比單純列出書名在內容上要豐富得多,也複雜得多。

二、文中對香港中西比較文學知識生產場域的分析最有創見,但美中不足的是,可能是因為牽扯到諸多當事人的問題,因而對某些關鍵性的問題和事件,沒有作出更為細部的分析,讓人覺得還不到位,還不夠「狠」。特別是講到學科建設背後的知識—權力關係時,就更為模糊,也讓人不太滿意,但願這僅僅是或不僅僅是學術政治的原因;

三、對某些關鍵詞尚須作出更為細緻的梳理和再講述。如「中國學派」、「英文性」、「中國特質」等,是文章立論中所涉及的關鍵到不能到再關鍵的語詞,但是我們沒能看到更為細緻的「知識考古」的過程,這些關鍵性的內涵似乎被當成一種過來人式的、不證自明的「共識」,而事實上,沒有80年代的複雜的「話語講述」和今天的謹慎的「講述話語」,關鍵的問題就容易被忽視了;

四、無論是就「中國性」還是「英文性」而言,都是比較文學至今仍在反復講述的問題,這些問題在什麼語境下被提出,是如何被提出的,都是進入比較文學這門學科必須要思考的。而香港因為其獨特的中西文化交融的經歷,而使這種思考可能更為複雜。作為一篇對比較文學研究進

行研究的論文, 如何提出一種對「中國性」和「英文性」
這個關鍵問題的思考路徑和方法, 將是至關重要的。我們
也期望論者在這方面問題的研究中能帶來一種更爲新鮮
的方法論。

～～～～～

特約講評人: 洪濤

洪濤(Tao HUNG), 男, 福建晉江人。香港大學文學士, 哲學碩
士。現爲香港城市大學講師。撰有《紅樓夢衍義考析》
(1994)、「《紅樓夢》英譯評議」、「西方文本學」系列
論文。另有譯著兩部, 俱由朗文亞洲有限公司出版。

評〈同途殊歸: 八十年代香港的中西比較文學〉(據11
月9日收到的版本)

朱教授本人是比較文學博士, 但没有在比較文學系任
職。因此, 就我們這個論題而言, 朱教授既是内行人, 又似
是旁觀者。由他來寫這個論題的文章, 我們的期望自然很
高。

朱教授的文章, 從材料和理論的掌握兩方面看, 都顯
示他對這個論題相當熟悉。

以下順著朱教授文章的思路和脈絡, 提出幾點意見, 也許可以供朱教授參考。

【題目】

文章的題目是「同途殊歸」, 乍見還以爲是「同歸殊途」之誤。待讀過文章, 才知道確是「同途殊歸」, 與「同途而殊歸」相差一個字:「同途而殊歸」這個題目, 余光中(1928-)、鍾玲(1945)以前也用過, 時間是一九八零年一月, 場合是香港比較文學學會的小型研討會。前後相隔差不多二十年, 這兩個題目在另一層面上卻有點「同歸而殊途」——所謂同歸, 指:都是討論比較文學; 所謂殊途, 指:內容和方法不一樣。

【史實】

文章的前半部偏重「比較文學」作爲一個大學科目的發展來開展論述。這部分羅列大量史實, 例如, 何年有十多篇碩士論文完成、何年有五篇碩士論文完成、何年中大出版三本論著, ……這些資料, 對於後學認識歷史發展很有參考價值。可惜的是, 文章沒有具體談到香港的比較文學家到底研究過哪些作品(例如古典文學, 現代文學, 當代文學中的作品), 一篇也沒有。因此, 讀來就覺得比較抽空。(可能在朱教授心中, 這不應成爲的文章的重心。)

【對立?疆壘?】

「研究重點」一節指當時提出的「中國學派」是一個「堂皇的口號」, 又說「論者表面上可以一致槍口對外」。對於此節, 我們希望朱教授可以分析得更細致一點。因爲,

當時學者提出「中國學派」，是不是有「槍口對外」的意圖？這是頗成疑問的，何況還要「一致」。在「學會」一節，朱教授羅列了香港比較文學學會的目的，其中第四條說明:「於闡釋東西文學之際不為國界所限」，未見「對外」之意。不管怎樣，「目標」也好，「口號」也好，未免比較鑿空，最重要的是，他們有沒有任何「槍口對外」的言論和行動。這一點十分重要: 如果從事比較文學的研究，為的是「對抗的比較文學」(即使只是「表面上」)，那倒真令人不勝駭異了！

　　文章在論述「中國學派」時，又指「相對於法國學派、美國學派的中國學派彷彿可以破解西方中心的比較文學」。這句話似將法國學派、美國學派視作「西方中心的比較文學」。法國學派、美國學派的內涵到底是甚麼？「西方中心」，具體表現如何？按照劉獻彪《比較文學及其在中國的興起》(南寧: 廣西教育出版社, 1986) 的說明，法國學派又名「影響研究學派」，美國學派又名「平行研究學派」，也有對非洲文學和東方文學的研究，後者尤其強調「超國界」，抗拒狹隘的地方主義。不知道朱教授同不同意劉獻彪的描述?(言不盡意，我參考了 Dietrich Harth, "Relativism in Comparative Literature: A Short Reconsideration with Special Reference to Edward Said's 'Culture and Imperialism'," *Rivista di Letterature Moderne e Comparate*, Pisa, Italy (RLMC). 1995 Oct-Dec, 48:4, pp403-12.)

再看香港的比較文學家。李達三在《比較文學研究之新方向》第286頁論及 *China and the West: Comparative Literature Studies* 一書時, 也以「超越西方或中國爲中心的觀點」爲尚, 沒有強分疆壘的意思。

今時今日我們心目的比較文學應該怎樣來進行, 我們自有一套主張。對當時李達三那一派學者的理解, 大家很可能不甚一致。怎樣才能更準確地掌握和理解當時的情況, 是史家的重要任務, 因此, 我們很可能需要新歷史主義(New Historicism)者所說的 histories。

第19頁(「後話」之前那段)指:「80年代的『正統』與『異端』就似來了一個換位, 從前一直與『正統』英文性抗爭的比較文學『異端』內站分裂, 變成了維護英文性的比較文學『正統』和鼓吹跨文化科研究的『異端』之爭。」按該段的描述, 似乎這是一個普遍的、全港的現象。但港大的情況是否如此? 當時筆者處身於香港大學, 對此竟沒有甚麼強烈的感覺。

【關於英文性和其他】

文章的後部, 提出本港「比較文學」發展受到「英文性」的牽引, 而且以此爲論述的主軸, 足見朱教授對這個問題的重視。朱教授的觀察可謂十分敏銳。有趣的是, 朱教授本人也是比較文學的專家, 可能常常接觸英語文獻, 所以在語言上也一點兒「英文性」的痕蹟, 此處姑舉一例:第十一頁「周英雄便卓見地指出」, 這個「地」使我們想起英語副詞(通常以 ~ly 結尾)。這當然是微不足道的事,

完全無傷於文章的要旨，而且，從另一個角度看，正好說明朱教授的觀察有它合理的成份在：朱教授的文章認為，處境決定了學者的表現。

朱教授這篇鴻文為我們勾勒出80年代比較文學在香港的發展，條理分明，僅此一端，已是很重要的貢獻。以上所論，不過是一個普通讀者的一點感想，僅供談助而已。

(完‧寫於1999年11月10日)

(1999年12月9日修訂)

~~~~~~~~~~

有關〈八十年代香港的中西比較文學〉的回應

■朱耀偉

拙文的不見引來了講評的精彩洞見，教我重新反思文中提出的問題，現就其中一些重要論點作出以下的回應，希望能延續洞見與不見的活潑互動過程。

有關比較文學應否獨立為系科的問題，我至今仍相信是必要，也是可行的。全球很多大學都已設有比較文學系，也已經拓立成為健全的的系科。「之間」固然是比較文學的性質，但那並不等於比較文學不能設立為獨立之系科，問題是如何在其僵化並失去批評活力時保持「之間」的特性。文中不考慮有關系科之辯論，乃因有見於這些抑/或的

爭論一直纏繞比較文學, 但在過程中比較文學卻始終仍然
停留在邊緣, 無法自在的發展, 所以寧願直接切入比較文
學的場域, 探析當中的問題。

此外, 中文系治比較文學者之所以不能擺脫「英文
性」, 乃因知識生產體系的中心一直在西方, 所謂「理論」
往往專指西方理論, 一旦用理論分析文本, 或多或少都牽
涉了英文性的問題。若不能進入主導理論, 便會被視為不
夠「國際化」, 不能與世界知識生產體系展開有建設性的
對話, 只會進一步鞏固中文系不能與世界批評論述接軌的
迷思。洪先生指出平行研究強調「跨國界」和抗拒地方主
義, 但正如 Arif Dirlik 在論及後殖民混雜性時所言, 所謂
「混雜」必然是第一世界與第三世界的混雜, 從無第三世
界之間的混雜, 平行研究也往往專指以西方為中心的「跨
國界」。簡言之, 西方論述生產始終為主導, 而在近年全
球化無孔不入的洪流下, 邊緣更是難覓抗衡的據點。我承
認他者論述也正如龔校長所言, 既是英文文本, 也會形成
建制壓力和具有新正統性。我也同時認為這些重從內顛覆
多於從外批判, 又具自我解構意識的論述可以「矛盾地」
提供「內爆」的機會。因此, 我相信有必要如龔校長所說
的「打著紅旗反紅旗」, 也即是後殖民論述所強調的「戲
仿」、「寄生式介入」等以毒攻毒的論述對策, 這也正是
尹先生所指文中未有明確提出來的有關比較文學論述姿
態的思考。(這又可連繫到洪先生所提及的「對抗性」之上。
在我看來,「對抗性」是近年的批評論述所密切關注的課

313

題，從文化研究霍爾[Stuart Hall, 1932　]的「對抗性閱讀」
到後殖民以至全球化理論批評家經常掛在唇邊的「抗衡」，
似没駭異之必要。)我在其他文章對有關的理論有較詳細的
探討，在本文的有限篇幅中則的確未有充分展開。

　　龔校長提出的「中國性」可以說是晚近的比較文學其
中一個最重要課題，能夠補充拙文最大不足之處。首先，
我同意龔校長的說法，在英文系研究中西比較文學是一種
意義的追求，我甚至認爲中國人唸外文文學便必然有比較
文學的向度。可是，中國人作英文文學研究始終不能名正
言順，在世界學術體制中只有極少數能進入中心，如夏志
清便是唸英國文學出身而要在東亞文化系任教的例子。(這
又與「中國」被圈定在有限的獨特「地區研究」的範圍之
中，不能處理普遍性的課題有關。)在如此情勢下，龔校長
所指出的「中國性」的確十分重要，變成在英文系又或在
海外和香港這種素被視爲不中不西的地方的中國批評家
所要追求的合法身分。據我看來，這種「中國性」(起碼在
香港)卻又與英文性有微妙的關係；即是說，英文性仍是首
要的合法條件，「中國性」往往只是一種身分的添補，而
那又與後殖民和全球化論述所關注的身分作爲論述商品
的問題有關。龔校長提出比較文學内部分化的問題可能是
由於對「中國性」的不同看法，這一點我十分同意，也正
是文中没有仔細分析的一個重點，但我認爲這也同時可以
放在文中的場域理論中解釋。有些人堅持維護眞純的「中
國性」，有些從多元角度思考「中國性」，有些提出混雜

性, 有些則反思它可能牽涉的論述生產的合法性問題(如商品化、與主導論述的共謀等), 因此出現了不同的聲音, 以不同姿態符合或抗衡英文性和中國性的雙重合法性條件。回到最初的系科問題之上, 我認為假如香港的比較文學能發展出健全的系科, 眾聲喧嘩或可並存。我並不認為系科化便是萬應靈藥(這想法天真得近乎無知), 因為系科化必然又會引出建制壓力和新正統性的問題, 但在既存的論述機制中, 那卻是十分重要的合法性條件。在有限的系科隙縫中, 整個場域的權力關係變成了一場音樂椅般的佔位遊戲, 這又自然會使香港比較文學出現更大程度的分化。然而, 誠如冀校長在主題演講中指出, 這些辯論主要是90年代的現象, 因此在本文的範圍無法細論(我在其他文章對相關課題有較詳細的論述)。

[責任編輯: 鄭振偉博士]

315

試評小思八十年代的研究

■張慧敏

作者簡介: 張慧敏(Hui Min
ZHANG), 北大現當代文學碩
士, 現在香港中文大學攻讀
博士。曾發表論文多篇。

論文提要: 本文主要是從何處
言、對誰言、怎樣言、言什麼
四個方面, 來分析、闡釋小思
對有關作家、作品, 甚至文化
人與文化活動, 在香港城留
下的斑斑印記的挖掘。意在說
明對原始材料的追縱、考古,
對於把握香港新文化史與文學史的某些淵脈、香港新文學
的產生和現代意識的形成諸問題, 都意義重大。本文基本
使用闡釋學方法, 力求在煩瑣的史料及平實的述評裡, 尋
得理性思考。

關鍵詞(中文): 史料 鉤沉 探源 言說 意識 民族主義 傳媒
公共領域 交往空間 影響 價值

關鍵詞(英文): Historical Materials, Abstruse, Origin Searching, Narration, Consciousness, Nationalism, Mass Media, Public Space, Space of Communicative Action, Impact, Value

　　小思(盧瑋鑾, 1939-　)的研究與她的史料搜集工作、甚至她的散文創作, 沒法分開。史料搜集是歷年的精工細磨; 散文創作更是人生真實的經驗, 它們與文論構成整體表達小思的思想。因此本文沒有可能將這份「細水長流」嵌於一個時間段裡。因為90年代的出版, 很可能是80年代或以前且一直以來工作的結晶。因此, 本文僅能盡量依照有據可尋的小思80年代文學活動進行研究。其包括80年代的創作、80年代的出版, 甚至80年代的資料搜集。但亦有可能為顧全研究對象的整體及立論的透徹, 而涉及小思80年代後的某些言說和資料整理。不過這裡首要說明的是: 要在一篇短短的論文中, 囊括小思的整體思想、把握其活動和行文的所有風格, 幾乎不可能。故本文的評述策略是: 不總論僅散析。

　　在〈香港故事〉的開篇, 小思說:「香港, 一個身世十分朦朧的城市!」並指出:「香港, 沒有時間回頭關注過去的身世, 她只有努力朝向前方, 緊緊追隨著世界大流適應急劇的新陳代謝, 這是她的生命節奏。」小思成長於這節奏中, 卻駐足、回眸。因為懂得文化需要省思, 並認定它「是一座城市的個性所在」。如何表達這份個性呢? 小思說:「有人說她中西交匯, 有人說她是個沙漠。是豐腴多

姿? 還是乾枯苦澀? 應該如何描繪她? 可惜, 從來沒有一個心思細密的丹青妙手, 爲她逼眞造像。」是別人不言或者錯言, 所以小思要言; 是他人不做, 所以小思來做。但是, 「可以用甚麼語言來描述香港呢?」小思的回答是: 「倒不如就讓在黑夜中顯得十分璀璨的人間燈火去說明好了。」這就是爲什麼小思的論說, 常常隱蔽在史料的呈現中; 她的語言沉默於香港滿城的燈火中[1]。如何在燈火璀璨中尋得小思的沉默? 如何在瑣碎、繁實的史料中尋得小思的表達? 當是本文要做的工作。

本文擬從何處言(言說者的位置)、對誰言(言說對象)、怎樣言(言說方式)、言什麼(言說内容)四方面, 展開評述。但仍要說明的是, 這四方面的内容不可完全分割而獨立, 因此在評述時會多方關聯。

一、 為香港立言

小思的言說立場非常明確, 立於香港發言, 僅爲香港立言。她寫《香港故事》、《香港文縱》; 她編寫《香港文學散步》……小思說, 他們這一代發現, 「自己的生命與香港的生命」, 是「難解難分」的。所以, 她編《香港的憂鬱》。李瑞騰(1952-)更說: 小思給他的印象「初識時隱約覺察到她潛在存有的一股憂鬱, 乃逐漸彰顯成爲她

---

[1] 盧瑋鑾: 《香港的故事》(香港: 牛津大學出版社, 1996), 頁2-4。

的特質，我覺得那是她背負起近代中國的苦難以及香港做為一個殖民地的滄桑所造成的，這是盧瑋鑾的『香港的憂鬱』」[2]。

本文一旦進入，就必然要遭遇一個問題：小思的研究很大一部分，是「內地作家」以及文化人，「南來及其文化活動」，如何在這些研究成果裡，析出小思言說的香港立場？本文認為：小思的這方面的研究，實際上是對香港新文學的產生和發展探源。

在〈香港早期新文學發展初探〉文中，小思這樣表明：「香港開埠以來，經濟和建設的發展，在東南亞一直為人樂道，但文化方面，卻從來受人忽視，特別是『新文學』這被視為『小兒科』的項目，更少人提起。近年來，我從事研究二、三、四十年代中國文化人在香港的文藝活動，才從細碎資料中整理出一個眉目來。」[3] 也就是說，對中國文化人的在港活動研究目的，是要分析香港新文學的產生和發展。因此，根據魯迅(1881-1936)1927年到港演講，以及1928年香港最早的新文學雜誌創刊，小思將1927年設為香港新文學發生的起點。那麼，香港新文學產生以後，其現代意識是如何形成的呢？

小思認為：「1937年以前，香港文化可以說是中國傳統文化的延續，加上政治環境特殊，形成一種阻礙新文學

---

[2] 李瑞騰：〈不遷的人──代序〉，見盧瑋鑾《今夜星光爛爛》(臺北：漢譯色研文化事業有限公司，1990)，頁3。
[3] 盧瑋鑾：《香港文縱》，頁9-19。

發展的勢力,使香港新文學發展遭逢重重困難。」對這段話,小思有一個注釋:「以1937年為界,是因1937年後,大量中國文化人來港,特別如著名作家戴望舒、茅盾、端木蕻良、蕭紅、夏衍等,帶來新文學風氣,他們的文藝活動,使香港文壇呈現新貌。」

1936年10月19日,魯迅在上海逝世。香港文化界舉行了規模不小的追悼會,以後每年均有或大或小的魯迅逝世周年紀念活動。小思便通過1936至1941年,六年間香港紀念魯迅的活動資料,來「窺見本港當時的新文藝活動的部分面貌」[4]。

「香港文壇呈現新貌」和「本港當時的新文藝活動的部分面貌」,也就是本文將其納為的「香港新文學的現代意識形成」,通過材料,小思突出的有以下幾點:

(1)通過各活動的內容、形式、討論乃至爭論、參與者及參與態度的資料呈現,「民族」問題在香港文壇顯現。小思認為:這是香港文學史必須關注的問題。

魯迅是作為「民族魂」來紀念的,也就是說,魯迅的紀念活動是一個載體,是民族主義情緒及民族主義態度在港的表達。其他如戴望舒(1905-1950)、茅盾(1896-1981)等的在港活動,亦無不體現了此情緒與態度。

民族主義現象是指以「民族」為符號、動力和目標的社會、政治、文化運動,或以民族國家為訴求的意識形態,

4　小思:〈香港文藝界紀念魯迅的活動記錄〉,見《香港文縱》,頁20。

或以文化傳統為依托的情結和情緒。一般認為，此潮流最初發軔於17世紀的西歐，或是認為起源於18世紀的英國和法國，以後擴展到歐洲、美洲，到了20世紀，則遍及全世界每一個國家。可以說，民族主義是在世界現代性的歷史框架中崛起、發展和演化的。因此在當下對「現代性」的探討中，常常會涉及或重新把握民族主義衝動的本源[5]。

因此，香港新文學的現代意識，一定程度上體現了民族主義意識。之所以小思認為其當是香港文學史必須關注的問題，主要有兩個方面：其一是，「以文化傳統為依托的情結和情緒」，小思這一代香港知識分子，一直強調香港與中國共一母體文化，因此不可分割。不僅於此，由於日本入侵，香港知識分子在當時的情境，幾乎與南來文人對「民族國家」有著共同的訴求。故小思在處理資料時，尤其突出民主主義思潮在港的體現和討論，與中國的整體討論分不開。也正因為此，小思及小思一代始終堅持香港文學史是中國文學史不可缺少的一部分。其二，小思突出了「香港城市」這個特殊的地理位置，並強調此地理位置在文化中有一種特殊意義。筆者曾在他文中指出，香港文學的現代意識，與香港由一個漁村轉變為一個現代化大都市分不開。然而，小思注意的是香港的地理位置，在抗戰時期，它是「國內外文化迅息傳遞站」。在當時現實的壓迫下，無論是中國文人還是作品雜誌，都由香港這個交通站傳送；於是香港也就負起「新文化中心」的使命，欲將「上

---

[5] 參考徐迅：《民族主義》(北京：中國社會科學出版社, 1998)。

海舊有文化和華南地方文化合流」[6]。香港的地域性與文化幾乎存不可分割的同構關係。

(2)除了對一些諸如「中國全國文藝界抗敵協會香港分會」、「中國文化協進會」等文藝組織述評之外,小思着重討論的是香港的現代教育。正是這具現代意識的教育體制和教育實施,使新文學在香港的發展具知識化,且擁有未來性。當新文學作爲學科在現代大學教育體制中設立,現代意識便在認識論層面進行知識灌輸。此行爲在港發生,有一個關鍵性契機,即中國文化人來港。

小思這樣敘述史料:「自1935年,許地山(1893-1941)就任香港大學中文學院主任教授後,對一向著重經史的中文學院課程大加改革,更針對香港特殊環境,強調中文學院的『溝通中西文化』任務,使香港大學中文學院學生開始擴闊學習領域,而許氏本身是『文學研究會』發起人之一,對新文學發展支持甚力,故在任期間,香港大學中文學院學生才較多參與新文學活動。」[7] 在〈許地山與香港大學中文系的改革〉一文中[8],更是通過史實來突顯改革的現實狀態,以及許地山帶來的且灌輸給香港的新思想。

由於許地山1941年去世,使得因他而來的現代教育體制的改革中途受挫。小思將1937至1941階段稱爲「香港現

---

[6] 小思:〈中國全國文藝界抗戰協會香港分會〉,見《香港文縱》,頁 53-81。

[7] 盧瑋鑾:《香港文縱》,頁23。

[8] 盧瑋鑾:《香港的故事》,頁110-117。

代文學史上第一個高潮」。而1947到1949階段是第二個高潮。小思認爲這段時期的資料中，有一個很矚目的教育機構，是「達德學院」。雖然小思指出此學院並非純粹的學術機構，更多的是培養政治人材；且由於「在這段時期，香港的許多文藝活動，都與政治不可分割。」故小思仍認爲：此學院擁有那麼多中國優秀學者，(除了創辦人之外，還有何香凝[1878-1972]、陳君葆[1898-1982)、王任叔[1901-1972]、喬冠華[1913-1983]、郭沫若[1892-1978]、茅盾、柳亞子[1887-1958]、翦伯贊[1898-1969]、歐陽予倩[1889-1962]、馮乃超[1901-1983]、邵荃麟[1906-1971]、葉聖陶[1894-1988]等演講和訪問。)以短短的幾年時間，培養出一群人材，在香港教育史上，是不應不寫上一筆的。對於這個學院的思考，小思提出：若將它放入香港文藝活動史裡，它應如何定位？且該如何研究，才能「使當年達德的『民主大學教育』精神具體呈現?」[9]

若說小思是一個研究者，首先得定位她是一個教育者。她曾在答記者問中這樣說道：「我喜歡當教師。將自己研究得來的成果，經過消化，再傳遞給學生，我感到快樂。我第一個選擇是當教師，然後是做研究。幸有餘力，才執筆寫作。」[10] 是由於這份充滿情感的投入，且終身從事的教育事業，才讓她在研究中，對現代教育精神有特殊的

---

[9] 盧瑋鑾：《香港的故事》，頁81-96。

[10] 許迪鏘、朱彥容：〈盧瑋鑾訪問記〉，《香港文學》，1985年第3期，1985年3月，頁24。

敏感。在〈陶行知在香港〉一文中，小思欣喜的是:「在中國教育史有著特殊意義的『育才學校』，是在香港蘊育出來的。」且在香港實施的「中華業餘學校」，雖僅有十一個月的壽命，在香港教育史上只如電光一閃，小思說，「但仍不失一種光輝標志——陶行知的教育理想的實現。」因此，小思認爲:「陶行知先生在港僅短短幾個月，但他的活動範圍很廣闊，而活動的意義也很重大。」[11] 之所以小思將陶行知(1891-1946)的活動意義看得如此之大，並以文「表示對這位平民教育家的敬意」，恰來自她對現代意識的強調。教育走向平民，乃至語言、文字平民化，正是中國現代性追求的一個重要方面。

另外，在教育中最重要的一個環節是師資。小思對南來文化人活動的欣賞，很大程度上是他們可以爲香港的後輩，「在登山口重疊一塊平穩踏腳石，好使他們上道眺遠。」[12] 從這裡仍然可以看出，小思的那種以文化傳統爲依托的民族感情與民族情緒。這在〈承教小記〉等數篇悼念唐君毅(1909-1978)、蔡元培(1868-1940)的散文中，有深切的表現。

(3)南來文人的活動很重要的部分是參與文藝雜誌的操作與文藝創作(此點留待在「言說內容」部分統一評述)，

---

[11] 盧瑋鑾: 《香港文縱》，頁134-142。

[12] 〈一塊踏腳石〉: 《承教小記》(香港: 華漢文化事業公司，1986年，增訂再版)，頁11。

這裡僅討論小思研究中涉及的現代文藝報刊雜誌及南來文人的參與, 從中反映出的現代意識和傳媒職能。

哈貝馬斯(Habermas Jurgen, 1929-　)在《公共領域的結構轉型》(*The Structural Transformation of the Public Sphere : An Inquiry into a Category of Bourgeois Society*)著述中, 對報紙、刊物的信息行爲的產生及發展的職能, 作了精辟的分析。當現代傳媒產生, 文學和藝術進入市場化, 文人的活動與文學生產與傳統發生了本質性的變化。以公開出版的文字爲決定性特點的公共領域, 形成某種公共的交往空間, 其不僅能使人與人間的交往行爲發生在相互平等的關係中, 而且可以對民衆進行組織。特別是上千人的文藝圈子, 只有依靠一份報紙才能組織起來。而嚴格意義上的報刊, 又是直接面向公衆(Le public), 即直接面向接受者、消費者和批評者的讀者、觀衆和聽衆[13]。由此思路出發, 便不難理解發生在香港新文藝運動中的現代素質和意義。這正是小思概括的「新貌」。因報刊雜誌而活躍起來的香港文壇。

文學期刊是中國文學討論現代性時繞不過去的方面, 香港新文學的現代歷程亦與報刊雜誌緊密相聯, 它直接體現了當時香港文壇的時代動向和作者的創作態度, 以及當

---

[13] 參考哈貝馬斯《公共領域的結構轉型》(*The Structural Transformation of the Public Sphere : An Inquiry into a Category of Bourgeois Society*曹衛東等譯, 上海: 學林出版社, 1999), 及《公域的結構性變化》(董世駿譯), 見鄧正來等編: 《國家與市民社會》(北京: 中央編譯出版社, 1999)。

時讀者與社會的需求。暫不說反映現實生活的文藝作品依靠雜誌傳播，就是文藝思潮、文藝論爭，亦以雜誌爲陣地。如小思在爬梳「反新式風花雪月」論爭資料的文中，就提到《大公報》、《星島日報》、《立報》、《華商報》與《南華日報》、《國民日報》，給予左、右紛爭提供的空間。或許正是小思對現代傳媒重要性的警悟，在她的南來文人活動的研究中，很大篇幅來寫南來文人對香港報刊雜誌的參與及操作。

在〈茅盾在香港的活動〉一文中，首先指出：「茅盾在香港的文藝活動影響很大，有認爲這是茅盾文學活動高潮期的重要部分。」茅盾在港活動又「免不了要提到《立報》的《言林》版」。《立報》本是上海的舊報，1938年4月1日，由成舍我在香港復刊。茅盾自此便擔任《言林》副刊的編輯工作，直到1938年12月20日離開香港赴新疆止。對茅盾的這段編輯工作，小思的評述是：「當時香港各報的副刊很『保守』，多是掌故、佚聞、神怪、武俠、香艷奇情等文字，近似『五四』以前上海有些報紙的『屁股』味兒，⋯⋯茅盾爲了保持《立報》的原有風格，又不至脫離現實，脫離群眾──顧及當時香港讀者的水準，又要提高讀者品味，⋯⋯把副刊內容弄得五花八門，雅俗共賞。⋯⋯爲了編好這個副刊，他自己執筆寫了⋯⋯《你往哪裡跑?》⋯⋯《言林》的確使香港讀者耳目一新，也顯示了編者的見聞廣博，及約稿範圍廣泛。由於該刊文稿除本地作者的作品外，更多國內各地作者來稿，成爲一個很全

面的文壇交通網，使本港和國內訊息互通，故有人認爲：
這是《香港立報》對作爲一個『中國文化中心』的香港的
一項歷史性的影響。」另外還指出茅盾利用這個副刊，注
重對年青文藝愛好者的培植。小思文章除了談到《立報·
言林》的編輯之外，還談到茅盾在香港負責主編《文藝陣
地》。此刊物在香港編務，開始在廣州印刷，後轉爲上海
印刷。另外，在這篇文章中亦提到以報紙爲陣地的左右派
的鬥爭……[14]

小思這篇資料評述文，幾乎囊括了現代傳媒在港運作
的全部職能，從對讀者要求的重視，到出版印刷，以及編
輯與寫作，甚至立言與爭執等等，無不涉及。

在評述豐子愷(1893-1975)的文章裡，著重突出香港因
傳媒給文化人帶來的機遇；以及豐子愷留給香港的「仁
慈」。豐氏來港的主要目的是辦畫展，且他的漫畫、插圖、
封面畫紛紛在《星島日報》、《漫畫與木刻》、《星座》、
《大公園》等刊物上刊出。或許是小思對豐子愷及他的漫
畫，作過散文化的情致閱讀，傳媒似乎因豐子愷而隱藏了
些許現代機械化的冷漠，而多了人間的純眞與溫情。小思
以詩意的情懷強調：其本屬人間[15]。

在評述戴望舒的文章裡，著重提到他主編的《星島日
報·星座》副刊，是這份編輯機緣，讓本不打算留下來的
戴望舒在港呆了他生命的十分之一的時段。除此之外，戴

---

[14] 盧瑋鑾：〈茅盾在香港的活動〉，《香港文縱》，頁143-161。
[15] 盧瑋鑾：《香港文縱》，頁171-175。

望舒還負責過《華僑日報》的副刊《文藝周刊》。小思在
這篇評述文章中，尤為重視政治的變換莫測給戴望舒帶來
的遭遇，此筆法似一個隱喻。恰如哈貝馬斯討論文學公共
領域與政治公共領域的關係，及公共領域的政治功能等問
題涉及的，當現代傳媒構成一言論公共空間時，就很難擺
脫其政治職能。那麼戴望舒的遭遇暗襯出香港這個言論空
間，自此「公共領域」誕生以來，就在各政治爭奪中跌蕩
起伏[16]。

　　除了在評述文人活動時涉及到報刊雜誌，小思另有專
文討論。在〈半世紀以來星島日報文藝副刊掠影〉一文，再
次引出編者戴望舒設計《星島日報》第一個文藝副刊的理
想：「『星座』能夠為它的讀者忠實地代替了天上的星星，
與港岸周遭的燈光同盡一點照明之責。」目的卻是以這為
基準，討論星座副刊由編者的更換，而形成的三個不同的
階段和擁有著不同的風格。主要從寫作陣營和設計欄目來
談。

　　第一階段，戴望舒掌編，側重文學性，且多有中國名
家寫稿，盛極一時，包括郁達夫(1896-1945)、沈從文
(1902-1988)、蕭紅(1911-1942)、施蟄存(1905-　)、端木蕻
良(1912-1996)、夏衍(1900-1995)、徐遲(1914-1996)、羅洪
(1910-　)、葉靈鳳(1904-1975)、李健吾(1906-1982)、袁水
拍(1916-1982)、李廣田(1906-1968)等。且出了蕭紅的重要

---

[16] 〈災難的里程碑──戴望舒在香港的日子〉，見《香港文縱》，頁
176-210。

作品《呼蘭河傳》和端木蕻良的《大江》。因此小思認為:
「如果研究抗戰文學,漏掉這一個文藝副刊,必然造成很
大的缺口。」

　　第二階段,戰後由周鼎(1921-1997)主編,在戰後現實
的多元化要求下,增加了一些社會問題專題如「家庭與婦
女」,但仍力保文學作品。小思指出:這階段的特殊性在
於「具本地特色」,作家陣營除了中國主力之外,更有大
批長時間在香港居留的「本地人」。

　　第三階段由作家葉靈鳳主編,他曾是副刊的讀者、然
後是作者、最後是編者。副刊此後的風格驟變,由純文學
園地走向與文學無關的知識綜合版。小思沒有深究其因。
僅是隨文提及了《星島日報》
的其他副刊,以及文藝周刊。
不過,在文章開篇小思已提出
自己對《星座》副刊的認識:
認為此文藝副刊,「雖然編者
數易,版面迭改,但一直都是
《星島日報》的重要部分,也
是研究香港文學發展的人,不
容忽視的一環。」[17]

　　本文認為,香港報刊雜誌
的現代職能是有演變歷程的,
期間亦有非常複雜的變化。僅

香港的憂鬱
——文人筆下的香港
(一九二五——一九四一)
盧瑋鑾編
華風書局出版

----

[17] 盧瑋鑾:《香港的故事》,頁74-80。

就編者、作者與雜誌的關係來看,戴望舒時期,是與謀生手段合一。但後來是如何演變的呢? 發展到今日,報刊雜誌與謀生存何關係?

如果說小思對《星座》的研究角度,立足於編者,那麼,她對《中學生》和《中國學生周報》的研究,完全從讀者的角度,去闡明此兩份刊物對青年的導航作用。小思的立場仍然是立於香港來談中港牽連與淵脈。面對南來話語,開始思考南來文化人與香港這個城市的現實關係和情感關係;同時注意到雜誌與香港這個城市,在品格上的共通性,並敏銳指出它的「多元性格」[18]。對於讀者來說,雜誌還是傳送知識的一種方式,但對知識的選擇權,卻掌握在編輯手中。可以說此時小思的思考,已觸及對現代性的質疑,即現代報刊雜誌完全面對公眾是否可能? 在知識與權力無處不在的結構中,現代意識產生之初的夙願,是否僅是一個烏托邦?

最後在本節結尾,筆者必須提到的是,小思言說不僅僅有香港立場,同時可見她的女性立場。本文不準備分析她1982年編選的《香港女作家自選作品集》,以及她的〈香港女作家活動概論〉的論文。僅引出她的〈蕭紅在香港〉文的後記說明:

> 本文是從七年前一篇舊作《一九四○年蕭紅在香港》改寫過來的。……重看時感到從前有些資料

---

[18] 盧瑋鑾:《香港的故事》,頁46-73。

引用不恰當，還是動手刪去，也同時加入一些新的
材料，在這一刪一增之間，大概也顯示了我對某些
人某些事的不同看法[19]。

需要比較兩文才能知道小思的不同看法是什麼，這裡僅以一
種態度提出。

二、言説對象

小思的研究大多有一個擬想讀者。它或是寫香港文學
史或將要做香港文學研究者；它又是打算要書寫或閲讀香
港這個城市的人。

首先，小思研究的言說對象，是對做香港文學史或將
要做香港文學研究的人，言說「資料搜集及整理的重要」。
小思說：「在香港文學研究還在起步的時候，由於資料缺
乏，有些研究者可能爲求速成，不加考察，採用了二三手
資料，甚至再加個人『大膽假設』，寫成了具有廣泛流傳
的文字。也有些很熱心，但欠缺學術訓練的人，隨便採擷，
東拉西扯便成資料册，這些東西一旦傳播，要更正就不容
易，對香港文學研究，極爲不利。」

在小思以例舉坊間有關香港文學研究的各實例錯誤之
後，坦言自己的工作：「我用了十年時間，已整理出1937

---

[19] 盧瑋鑾：《香港文縱》，頁166。

年至1950年間，約三百位中國文化人的資料，另有《立報·言林》、《星島日報·星座》，及《大公報·文藝》等目錄、索引。這些原始資料的整理，可為將來香港文學史的編纂提供方便，也直接幫助釐清了許多錯誤觀念。」[20] 對這份工作只求一點滿足，那就是：將整理好的資料交到研究者手上[21]。這裡說出了一份樸素工作的意義，它既有正誤之功，又含無私的奉獻。小思的這份工作開始於1977年，主要對1925至1950年間文藝資料進行搜集，其內容包括四方面：「報紙與期刊；來港文化人的作品、傳記、回憶錄、追悼文字；訪問曾來港的文化人，或對該段時期情況有一定了解或直接參與當時活動的前輩，取得口頭或書面的資料；近人對此段時期的研究成果及評論。」

小思的研究近乎是從資料搜集中走進，她的研究功力體現在對資料的「訂正與鉤沉」。由於搜集來的資料會有日期或刊印錯誤，或是記憶的差錯，因此要逐條校核，並要找出有力的證據來支持。其中的甘苦如小思言「訂正一條資料，當然如勝一仗。」小思的訂正，不僅是勘誤，她更

---

[20] 小思:〈香港文學研究的幾個問題〉，見《追跡香港文學》(黃繼持、盧瑋鑾、鄭樹森編，香港：牛津大學出版社, 1998)，頁66-67。
[21] 這是小思1984年12月6日在答記者問中坦言:「我現在搜集資料的工作也做得很倉促，也還沒有完成。搜集了資料還要訂正，都是些十分瑣碎費時的工作，我相信如果我能夠盡力整理好這些資料，將它們交到研究者手上，我已經十分滿足了。」見許迪鏘、朱彥容:〈盧瑋鑾訪問記〉，《香港文學》1985年第3期, 1985年3月, 頁22。

多地是帶著問題意識進入，在求證途中融進對作者的態度
及立場的思考。其中最有價值的是發現：「我從搜集的資
料中，發現了許多未為人所知的作品，例如茅盾在港用筆
名發表的雜文及補白文字，蕭紅在港最後一年寫成的短篇
及散文，最近也為林煥平先生提供了他在香港的創作及活
動年表。」此舉不僅是對研究者，對作家，對歷史本身，都
顯出非凡的意義[22]。

讀書豈能無史？修史豈能無史料？這是小思之問，從
此問進入，本文願將小思的研究放進「歷史考古學」來思
考。

並不是要將小思的研究硬性拉入福柯(Michel Foucault,
1926-1984)的知識考古學理論，它們有著本質的不同。但
是，在對待歷史文獻的態度上，其某種言說，不妨借鑒一
二。福柯在《知識考古學》(*The Archaeology of Knowledge*)
的前言中這樣說道：「對歷史說來，文獻不再是這樣一種
無生氣的材料，……歷史乃是對文獻的物質性的研究和使
用，……就其傳統形式而言歷史從事於『記錄』過去的重
大遺跡，把它們轉變為文獻，並使這些印跡說話，而這些
印跡本身常常是吐露不出任何東西的，或者它們無聲地講
述著與它們風馬牛不相及的事情。在今天，歷史便是將文
獻轉變成重大遺跡，並且在那些人們曾辨別前人遺留的印
跡的地方，在人們曾試圖辨認這些印跡是什麼樣的地方，

---

[22] 小思：〈漫漫長路上求索者的報告〉，《香港文縱》，頁2-3。

歷史便展示出大量的素材以供人們區分、組合、尋找合理性、建立聯繫,構成整體。」[23] 這是考古學追求的意義。

　　之所以借鑒這段話,是因為它突出了小思研究的重要價值。小思的研究是建立在文獻基礎之上的,小思自己這樣說過:「我手頭的確有許多經整理過的第一手資料,但這只不過是我用多年功夫,在圖書館、舊書刊中逐條找出來,加以校訂、整理的成果。……我所用的書刊,是公開放在圖書館裡,凡持有圖書館入館證的人都可以看到。」[24] 福柯的言說導出了小思的研究與圖書館收藏的文獻之不同處在於,圖書館的資料僅起著「記憶往日豐碑」的作用,而小思的研究是將文獻轉變為「豐碑」,調集大量的材料,將它們整理、分類,並找出它們間的相互聯繫,使它們形成整體。因此完全可以說,小思的工作就是史學意義上的研究,正如黃繼持(1938-　)所言:「這部分史料性工作,其實對『史』的研究與撰述,掃除種種色色的障礙,打下十分堅實的基礎,是作為一門『學術』建設最不可少的工作。」[25]

---

[23] 米歇爾・福柯(Michel Foucault):《知識考古學》(謝強、馬月譯,北京:三聯書店,1998),頁6-7。

[24] 小思:〈香港文學研究的幾個問題〉,《追跡香港文學》,頁73。

[25] 盧瑋鑾:《香港文縱》序言。另外,小思自己也有一篇〈掘文墓者言〉的散文,此文中,小思將自己稱為「掘文墓」人。見散文集《不遷》(香港華漢文化出版,1985),頁51-52。

其實，若按福柯的理解，這份研究本身就是當代有意義的著史。是對香港文學歷史的發掘，不僅是追縱尋跡，而是對香港文學這個學科進行概念反思。故小思討論：什麼是香港文學？香港有没有文學？以及香港文學的出路和香港文學研究的回顧。對「美元(援)文化」、「南來作家」等概念辨析；對香港與臺灣在文學上的關係，以及中國文學史對香港文學擁有的史段的疏漏，等等，都有理論化的闡述。

其次，小思研究的言說對象，是書寫或閱讀香港這個城市的人。

僅以《香港的憂鬱》這本文人筆下的香港集爲例，小思的言說對象就極其明確。也斯(梁秉鈞，1949-　　)對這本書的評述，抓住的就是此點。他曾這樣指出：「《香港的憂鬱》值得細讀，不僅因爲裡面有細讀這個城市的文字。它把許多不同角度的文字並列，還令我們去反省怎樣讀一個城市。編者做了細心的工作，她在接受電臺訪問時說，是在幾百篇有關香港的作品中選擇，要選有代表性的，又希望能兼顧各方面。我們現在看到的材料，已經經過選擇。我們現在一邊看一邊想，想的不是文字寫得好不好，而是文字代表了怎樣的看法；還有就是我們該怎樣讀它。」是因爲「香港，對於有些作者，可以是既定的符號：『燈紅酒綠』、『崇洋』、『白鴿籠』、『没有靈魂』、『美麗的夜景』」，不同的人眼中看出不同的香港；而且寫下了粗暴、偏見的文字，漫畫了一個陌生的城市。造成

「一個牽強的比喻也代表一種魯莽的態度。」因此也斯認為,小思的工作表明,「歷史是公平的,說過的話都留下痕跡,無法抹去。耐心的人,總會同時找到初疏和慎密的意見;並排比較,也就不但說到那個地方,也分明地說到看那個地方的人。」[26] 這也是小思反復強調的:香港新文學的研究,要重視對作者的創作態度進行研究。

小思在〈香港文學研究的幾個問題〉中,亦明確指出「研究香港文學應有的態度」。她說:「了解香港社會本質、不宜用幾個地域的文藝觀、社會意識來選取研究角度。」她強調的是「香港是一個相當複雜的城市,中西文化揉集,形成了別的地區不易存在的文化模式。而文藝也在自由地、自生自滅地發展。」也就是說,研究者首先當對香港這個城市的品性有所掌握,才可獲得適當的研究角度。也只有這樣,才會得出客觀公正的觀點[27]。

期求公正,幾乎是香港本地人發出的同一聲音,這裡隱含了歷來話語對他們情感的傷害。小思編《香港的憂鬱》,在序言中,小思說「這名字,很配合香港的遭遇和性

---

[26] 寫這篇文章是自己私下悄悄的行為,沒有驚動小思老師,僅想完成後再去請教。因此,材料便處於漸漸獲得中。是此文即將脫手時驟然發現1985年3月的《香港文學》有「盧瑋鑾特輯」,才得到也斯〈中國作家看香港——讀《香港的憂鬱》〉(頁32-33)一文,故本文此處的引用是事後填充。因為也斯的言說近乎與我從小思序言中讀出的感受一樣。聲明於此,是想進一步證實,或者說強調,小思編選隱在的表達。

[27] 小思:〈香港文學研究的幾個問題〉,《追跡香港文學》,頁72。

格」。因為,「許多人要寫香港,總忘不了稱許她華麗的
都市面貌,但同時也不忘挖她的瘡疤,這真是香港的憂
鬱。近年來,她竟得到前所未有的『關懷』,是禍是福,現
在難下定論,但不慣接受『關懷』的她,顯然驚惶失措了,
恐怕這也是另一種憂鬱。」小思將這些或許也帶來香港「憂
鬱」的文字結集,有自己對這個城市的情感意圖:「這書
所選文章,除了極少數幾篇,其餘多是不常見或不易見的,
因為它們多刊在當年報紙或雜誌中。大部分是當年作者所
見所感,小部分是以香港為題材的創作」,也就是說,追憶
香港是一編選意圖,但其結果,小思說:「有甚麼反映,得
甚麼結論,那就要看讀這書的人是怎樣看待香港了。」[28]
整個這本書,從寫者到編者最後到讀者,都圍繞一個中心,
就是怎樣看香港。散文家小思,只要涉足到這個城市的命
脈,就有著萬千思緒。這亦是香港本地知識分子或說文化
人的一個共通處,此當是這個城市的幸運和驕傲。

三、歷史研究法

　　小思的研究方法,黃繼持概括為:中國的史學傳統與
日本的資料學方法的結合[29]。本文在這裡要著重提出的是,
小思的研究除掉本文以上所述,還有一部分是針對作家、

---

28 盧瑋鑾《香港的憂鬱》(香港:華風書局, 1983)序言。
29 盧瑋鑾:《香港文縱》序言。

作品發言的，對此部分的評述，筆者放到第四部分。此僅言方法。總體來說，小思使用的是「歷史研究法」。具體可概爲:

從有關文獻(手稿、信札、日記、檔案、家譜、年鑒、自傳文字、見證人之描述等)來考訂作品材料所經受的修改、增刪、寫作日期、出版日期、作者屬誰等問題; 又從拼字、編排、注釋、等來鑒定材料的眞僞、校勘材料的文字，並編排作品材料撰寫的次序。

考察作家和文化人的生平: 從他們的傳記來考察其家庭境況、身心狀態、交友情形、愛情經驗、反應模式、思維習慣、道德觀念、政治見解、爲人處事的態度及其所見所聞(如游歷之處、閱讀之書等)各方面入手，以明瞭一生經驗與藝術創作之間的關係，諸如主題的選擇、語言的運用、觀念的形成等。

評估作者及其作品的地位: 從有關文獻中考察作者及其作品在當代(與歷史)的聲譽，並就作品本身的藝術成就予以比較，以明傳聞和其眞正價值之間的差距，考溯文學傳統對某一作家及其作品的影響，以及該作家及其作品對當代(或後代)的影響，可以判定其在歷史上或文學傳統上的地位[30]。

除了小思評述時所使用的方法之外，小思的言說方式可以概爲: 或隱而不顯，或又直抒胸臆; 或用材料直接表

---

[30] 參劉介民:《比較文學方法論》(臺北: 時報文化出版公司, 1990),頁187。

達，或又動情敘述。有人及小思自己都認為，其學術文字
「硬」了一點，少了散文的靈氣[31]。本文卻認為，小思文論
的曲徑通幽，或是真情述評，恰得力於其散文方面的造
詣。小思不僅寫散文，而且對散文寫作有過專論，猶為重
視具有香港特色的專欄散文。並編了《中國當代散文理論
集》[32]。從編選序言中可看出，小思非常重視散文的「學
理思考」。可以說：小思的言，與以什麼方式言，是相統一
的。

四、針對作家、作品發言

小思言說的內容。其實本文自始自終討論的興趣都在
此。故行筆於此部分，當是一個補充。

小思曾將自己的研究命名為：「香港文學散步」。它
體現了研究者的研究心態及其幽緩；而研究對象，無論是
中國南來文化人活動及作品，還是本地作家作品，僅要是
在香港城發生，與香港城有著千絲萬縷之聯繫；就當是香

---

[31] 記者問：「我就是奇怪，既然你寫過《豐子愷漫畫選繹》這類感
性文字，為甚麼現在你的一些文章，尤其是學術性的，好像有些
『硬』?」小思答：「很奇怪，現在寫學術文章時，硬得連自己也
不相信，我是不想這樣子的，不自覺的，一下筆就一板一眼。」見
許迪鏘、朱彥容：〈盧瑋鑾訪問記〉，《香港文學》，1985年第3
期，頁24。

[32] 盧瑋鑾編：《不老的繆思——中國現當代散文理論》(香港：天地
圖書有限公司，1993)。

港文學不可遺忘、疏漏的組成部分。也正因爲此,小思這方表達,情眞意切,雋永細膩。

立志爲香港文學的「現代」意識探源的小思,「五四」的歷史文化,當然是一情結。故她常將筆頭不只徘徊在好幾十年前的文化氛圍裡,更流連散步於當下都市寂寞一角的叢叢墓碑間,哀思幽婉。此書寫目的在於讓已是現代化的大都市香港,遐思片刻,神交「五四」,從而「釀出一腔歷史情懷」。

小思如此動筆的意念來自她堅信「五四」學人對香港的影響。她要以揭示這份影響來試問:誰說香港沒有歷史?誰言香港没有文化? 在追悼蔡元培的文中,小思讓五十年前的鏡頭重放於當下:「……他避地南來,住在九龍的時候,雖然已沒有公開活動,但他對香港文化界仍起了鼓勵作用,……我們試看看一九四〇年三月十日,他舉殯的那天情況吧! 全港學校和商店下半旗志哀,他的靈柩由禮頓道經加路連山道、再經波斯富街、軒尼詩道、皇后大道、薄扶林道,沿途都有巿民列隊目送。任南華體育館公祭時,參加者萬餘人,那眞是榮哀。」[33]

本文認爲,這段引文,不僅展示了五十年前香港的一個哀悼場景,亦不僅突出了小思對文化記憶的強調;它作爲《香港文學散步》的首篇,事實上呈現了這部編寫集的整體表達方式。書寫蔡元培的靈柩,在萬千香港市民的矚

---

[33] 盧瑋鑾:〈五四歷史接觸〉,《香港文學散步》(香港: 商務印書館, 1991), 頁6。

目下，歷經香港重要街道，如此細致詳盡。可以說，整部《香港文學散步》都是以這種方式來呈現的。全書以歷史人物或歷史事件獨立成章，每一章節都以小思的引文起篇，而幾乎小思的每一篇文又都從香港的街道、地點、特色建築物切入，且各文要表達的意念明確。它們與整個集子的嚴謹結構，相契相合。似乎歷史文化已由集子中的代表曾經與香港的經驗，而化爲了今日城市標記的斑駁圖案。雖日積月累乃至銹跡斑駁，但仍然能發出脆脆響音，警醒現代都市。小思說：「六十年過去了，你試試站在古老的小禮堂裡，依舊，彷彿聽見魯迅的聲音。」[34]

此編選集雖然出版於1991年，但小思所有的文章都是在1987、1990年所寫，故這份工作當屬於80年代[35]。這個年代及以後，在香港文壇上，出現了好幾位以城市爲思考切入點的作者，他們將自我生存狀態融進香港城市的敘述中，如西西、也斯、董啓章(1967-)等。在世界文學中，以旅游城市的方式來思考現代意識；以過去來期待未來，亦有讓人迷醉的伊塔羅·卡爾維諾(Italo Calvino, 1923-)等；以及對都市工業現代化持批判、警醒姿態，以寓言或隱喻風格來建樹理論的瓦爾特·本雅明(Walter Benjamin,

---

[34] 盧瑋鑾：《香港文學散步》，頁24。
[35] 有意思的是小思幾乎集中在這幾個年度有意探尋，或者説是將曾經的探尋作有意的著重。爲什麼？此問產生於純粹的閱讀。但今已請敎過小思老師，她的回答是：因這兩年開的專欄。專欄對香港文學的生產實有很大功勞，它文專論。

1892-1940)等等。那麼,小思以散步城市的方式展示的研究,與他們有什麼不同呢?

本文認為,小思意在由城市記憶來尋覓文化蹤跡,為香港的歷史與文化找出證據;為現有的中國文史填補香港研究的缺失;為作家提供其自己可能都遺忘或疏漏的檔案……故小思論少敘多,重資料避理論。雖然闡釋者亦不是不可以憑自己的知識資源和立場,以理論來闡釋小思的思考;且小思的思維也具傳統理性分析力度;但作為小思本身是非理論的,而上例舉的作者,即使是寫小說,亦常常理論化。

因此,小思所涉城市文化課題,仍然是以歷史研究法,行考溯研究。其內容包括以下幾個方面:

一、新文化活動:有「孔聖堂」,因眾多作家的演講,凝聚成歷史亙古的回音壁,而成為「香港的文化殿堂」。「六國飯店」,因其名字與「四十年代的中國文藝南方發展連在一起」,因而蕩漾著滄海桑田的韻味。「何福堂書院」,因曾經的民主教育,使它擁有「民主禮堂」的榮譽。

二、作家作品。「林泉居」、「舊書市」、「淺水灣」、「學士台」、「三穴之二六一五」、「幽幽小園」,……留下了戴望舒、蕭紅、施蟄存、許地山等生前足跡、死後遺跡,故小思說,殊不知香港還有這麼可愛的地方。小思的作家作品研究,基本是從考察作家的生平入手,討論人生經驗與作品生成的關係。如對戴望舒、蕭紅等的研究[36]。

---

[36] 見盧瑋鑾:《香港文縱》。

　　另外，基於小思對香港文學「現代」考掘的研究基點，
她對作家、作品的討論，時間段基本定在50年代以前，即
使此作家的創作活動延續到50年代之後，小思亦給出一個
限定聲明，僅討論「早期」。對「早期」的強調，幾乎可
以說是小思研究的又一特色，它顯示某種挖掘的動機。

　　在〈侶倫早期小說初探〉文中，研究是從主題入手，討
論一定時期作家創作的分期形態、特徵，及影響和地位。
這篇文章突出了小說特徵與香港城市特徵的融合，故「異
國情調」、「感傷色彩」、「愛情主題」為主要分析對象；
而在分析小說及小說家的影響、地位時，更抓住香港與上
海，作為國際化大都市的淵脈，探勘剖析[37]。

　　最後，值得一提的是，如本文在前面曾指出的，香港
的現代意識是在多種文化交相並置中成長的，這份城市身
份的複雜亦在小思研究中有所體現。因此，她往往在評述
的過程裡，會突然駐筆，以知識分子本能的批判意識，對
當下香港商業化的現實提出警示。這或許就是她常說的，
愛恨交加的情感表露吧？

五、結語

　　本文主要是從何處言、對誰言、怎樣言、言什麼四個方面，
來分析、闡釋小思對有關作家、作品，甚至文化人與文化活動，

---

[37] 盧瑋鑾：《香港的故事》，頁98-109。

在香港城留下的斑斑印記的挖掘。意在說明對原始材料的追
縱、考古,對於把握香港新文化史與文學史的某些淵脈、香港
新文學的產生和現代意識的形成諸問題,都意義重大。但正如
文中已說過的,小思僅就1937至1950年間,就整理出300位中
國文化人的資料,而筆者在行文間,僅攝取到已出版的部分材
料。故本文的研究亦僅是小思研究之海中一粟。

1999年11月16日

~~~~~~~~~~

參考文獻目錄

DENG

鄧正來等編:《國家與市民社會》,北京: 中央編譯出版社,
1999年。

FU

福柯, 米歇爾 (Foucault, Michel): 《知識考古學》(*The
Archaeology of Knowledge*), 謝強、馬月譯, 北京: 三聯書
店, 1998。

HA

哈貝馬斯(Jurgen, Habermas): 《公共領域的結構轉型》(*The
Structural Transformation of the Public Sphere : An*

Inquiry into a Category of Bourgeois Society), 曹衛東等譯, 上海: 學林出版社, 1999。

LIU

劉介民: 《比較文學方法論》, 臺北: 時報文化出版公司, 1990。

LU

盧瑋鑾: 《香港的故事》, 香港: 牛津大學出版社, 1996。

——: 《香港文縱》, 香港: 華漢文化事業公司, 1987。

——: 《香港的憂鬱》, 香港: 華風書局, 1983。

——: 《香港文學散步》, 香港: 商務印書館, 1991。

XU

許迪鏘、朱彥容: 〈盧瑋鑾訪問記〉, 《香港文學》1985年第3期, 1985年3月, 頁20-24。

徐迅: 《民族主義》, 北京: 中國社會科學出版社, 1998。

[以下是本文所涉小思文章表]

序號	文章名	寫作時間	發表/出版時間	發表園地和出版社
1	陶行知在香港.		1980.8	《開卷》總20期
2	茅盾在香港的活動 (1938-1942)		1982.7.	

3	香港青年散文格調描述	1983.6.	1998.	香港牛津
4	《承教小記》集		1983.7.	香港華漢文化出版
5	香港早期新文學發展初探	1983.8.	1987.10.	香港華漢文化出版
6	香港的憂鬱——文人筆下的香港序	1983.10.	1983.12.	香港華風書局
7	掘文墓者言(《不遷》)	1983.12.	1985.8.	香港華漢文化出版
8	漫漫長路上求索者的報告	1984.2.	1987.10.	香港華漢文化出版
9	統一戰線中的暗涌——抗戰初期香港文藝界的分歧	1985.4	1987.10.	香港華漢文化出版
10	青年的導航者——從《中學生》談到《中國學生週報》	1985.7	1996.	香港牛津
11	中華全國文藝抗敵協會香港分會	1986.9	1987.10.	香港華漢文化出版
12	香港文藝界紀念魯迅的活動記錄	1986.10.	1987.10.	香港華漢文化出版

13	本在人間的豐子愷	1986.10	1987.10.	香港華漢文化出版
14	災難的里程碑——戴望舒在香港的日子	1986.10.	1987.10.	香港華漢文化出版
15	中國文化協進會	1986.11.	1987.10.	香港華漢文化
16	十焚花寂寞——蕭紅在香港.	1986.12.	1987.10.	香港華漢文化
17	五四歷史接觸	1987.5.	1991.8	香港商務
18	一堵奇異的高墻	1987.5.	1991.8	香港商務
19	彷佛依舊聽見那聲音	1987.5.	1991.8	香港商務
20	三穴之二六一五	1987.6.	1991.8	香港商務
21	寂寞灘頭	1987.6.	1991.8	香港商務
22	達德學院的歷史及其影響	1987.7	1996.	香港牛津
23	半世紀以來《星島日報》文藝副刊掠影		1987.8.	《星島日報》
24	侶倫早期小說初探	1988.4.	1996	香港牛津
25	香港文學研究的幾個問題	1988.10.	1988.12.	《香港文學》
26	林泉居的故事	1989.5	1991.8.	香港商務

27	文藝的步履——六國飯店懷舊	1990.3.	1991.8.	香港商務
28	文化殿堂	1990.6.	1991.8.	香港商務
29	學士台風光	1990.6.	1991.8.	香港商務
30	民主禮堂	1990.6.	1991.8.	香港商務
31	幽幽小園	1990.6.	1991.8.	香港商務
32	香港故事		1996.	香港牛津
33	重讀中國學生周報手記		1996.	香港牛津
34	許地山與香港中文大學		1996.	香港牛津

~~~~~~~~~~~~~

英文摘要(abstract)

Zhang, Hui Min, "A Preliminary Critique of Xiao Si's Work in the 1980s."

Ph.D Candidate, Department of Chinese, The Chinese University of Hong Kong

This essay makes an aspiring attempt to analyze and interpret how Xiao Si dealt with writers, literary works, literati and their cultural activities, and, most importantly, uncovers the memories of Hong Kong. Asking questions like where the writers publish their works, to whom they speak to, how they express their points of view, and what they speak of, enables an account for the searching of origins and heritage. All the above efforts endeavor to review that Xiao Si's works contribute immensely to the production of Hong Kong culture and literary history. This essay strives to enforce rational thinking among historical issues and narration by deploying the paradigm of hermeneutics. (余麗文譯)

~~~~~~~~~~

論文重點:

1. 在燈火璀璨中尋得小思的沉默, 在瑣碎、繁實的史料中尋得小思的表達。

2. 本文擬從言說者的位置、言說對象、言說方式、言說內容四方面, 展開評述。

3. 小思的言說立場非常明確, 立於香港發言, 僅為香港立言。

4. 如何在「南來及其文化活動」研究成果裡, 析出小思言說的香港立場?

5. 小思將1927年設為香港新文學發生的起點。那麼, 香港新文學產生以後, 其現代意識是如何形成的呢?

6. 「民族」問題在香港文壇顯現。小思認爲: 這是香港
    文學史必須關注的問題。
7. 現代意識的教育體制和教育實施, 使新文學在香港的
    發展具知識化。
8. 現代文藝報刊雜誌及南來文人的參與, 從中反映出的
    現代意識和傳媒職能。
9. 小思研究的言說對象, 是對做香港文學史或將要做香
    港文學研究的人言說, 「資料搜集及整理的重要」。
10. 圖書館的資料僅起著「記憶往日豐碑」的作用, 而小
    思的研究是將文獻轉變爲「豐碑」, 突出了小思研究
    的重要價值。
11. 研究香港文學應有的態度: 研究者首先當對香港這個
    城市的品性有所掌握, 才可獲得適當的研究角度。
12. 小思意在由城市記憶來尋覓文化縱跡, 爲香港的歷史
    與文化找出證據。

~~~~~~~~~~

特約講評人: 吳予敏

吳予敏(Yu Min WU), 1954年生, 西北大學中文系碩士, 中國
    社會科學院文學研究所文學博士(1989), 現爲深圳大學傳

播系教授、系主任，著有《美學與現代性》、《無形的網絡——從傳播學角度看中國傳統文化》。

作為文學研究的研究，無外乎兩個目的：其一，考量文學研究的視角、方法和觀念，以提高研究的理論度、精確和敏感度；其二，建立並拓文學研究的學科知識。張慧敏關於小思的香港文學研究的研究，尋覓研究者的縱跡，讓我們看到了香港文學的自覺。

小思的富於開創意義的研究，將香港文學的歷史演變的脈絡從支離紛繁的表象堆中剝離出來，為香港文學史作了可貴的基礎性的鉤沉和梳理工作；更重要的是，她的研究始終體現對香港文學乃至文化的根性的反思、張慧敏通過審讀小思大量的研究作品，貼切地說明了小思文學研究的個性和成就。

文學研究具有它特殊的雙重性格，一方面，它是有嚴格規的科學活動；另一方面，它又是研究者對世界言說的方式。張慧敏充分肯定了小思的研究在這兩個方面達到的平衡。當然，她更加注重小思工作的後一方面的特色。因此，她集中分析了小思作為言說者的位置、她的言說對象、言說方式和內容。我以為關於小思的「言說者的位置」的論述，創見較多。例如「為香港立言」、「香港的憂鬱」、「香港新文學的現代意識」、「起點和分期」、「對現代傳媒重要性的警悟」等等，都相當敏銳地把握住了小思研究的關節點。

　　張慧敏正確地指出，小思的言說對象不僅是「作香港文學研究的人」，而且是「書寫或閱讀香港這個城市的人」。對於前者是作一門學術的奠基，對於後者則是為了香港的自省。從某種意義上說，小思的研究，也是她對自我的言說。所謂「神交五四」、「城市記憶」、「情感意圖」、「文學散步」，都反映了她的研究的強烈的主體性和反身性特點。作為言說對象的「他者」，並非純粹外在的「他者」。論文作者可以將小思研究工作的這一特點講得更明白顯豁一些。

　　這篇論文對小思的研究視角給予了很高的評價，並引入哈貝馬斯、福柯、本雅明、卡爾維諾等現代思想家的例證，說明小思研究的現代思維的水準。但總的感覺是這類比較顯得牽強生硬，有拔高之嫌。

<hr>

特約講評人: 黎活仁

黎活仁(Wood Yan LAI)，男，1950年生於香港，廣東番禺人。京都大學修士，香港大學哲學博士，北京大學法律學學士，現為香港大學中文系副教授。著有《盧卡契對中國文學的影響》(1996)、《林語堂瘂弦簡媜筆下的男性和女性》(1998)等。

　　曾經因為《香港文學》和臺灣《文訊月刊》的邀約，寫過有關小思(盧瑋鑾教授的筆名)的短文，這篇應該是第三篇，但性質很不一樣，我對盧瑋鑾教授十分陌生，因為用小思的筆名出的書，都是散文，用她真姓名刊行的，都是研究香港文學的學術著作，我對這方面真的相當外行，印象就算有，也十分模糊。

　　張慧敏教授來港據知只有兩年，她所建構的盧瑋鑾教授又加了點時髦的什麼「公共場域」之類的理論，像在大公司購物，商品以滿天星的花紙包裝，去掉了花紙，盧教授的著作，還是令人覺得耀目非常，看官，您看一看下面的表，就知道甚麼的一回事，盧教授的香港研究，已開始結合市場「商品化」，加以傾銷，在90年代像排山倒海湧現，氣勢迫人：

1999	《國共內戰時期香港本地與南來文人作品選:一九四五——一九四九》，與鄭樹森、黃繼持合編
1999	《國共內戰時期香港文學資料選: 一九四五——一九四九》，與鄭樹森、黃繼持合編
1998	《早期香港新文學資料選: (1927-1941)》，與鄭樹森、黃繼持合編
1998	《香港早期新文學作品選 (1927-1941)》，與鄭樹森、黃繼持合編

1998	《追跡香港文學》,與黃繼持、鄭樹森合著
1998	〈《新晚報·星海》目錄:(1979-1991)〉,盧瑋鑾編;何慧姚,張詠梅資料蒐集
1998	《香港新詩選, 1948-1969》與黃繼持、鄭樹森合編
1997	《香港散文選1948-1969》,與黃繼持、鄭樹森合編
1997	《香港小說選: 1948-1969》,與黃繼持、鄭樹森合編
1997	《香港文縱: 內地作家南來及其文化活動》
1996	《香港故事: 個人回憶與文學思考》
1996	《香港文學大事年表 (1948-1969)》,與黃繼持、鄭樹森合編
1996	《〈星島晚報·大會堂〉目錄及資料選輯》,盧瑋鑾編 ;[何慧姚,張詠梅資料蒐集]
1990	《許地山卷》,盧瑋鑾編。
1986	〈研究香港文學史的幾個問題: 講稿大綱〉,盧瑋鑾[編]。
1985	《區域文學資料的蒐集與研究: 澳門文學座談會上的發言》
1984	《茅盾香港文輯, 1938-1941》,與黃繼持合編
1981	《中國作家在香港的文藝活動, 1937-1941》

以上據香港大學館藏列出，仍有遺漏，竊以爲盧瑋鑾教的香港文學研究，有以下的特點: (1). 是對五西名家在香港居留期間資料的蒐集，這方面的成就極大，例如茅盾(沈德鴻，1896-1981)、許地山(許贊堃，1893-1941)等，但這些資料結集提供的材料大概不會影響其人的定位; (2). 是對1999年香港文壇史的重建，以香港房地產作爲比喻，此地有七大集團，可是香港文壇史的重建，長期只有盧瑋鑾教授一位，既然是重建，提供的自然是假象; (3).是文學年表的出版，這方面對香港文學研究提供了方便，但史料眞僞難明，可能有些錯誤，但這是我判斷能力範圍以外的事; (4). 是給一些文學副刊編了目錄，目錄對研究來說自然是愈多愈好，但這些副刊的文學性可能不高; (5). 是香港文學選集的出版，對推廣香港文學形象有幫助，過去出版的《香港的憂鬱》評價最高，銷路卻不如預期理想。

拜讀了張教授的大作，覺得她提供了很多很多的資訊，這些資訊無法跟我本來已十分的模糊印象照合，因此也就無法批評。

特約講評人: 鄭振偉

鄭振偉(Chun-wai CHENG), 男, 1963年生於香港, 廣東潮州人,
香港大學中文系哲學博士。現職香港嶺南大學文學與翻譯
研究中心研究統籌員, 負責行政及研究工作, 另為該中心
出版之《現代中文文學學報》及《嶺南學報》執行編輯。
編有《當代作家專論》(1996)、《女性與文學》(1996), 另
有單篇論文發表於學報及雜誌。

　　讀罷張慧敏女士的〈試評小思八十年代的研究〉, 印象是
她用上了感性的筆觸, 給讀者勾勒出一位從事香港文學研究
學者的形象, 為她作了一幅剪影。80年代初期, 筆者還在大學
讀書的時候, 早已察覺到這位香港大學馮平山圖書館的常
客。歲月給小思帶來的, 是今天碩果纍纍的豐盛; 小思對香港
文學的貢獻, 當無爭議。

　　張慧敏從小思的研究工作出發, 試圖以從何處言(言說者
的位置)、對誰言(言說對象)、怎樣言(言說方式)、言什麼(言說
內容)四方面, 來開展她的論述, 這是一種甚具創意的嘗試。按
文章所附錄之表格, 所論共涉及小思34篇文章。當然, 要評價
一位學者的研究工作, 並不容易, 何況更要將評價的範圍限於
十年。筆者想到的是, 除文字以外, 要拼湊出一個人物的形象,
文學活動也是一個相當重要的部分。80年代, 小思所參與過的
文學活動, 合該添上數筆, 以竟全功。至於同時代人對小思努
力工作的肯定, 更是不容忽略, 否則, 文章只會予人小思是唯
一獨自艱苦地堅持的學者。

　　資料的出土和整理，對使用者來說，自然稱便。但挖掘和審訂資料的辛勞，往往是使用者所忽略的。正如研究文藝創作，理應看原作初稿或手稿，以便完全追縱創作者的艱辛探索、困惑，以及如何釐清思路，我想這同樣適用於對學者的研究。也就是說，小思在80年代的學術活動，應是她在過去的一種延續。筆者認這部分可加以強調。又張文曾引用過哈貝馬斯的公共空間的說法，與小思所概括的香港文壇「新貌」之間的關係，宜再申述。

　　最後，隨着科技的進展，現在要整理、檢索資料或數據，較從前着實容易得多，但筆者以爲爬梳的硬功夫才是最值得稱許的。

[責任編輯: 鄭振偉博士]

也斯說故事:

越界的迷思

■余麗文

作者簡介: 余麗文(Lai Man YEE),
　　女, 1975年生, 香港大學畢業
　　(1998)。英國Warwick大學英國殖
　　民與後殖民文學碩士(1999), 現
　　於香港大學亞洲研究中心「香港
　　文化與社會計劃」任職研究助
　　理。

論文提要: 也斯是提出研究香港文
　　化的主要學者, 在針對香港的特
　　殊殖民背景的同時, 認為必須抗
　　衡殖民時期的話語, 重整香港文化歷史。本文將重點研讀
　　也斯的香港文化論述, 討論他對本土歷史的追溯, 以及予
　　「香港文化」的奠基。另循也斯對香港的文化評論的結構
　　中, 分析其中的本土迷思, 以及對「香港文化」的不全面想
　　像。其次是闡釋也斯對空間的處理, 揭示也斯偏向書寫歷

史的消逝, 將本土色彩浪漫化, 卻未有充分利用空間的優
勢, 提出改善生活的實際策略。

關鍵詞(中文): 亞巴斯　李歐塔　弱勢社群　周蕾　哈維爾
本土化　全球化

關鍵詞(英文): Ackbar Abbas, Mike Featherstone, Ranajit Guha,
Stuart Hall, David Harvey, Henri Lefebvre, Roland Robertson,
Anthony D. Smith, the Local, Globalization

一、引言: 也斯與香港

也斯(梁秉鈞, 1949-)屬於多產的文化評論人, 早於
1970年開始在《快報》、《香港時報》、《星島日報》、
《娛樂一周》、《星島晚報》的報章專欄發表文章。詩歌、
散文和小說等更散佈不同的學術圈子和報章雜誌中, 其文
學成就實不用再贅。就文化評論而言, 筆者認爲也斯推動
「香港文化」的熱忱最爲顯著。他既是「香港文化」研究
學者, 也是推動文化研究的主導, 曾在藝術中心舉辦多個
以「香港文化」爲題的課程, 又於大學開辦過「香港文化」
課程, 也替《今天》編輯了「香港文化專輯」(1995, 第28
期), 他是研究「香港文化」的重要成員。

也斯的論述呈現對地方日誌、城市記憶的難分難捨。
本文將撮要地重點研讀也斯的文化論述, 討論他對本土歷
史的追溯, 與及作爲「香港文化」的奠基人。不難發現也
斯對書寫香港的熱誠早於其發表詩歌和散文時已經有所

表現; 其中尚有他對文化和文學的分析也滲透了對「香港文化」的珍惜和愛護。結集於《越界書簡》[1]和《香港文化空間與文學》[2]中的不論是論文、專欄雜文或是序言也清晰展示他對重整香港歷史, 建立香港獨特文化身分的追求。作爲其中大力推動重整香港歷史的學者和評論員, 讀者似乎更有必要了解其中立足點和理據, 以便肯定也斯大力推動研究「香港文化」的成果。本文循也斯的文化評論的結構中, 分析其中的本土迷思, 以及對「香港文化」的不全面想像。

二、崛起的本土文化想像

在1995年, 也斯主編的《今天》的「香港文化專輯」序言中, 把「香港文化」確立爲一個重要的課題。他指出不要偏面地談香港的文化, 應「通過香港與其他地方文化的種種複雜的同異, 去介定性質、反省問題。」[3]他認爲必須從多元的角度、不同的態度、或不同的看法處理「香港」問題[4]。序言中的熱情可加, 態度也極爲中肯; 問題卻出現於在撰寫專輯, 也就是給「香港文化」定位, 似乎已

---

[1] 也斯(梁秉鈞): 《越界書簡》(香港: 青文書屋, 1996)。

[2] 也斯: 《香港文化空間與文學》(香港: 青文書屋, 1996)。

[3] 也斯: 〈香港文化專輯〉,《今天》第28期, 1995年春季, 月份缺, 頁71。

[4] 也斯: 〈香港文化專輯〉,《今天》第28期, 頁74。

經把不認同「本土化」的異見拒諸門外,霸權形態下的討論便難以得出完整的香港景觀。

在評論陳耀成《浮世戀曲》(1991)時,也斯指出影片中的缺失出現於「代表香港發言時欠缺了對香港的認識,忽略了香港的複雜性:香港是由許多不同的東西構成,香港並不是一個如此可以暢言的貫徹主體。」[5] 讀者大可掙脫本土迷思的框架,再次研讀也斯所暗示的香港歷史書寫;他強調香港的複雜性,不能作為一完整的主體,或由人代表作為主體發言。「香港是什麼?」這個問題出現於也斯似乎並未附設完備指引,說明這個可被分割,而同時充滿混雜性的「主體」是如何產生。強調香港的邊緣位置,卻也框架化了香港的定位。其中所展現的只是在這框架之內可以充斥的多元性質,然而在面對框框以外的矛盾衝突卻可以視而不見?

這其中有關「全球化」,或「本土化」的爭論在香港似乎沒完沒了,然而英、美等地對這種論爭已有減弱之勢。這其中的原因大有針對全球/本土二元界定的矛盾,而轉移目標至討論實際社會運動以及建設社區的實務行動。時至今日,討論「香港文化」仍不失為一熱門學科,「全球化」、「跨國企業」的討論,又如迪士尼主題公園所象徵的文化侵略等,似乎仍舊是香港學者的夢魘。在此也不厭其煩地再次申述其中理論對香港的文化討論所帶來的衝擊。

---

[5] 也斯:《越界書簡》,頁107。

　　本文先討論「全球化」、「本土化」等概念, 再以書寫後殖民香港作爲例證, 探討城市論述的特質。最後以城市空間說明書寫的新趨向。也斯的文化評論可定位於三種大方向之上: (一) 重整香港歷史, 確認「香港文化」; (二) 以越界、遊戲等方式處理後殖民的香港問題; (三) 多從空間透視社會脈絡。本文將以這三方面作爲研讀基礎, 引證也斯文化評論對研究本土文化的貢獻和影響。

三、全球化的本土化意義

　　也斯的「香港文化」評論顯示了他對文化身分的一貫執著, 研究香港電影的一篇文章時寫「香港因爲本身的特殊環境、混雜的文化, 令它不會如加勒比海、烏克蘭那樣追尋一種民族文化傳統, 但另一方面, 也不是一個普通的後現代混雜模式可以解釋得了。」[6] 以上的言論明顯展現了也斯本人的文化立場, 既不認定香港作爲民族國家歷史的一部分, 也不認同貿然置香港於「全球化」的混雜模式之中, 現就不同的層次加以分析。

1. 亞巴斯的「消失的香港」(City of Disappearance)

　　亞巴斯(Ackbar Abbas)在其著作 *Hong Kong: Culture and the Politics of Disappearance* (1997) 中分析香港在脫

---

[6] 也斯:《越界書簡》, 頁107。

離殖民時期前已被摒棄和重置，因而呈現一種「消失性」。就處理這個問題之上，亞巴斯也提出三種書寫香港本土時可能出現的誘惑。更進一步對本土(the local)、邊緣(the marginal)、大都會(the cosmopolitan)三個命題深入透視；而他的分析也正好回應了也斯並未有處理的複雜問題。

(一)「本土」意義

他認為「本土」作為一種想像，不能簡化成母語教育或以廣東話取代英語作為教學主流的取向。亞巴斯指出「本土」這個概念已經是一種「翻譯」(already a translation)，因此在討論「本土」這個問題時不能與文化轉型等命題分割而談。[7] 回看也斯所編的「香港文化專輯」中只集中了對香港以內的文化結晶品作出評論，如董啓章(1967-)寫「香港愛情書」；游靜和洛楓(1964-)等寫香港電影；高志強、馬國明和鄧達智寫香港的實存性，這些文章均同時排斥了文化互相影響的問題，只抽空地討論香港而漠視了文化互動的關係，也不寫其中存在的矛盾。這種取向展示了也斯的主張在基本結構上有狹義的缺憾。

---

[7] Ackbar Abbas, *Culture and the Politics of Disappearance* (Hong Kong: Hong Kong UP, 1997), p.12

(二)邊緣定位

亞巴斯指出後殖民的第二個誘惑是「邊緣」的誘惑。發展自李歐塔(Jean François Lyotard, 1926-1998)對小敘事(little narrative)的追捧, 抗衡大敘事(grand narrative)的壓迫性, 邊緣性也就成爲了後殖民與後現代的直接關聯。危險的是在不斷主張位居邊緣的主體位置時, 往往在劃分中心/邊緣時鞏固並僵化了兩者的關係, 不單未能衝擊中心的壓抑特質, 反而直接確立了中心的地位。針對以上的解釋, 亞巴斯主張不應以「邊緣」性這個主題引領後殖民的歷史書寫。

(三)大都會想像

對於後殖民的「大都會想像」趨向的解釋, 是指企圖踰越地域民族的疆界, 平等地同處於世界之中。這種見解也近似於「全球化」想像中認爲一體化的變數並不預示單一文化的主導思想, 而是指有多元化和容納異質的特色。這種天眞而帶有霸權意味的見解對不平等的文化背景和殖民歷史卻隻字不提, 實在是理論的不足之處。亞巴斯認爲以上三種誘惑, 均體驗於理論家如何處理文化身分之中。也斯也建構香港的形象, 他把命題點出卻不能對問題自省, 令讀者的閱讀未能透徹認清「香港文化」如何定位和構設, 他對「香港文化」的確定反而只致力衍生製造了另一個形象香港。

2. 文化香港構圖

也斯於一篇演說中曾經提及嚴肅文藝作品與商業掛帥的通俗小說的分野，認為發表在通俗雜誌上的小說可以是「表面上[是]流行的形式或題材，其實卻真正是跟這些形式或題材開玩笑」。[8] 他認為題目或形式並不是最重要的，要注意的是寫的「態度」；作者並將之稱為「遊戲」[9]，同時強調在複雜的文化背景影響下的香港，同樣可以超越中心與邊緣、殖民與後殖民的疆界，發展出一種獨立的「香港文化」。香港是否/能否超越「全球化」或民族觀念的迷思，是一個極難解答的問題，現嘗試闡述其中的可能與不可能。

(一)越界不越界

在〈從文學到文化身份〉一文中，也斯針對當年《藝術發展政策檢討報告》的基調，批評政府鼓吹國際化卻忽視香港的文化身分。他指出「真正的國際化應該有本土的立足點，有自己的文化特色，才可以與人交流」[10]。也斯最早期的專欄以「越界」為命，希望「越出固執的界線，比較包容也比較靈活地思考問題」[11]。這同樣是不少文化研

---

[8] 也斯：《香港文化空間與文學》，頁150。
[9] 也斯：《香港文化空間與文學》，頁151。
[10] 也斯：《香港文化空間與文學》，頁189。
[11] 也斯：《越界書簡》，頁176。

究者的理念, 認爲整合香港歷史的資源不足, 政府也未見
有大力推動, 以致香港人身分模糊, 自信心不足, 只得游
走於「東、西」之間, 利用「借來的時間」和「借來的空
間」。問題衍生於以上的「遊戲」方式是否能眞切地處理
或批判問題; 嘲諷流行小説的模式是否能有效改變讀者狹
隘的閱讀興趣, 確保多元空間的擴張, 令商業掛帥的印刷
媒體不會以讀者人數來推垮嚴肅刊物? 階段性的策略只
追求理想地作出空間的跨越, 卻未提及時間的跨度。重整
歷史是以「歷史」作爲前提, 卻還是超脱不了時間的範圍;
以致未曾提示「香港文化」的前景, 港人又應該如何自省
目前的生活景象? 文化越界原是美滿之極, 可惜只邁出了
一步, 越界未成功, 成績也就顯得不大重要了。

(二)跨越全球化

也斯的文化評論企圖以「本土化」抵禦「全球化」的
壟斷, 確切指出必須有明確本土文化身分方能投身國際。
這種表現展示講者自信心不足, 恐怕國際大勢會把本土文
化摧毀。這種理念強調空間跨越的權力, 即由本土至國際,
必須服從時間上的不能跨越。筆者企圖指出這種對「全球
化」的閱讀並不合適, 也不能提供重整香港的新路向。

(三)空間的時間觀

1980年代學術界已經對「全球化」問題作出激烈的辯
論, 其後更將之發展成重要的學術課題。Roland Robertson

對「全球化」的解釋可算是最為人所熟悉的，他認為「全球化」指向地域空間上的壓縮，並且是對世界作為一整體的加劇認知。[12] Roberston 所提出的全球一體性是理想地認為世界文化(world culture)將會達致全球人性條件(global-human condition)的實踐，可容納不同的文化體系，同時也可以把差異的文化重新連繫。暫且不掀起其中的文化缺失，即漠視了經濟、政治權力、社會地位，以及不同民族國家與超級大國的不平等關係等等，他的理論也缺乏了一個有效的主題，論述如何能讓不同的文化得以平等共存。應留意這種「全球性」迷思只側重了地域文化的空間關係，卻對時間上的問題避而不談。這種時間觀並不單單指向跨國企業對資本和人力的控制，或是通訊科技所帶來的方便[13]，或是互聯網與金融體系的24小時運作模式，而是對歷史的一種淡化和對時間作空間式處理的手法。

所謂時間上的停頓展現於文化身分之上，便是對於文化的定型和框架化。「全球化」指稱文化最後只有一種，就是一個文化體系主導了全球思想。Anthony D. Smith正正有力地批判了這種單一的文化理想只提供了一種帶有強烈

---

[12] Roland Robertson, *Globalization: Social Theory and Global Culture* (London, Thousand Oaks & New Delhi: Sage, 1992), p. 8. 英文原文 "Globalization as a concept refers both to the compression of the world and the intensification of consciousness of the world as a whole."

[13] Mike Featherstone, *Consumer Culture and Postmodernism* (London, Newbury Park & New Delhi: Sage, 1991), p.127

文化身分的新殖民主義, 而且這種新殖民主義植根於經
濟、民族國家以及通訊科技之上。[14]

筆者認爲Smith的理解極有道理, 他準確地指出全球
化是一種「沒有回憶」的文化侵略行徑。他也同時表示「全
球化」迷思並不單純是一種沒有回憶的表現, 更加是把文
化定位於一種靜默的歷史之上, 這歷史是不會向前走動的,
而是置身於一個特定的時間匣子中, 既走不出全球一體化
的文化景觀, 也發展不了新的足以抗衡文化一體化的對
策。「全球化」於經濟、政治和文化的殖民行徑, 展現於
企圖僵化他處的文化發展, 透過傳播媒界、商業產品、政
治壓力等等進行新殖民。方法也似要認定歷史的倒退狀況,
文化成就也便無法取得突破。「本土化」的特點也是強調
歷史性; 要藉尋根、重整歷史, 以確定自身的身分, 定位必
須「有跡可尋」, 卻也反映被歷史拖累以致無法想像未來。
因此對「本土化」的執著, 最後往往只成爲民族身分的爭
拗, 反而成就了「全球化」的大業。

(四)「文化」量詞

也斯主張對歷史、傳統重新思考, 以便確立更清晰的
文化想像, 可能是「對於既有文化的反抗, 但那目的是爲
了重新發掘被漠視的價值觀、以及被壓抑的非主流的文

---

[14] Anthony D. Smith, "Towards a Global Culture?" in *Global Culture: Nationalism, Globalizations and Identity*, ed. Mike Featherstone. (London, Thousand Oaks & New Delhi: Sage, 1990), p. 171

化」[15]。釐定「香港文化」即非民族文化的思想，更接近文
化一體化的霸權壓制。Smith力稱文化不應被視爲單數，而
是衆數地出現(cultures)，正因文化代表的是一種集體生活
的記錄，也是反映了不同的信仰；因此絕不能作簡單化的
相處理。筆者也認爲所謂「香港文化」也應該是一種衆數
文化的體現，有必要接續討論文化大路應如何設計。

四、再寫後殖民

　　霍爾(Stuart Hall)認爲身分的製造是一長期而不會停
止的過程，必須注意霍爾所特顯的是一種「過程」的文化
經驗，是不曾完結的，而且身分的呈現也是處於典型以內
與外之間。[16] 書寫「香港文化」身分同樣不應以回歸或重
寫歷史作爲最終目的，而必須繼續釐定文化的持續性。也
斯的文化評論不啻提供了可以不斷書寫香港城市的策略，
然而卻並未有加以詳細的發展。

1. 書寫與城市

　　城市是書本的背景，影響了書本的產生，成爲了書緣
的空白，串連的標點，形成節奏，渲染感性。書本探測城市

---

[15] 也斯：《香港文化空間和文學》，頁114。

[16] Stuart Hall, "Cultural Identity and Diaspora," in *Contemporary Postcolonial Theory: A Reader*, ed. Padmini Mongia (London & New York: Arnold, 1996), p. 110

的秘密，發掘城市的精髓，抗衡城市的偏側，反省城市的局限。若果城市變得非人化，我們總是希望書本可以令人變得人性化。[17]

也斯認為身處變化萬千的城市當中，生活難免出現破碎的景觀；惟有透過書寫以便置身城市之內，也能展開許多不同的城市觀察；這種開放的態度極為有利於開放性的文化交流，也可超越其中「香港文化」的本土限制。書寫作為一種策略，是要透過書寫再次連接人與空間的關係；可是仍然要注意其中書寫的手法是鼓動開放，或是偏向主觀的文章記錄。

在《越界書簡》中有一節結集了幾篇對反思空間的文章，從短短的節錄裡作者偏重寫歷史的消逝，描述對舊有地方的浪漫懷舊，也許是「一種無法面對歷史而生的感情」[18]。對於也斯書寫城市空間的側重點是歷史的轉變，表達主觀的失望憤慨，或是慨嘆文化特質的淡化等，大多是感想式的文字，卻未見對文化建設有實驗性的鼓動，也對開展新的城市閱讀方式未見得高瞻遠矚。

2. 空間的形成

在討論和處理空間這個主題時，不得不提 Henri Lefebvre (1901-1991)和 哈維爾 David Harvey (1935-)這兩

---

[17] 也斯:《書與城市》，序。
[18] 也斯:《越界書簡》，頁 117。

位大師，本文試以他們二人閱讀城市的方式提供更有效的
文化塑造。

　　Lefebvre 的名著*The Production of Space* (1974) 中包
括了不少有建地的空間理論，並指出生活中存有不同的空
間，認爲空間的操控權主宰於政府機制和思想之中，而這
種對生活上的控制是遍及整個社會層面，包括文化和知識，
也從政治人物、政治組織、知識分子和專業人士等中得以
散佈[19]。Lefebvre 認爲要有效改變社會必須從空間入手，
也斯也是採納同一種的方式，由城市空間起始，意圖發展
新的文化反思；然而也斯的評論卻未能如Lefebvre般整理
成一有系統的革命性行動。筆者認爲只有更深入認清空
間、城市和人之間的微妙關係，從改變空間入手，方可眞
正認清社會大勢。

　　不同的空間也是從人的運用開始形成，而這些既相似
也相異的空間構造卻全是因爲生產過程的轉變 ——即資
本主義以及其影響——而不斷更新變化；因此在研究空間
和城市的產生時，必須與工業革命、資本主義崛起、現代
化等社會狀態連繫在一起。他提出四點有關空間的產生，
再次強調其中與生產過程 (process of production)的不可
分割。其中的論點分別是：

---

[19] Henri Lefebvre, *The Production of Space,* trans. Donald Nicholson-
　　Smith (Cambridge & Oxford: Blackwell, 1991), p.8

(公眾)空間是一(公眾)產物[20]

每一社會……均生產其獨有的空間[21]

假設空間是一產物, 則生產模式過程將因我們
對空間的知識而再被生產和擴張[22]

空間的歷史……不應該與歷史性行(期限性)的
項目……或……社會架構、法律、意識等一連串事
物混爲一談[23]

Lefebvre的理論明確分辨了空間與生產模式的因果關係,
也就是證明空間的產生背負了社會所襲用的生產模式。這
種空間的生產是複雜的, 也是有極大的影響和普及性的。

然而Lefebvre 並不認爲資本主義能完全操控空間或
壓抑所有的創造性; 他申辯只有重拾「生活的空間」(lived
space) 方能夠再造理想的生活, 這種想法與也斯提出的建
議極爲吻合。也斯重視閱讀的過程, 著眼重新處理歷史問
題以維護消逝了的歲月印記, 同樣是一種透過書寫空間,
亦即書寫「生活空間」以其抗衡社會的褪色與墮落。其中
尤以也斯對旅遊、遊記的研讀最能引證他對構想空間的理
念。透過遊記的創作也可接觸不同文化, 進行比較和反思;
理念雖好卻缺乏理論和社會實踐的支持。筆者認爲也斯的

---

[20] Lefebvre, p.23.
[21] Lefebvre, p.26.
[22] Lefebvre, p. 31.
[23] Lefebvre, pp. 36-37.

文化評價的成就不及其詩歌和小說，是因爲其中就文化身分的書寫缺少了對社會環境的反思，往往只重提殖民歷史和主張口述式的記錄和城市變遷的體現，結果反而擺脫不了學者與社會實況可能出現差距的問題。筆者主張透過研究空間的社會生產，方能有效理解製造空間的因由，並作出適當的回應。

3. 金錢與都市化

哈維爾是Lefebvre的重要門生，他有系統地討論金錢作爲現代社會的交易產物項目與都市化等現象轉變了空間模式。由早期的著作*Social Justice and the City* (1973)開始，他已經表示了對Lefebvre理念的興趣和認同，認爲社會的穩定承存於生產模式的滲透[24]。哈維爾的理論也加入了不少現當代的資本主義經驗，令理論更有說服力。

他認爲「都市化」的經驗可被視爲一連串的社會關係，而這一連串的緊密關係造就了社會的整合。然而他對於Lefebvre主張社會是線性發展，即一階段可完全接替之前階段的說法並不認同；他認爲空間的發展應該是一持續性的過程，即多種模式可能並存進行。這種理念與霍爾的文化身分見解近似，如出一轍，空間和文化同樣是一向前不斷的過程，也只有強調行動性方能最有效理解社會。

---

[24] David Harvey, *Social Justice and the City* (Cambridge & Oxford: Blackwell: 1988), p.200.

　　哈維爾也是一位較深入探討金錢與空間關係的理論家,他的遠見理應可以十分有效地應用於香港這個商業社會之中。他提出金錢與空間是不能獨立處理的, 因爲金錢直接準許了時間和空間的售賣和購買, 空間在社會上成爲了消費品, 具有了「交換價值」[25]。而於近期的兩本著作中, *The Condition of Postmodernity* (1990)和*Justice, Nature, and Geography of Difference*(1996)中, 他重申資本主義發展對時下社會的深遠影響。他指出地圖的發明已經是一種壓抑性的工具, 並直指多元的空間以及有關空間的理論被物化和單位化。在新的全球化經濟影響下, 更把有空間化象徵意義的跨國企業處理生產、消費、聯繫合理化了。哈維爾的理論似乎更能配合時下社會的發展狀況, 提供了對生活的尖刻批評; 然而Lefebvre的再造環境策略也不應忽視, 而且兩者也是主張多元的閱讀方式, 反對封閉性手法。哈維爾指出所有的坐標處理、圖像化、或疆域化等手法毫無疑問只會成爲壓抑性的工具, 因此學者必須小心處理以免反成爲壓抑的理論主導人。

---

[25] Harvey, *The Urban Experience* (Cambridge & Oxford: Blackwell, 1989), p. 175.

五、空間回收與再造

延續以上對空間的想像，可指出也斯的文化評論實可以作為一有效的新空間書寫，也能重拾被侵略了的社會空間：探討社會流弊並提出新方向。可惜的是從文學出發的空間回收工程尚未完全成功，在討論後殖民香港空間時只指涉了邊緣和複雜性，卻對社會問題未加以深入的分析，因而再造空間的理想未見達成。只有把空間徹底回收作出討論，並且加以利用，創造新的物料，才能回應社會需要。

也斯的文化評論中其實也提出了處理香港文學的策略，例如必須把文學資料重新整理，好讓年輕的一代能認識過去的歷史；另也應該對創作和出版多加鼓勵；也要提昇教育的素質，舉辦閱讀比賽，以推廣文學，增加文學對社會的影響。這種實務的意見顯示了評論人對社會環境的關注，但這種閱讀卻缺乏了有系統的影響力，而且關注程度也只停留和依賴於政府的政策之中，因而未能完全反映書寫空間的自創性，也未有善用他所擁有的獨有空間抗衡社會大勢。其中的批評也未有探討資本主義的空間、書寫、出版、生活、學術空間等的影響。

1.身分與混雜

在後殖民的歷史意義裡，書寫歷史與書寫歷史的作者擁有同樣重要的地位。印度學者如Ranajit Guha 便有力指

出反對殖民的首要工作是要認清撰寫者的位置。Guha 認爲印度殖民歷史的出現是印度中產階級與英國官員的合謀; 新的後殖民書寫必須產生於這種霸權書寫以外。[26]

Guha繼而列明資本主義作爲主導歷史的一種器具, 並不能完整地反映印度的歷史。而他也同時指出弱勢社群 (the subaltern) 是有能力認知和改造社會, 不必依賴他人代爲發言。也斯作爲後殖民香港研究的重要一員, 是有必要在認清本土文化的同時, 反省作爲書寫者的位置和能力。若目的是要改善社會群衆, 更應鼓動生活空間上的重整和創造, 不致擁有了空間書寫的優惠卻未有履行提供改善社會方法的義務。

2.空間的主導性

在處理空間的可塑性時, 卻要避免犯上帶有壓抑性的錯誤。空間旣是一多元和開放性的設定, 也必須包容不同的閱讀方式, 以避免以空間超越時間的錯誤觀念, 否則同樣犯上了「全球化」的錯誤。空間的靈活多變性應生存於其時間的互動性之上, 空間與時間同時在不斷流動, 只有不斷的改造和配合方能達致理想的效果。問題是這種對空間的構想必須是植根於生活之上, 也斯對外國的追求, 主張旅程學習和成長, 其實也限制了對空間的聯想。如《越

---

[26]Ranajit Guha, "Dominance without Hegemony and Its Historiography," in *Subaltern Studies VI: Writings on South Asian History and Society* (Delhi: Oxford UP, 1989), p.220.

界書簡》中大部分的文章均是有關外遊，或是從外國回看香港的文章，是否暗示只有離開才是最有效的書寫？這種由外而回望的策略，不難發現有重蹈不斷拼貼香港形象的情況。看香港電影或中國電影，體驗了文化的差異，也似乎預設了其中的文化聯想和定位[27]143空間在不斷流動，時間的運作卻反而停頓，眞正的體驗和交流因而並沒有眞正出現了。

「本土化」或「全球化」其實均存在淡化時間的問題，後殖民社會或定位於歷史的源頭，或產生懷舊思潮；新殖民國家思想也無視時間的進行而企圖阻止他者文化的進程，意圖將之量化或物化；最好仿照麥當勞的28種史路比民族服裝公仔一樣，文化同樣可買可賣；空間上的跨越，如跨國公司的生產線可遍佈全球，卻不要時間上的流動。全球化如是，本土化如是。

學者如周蕾探討「中國」的多樣化，並批評舊有的「地域學科」(Area Studies) 再也不能有效地處理文化的多元經驗，批評「地域政治現實主義」(geopolitical realism)目的只是穩定和限制對國家、種族、文化定位的想像[28]，她拆解本土特質是因應社會背景、文化、歷史而出現差別的；這種策略性地處理「地域學科」文化不啻是一種倒退的文化想像；因爲惟有追源溯始地把文化看成可閱讀的整體方能

---

[27] 也斯：《越界書簡》，頁69-70。

[28] Rey Chow, "Introduction: On Chineseness as a Theoretical Problem," *Boundary 2*, vol. 25, no. 3 (1998), pp. 4-5

作出比較並提出差異。這種想法也未能有效推翻「全球化」植根的問題, 處理了空間上的多元卻分辨不了時間的狹義見解。而且這種意圖抵抗全球一體化的策略也只是儘量把問題視而不見, 以為透過強化「本土化」便能抵抗「全球化」影響, 這些其實只是不願處理文化與文化之間的衝突。

六、總結: 文化遊戲

談也斯的文化評論難免也用了一定的篇幅討論「香港文化」這個命題, 這也是筆者希望指出也斯對推動「香港文化」的正面影響, 他建議加強加快整理歷史文獻, 以便讓香港人認識歷史, 強化人群對香港文化身分的認同。

也斯對討論「本土化」問題時卻往往避免談及資本主義、都市化這些社會影響, 而較偏向回溯歷史的方向。在其文化評論中不乏有創見的意味, 如強調文學與城市的關係, 也提出游走、旅程對城市成長的正面影響; 然而理論化的策略欠奉, 讀者也便難以參照, 改變生活素質。

其中的文化定位也漠視了文化的互動關係, 文化並非永遠身處於邊緣和混雜的固定形象之中。「全球化」意欲於時間和空間上作出全球性操控,「本土化」構築卻明顯原地踏步, 忽視了時間流動的重要性。論者不能只談歷史而貿然認為世界的「全球化」運動會因而停止, 須認定重拾舊日知識的同時其實更重要是必須真切面對今天的挑

戰。也斯覺察「全球化」造成壓迫，提意可以跨越界限，游走於嚴肅與通俗文學之間；文化定位卻與前二者不完全相同，文化本源難於界定劃分邊疆，因此必須另謀策略。「全球化」問題乘資本主義的大勢而來，侵略和被侵略的地域必定也是有一定的消費能力的地方，因此資本主義方是必須迫切處理的問題；這也是Lefebvre 和哈維爾的理論極受重視的原因。

也斯的文化評論只談到表面，卻未深入淺出研究文化根柢的問題；談香港因殖民歷史與導致被邊緣化的困窘，卻不曾批評香港在資本主義強大陣營的支持下，對未有穩定經濟的中國進行「北進想像」。這難免遭批評者反對這種將「香港人」總體化(totalize)—香港人身處夾縫，或是變成一個絕對的受害者—的理念。[29]

文化評論可創造更多空間，也能超越時間，問題是論者能否有效運用資源作出對策。也斯的文化評論對香港的問題有所探討，

---

[29] 葉蔭聰:〈邊緣與混雜的幽靈〉,《文化想像與意識形態: 當代香港文化政治論評》(陳清僑編, 香港: 牛津大學出版社, 1997), 頁 31-52。

卻受限於對歷史的狹義閱讀, 以致文化身分也被定位成爲先天存在的附屬品。「香港文化」難追求統一, 否則只成就了「本土化」的全球一體化現象; 惟有清楚指出循環不斷的生活、空間和文化創造, 方能確保時間的推動和文化的發展; 只有流動的時間方可製造歷史; 文化評論亦如是。也斯的文化評論帶動不少研究香港的課題, 也極有效地引發不少的批評和討論;「香港文化」應該被理解成歷久彌新、轉變不斷、生生不息方爲上策。

~~~~~~~~~

參考文獻目錄

LIANG

梁秉鈞:《越界書簡》, 香港: 青文書屋, 1996。

——:《香港文化空間和歷史》, 香港: 青文書屋, 1996。

——:《遊離的詩》, 香港: 牛津大學出版社, 1995。

——:《梁秉鈞詩選》, 香港: 香港作家出版社, 1995。

——:《書與城市》, 香港: 香江出版社, 1985。

YE

葉蔭聰:〈邊緣與混雜的幽靈〉,《文化想像與意識形態: 當代香港文化政治論評》, 陳清僑編, 香港: 牛津大學出版社, 1997, 頁31-52。

ZHOU

周蕾: 《寫在家國以外》, 香港: 牛津大學出版社, 1995。

Ackbar Abbas. *Culture and the Politics of Disappearance.* Hong Kong: Hong Kong UP, 1997.

Appiah, Kwame Anthony. "Is the Post- in Postmodernism the Post- in Postcolonial?" *Critical Inquiry*, no. 17, Winter 1991, pp. 336-357.

Chow, Rey. "Introduction: On Chineseness as a Theoretical Problem." *Boundary 2*, vol. 25, no.3 ,1998, pp. 1-24.

Dirlik, Arif & Wilson, Rob. "Introduction: Asia/Pacific as Space of Cultural Prodcution." *Boundary 2*, vol. 21 no.1, 1994, pp.1-14.

Guha, Ranajit. "Dominance Without Hegemony and Its Historiography." In *Subaltern Studies VI: Writings on South Asian History and Society*, Delhi: Oxford UP, 1989, pp. 210-309。

Featherstone, Mike. *Consumer Culture & Postmodernism.* London, Newbury Park & New Delhi: Sage, 1991.

---ed. *Global Culture: Nationalism, Globalization and Modernity. A Theory, Culture & Society.* special issue. London, Thousand Oaks & New Delhi: Sage, 1990.

Hall, Stuart. "Cultural Identity and Diaspora." In *Contemporary Postcolonial Theory: A Reader.* Ed. Padmini Mongia. London & New York: Arnold, 1996, pp. 110-121.

Harvey, David. *The Condition of Postmodernity*. Cambridge & Oxford: Blackwell, 1990.

---, *Justice, Nature & the Geography of Difference*. Cambridge & Oxford: Blackwell, 1996.

---, *The Limits to Capital*. Cambridge & Oxford: Blackwell, 1982.

---, *Social Justice and the City*. Cambridge & Oxford: Blackwell, 1988.

---, *The Urban Experience*. Cambridge & Oxford: Blackwell, 1989.

Lefebvre, Henri. *The Production of Space*. Trans. Donald Nicholson-Smith, 1st edition 1974, Oxford: Blackwell, 1984.

Lyotard, Jean-Francois. *The postmodern Condition: A Report on Knowledge*. Trans. Geoff Bennington, &Brian Massumi. UK: Manchester UP, 1992.

Robertson, Roland. *Globalization: Social Theory and Global Culture*. London, Thousand Oaks & New Delhi: SAGE Publication, 1992.

Smith, Anthony D. "Towards a Global Culture?" *Global Culture: Nationalism, Globalization & Modernity*. Ed. Mike Featherstone. London, Thousand Oaks & New Delhi: Sage, 1990, pp.171-191.

Tomlinson, John. *Globalization and Culture*. Cambridge & Oxford: Polity Press, 1999.

~~~~~~~~~~~

英文摘要(abstract)

Yee, Lai Man, "Telling Hong Kong Stories: A Romanticization of Local History in Leung Ping Kwan's Work."

Research Assistant, Certre of Asian Studies, The University of Hong Kong

Ping Kwan LEUNG can be perceived as the harbinger of cultural studies in Hong Kong. He exemplifies the unique colonial experience of Hong Kong and intends to reconstruct local history in contrast to the imperial discourse. This essay makes an ambitious effort to underscore Leung's contribution to the development of Hong Kong culture while also discloses his limitation. The romanticization of local history alongside an inadequate depiction of spatial consolidation is some of the dominant concerns.

特約講評人: 朱耀偉

朱耀偉(Yiu Wai CHU), 男, 1965年生, 香港中文大學比較文學
博士, 現任香港浸會大學中文系助理教授, 著有《後東方主
義》、《當代西方批評論述的中國圖象》、《他性機器？
後殖民香港文化論集》、《香港流行歌詞研究》、《光輝
歲月: 香港流行樂隊組合研究(1984-1990)》等。

　　余麗文小姐這篇文章通過解讀也斯的作品去探析「香
港文化」, 當中也觸及了他者論述和後殖民文化研究的重
要課題。文中以「本土化」和「全球化」作爲主要理論框
架, 的確能夠深入也斯的香港論述之中, 從內暴露出其論
述之不足, 也凸顯了一些有關香港文化的關鍵問題。作者
既以香港文化的理論探索爲主, 以下亦針對文中所運用的
批評理論發表一些個人的看法。
　　首先, 在「全球化與本土化的迷思」一節, 作者以
Ackbar Abbas的理論爲基礎, 批評也斯的香港文化書寫有
欠全面。文中所提到的本土化迷思固然有「實質主義」
(essentialism)的傾向, 但使人懷疑的是Abbas的理論爲何
彷彿可以置身事外。Abbas的理論無疑提出了文化翻譯
(translation), 以至香港文化那種未定型的 "hyphenated"

特色, 但在其論述中香港文化也一再被圈定在某種特色之中(如王家衛的電影)。文中有列出但没有引用的Kwame Anthony Appiah "Is the Post-in Postmodernism the Post- in Postcolonial?"一文亦提到文化邊陲的批評家可能被逼生產供主導消費的論述產品, 但可惜作者在文中未有對此作出回應。其實Abbas和也斯的論述可能是代表著文化邊陲在生產文化理論述時兩種不同的「合法化」方式: 肯定本土的實質特點或強調一己的國際身分。我一向相信Gaytri Spivak(1942-)所提出的策略性實質主義(strategic essentialism)是可行的, 而有關當地主義(nativism)、國族主義(naitonalism)的批評若不能夠洞察不同論述策略的不同語境, 只會淪為表面的指控。也許問題的重點並不在於本土化不本土化, 而是是否可以做到Arif Dirlik所言的「批判本土主義」(critical localism), 既批判全球化又不會因落入本土主義的窠臼而漠視暴力同樣會在本土出現的問題(如文中所提到的北進想像)。

以上問題又可連繫度到作者有關本土化的執著只會帶出民族身分的爭拗, 反而有利全球化大業的論點之上。作者引用周蕾的觀點, 提出「地域政治現實主義」的問題, 可說是切中了問題的核心。可惜, 作者卻未有照顧到周蕾所提出邊緣論述必要面對的困境: 既要以民族、種族、文化(如「中國」、「香港」)標籤來將一己的學術理論內容「固定」(stabilize, fix), 藉此符合主導論述機制的合法化條件, 但同時又因此被目為過分狹隘, 無力處理普遍課題的兩

難。作者看來忽視了香港文化論述的合法化條件, 亦因此未能進一步交代周蕾所提出的Chinesenesses在介入主導論述時的論述意涵。此外, 正如Pheng Cheah在近期一篇談論後殖民國族論述的文章所言, 在全球化年代, 民族文化往往仍然需要國家(state)觀念的添補, 即國家就如「幽靈」(specter)般存活在民族身分之中[30]。類似的觀點看來亦可應用於全球和本土的問題之上; Cheah已卓見的指出, 後殖民國族必須被視作是全球資本揮之不去的「幽靈」, 一種既是主體又是客體的「雙重屬格」(double genitive) (252)。也許由於作者在文中主要運用社會學的全球化理論, 因此未有考慮後殖民國族論述的可能用處, 以文中所針對也斯的香港文化論述而言, 這是較爲可惜的。

最後, 文中有關空間的論述相當精彩, 「文化香港構圖」一節也不乏洞見, 但在「跨越全球化」的部分卻只是點到即止, 論點未有充分展開。(就文中所提出但未有進一步申論的全球化年代的社會問題, Saskia Sassen 的 *Globalization and Its Discontents*也許有一些有用的相關論點。)結論所言香港文化應該被理解爲成「歷久彌新、轉變不斷、生生不息」的說法大概無人反對(作者所一再批評的也斯也曾提出類似論點), 而且放在任何文化也理應如此。問題的重點應該是: 若置放在香港的特殊脈絡中, 這

---

[30] Pheng Cheah, "Spectral Nationality: The Living On [*sur-vie*] of the Postcolonial Nation in Neocolonial Globalization," *Boundary* 2, 26.3 (Fall 1999), pp.239-240.

又到底是否/如何可行？因爲對以上的全球/本土論述的生產邏輯和微妙糾結欠缺足夠分析，以上的結論稍嫌流於空動，使人有不外老生常談之感，也未能呼應文中的批判意識。

~~~~~~~~~~

特約講評人: 白雲開

白雲開(Wan Hoi PAK), 男, 廣東南海人, 加拿大多倫多大學博士, 曾任教香港城市大學語文學部, 現爲香港教育學院中文系講師。著有〈強者、弱者、觀察者; 穆時英小說的男性形象〉(1999),〈穆時英小說的女性形象; 現代型女性〉(1999),〈香港商業應用文的特點〉(1998),〈中國現代派小說的現代感〉(1997)等。

余麗文一直重點研究後殖民文化理論, 對有關理論有頗深的認識。這篇文章集中討論也斯(梁秉鈞, 1949-)有關香港文化的論述, 並由此指出論述不足的地方。

余麗文在文中提及「書寫歷史」的作者擁有書寫空間的自創能力, 還肯定他這種能力和所處的位置。面對也斯的文化論述, 余麗文明顯擁有重建這個「文化論述」的無限能力。至於重建後的「文化論述」與也斯的「文化論述」有甚麼關係, 倒值得深思。

　　雖然作者強調「香港文化」應該是一種「眾數文化」的體現，可是作者卻以她自設的「全球化/本土化」和「中心/邊緣」的二元框架，重建也斯的文化論述。

　　按文中的解說，「本土化」的特點是強調歷史性，結果被歷史拖累以致無法想象未來，也因為對「本土化」的「執著」，反而成就了「全球化」這種新殖民主義。

　　此外，作者交代所謂「邊緣」概念時，指出不斷主張位居邊緣的主體位置時，往往在劃分中心/邊緣時反而鞏固並僵化了兩者關係，造成直接確立「中心」地位的惡果。

　　據作者的分析，也斯文化論述側重本土化，也強調香港文化的邊緣特點。既然「本土化」、「邊緣」都是「全球化」和「中心」的幫兇，那麼也斯文化論述自然值得批評了。

　　可是仔細想想；支持或擁護「全球化」和「中心」意識固然要不得，即便強調「本土化」或「邊緣」最終還是造就了壟斷和壓迫。可見，只要用上這樣一個二元框架，任何文化論述都不可能逃過被批評的命運。要是如此，這種結構安排或論述方式是否值得商榷呢？

　　此外，文中的用詞也傾向極端化，似乎不是中肯客觀的論文應有的。譬如作者討論也斯編輯的《香港文化專輯》時，有如下評價：

　　……問題卻出現於在撰寫專輯，也就是把「香港文化」定位，似乎已經把不認同「本土化」的<u>異</u>

見拒諸門外，霸權形態下的討論便難以得出完整的
全面香港景觀(底線爲筆者所加，下同)

對「專輯」內的文章，評價也不怎麼好：「只集中了對香
港以內的文化結晶品作出評論，……這些文章均同時排斥
了文化互相影響的問題，只抽空地討論香港而漠視了文化
互動的關係，也不寫其中存在的矛盾。」此外，作者對編
輯的主導力量和影響力似乎也看得太大了一點。就這個
「香港文化專輯」來說，也斯只是編者，他連一篇自己的
文章也沒有收進去，究竟也斯能否主導整個專輯的方向也
成疑問，我反而傾向認爲也斯的序言正好顯示他在專輯組
稿時的被動位置：「……組稿時的構思，不在孤立地講香
港文化，而是想通過香港與其他地方文化的種種複雜的同
異，去介定性質，反省問題。在發展出來的討論中，有些問
題得到比過去更進一步的發揮；比方香港文化的『邊緣
性』」。[31]專輯的重點「邊緣性」似乎並不是也斯原本預
設的課題，而是眾多討論後的結果。要是如此，以此論證
也斯強調香港文化的邊緣性，是否有點兒偏頗呢？

　　除此之外，余文還有不少不可解的地方，如「越界不
越界」、「空間回收與再造」等部分，我想如能改寫部分
和增補內容，可幫助讀者了解全文。

　　　　　　　　　　　　　　[責任編輯: 鄭振偉博士]

---

[31] 梁秉鈞；〈香港文化專輯・引言〉，《今天》第28期，1995年春季，
　　月份缺，頁71。

香港八十年代文學現象

Literary Phenomena of Hong Kong in the Eighties

總編輯: 黎活仁 龔鵬程
劉漢初 黃耀堃

第二分冊主編: 鄧昭祺 梁敏兒
鄭振偉

2000

臺灣 學生書局 印行

·《香港八十年代文學現象》·

目錄

■附錄資料

[本論文集曾交兩位「匿名評審」作學術審查]

■第一分冊

■專題討論

■時代背景：八十年代的香港文化

■刊物

■文學批評

[本論文集曾交兩位「匿名評審」作學術審查]

「六四」香港詩作初論

■白雲開

作者簡介：白雲開 (Wan Hoi
　　PAK)，男，廣東南海人，加
　　拿大多倫多大學博士，曾任
　　教香港城市大學語文學部，
　　現爲香港教育學院中文系講
　　師。著有〈強者、弱者、觀察
　　者：穆時英小說的男性形象〉
　　(1999), 〈穆時英小說的女性
　　形象：現代型女性〉(1999),
　　〈香港商業應用文的特點〉
　　(1998), 〈中國現代派小說的現代感〉(1997)等。

論文提要: 本文集中討論「六四」香港詩作的兩個主題：一是
　　政府與人民的對立關係，二是香港人的身分問題。第一部
　　分援引洛特曼的「符號圈」理論和福柯的權力論述，說明
　　政府與人民強弱懸殊的對立關係背後的政治意義。這個主
　　題下包括以下內容：政府對人民的壓迫，政府從行爲以至

語言各方面對人民的控制，人民與政府對話的願望，以及人民對抗政府的意識和策略。

第二部分討論「六四」詩作有關香港人身分的課題：香港人既是示威學生和市民血肉相連的同胞，又是整個事件的旁觀者。1997年香港回歸中國後，香港人的身分究竟會有甚麼轉變呢？是另一批受害者，還是改變中國命運的勇者呢？

關鍵詞(中文):「六四」事件　權力　洛特曼　福柯　中心　邊緣　政治　對立　對抗　港人身分

關鍵詞(中文): June Fourth Episode, Power, Jurij M. Lotman, Michel Foucault, Centre, Periphery, Politics, Antagonism, Confrontation, Hong Kong Identity

一、引言

「六四」事件對全球華人都是一場災難[1]，十年之後整理有關這次事件的詩作，心情仍不能平伏。由於事件震撼全香港，影響可謂無處不在：經濟大滑波，股市大波動，樓市大瀉，人心惶動，信心大失。對香港詩壇的影響，也隨處可見：「六四」事件，尤其是屠城後，大量作品談國家，談民族，談血濃於水的感情，談民主自由……。正因如此，討

---

[1] 有關「六四」事件，可參網頁： http://www.nmis.org/Gate/, http://members.xoom.com/Fraternity/64.html;

論八十年代香港詩壇，便不能不談與「六四」事件有關的
詩作。

可是，「六四」事件跟「五四」這類突發政治事件引
發的文學運動一般，我們要討論有關的詩作並不容易，簡
單來說，困難有三：

1. 界定詩作範圍難：「六四」事件作爲單一政治事件，專指
   一九八九年六月四日清晨，中國共產黨政府以軍隊鎮壓聚
   集於天安門廣場的群衆一事。然而，這事由胡耀邦(1915-
   1989)逝世引發，學生以至市民紛紛起來要求民主自由，打
   擊貪污腐敗，遊行示威發展而來。加上，「六四」屠城後，紛
   至沓來的是討論中國前途，民族命運的詩作；就是事隔十
   年後的今天，我們仍不難發現重提「六四」，要求平反「六
   四」的聲音。那麼，我們如何給「六四」詩作定一討論範
   圍？我們是否可以借鑒「五四」運動的經驗，將「六四」
   分爲歷史事件和民主運動。處理歷史的「六四」時，專指
   一九八九年六月四日的政府武力鎮壓事件；至於「六四」
   民主運動，則不設下限，只要與「六四」題材有關的，都可
   納入討論。

2. 界定「香港詩人」難：雖然這是老生常談，但對處理一時
   一地的文學現象來說，卻是必須加以解說的問題。其中標
   準有很多：「香港」詩人必須是持香港永久居民身分證人
   士，或曾居港人士，或於香港出版物發表詩作的人士，或

　　　詩歌中有談論香港的人士，或曾參加香港詩壇活動人
　　　士……等等。
3.　持平客觀難：事隔十年，但屠城畫面重現，仍戚戚在心，不
　　　容易平復；因此要客觀地以詩論詩，撇開個人感情，實在
　　　談何容易。

雖然困難重重，可是「六四」這個課題對香港詩壇委實太
重要，不能不談。因此，本篇嘗試在各種限制和困難中，勉
力寫出一篇初論，希望作為日後全面分析香港有關「六
四」民主運動詩作的基礎，同時希望這個「日後」便是事
情得以沉冤得雪之時……。

　　本篇文章的討論對象集中到兩個專集上，一是《雖然
那夜無星》[2]，另一是《九分壹》第七八期合刊[3]，寫作時間
都在1989年。本文討論的兩個主題分別是政府與人民的對
立關係和香港人的身分問題，因此文中論及的詩作也只選
能表現這兩個主題者。至於本文所選詩作的作者大都是港
人，土生土長的，或持永久居民身分證者，其他作者也大
部分時間在港創作，譬如余光中(1928-)，他雖是臺灣人，
但長期在港工作，對港人港事認識都很深，他那「香港」
詩人的身分相信無人置疑。本文雖然盡量避免選上佚名詩，

2　黎海華、李淑潔：《雖然那夜無星——心繫天安門》(香港：突
　　破出版社，1990年)。簡稱《雖》，下同。
3　朔方(李焯雄)主編：《九分壹》七八期合刊：詩與政治專輯，香
　　港：九分壹出版社，1990年4月。簡稱《九》，下同。

但還是選了一些。惟有待日後修訂或擴寫時,再行斟酌改換。

　　此外,本人盡量不以文本分析、敘事結構、讀者詮釋等理論入文。「六四」詩作水平參差,但斷定高下並非本文的主旨所在,本文也不以詩學語言角度月旦詩作,而是強調這些詩作與政治或社會事件——「六四」的關係。筆者認爲,對於那激動人心,幾乎全情投入的一刻,或事後錐心刺骨的傷痛時候,如仍刻意地評彈詩作的優劣,無論對詩人、對殉國的學生市民,還是對整件事件,都並不是十分尊重的表現。

二、政府與人民的強烈對立

1. 中心與邊緣的對立

　　各種語言都有屬於自己的「邊界」,在各自的「邊界」內,每一種語言都有它的身分,有著「自我」的存在,是我,是我們的。相對來說,「邊界」外的語言則屬於別人的,是他,是他們的。可是這些語言之間並非完全平等,而是有著階級高下的。受著社會文化規範的影響,在這個符號圈眼中,某種語言下的行動是「正常」、「合理」和「規範」的;相反,如離開這個規範或標準,這種行爲對這個符號圈變成沒有意義,便會遭到忽視,更有甚者,會被視爲「異常」。換言之,被視爲「合理」的行爲及有關的語言便有

著其他語言没有的影響力和地位，它便成爲這個符號空間的「中心」，其他語言便被置於「邊緣」的位置[4]。這種語言之間的中心與邊緣關係，正好表現權力在文化空間的產生過程。

2. 福柯的權力論

另一方面，福柯(Michel Foucault, 1926-1984)有關權力的論述，也可作爲「中心」與「邊緣」對立的解說基礎。福柯在探討西方對待癲瘋病人、瘋人及罪犯的歷史中，發現瘋狂和罪惡之類的觀念是一種判斷而並非客觀事實。作出如此判斷的是權力擁有者，最具代表性的權力擁有者便是政府。[5]政府透過不同機關和組織製造出權力來，這些機關包括診所、醫院、學院、瘋人院、監獄等。換句話說，所

---

[4] Jurij Lotman, *Universe of the Mind: A Semiotic Theory of Culture*, trans. Ann Shukman (London: I B Tauris, 1990), pp. 123-7, 131, 138。洛特曼討論「符號圈」的部分佔去該書約三分一篇幅(頁 123-214)，可見其重要性。

[5] 這樣引伸並非福柯的原意，而是從我們處理「六四」詩作這個角度出發，來理解福柯的看法。這裡必須交代一下，其實福柯並不認爲權力擁有者單只政府，他甚至一再強調他論述的權力對象並不是政府，一因他不想牽涉入政治運動中，另一原因是他一直強調權力有很大的普遍性，即使民主國家中仍普遍存在權威，因此他強調的是權力無處不在，不單政府擁有權力，律師、法官、性學家、精神病醫生等專家也擁有權力，黨派，具影響力的社會或宗教人士同樣擁有權力。(引伸自福柯：〈皮埃爾‧博塞涅(Pierre Boncenne)訪問稿〉，《權力的眼睛:福柯訪談錄》(嚴鋒譯，上海：上海人出版社, 1997), 頁28-33。)

謂「瘋狂」，所謂「罪行」是政府加之於某人的標籤，方便它行使權力，進行「治療」和「拘禁」。

　　福柯發現18、19世紀的醫院、監獄等建築物，都以傑雷米・本瑟姆(Jeremy Bentham)的《敞視式監獄》(*Panopticon*)為藍本。敞視式監獄的概念正好用來說明權力如何借掌握信息控制一切：

　　　　一個像圓環一樣的環形建築。在中造一座塔樓，上面開很大的窗子，面對圓環的內側。外面的建築劃分成一間間的囚室，每一間都橫穿外面的建築。這些囚室有兩扇窗戶，一扇朝內開，面對中央塔樓的窗戶，另一扇朝外開，可以讓陽光照進來。這樣就可以讓看守者呆在塔樓裡，把瘋子、病人、罪犯、工人和學生投進囚室。簡言之，地牢的原則被顛倒了。<u>陽光和看守者的目光比起黑暗來，可以對囚禁者進行更有效的捕獲</u>，黑暗倒是具有某種保護的作用。[6](底線為筆者所加，下同)

6　　1. Michel Foucault, *Discipline and Punish: The Birth of the Prison*, trans. Alan Sheridan (Middlesex: Penguins Books, 1977), pp. 200.　2. 福柯：《規訓與懲罰：監獄的誕生》(劉北成、楊運嬰譯，臺北：桂冠圖書，1992)，頁199-200。3.福柯：〈米歇勒・佩羅特等 (Jean-Pierre Barou and Michelle Perrot)訪問稿〉，《權力的眼睛》，頁150。4. Colin Gordon ed.: *Power/Knowledge: Selected Interviews and Other Writings 1972-1977* (New York: Harvester Wheatsheaf, 1972), pp.147.

　　福柯認爲本瑟姆的最大貢獻是爲權力提供一種可以施用於許多領域的公式，即「通過透明度達成權力」的公式，通過「照明」來實現壓制。[7]敞視式監獄有著所有政府都希望達到的效果：「使犯人們永遠處於監視者的目光之下；這樣可以消除犯罪的力量，甚至犯罪的念頭本身」[8]。

　　「正常」、「眞實」等概念並無客觀標準，它們全是權力擁有者可以控制和支配的。由於擁有權力，政府便有判別眞僞、判別正常失常的能力；再借助如學校、醫院之類的組織機關，便可將權力具體表現出來[9]。

　　福柯進一步論述「知識」與權力的關係，他認爲兩者並非對立，知識也並非如傳統觀念中的那樣，是我們追求眞理的工具，而是權力製造出來的產物，知識又反過來使權力得以順利施展開來。換言之，政府可透過知識的傳達向四方浸透權力，方法之一便是對語言的控制[10]。

　　對受索緒爾(Mongin-Ferdinand de Saussure, 1857-1913)語言學理論[11]影響的福柯來說，語言當然也不是客觀存在

7　參1.福柯：《權力的眼睛》，頁157。2. Gordon : *Power/Knowledge*, pp.154.

8　福柯：《權力的眼睛》，頁157。據筆者的觀察，「六四」詩作中並沒有任何被監視的題材或意象，這或可以香港詩人並不生活在中國內地來解釋，政府的權力並未滲進詩人的生活中，因此詩人並未有被監視的切身感受。

9　福柯：《權力的眼睛》，頁28-30。

10　福柯：《權力的眼睛》，頁31-32。

11　現代語言學的發展，爲福柯有關權力的論述奠下了基礎，尤其是語言可作爲權力的工具這一點。索緒爾對語言的理解影響深遠，

的東西，它的「正統」地位同樣取決於權力，只有得到政
府(包括它的語言政策和社會規範)的支持，語言才能取得
它的「標準」地位。標準語言與其他「非標準」語言存在
著對抗或互相排斥的本質。然而，標準語言在這個對立中，
佔的是「中心」地位，因此有著明顯的壓倒性優勢。在這
種強弱懸殊的形勢下，不被認同的思想概念以至反對政府
的思想行爲都很難借標準語言表達，這樣自然造成有口難
言的苦況。將這種苦況抒發出來，未嘗不是一種反抗形
式。

他認爲語言現象可從兩個基本層次——語言（langue）和言語
（parole）去認識，「語言」指某種抽象的語言系統，「言語」則
指在具體日常情境中，由說該語言的人所發出的話語。「語言」
的本質超出並支配著「言語」的每一種表現的本質。然而，假如
離開「言語」提供的各種表現，「語言」便失去它自己具體的存
在。(參見Ferdinand de Saussure: *Course in General Linguistics*, trans.
Roy Harris (La Salle: Open Court, 1983); 2. Terence Hawkes:
Structuralism and Semiotics (Berkeley; U of California P, 1977)；3.
特倫斯‧霍克斯：《結構主義與符號學》(瞿鐵鵬譯，上海：上海
譯文出版社，1987)，頁11-12。4.Robert Scholes: *Structuralism in
Literature: An introduction* (New Haven: Yale UP, 1974), pp.14-
15。至於語言符號本身，索緒爾認爲它並不是某一物件的名稱那
麼簡單；它包括音響—形象和概念兩個部分，索緒爾分別稱之爲
「能指」(signifier)和「所指」(signified)；「能指」即符號本身，「所
指」即符號所代表的概念。索緒爾認爲兩者之間並無必然關係，某
符號代表某個概念純粹是一種偶然的配合，是隨意的(arbitrary)。
(特倫斯‧霍克斯，頁16-17；Robert Scholes, 15-17)因此不同民族
的不同語言便有不同的符號代表同一概念。既然意義與符號之間
的關係是如斯不穩定，那麼，社會以至政府便可利用權力，賦予
某些語言符號某些意義聯繫，從而樹立權威。

　　政府不但擁有警察、軍隊之類實際的權力工具，而且
擁有無形的權力：政府是製訂「對」、「正常」、「眞」、
「善」和「美」的權威，政府自然是這些價值的化身，任
何與之對立的，便都是「錯」、「反常」、「假」、「惡」
和「醜」了。要是這樣，政府便可如對待病人、罪人般對
待任何異己分子，進行所謂堂而皇之的鎭壓了。

3. 「六四」詩中政府人民的對立

　　本文所謂的「政府」和「人民」，都是一集體意象；
換言之，所謂與政府有關的意
象，都可以統合於此一意象中，
如「黨」、「中國共產黨」等
政府的代名詞，如「新華門」、
「人民大會堂」等國家級建築
物，如「軍隊」、「坦克」、
「裝甲車」、「飛彈」等維護
政權的武器，如「豺狼」、「魔
鬼」、「暴政統治者」、「陰
謀家」、「卑鄙者」等富感情
色彩的代名詞，又如「鄧小
平」、「李鵬」、「總書記」
等國家領導人。同樣道理，「人
民」也包括「絕食學生」、「北
京市民」、「全中國人民」、

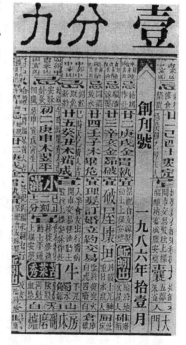

「香港市民」以至遠至海外的華人。

綜觀「六四」詩作,寫政府與人民對立的地方可謂不勝枚舉,例如:〈醒來吧!人民大會堂〉中有這麼一段:

> 淪落風塵的輿論工具
> 沾污了學生的清白
> 蒙騙了市民的感覺
> 傲慢的官吏
> 強奸了淳樸的民意
> 玩弄了忠厚的民情
> 卻喚不醒你[12]

詩中屬「政府」這統一意象的「輿論工具」和「官吏」明顯跟學生、市民、民意、民情等代表「人民」的意象互相對立,產生抗衡對峙的局面。

再看〈有些人永不會衰老〉,內中的「我」明示或暗示著鄧小平(1904-1997),由於得到軍隊(也是國家權力的意象)的支持,同樣與代表「人民」的「全中國」、「中華人民」對立著:

> 我說這是一場陰謀動亂
> 誰也許再胡說八道!

---

[12] 野夫:〈醒來吧!人民大會堂〉,見《雛》,頁24-27。原刊於《星島日報》(香港),1989年6月25日。

　　所有的軍區都支持我

　　憑甚麼要向全中國讓步！[13]

(一)不平衡對立產生壓迫──太陽意象

　　這種兩元對立的局面並不產生平衡，因爲「政府」擁有比「人民」遠爲強大的權力，使到兩者之間的對立只能產生一面倒，強弱懸殊的形勢。這種強勢政府與弱勢人民的對立關係，「六四」詩作多以太陽意象來表現──太陽爲強勢，人或大地爲弱勢：

　　太陽刺傷了我(死者)

　　黑色的血流成一個長長的身影[14]

　　我們都在哭泣，因爲太陽將我們背棄，大地落滿了枯葉，天空溢灑著陰雨。[15]

[13] 宇南：〈有些人永不會衰老〉，見《雖》，頁83; 及《九》，頁82。原刊於《星島日報》(香港), 1989年7月1日。

[14] 袁耀清：〈死者的心事〉，見《雖》，頁118，《九》，頁78。原刊於《文匯報》(香港), 1989年6月12日。

[15] 佚名：〈我們都在哭泣〉，見《雖》，頁61。

太陽的力量足以刺傷以至刺死人;太陽背棄我們後,天空
只灑陰雨,大地也了無生氣。這樣的描寫正正說明太陽的
力量如何強大。

(二)人民與政府的對話意願

　　雖然人民與政府處於對立面,而且處於弱勢,但人民
有著與政府對話的強烈意願,只是政府並沒有理會而已。
〈醒來吧!人民大會堂〉整首詩,就是要求屬政府意象的
國家建築物——人民大會堂,回應代表人民的三位示威者
的要求改革的聲音。詩中使用「對話體」表達,處處顯示
與「你」——人民大會堂——溝通的企圖,可是無論如何
也不能喚醒「你」,你還「鼾睡不醒」。因此不禁令人生
起疑竇:代表「威嚴」、「正直」、「豁達」、「平等」、
「公正」、「博愛」和「自由」的人民大會堂,是否給「貪
婪」、「特權」、「淫欲」、「卑鄙」、「虛偽」、「政
客」、「貪官」和「專制」所影響,失卻這個原屬人民的
政府機構的功能。詩中最後一句:「醒來吧/假如你還屬
於人民」直接呼籲代表政府的人民大會堂,醒來回應人民
的聲音。[16]

---

[16] 野夫,頁24-27。

(三)強勢控制弱勢——從行爲到語言

　　可是，政府並沒有接通與人民溝通的渠道；相反，強勢政府維持絕對的強勢，影響所及，無論是人民的行爲，甚至語言，都受政府的嚴密監控，人民非但不能與政府對話，還失卻行動和說話的自由。請看這類訴說有口難言，怨氣無法宣洩痛苦的詩句：

　　　　豺狼爪上的黑紗布，那十億塊黑紗布
　　　　卻將生者耳朵塞了，嘴巴堵了
　　　　眼睛層層蒙上，然後……[17]

　　　　窗外無雨
　　　　我們也無語
　　　　只得關窗，
　　　　各守一室子的殘光，一室子的寂寞
　　　　曾經的激情，餘賸的憤怒
　　　　各自堵塞著每個噩夢的夜
　　　　我們再無語相對
　　　　只赫然相覷，讓眸子各自溜轉[18]

　　　　沒有遇上一個人民
　　　　他們進駐廣場後

---

[17]　鍾偉民(1961-)：〈布的顏色〉，見《雛》，頁130。
[18]　魏達深：〈心跳〉，見《雛》，頁122-123。

　　　所有聲音就開始消失……
　　　他們已經驚覺
　　　說話亦失去聲音……
　　　林木枯槁遍地
　　　枝椏間葉子落盡
　　　空蟻巢很多很多
　　　乾裂得墜了下來
　　　但聽不到一點聲響[19]

更激動的表達有:

　　　眼睛您又給蒙上了,
　　　耳朵您又給堵上了,
　　　嘴巴您又給封上了,
　　　手腳您又給捆上了。……
　　　乾脆,這腦袋也給了您吧![20]

也斯(梁秉鈞, 1949-)的〈家三首〉則將「國家」的概念加
以發揚, 以「家」喻國, 家具成為「家」中的成規和定則, 也

---

[19] 鄧阿藍(鄧文耀, 1946-):〈沒有一個人民的廣場〉, 見《雛》, 頁
129;《九》, 頁81。原刊於《星島日報》(香港), 1989年6月1日。
[20] 老百姓:〈有沒有腦袋都一樣了〉, 見《雛》, 頁57, 《九》, 頁
81。原刊於《快報》(香港), 1989年6月23日。

就等如社會的規範和制度, 分別牢牢地控制著「我們」或
人民:

> 總有歷史龐大的家具隆隆推出前堂
> 鎮住了今天, 統一了所有對聯上的
> 文字, 鎖上大門, 一片安全的靜寂[21]

(四)壓迫下的產物——對抗意識

政府鉗制得越緊, 人民企圖擺脫控制, 還我自由的聲
音便越響亮, 不再沉默, 爭取發言權便成為最主要的訴
求:

> 有些人永不衰老
> 他們炮製出棒子和黑手
> 盤佔中華人民生長的地方
> 緊握著黃河呼吸的咽喉
> 但年輕的中國能夠沈默嗎?
> 還是無奈地憔悴, 屈辱地忍受?[22]

> 向長空萬里要求選擇自由

---

[21] 也斯:〈家之三:家具〉, 見《雛》, 頁86。原刊於《九》, 頁25。
[22] 野夫, 頁24-27。

讓我們悼念也讓我們批評
不要強加許多扭曲的名字
大家在前庭對話不在後門
願我們說的可以傳到四方[23]

莊嚴的拳頭舉起伸向
遙遠的天空，不再
爲了感激上帝
而是爲追尋廣闊的自由，喚起
被昨夜的風捲走的聲音[24]

他們長大
有自己的
嘴巴　不是黨的傳聲筒[25]

是的，我依然期待著……
期待每一朵花
都能暢所欲言[26]

---

[23] 也斯：〈家之二：家破〉，見《雛》，頁85。原刊於《九》，頁25。

[24] 佚名：〈有一片森林〉，見《雛》，頁35。原刊於《潮流月刊》(香港)，1989年6月，頁50-51。

[25] 文絃：〈當一個人倒下〉，見《雛》，頁116-117，《九》，頁86。原刊於《星島日報》(香港)，1989年7月1日。

[26] 夢如：〈鳳凰木的自白〉，見《雛》，頁119。原刊於《星島日報》(香港)，1989年7月1日。

更強烈的對抗意識主要借絕食的學生口中表達出來：

> 黑暗深濃, 手不見指
> 廣場上的高燈已滅入了死域
> 坦克的輪吼漸響
> 面對機鎗瘋狂充血的妖目
> 我將以我的血肉, 我的所有
> 連同您巨大的愴痛, 母親
> 挺立宣示
> 一個民族
> 悠悠醒轉的清晨[27]

再看黃國彬(1946-)的〈敬悼中華民族的英魂〉：

> 爲了十億人民不在白色恐怖中喪生,
> 我宣誓, 我願以年輕的生命,
> 誓死保衛天安門, 保衛共和國,
> 頭可斷, 血可流, 人民廣場
> 不可丟, 我們願以年輕的生命
> 戰鬥到底, 直到最後一個人。[28]

---

[27] 胡燕青(1954-)：〈悠悠醒轉的清晨──一個絕食學生和母親的對話〉, 見《錐》, 頁88-90。原刊於《突破》(香港), 1989年7月。

(五)對抗／顛覆強勢的策略

面對不平衡的局面，作爲弱勢社群的人民，主要採用的是精神上的顛覆策略，有的強調人民的潛在的巨大力量。面對著坦克而毫無懼色的市民形象，自然成爲表現這種力量的最佳意象：

走到路中央
且毫不畏懼的昂立著
面對四輛奉命屠城的坦克
一個市民，高喊：
「軍隊回去！」
「停止屠殺！」

坦克給唬住了，停下來
一個市民，昂立著
巍巍如大山[29]

---

[28] 黃國彬：〈敬悼中華民族的英魂〉，見《雖》頁100-102。原刊於《突破》(香港)1989年8月。

[29] 秀實(梁新榮, 1954-)：〈市民和坦克〉，見《雖》頁126-127。原刊於《香港經濟日報》(香港)1989年6月24日。

另一方面，將代表「政府」的意象從尊嚴和神聖中拉下來，
同樣是一種顛覆策略：

> 一列黑鳥飛過
> 遺下一灘稀糞
> 在五星紅旗[30]

將極污穢和極卑賤的「稀糞」跟最莊重最高貴的「國旗」
放在一起，最能表現諷刺效果。

說到更激烈的表達方法，莫過於如后羿射日般，將代表
「政府」的太陽射下來：

> 無箭的袋中
> 有磨亮的睿思
> 足可射下那過多的太陽[31]

足以射下過多太陽的並不是箭，而是學生的睿思，正好肯
定學生力量足以改變政府過多控制和干預的局面。

　　此外，以社會公認的禁忌入文，同樣有顛覆「中心」
的效果。「性」題材一直是中國文學的禁忌，是所謂「中

---

[30] 李金鳳：〈雖然那夜無星〉，見《雖》，頁110。原刊於《香港經
　　濟日報》(香港)，1989年6月20日。
[31] 羅菁：〈天安門外的一輛自行車〉，見《雖》，頁152-154。原刊
　　於《突破》(香港)，1989年11月。

心」文學題材外的「邊緣」。同樣道理,「粗口」和不文意識也是現代漢語中的「次語言」(sub-language),是「邊緣」。因此關夢南(關木衡, 1946-)以粗卑和性入詩便有著很濃重的顛覆「中心」意味。[32]

三、香港人的身份

1. 同胞

除了表現政府與人民的對立關係外,「六四」香港詩作另一突出主題是香港人的身分問題。自從1984年中英簽署聯合聲明, 訂明香港於1997年7月1日回歸中國, 成立特別行政區之後, 對自己這個既親切又疏離的「祖國」, 這個未來「宗主國」的一舉一動, 香港市民分外關心, 1997年後香港人的身分問題一直縈繞腦際。

可是, 距離回歸只有八年光景的當兒, 中國爆發愛國民主運動, 接著是「六四」武力鎮壓事件, 給香港市民極大的震憾。究竟香港人與中國同胞及與中國內地政府的關係如何,「九七」回歸後香港將會擔當甚麼角色……。這個香港人身分的課題, 自然成為「六四」香港詩作的重要主題, 其中比較突出的一個, 便是與中國內地同胞的感情,

---

[32] 關夢南詩作的政治譬喻意味, 可參朔方:〈壯陽剎那變滋陰──政治譬喻的性別政治〉,《九》, 頁30-38。

韓山的〈詩三首〉最能表達這種血濃於水的感情，且看第
一及第三首：

>   一
>   我的弟弟死了
>   我的妹妹死了
>   我沒有吻過他們
>   我沒有擁抱過他們
>   他們就死了
>   我沒有見過面的
>   弟弟妹妹就死了
>   被刺刀戳穿
>   被子彈擊倒
>   被坦克輾過
>   他們的鮮血
>   染紅了天安門廣場
>
>   三
>   他們流著我的血倒下
>   他們流著我的淚倒下
>   深夜的電視特別報告
>   傳來千里外我的死亡[33]

---

[33] 韓山：〈詩三首〉，見《雖》，頁108。原刊於《星島日報》(香
港)，1989年6月9日。

身在北京，遭到鎮壓的學生市民等如我的至親——弟妹，他們的死跟自己的死沒有兩樣，充分反映這種血濃於水，血脈相連的關係。

　　對於北京學生爭取民主自由的運動，香港詩作無不認同，因此詩人們對「六四」鎮壓事件，或高度評價學生英勇殉國的烈士行為(黃國彬:〈敬悼中華民族的英魂〉)，或痛罵甚至詛咒屠城的解放軍和中共領導人(戴天:〈他媽的黑手〉，關夢南:〈龜蛋〉和〈脫下黑夜的內衣褲〉[34])，或

---

[34] 所謂中國式社會主義卻也他媽的優越／民主集中在握軍權黨權的一小撮／自由只顯示老朽昏庸者的意志和感覺／經濟改革偷偷的明明是資本主義的漢子／政治改革卻堅持架搭共產封建的貞潔牌坊／做的盡是死要面子的鬼鬼祟祟勾當／說的句句是胡說八道字字是謊話連篇／趁黑摸黑那用心黑得不能再黑黑黑黑／伸出毫不光明毫不偉大毫不正確的黑手／妄圖以血雨腥風對抗億萬人的壯懷丹心(戴天:〈他媽的黑手〉，見《雛》，頁114，《九》，頁38。原刊於《現代詩人聲援大陸民主運動朗誦會場刊》，1989年6月11日)。李鵬　你這個／性無能的龜蛋／一次又一次再一次／強姦了中國的大地／李鵬　你還可以／稱為一個男子漢麼／除了性器的形式／你肉體已經一無所有／我實在羞與你／同活在一個太陽之下／以黑夜為面紗吧／你最後的同志是卑鄙／願意在這裡與天為誓／並說給時間的耳朵聽／如果鮮血可以洗淨哀傷／我們今天唯有選擇犧牲(關夢南:〈龜蛋〉，見《九》，頁37)。

以尖刻的諷刺來揶揄中國政府當眾說謊，隱瞞「六四」屠城的眞相(陳炳良[1935-]:〈天安門之歌〉，譚帝森:〈記者招待會〉和何福仁:〈零度眞相〉35)，處處表現香港詩

```
                    六月七日
                  劊子手脫下
                黑夜的內衣褲
              全球的眼睛看見
            天安門廣場仰臥著
          如一具槍斃了的屍體
        憤怒的人民英雄紀念碑
是一根中華民族挺拔的陽具
      它指向悠悠宇宙的蒼天
    它要戳破時間的沉默
  它要做時間的審判
證據是鑿開岩石
    裡面有洗不去
      的鮮血與失
        蹤的名字
```

(關夢南[關木衡, 1946-]:〈脫下黑夜的內衣褲〉，見《九》，頁38)。

35 呼、嘭、呼、嘭/那不是槍聲，/別胡說八道/那是歡迎/歡迎我們領導人的名字/平、鵬、平、鵬(節錄自陳炳良:〈天安門之歌〉，見《雖》，頁98-99，《九》，頁85。原刊於《聯合報》(臺灣),1989年6月14日)。沒有 絕對沒有/殺死輾傷/半個學生/人民坦克輾過的只是/肉餅一張又一張/摻和著資產階級自由化/胡椒粉的/人民機槍打穿的不過是/活靶一個接一個/帶著反革命味的(譚帝森:〈記者招待會〉，《雖》，頁144-145。原刊於《星島日報》(香港),1989年8月1日。〈零度眞相〉諷刺的是謊話連篇的報導，這裡列出詩中提及的報導與事實的距離:

報導內容	事實
暴徒	市民
跟廣大的人民作對	站在人民的一邊向政府抗議
暴徒們瘋狂地襲擊我們(軍隊)	軍隊鎮壓手無寸鐵的市民

人站在中國內地市民及學生的一方，支持民主運動的立場。

2. 旁觀者

雖然如此，畢竟香港詩人當時並非中國公民，也沒有直接參與北京的靜坐，遊行，示威或絕食，他們主要透過電子媒介接觸和認識北京學生和市民的行動，因此多以旁觀者角度寫作，以第三者視角敘述或評價事作，例如：

羈魂(胡國賢, 1946-)的〈我恐怕黎明前便睡去〉，黃維樑(1947-)的〈連續劇〉和洛楓(陳少紅, 1964-)的〈球場上的孩子〉[36]都屬此類。

羈魂詩寫的是默默地守候，靜待中國改變的情景，充分反映港人同情民主運動，但沒有參與的旁觀者心態。至

更有些極其壞極其壞的分子，奪過槍就向我們好心的、善良的子弟兵開槍	軍隊武力鎮壓示威者
死亡的大學生比較準確到現在：23名	數以千計的學生及市民被殺
學生基本上是自動撤離	軍隊突然清場，展開屠殺
廣場上，絕對沒有一個學生打死，也沒有用坦克軋死軋傷任何人	死傷數以千計

何福仁：〈零度真相〉，見《雖》，頁134-135。原刊於《快報》(香港), 1989年6月26日。

[36] 羈魂詩見《雖》，頁72-73，《九》，頁84。原刊於《星島日報》(香港), 1989年6月5日。黃維樑詩見《雖》，頁142-143。原刊於《詩》(香港), 1989年8月。洛楓詩見《雖》，頁150-151。

於〈連續劇〉和〈球場上的孩子〉則以觀眾的角度敘述「六四」的武力鎮壓，一將之比作連續劇，一將之比作球賽，以旁觀角度寫作的意圖都十分明顯。

3. 回歸後的身分

(一)另一批受害者？——懼共心態

血淋淋的事實映在眼前，能不教人動容？人們不禁會問：八年後回歸，香港人是否又如北京市民般遭殺害？是否如內地同胞般失去自由？港人熱心支持民主運動，是否會遭秋後算賬？……鍾文余的〈香港人怕甚麼？〉最能表現這種心態：

> 我們怕被罐頭封鎖，
> 公仔箱裡沒有了歌；
> 我們怕有病也不讓呻吟，
> 瞎了的靈魂找不到天國。
>
> 種好基本法，
> 能逃秋後四根索？
> 六百萬螻蟻，
> 橫看豎看一小撮！

無論港人還是中國內地人民都渴望跟中國政府有溝通的機會,可是兩地人民與政府之間還是缺乏這種渠道。詩中便有此一問:

> 我們心寒,
> 我們哆嗦,
> 總書記啊,
> 往哪裡找你訴說?[37]

無論詩中所指的是已死的胡耀邦,還是將懸空了的中國共產黨總書記職位當作訴說對象,都是對當時在位領導人的極大諷刺,同時也顯示他們之間全無對話的條件。

(二)力挽狂瀾的豪傑?

面對「九七」,特別是回歸後,香港人是否可以勇敢承受來自中國政府的壓力,保持以往獨立自主,敢作敢為的性格,繼續為公義和真理力爭到底,相信是港人以及全球華人都關心的問題。余光中則給港人投下信心的一票,認為面對如山重壓,港人仍能發揮力量:

> 你也是那樣的一位

---

[37] 鍾文余:〈香港人怕甚麼?〉,見《雖》,頁120-121。原刊於《星島日報》(香港),1989年7月1日。

敢於獨立的豪傑

敢在更大的坦克之前

仰對更重噸的怒吼

在全世界的旁觀下

只有你獨臂抵擋

歲月的坦克隊當頭壓來

　　一九九零

　　一九九一

　　一九九二

　　一九九三

　　一九九四

　　直到最後

　　是怎樣的

　　一九九七[38]

四、結語——文學與政治的關係

不少人抗拒以政治角度論詩，認爲這樣會貶低文學作品的價值，有將它貶成宣傳品之虞。但歷史卻告訴我們，社會運動跟文學淵源甚深，它總會醞釀出詩歌來，無論

---

[38] 余光中：〈香港頌〉，見《雖》，頁158。原刊於《明報》(香港)1989年6月28日。

「五四」、「四五」或「六四」都如是。詩歌與政治運動的關係是不言而喻的。卡瓦納格(James Kavanagh)在討論「意識形態」(ideology)時, 便指出西方文學及文化批評界出現女性主義(feminism)作品及批評熱潮, 明顯是北美興起的女性主義政治運動的延續和擴散。[39]這正好證明政治與文學的緊密關係。可見, 以政治角度論詩並無不妥, 只要不硬套, 不視政治角度為唯一方法便行。

與「六四」有關的詩作, 如果硬將它們抽離這場民主運動, 獨立來看, 相信它們的價值會大打折扣, 甚至變得毫無意義。詩作本身也仿佛失去生命力似的。

卡瓦納格對文學的看法, 也有助我們理解「六四」詩作的本質。他一再重申文學是其中一種表現意識形態的重要媒介, 而且深具影響力。正因如此, 文學常常回應社會上主導與從屬的意識形態之間, 不平衡、不對等以至強弱懸殊的關係。[40]由此可見, 從政府與人民這兩個實力懸殊的政治力量的對立看「六四」詩作, 完全能體現這類詩作的本質和特點。

相對於藝術成就而言, 筆者認為, 「六四」詩作的價值在於它們能夠充分代表人民心聲, 這比藝術成就來得重要。

---

[39] Frank Lentricchia and Thomas McLaughlin eds.: *Critical Terms for Literary Studies* (Chicago: U of Chicago P, 1990), pp.311.

[40] Frank Lentricchia and Thomas McLaughlin eds., pp.311.

參考文獻目錄

FU

福柯(Foucault, Michel)：《規訓與懲罰：監獄的誕生》(*Discipline and Punish: The Birth of the Prison*)，劉北成、楊遠嬰譯，臺北：桂冠圖書, 1992。

——：《權力的眼睛：福柯訪談錄》，嚴鋒譯，上海：上海人民出版社, 1997。

HUO

霍克斯, 特倫斯(Hawkes, Terence)：《結構主義與符號學》(*Structuralism and Semiotics*)，瞿鐵鵬譯，上海：上海譯文出版社, 1987。

LI

黎海華、李淑潔編：《雖然那夜那星》，香港：突破出版社, 1990。

SHUO

朔方主編：《九分壹》，七八期合刊：詩與政治專輯, 香港：九分壹出版社, 1990年4月。

Foucault, Michel. *Discipline and Punish: The Birth of the Prison*, Trans. Alan Sheridan. Middlesex: Penguins Books, 1977.

Gordon, Colin ed. *Power/Knowledge: Selected Interviews and Other Writings 1972-1977.* New York: Harvester Wheatsheaf, 1972.

Lentricchia, Frank and Thomas McLaughlin eds. *Critical Terms for Literary Studies.* Chicago: U of Chicago P, 1990

Lotman, Jurij. *Universe of the Mind: A Semiotic Theory of Culture.* Trans. Ann Shukman, London: I. B. Tauris, 1990.

Scholes, Robert. *Structuralism in Literature: An Introduction.* New Haven: Yale UP, 1974.

論文摘要(abstract)

Pak, Wan Hoi, "An Ideological Examination on June Fourth Poetry of Hong Kong"

Lecturer, Department of Chinese, Hong Kong Institute of Education

The objective of this essay is to call for a discussion of two significant motifs of June Fourth Poetry in Hong Kong. The first one refers to the apparent antagonism between the government and people, while the second one alludes to the identity problem. This essay first propagates the suppression of the government in which political implication unveils. Vast number of themes is included in reference to Jurij M. Lotman's "Circle of Symbols" and Michel Foucault's analysis of power. They are: repression of the government, the prevailing control of the government from language to behaviour, people's devotion to dialogue with the government, and the confrontation and strategies of the people.

The essay then implacably unfolds the problematic of Hong Kong identity. The dual identities of Hong Kong people redefine the situation since they not only share the same heritage of the students and people in Mainland China but also being the outsider of the whole June Fourth episode. What will be the drastic changes to Hong Kong after the 1997 Hand-over? Are Hong Kong people going to be another throng of victims, or, can they be the transformers of China? (余麗文譯)

~~~~~~~~~

・

論文重點

1. 「六四」事件影響深遠，對香港詩壇的影響也隨處可見。
2. 「六四」香港詩作有兩大主題：政府與人民的對立關係和香港人的身分問題。
3. 政府與人民的對立是「中心」與「邊緣」的關係。

4. 福柯的權力論述可以解釋「中心」與「邊緣」那種強弱懸殊的權力關係。

5. 政府可以透過各種手段（包括軍隊、警察以及學校、醫院、監獄等機關）控制人民。

6. 政府還可透過對知識和語言的解釋權，支配人民的思想、言語和行爲。

7. 「六四」香港詩作表現了：1.政府與人民的對立關係；2.人民與政府對話的意願；3.人民被控制得動彈不得，有口難言的苦況；4.人民的對抗意識；5.人民的對抗策略。

8. 「六四」香港詩作另一課題是香港人的身分問題。

9. 香港人與內地人民有著血肉相連的同胞關係。

10. 香港人在「六四」事件中扮演旁觀者角色

11. 香港回歸中國後，港人的身分如何？是另一批受害者，還是改變中國命運的勇者呢？

~~~~~~~~~~

特約講評人: 梁麗芳

梁麗芳(Lai Fong LEUNG)，女，在香港長大並完成中學教育，加拿大卡格利大學(University of Calgary)文學士，不列顛哥倫比亞大學碩士和博士。現爲阿爾伯達大學東亞系副教授。著有《柳永及其詞之研究》、《從紅衛兵到作家: 覺

醒一代的聲音》(*Morning Sun: Interviews of Chinese Writers of the Lost Generation*), *A Guide to the Film Early Spring in February* (*Zaochun eryue*).

　　十年過去了，發生在天安門廣場的六四事件，如今想來，仍萬般哀痛及惋惜。當年流血的形象，刻入民心，以至已經成集體記憶的一部分。這種震撼，令論文作者『認為，對於那激動人心，幾乎全情投入的一刻，或事後錐心刺骨的傷痛的時候，如仍刻意評彈詩作的優劣，無論對詩人，對殉難的學生市民，還是對整件事件，都並不是十分尊重的表現。』因此，論文作者選擇了不用分析文本、敘事結構、讀者詮釋等理論入文。

　　論文作者運用前蘇聯符號學家洛特曼Juirij Lotman的中心與邊緣理論，和法國福柯(Michel Foucault)有關權力的論述，作為出發點，去處理發表於香港的關於六四的詩作。這個角度無疑是新鮮的，能夠針對事件的本質，找到了這場運動的悲劇核心。按照權力的論述，權力中心是政府，邊緣是人民，政府佔了絕對優勢，人民是弱勢。這兩個軸既然成立了，他們之間的關係，就是各種不同程度的壓迫關係與對抗的關係。香港居民是這個官民對立的舞台的旁觀者。作為邊緣地區的香港居民\詩人，與內地人血濃於水，唇齒相依，且回歸在即。他們把自己擬為廣場上的學生與人民而憤慨高歌，為香港的未來而憂慮悲鳴。論文詩作的資料來自兩個專輯：《雖然那夜無星——心繫天安

門》和《九分壹》,寫作時間均在一九八九年。作者選擇
這一年的詩作,而不用其他年份的詩作,想是因為這一年
的詩作最多和最具有激情吧?這兩本詩集,是否為香港出
版這一主題的最佳代表?論文作者能注明一下更好。

　　在權力論述的主導下,論文作者把題材分作兩類處
理:政府與人民的對立關係,和香港人的身份問題。政府
與人民的對立關係的一部分,再分成三點:不平衡對立產
生壓迫——太陽意識,強勢控制弱勢——從行為到語言,
壓迫下的產物——對抗意識;香港的身份問題一部分,分
為同胞、旁觀者、回歸後的身份三點。回歸後的身份又再
細分為兩點:另一批受害者——懼共心態,力挽狂瀾的豪
杰?。這些細緻的分類,以及運用詩作證明論點的適當引
用,表現了作者對詩作內涵的充分掌握。

　　作者文筆清晰,用了較長的篇幅來解說中心與邊緣,
以及福柯的權力論述。因為作者開章明義表示詩作文本的
文學性論析,所以,在討論詩作的時候,重心在於把詩作
中的意象分類,根據中心\邊緣、優勢\弱勢的定位,放置政
府\人民的對立意象。於是,得出了一系列代表強勢的意象
——新華門、人民大會堂、軍隊、坦克、陰謀家、暴虐統
治者,和弱者的意象——絕食學生、北京市民、中國人民
和香港市民。

　　這兩類不斷出現的意象象,構成詩作的基調。無疑,
這是詩作的靈魂所在,也是詩作者的寓意所在。經論文作

者這樣一分類，馬上突出詩作鮮明的反抗姿態，這個姿態確立了，詩作的立場與震撼力，亦隨之而生。

然而，不能不考慮的，是這樣的分類，難免產生一個印象，就是詩作的豐富內涵，被強弱的兩分法簡單化了。仿佛只要分成了兩個意象，把意象分類，基本任務便完成，剩下的解說，就是再一次證明權力論述的無誤。在論文擴寫時，是否能增加文學性的分析和其他的考慮，比如社會、文化和傳統等因素？（一個題外話，就是中國大陸由五十年代到七十年代的庸俗社會學的文學分析實踐，黑白的二分法，曾經簡化了文學多時，不妨參考。）在此，必須肯定外來的理論和分析法能帶來本土文學研究的生機與靈活性，以及新鮮的角度。

有一個疑問：絕食學生\人民是否真的無權？在幾個星期內，他們佔領了廣場，他們聲勢浩大，獲得國際輿論的支持，如果他們當時能適當地利用這個權，說不定有截然不同的效果。哈維爾(Vaclav Havel, 1936-)在其《無權者的權》(*The Power Of The Powerless*)所說的話，至今讀之，仍當頭棒喝：『真正的問題是「光明的未來」是否真的永遠是那麼遙遠？萬一，它早已經到來了呢，只不過，我們的盲視與軟弱，妨礙了我們?到它已經存在周圍與我們裏面，以致我們不去發展它。』

香港六四詩作是個新的題材領域，這篇論文作了一個開頭。六四對中國大陸文學影響的研究，在內地似乎還未獲得注意。六四能否像五四一樣，從一個偶發性的民眾運

動, 轉化爲一個文化性質的運動？將會隨著時間的距離而
更清楚。

<center>~~~~~~~~</center>

特約講評人: 陳以漢

陳以漢(Yee Hon CHAN), 男, 1949年生, 廣東省大埔縣人, 美
國密蘇里大學新聞學碩士, 任職美港記者編輯多年, 現爲
香港大學專業進修學院教學顧問。

　　「六四」事件的爆發, 不僅震撼香港人, 而且迫使他
們面對一直逃避的政治問題和身份問題。當時香港人的反
應是：

> 「有人奔跑, 要逃離孤島
>
> 有人苦候, 一班不停站的列車
>
> 有人, 向白紙和黑字搜索未來」
>
> 　(陳德錦：〈七月最寒冷的一天〉)

　　白雲開博士的「六四香港詩作初編」有一個前題：文
學是表現意識形態的重要媒介。閱讀他所論述的一批六四
詩作, 不得不同意他的看法, 它們可說集中反映了港人那

段日子的激動心情和深切反省。六四的政治事件是這些作品的靈魂和生命。

　　文學和政治原是兩個不同的範疇。一九四九年後，中共的統治最爲人垢病的是，政治過份干預文學創作，以致後者變得教條和機械化，失去生命力。但在另一種情況下，政治郤往往是文學創作的動力和靈感。六四詩作是最好的例証。正如著名政治文學家、以《動物農莊》」和《一九八四年》等小說揚名的英國作家歐威爾(George Orwell, 1903-1950)所說：「檢視我過去的作品，從不改變的一點是：我在沒有政治目的下完成的作品，總是缺乏生命的。」

　　在六四的衝擊下，香港詩作所反映的市民普遍情緒是迫切的。雖然六四距離一九九七年還有八年，但它把回歸的日子帶到眼前。白博士指出，香港人對回歸有著截然不同的極端反應：有人對九七回歸後處境極端恐懼（鍾文余：〈香港人怕甚麼？〉）；亦有人將以大無畏的精神去迎接可怕的命運（余光中：〈香港頌〉）。這是港人在六四的震撼和巨大陰影下產生的自然反射。

　　然而，除了條件反射式的反應外，六四亦驅使港人反省他們的身份和認同。

　　對香港人來說，認同是由來已久的問題。香港自滿清割讓予英國成爲殖民地的百多年來，一直是逃離大陸政治的避難所。香港人很多逃來小島後，對大陸山河仍難以忘懷。與此同時，在香港土生土長的新一代，因一些政治事件或外來刺激，曲折地孕育出民族主義思想，對中國擁

有一份浪漫的情懷。李國威的〈霜吟〉對此有細膩的描述。
不過，他對自己作為旁觀者的身份相當自覺，因此才有下
面的詩句：

> 「歸來原只是一個浪漫
> 風霜我不曾真正歷過
> 火車停了又開
> 我來了又走了
> 人間的苦楚
> 飄散在我的身外」

六四的發生，把港人與示威學生的距離拉近，於是詩作出
現對這種血濃於水的感情的描述。白博士引述的韓山〈詩
三首〉是其中表表者。胡燕青的〈悠悠醒轉的清晨〉和友
詩的〈哭孩子〉更以母親的身份，對學生之死表示悲痛哀
悼。

　　白博士說得對，港人旁觀者的自覺亦出現於羈魂的
〈我恐怕黎明前便睡去〉、黃維樑的〈連續劇〉，和洛楓
的〈球場上的孩子〉。然而，只要細心閱讀，就會發現，除
黃作較為抽離和冷漠外，其餘兩詩都充滿旁觀者的痛苦無
助和關切寄望。

> 「隔著鐵網我們用刺痛眼睛凝視
> 土地上孩子留下的汗血如何

被一點一滴的抽掉和蒸乾」

（洛楓：〈球場上的孩子〉）

而羈魂則仍苦心等候著「第一線曙光」和「第一響天雞」。

〰〰〰〰〰〰〰

特約講評人：陳岸峰

陳岸峰(Ngon Fung CHAN)，男，現爲香港科技大學人文學部博士研究生。著有：〈解讀《香港情與愛》與〈浮城誌異〉中的香港〉(1998) 及〈亂世、「大話」與「小」說〉——論張愛玲「小」說在現代文學史上的意義〉(1998)。

十年前的六月四日，天安門廣場上的學生運動震憾了多少中國人的心，他們秉承知識份子的良知與責任，爲國家民族的前途而發出憤怒的吼聲。當時學生的信念，純潔而天眞。他們抗爭，下跪請願，唱歌也賦詩，以一種充滿理想色彩的手段表達人民的心聲。我們的民族是理想又理性的。在爭取自己的國家民族的進步時也是詩意的，而非其他民族的盲目與非理性的破壞，但要達到目的是否又非暴力不可呢？我不知道。我只知道爲我們國家民族爭取民主自由的手段是抒情的、對話的，秉承的乃「溫柔敦厚」的傳統。

「溫柔敦厚」講求的是委婉諷諫，然而，在黑暗的時代，在高壓的政治氛圍底下，文學理論家對「溫柔敦厚」的要求則并不再流於諷諫的層面，往往是打破傳統的委婉曲折而直抒胸臆，明末遺民的黃宗羲(1610-1695)便是一個好的例子。 黃氏說：

> 蓋詩之爲道，從性情而出，人之性情，其甘苦辛酸之樂未盡，則世智所限，容易埋沒。……詩之爲溫厚和平，至使開卷絡呇，寄心冥漠，亦是甘苦辛酸之跡未泯也。

黃宗羲又在〈黃孚先詩序〉中抨擊明末清初詩人的缺乏性情：

> 孚先論詩，大意謂聲音之正變，體制之所歷，目之所觸，發於心著於聲，迫於中之不能自己，一倡而三嘆，不啻金石懸而宮商鳴也；斯亦奚有今昔之間，蓋情之至眞，時不我限也。……今人亦何情之有，情隨事轉，事因世變，乾啼濕哭，總爲膚受，即其父母兄弟亦若敗梗飛絮，適相遭於江湖之上。勞苦倦極，未嘗不呼天也；疾痛慘怛，未嘗不呼父母也。然而習心幻結，俄頃銷亡，其發於心著於聲者，未可便謂之情也。由此論之，今人之詩非不出於性情也，以無性情之可出也。

　　詩出於性情之自然流露似是很自然的事，但基於官方意識形態的禁忌，在很多朝代中，詩人卻往往不能直抒胸臆，指斥時弊，即使當下此刻痛哭流涕，而又多少人能不隨風擺柳而動搖昔日的激動？白教授引用西方理論家論述了文學與政治的關係，在此，筆者提供了中國傳統詩論的一面，作爲參考。

　　白教授的文章爲我們認識「眞性情」的文學提供了一個範例，此文聲明不以文本分析、敘事結構、讀者詮釋等理論入文，而是強調這些詩作與政治或社會事件——「六四」的關係便是著眼於市民如何憤於不平而直抒胸臆，這是「情之至眞」，何須強分雅俗？

　　文章的第一部分借助洛特曼的「符號圈」理論和福柯的權力論述，說明政府與人民強弱懸殊的對立關係背後的政治意義。　白教授援引西方理論止於幫助說明其論點而非生呑硬套，這是其文章的成功之一；而且行文清暢，在學術的評論中也不禁流露出其未能釋懷的情結。

　　白教授指出「六四」詩中的其中一個主題乃是政府與人民的對立關係，但他所討論的只是集中在兩個專集上，分別是《雖然那夜無星》與《九分壹》第七八期合刊，筆者認爲若能擴大其詩刊的範圍，或略作統計，然後再集中於一兩個詩刊的討論可能更令文章具說服力。

　　文章的第二個主題是香港人的身分問題。　六四對港人的刺激更因爲是接近九七的緣故，從悲劇中港人目睹統

治者處理與人民之間的矛盾的手法，因而從原來的無名的
恐懼而發展為真切的夢魘。 這就更激發了市民的抗爭意
識。

香港人在「六四」事件中扮演的角色并不止於旁觀者，
否則史無前例的百萬市民上街遊行示威又算是什麼呢？
被遺棄百多年的殖民地孤兒在一夜間的悲痛中似乎更清
晰地知道自己的身份，否則何以為死去的學生悲痛，為政
府的鎮壓民主運動而憤慨？從這次事件中，港人除了對政
治現實有了更深刻具體的領會之外，更懂得國家與政權之
別，即是說我們愛慕古國中華，而正因為中國是我們的祖
國，我們更應懂得如何以不同的途徑令她早日實現民主與
自由。

~~~~~~~~~~

特約講評人: 劉偉成

劉偉成(Wai Shing LAU), 男, 香港浸會大學中文系碩士研究
　生。著有詩集《一天》(1995), 即將出版詩集《感覺自燃》。

天安門六四事件發生後, 相關的詩作大量湧現, 散見
各大報章, 幾乎所有愛寫點東西的香港人都會執筆草詩或
撰文。若翻看八九年以後幾年出版的詩集, 絕大多數都會

找着一、兩首相關的作品。單從量方面看，應該是研究香港新詩不可或缺的一環，但可能正是其量之多及分佈之散，加上水平參差，致使至今有關這方面的研究並不多，白雲開博士的論文（下簡稱白文）正好彌補這方面的缺漏，而今年正好是「六四」十周年，讀白文更令人不禁掩卷深思。

　　白文集中論述《雖然那夜無星》和《九分壹》七、八期的專輯裏的作品，大概為了方便徵引和討論之故，是合理和折衷的做法。其實《雖》書分為「天安門的巨響」和「香港的回聲」兩輯，前者是國內詩人對民運反思的紀錄，後者則是香港詩人對「六四」事件的迴響，白文中兩者均有引用，卻未有作深入的比較，這當然無損對「六四」詩作的總括性闡析，卻未能充分表現香港「六四」詩的特點，從而為論文第三部分「香港人的身份」提供更順暢的過渡和更穩當的論說基礎，把香港詩人在自己混雜的文化背景下對「六四」的情懷作更具體的呈現。舉例來說，國內詩人的作品，常出現鋪陳結構相近的句子的手法，這種情況早在北島七六年寫成的〈回答〉中出現：「我不相信天是藍的；／我不相信雷是回聲；／我不相信夢是假的；／我不相信死無報應。」而在《雖》中的第一輯中便有不少這樣的情況，例如＜醒來吧！人民大會堂＞：「你威嚴的大理石柱／已被貪婪蛀空／你正直的台階／已被特權踏破／你豁達的胸襟／已被淫欲填滿／你耀眼的國徽／已被卑鄙腐爛」；吉男的＜我不知道＞：「我不知道紅旗上面有法律／我不知道眉毛下面有眼睛／我不知道心靈之

中有世界／我不知道眞誠之外有醜惡」。另外〈再生〉、
〈要等就等一萬年〉、〈維蘇威火山〉、〈絕食〉、〈呼
喚〉等多篇都用了相同的手法。這種手法的運用表現了詩
人反覆重申立場的意圖,加上,重覆的都是句子的前半部
分,發揮了西方詩歌中押頭韻(alliteration),餘音裊裊的回
聲效果。若白文所說的「中心」和「邊緣」不只局限於政
府和人民的對立,那麼,這種堅信和重申立場和觀點的方
法,相對於香港詩作所反映的迷惘意緒,也可算是國內和
香港在文化位置上「中心」和「邊緣」關係的其中一種顯
現。

　　白文的第三部分,「香港人的身份」裏曾引鍾文余的
〈香港人怕甚麼?〉來說明香港的「懼共心態」,但我個
人認爲香港「六四」詩裏所反映的「恐懼」該可進一步歸
納爲一種「過渡人」的矛盾。金耀基(1935-)在《從傳統到
現代》中徵引冷納(Daniel Lerner)的觀點來說明「過渡人」
的特質是具有「移情能力」(empathy)和「想眞正生活在他
一直幻構着的世界裏的慾望」,前者表現了白文中所謂的
「同胞」身分,後者表現了「力挽狂瀾的豪傑」的傾向,希
望九七後的政治環境是他們所冀盼的穩定局面。而金耀基
認爲「中國的過渡人」面對的不止是「新舊」還是「中西」
的衝突,「六四」事件以後香港人的「懼共心態」和「移
民潮」已証明香港人有揚棄中國價值而接受西方的傾向,
並逐漸墮入一種「要消解種族中心的困局」中。有關其他

435

「六四」的詩作和香港人複雜的「過渡人」情緒，我相信白先生在「初論」以後定會深入探討，實在令人翹首以待。

[責任編輯: 梁敏兒博士]

試論余光中「香港時期」的創作風貌

■劉慎元

作者簡介: 劉慎元(Shen-yuan LIU),
男, 1970年生於臺灣, 祖籍山
東嶧縣。高雄師範大學文學士,
現就讀南華大學文學研究所碩
士班。曾獲梁實秋文學獎譯詩
組第二名(1998)。

論文提要: 余光中乃當代詩文雙
絕, 他曾在1974年至1985年至
香港中文大學任教, 是謂余氏
文學生命中的「香港時期」。
本論文欲從中國式的懷鄉、臺北的回憶與當時的鄉土論
爭、香港山水與沙田文友、九七大限等面向切入, 研究此
一時期的余氏詩文。並以被迫離開的糾纏點、漂泊離散美
學、以及現象學等理論和余氏詩文對觀。最後以內地與香

港文論家對香港文學的看法爲參考座標，嘗試爲余光中在
「香港作家」、「香港文學」等名相中尋一定位。

關鍵詞(中文)：　詩文雙絕　香港時期　漂泊離散　中心/邊緣
存有/演變　歷史裂縫　地方歸屬感　沙田文友向客體投
射　指向性被指向的對象

關鍵詞(英文)：Expertise in Writing both Poetry and Prose,
Hong Kong Period, In Exile, Centre/Periphery,
Sustain/Evolve, History Fissure, Sense of Belonging,

一、本文問題分析及研究徑路:

余光中(1928-)乃當代詩文雙絕。其創作生涯中曾有一
段「香港時期」，在1974年8月到1985年9月間，他任教於
香港中文大學中文系，前後歷時十一年(1980-1981年間曾
返臺北師大客座一年)。余氏在中文大學美麗校園中攬山觀
海，與沙田衆文友遊，生活安定自在，所以日後自承在港
十年的作品，在一己的文學生命裡佔了極大的比重[1]。本文
企圖分析余氏此一時期的文學創作，及香港這個環境，對
余光中此時文學創作面貌所起的影響。雖然余氏此一時期
亦有翻譯和評論作品，然若要從文字中爬梳作家與香港的
關係，新詩與散文則更可以暴露個人的思緒與感情，因此

---

[1]　關於余光中香港時期的紀年、創作回顧、暨作品數量統計，參見
余光中：〈回望迷樓—春來半島自序〉，《春來半島》(香港: 香
江出版公司, 1985), 序文頁2-3。

成為本文將側重的面向。余光中前七年的詩作結集為《與永恆拔河》及《隔水觀音》,後四年的詩作收錄進《紫荊賦》,共得詩作191首;至於散文,十年來共得29篇。

然而在展開對這些詩文的分析之前,尚有一些隱藏的疑慮待決。首先余光中此時的創作,可以置入香港文學的框架中(什麼是香港文學的框架?)嗎?此外,他具有香港作家的身份(identity)嗎?而余氏香港時期橫跨70及80年代,在研討80年代香港文學的主題下,應否該割捨針對余氏70年代詩文的討論?

套用伊格頓(Terry Eagleton, 1943-)的說法:文學言說不過是「某一類人在特殊情況下,依據特殊的標準和特殊的原因」所造成的[2],香港文學此一議題的興盛應作如是觀。自80年代起,中國大陸高等院校陸續成立有關臺灣、香港、及海外文學的研究室,且在很短的時間裡,出現了好幾本香港文學史[3]。評者多從國家與論述(nation and narration)的角度解釋此一現象,認為係配合回歸,需要為香港建構一個歷史,放進以及配合整個中國的國家論述。

---

[2] Eagleton, Terry. *Literary Theory: An Introduction* (Oxford: Basil Blackwell, 1983)

[3] 對於書寫香港文學史的討論,可參1. 王宏志:〈中國人寫的香港文學史〉,《否想香港──歷史、文化、未來》(王宏志等著,臺北:麥田出版, 1997),頁95-125。 2. 陳德錦(1958-):〈文學,文學史,香港文學〉,《中外文學》24卷6期, 1995年11月,頁136-148。

　　請先以大陸學者的論述裡來看香港文學的框架，順便看看其中余光中的定位[4]。王劍叢認爲香港文學內涵的界定有廣狹二義：從狹義看，認爲由香港作家所寫，反映香港的社會生活和市民心態，在港出版或發表的文學作品，是謂香港文學。從廣義看，只要是香港作家所寫有香港特色，不管是取材或發表自何地，都該算是香港文學，王氏贊成廣義的定義，只要限定香港作家以華語創作的文學作品即可[5]。至於香港作家身份的取得，王劍叢分類爲三：在港出生或長大的，爲本土作家，從海峽兩岸來的南遷作家，以及他地遷入的作家。余光中即歸類於70年代來港的南遷作家，和施叔青同一類群[6]。

　　香港王宏志對於這樣的內地定義和述及的作家多所質疑，他認爲南遷作家(王宏志的討論集中於1950年代以前的南遷者)大部份無愛於香港，對於香港文化只有嘲弄和謾罵，沒有絲毫理由爲香港推動本土文學事業；他們來港後的活動大都和香港沒有直接關係(如推動抗日救亡)，雖然其重要作品在香港發表或出版，但由於作品內容和香港扯不上關係，實在不能稱他們是香港作家，寫的是香港文

---

[4]　這裡以王著爲取樣，以下引用自王劍叢：《香港文學史》(南昌：百花洲文藝出版社，1995)，頁4-5。

[5]　華語的創作限定條件當然引起質疑，例如何少韻(Louise Ho)這位香港中文大學英國文學教授，她的英文創作能否歸類於香港文學？參見李小良：〈我的香港〉，《否想香港》，頁185。

[6]　王劍叢，頁7-8。

學[7]。至於70年代來港十年的余光中,是否能列入香港作家
的範疇,論者也有不同的意見[8]。

本文將使用理論上的考察,佐以余氏的詩文爲例,爬
梳余光中詩文和香港的文學性關聯;此外,本論文將積極
注意上述兩地學者的說法,希望能比較出余光中和其他南
遷作家之異同,甚至進而提出界定香港文學的方法論討
論。至於十年的分期,本來就是一種便宜行事,作家創作
風格自有其連續性,因此本文將一併討論余氏在港的早期
作品,但將特別標明編年,期能浮現余氏80年代創作的特
別處。

二、中國層面的余光中與香港[9]

余光中的許多作品具有濃烈的鄉愁,如夏濟安(1916-
1965)就曾指出余光中是個被放逐者[10],他開始書寫縈懷故

7　王劍叢,頁106-110。

8　璧華(紀馥華,1934-)曾在星島日報《大會堂》週刊撰文,否定余
　　氏爲香港作家,參見〈詩訊〉,《藍星詩刊》第22期,1990年1月,頁
　　167。轉引陳德錦文,註6。而龔鵬程(1956-)在1998年於香港新詩
　　研討會上,認爲余光中居港十載,創作甚豐,對香港亦有實質之
　　影響,其居港之作品宜可視爲香港文學,見龔鵬程:〈觀察報告〉,
　　《香港新詩的大敘事精神》(黎活仁[1950-]等編,嘉義:南華管理
　　學院,1999),頁310。

9　中國層面並非指涉任何政權,而指余光中對鄉土及大陸生活的回
　　憶,對歷史、文學等中國圖象的孺慕,懷舊及希望國族強盛的欲
　　望。

國的文章，是他在全美輾轉任教的時候。余光中深懷著對
祖國舊日光榮的懷念之情，不斷憧憬在古典文學中得來的
中國圖像，以保持自我的清醒和國族意識，而往往把回憶
的片段，閱讀得來的知識，藉著觀看眼前景物來抒感，交
織成繁複多樣的形像。

　　我們可以把余光中視為一位飄泊離散的華人(diaspora
Chinese)，在面對整個國家民族的苦難，他感受到被迫流
亡的痛苦。離開大陸，前往海島，然後遠赴異國，他不斷在
不同的位置間飄泊流離，跨越不同的邊界，不僅是地理的
疆界，更是標示不同文化、制度、族群、和語言的疆界。
然而頻繁的越界引發了認同的焦慮，於是書寫成為認同的
場域，一連串的記憶與中國文化斷片的混雜書寫，搭起了
通往過往歷史與記憶的橋樑，可以尋回以往詩人失去之物，
達成一己的認同慾望，反應的是對於葛里松 (Edouard
Glissant, 1928-)所謂的「糾纏點」、「被迫離開的地方」
的心理依戀[11]。

　　從1951年他在臺寫下〈淡水河邊弔屈原〉[12]，1959年在
美寫下〈我之固體化〉[13]，1966年的〈當我死時〉[14]，甚至

---

[10] 參見夏志清：〈余光中：懷國與鄉愁的延續〉，《火浴的鳳凰—余
　　光中作品評論集》(黃維樑編，臺北：純文學出版社，1979)，頁
　　386-387。
[11] Edouard Glissant, *Caribbean Discourse: Selected Essays*
　　(Charlottesville: U of Virginia, 1992), pp.26.
[12] 可參見余光中：《余光中詩選(一)》(臺北：洪範書店，1981)，頁
　　13-15。
[13] 余光中：《余光中詩選(一)》，頁112-113。

到1983〈黃河〉，看到黃河照片展，他寫下：一刹那劇烈地感受/白髮上頭的海外遺孤/半輩子斷奶的痛楚/[15]。這樣的懷鄉書寫一直貫穿他的作品。黃河是余光中筆下常見的指喻，用以指引他朝思暮想的古中國。過去的榮光和記憶的原鄉無法回歸，然黃河卻成爲記憶的斷片，屬於那永久失落整體的一部份[16]。和余詩中常出現的那些中國意象一樣，它驅使一己從現在回到過去，令焦慮的徵狀與記憶的根源再連接起來，通過這些媒介物(讓詩人聯想懷鄉的事物)，思緒化爲書寫，與人傳觀，然後「記憶練就了傳統，使事件得以一代一代地流傳下去」，於是在創作者/讀者的心理上，尋求結合的動力以對過去及對記憶的沉溺作爲形式[17]。

在香港時期前，余光中於1969年也曾到過香港，那時他引領北望，認爲神州成了患了梅毒的母親，然而他筆下的〈忘川〉出現了香港：皇冠歸於女皇失地歸於道光/既非異國/亦非故土[18]。這就點出了香港的一個奇異位置，在地理上和大陸相連，然又不是祖國，很自然的，懷鄉的詩人日後把她當成北望的瞭望台，寫下一系列的北望詩，其中

---

[14] 余光中：《余光中詩選(一)》，頁206-207。

[15] 此處的海外遺孤，當可作diaspora Chinese的同義字，見余光中：《紫荊記》(臺北：洪範書店，1997)，頁90-95。

[16] 依據班雅明所說：「對象本身不能將任何意義投射在它自己身上，它只可以擁有寓言家願意賦予它的意義。」 Fredric Jameson. *Maxism and Form: Twentieth-Century Dialectical Theories of Literature*(Princeton: Princeton UP,1971), pp.71.

[17] Jameson, p. 62.

[18] 余光中：《余光中詩選(一)》，頁259-260。

1974年〈九廣路上〉[19]是70年北望詩的代表，詩人自承是個
無家可歸依然得夜歸的歸人，在空曠中聽鐵軌轟轟，向今
晚的邊境一路敲打過去。鐵路彷彿成了臍帶，連結詩人和
祖國的關係。香港這時成了邊陲，詩人站在其上窺視中心，
書寫回中心。

　　然而香港並不是孤立於中心之外，邊緣仍不能擺脫中
心的影響。在〈九廣路上〉裏，內地的動亂影響他對香港
的觀想：獅子山隧道剛過了/回頭莫看香港，燈火正悽涼/
多少暗處起伏著刀光/....不安在孕育，夢魘四百萬床/大小
鼾聲一個巨影給壓住/，余光中寫出對當時香港社會情況
的觀感，當然也反映了他這時對中原政權的印象。到了
1977年他寫下〈半島上〉：在這裏，在茫茫后土的邊緣/租
來的土地，借來的時間/陸盡水迴，一岬當風的小半島上/
朝訝流言，夜驚夢魘/[20]。余光中從一個宏觀的角度，書寫
他心中香港的現況，然而這現況只是北望之餘，流筆所及，
亦投射了他對當時中共政權的恐懼。同時他對於香港的市
民活動，亦不無針砭，例如1977年〈唐馬〉[21]，詩人在博物
館目睹了唐馬三彩，想到了歷史的征塵與故事，然而收尾
卻是：只為看臺上，你昔日騎士的子子孫孫/患得患失，壁
上觀一排排坐定/不諳騎術，只誦馬經/。再如1980年〈競
渡〉：而只要風向不變/龍船總不會划出海去，難民船/也不

---

[19] 余光中：《余光中詩選(一)》，頁295-296。
[20] 余光中：《春來半島》，頁12-13。
[21] 余光中：《余光中詩選(一)》，頁304-307。

會貿然闖進港來/且盡興欣賞今天的競賽/[22]。這裡用昔日楚
地龍舟、難民船、和香港龍舟競渡並置（juxtapose）。這
兩個例子可以發現，余光中採取了我國詩法中興的技巧，
觀物事而興感，揚古事而貶今非，這時的余光中仍然擁抱
意念中的中國，從而譏刺眼前港人的生活片段。

　　這一面向的余光中當然是和香港有隔距的，他身處香
港(邊緣)，冥想故國衣冠(中心)，筆下亦對邊緣人事亦生感
喟。如1978年余氏偕友至香港仔華人永遠墳場，訪蔡子民
(蔡元培，1868-1940)先生墓，但見蕭條陋隘。他在〈蔡元培
墓前〉寫下：一陣陣松風的清香過處/恍惚北京是近了，而
坡底/千窗對萬戶一幢幢的新寓/檣連櫓接搖撼的市聲/攘攘
的香港仔，聽，卻遠不可聞/[23]。又有一個類似的例子，1985
年，余氏在登飛鵝山途中，偶在百花林遇訪國父之母楊太
君靈墓。值得注意的是詩人告訴妻子：「我想許多香港人
也不知道」(她葬在飛鵝山)[24]。這兩事與其當作軼事，不
如看成暗喻，指的是在余氏心中，香港人對中心文化頗有
隔膜。

　　歸納來看，余光中初來香港，並非立即的悅納此地，
因為他分不清香港是異國還是故鄉，在中國層面的影響下，

---

[22] 余光中：《隔水觀音》(臺北：洪範書店，1983)，頁74-76。

[23] 余光中：《春來半島》，頁25-28。

[24] 余光中：〈飛鵝山頂〉，《記憶像鐵軌一樣長》(臺北：洪範書店，1987)，頁191-201。

他對此間人事多少產生了隔閡和忽略，不能深入融入此地，最後請以余氏自省的一段話作結：

> ……一個詩人，在文革的後期來到香港，因接近大陸而心情波動，夢魂難安。起初這港城只是一座瞭望台，供他北望故鄉；他想撥開目前的夢魘，窺探自己的童年。一年年過去，夢魘雖然淡了，童年卻更遠了[25]

三、臺灣層面的余光中與香港[26]

香港對於余光中而言，有一種澄清自我定位的作用，那就是確定臺灣(臺北)對他生命的影響，因爲余氏在書寫中常透露追索缺席事物的傾向。如他在美國常有黍離之思，在臺灣常心繫神州，在香港先是舉目北望，接著開始游目東眄了。離開臺灣三年後，在1977年〈思臺北，念臺北〉中，他坦承自己成了想家的臺北人，在和中國母體連接的小半島上，隔著南海的煙波，思念著二十多年來餐他蓬萊

---

[25] 余光中：《春來半島》，頁4。

[26] 臺灣層面的意思，是指余氏因遠離而思念臺灣，進而尋找出自我定位，開發多重認同的可能；另外亦指回臺客座的一年中，臺灣當時思潮對余氏日後創作的影響。

的福島。促使他轉北望而東眄的緣由，是因為從北客口中所聽所聞，幾已難辨后土的慈顏[27]。

前文已說過余光中是位漂泊離散的華人 (diaspora Chinese)，根據字源分析，漂泊離散是由dia(across穿越)，和spore(seed, sow播種)兩者的結合(Webster's 1984)，這一詞彙由原始的他處撒種之義，轉到今日討論種族文化的擴散遷徙，除了顛沛流離的消極生存經驗，自然也可以有多重植根的積極可能。在霍爾(Stuart Hall)那篇著名的論文〈文化認同與漂泊離散〉("Cultural Identity and Diaspora")中，霍爾提出文化認同並非存有(being)，而是演變(becoming)的概念，以及雜種性和差異對漂泊離散族群文化認同之建立的重要性[28]。雖然霍爾討論的是加勒比海的有色人種經驗，和余光中所遭遇的地域和文化認同危機並不完全相同，然而霍爾認為離散經驗並非以本質或純粹來界定，而是承認必要的差異性和多樣性，這樣的說法提供我們一個方向，來解釋余光中展現的不同風貌。

處在特殊的歷史裂縫(the historical rift)裡，如果余光中寫來寫去都是中國意識，鄉愁國恨，那麼他或將劃地自圍，對生命與題材不再敏感。反之，余光中散居香江，卻能整理生命，去思考故土或地方隸屬感(sense of place)的意

---

[27] 余光中：《春來半島》，頁69-70。
[28] Stuart Hall, "Cultural Identity and Diaspora", in Jonathan Rutherford ed., *Identity, Community, Culture, Difference* (London: Lawrence & Wishart, 1990), pp.222-237.

義，從而達成離散政治中多重承認的可能，鬆動了傳統固著、單一的文化認同概念，豐富了離散美學的表達。

回到1977年，余氏在追思臺北時，參照的是自己的成長經歷，從流亡學生到大學畢業，從軍官到新郎，學人到教授，他想起了這麼一座城，滿滿是熟悉的親人、學生和朋友，他說：有那麼一座城，錦盒一般珍藏著你半生的腳印和指紋，光榮和憤怒，溫柔和傷心，珍藏著你一顆顆一粒粒不朽的記憶。家，便是那麼一座城。余光中相信地址是人住出來的，他祖籍福建，生在南京，自詡是閩南人，南京人，半個江南人(母為江南人)，四川人(抗戰時流徙蜀地)，也願欣然接受臺北人的封號[29]。

這樣的漂泊經驗打散了固著的地域認同，回憶和感情成為地方歸屬感(sense of place)的判準，這更為日後詩人大聲疾呼自己以港為家預留伏筆。

1980年8月〈沒有人是一個島〉，余光中藉著記敘老友之事，在散文裡發表了他的感想，認為所謂樂土，豈不是腳下這塊土地，世界上最美好的島嶼嗎？文中，余光中為年輕一代熱烈擁抱土地和社會而欣喜，卻勸人不要妄斷今是而昨非，並努力為前行代文藝青年乞乳西方而辯護。同時，他肯定臺灣給予大陸來台作家寫作的環境、同仁、出版環境、讀者和批評家，這都是當時大陸所無法提供的[30]。一位作家可以屬於外省，似乎更屬於臺灣，當然完全屬於

---

[29] 余光中：《春來半島》，頁68-69。
[30] 余光中：《記憶像鐵軌一樣長》，頁27-29。

中國。家,不應單指祖傳的一塊地,更應包括自己耕耘的田。對於在臺灣成長的作家,臺灣自然就是他們的家。

余光中勸人不必爲臺灣爲一島嶼而感到孤立、氣餒,因爲固然我們失敗在大陸,成功卻在海島?並舉許多古往今來的島國文豪爲例。然而這一段話值得我們注意:

> 如果我們竟在主觀上強調島嶼的地區主義,在情緒上過份排外,甚至在意識上要脫離中國文化的大傳統,那就是地理的圍限又加上心理的自蔽,這種趨勢是不健康的。

詩人不會無的放矢[31],這裡余氏的「對口單位」,應該是針對臺灣70年代以來興起的反西化論述,這一股力量,根據向陽(林淇瀁, 1955-)的研究[32],先後結合了民族論述、現實論述、和本土的論述派不同觀點的人士,他們團結起來反對當時文壇的主流勢力,後來他們內部亦有分化,並且導致日後80年代的臺灣文壇,產生了臺灣意識和中國意識的對立。

---

[31] 余光中曾撰寫有名的散文〈狼來了〉,指責臺灣當時出現的某些文學論述,是別有居心的工農兵文學,引發不小的論爭。收錄於彭歌(1926-)等著:《當前文學問題總批判》(臺北:青溪新文藝學會, 1977),頁24-27。

[32] 向陽:〈微弱但是有力的堅持——70年代臺灣詩壇本土論述初探〉,《臺灣現代詩史論》(文訊雜誌社編,臺北:文訊雜誌社, 1996),頁363-397。

　　這樣的衝突經驗，日後是引發余光中在港閒賞山水，並大量的描寫山水入詩文的原因之一，將續在下節析論之。同時可以注意的是，儘管余光中擁有的經營離散美學和多重承認的可能，如打破地域限制、處處為家，或開發多種題材或形式，或是乞靈西方文學的營養或融合良性的西化語法，因而有混雜的現象，然余氏仍戀戀於中國特色(Chineseness)的堅持，儘管這種特色在本質(being)上難以界定，常處於變化(becoming) 的狀態，但在意識上必須念茲在茲，不離不棄的。

　　且回到本節開始的討論，臺灣的不在(absence)反而促成詩人對臺灣的認同。自1979年到1981年，詩人余光中出了香港時期第二本詩集《隔水觀音》，其中三分之二(35首)是在臺北廈門街那條長巷子完成，書以「隔水觀音」為名，寓有對海島的懷念。「觀音」不但指臺北風景焦點的觀音山，也指整個海島，隱含南海觀音之意，所以「隔水」也不但隔淡水河，更隔南海的煙波[33]。披閱整本詩集，可以發現在主題上，直抒鄉愁國難的作品減少許多，代之以對於歷史和文化的探索，一方面也許是作者沉潛有功，二方面可能是因為在香港中文大學中文系的境染[34]，如1979長詩〈湘逝〉[35]、〈夜讀東坡〉[36]和1981〈刺秦王〉[37]，是一系列閱

---

[33] 余光中：《隔水觀音》，頁175-176。
[34] 余光中：《隔水觀音》，頁177。
[35] 余光中：《隔水觀音》，頁1-10。
[36] 余光中：《隔水觀音》，頁11-14。
[37] 余光中：《隔水觀音》，頁143-147。

讀古籍再加改寫的詩作,作者自詡爲混同漢詩「古風」和西詩「無韻體」(blank verse),目的在爲古人造像,目的在一種宛轉的懷鄉[38]。

最後且讓我節錄一首余詩,作爲1980年前後余氏對兩岸三看法的註腳:

> /知這六年我那棟蜃樓/排窗開向海風和北斗/在一個半島上,在故鄉後門口/該算是故鄉呢,還是外國?/...../唐山毀了,中國瘦了/胖胖的暴君在水晶棺裏/有四個黑囚蹲在新牛棚裏/只留下這九月靜靜的巷子/在熟金的秋陽裏半醒半寐/讓我從從容容地走在巷內/像蟲歸草間,魚潛水底/

這是〈廈門街的巷子〉,是余光中1980年返臺客座的第一首詩,因原詩相當長,不能盡取,巷子在余氏筆下成爲彷彿時光隧道般的存在,從巷頭看到巷底的自己,正雀躍的欲出巷外探險,詩人在巷腰告訴年輕的自己,/「到時候你就知道,」我笑笑/「有些事不如,有些事/比你想像的還要可怕」/。而詩人選擇回到九月秋葉漾金的臺北廈門街巷底,如蟲魚返窩將息。只因世事動蕩,就連夢縈的江南,千面紅旗的拍打下,劫後尚有人在否?莫歸去,家已陌生。

---

[38] 余光中:《隔水觀音》,頁180。

四、閒賞層面的余光中與香港[39]

　　自1980年起,余光中的詩文裡大幅出現了香港的斯土斯人,首先登場的是〈牛蛙記〉[40],裡面記敘中文大學校園鼓噪的蛙鳴,也有范我存、陳之藩(1924-)等人的身影,此後開展了這一層面的許多書寫。載友人去勒馬洲窺邊懷鄉之餘,在〈秦瓊賣馬〉裡,余氏也說出最讓自己賞心閱目的,是在秋晴的佳日,海色山嵐如初拭之鏡,駛去屏風的八仙嶺下,延著白淨的長堤,閒賞中大的水塔和蜑樓。有時他也會載著思果、陳之藩伉儷,深入翠微縹緲,去探新娘潭,烏騰蛟,三門仔,鹿頸[41]。和詩人在中大宿舍陽台相對的,是北方一列青山,八仙嶺、屏風山、九龍坑山、龍嶺,秤不盡的淡淡翠微。居住在中大的校園裡,北望青山,西眺吐露港,余光中自覺身處文明的終站,距九龍的鬧區有十幾公里,去香港本島更是紅燈無數,樓居既定,登樓八年,余光中自任山人,合字成仙,這裡對他而言簡直別有天地非人間(1982)[42]。他對於香港山水的描寫,1980年以前多半是在其他主題的散文下,偶見浮光略影。1985年〈山緣〉和〈飛鵝山頂〉兩篇,在九七陰影和臨別的壓力下,卻充滿了飽滿的感情張力。在〈山緣〉裡,他筆下的香港多

---

[39] 閒賞層面指的是余氏的筆下出現了對香港山水的歌詠,和沙田文友的往還,以及個人身處山水間冥思合道的經歷。

[40] 余光中:《記憶像鐵軌一樣長》,頁11-22。

[41] 余光中:《記憶像鐵軌一樣長》,頁37。

[42] 余光中:《記憶像鐵軌一樣長》,頁78-79。

山,多島,多半島,整個新界是大陸母體延伸出來的半島,而自己又生出許多小半島來,山海互為綢繆,面前的吐露港山水多姿,自圍成一個天地。下面〈山緣〉這一段話很值得注意:

> 在這裏,凡你所見的山和水,全是香港。你看對面,有好幾個峰頭肩膀連在一起,那是八仙嶺。翻過脊去,背後是麻雀嶺。再過去,才是寶安縣界。香港,比你想像的要大很多[43]。

說出這段話的余光中,和北望東眄的70年代的余光中比起來,顯然對於香港有了較多的參與與體悟,儘管和另一位立志以小說為香港立史傳的作家施叔青比起來,余氏筆下的香港,較偏於個人小範圍的遊歷和體悟,且受了許多古典詩文的影響,所以可能看起來沒有那麼多的「港味」[44]。舉例來看,在〈飛鵝山頂〉,余光中說:「香港的地形千摺百皺,不可收拾。蟠蟠而來的山勢,高者如拔,重者如壓,瘦者欲削,陡者欲倒,那種目無天地的意氣,令人吃驚。這是一個沒有地平線的海港。....」[45]余氏所言不虛,然修辭

---

[43] 余光中:《記憶像鐵軌一樣長》,頁152。
[44] 當然這是筆者站在自己的發言位置所發表的感想,除了看到一些風景描寫(小範圍的生活區域)、沙田文友、英國圖象(如港幣上的女皇頭、獅子、米字旗)、大限恐懼、千門萬戶併肩聳立,似乎余氏筆下沒有太多「香港特色」。這個問題將留待結語續作探討。
[45] 余光中:《記憶像鐵軌一樣長》,頁191。

的技巧似乎凌駕過寫香港的實。但這個時期的余光中，對於香港的論述態度，和自己70年代的作品比起來大不相同，多了一份關注和體悟。

在80年代余氏新詩中，常反映出詩人優游於自圍天地中冥思合道的記載，自從1982年〈一枚松果〉落在余光中的頭上，/小小的松果未必有意/冥冥的造化未必無心/用一記巧合將我拍醒/[46]。從此就開啓余氏另一書寫面向。如該年寫的〈山中暑意七品〉[47]，均是詩人游賞於山中，或端凝於桌前，馳神古今。在〈松下有人〉和〈松下無人〉中[48]，余氏記錄自己午後端坐松下的思緒，先是笑自己/旣然一心要面壁/就應該背對著虛空/連同身後的虛名/，後來覺得自己寂坐達到忘我無人之通透境，所以可以無視週遭雀鳥/左耳進，右耳出/啾啾要停已無處/，與其說是余氏悟道有成，不如說是自勵之詞，希望自己逃脫惱人的事物。

春來半島

余光中著

黃維樑主編·沙田文叢①·香江出版公司

---

[46] 余光中：《紫荊記》，頁11-12。
[47] 余光中：《紫荊記》，頁62-69。
[48] 余光中：《紫荊記》，頁81-82; 83-84。

這些惱人的事物到底何指，在余氏80年代的詩文中自有端倪，在東睭方面，他看到的是筆上的攻伐。在1982年7月，他以〈土地公的獨白〉[49]，諷刺那些假香客/以前你，西風壓東風/不也進過香給沙特/那金魚眼的老頭兒，而且跪過/什麼卡妙，什麼齊齊來嗑果的嗎?/.../你這位土的好時髦的什麼/呃，戴墨鏡的香客/。余光中攻擊的，當是那些在當時鄉土文學論爭中攻擊他的一派，先是擁抱現代派和存在主義思潮，又轉頭擁抱臺灣鄉土論述。在北望方面，他看到的是風雲變幻。1985年〈山緣〉中，他寫道：

> 在香港住了十年，山外的世局變幻如棋局，楚河漢界，斜馬直車，數不清換了多少場面，甚至連將帥都換過了，唯有這一座青山屏在西邊，永遠不變。這種無語的默契，可靠的伴陪，介乎天人之間的感應，久已成為我山居心境的基調和背景[50]。

政治上的動盪，意識形態上的論爭，都使得余光中在心理上不願下山，情願坐在松下，手搖蒲扇，當個最後的隱士，雖然無邊的暮色正悄悄襲來。

前面提過徜徉在山水之間的詩人，並不形單影隻，早在1978年，余光中即撰寫那篇有名的〈沙田七友記〉[51]，記

---

[49] 余光中：《紫荊記》，頁45-47。
[50] 余光中：《紫荊記》，頁159。
[51] 余光中：《記憶像鐵軌一樣長》，頁245-278。

載詩人與這些文人相交往還的趣事。這幾位文友，和余氏
比較起來有許多相同之處，例如宋淇是批評家，翻譯家，
詩人，高克毅(1912-)是有名的翻譯家，散文也頗好，思果
(蔡濯堂，1918-)在余光中的筆下是一位典型的中國書生，
也是有名的散文家和翻譯家。陳之藩、胡金銓、劉國松
(1932-)也各有專精的領域，黃維樑(1947-)亦是有名的文
學批評家。在80年代的作品中，常看到詩人與沙田文友登
臨的記錄。

　　這些文友在文學藝術上的修為，和余氏既能相伯仲，
在精神方面亦往往能和余氏相合，例如在1980年，余光中
在〈送思果〉中提到[52]，有一天沙田諸友在燈下清談，話題
忽然轉到美國，思果嘆氣說：「美國的風景也有很壯觀的，
只是在登臨之際，似乎少了一座廟。」余光中感嘆思果雖
然是虔誠的天主教徒，但到了登高臨遠，神舉形遺的境地，
思果需要的還是廟，不是教堂。余氏認為中國人無論被西
風吹到天涯海角，那一片華山夏水永遠在心中。思果如此，
余氏何獨不然，1984年詩人造訪扶桑，仰面看漢字的招牌，
想的是：「新宿驛，令人懷古的名字」，看到日本學童，想
的是日軍侵華，連商品的包裝紙上的漢字，都/像唐碑宋帖，
躲在不行不草的/怪體之間，在眨眼暗示/[53]。沙田諸友聲氣

---

[52] 余光中：《記憶像鐵軌一樣長》，頁51。
[53] 這裡有意的拿思果和余光中對比，為的是證明兩友精神上的契
　　合。他們都是漂泊離散的華人，總有濃濃的懷鄉意識，這在中國
　　層面乙節已談過了。這種意識總在不經意中冒出，至於這種作用，
　　將在下一節以現象學的觀點分析之。訪日諸詩，見諸1984年發表

旣能相合，又多有健筆，於是對不朽大業、經國之盛事，自能慷慨自任，要把沙田的名字，寫上中國文學的地圖了。

　　1981年余氏將沙田諸友的文章輯成一書，題爲「文學的沙田」，並爲之序，這篇序文十分重要，因爲它將沙田文學的特性和定位說的一淸二楚。余光中指出衆位文友涵泳一片天地之間，不但樂山樂水，且能彼此相樂，更相信馬料水山上，許多仁智之士當有同感，亦料想讀者或也樂聞山水淸音，乃將當年仰山俯水兼及人物的文章，輯成一册，公諸同好，亦留他日談資。至於沙田文學，余氏認爲他日或許會成爲浪子文學的一支，與旅美、旅日、旅南洋等文學一同匯於現代中國文學的主流。甚至余光中把地理疆界都定出來了：俯仰遊心，多在馬鞍八仙之間，足跡轍印，北至大埔，南止沙田，余氏自認爲也算小小鄕土文學[54]。

　　整理完以上的文學史料，最後歸納或推衍幾點如下：首先，由於余氏本身東晞北顧之後，發現雖然不能擺脫回憶中對兩岸的眷戀，但對人事不免失望。香港的山水提供給他一個靜思與退避閒賞的環境，並激起余氏內心的懷舊傾向，遂用大量頗類雅麗之古典文詞之筆法以歌詠之。其次，雖然余光中來港之初，即可能進行與文友交遊與風景閒賞活動，然筆下出現此一書寫傾向，卻是1978年後愈形

的〈東京新宿驛〉、〈兩個日本學童〉、〈傘中遊記〉，參《紫荊記》，頁162-174。

[54] 〈山水有淸音—序文學的沙田〉，《文學的沙田》(余光中編，臺北：洪範書店，1981)，頁1-4。

明顯，客座返港後(1982)有退避於自然的情味，離港前(1985)則大大歌詠香江山水，並展現相當的情感張力。第三，余氏在香港沙田結識許多文友，一起擺龍門、論詩飲酒，賞景登臨，甚至形成同仁團體，這種情感交誼與閒賞經驗，證之於余光中對臺北的愛戀實出於記憶及感情，對於最後余光中的香港認同，應有決定性的影響。最後延申的問題是，論者該如何去看待沙田文學，能歸於香港文學嗎?在《文學的沙田》一書的諸位作者算不算香港作家? 儘管他們展現了和余氏某些作品內容風格類同的作品，那些作品能不能算是小小的香港鄉土文學? 算或不算香港文學的判準何在? 這些問題留待結語時再來討論。

五、香港大限的焦慮促成余氏對香港的認同

隨著1982年中英雙方展開對香港前途的談判，詩人開始為腳下所踏的這塊半島擔憂，因為當時他對共黨政權抱持著濃濃的不信任。且讓我們把時光鈕調到1986年的4月，看看余光中離港返台後的反應:

> 沙田山居日久，紅塵與市聲，和各種政治的噪音，到我門前，都化成一片無心的松濤。在松濤的淨化下，此心一片明徹，不再像四十多歲那樣自擾於「我是誰」的問題，而趨於「松下無人」的悠然自在，但是最後兩年，在九七壓力下，松下又有人了，

這個人是半個香港人, ...至於香港, 就我自己而言,
至少已經是「大限」將至[55]。

在1982年, 他寫下了〈夜色如網〉[56]: 灰茫茫的天網無所遺
漏/正細孔密洞在收口/無論你在天涯的什麼半島/地角的什
麼樓/, 這可以視爲對香港政治大環境的寓言和憂心。1983
年〈過獅子山隧道〉[57]呈現了詩人的複雜性, 詩人每次開車
從沙田進城, 都要繳一元港幣給獅子山隧道的稅關, 他手
中捏著鎳幣, /就算用拇指和食指/緊緊把它捏住 /也不能保
證明天/不會變得更單薄/, 余光中既感港幣不斷貶值, 又
藉著幣面的獅子圖案作文章, 說牠/已不像一百多年前/在
石頭城外一聲吼/那樣令人發抖了/, 並懷疑另一面英女皇
的側影, 日後會改成什麼臉型, 會不會/轉頭來正視著人民
/? 最後把隧道和時光的意象貼合, 猜想彼端的景色。這首
詩說明了漂泊離散作家寫作上常見的離散美學。

　　要進一步探討余詩中的離散美學效果, 我們不妨先借
用李有成描繪的離散美學之定義[58], 他認爲漂泊離散的美
學(diaspora aesthetic)是一種混雜、錯置、含混、差異的美
學。它指涉新族群性, 植根於新的屬性政治與文化政治。
這種美學與新的再現政治互爲表裏, 且踰越論述的疆界,

---

55 余光中:《紫荊記》, 頁2-3。
56 余光中:《紫荊記》, 頁5。
57 余光中:《紫荊記》, 頁111-113。
58 李有成:〈漂泊離散的美學: 論「密西西比的馬薩拉」〉,《中外
　文學》21卷7期, 1992年12月, 頁71-87。

製造論述的騷擾，同時解放被壓制的知識，使其滲進支配性論述中，或將支配性論述逆轉，使之成爲自我解構的工具。因此漂泊離散美學也隱藏反抗政治，不過他特別引用巴巴(Homi K. Bhabha, 1949-)說法，來釐清反抗的意義：

> 反抗並非一定是具有政治意圖的對立行動，也不是簡單的否定或排斥某一異己文化的內容，反抗也可以是含混造成的效應。

在〈過獅子山〉，詩人反映了香港人的大限恐懼(港幣貶值)，綜整了歷史情結(獅子的百年今昔)，也反映了對這塊土地統治者的嘲諷(側影與正面)，對於九七後的情勢，他抱持的是一個問號，這樣就對內地的樂觀期待說法，產生了一定的抵拒。這樣的揉雜和多重立場發言，造成了一定的含混效果。當然，和巴巴的說法比起來，余光中自己持有較明顯的反共意識形態(否定或排斥的面向)，並反映在他的書寫裡，儘管這未必能解釋成具有政治意圖的對立行動。

這種否定排斥的面向，很大部份來自於他對文革的批判，如1983年〈致歐威爾〉：/多少牛魂與馬鬼/被驅於一本紅書的符咒/用最新規定的正確語腔/來比賽說謊，看誰最逼眞/，余氏擔心這樣的政權即將接收香港，所以他在維多利亞的港上看海，卻擔心眼前的色相倒影，/當眞會像彩色

的電視/只要一隻鹵莽的手指/輕輕一按/就關斷繁榮的十里
紅塵?/[59]。

　　值得一探的是余光中觀物興感的方式，他往往在腦海
已有了一定的意識或情感的蘊積，透過對外象的凝視，將
意識投注到物象上，加以揉雜賦詩，這時物象就成了讀者
瞭解其情感或意識的媒介。這種手法不妨用現象學批評來
加以對參。照美國學者詹姆士.艾迪(James M. Edie, 1927-)
的說法[60]，現象學並不純是研究客體或主體的科學，而是
研究經驗的科學。現象學不會只注重經驗中的客體或經驗
中的主體，而要集中探討物體和意識的交接點。因此，現
象學要研究的是意識的指向性活動(consciousness as
intentional)，意識向客體的投射，意識通過指向性活動而
構成的世界。主體(subject)和客體(object)在每一經驗層次
上(認知和想像等)的交互關係才是研究重點。

　　對胡賽爾(Edmund Husserl, 1859-1938)來說，意識作
用加上意識內容，構成了意識整體。意識並不是一種狀況
或官能，而是川流不息的活動，永遠向客體投射的(object-
oriented)，因此意識必有內容，意識作用不斷對現象所作
的各種活動，稱為「指向性」，(intentionality)，被不斷投射
的就是「被指向的對象」(intentional object)。

---

[59] 余光中：《紫荊記》，頁125-126。
[60] 以下兩段係直接引用鄭樹森的文字。詳見鄭樹森(1949-)：〈現象
　　學與當代美國文評〉，《文學理論與比較文學》(臺北：時報出版，
　　1986)，頁83-84。

回顧前例，余光中意識內容中既有九七大限這惘惘的威脅，所以他看到一元港幣，會想到貶值的恐慌，看到女皇的側影，會想到未來統治者的圖騰和治理態度，隧道那頭的燈光，引他想起未來的景色。在1984年〈別門前群松〉裡[61]，他看到門前群松和眼前山水，想的卻是：/上面這一片天長地久/留給門外的眾尊者去鎮守/我走後，風向會大變/北下的風沙會吹倒蘆葦/吹散逐波的閒鷗野鷺/，余詩中具有強烈的指向性，對身旁景物不斷投射，透過原有的意識詮釋，得出了相類似的結論，這當然就是某種詮釋循環(hermeneutic circle)，因為分析者一再落入自己先行設定的框架。同樣的過程發生在同年的〈香港四題〉[62]，在天星碼頭乘渡，想的是更大的渡船頭有沒有舵手？將要靠向怎樣的對岸？天后裡的籤筒，97號是怎樣的籤？這樣的意識內容和意識作用，構成了此時余光中作品的意識主調。這樣的現象也曾發生在他偏於中國層面和臺灣層面的書寫中。

1985年離去前的余光中，就在分分秒秒的倒數計時中，看著腕錶/那一對互追的細針/歲月伸出的一對觸角/仍敲著六百萬人的朝朝暮暮/米旗未下紅旗未掛的心情[63]，哀嘆著過去忽略了腳下的土地，/看山十年，竟然青山都不曾入眼/竟讓紫荊花開了，唉，又謝了/邊想像香港將變成一盆多嫵

---

[61] 余光中：《紫荊記》，頁139。
[62] 余光中：《紫荊記》，頁154-161。
[63] 余光中：《紫荊記》，頁186。

媚的盆景,歷歷入其夢去[64]。在1985年散文〈飛鵝山頂〉[65]
中,他居高登臨,看見十年於斯俯仰歌哭的沙田,像一個
小盆景。當下對風祝許這片心永遠縈迴此地,在此刻踏著
的這塊土地上,愛新覺羅不要了,伊麗莎白保不了的這塊
土地上,正如它永遠向東,縈迴著一座島嶼,向北,縈迴
著一片無窮的大地。

誠如前文所提的,余光中儘管遭逢漂泊流離的經驗,
而這種經驗也豐富了他的創作題材、手法、和生命歷練,甚
至開發他多重植根與認同的可能,然而和國外其他漂泊離
散的作家相比,他心中仍有一個完整的中國圖象與承認意
願,這種國族觀念卻是超越對某一政權效忠之上的。

回到臺灣,余光中亦西顧而望香江。在他壽山的新居
下,延徑正種著一排洋紫荊,臺灣俗稱「香港蘭樹」,而高
雄亦有一街,遍種羊蹄甲,當地叫做「香港櫻花」[66],兩者
又可以提供余氏意識的指向對象,時時刻刻提供線索,讓
余氏時時顧念他的山水文友,追躡他的香港往昔。

六、結語

在為余光中的「香港時期」文學創作下結論之前,請
先介紹一段余光中在上海文匯報發表的文字,代表他的自

---

[64] 余光中:《紫荊記》,頁189-190。
[65] 余光中:《記憶像鐵軌一樣長》,頁200-201。
[66] 余光中:《紫荊記》,自序頁2。

我回顧。他認為自己的詩無論是寫於海島或是半島或是新大陸，其中必有一主題是托根在那片后土，必有一基調是與滾滾長江同一節奏，....遠以汨羅江為其上游。在民族詩歌的接力賽中，他認為自己接的棒遠傳自李白和蘇軾，要求自己不可懈怠。然而在另一方面，無論主題，詩體或是句法上，他認為一己詩藝中又貫串一股外來的支流，時起時伏，交錯於主流之間，推波助瀾或反客為主。由於自己是教英詩的學者，從莎士比亞(William Shakespeare, 1564-1616)、丁尼生(Alfred Tennyson,1809-1892)、葉慈(William B. Yeats, 1865-1939)、到佛洛斯特(Robert Frost, 1874-1963)，眾家的節奏、句法、功架、與曠遠、精致、或浩然的風格，早已滲入余氏的感性與聽覺深處[67]。

雖然聽來略嫌標舉，此間卻也透露幾許消息，可以作為本篇論文部份的引證。事實上，沒有任何作家能宣稱，自己的書寫完全是師心自創，與人無涉，尤其是余光中這樣兼通中西的作家。所以余氏筆下自然流露許多特色，隨著日推月移，作家生命成長，余氏書寫裡自然有變有不變，而不變的部份與其說是本質，不如說是一種姿態和意志傾向。前文嘗試分析出懷鄉的中國層面(文化、回憶與國族感情)，生命中的臺灣層面(回憶與情感)，以及香港的地靈、人傑，(回憶與情感)這幾個層面對余光中文學創作風貌的

---

[67] 余光中：〈先我而飛〉，刊於上海《文匯報》1997年8月10日，此處文字略有更動，轉引自黃維樑：〈璀璨的五彩筆—余光中作品概說〉，見《中外文學》27卷5期，1998年10月，頁197。

影響;值得注意的是,這些層面在文本中的影響和呈現,往往是互相交揉,只能說某篇詩文中在某種層面或輕或重,只能說在哪幾年偏向於某種層面的書寫,是無法在創作時間和作品空間中截然劃分的。

　　然而,回顧本文起初所論香港文學定義的紛爭,再和余氏的情況相比較。余光中「香港時期」的創作,可以算是香港文學嗎?余光中可以名列香港作家嗎?根據王劍叢的說法,爲了尊重香港作家的創作勞動,俾利香港文學的發展,不必管作品取材與發表地,只要由香港作家用華文進行創作,其作品就是香港文學作品[68]。這樣的定義倒也省事,關鍵是什麼作家才算是香港作家。王劍叢直接把南遷作家列入香港作家,在王著中,余光中便被歸類爲70年代的南遷作家。王劍叢並未進一步論證,南遷的外來作家若北歸或外移,香港若只是過程,而非終點,是否還可稱爲香港作家?

　　王宏志迴避了爲香港文學和香港作家下定義的問題,改而質疑某些人在香港逗留了一段短時間,寫出了一些作品,或者參加或主辦了一些活動,並不能因而他們是香港作家,寫出了香港文學[69]。綜觀王宏志文脈的論述,誠然是要頡抗大中國意識對香港文學的詮釋權。針對他對一些早期來港的南來作家的考察,加以推衍後或許可以看出他的判準:外來者要成爲香港作家,至少駐港時間不可過短(多

---

[68] 王劍叢,頁5。
[69] 王宏志,頁110。

久才行？)，不應對香港文化嘲弄和謾罵，在港活動要和香港有直接關係，創作內容要和香港扯的上關係。

從這些延伸的論述來看余光中十分有趣，余光中駐港十年，不能算短。而且香港文人旅居海外亦所在多有，駐港時間未必即長，如在美的馬朗(馬博良，1933-)、葉維廉(1937-)、張錯(張振翱，1943-)、袁則難，在法長居短住的綠騎士(陳重馨，1947-)、蓬草(馮淑燕，1946-)、黃碧雲(1961-)、郭恩慈(1955-)、黎翠華等[70]。余氏詩文筆下對香港市民活動偶有譏評，但他的詩文中並沒有呈現明顯的人群，說到人地，多半是在他地理域界明顯的範圍裡，和他的沙田文友登臨清談，若說這不能表現港味，不能視為香港文學，那麼思果、朱立(1943-)、梁錫華(梁佳蘿)、黃維樑、黃國彬(1946-)等沙田時期之同類作品，豈該一併從香港文學的版圖上抹除？若責其不能反映香港的社會生活和市民心態云云，須知這種社會寫實主義的圭臬向來不被余光中重視[71]。至於在港活動，他曾任徵文評判，其古典風格曾影響幾位年輕詩人[72]。他的詩文內容有許多香港的景物，和書寫對香港97大限的憂心，最後坦承自己以港為家，並以紫荊這香港港花為詩集之名，對於香港的認同溢於言表，那麼他總可算個香港作家吧？然而這樣的判準即

---

[70] 也斯(梁秉鈞，1947-)：《香港文化空間與文學》(香港：青文書屋，1996)，頁128-129。

[71] 余光中認為一位詩人的創作，不妨在好幾個層次上並進，不必理會狹隘的理論家和批評家。見《余光中詩選(一)》，自序頁8。

[72] 也斯，頁31。

使眞能成立, 也不免迎合政治正確(political correct)的嫌疑, 恰爲伊格頓的說法提供另一個例證。

　筆者以爲「香港作家」的頭銜放在余光中身上未必適宜, 香港時期只是他生命中的一程, 而非全局, 何況他自己早已呈現多重承認的可能, 倒不如說他是個漂泊離散的中華作家。某地作家的名號, 一來是看其過去作家的寫作史和作品的呈現風貌, 二來是看其個人的主觀意願, 多重身份就因此而變的可能了。至於余氏「香港時期」的詩文作品, 則應該納入香港文學的範疇, 這些作品的可貴之處, 在於呈現了類似德國「成長小說」或「教育小說」(bildungsroman)文類的特色, 寫的是余光中怎樣走進香港這個環境, 經歷了一段生命旅程, 離開香港時成了異於往昔的人, 他的各種層面的詩文書寫, 構成一個整體的二次書寫行爲, 寫的是歌哭人生。(完)

~~~~~~~~~

參考文獻目錄

CHEN

陳德錦:〈文學, 文學史, 香港文學〉,《中外文學》24卷6期, 1995年11月, 頁136-148。

GONG

龔鵬程: 〈觀察報告〉, 《香港新詩的大敘事精神》, 黎活仁
　　等編, 嘉義: 南華管理學院, 1999, 頁309-312。

HUANG

黃維樑: 〈璀燦的五彩筆-余光中作品概說〉, 《中外文學》27
　　卷5期, 1998年10月, 頁197。

LI

李有成: 〈漂泊離散的美學: 論《密西西比的馬薩拉》〉。《中
　　外文學》21卷7期, 1992年12月, 頁71-87。

WANG

王宏志等著:《否想香港-歷史、文化、未來》, 臺北: 麥田出
　　版, 1997。

王劍叢: 《香港文學史》, 南昌: 百花洲文藝出版社, 1995。

XIA

夏志清: 〈余光中: 懷國與鄉愁的延續〉, 《火浴的鳳凰-余光
　　中作品評論集》, 黃維樑編, 臺北: 純文學出版社, 1979,
　　頁383-390。

XIANG

向陽: 〈微弱但是有力的堅持-70年代臺灣詩壇本土論述初
　　探〉, 《臺灣現代詩史論》, 文訊雜誌社編, 臺北: 文訊
　　雜誌社, 1996, 頁363-397。

YE

也斯: 《香港文化空間與文學》, 香港: 青文書屋, 1996。

YU

余光中: 〈狼來了〉, 《當前文學問題總批判》, 彭歌等著, 臺
　　北: 青溪新文藝學會, 1977, 頁24-27。

——: 《余光中詩選(一)》, 臺北: 洪範書店, 1981。

——: 《文學的沙田》, 臺北: 洪範書店, 1981。

——: 《隔水觀音》, 臺北: 洪範書店, 1983。

——: 《春來半島》, 香港: 香江出版公司, 1985。

——,《記憶像鐵軌一樣長》, 臺北: 洪範書店, 1997。

——,《紫荊記》, 臺北: 洪範書店, 1997。

　　ZHENG

鄭樹森: 《文學理論與比較文學》, 臺北: 時報出版公司,
　　1986。

Eagleton, Terry. *Literary Theory: An Introduction*. Oxford: Basil
　　Blackwell, 1983.

Fredric, Jameson. *Maxism and Form: Twentieth-Century
　　Dialectical Theories of Literature*. Princeton: Princeton UP,
　　1971.

Glissant, Edouard. *Caribbean Discourse: Selected Essays*.
　　Charlottesville: U of Virginia, 1992.

Hall, Stuart. "Cultural Identity and Diaspora". In *Identity,
　　Community, Culture, Difference*. Ed. Jonathan Rutherford.
　　London: Lawrence & Wishart, 1990, pp.222-237.

論文摘要(abstract)

Liu, Shen-yuan, "Analyzing the Style of Yu Guang Zhong in "Hong Kong Period""

M.A. Candidate, Nan Hua University

Guang Zhong YU writes marvelously in both poetry and prose. His literary works included in "Hong Kong Period" dated back to his teaching in the Chinese University of Hong Kong from 1974-85. This essay makes an aspiring attempt to consume and convey his nostalgia to China, memories of Taiwan and the debate among rural literatures, the natural scenery of Hong Kong, the Shatin Literati, and the 1997 Question. In accord with analyses of the intricacies of emigration, aesthetics of exile, and other epistemological theories, a constructive comparison between literary works and theories can be triumphantly made. Last but not least, this essay also endeavours to position Yu and his works in the category of Hong Kong Writers and Hong Kong Literature by deploying the understanding from both Mainland and Taiwan scholars. (余麗文譯)

~~~~~~~~~~

論文重點

1. 余光中的「香港時期」及其創作
2. 近來對於香港文學史的討論熱及詮釋權的爭論現象
3. 內地學者王劍叢對於香港作家及香港王宏志的說法
4. 余光中始終有濃厚的國族與文化意識及鄉愁
5. 漂泊離散的美學及它的危機/轉機
6. 余光中初到香港的北望詩及對香港的忽視
7. 臺灣的不在促成了詩人對台的思念、回憶、與感情
8. 余光中的情感面向與多重承認
9. 臺灣的鄉土文學論戰及余氏的角色
10. 退避山水間、閒賞與思道、和沙田文友的往還
11. 余光中有了對九七大限的恐慌,而珍惜香港
12. 余光中與「香港時期」作品的重新定位

~~~~~~~~~~

特約講評人: 陳學超

陳學超(Xue Chao CHEN), 文學博士, 曾爲中國西北大學和日本名古屋學院大學教授, 現執教於香港教育學院。主要著

作有《中國現代文學思潮史》、《認同與嬗變》、《現代
文學思想鑒識》等。

劉慎元先生《試論余光中「香港時期」的創作風貌》
要「嘗試為余光中在『香港作家』、『香港文學』等明相
中尋一定位」。那麼，余光中是不是屬於「香港作家」這
個被爭議的問題又提了出來。我以為，舉凡大作家，一般
都很難用一個狹小的地域去規範（小作家則可以）。就象
討論「李白(701-762)是四川作家」、「曹雪芹(曹霑, ?-
1763?/1764?)是北京作家」、「魯迅(周樟壽, 1881-1936)是
吳越作家」、「梁實秋(梁治華, 1902-1987)是臺灣作家」、
「張愛玲(張瑛, 1921-1995)是香港作家」一樣，討論余光中
是否「香港作家」，也實在沒有多少意義。余光中是當代
作家中少數堪稱「大家」的作家，其詩文的文化蘊涵、歷
史情懷、藝術境界、語言創造、個性風格等，置於中國文
學歷史的縱坐標，以及置于世界華文文學的橫坐標，都應
當有一定的位置。其實，余光中的地方歸屬感（sense of
place）是很複雜的，他祖籍福建，生於南京，長於四川，浪
跡臺灣、香港、美國，一方面「處處無家處處家」，另一
方面是形體和精神的雙重流浪、無所歸依。尋找靈魂的家
園，是余光中詩文的一個基本主題。

研究「余光中『香港時期』的創造風貌」，不失為余
光中研究的一個重要的切入角度。把余光中在香港的創作
分為「中國層面」、「臺灣層面」、「閑賞層面」、「香

472

港大限」幾個方面進行分析，以展示不同時期作品的思想內容，亦無不可。在香港，北望有濃濃的鄉愁，東眄有漂泊的感喟，眼下又是旌旗變換、偷閑不得的無奈，滲透在余氏作品深處的是一個思想者、一個自由主義作家苦苦求索的心路歷程。正如劉先生所說，是一位「漂泊離散的華人」(diaspora Chinese)的情懷。然而，在具體分析中，劉先生卻把作家簡單化了，政治化了，概念化了。作家很難脫離政治，我們在不同時期的作家作品中不難找到某些政治傾向的詞句，但簡單地對作家進行政治思想歸類卻是十分危險的，在這方面六、七十年代大陸和臺灣文學批評都有教訓值得吸取。我們不能因為1985年余光中言詞中的「九七恐懼」說他「反共」，也不能因為1998年余光中訪問大陸有激動、親善的言詞而說他「親共」，作家可能要擔心這些政治帽子的。象余光中這樣有歷史感的作家，會以他的作品介入政治，表示自己的社會人生理想，抒發對民族惡勢力以及國民劣根性的批判，卻不會輕易與黨派政治認同。他要以作品進行思想啓蒙和審美感染，而不是政治斗爭。這是在進行作家作品研究中需要十分注意的。

　　本文資料厚實，視野開闊，文字流暢。若能在廣泛集納以往余光中研究成果之上，在一般化的概述余光中香港時期的創作狀況之上，從理論的高度提出深入、獨創的見解就更好了。

~~~~~~~~~~~

特約講評人: 梁敏兒

梁敏兒(Yee Man LEUNG), 女, 1961年生於香港, 廣東南海
人。香港大學文學學士、哲學碩士, 日本京都大學文學博
士。 現為香港教育學院中文系講師。 著有〈詩語與意象
之間: 余光中的 "蓮的聯想"〉(1999),〈犧牲與祝祭: 路翎
小說的神聖空間〉(1999),〈想像的共同體: 柏楊筆下的國
民性〉(1999)等。

　　劉慎元先生的論文, 文筆非常優美, 論點亦很細緻。
由於最近一年我寫過兩篇有關余光中的論文, 對於有關的
資料略有認識, 其中劉先生的某些論點, 我覺得很有見
地。不過劉先生切入的角度和我不一樣, 但是殊途同歸,
我認為大家的看法有許多相似的地方。
　　劉先生在論文裏, 分別從中國、臺灣、閒賞和香港大
限的焦慮等幾個層面, 探討余光中和香港的關係, 這種設
計甚具巧思, 在論述的時候又能將不同的層面互相比較,
使論文的結構有一種層層相扣的效果, 加強了結論的說
服力。
　　劉先生在論文中指出, 余光中和其他漂泊離散的作家
不同, 心中總有一個完整的中國圖象與承認意願, 因此當

詩人驅使自己從現在回到過去的時候，會使焦慮的徵狀與記憶的根源再連接起來，形成一種對過去的沉溺。我覺得這一點正是余光中作品的最大特徵，無論他寫中國、臺灣又或者香港，都脫離不了這種模式。劉先生在中國層面的部分中，論述余光中初到香港，是「身處香港，冥想故國衣冠」，而在閒賞層面的部分中，認爲「余氏筆下的香港，較偏於個人小範圍的遊歷和體悟，且受了許多古典詩文的影響，所以可能看起來沒有那麼多的"港味"」。到香港大限的焦慮這個層面，則認爲余氏對香港的認同是一種對快將逝去的事物的迫切認同感而促成的，作爲一個香港人來說，我覺得余氏筆下的香港並不是我經歷和想像的香港，他的香港就正如晚唐詩人一樣，是採取一種回顧和眷戀的形式，這種回顧和眷戀是余光中獨有的，和他的寫臺灣、寫中國的模式是相一致的。余光中的象徵體系就好像一個黑洞一樣，不斷以自己的想像爲中心，無限量地吸吮四方的現象，使其成爲自己的東西。這種對於「他者」的不安和抗拒，彷彿成爲了余光中的寫作動力，在1996年出版的《安石榴》一書的首頁，余光寫了以下一段創作自述：

> 我寫作，是因爲感情失去了平衡，心理失去了保障。心安理得的人是幸福的：繆思不必再去照顧他們。我寫作，是迫不得已，就像打噴嚏，卻平空噴出了彩霞，又像是咳嗽，不得不咳，索性咳成了音樂。我寫作，是爲了鍊石補天。

劉先生在論文中說「余詩中具有強烈的指向性，對身旁景物不斷投射，透過原有的意識詮釋，得出了相類似的結論，這當然就是某種詮釋循環，因爲分析者一再落入自己先行設定的框架。」劉先生的這一段文字，正好印證了余氏的不安。

在論述余光中與香港的各個關係層面中，劉先生似乎對臺灣層面的評價最高，認爲余光中因爲從香港懷想臺灣，使他有機會打消了傳統固著，突破了單一的文化認同概念。這種評價當然滲滿了作者對於臺灣處境的關懷，但從我的角度來看，余氏筆下的臺灣和香港的分別不大，都是一種「鍊石補天」的行爲：對無法改變的事實加以修飾，以符合自己的想像。

[責任編輯: 梁敏兒博士]

「修竹園」詩管窺

■鄧昭祺

作者簡介：鄧昭祺 (Chiu Kay
　　TANG)，男，1948年生於香港，
　　廣東三水人。香港大學哲學博
　　士。曾任教於澳門東亞大學、
　　亞洲國際公開大學、新加坡國
　　立大學(兼任)等，現爲香港大
　　學中文系助理教授。著有《元
　　遺山論詩絕句箋證》(1993)、
　　《詞語診所》（1999）等。

論文提要：陳湛銓教授的詩篇，
　　論者無不交口稱譽，可是從來沒有人爲這數量超過一萬首
　　的各體詩篇，作全面深入的探討。本論文嘗試對先生已結
　　集刊行的詩篇，作一綜合性分析，並著重指出它們的風格
　　和藝術特徵。

關鍵詞(中文): 修竹園 陳湛銓 議論 政論 史論 詩論 敘事
以文爲詩 感情豐富 愛憎分明

關鍵詞(英文): Xiu Zhu Yuan, Chen Zhanquan, comment,
political comment, comment on history, comment on poetry,
narration, prose-style poetry, emotional, drawing a clear
demarcation between whom or what to hate or love

　　修竹園是陳湛銓先生（1916-1986）的書齋名。陳先生
號青萍，又號修竹園主人，廣東省新會縣人。他歷任國內
中山大學、上海大夏大學和廣州珠海大學的正教授。1949
年，從廣州逃難到香港後，先生曾經擔任香港聯合書院
（香港中文大學前身）、華僑書院和嶺南書院的中文系主
任。他於1961年創辦有「國學少林寺」之稱的經緯書院[1]，可
惜只維持了七年[2]。先生又曾主持香港學海書樓及商業電臺
的國學講座多年，極受聽衆歡迎[3]。

---

[1] 〈八月三十夜，憶想馮康侯……〉云：「國學少林寺，傾側垂涕
收」。先生於句下注云：「謂經緯書院是『國學少林寺』，曾希
穎是第一人。當年諸生，今看紛紛有所成就，覺尚無愧此錫號
也。」見《修竹園近詩》（香港：問學社，1978），頁29。

[2] 《戲題》三首之三云：「經緯七年堪萬古，固應老驥逸天閑。」
見《修竹園近詩二集》（香港：門人印，出版社缺，1983），頁
35b-36a。

[3] 〈將渡海往大會堂，主學海書樓講座，追憶李海東先生，感而賦此，
即視賴恬昌高年賢叔姪〉起云：「賤儒仍戀此，二十六年過。」
見《修竹園近詩》，頁20。又，曾希穎於〈次韻湛銓神勇篇見寄〉
詩「聲教九天發」句下注云：「湛銓在電台播講國學十五六年」。
見《修竹園近詩》，頁44引。

先生一生最敬重的老師，是陳景度、李笠、詹安泰三位[4]，而其中影響他最大的是任教於中山大學的詹安泰教授。詹教授不但經常和先生互相賦詩唱酬，而且還不恥下問，請先生改定作品[5]。詹教授逝世的那一年，先生大概因為驟然失去了「日夕過從論詩」的最佳夥伴，曾經輟筆數年，並且一度起過以後不再寫詩的念頭[6]。

先生才思敏捷，欬唾成詩，二十多歲時已經是一位「詩名壓廣州」的著名詩人[7]，約有一千首作品[8]。他三十四歲（1949）到香港定居，在此後二十八年裏，只寫了約一百篇詩[9]，而且其間有十七八年差不多沒有動筆寫作[10]，一

4　〈述事書懷五十二韻〉云：「平生足宗尊，陳李詹而已。」陳指陳景度，李指李笠，詹指詹安泰先生。見《修竹園近詩》，頁101。

5　〈淺論詩事，分示諸弟子〉云：「函中取譬江有氾，『吾弟始是真宗盟』。」先生於句下注云：「此三十三年前事矣。甲申夏秋間，余在貴陽，嘗與无盦師書函往復八次，始容論定。蓋本師賜詩，余亦指瑕，故相與更迭反覆討論也。」見《修竹園近詩》，頁83。

6　先生在〈示紹進並酬其新贈之作〉裏「當年隨侍祝南師」一句後注道：「先師饒平詹安泰无盦先生也，下世已九載矣。余自是年起，激感師恩，幾欲以後廢詩不為……今追憶三四十年前與祝師日夕過從論詩時情事，聲態笑貌，宛然如在目前。今夕走筆行文至此，不自覺涕流之被面也。」見《修竹園近詩》，頁8。

7　〈八月二十一夜，已決意蠲貼靈臺，暫不為詩矣……〉起云：「少日詩名壓廣州，藏身深港積千憂。」見《修竹園近詩》，頁23-24。

8　〈自生朝前數日起，至今宵止，恰滿三月……〉詩，題目中有「至以前千首，始於虛齡二十三時，抗戰勝利初，年方三十，嘗稍刪定」數語。見《修竹園近詩》，頁47。

9　先生有〈八月二十二夜作。余自己丑仲夏到港，至今歲六月中旬，凡八年餘，得詩僅百篇，不意近六七十日間，成詩已七十八首，

直到六十二歲（1977）時，忽然詩興大發，在一年半的時間裏寫了差不多二千首詩[11]。這些作品收錄在《修竹園近詩》（收1977年下半年詩）、《修竹園近詩二集》（收1978年農曆年初一至年三十晚詩）和《修竹園近詩三集》（收1978年冬天所作的《正續廣詠史詩》）等三本已經刊行的詩集。先生一生所作詩篇，大部份仍未結集，據非正式統計，全部詩篇總數當超過一萬首。本論文主要探討先生已經結集刊行的詩篇[12]。

先生出生於袁世凱(1859-1916)病發身亡的1916年，少年時代在戰亂頻仍的日子中度過，先後經歷過北洋政府與廣州政府的戰爭，南北兩政治集團軍閥的內戰，國共戰爭和抗日戰爭等。先生「奮厲有當世志」[13]，目睹國家傾危，本

興寄無端, 事近顛狂, 雖餘力未盡, 亦汔可小休矣》詩二首。見《修竹園近詩》, 頁24。

[10] 《新春雜詩》三首之一起云：「預限三千首, 存詩四十年。」先生於句下注云：「前集存詩, 自戊寅二十三歲時始, 迄今滿四十年, 猶未達千四百首, 幾於中斷者十七八年。」見《修竹園近詩二集》, 頁5a。

[11] 先生於1978年年終作《歲闌》詩十首, 其十起云：「前詩越限三千首, 後日真文百萬言」。見《修竹園近詩二集》, 頁162b。

[12] 先生已面世的詩篇, 雖然大部份都是在八十年代才結集刊印, 但其實都是寫於1977和1978兩年, 嚴格來說, 並不屬於八十年代的作品, 而是七十年代末期的作品, 超出本研討會的範圍。但大會的籌委會指定要筆者寫一篇關於吾師陳湛銓教授舊體詩的論文, 所以惟有遵從指示, 寫成拙文。

[13] 語出蘇轍〈亡兄子瞻端明墓誌銘〉, 見蘇轍《欒城集‧後集》（上海：上海古籍出版社, 1987）卷22, 頁1411。蘇軾是先生平生最敬佩的古人之一。

來想力挽狂瀾，救國救民，可惜不爲世用，沒有機會一展抱負，空有很多「大略」[14]、「國計」[15]，也「報國竟無從」[16]。因此先生惟有靠詩文來發揮「聖賢事業」[17]，整頓「乾坤」[18]，用他的「神筆」[19]把心聲傾吐出來[20]。

　　先生在詩篇中，多次講及他的學詩經過。這些詩篇或詩句，爲我們理解他的詩歌風格，提供了不少寶貴的資料。《歲闌雜興》八首之二起云：「妙年詩學李樊南，二百餘篇備兩三」[21]，《漫成》二首之二起云：「少日詩篇愛玉溪，祝師棒喝拆危隄」[22]。大抵先生早歲學詩時，以李商

---

[14] 《賦事》六首之四起云：「平生多大略，何意競文章。」見《修竹園近詩二集》，頁137a。

[15] 《八月初作，示乃文、鴻烈、兆顯……》三首之二起云：「可貴乾坤一腐儒，枕中國計未全無。」見《修竹園近詩》，頁5。

[16] 《小寒日作》二首之一云：「看天成獨唱，報國竟無從。」見《修竹園近詩》，頁79。

[17] 《丁巳除夕書懷，以「郎君珍重，吾道是賴」爲韻，特以七言古出之，啓多途也》八首之七結云：「聖賢事業仗發揮，莫云平仄而已矣。」見《修竹園近詩》，頁106。

[18] 《賦事六首》之三云：「詩風今秘閣，易學舊山川。素履自安道，蒼生應望門。老夫饒氣力，來日整乾坤，坡谷遺山後，將傳修竹園。」見《修竹園近詩二集》，頁91a。

[19] 《戊午生朝二首》之二云：「世已殘棋成定局，天教神筆寫真文。」見《修竹園近詩二集》，頁100b。

[20] 《絕句》四首之三起云：「不謀世位不沽名，但吐心聲氣自橫。」見《修竹園近詩二集》，頁122a。

[21] 見《修竹園近詩》，頁88。

[22] 見《修竹園近詩二集》，頁37a。

隱(約813-約858)爲師，詩篇表現出矜鍊風華的風格[23]，後
來聽從詹安泰老師的意見，捨棄李商隱深婉清麗、綺密晦
澀的詩風，改而學習黃庭堅(1045-1105)的詩[24]。此外，《歲
闌雜興》八首之三云：

> 山谷遺山舊所師，東坡韓杜近狂追。誰云道路
> 都行盡，請看山翁陸續馳。[25]

可知先生除了學習李商隱和黃庭堅的詩風外，還曾經從元
好問(1190-1257)、蘇軾(1037-1101)、韓愈(768-824)和杜甫
(712-760)等詩人的作品中吸取營養，而其中似乎以元好問
對他的影響最深。先生的《續詠史六十首·元遺山》云：

> 詩篇盛傑概，幷州元裕之。生小拜眞士，七律
> 多雄奇。自余三十歲，敬服到今茲。構亭撰野史，湛
> 然非我儀。[26]

---

[23] 《前夕在天庇處，得讀吳辛旨先生書……》起云：「丰華矜鍊少
年詩，大老居然尚可之。」見《修竹園近詩》，頁9-10。又，《自
題修竹園詩前集摘句圖》六首之二起云：「片言居要足驚心，矜
鍊風華少日吟。」見《修竹園近詩》，頁74。
又，《三絕句》之一起云：「矜鍊風華歸少作，老夫今歲欲千篇。」
見《修竹園近詩二集》，頁58b。

[24] 《歲暮憶舊寄余少颿梁簡能五十韻》詩有「嘉余江西最後勁，因
贈七律稱其賢」二句。先生於句下注云：「此三十二三年前事矣，
余時實學涪翁，好作拗體七律。」見《修竹園近詩》，頁92。

[25] 《修竹園近詩》，頁88。

此詩作於1978年，當時先生已經六十三歲，可知他受元好問的影響超過三十年。又，〈自述〉云：「三十好遺山，七律森劍戟」[27]；〈深讀元遺山七律戲題〉起云：「古今七律君居首，第二應該是老夫」[28]。大概在先生的各體詩中，以七律一體與元好問詩的關係最密切。

先生在詩篇及其自注裏，曾經舉出他最欣賞的古今詩人的詩句。例如，〈睡起渡海，塵務稍閒，簡能出視新制，動魄驚心，詩以助之〉詩有「讎雖百世休輕放」一句，先生於句下注云：

> 簡兄詩五六云：「去國卅年惟種恨，有讎九世故貪生。」[29]故，原作尚，代定一字。《公羊傳·莊四年》：「九世猶可以復讎乎？雖百世可也。」余積至今，似尚無此等句也。[30]

---

[26] 《修竹園近詩三集》（香港：門人印，出版社缺，1985），頁18。

[27] 《修竹園近詩二集》，頁158b。

[28] 《修竹園近詩》，頁90。

[29] 這裏所說的「簡兄」，是先生的好朋友和同事梁簡能教授。先生所引的梁簡能詩，題目是〈偶影〉，全詩云：「偶影孤吟惘惘行，上林無樹著啼鶯。朱樓礙日陰猶直，白髮當風亂更橫。去國卅年唯種恨，有仇九世尚貪生。只今老矣能何事，閒踏斜陽憶舊情。」見梁簡能：《簡齋詩草》（香港：自印，1983），頁86b。

[30] 《修竹園近詩》，頁5。

《八月初作，示乃文、鴻烈、兆顯……》三首之一，有「惟賢綺里非秦客，差勝遺山是楚囚」兩句，先生於句下注云：

> 遺山嘗遭蒙古人羈囚。又其〈鎮州與文舉百一飲〉七律三四云：「只知終老歸唐土，忽漫相看是楚囚。」五六尤勝（筆者按：五六句是「日月盡隨天北轉，古今誰見海西流」），諸生應循讀而深味之。此詩余敬服三十餘年……。[31]

《丁巳中秋》三首之二，有「磊落到而今，乖崖孰賞音」兩句，先生於句下注云：

> 余少重其人（筆者按：指張乖崖），至今尚爾。吳孟舉謂其詩「雄健古淡，有氣骨，稱其為人。」信然。余最愛賞其兩絕句，〈過華山懷白雲陳先生〉云：「性愚不肯林泉住，強要清流擬致君。今日星馳劍南去，回頭慚愧華山雲。」〈寄傳逸人〉云：「當年失腳下漁磯，苦為明朝未得歸。寄語巢由莫輕笑，此心不是愛輕肥。」此皆何等氣度耶。[32]

---

[31] 《修竹園近詩》，頁5。
[32] 《修竹園近詩》，頁16。

《余近詩極少長篇，且多成七字絕句……》三首之二云：
「橫看成嶺側成峰，晴雨西湖想望中。若問坡仙最超詣，
來生相對力無窮。」先生於詩後注云：

> 廬山西湖兩絕句，坡仙窮形盡相，無得而
> 踰。……以余觀之，兩小詩似都不如其第二次離杭
> 時與南北山諸僧侶話別之「衰髮只今無可白，故應
> 相對話來生」一絕之沉雄厚重，精超極詣，真力無窮
> 也。[33]

這些詩句，與國家興亡或是個人的出處去就、志向理想等
有關，都是雄健渾厚、拙樸重大的作品。先生既然極力推
崇此類作品，那麼他自己創作詩歌時，應該或多或少也受
了它們的影響。我們甚至可以說，先生醇老奇橫[34]、精悍深
重[35]的詩風，與他所喜愛的上述一類詩篇有莫大的關係。下
面就讓我們討論先生詩歌的藝術特徵。

---

[33] 《修竹園近詩》，頁23。

[34] 《歲闌雜興》八首之五起云：「師云『醇老斂奇橫』，十八年前
得定評。」見《修竹園近詩》，頁89。

[35] 《歲闌雜興》八首之六云：「吳傅曾王拜賜多，心齋『精悍』又
無譌，如斯九命成方伯，高壓征南老伏波。」先生於詩後注云：
「曾希穎首錫余詩以『豪雄奇橫』四字，王季友加『大』字，吳
天任謂應再加『重』字及『深』字，黎心齋昨夜又再增『精悍』
二字，傅靜庵錫序文，總拜嘉賜。要與諸賢共為此偉大時代爭氣，
非一人之榮也。」見《修竹園近詩》，頁89。又，《丁巳除夕書
懷，以「郎君珍重，吾道是賴」為韻，特以七言古出之，啟多涂

一． 以議論為詩

先生詩歌的一個主要特徵，就是評事說理，議論縱橫。關於這一點，先生多次在詩中提及，例如：「老夫長在此，高論發無窮」[36]、「議論縱橫好，前修莫忌猜」[37]、「學豐理足議論大，自有傑句驚高流」[38]、「山川景物不如君，議論人天我逸羣」[39]等。可見先生詩中的大量議論，並不是率意為之的。這些議論，大約可分為四類，略述如後：

1． 政論

先生是一個受儒家思想熏陶的有良知、有抱負的傳統中國讀書人，目睹四方擾攘，天下紛紛，自然生出關心家國，以拯救天下為己任的念頭。可惜不為世用，只有退而思其次，埋首於國故詩文，希望能夠從文化層面實現他的救國理想。大概因為先生痌瘝在抱，關心國計民生，所以往往在詩篇中，流露出他對政治的看法。

也》八首之四云：「『豪雄奇橫』謝希穎，李友加『大』吳『深重』，分承七命已多慹，心齋靜庵又增封。」見《修竹園近詩》，頁104。

[36] 《賦事六首》之四，見《修竹園近詩二集》，頁85b。
[37] 《賦詩六首》之五，見《修竹園近詩二集》，頁85b。
[38] 〈與殊鈔坐陸羽茶室共話……〉，見《修竹園近詩》，頁62。
[39] 〈贈杜〉，見《修竹園近詩二集》，頁94b。

《聞何文匯所著「陳子昂感遇詩箋」之校稿已具……》
二首之二結云:

> 不有昏童用烝報,牝雞何以得階升。[40]

詩句表面說如果唐高宗不是昏瞶淫亂,貪戀女色的話,武
則天是不會成為中國第一位女皇帝的。不過據先生堂上授
課時的解說,此二句亦兼指當時中國政壇烏煙瘴氣的情
況。《廣詠史》八三七首之八十四云:

> 禮運大同義,何時天下同。馬列多毒害,生人
> 今道窮。神州百萬里,何日揚仁風。靈均有橘頌,嘉
> 樹無毛蟲。[41]

詩人對馬克思列寧主義荼毒中國人民的情況,深痛惡絕。
他認為要拯救神州百姓,應該推行儒家的仁義之道。詩歌
結句所謂「毛蟲」,語帶雙關,妙不可言。《絕句》六首
之三云:

> 中國豈應夷狄化,深卑馬列不須疑。[42]

---

[40] 《修竹園近詩》,頁12。
[41] 《修竹園近詩三集》,頁33。
[42] 《修竹園近詩二集》,頁124b。

在這裏，先生表示極度鄙視馬列主義的心態。《賦事五首》
之二起云：

> 能言攻馬列，亦是聖人徒。[43]

先生以爲抨擊馬列主義者，應該優入聖域，成爲聖人之
徒。〈余少颿屬作雙十日詩，用二十四敬韻〉云：

> 雙十十一兩國慶，港人以爲孰利病。或以國旗
> 多少較，我以天心順逆評。秋旻穹然心在何，在我汝
> 他方寸淨。生民有庇即吾君，大得民心是天命。靈
> 脩浩蕩將誰歸，大海東西無定姓。正德利用厚生行，
> 即居北辰幹斗柄。……近代世界兩偉人，中山甘地
> 最堪敬。兩公爲他不爲己，朗朗胸襟擬天鏡。可惜
> 未暇選賢能，已到天閽應邀請。只今誰是第三者，可
> 以德施勿力競。速昭禮運大同章，深卑馬列尊孔
> 孟。物阜人多國定強，何煩嘈嘈呼號令。當爾麼時
> 百可堪，老儒將代注儒行。[44]

---

[43] 《修竹園近詩二集》，頁125b。
[44] 《修竹園近詩》，頁28。

中國大陸和台灣各自有不同的國慶日,在國共兩個政權中,先生認爲香港人應該歸向眞正關心民瘼,使「生民有庇」[45]的一方。詩篇後半亦再次對馬列主義表示強烈的不滿和重申以儒家思想治國的主張。

2. 史論

先生熟讀我國古代典籍,「四部無時去枕邊」[46],對重要歷史人物和歷史事件都瞭如指掌,並且經常有獨到的見解。先生曾經寫過《詠史三章》[47]、《詠史》八首[48]、《詠史六十首》[49]、《續詠史六十首》[50]、《詠史》三首、[51]《廣詠史》八三七首[52]等差不多一千首評論古人和史事的詩篇,在數量上可說空前。下面舉出幾首,略作介紹。《續詠史六十首》之十七云:

45 《文中子‧述史》云:「天地有奉,生民有庇,即吾君也‧」見《百子全書》(浙江人民出版社, 1984),冊2,《文中子》,頁12b。
46 先生《絕句》七首之二云:「四部無時去枕邊,五更不寢自熬煎。也知造化難爲力,鏡裏還逢舊少年。」見《修竹園近詩二集》,頁163a。
47 見《修竹園近詩》,頁14。
48 見《修竹園近詩二集》,頁2b-3b。
49 見《修竹園近詩二集》,頁23b-28b。亦見《修竹園近詩三集》,頁1-10。
50 見《修竹園近詩二集》,頁29b-34b。亦見《修竹園近詩三集》,頁11-20。
51 見《修竹園近詩二集》,頁113b。
52 見《修竹園近詩三集》,頁21-150。

荆軻將帥材，窮途作刺客。秦兵旦暮至，隋珠
拚一擲。沈深好讀書，何情講劍戟。史公語深長，來
人愼所擇。[53]

《廣詠史》八三七首之二十六云：

沈深好讀書，荆軻元帥才。劍術一人敵，疏之
殊應該。途窮作刺客，祖龍屠不開。奇功敗垂成，陶
公嗟惜哉。[54]

先生指出荆軻(?-前227)好讀書，本是將帥之才，但是由於
當時燕國的情勢危急，逼不得已勉爲其難，權充行刺秦始
皇的刺客，結果因爲埋首書卷而疏於劍術，功敗垂成，丟
了性命。詩中對荆軻的遭遇，表示了無限的惋惜與同情。
《廣詠史》八三七首之一四五云：

南陽與栗里，二龍皆逸羣。葛公亦詩人，陶公
必能軍。易地則皆然，潛飛吾不分。涪翁宿彭澤，佳
語揚清芬。[55]

---

[53] 《修竹園近詩二集》，頁31a。
[54] 《修竹園近詩三集》，頁24-25。
[55] 《修竹園近詩三集》，頁43。

先生認為陶潛(陶淵明, 365-427)並不是什麼「田園詩人」、「隱逸詩人」，而是「性殊烈」[56]、「富豪情」[57]的將帥之才；諸葛亮(181-234)亦並不是一個只懂得運籌帷幄的軍師，更是個精於寫詩的作手。如果他們易地而處，則陶潛就是蜀國的軍師，而諸葛亮就是「詩卷長留天地間」[58]的大詩人。《詠史六十首》之二十六云：

> 天奪曹瞞魄，定嗣棄臨淄。不然相漢獻，臥龍必同規。思王讓天下，河汾出嚴辭。可憐楊德祖，棄身人不知。[59]

先生以為如果曹操(155-220)立曹植(192-232)為太子的話，曹魏必不會篡漢，而諸葛亮亦必會與曹植一起扶助漢室。詩中亦對楊修(175-219)明知故犯而捨身就義，被曹操殺害一事，表示深切的同情。

　　先生詠史詩中的議論，言之有物，見解新穎，並不是拾人涕唾的陳詞濫調或泛泛空談。

---

[56] 《廣詠史》八三七首之二八六云：「陶公生當年，孤出萬仞上。真積氣充盈，客兒何敢望。人豪性殊烈，外貌非內相。不是詠荊軻，誰能見其況。」見《修竹園近詩三集》，頁65。

[57] 《廣詠史》八三七首之四四零起云：「陶公富豪情，杜甫多累句。」見《修竹園近詩三集》，頁89。

[58] 先生〈陶公〉詩云：「陶公應誕義皇上，詩卷長留天地間。孝子忠臣生季世，北窗何得便開顏。」見《修竹園近詩二集》，頁134a。

[59] 《修竹園近詩二集》，頁25b-26a。

3. 詩論

先生用詩歌形式表達的詩論, 可以細分為詩歌理論和詩歌評論兩種。

(一)詩歌理論

先生精於作詩之道, 對於詩歌創作的宜忌和詩歌格律等方面, 都有精到的見解。例如, 〈詩誡〉云:

> 詩文最忌薄輕小, 拙樸厚重昭雄奇。[60]

《九月十三日作》二首之二, 前半云:

> 年少遺山論, 坡翁亦指瑕。奇橫須厚重, 膚末視尖叉。[61]

《歲闌雜興》八首之一云:

> 才大思精萬首強, 西江別派陸龜堂。不趨流滑應纖巧, 君在中衢仔細商。[62]

---

[60] 《修竹園近詩》, 頁56。
[61] 《修竹園近詩》, 頁45。
[62] 《修竹園近詩》, 頁88。

〈漫成〉起云:

> 不作風花雪月詩,漸能拙樸換雄奇。[63]

可見先生認爲輕薄、尖新、纖巧的風格是詩歌的大忌,好詩應該是拙樸和厚重的。他自己創作的詩篇,就是最佳的明證。

　　對於詩歌的格律,先生亦曾在詩中討論,其中最詳細的要算他的〈淺論詩事,分示諸弟子〉。詩篇中段云:

> 聲律誰云本粗淺,深論微妙君應驚。忽之須妨小害大,世有眞智難留情。晚清國初推陳鄭,可怪近體多「孤平」。「一三不論」愼莫信,信之不是吾門生。「三平」上一須用仄,短句略可長句傾。[64]

先生指出詩歌作法中所流傳的「一三五不論」一句說話,害人不淺。他把「孤平」分爲兩類:

(1). 凡「仄仄平平仄仄平」之句,第三字不能用仄,否則就犯孤平。如此字非用仄不可,則第五字應改作平聲救起,而成爲「仄仄仄平平仄平」的格式。

---

[63] 《修竹園近詩二集》, 頁121b。
[64] 《修竹園近詩》, 頁83。

(2). 凡「仄仄平平平仄仄」之句，如改作「仄仄平平仄平仄」，
第三字不能用仄，否則就形成犯孤平的「仄仄仄平仄平
仄」格式。

另外，先生指出押平聲韻的七言古詩，如協韻句句末
是「三平腳」的話，則第四字不應該再用平聲字，以免形
成「四平腳」，甚至「五平腳」。

(二)詩歌評論

先生很喜歡用詩歌的形式來寫詩評。這些詩評，有對
古代或當代某一詩人作整體的評價，有對詩人某一體詩作
評價，有對幾個詩人作比較研究，亦有就某首詩或某句詩
發表自己的意見。例如，《六大家詩品・李青蓮》三首云：

> 安能折腰事權貴，使我不得開心顏。仰天大笑
> 出門去，太白高風何可攀。（其一）
> 子美未道王孟弱，眼高四海空無人。李璘挾上
> 樓船去，大醉醒來歸我身。（其二）
> 「交讓之木本同形，東枝顦頷西枝傾。」樂府
> 諸篇深致意，綱常具在莫輕評。（其三）[65]

詩中仰慕李白(701-762)蔑視權臣豪貴，軒昂超脫的氣概和
他的氣勢遒勁，罕有其匹的詩風。先生指出李白的樂府詩

---

[65] 《修竹園近詩二集》，頁55a-55b。

〈上留田〉,影射兄弟不相容,而他在其他樂府詩裏,亦屢屢提及儒家的三綱五常之道。因此,先生認爲佯狂傲岸、終日酣飲的李白,是「有託而逃者」,而並不是什麼「浪漫派詩人」[66]。《詩品二首》之一云:

> 子美東坡兩大家,憑君權度重誰耶。七言諸體東坡勝,減字如何卻並差。[67]

先生覺得蘇軾七言絕詩、七言律詩和七言古詩的成就,高於杜甫,可惜蘇軾和杜甫兩位大詩人用五言寫成的各體詩,同樣都不見得出色。先生的評論,獨具隻眼,很值得我們認眞思考。

先生亦喜歡指出古今詩人作品中的瑕疵,曉示後學。例如,〈近日於詩於學,滋生小慧……〉詩云:

> 千秋妾薄命,「徹泉」何解耶。未聞服瘖藥,「有聲」便是瑕。如何金華伯,見之不棒加。鈍根非妄貶,畫杜誠塗鴉。[68]

北宋詩人陳師道(1053-1102)的詩集以悼念先師曾鞏(1019-1083)的兩篇《妾薄命》壓卷,先生以爲其中傳誦了八百多

---

[66] 見《修竹園近詩二集》,頁55b,先生自注。

[67] 《修竹園近詩二集》,頁70b。

[68] 《修竹園近詩》,頁36。

年的「有聲當徹天，有淚當徹泉」二句都有不通之嫌。首先，單單一個「泉」字，只能指普通的泉水，不能用來指「九泉」、「黃泉」、或「下泉」。其次，凡人開口就有聲，陳師道並沒有服啞藥，當然「有聲」，所以「有聲當徹天」一句，亦有語病。先生認爲這兩句若改爲「聲當徹九天，淚當徹九泉」，則通順無病[69]。

在古今所有詩人中，先生最厭惡者是近代的黃節 (1873-1935)。先生的《絕句》六首之四云：

> 蒹葭原是不通精，貶絕斯人道始明。大僞欺天鬻聲譽，直須霆擊迭雷轟。[70]

爲了勸告別人不要學黃節的詩，先生寫了《刈葭六首》[71]、《刈葭》八首[72]、《刈葭》二首[73]等十六首詩，指出黃節詩的敗筆。學者細心讀完這十六首詩後，不得不重新考慮黃節在近代詩壇的地位。

---

[69] 先生詩下自注，見《修竹園近詩》，頁36。先生另有《答能履代辨后山句》詩，見《修竹園近詩二集》，頁96b-97a。

[70] 《修竹園近詩二集》，頁124b。

[71] 見《修竹園近詩二集》，頁118a-119b。

[72] 見《修竹園近詩二集》，頁120b-121a。

[73] 見《修竹園近詩二集》，頁146b。

4. 一般議論

除了上述的專論外，先生還經常在詩中闡發其他各方面的理論。最具代表性的要算他的〈移民歎〉：

> 古有徙民以實邊，意在衰多而益寡。彌天網舉恢八紘，此真移民之謂也。頻年港人畏赤禍，續走美加遠華夏。老身長子闔家行，並皆自號移民者。問其所為果何乎，先後同聲共鑪冶。都云不為己，為下一代耳。此等賤丈夫，以為言有理。古有不孝三，所重在無子。無子本無罪，罪絕祖先祀。汝之下代乎，紛為夷狄矣。語言文字非本宗，牝牡相誘馬牛風。黃皮日漸變白色，祖宗家國全不憶。汝之後代將如斯，汝是罪魁知不知。羲軒神胤化異族，汝雖人面輸蠢畜。我疲口誅今筆伐，筆端於此王正月。去者速返毋流連，否則應撻三百鞭。除了青年游學子，莫留彼邦浪自喜。光天化日行明神，番鬼不是君尊親。歸來歸來返本真，此是樂土堪避秦。桃源在近不在遠，蓋趁好風歸汝身。[74]

移民外國的香港人，都說是為「下一代」著想，先生卻不以為然。他覺得跟從父母移居外國的「下一代」，會慢慢變為異族，逐漸忘記他們原來的國家、文化和祖宗。詩中

---

[74] 《修竹園近詩二集》，頁17b-18a。

把移居外國的香港人比作連「蠢畜」都不如的「賤丈夫」，
就連他自己的長子亦不能幸免。[75]

　　先生既然「議論時橫發」[76]，所以在詩篇中，經常都可
見到他的妙言高論。例如，〈授易後作〉云：

> 　　立功不在立言前，孔子深文定後先。聖道四焉
> 言冠首，老夫今夕樂陶然。[77]

《左傳·襄公二十四年》載有穆叔「大上有立德，其次有
立功，其次有立言」的一番言論。在這所謂「三不朽」中，
「立德」的地位最高，其次是「立功」，最後才是「立言」。
先生則從教授《易經》的過程中，得到啓發，對「三不朽」
的次序，別有會心。《周易·繫辭上傳》云：「《易》有
聖人之道四焉：以言者尚其辭；以動者尚其變；以制器者
尚其象；以卜筮者尚其占。」先生根據這一段文字，認為
孔子把「言」的重要性，放在「立功」之上。先生一輩子
以「立言」拯救天下蒼生，對至聖先師在《易經》裏所表
達的言論，心中自然覺得舒暢快樂。

---

[75] 先生另有〈作移民歎後，往復讀之，自覺不可無此也，午夜低佪，
忽增吟賞，再賦五字律〉一首，見《修竹園近詩二集》，頁19a。
[76] 〈率題〉五六云：「議論時橫發，風情不詭隨。」見《修竹園近
詩二集》，頁152b。
[77] 《修竹園近詩二集》，頁126a。

二. 少寫景、多敘事

先生年輕時所寫的詩篇, 有不少傳誦廣州的寫景句,
例如:

> 水澄山明綠玉潤, 花騷鳥擾青春深。(〈次韻
> 絜餘見贈〉三四句)[78]
>
> 前溪水響月未上, 側道霜多花自含。(《歲闌
> 雜詩依平水韻得三十律‧覃韻》三四句)[79]
>
> 晴回花軟飽, 春爛柳交加。(〈居閑〉三四句)
> [80]
>
> 微陽初閣翠湖雨, 乳燕學飛紅杏天。(〈酒人〉
> 三四句)[81]
>
> 冶春勝日珊瑚熟, 繫馬垂楊鸚鵡呼。朱戶春陰
> 花撲落, 畫屏鐙淺影模糊。(〈永憶〉中四句)[82]
>
> 赤水寒凝碧, 晴嵐夜向冥。月痕霜外白, 漁火
> 荻邊青。(〈江頭夜望〉起四句)[83]

---

[78] 《修竹園近詩》, 頁117。
[79] 《修竹園近詩》, 頁120。
[80] 《修竹園近詩》, 頁120。
[81] 《修竹園近詩》, 頁121。
[82] 《修竹園近詩》, 頁124。
[83] 《修竹園近詩》, 頁129。

這些詩句，爛若披錦，詩中有畫，摹寫物態，曲盡其妙，可見先生年輕時已精於寫景語。但是自從他到香港定居後，寫景句可說是絕無僅有。這個情況，先生屢屢在詩中講及。例如〈余近詩極少描摹景物之句……〉詩云：

> 出門從未見花枝，焉有風華似曩時。大海當中
> 山遠立，層樓失次客皆癡。[84]

先生居住於香港市區的「石屎森林」中，出門只見路上車流塵煙，從來不見山水景物，因此來港定居後，詩篇絕少寫景句。

先生詩中少景語的一個更重要的原因，與詩歌的功用有關。《寄答天庇》三首之二云：

> 興觀羣怨好周詩，元首賡歌志所之。子夏重華
> 同一論，模山範水欲奚為。[85]

《雜興三首》之三云：

> 重華肇論詩言志，焉用模山範水為。草木禽蟲
> 資比興，風人微旨汝安知。[86]

---

84 《修竹園近詩》，頁17。
85 《修竹園近詩二集》，頁38b。
86 《修竹園近詩二集》，頁103b。

《論詩》四首之一云:

　　模山範水費工夫,眞士何曾重畫圖。詩主性情言汝志,周人取興偶前鋪。[87]

《論詩》四首之二云:

　　山川雲物見之眞,眼處心生落筆新。此道畫工能事畢,古今何必有詩人。[88]

《自題修竹園詩前集摘句圖》六首之三云:

　　發論攄懷傾吐之,杜陵不欲逞丰姿。興觀羣怨詩三百,範水模山未要奇。[89]

可見先生以爲詩歌主要是用來言志抒情,發揮議論和怨刺時政,而不是用來模山範水的。描寫山川景物是畫工的能事,不是詩人的能事,所以詩篇應該盡量少用來寫景。
　　先生三十歲以後的詩篇,除了多發議論外,還多用來敘事。大的如國事,例如,〈述事書懷五十二韻〉云:

----

[87] 《修竹園近詩二集》,頁152a。
[88] 《修竹園近詩二集》,頁152a。
[89] 《修竹園近詩》,頁７??

當年四凶橫，物事任臧否。牝雉欺牧犢，雄狐
媚牀第。黎元盛焚溺，彝倫盡傾圯。詩書幾火灰，人
靈謂渣滓。深巷伏狼獒，通衢走虎兕。曾未事典籍，
而況識綱紀。何曾解法家，居然批孔子。邪風到海
涯，狂童奏薄技。學正失權衡，論語呼詆訾……。[90]

詩歌把文化大革命時四人幫橫行，破壞我國的倫常綱紀，
以及儒法鬥爭，批林批孔的情況，詳細記錄下來，憂國憂
民之情，溢於言表。

小事如記夢，例如，〈二十三日記夢，夢中人已去世兩
載矣，是四十年前嘗通款曲欲爲余婦而未能者。其後成戚
屬，雖常晤見，然未嘗有片言之私也。夢裏相逢，驚呼曰：
「噫，君亦已來此乎？」余聞言知意，不肯遽死，憤抖肩臂，
警然而寤，時凌晨六時一刻也。起語山妻，復酣睡四小時
而後興。課罷歸來，聊復書之。嘻，欲稍閣詩筆，何可得
哉？及此篇成，即與能履兄通話，承賜警語云：「君今在
菩提樹下大轉法輪，羣魔總至，一切當心。」敢不拜嘉乎〉
詩云：

---

[90] 《修竹園近詩》，頁99-100。

　　昨宵寤寐感無端,不是閒情憶舊歡。除卻周秦
行紀事,焉登唐漢步虛壇。嬌花幽草前時夢,墜月流
螢一例看。不到期頤何敢死,世間遺子太孤寒。[91]

詩篇題目,把事件的來龍去脈交代清楚,其實就是一篇序
文。大概因為這個夢頗特別,所以詩人將它記錄下來。從
詩中可以知道先生把男女間的情愛,看作墜月流螢般轉眼
即逝的小事,而不是什麼永恆不變的天大事情。先生不敢
早死,是因為香港還須要他來「傳經」[92],「聖道」還須要
他來發揚光大[93],「乾坤」還須要他來整頓[94]。他並不是貪
生怕死之輩,若果有人能代替他完成上述工作的話,他是
隨時可以離開人間的[95]。

---

[91] 《修竹園近詩》,頁25。

[92] 〈初五日渡海授課,隧道車中作〉起云:「海外傳經須老夫,文
多齊氣近詩粗。」見《修竹園近詩二集》,頁64b。又,〈多能〉
三四云:「放眼看何世,傳經要此身。」見《修竹園近詩二集》,
頁99a。

[93] 《賦事二首》之二起云:「聖道須光大,老儒行所聞。」見《修
竹園近詩二集》,頁128b。

[94] 〈示嘉禾講座諸子〉起云:「端須巨手整乾坤,先後諸英樂及門。」
見《修竹園近詩》,頁91。又,《賦事六首》之三云:「老夫饒
氣力,來日整乾坤。」見《修竹園近詩二集》,頁91a。又,〈深
情待來學〉三四云:「乾坤須我輩,六十非暮年。」見《修竹園
近詩二集》,頁146a。

[95] 《賦事二首》之二云:「躬行聖賢道,大節了無慙。絕學人能挽,
吾身死亦甘。天終留我在,事欲與誰談。窗角涼風入,今宵得夢
貪。」見《修竹園近詩二集》,頁83b。

三. 以文為詩

大概因為先生的詩多用來發議論和敘事抒情，所以有一種「以文為詩」的傾向。所謂「以文為詩」，指詩中有很多散文慣用的詞匯和句式。例如：

> 帝問誰為歟，新會門生撰。（〈日斜後，與簡能鴻烈宗豪到沙田……〉）[96]
>
> 我治詩越五十年，於斯時也從未詠。（〈余少颿屬作雙十詩，用二十四敬韻〉）[97]
>
> 應知第七識，其名為末那。（〈秋晚吟〉）[98]
>
> 古今七律君居首，第二應該是老夫。坡谷所輸時代耳，不然何以讓君乎。（〈深讀元遺山七律戲題〉）[99]
>
> 都云不為己，為下一代耳。……汝之下代乎，紛為夷狄矣。（〈移民歎〉）[100]
>
> 知我罪我者，其惟近詩乎。（〈述詩二十韻〉）[101]

---

[96] 《修竹園近詩》，頁27-28。
[97] 《修竹園近詩》，頁28。
[98] 《修竹園近詩》，頁49。
[99] 《修竹園近詩》，頁90。
[100] 《修竹園近詩二集》，頁17b-18a。
[101] 《修竹園近詩二集》，頁58a。

日夕生非想,王侯是什麼。(《賦事八首》之
二)[102]

南唐馮正中,不是奸臣也。(《續詠史六十首》
之馮延巳)[103]

小人之甚者,是以怨報德。(《廣詠史》八三
七首之三十))[104]

自從周孔來,一人而已耳。(《廣詠史》八三
七首之五零五))[105]

一網打盡了,天下知明人。(《廣詠史》八三
七首之七七一)[106]

沈括蔡絛等,居然有著作。(《廣詠史》八三
七首之七八七)[107]

這些詩句,借用散文的字法和句法寫成,與韓愈的「以文
為詩」比較起來,毫無遜色。詩句句末出現的助詞,如
「歟」、「耳」、「乎」、「也」、「者」、「而已耳」、
「了」、「等」等,是最明顯的散文化標誌。先生刻意以
文為詩,是因為他覺得詩和文殊途同歸,並無根本的分

---

[102] 《修竹園近詩二集》,頁85b。
[103] 《修竹園近詩三集》,,頁17。
[104] 《修竹園近詩三集》,頁25。
[105] 《修竹園近詩三集》,頁99。
[106] 《修竹園近詩三集》,頁140。
[107] 《修竹園近詩三集》,頁142。

別。他在〈與殊鈔坐陸羽茶室共話……〉詩裏「詩文同歸
塗或異,不喜踽踽行夷猶」兩句下注云:

> 　　陳后山譏韓退之以文爲詩,謂非本色,此幾於
> 無識者之論矣。陶公云:「結廬在人境,而無車馬
> 喧。問君何能爾,心遠地自偏。」此不似文乎?亦
> 非本色耶?七言古尤須大蹋步邁往,切要氣機通暢,
> 能以神行者爲極品,有時不妨文而韻之也。[108]

又,《偶作》六首之一云:

> 　　詩用文章句,陶公先退之。詩文本同致,聲律
> 稍分歧。氣盛應兼好,人非只自欺。短長寧暇度,凡
> 鄙汝奚爲。[109]

先生以爲詩和文的情趣相同,不過在聲律方面略有分別而
已。只要作品氣勢盛大、氣機通暢,則自然是佳構,不須
理會它們究竟是詩句或者是文句。如果詩人寫詩時對詩文
的分歧斤斤計較的話,反而會使作品局促拘謹,踽踽不
伸。

---

[108] 《修竹園近詩》,頁62。
[109] 《修竹園近詩二集》,頁98b。

四、感情豐富，愛憎分明

豐富的感情是一個成功的詩人所必需的。先生的詩篇出入於「東坡遺山之間」[110]，「直逼少陵」[111]，自然是感情豐富，情真語摯[112]。

先生平生最敬愛的老師是中山大學的詹安泰教授，他多次在詩篇或其題目、注語裏，寫出他想念老師時不禁涕泗滂沱的情形。例如，〈淺論詩事，分示諸弟子〉詩云：

> 老人憶舊書至此，酸淚亂落身焉撐。

先生在句下注云：

> 激感師恩，每憶及必淚落。[113]

先生與朋友歡宴的時候，偶然說及詹師的舊事或背誦詹師的詩篇時，經常忍不住落淚[114]。當他捧讀詹師的遺作時，也「痛心酸鼻，灑淚數過」[115]，甚至「時時欲斷魂」[116]。

---

[110] 曾希穎〈修竹園近詩·序〉云：「信筆揮灑，自然高妙，約在東坡遺山之間而悉可以敵其優長。」見《修竹園近詩》，頁3。

[111] 吳天任〈修竹園近詩·序〉云：「大抵五古五律，直逼少陵。」見《修竹園近詩》，頁8。

[112] 吳天任〈修竹園近詩·序〉云：「湛銓前詩，奔走亂離，竄身兵火，皆從實事實感，體驗吟成。故情必真而語必摯，幾已臻極。」見《修竹園近詩》，頁9。

[113] 《修竹園近詩》，頁83-84。

除了恩師外，先生亦常常在詩中對父母、朋友和學生等表達出深厚的感情。先生詩集裏寫給好友和門生的大量詩篇，就是先生真摯深情的最佳記錄。例如，他追憶學海書樓負責人李海東而「難禁涕泗沱」，寫了兩首五律[117]；他在〈八月三十夜，憶想馮康侯……〉詩中，祈求上天恢復好友馮康侯的視力，使他能繼續從事篆刻，否則先生寧願把雞血印棄置，也不會請他人刻劈[118]；在〈龍鳳茶樓夜坐，憶亡友黎傑子俊大兄……〉詩中，先生對逝世已經兩年的好友黎傑仍然念念不忘，並且希望能在夢中與他相見[119]。對於他的門生或後輩，先生扶掖誘導，不遺餘力。先生的詩集裏，有很多關於這方面的篇章，例如：〈批改李

---

[114] 〈日斜後，與簡能鴻烈宗豪到沙田……〉詩，詩題有「道及祝南先師平生時事，爲誦『驕縱門生』一章，淚忽盈眶」數語。見《修竹園近詩》，頁27。

[115] 〈鴻烈出視中山大學五十周年特刊中詹祝南先師遺詩十九首……〉詩題中語，見《修竹園近詩》，頁51。先生另有〈八月初九，與乃文鴻烈茶樓夜話，鴻烈出中山大學文學院「文學」第一期見視，赫然有先師祝南先生之詩十八首在，攜歸細讀，感極成章〉詩，見《修竹園近詩》，頁10。

[116] 〈憶師〉云：「『牛馬秋坪各有村』，『北窗長日況無喧』。宗師遺教心源在，深想時時欲斷魂。」見《修竹園近詩二集》，頁62a。

[117] 見《修竹園近詩》，頁20。

[118] 見《修竹園近詩》，頁29。

[119] 見《修竹園近詩》，頁1-2。先生另有〈小寒夕追懷亡友黎傑子俊兄〉一首，詩云：「吞聲已兩載，歲晏裏不已。望雲思帝鄉，把臂須數紀。」見《修竹園近詩》，頁102。

鴻烈弟風遠樓詩丙丁稿後感賦〉[120]、〈冬至後三日作示鴻烈〉[121]、〈鄧偉賢傳語,誦其贈余兩絕句,氣調豪雄,遠勝前作,則又謂得余之助也。聆音驚喜,寄箋猶未至,先作此謝答之,冀張其勢爾〉[122]、〈淺論詩事,分示諸弟子〉[123]、

《丁巳除夕書懷,以「郎君珍重,吾道是賴」為韻,特以七言古出之,啟多涂也》八首之七[124]等。詩篇或稱讚鼓勵學生,或對他們諄諄告誡,或對他們傳授作詩的竅門,在在都見到一個循循善誘,亟望學生成材的老師的典型。最能表現先生對學生真誠的愛護,要算他四十二夜不眠,替學生批改作品而仍然樂此不疲一事[125]。

---

[120] 見《修竹園近詩》,頁2。

[121] 見《修竹園近詩》,頁68-69。

[122] 見《修竹園近詩》,頁70-71。

[123] 見《修竹園近詩》,頁83-84。

[124] 見《修竹園近詩》,頁106。

[125] 《聞何文匯所著「陳子昂感遇詩箋」之校稿已具……》詩二首之一有「深參造化餘孤枕」句,先生於其下注云:「參詳文匯箋稿時,於五旬內為之申旦者四十二夜。」見《修竹園近詩》,頁11。又,〈批改李鴻烈弟風遠樓詩丙丁稿後感賦〉有「連宵倦眼曾無寐,重儋何時可息肩」二句,先生於句下注云:「嘗為費四夜工

另一方面，先生疾惡「疾僞」[126]，對禍國殃民者嚴辭抨擊，不留餘地。例如，他的〈伐胡篇寄傅靜庵〉中段云：

> 績谿生胡適，國臭堪噴鼻。妖言惑邦族，學子
> 遭鬼魅。徒黨尚成羣，院校竊高位。人間賸兩島，餘
> 毒猶滿地。不興雄霸儒，大道必終墜。[127]

〈五四〉篇云：

> 今日是何日，神州眞陸沉。績谿生賊子，禽獸
> 爾何心。禍國極安位，君人嘉誨淫。老儒孤憤發，百
> 世有知音。[128]

今天一般中學教科書都把「五四運動」看作新文化運動，而胡適(胡洪騂，1891-1962)則是這個運動的最重要的功臣之一。先生卻有截然不同的看法。他認爲胡適因爲受北京大學國學大師所卑視，竟發其私憤，高喊「打倒孔家店」的

夫，申旦者再，雖眼倦而不能寐也。」「諸弟子將可援此爲例，吾
何以拒之？」見《修竹園近詩》，頁2。
[126] 《雜詩》二首之二起云：「平生殊疾僞，近月倍逾前。」見《修
竹園近詩二集》，頁120a。
[127] 《修竹園近詩》，頁77-78。
[128] 《修竹園近詩二集》，頁59b。

口號，破壞聖道，遺害至烈[129]。先生言人所不敢言，把胡適痛斥爲「國臭」、「賊子」、「禽獸」，令人耳目一新，眼界大開。

至於與胡適同一陣線的魯迅(周樟壽，1881-1936)和郭沫若(郭開貞，1892-1978)，亦受到先生的嚴詞斥責。《丁巳除夕書懷，以「郎君珍重，吾道是賴」爲韻，特以七言古出之，啓多涂也》八首之八云：

　　妖蟇胡適賊周郭（先生自注云：「魯迅原名周樹人，章炳麟不肖弟子」），摧毀彝倫誰害大。莫云東西路不同，殃民任一叐莽檜。[130]

《感興》五首之四云：

　　惡類稱聖人，善士命蠢畜。戾氣之所鍾，雅言寧肯服。魯迅郭沫若，天地應不育。溫柔本詩教，戡姦須重戮。易道變無方，紛更看九六。[131]

詩中說魯迅和郭沫若破壞倫常的罪行，超逾中國歷史上著名的奸宄王莽(前45-後23)和秦檜(1090-1155)，因此先生要

---

[129] 參〈伐胡篇寄傅靜庵〉「續豼生胡適，國臭堪噴鼻」二句下先生注。見《修竹園近詩》，頁78。
[130] 《修竹園近詩》，頁107。
[131] 《修竹園近詩》，頁96。

揮動「巨筆」[132]，對他們迎頭痛擊，一點也不姑息。先生
豐富的愛憎感情，洋溢於詩篇的字裏行間，使我們讀「修
竹園」詩時，如聞其聲，如見其人。

　　上文嘗試刻畫先生到香港定居後所寫詩篇的特徵，希
望引起讀者的興趣，使「修竹園詩」能夠更廣泛地流傳。
當然，筆者也希望先生其他尚未結集的詩篇，能夠早日付
梓，使我們得窺全豹。

~~~~~~~~~~~

參考文獻目錄

BAI

《百子全書》，杭州: 浙江人民出版社, 1984。

CHEN

陳師道:《後山居士文集》，上海: 上海古籍出版社, 1984。

陳湛銓:《修竹園近詩》，香港: 問學社, 1978。

──　:《修竹園近詩二集》，香港: 門人印,出版社缺, 1983。

──　:《修竹園近詩三集》，香港: 門人印,出版社缺, 1985。

DU

杜預　:《春秋左傳集解》，上海: 上海人民出版社, 1977。

---

[132] 〈與乃文鴻烈偉賢三喜樓茗坐, 商詩論道, 采烈興高, 歸作此章,
　　分示三子〉五六句云:「伐胡須巨筆, 活國有深規。」見《修竹
　　園近詩》, 頁84。

FAN

范月嬌:《陳師道及其詩研究》,台北: 文史哲出版社, 1988。

GONG

龔斌:《陶淵明集校箋》,上海: 上海古籍出版社, 1996。

GUO

郭端生等編:《五四運動六十週年紀念論文集》,香港: 香港大學中文學會, 1979。

HE

何文匯:《陳子昂感遇詩箋》,香港:學津出版社, 1978。

HUANG

黃壽祺等:《周易譯註》,上海: 上海古籍出版社, 1989。

LI

李鴻烈:《風遠樓詩稿》,台北:台灣新生報社, 1984。

LIANG

梁簡能:《簡齋詩草》,香港:自印, 1983。

LIU

劉斯奮:《黃節詩選》,廣州: 廣東人民出版社, 1993。

劉學鍇等:《李商隱詩歌集解》,北京:中華書局, 1988。

MA

馬以君編:《黃節詩集》,北京:中國人民大學出版社, 1989。

——:《蒹葭樓集外佚詩》,順德: 油印本, 1983。

QIAN

錢仲聯:《韓昌黎詩繫年集釋》,上海: 上海古籍出版社, 1994。

QIU

仇兆鰲:《杜詩詳註》, 北京: 中華書局, 1979。

REN

任淵等:《黃山谷詩集注》, 台北: 世界書局, 1967。

SHI

施國祁:《元遺山詩集箋注》, 北京: 人民文學出版社, 1958。

SU

蘇轍:《欒城集》, 上海: 上海古籍出版社, 1987。

XUE

學海書樓七十五周年紀念特刊編輯小組:《學海書樓》, 香港: 香港學海書樓, 1998。

ZHAN

詹鍈:《李白全集校注匯釋集評》, 天津: 百花文藝出版社, 1996。

~~~~~~~~~~

論文摘要(abstract)

Tang, Chiu Kay, "A Study of Chen Zhanquan's *Shi* Poetry."
Assistant Professor, Department of Chinese, The University of Hong Kong

Professor Chen Zhanquan (1916-1986) wrote more than ten thousand *shi* poems in his lifetime. Although these poems

were highly evaluated by scholars of his time, they had not
been completely published and comprehensively reviewed.
This paper is an ambitious attempt to give a critical study of
Professor Chen's voluminous works that are in print, with
emphasis on their artistry and style.

~~~~~~~~~~

論文重點

1. 修竹園是陳湛銓先生的書齋名。
2. 陳先生二十多歲時已是一位著名的詩人。
3. 先生生逢亂世，有拯救天下蒼生的志向。
4. 已刊行的詩集有三本，共收詩二千多首。
5. 先生作詩，初學李商隱，後轉學黃庭堅、元好問等。
6. 修竹園詩的一個主要特徵是有很多議論。
7. 議論包括政論、史論、詩論和一般議論。
8. 第二個特徵是少寫景、多敘事。先生以為詩主要用來言志
   抒情和發議論，因此應該盡量少寫景。
9. 第三個特徵是用散文的詞匯和句式寫詩。
10. 第四個特徵是感情豐富，愛憎分明。
11. 先生對老師、父母、朋友和學生等都有深厚真摯的感情。
12. 先生疾惡疾偽，經常在詩中痛罵破壞倫常綱紀的偽君子。

~~~~~~~~~~

心事違的「劉向」

——評〈「修竹園」詩管窺〉[133]

特約講評人:黃耀堃

黃耀堃(Yiu Kwan WONG), 1953年生於澳門。大學畢業於香港中文大學中國語言及文學系, 並在日本京都大學文學部取得文學碩士及文學博士學位。現任職香港中文大學中國語言及文學系。著有《音韻學引論》及《論銳變中的香港語文》等。

　　專門評論陳湛銓作品的論文, 除了這一篇之外, 我讀過的只有〈陳湛銓的「霸儒」詩〉一篇, 刊登在十年多前的《開卷》雜誌。[134] 陳湛銓歷任香港多所大專院校, 弟子不但多, 而且現在居於要職。陳湛銓對香港文壇的影響之大, 不容有疑。評論之少, 卻是令人感到奇怪。

　　中國文人似乎有這樣的傳統, 就是作為弟子的, 不宜評論老師。也許就是這個原因, 陳湛銓的弟子眾多, 大家評論他的作品, 反而有所顧忌。我其實不宜擔任講評, 因

---

[133]這個講評得到陳湛銓的公子陳達生先生的幫助, 謹此致以萬分的謝意! 至於內容與陳先生無關, 一切由本人負責。

[134]林眞(李國柱, 1931-):〈陳湛銓的「霸儒」詩〉,《開卷月刊》(香港)第6期, 1979年4月, 頁139-149。

爲我是陳湛銓的再傳弟子,況且在七零年前後,也聽過陳
湛銓講授汪中的〈自序〉,而且我跟他的公子、千金更是
同窗。不過,正如〈「修竹園」詩管窺〉(下稱「管窺」)
提到這篇論文出於研討會籌委會的主意,我寫講評同是出
於籌委會的安排,只好與作者一樣「惟有遵從指示」。俞
樾、章絳、周啓明以及他的弟子四代人的故事,竟可以成
爲文壇的美談,足見近代師生關係已經重新定位,更何況
我們現在討論的是八十年代的文學現象呢?

　　弟子評論老師自然有獨得之秘,勝過旁人說三道四,
「管窺」提到陳湛銓在課上的解說,如關於中國政壇的評
論,以及對「一三五不論」的分析等等。不過,作爲弟子
亦有所蔽,因爲弟子上課的年月充其量不過十年八載,就
算加上追隨的日子,也不過廿年寒暑,而老師的學問不會
只停留在一定水平,正如「管窺」談到陳湛銓對黃節的評
論,作者大約在課上聽過陳湛銓對黃節的不滿,再看到
《修竹園近詩二集》,就認爲「先生最厭惡者是近代的黃
節」。可能作者不知道陳湛銓曾向其他學生推薦黃節詩的
注本,並爲黃節貶斥腐政而大加讚賞,「大僞欺天鬻聲
譽」只是一時偏激之辭而已。

　　「管窺」指出陳湛銓棄李商隱而入宋詩。喜好宋詩的,
自然對黃節的作品,沒有好評論。君不見宋詩派的清末遺
老陳衍(號石遺, 1856-1937)私底下痛罵黃節一通。後來,
寫《宋詩選注》的錢鍾書(1910-1988),更把陳衍這番話寫
入《石語》之中,六十年後,到了晚年還要把自己用毛筆

寫的《石語》手稿印出來，生怕人家讀不明白，附上了校
點過的仿宋體釋文。[135] 記得有一位與陳湛銓同一時代的老
先生，讀了錢鍾書所記陳衍對黃節的批評，不禁爲之嘩
然。陳湛銓出身於廣東的中山大學，沾漑著黃節的餘韻，
他又怎會欺師滅祖呢？

「管窺」對陳湛銓作品的政治意識頗爲著意，在好幾
個章節都有介紹。陳湛銓是詩人、學者，不是政論家，他
的政論是非得失似乎不宜作爲衡量的論據，而且事隨境遷，
昨非今是抑爲昨是今非，朝秦暮楚還是正言若反，也叫人
感一片迷惘。不過，值得注意的是陳湛銓的成就遠超於政
治之上，正如上面提過的《開卷》雜誌，是由三聯書店的
編輯當主編，刊登〈陳湛銓的「霸儒」詩〉這篇文章，還
用對開兩版的篇幅把陳湛銓的手跡印出來，豈不是對陳湛
銓的認同？此外，當年陳湛銓在大會堂的國學講座，就有
不少持相反政見的「學生」，譬如《大公報》的編輯著名
作家陳凡(1915-1998)就是座上常客，據云陳湛銓也讚賞陳
凡所寫的〈東海徐公驚夢記〉[136]，對他的弟子說陳凡諷刺
得好。「藝術」有超乎凡人斤斤於政治現實的力量，二陳
惺惺相惜的故事不是很好的證據嗎？

中國文人恥爲「文人」，就算是作家，也要分出「詩
人」和「辭人」的不同。同樣，陳湛銓雖然是詩人，但陳
湛銓不以詩作爲依歸。「管窺」指出陳湛銓有一大段年月

---

[135] 北京: 中國社會科學出版社, 1996, 頁12及35。
[136] 編者案: 徐公指徐復觀(1902-1982)。

沒有作詩，其實，那時他正爲「傳經」而努力，他不但教詩，更講授《周易》和《昭明文選》等學科。「管窺」根據《修竹園近詩三集》題記，認爲三本詩集都是1978年以前所作，恐怕與這個大會主題有違。不過，實際情況並不是這樣，由於《修竹園近詩三集》的編印，跟我當時工作的地方有密切關係，我看過原稿，〈廣詠史〉的題記作「戊午冬」（1978年），[137] 這是開始的年份，實際完稿的年份大約在1985年春天。〈廣詠史〉與〈詠史詩六十首〉、〈讀詠史六十首〉的性質並不相同，後二者偏重於評騭文士，〈廣詠史〉是陳湛銓用詩歌寫成的「太史公書」，爲藏之名山，傳諸其徒作準備。可惜，《易》學方面，只寫成《周易乾坤文言講疏》、《周易繫辭傳講疏》；《選》學方面，只流傳學海書樓的講義，其他部份未見印行出來。

有人認爲陳湛銓是二十世紀的杜甫(712-770)，香港的杜甫，我不敢妄下判斷，但聯合書院的往事，使他一直不能擔任香港政府的大學教授；詩作萬首，而「傳經」未竟。豈不是「匡衡抗疏功名薄，劉向傳經心事違」的現代詮釋嗎？[138] 陳湛銓的一生，就是杜甫〈秋興〉的「行爲詩學」。

1999年11月18月夜

---

137 《修竹園近詩三集》，頁21。
138 《杜詩鏡銓》卷十三(上海古籍出版社，1980年7月新一版，上海。頁645)。

~~~~~~~~~~

補充說明: 黃耀堃教授講評的回應

論文撰述人:鄧昭祺

摯友黃耀堃教授博聞強識, 見解高超, 對拙文〈「修竹園」詩管窺〉所作的講評, 使我獲益良多。為了讓讀者進一步了解黃教授和我的論點, 我在下面補充說明一下。

1. 關於《廣詠史》詩的寫作時間：
   - 陳湛銓先生在《廣詠史》詩的題目下, 注明「戊午冬作」（筆者按：即1978年）四個字。
   - 《廣詠史》詩共有837首, 第831首云：

   > 戊午大有年, 豐收空古今。二千三百首, 未盡書吾心。春前開笑口, 天下傳狂吟。三星足感喟, 韓蘇應賞音。[139]

如果《廣詠史》詩的編次不是顛三倒四的話, 那麼, 我們根據這首詩所提供的資料, 大概可以肯定地說, 超過百份之九十九的《廣詠史》詩（即839首裏的831首）是於1978年完成的。

---

[139] 《修竹園近詩三集》, 頁149。

● 《廣詠史》詩第834首云:

　　讀書六十年,新詩少佳作。道遠歲又闌,淵深
龍未躍。平生無官情,誰人與同樂。久要陶隱居,撥
置王霸略。[140]

先生在詩裏說自己「讀書六十年」。類似的說法,亦見於《戊
午重陽以高氣有深懷爲韻》五首之四的「蟫書六十載」[141]和《絕
句》四首之三的「文武兼參六十年」[142];既然這兩首詩都是作
於1978年,那麼我們似乎可以推斷《廣詠史》詩的寫作時間,應
該亦是1978年。

2. 關於陳湛銓先生對黃節的評論:
　　正如拙文所說,先生最厭惡黃節的《蒹葭樓詩》。先
生一共寫了十六首批評《蒹葭樓詩》的《刈葭》詩,下面
讓我迻錄其中六首,供讀者參考。

　　《刈葭六首》先生注云:「<u>黃節蒹葭樓詩不可
學也</u>」[143]

---

[140] 《修竹園近詩三集》,頁150。
[141] 《修竹園近詩二集》,頁144b。
[142] 《修竹園近詩二集》,頁139a。
[143] 底線乃筆者所加。

「殘宵漏盡無多雨」，除夕懷人「雨」謂何。嚇殺長安杜
工部，漫天霖雨友朋多。（其一）

> 先生注云：晦聞於丙午〈除夕有懷廣州故人兼
> 送劉申叔元日東渡〉七律五六云：「殘宵漏盡無多
> 雨，近海樓高特地寒。」第五句不通甚矣。杜甫〈秋
> 述〉一文有云：「秋，杜子臥病長安旅次，多雨生魚，
> 青苔及榻，常時車馬之客，舊雨來，今雨不來。」後
> 人誤以今雨舊雨爲新舊朋友，而晦聞竟單以一
> 「雨」字當之，以爲朋友之稱。怪哉，<u>此可謂古今第
> 一不通精也</u>。

「所嗟螟螣來何晚，終使京畿害略均」。即使先生能辟穀，
十方六道鄙其人。（其二）

> 先生注云：晦聞〈九月二十五日京師蝗〉七律
> 起四句云：「西北偏災復幾春，東南大水見書頻。
> 所嗟螟螣來何晚，終使京畿害略均。」<u>是幸災樂禍，
> 嗟蝗蟲之遲至，恨不早餓斃京師之人也</u>。《漢書·
> 主父偃傳》：「是時徐樂、嚴安亦俱上書言世務。
> （書奏）[144]，上召見三人，問曰[145]：『公皆安在，何

---

[144] 「書奏」二字，據《漢書》原文補。參《漢書》（北京：中華書
局，1962）卷64上，頁2802。
[145] 「問」字《漢書》原文作「謂」，參《漢書》卷64上，頁2802。

522

相見之晚也。』迺拜偃、樂、安皆為郎中。」又《漢
書．外戚傳》：武帝思李夫人，方士齊人少翁設帳
致其魂。武帝作詩曰：「是邪，非邪？立而望之，偏
何姍姍其來遲！」[146]今嗟螟螣之來何晚，是欲其早
到也。《詩．小雅．大田》篇云：「去其螟螣，及
其蟊賊，無害我田穉。」《毛傳》：「食心曰螟，食
葉曰螣（音特，即蝗也）；食根曰蟊，食節曰賊。」

「引縆負盡人間世，恐食飛魚得更生」。丁未生朝堅欲死，
餘年留在是何情。（其三）

　　先生注云：晦聞於光緒三十三年丁未，時年三
十五，有〈生朝〉七律，幾於全首不通。而結句云云，
是堅欲自縊而死，惟恐人救之復生也。方壯歲生朝
而堅決求死，非徒不近人情，亦不孝之甚矣，有是
理耶？蘇明允曰：「凡事之不近人情，鮮不為大姦
慝。」觀詩斯知人矣。至其欲自經之由，則謂負盡
人間世也。於當時言之，足以發斯言者，惟慈禧一人
耳，晦聞殊不配也。《說文》：「縆，大索也。」無
「絚」，「絚」字俗不可耐。《楚辭．九歌．東君》：
「縆瑟兮交鼓，簫鍾兮瑤虡。」王逸注：「縆，急張
絃也。」後世以縆為繩，然無引縆也。又《王子年
拾遺記》卷一「軒轅黃帝」條：「有石蕖，青色，堅

---

[146] 先生於此處節錄《漢書》原文，參《漢書》卷97上，頁3952。

而甚輕。……一莖百葉，千年一花。……仙人甯封，食飛魚而死，二百年更生，故甯先生〈遊沙海〉七言頌云：『青葉灼爍千載舒，百齡暫死食飛魚。』[147]則此花此魚也。」甯封仙人，食飛魚而死，則飛魚是有劇毒及烈性麻醉之毒藥，非返魂香之比，焉有謂恐食飛魚而得復生哉？此又妄用典故，未得其真解也。

「私淑登堂識本師」，簡公健在汝何為。嶺南何處多風雪，「道在斯人與」不辭。（其四）

　　先生注云：〈謁九江朱先生祠〉五律三四云：「接地吾私淑，登堂識本師。」下三字不對。接地又與吾私淑無涉。晦聞是簡竹居弟子，其本師是簡竹居，朱九江是其師祖，不得越級稱呼也。《孟子》曰：「君子之澤，五世而斬，小人之澤，五世而斬，予未得為孔子徒也，予私淑諸人也。」孔子傳之曾子，曾子傳之子思，子思之下無傳焉，故孟子之於孔子謂私善之於人也。晦聞作此詩時，簡竹居健在，而晦聞謂私善之於朱九江，不認簡翁，<u>敗教傷義，罪莫甚焉</u>，是不知私淑究作何解也。又，下一章是

---

[147] 「食」字，《叢書集成初編》本《拾遺記》作「餌」。參《神農經（及其他兩種）》（北京：中華書局，1991）之《王子年拾遺記》，卷1，頁15。

〈草堂留別呈簡岸先生〉五律,結云:「別路多風雪,天心數點梅。」二語勾搭無義。簡岸鄉在順德,竹居亦以爲號,無雪。第三四句云:「道在斯人與,時危講席開。」上句不成辭語,應改云「道喪斯人在」也。

「回首朔風殊污我」,「不辭風露人脾肝」[148]。元規未借風姨力,風露推辭聖所難。(其五)

　　先生注云:朔風至潔,無污人之理,中無塵字,不通。風霜霧露,中寒感冒,容汝辭耶?《世說・輕詆》:「庾公權重,足傾王公。庾在石頭,王在冶城,坐大風揚塵[149],王以扇拂塵曰:『元規塵污人』。」

「桑能貫矢身安託」,「難遣天涯共倚樓」。誰見苞桑嘗貫矢,君今難遣是長羞。(其六)

　　先生注云:晦聞〈丁未生朝〉三四云:「桑能貫矢身安託,柳已成圍事屢更。」《禮・內則》:「射人以桑弧蓬矢六,射天地四方。」以桑弧蓬矢爲桑能貫矢,不通甚矣。〈九日登龍華塔同諸貞壯

---

[148] 黃節〈歲暮示秋枚〉詩作「不辭風露入脾肝」。見馬以君編:《黃節詩集》(北京:中國人民大學出版社,1989),頁30。

[149] 一般通行本《世說新語》「坐」字歸上句。

鄧秋枚〉結云:「茱萸各有鄉關感,難遣天涯共倚
樓。」難遣二字不通。全詩不通,大都此類,但略舉
數端,以見其凡耳。[150]

除了十六首《刈葭》詩和拙文所引的詩句外,先生在其他
詩篇中,亦經常流露出憎惡黃節及其詩的感情。例如:

獨提黃鉞欲何施,畢竟乾坤有獨奇。人在數中
無可奈,蒹葭尤比魯柯衰。(《絕句》二首之一)
[151]

蒹葭樓上歪風盛,須我金刀與肅姦。(《絕句
九首》之六)[152]

刈却蒹葭望滄海,長風高浪助清吟。(〈寄一
豫〉)[153]

週末聚詩盟,宗人到先後。……盛許刈葭篇,
欃槍掃氛垢。(〈秋感〉)[154]

晦聞魯柯詩,過目莫求義。晦聞善欺人,魯柯
欲有味。前者猶讀書,後者惟指鼻。我敢發其覆,諸
君可面試。(〈答問〉)[155]

---

[150] 《修竹園近詩二集》,頁118b-119b。
[151] 《修竹園近詩二集》,頁120b。
[152] 《修竹園近詩二集》,頁143a。
[153] 《修竹園近詩二集》,頁122a。
[154] 《修竹園近詩二集》,頁132a。
[155] 《修竹園近詩二集》,頁163b。

根據先生大會堂「國學講座」的錄音和我所寫的課堂筆記，
先生曾於1978年的6月18日、8月20日、9月3日、9月10日
和1979年的4月15日，嚴辭批評黃節的人品及詩篇。

3. 關於「欺師滅祖」：

　　陳先生的年紀雖然比黃節小43歲，但他和黃節並無師
承關係。黃節斷斷續續在北京大學教了十多年書，晚年兼
任清華研究院導師，從來沒有到過廣東的中山大學任教；
陳先生出身於中山大學，從來沒有到過北京大學或清華研
究院念書。先生的恩師詹安泰教授，畢業於廣東大學後，
在潮州的韓山師範學校教書，然後轉到中山大學，先後擔
任中文系教授、系主任和古典文學教研室主任等職，也從
來沒有到過北京大學或清華研究院念書。既然如此，那麼
陳先生說黃節「大姦慝」，「幸災樂禍」，「不孝之甚」，「敗
教傷義，罪莫甚焉」，「古今第一不通精」，「大僞欺天譽
聲譽，直須霆擊迭雷轟」，似乎並不是「欺師滅祖」，而只
不過是用「金刀」「肅姦」[156]。

4. 關於黃節詩的注本：

　　黃教授說陳先生曾經向「學生推薦黃節詩的注本」，這
就使我百思不得其解，因爲先生在世時，黃節詩根本沒有

---

[156] 先生《絕句》九首之六云：「蒹葭樓上歪風盛，須我金刀與肅
姦。」見《修竹園近詩二集》，頁143a。

任何注本。我見過的黃節詩注本，只有劉斯奮選注的《黃
節詩選》。陳先生於1986年下世，而該書卻於1993年出版
（廣東人民出版社），按照常理應該不可能得到先生的推
薦。

5.　關於詩歌中的「政治意識」：

　　黃教授對陳先生在詩中發表政見，頗不以爲然。限於
篇幅，我不打算詳細討論，只想引用一段文字交代一下：

　　　　自從天寶晚期以後，杜甫十幾年內寫了大量的
　　　時事詩和政治詩，不管是陳述政見（如〈洗兵馬〉、
　　　在梓州寫的〈有感〉等），或是揭發統治者的荒淫
　　　和殘暴（如〈麗人行〉、《憶昔二首》第一首、在
　　　雲安寫的《三絕句》等），或是比喻和寓意（如〈鳳
　　　凰臺〉、〈病桔〉、〈枯棕〉、〈客從〉等），或
　　　是對於窮苦的人民的關懷和同情（如〈茅屋爲秋風
　　　所破歌〉、〈又呈吳郎〉等），也都是個人的情感
　　　和實事相結合的。[157]

---

[157] 馮至(馮承植, 1905-1993)：〈「詩史」淺論〉，見《杜甫研究論
文集・三輯》（北京：中華書局, 1963），頁64。

敬答鄧昭祺教授

■黃耀堃

匆匆爲鄧昭祺教授的大論〈「修竹園」詩管窺〉寫了講評，交到研討會籌委會去。鄧教授不以耀堃譾陋，作了補充回應，令耀堃感到慚愧，又感到高興。慚愧的是耀堃信口雌黃，高興的是這種講評文化確實起了學術交流的作用。現在耀堃再作三點補充。

第一點是關於《廣詠史》詩的寫作時間。我看過原稿，的確有相當多的部分是經過剪貼，如果仔細比較一下，就發現其中的字體不一致，有些是楷體，有些是行草。每首詩都附有序數，不過不少數字都是經過改動，有些是陳湛銓自己改寫，有些出於陳湛銓的弟子，有些出於編輯之手。因此，我說完稿是1985年似乎並非沒有道理。

第二點是關於黃節的評論。在《修竹園近詩》之中有評論黃節的《蒹葭樓詩》（題目好像是〈嶺南近三家詩〉，手邊沒有《修竹園近詩》），褒貶相參，非爲極劣。黃節是廣東順德人，與新會陳洵（述叔，1871-1942）爲摯交，並稱爲「黃詩陳詞」，朱孝臧(1857-1931)刊印陳洵《海綃詞》叫黃節寫序，稱黃節「知述叔平生」。新會陳洵晚年一直在中山大學講學，所以我稱之爲「餘韻」。

第三點是關於陳湛銓的政見。我並非如鄧教授所謂「頗不以爲然」, 而是感概於不少人回避這些問題, 而更推崇陳湛銓的學術文才。其實, 鄧教授和耀堃的意見並無相悖之處。

寫完這三點補充之後, 杜甫《秋興》的「彩筆昔曾干氣象, 白頭吟望苦低垂」一直縈繞我的心胸。　　1999.11.29

～～～～～～～～～～

特約講評人: 劉漢初

劉漢初(Hon Chor LAU), 廣東南海人, 1948年生於香港, 國立臺灣大學中國文學博士, 現任教於國立臺北師範學院語文教育系、國立清華大學中國文學系, 專研六朝文學與唐宋詩詞。

早歲在香港念中學的時候, 對湛銓先生的學問, 原已十分景仰, 只是對先生的詩篇, 一向了無所知, 現在長居臺灣, 先生的著作尤不易得, 既遵大會指示來爲鄧教授這篇大作獻言, 只得竭力借得《修竹園近詩二集》, 又承鄧教授影印惠寄《修竹園近詩》, 匆匆讀過, 不能說對湛銓先生的詩有多少認識, 勉強雜湊幾點淺見, 自知疏漏難免, 敬祈鄧教授和各位方家指正。

　　鄧教授從詩學淵源說起，分「以議論爲詩」、「少寫景，多述事」、「以文爲詩」、「感情豐富，愛憎分明」四項，論列陳先生詩歌的藝術特徵，各項之下有時又細分若干小節，鋪陳頗見周到，整體的觀感是能讓人掌握到好些詩歌現象的點點線線，而各個項目之間互爲詮釋、互爲感發的有機聯繫，似乎還可以更緊密些，以期能架構出更爲完整而恢宏的内容深度。私意以爲陳先生的詩歌特色和價值，與其從文章技法的層面去探討，不如抉發其中所蘊含的思想文化内涵，這一點鄧教授並非没有著意，我只是覺得似乎還有更大的擴展餘地，可以增加深度和廣度。譬如說陳先生常常自期爲「大儒」、「老儒」，且亦以詩人的名號自許，而先生的朋友和弟子，有時卻認爲先生的詩是學者儒者的詩，非詩人的詩，個人以爲這一公案頗值得探究，或者竟是先生詩風的重大關鍵。其次更爲特別的是，先生有時又提出「霸儒」(或「儒霸」)的觀念，似乎又非一般儒者所崇尚之溫良恭儉讓的氣度而已，先生詩有雄奇之風，在這些地方是否值得進一步闡明？傳統知人論世的方法其實可以在本文中徹底發揮，方法雖然不新，對研究陳先生或者是十分有效的，鄧教授既熟知陳先生，應不難從先生的整體人格、學術、言行與生活各方面，找到相當充分的引證，範圍或比詩集的題目和自注寬泛許多，成果卻可能更加豐碩。簡言之，作品的外緣研究不妨延展加強，以達到詩歌精神的深層領域，同時也更能突顯陳先生的生平大節。

再從細部而論，即如鄧教授認為，「先生詠史詩中的議論，言之有物，見解新穎」，這話是不錯的，以本文所引原作言，如陳先生論荊軻不能只是一個刺客，他應是將帥之才；論諸葛亮「亦詩人」，而陶淵明也「必能軍」；論曹植如能立為太子，曹魏就不會篡漢，並說諸葛亮也會和曹植一起扶助漢室，而楊修之死則是捨身就義；這些議論的確令人耳目一新。我的興趣是，陳先生的這些想法從何而來？背後恐怕有較深刻的思想文化意義，我覺得不滿足的是，我們透過文章的論述是「知其然」了，卻仍有「不知其所以然」的遺憾，如果鄧教授能為我們補足這個遺憾，那該多好！也許陳先生是本地學者熟知的不尋常人物，好像有些地方人所共喻，不須交待了，我卻以半個外地人的立場，奢望鄧教授能為我們多做一點工夫。

最後有一點小建議，有關陳先生的詩歌批評論和創作論，鄧教授分別放在前言和第一部分「以議論為詩」之下，私見以為不如獨立出來自成一個項目，以專章詳論先生的詩學觀念和理論，以與其實際作品相對應，這樣或可使體製顯得開闊些，好像也比較符合一般論文的寫作架構。

以上淺見，不知鄧先生以為然否?(完)

[責任編輯: 白雲開博士]

王韶生教授詩述介

■莫雲漢

作者簡介: 莫雲漢(Wan Hon MOK), 1954年生於香港, 廣東雲浮人, 珠海書院文史研究所文學博士, 現爲珠海書院中文系副教授, 著有《一路生雜草》(詩集), 研究範圍包括清代常州派詞學等。

論文提要: 近大半個世紀, 歐風東漸, 文學與倫理等等, 皆受影響。文學方面, 舊詩漸替, 作者漸少。倫理方面, 忠孝漸亡, 慈愛漸息, 此有心人所可痛者也。本文介紹王韶生教授之詩作, 以其承詩歌之舊體, 得性情之中正, 發揚詩教, 導引人性, 誠濁世清流, 庶可有補於世。

關鍵詞(中文): 王韶生 香港文學 香港舊詩詞 有補於世 性情 慈愛 兼濟 閒適 任俠

關鍵詞(英文): Shao Sheng WANG, Hong Kong Literature, Hong Kong Classical Poetry, Supplement to the World, Disposition, Affection, Be Able to Incorporate, Ideas of Diverse Nature, Leisurely and Comfortable, Headstrong Person

一、引言

八十年代，科技日進，香港社會急劇變化，日常生活，無不與科技有關。而由於生活之科技化，物質化，反使人的心靈愈趨空虛，精神愈趨枯萎，人格愈趨分裂，思想愈趨卑下。既不重人倫，又不關世事。這種社會病態，至今尤見嚴重。當年魯迅棄醫從文，是想以文學反映社會病態，使人知所警覺。而振蔽起衰，匡時救世，更是傳統文人的使命。王安石(1021-1086)云：「所謂文者，務爲有補于世而已矣。」[1]正是此意。

王韶生教授是一位傳統的讀書人，其「文學觀」亦復如王安石之所言。故其詩文，無有不關世故者。王教授之治學，始自母氏之教。初，年五歲，太夫人即親授《孝經》、《論語》，教以孝弟忠信，繼而《尚書》、《左傳》，均能循聲雒誦，明其大義。[2] 及長，負笈北京師範大學，追隨名

---

[1] 王安石〈上人書〉，見郭紹虞《中國歷代文論選》(香港：中華書局香港分局，1979)，頁71。

[2] 〈王韶生教授行狀〉，見《王韶生教授追思錄》，頁12。

師,學問日進,見識漸廣。於詩,學自順德黃晦聞〔節〕先生(1873-1935),始於漢魏,及於唐宋。[3]黃晦聞先生爲清末民初著名詩人,汪辟疆(1887-1966)云:

> 晦聞晚歲以世變亂極,人心日壞,道德法紀,盡爲奸人所假竊,惟詩教可以振作,有轉移風教之效。[4]

晦聞先生亦自言:

> 我獨治詩遠思古。陳王阮公鮑謝句。上及樂府詩三百。發爲文章用箋注。歲闌百事盡廢除。欲理性情與人與。[5]

王教授得晦聞先生之傳,所爲詩皆有意「欲理性情」而反諸淳正。教授自謂:

> 先生〔晦聞〕爲大學諸生授詩,蓋欲由明詩以理其性情之正,與卜商詩大序所云:「故正得失,動

---

[3] 黃尊生〈懷冰室續集・序〉,見王韶生《懷冰室續集》(香港:現代教育研究社,1993)。

[4] 汪辟疆《光宣以來詩壇旁記》頁一零四,遼寧教育出版社,一九九八年。

[5] 王韶生:〈黃晦聞先生之詩學〉引,見《懷冰室文學論集》(香港:志文出版社,1981),頁221。

> 天地，感鬼神，莫近於詩。先王以是經夫婦，成孝敬，
> 原人倫，美教化，移風俗。」可以旁推而交通也，要
> 之，先生說詩之目的，其要旨在使人生納於道德範
> 疇之中，然後俗乃厚，世乃治。[6]

王教授又服膺陳白沙先生(1428-1500)，對之推崇備至，著
有《陳白沙先生之理學與詩學》一文，謂：

> 吾人應知言理學者，宜求尊德性，不宜講事功
> 言詩學者，宜求敦性情，不宜講技巧。在理性喪失，
> 文壇寂寞之今朝，提及白沙先生之理學與詩學，不
> 禁使人振起思古之幽情。[7]

此皆可見王教授耿耿於當世性情之失，而思以詩歌理之歸
正之懷抱。

二、詩集中編錄首三詩微旨

王韶生教授，字懷冰，廣東豐順人，一九零四年生，
廿三歲考取北京師範大學國文系，又考入北京大學研究所
國學門，親承名師教指。歷任國內多所大學及香港中文大

---

[6] 王韶生：〈黃晦聞先生之詩學〉，頁223。

[7] 王韶生：《懷冰室經學論集》(香港：志文出版社，1981)，頁144。

學，珠海書院等校教授。一九九八年三月卒，年九十五。
著有《國學常識新編》，《懷冰室集》，《懷冰室續集》，《懷
冰室集三編》，《懷冰室文學論集》，《懷冰室經學論集》，
《懷冰隨筆》，《當代人物述評》等書。其詩作輯錄在《懷
冰室集》，《懷冰室續集》，《懷冰室集三編》中，始於癸
亥(1923)十九歲，至逝世前三數年，共約七百餘首。其第一
首題爲《癸亥家大人生日》，詩云：

> 遠念往哲言。喜懼交寸心。飄然知甲子。阿父
> 誕日臨。堂上笑開頻。家人欣樂康。兒女繞膝下。
> 製糕羅酒漿。田園風物好。瓜果鮮可嘗。黃花雜朱
> 實。提壺引滿觴。列坐奉甘旨。同餐味彌芳。大歡
> 骨肉親。怡然神志翔。岡陵詞雖偉。何復事舖張。
> 惟願我父親。康健壽命長。[8]

此詩述其父生日，一家樂敘天倫，卻又喜懼交心，深得聖
賢慈孝之意。而其集之所以置此詩於篇首者，愚意以爲有
微旨存焉。

按古人編集，錄次文章之序，每有寓意微旨。如孔子
刪詩，首二南「周南召南」，蓋取王道化於南國意。而周
南首關雎，末麟趾，以關雎，賀婚姻也，麟趾，頌公侯子孫
盛多也。詩序：「關雎麟趾之化，王者之風。」蕭統(501-531)

---

[8] 王韶生：《懷冰室集》(王韶生教授門人籌印懷冰室編輯委員會，
1971)，頁92。

又云:「關雎麟趾,正始之道著。」[9]所謂「正始」,就是
正邦家之始。孔子這樣編詩的次序,其意不言而喻。又司
馬遷(前145-86)《史記》七十列傳中,首為伯夷列傳,〈太
史公自序〉有「末世爭利,維彼奔義,讓國餓死,天下稱之,
作伯夷列傳第一。」[10]之解說,可見司馬遷是欲以伯夷之義
行,激濁揚清,反襯「天下熙熙,皆為利來,天下壤壤,皆
為利往。」[11]之風。又曾國藩(1811-1872)〈聖哲畫像記〉
所列三十二聖哲中,於清朝之四哲,首顧炎武(1613-1682),
次秦蕙田(1702-1764),其謂:

> 我朝學者,以顧亭林為宗,國史儒林傳褎然冠
> 首,吾讀其書,言及禮俗教化,則毅然有守先待後,
> 舍我其誰之志,何其壯也。……而秦尚書蕙田,遂纂
> 《五禮通考》,舉天下古今幽明萬事,而一經之以禮,
> 可謂體大而思精矣。吾圖畫國朝先正遺像,首顧先
> 生,次秦文恭公,亦豈無微旨哉。[12]

9　見《昭明文選》序,蕭統《昭明文選》(台灣:商務印書館 1973),
　　頁1。

10　吳見思:《史記論文》(台灣:中華書局,1970),頁704。

11　語見《史記·貨殖列傳》,吳見思《史記論文》,頁691。

12　曾國藩〈聖哲畫像記〉中之所以推許顧炎武秦蕙田者,蓋二人皆
　　兢兢於禮,而治禮則可調和漢學宋學,以息二家之爭。曾氏〈覆
　　夏弢甫〉有謂:「乾嘉以來,士大夫為訓詁之學者,薄宋儒為空
　　疏。為性理之學者,又薄漢儒為支離。鄙意由博乃能返約,格物
　　乃能正心。必從事於禮經,考覈於三千三百之詳,博稽乎一名一
　　物之細,然後本末兼該,源流畢貫。雖極軍旅戰爭食貨凌雜,皆禮

曾氏微旨，是希望學者以顧炎武秦蕙田馬首是瞻，兢兢於
禮，蓋禮正可折衷漢宋之爭也。

　　至於王教授之《懷冰室文學論集》，首篇爲《文心雕
龍對於中國文論的影響》，亦有寓意。黃尊生先生(1894-
1990)序其《懷冰室續集》說：

　　　　文心首以原道一篇開宗明義，書末序志篇復
　　言。文心之作也，本乎道，由是推原道樞，以立文
　　學之本體，此爲文心之大旨。文以載道，道以文存，
　　而先生承之，可知其志之所在矣。

以上不厭其煩，詳介編集時次文之序，是想說明王教授之
所以首列〈癸亥家大人生日〉詩者，乃慈孝心表現之微意
也。再看集中之第二首，是〈責躬詩〉，詩云：

　　　　驕盈生悔吝。篤實斯光輝。靜言念夙昔。中心
　　嘗悵而。違仁負衷曲。妄念蔽靈知。荏苒十九載。
　　動靜輒乖違。展季矜貞郵。忘情澹獨持。匪直本根
　　慧。高風良可師。清夜起徬徨。零落悲朝霜。春華
　　採秋實。含輝川瀆光。室遠顧人邇。當年遽伯非。

家所應討論之事。故嘗謂江氏禮書綱目、秦氏五禮通考，可以通
漢宋二家之結，而息頓漸諸說之爭。」〔曾文正公書札〕，見陸
寶千《清代思想史》(台北：廣文書局，1978)頁424引。

貞則誠勿渝。修姱遠堪追。肝膽質神明。陳詞愴矣
悲。朝夕厲惕怵。聽卑寧照微。[13]

此詩寫十九歲時，已知慎惕自厲。第三首是〈哀行役〉，詩
云：

赫赫爰整旅。四海事經營。小民苦行役。慘慘
勞其生。淒愴道厥因。路有飢餓人。云自離家去。
寒暑歷九春。師行慘不驕。原野亦蕭條。煙彈飛戰
野。落日照平橋。中田炎火熾。蟲鶴兩俱焦。感此
涕如雨。深宵懷故土。遂作逃亡歸。竊倖免罪苦。
嗟民發哀音。憂心一何深。懷歸誠畏咎。深沉爲爾
吟。[14]

此詩寫戰火之下，生民怨毒。《孝經》：「夫孝，始於事
親，中於事君，終於立身。」觀王教授詩集之首三詩〈癸
亥家大人生日〉，〈責躬詩〉，〈哀行役〉，其始於事親，推
己及人，憂以天下，樂以天下之意乎。而在其〈甲子生朝
有懷〉詩句中可證，如「……少小親懷抱。爛縵頗天眞。
弱齡荷鞠育。堂堂喻立人。文學原華國。依仁德潤身。……

13　王韶生：《懷冰室集》，頁92。
14　王韶生：《懷冰室集》，頁92。

澄清懷攬轡。憂時櫛臥薪。利物稱貞則。行歌羞隱淪。……
我志忘溫飽。溫飽在斯民。……」[15]

三、慈愛心之表現

王教授宅心仁厚，本於忠孝慈愛，故其詩多有及此
者。如〈述哀詩〉五章，第二章云：

> 我父光明者。易簀仍喚兒。兒罪山垢積。氣結
> 不能辭。早晨赴學去。玉體時猶甯。驅車復歸來。
> 父耶雙目瞑。形神倏忽離。撼床百不應。有兒等諸
> 無。苟活晴猨。死生誠大事。何處取印證。

第四章云：

> 兒時隨阿父。共上郭北塋。飄風揚輕裾。山花
> 明可睹。蛺蝶復飛飛。吾勇亦可賈。此時心尚孩。
> 頗不識愁苦。大化誰運之。攘奪吾父去。年年寒食
> 節。悽風帶苦雨。念彼東西人。蠢然犁注。

第五章云：

15　王韶生：《懷冰室集》，頁98。

　　故鄉亂無紀。蕩析竟胡底。板輿來五羊。曰惟
避地耳。樂事古有三。所慕老萊子。老父善憂時。
念念屢流止。晚歲頗好道。有得清淨理。淡然屏嗜
欲。彭殤等齊視。一朝隔幽明。死別長已矣。跽地
一陳詞。參也以自矢。儒宗重報本。永無忘所始。
16

在〈癸亥家大人生日〉詩末句云：「惟願我父親，康健壽
命長」，然而有生必有死，自然之理，不久，其父去世，〈述
哀詩〉五章，細述父之慈孝，痛惜己之不能終養，語淺情
真。及後又有詩追念，如：〈清明日追思先嚴淒然有作〉，
詩云：

　　一番風雨黯魂消。地老天荒感寂寥。三界無安
宵足戀。九原有作念兒嬌。令名壽考誠難並。大節
精忠不可搖。把盞淒然徒北望。萬千哀怨集今朝。
17

又〈先嚴忌日行家祭禮畢感賦〉：

　　死生流轉心匪石。虔奉粢盛奠至尊。明炬光搖
悲法相。征衫淚濕間啼痕。椎牛上塚知何益。喚鯉

16　王韶生：《懷冰室集》，頁102。
17　王韶生：《懷冰室集》，頁104。

趨庭感舊恩。海外孤兒遙禮拜。蒼茫世事不堪論。
18

又〈散原先生百年祭感賦三疊前韻〉:「……人倫偏廢重
扶翼。經術旁通鼎說詩。……義寧大節垂忠孝。荔熟蕉黃
薦此時。」[19]及〈六月二十日涪翁生日感賦〉:「……大
節早知敦孝弟。漫將文字嘆流亡。」[20]等句,皆可見其性情。

王教授其為子則孝,而為父則慈,詩集中頗多詩是賦
贈子女者。如:〈阿芬與校隊旅行西貢值雷雨有作〉:

風雷勢震蕩。雨腳亂如麻。弱息隨校隊。春郊
覽物華。擬作爬山賽。神勇事足嘉。視野顧迷茫。
潦水注低窪。應知行路難。墟集停遊車。華屋坐可
容。修椽雨可遮。腹飢噉香腸。口渴啖木瓜。或則
守玄默。或則鬧紛拏。崔嵬惟悵望。興滅亦咨嗟。
誰識父母心。憂忡意有加。平安共歸來。於時日已
斜。一念猶未釋。縈想跨谿舸。[21]

又〈勗阿殷〉:

---

18 王韶生:《懷冰室集》,頁104。
19 王韶生:《懷冰室集》,頁145。
20 王韶生:《懷冰室集》,頁183。
21 王韶生:《懷冰室續集》,頁116。

　　詎有光前譽。崧年得五兒。杜老憐驥子。人情
樂己私。六年告小成。九年奠始基。鏖戰歷文場。
力健未云疲。略同童子試。點額佑朱衣。中材可語
上。智及仁守之。舉世崇科技。孰不合時宜。且讀
聖賢書。明辨而慎思。東皋勤耕耘。西成秋有期。
肯堂與肯構。花萼期光輝。[22]

又〈庚午春正月阿圻初度切餅賦句勗之〉：

　　懸弧本禮書。切餅從西俗。中西通其郵。勤懇
補不足。男兒貴立志。騰驤恥局促。行己宜知方。
揚清更激濁。花萼看連枝。祥和氣充屋。分甘味同
嘗。歡樂笑可掬。老眼試摩挲。明明照紅燭。[23]

又〈庚午二月阿棠生朝賦詩一篇以示勉勵之意並寄阿東倫
敦〉：

　　豆蔻梢頭待月明。掌珠燦爛手中輕。生男生女
同比重。宛彼鶺鴒載飛鳴。二十年中齊長大。從師
負笈遊英京。航空萬里雲程。亦步亦趨從阿兄。各
守一藝執一業。有佳子弟不作卿。〔自註：見後漢
書鄧禹傳。〕阿東居英爾返港。行蹤聚散如飄萍。

22 王韶生：《懷冰室續集》，頁118。
23 王韶生：《懷冰室續集》，頁103。

華風西化薰染下。認同共識持其平。學問思辨兼篤
行。積眞力久達美成。堅貞當如百煉鋼。溫潤恰比
玉中瑛。道術由來有深淺。致知致用求其精。立德
尤須先立品。桂華皎潔蘭芝馨。聞詩省悟記趨庭。
我詩成時酒氣清。[24]

試讀其舊作〈癸亥家大人生日〉「堂上笑開顏。家人欣樂
康。兒女繞膝下。製糕羅酒漿。田園風物好。瓜果鮮可嘗。」
句,及此〈庚午春正月阿圻初度切餅賦句勗之〉「懸弧本
詩書。切餅從西俗。…… 花萼看連枝。祥和氣充屋。分
甘味同嘗。歡樂笑可掬。」句,父慈子孝之情,數十年如
一日,而倫常之樂,躍然紙上,讀後更隱隱有一種生命延
續,生生不息之意,悠然而興。西諺 Charity Begins at
Home「慈愛從家庭開始」,亦可於詩中得之。
　倫常之情,古今無間,中外無異。王教授有譯德國歌
德之詩,其中〈學步〉詩二首:

　　孩兒初時學步走。末了一步舉足蹴。當初父母
陪伴爾。款款隨行在最後。(其一)
　　我兒學步年復年。不須扶持步伐平。往何處去
誰曉得。光明黑暗兩當前。(其二)

---

[24] 王韶生:《懷冰室續集》,頁131。

放膽向前大踏步。宇宙廣大元屬爾。兒兮走畢
天涯路。吾儕又在同一處。(其三)[25]

及譯佚名〈遊子返鄉吟〉四首：

游子策杖。遠適他邦。浪跡天涯。今日返鄉。
僕僕風塵。容顏頓改。覿面相逢誰識故態。信步入
城。遵彼舊路。城郭依稀草木繁蕪。(其一)
皇然稅吏。元是舊友。人之相知。曾接杯酒。
今日相逢漠然不識。久炙陽光。面目黧黑。略事點
首。前路悠哉。重整冠裳。輕彈塵埃。(其二)
當窗皎皎。儀態萬千。宛孌愛侶。絕勝當年。
素心人遇。瞠目不顧。祇恨游子。容顏非故。悄然
無語。踽踽前去。沾掛兩腮。清淚如注。(其三)
龍鍾老婦。階前徙倚。伊豈他人。實維母氏。
嘆息一聲。我兒好否。激動游子。淚落不已。改我
顏色。灼灼陽光。認得親兒。祇有親娘。(其四)[26]

兩組詩都是發揮慈愛倫常之情。王教授以中國詩歌之七言
四言形式翻譯之，更見其與中國詩教互合。

---

[25] 王韶生：《懷冰室續集》，頁147。
[26] 王韶生：《懷冰室續集》，頁148。

四、慈愛心化行天下之表現

王教授之於子女，慈而愛之，而對其學生後進，亦復如此。詩集中之賦贈學生及後進之作，約有五十餘首之多，當學生或畢業，或留學，或轉職等，皆賦詩勗勉之。如〈贈鄺生景岐〉：

> 舌底瀾翻信有之。高壇諤諤吐雄詞。雕龍辯者誰何健。繡虎聲名世所知。子習縱橫揚國策。我論淵鑒愧人師。崑崙躍馬同獅吼。鼓舞群倫未是癡。[27]

又〈送何孟熊留學日本東都〉：

> 韓公昔掌國子學。解難竊附東方朔。後起俊秀張文昌。助教上庠稱卓犖。大用恰比鯤與鵬。小受亦安蜩與鷽。鉛刀干將器本殊。大冶鑄金矣踴躍。偶從東海探驪龍。赤水玄珠猶在握。而今太常重資格。玉出荊山宜剖澧，人云寶書求異國。君自登山尋五嶽。西京文物足冥搜。腹笥便便何煩暴。應從先哲睹牆羹。閉戶不聞聲剝啄。他年稇載復歸來。

---

[27] 王韶生：《懷冰室集》，頁116。

定有梓材供匠斲;。今朝喜子出頭地。我雖賦詩欠
橫槊。[28]

又〈黃子君實任助教本院喜贈〉：

> 蘇門學士輩。涪翁獨昌詩。劍南稿萬首。所學
> 出曾幾。風格各不類。腐朽化神奇。更作山水畫。
> 揮筆走蛟螭。寸鐵麈文場。驤首天衢馳。四門任助
> 教。識鑒重主司。千頃思叔度。疇復譏牛醫。濟濟
> 上舍生。親炙有餘師。嗟余非韋郎。五字拙言辭。
> 人才由學術。此語熟思之。明夷利艱貞。道義以爲
> 期。〔自註：人才由於學術乃陳蘭甫先生語〕[29]

「人才由學術」句，出番禺陳蘭甫先生(1810-1882)「人才
由於學術」語。王教授服膺此言，其一生從事教育，無日
不以此爲兢兢，蓋欲以學術培養人才，使得用世，而世亦
得移俗而歸淳厚。其〈馬料水雜詠〉有云：「傳經心事誰
人曉。斷簡摩挲不計年。」「書生挾策知何濟。楠梓栽成
作棟材。」[30]正見其抱。

　　有謂王教授賦詩贈學生過濫，且爲應酬之作，以此責
之。不知王教授之育人，本諸《禮記》〈學記〉「道而弗

28　王韶生：《懷冰室集》，頁180。
29　王韶生：《懷冰室集》，頁172。
30　王韶生：《懷冰室集》，頁152。

牽,強而弗抑,開而弗達」[31]意,故對學生多勵勉而無厲罵,況所贈詩類多言中有物,非尋常應酬可比。葉燮〔1627-1703〕云:「應酬詩有時亦不得不作,雖是客料生活,然須見是我去應酬他,不是人人可將去應酬他者,如此,便於客中見主,不失自家體段,自然有性有情,非幕下客及捉刀人所得代爲也。」[32]葉氏所言,正好解釋王教授此類詩作。

近百年來,世變之亟,古未曾有,王教授生當其時,豈無所憂,乃汲汲人才之培植,以期挽衰世於萬一,又以其慈孝之心,化而爲悲天憫人之懷,故詩集中多憂時傷世之作。其〈清明日追思先嚴淒然有作〉云:「令名壽考誠難並。大節精忠不可搖。把盞淒然徒北望。萬千哀怨集今朝。」由思親而思國,由一己而及天下,與老杜「親朋無一字。老病有孤舟。戎馬關山北。憑軒涕泗流。」〈登岳陽樓〉[33]同一襟抱。而此襟抱在其少年時已有之,如〈哀行役〉〔詩已見前,不贅引。〕又〈貧婦行〉:

> 結髮等榮樂。貧婦獨何苦。斗米常屢空。頹垣蔽風雨。室中有三雛。大者纔十餘。視此蓬樞賤。敢同掌上珠。炊斷飽饑寒。風烈絮衣單。置兒出門

---

[31] 高時良:《學記評注》(北京:人民教育出版社, 1982),頁3。

[32] 葉燮:《原詩》,見《原詩、一瓢詩話、說詩晬語》(北京:人民文學出版社, 1979),頁69。

[33] 仇兆鰲:《杜少陵集詳注》(香港:中華書局 1974),卷22,頁18。

去。茹痛事扁擔。操勞事誠易。一飯良獨難。夫婿
充夫役。行役久不歸。生死向誰問。辛苦撫孤兒。
34

又〈出西直門見粥廠施粥作〉：

驅車出西門。行行至野外。冰解川波流。木落
山遠大。四郊窮苦民。比郭號爲最。設粥賑飢劬。
飢民咸永賴。廠地數畝寬。功德十方惠。觀彼乞粥
人。襤褸衣裳敝。捧缽施施來。年荒胡卒歲。忽生
矜憫心。輒隕哀時涕。喪亂歎宏多。誰定百年計。
35

又〈淘金〉：

世上何人苦患貧。臨江初見淘金人。淘得金沙
換鹽米。猶勝空山長負薪。試看豪家有金穴。極麗
窮奢用不竭。京洛名士結歡笑。燕趙佳人堪怡悅。
淘金男婦日碌碌。結茅砌竈荒嶺宿。竹箕插破水槽
空。粒粒金沙抵瓊玉。君不見紛紛勢利靡天下。豪

34 王韶生：《懷冰室集》，頁95。
35 王韶生：《懷冰室集》，頁100。

爭巧奪胡爲者。世人徒苦拜黃金。安得黃金土同價。
[36]

又〈火石〉：

> 煙靄沉沉天入黑。老翁取火敲火石。鐮刀生銹
> 鐵鏗鏗。迸出火星炊晚食。旁人不識老翁心。笑謂
> 此事顯費力。翁言火柴一盒價十金。官家專賣主平
> 抑。誰何壟斷況居奇。縱有平價買不得。買不得。
> 長嘆息。樞府法令何煌煌。汝曹何人敢貪墨。[37]

數詩皆源古樂府「閔風俗之薄，哀民生之艱」[38]之旨，而以
白居易(772-846)新樂府「不求宮律高。不務文字奇。惟歌
生民病。願得天子知。」《寄唐生》之筆寫之[39]。

　　王教授寬厚儒者，故能親親仁民，仁民愛物。集中有
詩見其愛及物類者，如〈放雀〉：

> 籠中有小雀。啁啾向我鳴。脫粟和水漿。飽啄
> 愧深情。天宇良寥廓。地軸復縱橫。巢林惟一枝。

---

[36] 王韶生：《懷冰室集》，頁130。
[37] 王韶生：《懷冰室集》，頁130。
[38] 黃節：〈曹子建詩注·序〉，《曹子建詩注》（台灣：藝文印書
館 1971），頁1。
[39] 〈寄唐生〉詩見王汝弼：《白居易選集》（上海：上海古籍出版
社，1980），頁123。

飛飛羽翼輕。主家蓄狸奴。窺伺常恐驚。何當返自
然。含氣混太清。我聞小雀言。放之入山林。鷹鸇
毋爾害。枝頭聽好音。[40]

又〈珠海書院佛教同學會諸子西貢放生〉：

叢林茂密海相連。勝境登臨結善緣。黃雀高飛
羅網抉。遊魚縱水笱曾捐。飄風吹袂緇塵去。密咒
持心壹念虔。參透人天感悟處。妙音如聽法華篇。
[41]

他如〈放生歌〉「……念報亟推恩。庶為達者勸。浩劫期
挽回。光明透一線。悲憫由本懷。蓮池重湧現。……」[42]
〈戒殺歌〉：「……物類原含生。微命那可續。何況殺機
啟。剝極未易復。人我勇鬥很。恐怖鬼神哭。烽火延四野。
五洲競逐鹿。傷哉苦生靈。罪滅何時贖。禱告導祥和。乾
坤氣清淑。」[43]由「放生」而「戒殺」，由小雀之入山林，而
冀乾坤之得淑氣，朗朗高懷，又可見矣。

---

[40] 王韶生：《懷冰室集》，頁108。
[41] 王韶生：《懷冰室續集》，頁108。
[42] 王韶生：《懷冰室續集》，頁108。
[43] 王韶生：《懷冰室續集》，頁109。

五、閒適與任俠之表現

王教授既有儒家兼濟精神，同時，亦具道家清淡閒適及墨家任俠慷慨之懷。

王教授和陶和蘇之作共十餘首，陶潛與蘇軾皆淡泊而曠達者。教授學詩，得黃晦聞先生之傳，出入漢魏唐宋，於陶蘇二家，尤三致意焉，故亦具二家淡曠之品。如〈和陶公歸園田居五首〉：

> 蕩蕩大海水。巍巍馬鞍山。日對佳山水。不覺十五年。笑指談天口。妄說平山淵。退閒身不早。曰歸已無田。插架書千卷。結廬屋一間。虬枝培盆中。乳燕飛堂前。讀易契羲文。嫋嫋爐生煙。苦茶與薄酒。兩以送華巔。仰視浮雲馳。卷舒意自閒。四時有佳興。聊樂大自然。

> 蹇足疲長途。何幸息塵鞿。空餘伏櫪心。咳唾勞結想。白鷗翔欲下。海濱時一往。花圃佳卉生。山坡青松長。萬物亦欣欣。解懸意自廣。眸子尚瞭然。視野越莽莽。

> 道左相識人。寥落故交稀。徘徊林野際。日暮巢鳥歸。晚風吹疏髮。流光照素衣。東山明月上。雅志莫相違。

> 橫舍依山築。俯瞰樂清娛。五丁鑿險峻。披荊闢荒墟。閒步丘隴間。不見舊村居。一橡已改建。社樹殘朽株。借問路上人。旄倪皆焉如。廣廈庇村

珉。遷徙無復餘。人事有代謝。此語良非虛。誠省
老聃言。萬有生於無。

　　山中泉水清。潺湲歷澗曲。流觴誰與同。聊以
資濯足。微吟動清興。和陶繼玉局。愚智固相懸。
螢火未勝燭。何處透眞光。待旦睹日旭。[44]

又〈夜讀東坡赤壁賦慨然有作〉：

　　東坡前後賦赤壁。名世之作九百年。元豐迄今
歸一瞬。物我無盡然不然。文章經國事不朽。反覺
金石云非堅。髫齡我亦誦羣製。琅琅上口驚四筵。
而今衰疲無是處。謬託風雅流管絃。泥塗軒冕輕寶
物。應道玉局同神仙。黃州謫宦窮居日。憂患不攖
其天全。扁舟漫遊赤壁下。明月清風不費錢。夜深
孤鶴掠蓬前。化作道人玄又玄。莊周蝴蝶原是夢。
何有豪傑與聖賢。孟德周郎化塵土。清虛惟見舊山
川。惠施曆物饒特識。考證輿地徒鑿。囂囂眾口亂
人意。大道蕩蕩中無偏。故宮珍藏公手卷。目所未
睹口垂涎。題跋堪羡文與董。〔自註：文徵明、董
其昌〕炳燭聊復窺陳編。[45]

---

[44] 王韶生：《懷冰室集》，頁202。
[45] 王韶生：《懷冰室續集》，頁90。

試讀「仰視浮雲馳。卷舒意自閒。四時有佳興。聊樂大自
然」。「萬物亦欣欣。解懸意自廣。眸子尚瞭然。視野越
莽莽。」「扁舟漫遊赤壁下。明月清風不費錢。夜深孤鶴
掠蓬前。化作道人玄又玄。莊周蝴蝶原是夢。何有豪傑與
聖賢。孟德周郎化塵土。清塵惟見舊山川。」等句，閒適
之趣，達生之微，妙契陶蘇。誠如黃尊生先生言：「〔王
教授〕榮利淡然，襟懷坦蕩，升沉得失，視之蔑如，外若
和光同塵，內則光風霽月，今之逸民，其斯人歟。」〔懷冰
室續集序〕王教授之得享遐齡，與此修養有關也。

　　一九三八年抗戰之際，廣州淪陷，王教授時任南海縣
教育局長，率領員工組織游擊隊，在西樵山附近與日軍作
戰。[46]國家多難之秋，同仇敵愾，固儒者本色，而王教授衝
鋒陷陣，與寇周旋，實墨家任俠慷慨之情使之然。從其〈書
憤〉詩「空憶禹王圖黑水。應交俠客散黃金。」[47]句可見。
他如〈任俠〉：

> 伊尹聖之任。墨子天下好。元氣淋漓在。塊然
> 國之寶。荊卿劍術疏。軹深姊亦皎。史遷傳游俠。
> 其意原中道。推刃報王孫。睚眥怨本小。俠者如神
> 龍。矯矯雲中渺。寄語江海人。未覺寶刀老。[48]

---

[46] 林天蔚:〈敬述韶師之志〉，見《王韶生教授追思錄》頁16。
[47] 王韶生:《懷冰室集》，頁105。
[48] 王韶生:《懷冰室集》，頁141。

　　按墨學可分三派,一兼愛派,二游俠派,三名理派。游俠一派,惡公敵,除害群,[49]「其言必信,其行必果,已諾必誠,不愛其軀,赴士之阨困,旣已存亡死生矣。」〈史記游俠列傳〉故孟子謂其「摩頂放踵,利天下爲之」〈盡心上〉。今王教授具墨家任俠慷慨之懷,是以能親身上陣,殺敵除害,元氣淋漓,寶刀不老也。而對爲正義而戰而死之賢,特歌而頌之,如〈弔聖雄甘地〉:

　　　　嗟哉夫子況猶龍。百折千磨驗爾功。殉道竟緣
　　　非暴力。獻身無畏畢豪雄。骨灰似共恆河劫。謦欬
　　　如聆上界鐘。天竺興亡誰得管。爐邊閒話火熊熊。
　　　[50]

又〈讀文文山集〉:「……流落軍中百苦辛。篋底詩成泣鬼神。古道照顏肝膽在。化作人間萬戶春。」[51]皆以昔賢之「殉道」「獻身」,「照顏肝膽」而景仰之,步武之。

―――――――――――――――――――

[49] 王韶生《國學常識新編》(香港:上海印書館,1960),頁16。
[50] 王韶生:《懷冰室集》,頁138。
[51] 王韶生:《懷冰室集》,頁100。

六、結論

王韶生教授曾謂:「自教條盛行,而文藝生機窒。自人欲橫流,而文藝道德廢。」[52]二十世紀爲一新舊交替,變化急劇之世紀,王教授生當本世紀初,胎息傳統文化,而又眼見世風之日下,國族之淪蔽,一片振衰之念,無時或已,祗願窒者得通,廢者復起。此種胸襟,蓋有其師承所自。

王教授少時,負笈羊石,受嶺南學術影響,其〈莫子雲漢呈近作五古一篇慨然賦答〉一詩,自述求學經過,有云:

……未冠負笈赴羊石。獲讀學記喜欲狂。……有幸復讀九江集。文境醇誠聲鏗鏘。簡岸祖師明經術。網羅眾說入巾箱。述疏三種梓行世。融和漢宋非尋常。……所學務期爲世用。兀傲自喜南之強。嶺學稍異吳與皖。淑世丘軻睹熱腸。……[53]

按嶺南兩大學者,即南海九江先生朱次琦稚圭(1807-1881)與番禺東塾先生陳澧蘭甫,皆主通經致用。朱次琦有言:「讀書者何也,讀書以明理,明理以處事。先以自治其身

---

[52] 王韶生:〈新文藝論序〉,《懷冰室集》,頁49。
[53] 王韶生:《懷冰室續集》,頁113。

心，隨而應天下國家之用。」[54]陳澧則破除漢學宋學之爭，謂：「竊冀後之君子，祛門戶之偏見，誦先儒之遺言，有益於身，有用於世，是區區之志也。」[55]王教授謂「本師楊壽昌先生教授嶺大時，曾整理蘭甫先生之遺稿，使晦者復明，隱者復顯。」[56]由此可見王教授之道統淵源也。而此道統淵源，成其學問胸襟，由此學問胸襟，發爲五七言之古近體，故皆有關風教倫常物理者也。薛雪〔1681-1763〕云：

> 作詩必先有詩之基，基即人之胸襟是也。有胸襟然後能載其性情智慧，隨遇發生，隨生即盛。千古詩人推杜浣花，其詩隨所遇之人，之境，之事，之物，無處不發其思君王，憂禍亂，悲時日，念友朋，弔古人，懷遠道。凡歡愉，憂愁，離合，今昔之感，一一觸類而起，因遇得題，因題達情，因情敷句，皆因浣花有其胸襟以爲基。[57]

王教授之詩，蓋亦以胸襟爲之基也。而教授序〈瀛海詩集〉亦言：

[54] 簡朝亮：《朱九江先生年譜》，見李錦全吳熙劍馮達文編《嶺南思想史》(廣州：廣東人民出社，1993，頁234)引。
[55] 陳澧：《漢儒通義》序，見《嶺南思想史》頁233引。
[56] 王韶生：〈論陳蘭甫先生之經學〉，《懷冰室經學論集》，頁119。
[57] 薛雪：《一瓢詩話》，見《原詩、一瓢詩話、說詩晬語》，頁91。

　　……古之善爲詩者，其心胸之所蘊蓄，高矣，
廣矣。其性情之所涵泳，醇矣，厚矣。偶發之於詩，
則詩之境，與之爲高爲廣，詩之味，與之爲醇爲
厚。至其學問才性，軒豁呈露，不可掩抑，而浩氣逸
懷，往往形於筆墨之外。……古今之所謂詩人者，當
其入世也，值世局之雲擾，與國運之屯邅，有不勝
其憂傷憔悴者。當其出世也，覽山水之清輝，與雲林
之幽遠，則翛然物表，睥睨一世。……[58]

此教授之自道也。其心胸，其性情，或入世，或出世，可於
詩中求之矣。

～～～～～～～～

參考文獻目錄

CAI

蔡尚思：《中國三大思想之比觀》，上海：啓智書局，1934。

DING

丁福保：《歷代詩話續編》，北京：中華書局，1983。

——(丁仲祜)：《陶淵明詩箋註》，台灣：藝文印書館　1974。

GAO

高時良：《學記評注》，北京：人民教育出版社，1982。

---

[58] 王韶生：〈瀛海詩集序〉，《懷冰室集》，頁40。

GUO

郭紹虞:《中國歷代文論選》, 香港: 中華書局, 1979。

HE

何文煥:《歷代詩話》, 北京: 中華書局, 1981。

HUANG

黃節:《蒹葭樓詩》, 漢文出版社, (無出版日期)。

——:《詩學》, 香港：龍門書局, 1964。

——: 《漢魏樂府風箋》, 台灣: 學生書局, 1972。

——: 《曹子建詩注》, 台灣: 藝文印書館, 1971。

LI

李錦全等: 《嶺南思想史》, 廣州: 廣東人民出版社, 1993。

LU

陸寶千: 《清代思想史》台北: 廣文書局, 1978。

MIN

敏澤: 《中國文學理論批評史》, 北京: 人民文學出版社,
1981。

PAN

潘兆賢: 《近代十家詩述評》, 香港: 新亞圖書公司, 1970。

QIU

仇兆鰲: 《杜少陵集詳註》, 香港: 中華書局, 1974。

SHI

施元之: 《施註蘇詩》, 台灣: 廣文書局, 1964。

WANG

汪辟疆:《光宣以來詩壇旁記》,遼寧:遼寧教育出版社,
　　1998。

王夫之等:《清詩話》,上海:上海古籍出版社,1963。

王汝弼:《白居易選集》,上海:上海古籍出版社,1980。

王韶生:《懷冰室集》,王韶生教授門人籌印懷冰室編輯委員
　　會,1971。

——《懷冰室續集》,香港:現代教育研究社,1993。

——《懷冰室集三編》,台北:天工書局,1999。

——《懷冰室文學論集》,香港:志文出版社,1981。

——《懷冰室經學論集》,香港:志文出版社,1981。

——《國學常識新編》,香港:上海印書館,1960。

——《王韶生教授追思錄》,王韶生教授治喪委員會,1998。

　　WU

吳康:《諸子學概要》,台灣:正中書局,1979。

吳見思:《史記論文》,台灣:中華書局,1970。

　　XIAO

蕭統:《文選》,台灣:商務印書館,1973。

　　YE

葉燮等:《原詩、一瓢詩話、說詩晬語》,北京:人民文學出
　　版社,1979。

　　ZHAO

趙則誠等:《中國古代文學理論辭典》,吉林:吉林文史出版
　　社,1985。

　　ZHU

朱熹:《詩經集傳》,台灣:世界書局,1969。

——:《四書集註》,大中圖書公司,(無出版日期)。

~~~~~~~~~~~~~~

論文重點

1. 近數十年來,人類生活物質化科技化,致影響心靈枯澀,倫理漸亡。

2. 王韶生教授,廣東豐順人(1904-1998)幼承庭訓,及長,游學北京師大,隨國學名師習文藝,一生從事教育,著述豐富。

3. 王教授學詩於順德黃節先生,黃節爲清末民初著名詩人。既精漢魏古風,又及唐宋。

4. 黃節作詩之旨,欲以詩教挽頹風於衰世,王教授得其心傳,致力於此。

5. 王教授受傳統文化薰陶,爲父則慈,爲子則孝。

6. 王教授詩集中第一首詩是〈癸亥家大人生日〉,此詩言人子侍親之樂,其置此詩於篇首,正見發揚孝慈之意。

7. 詩集中多述父慈子孝,又有譯德國詩歌,亦是發揚慈孝之心者。

8. 王教授對學生,親如子姪,常賦詩勗勉,冀能成材,以報效國家。

9. 王教授生於國家多難之秋,詩中多憂國傷時懷抱。

10. 王教授於抗戰期間, 更親身上陣, 參加游擊, 以禦日寇, 故詩有慷慨之風。

11. 王教授學養純正, 知進知退, 恬淡無求, 故詩境又有陶潛蘇軾之趣。

12. 王教授藹然仁者, 親親仁民, 仁民愛物, 詩集中有〈放雀〉〈放生歌〉等, 可見此意。

13. 在此人心陷溺之時, 王教授仍堅守傳統慈愛之心, 恬淡之懷, 以詩教發揚之, 誠濁世清流.不可多得。

~~~~~~~~~~

論文摘要(abstract)

Mok, Wan Hon, "A Critical Review of Wang Shao Sheng's Poetry."

Associate Professor, Department of Chinese, Research Institute of Chinese Literature, Chu Hai College,

In the past few decades, literature and ethics of the East comes increasingly under influence of ubiquitous European ideologies. In the arena of literature, classical poetry is being gradually replaced, and the number of writers has slowing diminished. Loyalty and filial piety vanishes and that love and affection withers away. All phenomena heartbreak the faithful. This essay cogently introduces the poems of Wang, demonstrates his contribution to the recapture of classical poetry and his enthusiasm to sustain moral principles in a plausible way. Wang warrants a positive trajectory of humanity, and can be best represented as a pure and upright supplement of the corrupted world. (余麗文譯)

~~~~~~~~~~

特約講評人: 龔鵬程

龔鵬程(Peng Cheng GONG), 男, 1956年生, 江西省吉安縣人, 臺灣師範大學國文研究所博士, 現為佛光大學(1996年起)。 著有《龔鵬程四十自述》(1996)、《晚明思潮》(1994)、《近代思想史散論》(1992)、《1996龔鵬程年度學思報告》(1997) 、《1997龔鵬程年度學思報告》(1998)等。

　　王韶生先生詩名久著, 莫雲漢先生《王韶生教授詩述介》析論其詩及詩學亦甚精要, 但奉讀一過, 有些疑問:

一. 王先生詩集三種, 收詩始於一九二三, 八十年代者僅占其中一小部份。在《香港八十年代文學現象》研討會中討論王先生詩, 理應就王氏八十年代之創作活動立論, 不必泛

述王氏詩作之一般狀況。本文所論，大多數也都不是八十
年代的作品。

二. 本文對王先生詩及詩觀之介紹，固然能使人對王氏詩有一
概括之了解，但從整個會議的題旨與功能來說，也許我們
更期待的，是由王先生的古典詩詞創作，看出一種具有意義的文學現象來。例如八十年代的香港，從事古典詩詞創作者的活動狀況、詩集刊印流通之型態、詩作風格之表現，與前行代及後繼者之關係、和台灣

王韶生教授遺像

新加坡等地詩壇之互動情形……等屬於文學社會學的問題，都是我們希望能透過對王先生詩之研究而獲得了解的。莫先生的論文卻未觸及這類問題。

三. 本文對王氏詩之分析，強調其性情之美，所謂:「宅心忠厚，本於忠孝慈愛」。這當然很有說服力，可使人想見王先生之仁者氣象。但是好人不見得是個好詩人，忠孝慈愛尤其不易表達得好。本文只談了王先生詩要說的意思，而王先生如何說、爲何說的好，則未及深論。以致讀畢本文，對王先生之詩藝仍然難以體會。

四. 本文說王先生既具儒家精神，又有道家閑適及墨家任俠之懷。如此論思想，頗覺囫圇。且所稱具墨家任俠精神云云，乃擧其詠甘地及文天祥者爲證，亦不知此與墨家任俠有何關係。又、本文謂王先生少時受嶺南學術影響，亦未辨析究竟爲何種嶺南學術。蓋嶺南之學，九江不同於蘭甫，蘭甫詩學又不同於黃晦聞。本文對於王氏學術淵源，僅泛稱受嶺南影響，而到底得蘭甫之影響者爲何、得晦聞之影響者又爲何，實少申論，故讀之亦輒惜其囫圇。其中稱王式「得黃晦聞先生之傳，出入漢魏唐宋，於陶蘇二家，尤三致意焉」，則尤令人費解。因黃晦聞之詩學，正如其自述:「我獨治詩思遠古，陳王阮公鮑謝句，上及樂府詩三百，發爲文章用箋注」。唐宋陶蘇，實非其所措意。以此爲得晦聞之傳，殊難令人苟同。

五. 論詩人與詩作，須能摘抉利病，評騭優劣。本文對王氏之詩及詩觀，均有褒無評，此似非論文之體。以我淺見，王先

生詩功雖深，詩卻仍有不少瑕疵。例如對仗常多不穩，(像『騎省情心詞獨摯，簡齋忠憤意悲涼』，悲涼怎能對獨摯？『知無白髮欺歐九，許有才名繼總持』，歐九亦不能對總持。『感舊嗟零落，誰歟濟巨艱』，感舊對誰歟、零落對巨艱也都不妥。『深杯酒冽泯冰炭，滄海波連匯百川』，冰炭如何對百川？『旗亭煮酒評古今，莊惠談玄剖大匏』，旗亭是一地，莊惠是兩人；古與今，大的匏瓜，更都是對不起來的。『豐草藉茵宜坐久，長林吹籟半飛聲』，下句之飛，是聲由林出，上句之坐，則非草坐而是人坐，主詞不同，也對不上。同理，『三絕才名知健者，四魂忠憤輯遺篇』，上句是健者本身具此三絕，下句輯遺篇的人卻都不具四魂忠憤，乃是輯其父親之遺作。又、『笑拍洪崖傳逸話，星輝銀漢樂朋尊』，銀漢本即是星，洪崖則非自己笑，乃是別人笑拍洪崖之肩。其弊均同。至於『天際鴻飛容小隱，座中虎嘯屬詩人』『天馬不羈誰可縶，灃蘭猶賦獨能詞』之類，小對詩、縶對詞，詞性也都弄錯了)，押韻時或硬湊(如『心聲早自通瀛海，節概兼之對諾然』，不但瀛海不能重諾然，諾然也不成語。此本是重諾然，爲押韻而倒說。『他日復歸來，爲子觴一揮』，觴怎能揮？這本應是舉觴或盡觴，爲了押韻而用揮字)，造語輒嫌失理欠通(如賞桂花說：『昨宵才賞中秋月，今日仍觀滿院花』，上句才，下句仍，是轉折語，但秋日觀月觀桂花是同類的事，轉折作勢反而突兀。挽李萬居說：『縱橫健筆志凌雲，戰守猶能張一軍』，健筆旣已縱橫，猶能就不妥，應改爲戰守俱能張一軍。送學生，說：『英年

稱夙慧, 析族證非非』, 不知所云。又說:『我聞孟軻言, 人
禽元幾希。又聞莊叟語, 萬物出於機。科玄理一貫, 願子慎
無違』。人禽之辨、萬物出於機入於機, 有什麼相關? 又
與科學有什麼關係, 而竟可以理一貫? 科玄一貫之理, 可
以知之, 如何在立身處事上慎無違? 此皆作理語而實失理
欠通者。題龍牧之畫, 謂彼『揮毫潑墨臨院本』, 臨摹院本,
焉能潑墨? 院本何嘗潑墨? 重陽, 云:『劫餘山海怯登樓』,
是人歷劫故怯登樓, 劫餘山海是什麼意思? 期許後輩珍重
暨南聲教、以第一流人物自居, 而說:『漫翊雲龍思際會, 只
談風月可淹留』。姑不論雲龍際會不應只談風月, 只談風
月也不能宏闡暨南聲教)。這些技術或藝術上的缺點, 一篇
評論文字, 不應完全爲没有看到並論到。縱或論者認爲這
些都不是缺點, 詩人用心別有所在, 亦應就此有所討論才
是。

　　舉此五疑, 佇候明教。

~~~~~~~~~~

特約講評人: 黎活仁

黎活仁(Wood Yan LAI), 男, 1950年生於香港, 廣東番禺人。
京都大學修士, 香港大學哲學博士。北京大學法律學學士,
現爲香港大學中文系副教授。著有《盧卡契對中國文學的

影響》(1996)、《林語堂瘂弦簡媜筆下的男性和女性》(1998)
等。

我想還是先用自己習慣的閱讀角度，研究一下《懷冰
室集詩》《懷冰室續集》的風格。

1. 「樂秋」的詩人：

研究舊詩不是我的專業，但偶然還是會看看相關研究
論文，年前把扶桑學者的「悲秋」的時間體系研究作了整
理[59]，現在不如從日本學者開發出來的模式分析一下。中國
文學的主要時間意識是「悲秋」，對這一傳統的顛覆就是
「樂秋」以致「反悲秋」，看下面自日本學者研究綜合的
表，可知在宋以前後者只在陶淵明(陶潛，365-427)和李白
(701-762)時見才可以見到這種逆反的模式：

先秦	悲秋(第一系統)	屈原(約前340 約前278)〈離騷〉開始就有 宋玉(楚頃襄王[298-263 B.C.在位]時人)〈九辯〉開始確立
建安	悲秋(第二系統)	曹丕(187-226)〈燕歌行〉開

[59] 黎活仁：〈秋的時間意識在中國文學的表現：日本漢學界對於時間意識研究的貢獻〉，《漢學研究之回顧與前瞻》(林徐典編，北京：中華書局，1995)，頁395-403。

		始確立
西晉	悲秋(第三系統) 悲秋+吃菰菜羹, 鱸魚膾(第一系統)	夏侯湛(243-291)〈秋可哀〉 開始確立 見張翰(生卒年不詳, 身歷八 王之亂[291-306])故事
東晉	樂秋	見陶潛〈飲酒詩〉諸作
唐	悲秋文學高潮 (第一系統) 反悲秋	以杜甫(712-770)在安史之亂 之後〈登高〉為代表 見李白〈秋日魯郡堯祠亭上 宴別杜補闕范侍御〉和韓 愈(768-824)〈感春四首〉 詩

翻開《懷冰室集》甲編, 就有「春秋多佳日」, 「悠悠樂
我心」(〈秋日遊黃埔〉[60]), 《續集・甲寅秋九月蔡俊光兄
招飲九華新邨寫示新作次韻奉酬》也有「杯中酒泛人如玉,
美景當前合賦詩」[61]。我所知道的王老師確如陶公, 能隨遇
而安, 對四時變化, 都感到無限欣悅, 因此王老師的詩作
是繼承陶淵明「樂秋」的傳統的。

2. 關於詠天倫之樂的「樂秋」的詩人:

---

60 王韶生:《懷冰室集》, 頁95。
61 王韶生:《懷冰室集》, 頁62。

晚近「文化研究」(cultural studies)已成爲顯學，土居健郎(TOI Takeo, 1920-)《依賴心理結構》(原名《甘い構造》1971)也是這一領域的名著[62]，出版後的7年間，已重印了108次[63]，是近20年日本非小說類的極暢銷書，英法意的譯本先後在1973, 1982, 1991年問世[64]，中譯本兩種也在1991(湖北)和1995(台灣)年付梓。

土居認爲「撒驕」(依賴)是日本人獨有的特性，又對「歐洲語言不能歐別能動的愛和被愛」的想法有著同感，因此不斷嘗試探索「被愛」(撒驕、依賴)這種日本文化的内涵。

日文「甘い」是甜蜜的意思，除了在味覺上是甜之外，還有「某甲對某乙甜蜜(姑息)」，在人與人之間的交往上產生依賴之意[65]，至於「別扭」、「抱偏見」、「乖戾」、「怨恨」都與依賴心理有關[66]。莫教授論父慈子孝諸作，以土居之論，亦不過一種東洋特有依賴心理，衆所周知，杜甫經

---

[62] 土居健郎:《依賴心理結構》(王煒等譯, 濟南: 濟南出版社, 1991)。此書有另一種中譯:《依依愛戀》(王新生、韓琳譯, 台北: 錦繡, 1995), 英譯名爲 *The Anatomy of Dependence* (Tokyo: Kodansha International, 1973)

[63] 〈譯者的話〉, 土居健郎:《依賴心理結構》, 頁2。

[64] 平川祐弘(HIRAKAWA Sukehiru, 1931-):〈甘い文學〉, 〈依賴心理的文學〉, 收入《「甘い」で文學を解く》(《依賴心理結構與文學研究》(平山祐弘、鶴田欣也(TSURUTA Kinya, 1932-)編, 東京: 新曜社, 1996), 頁31。

[65] 土居健郎:《依賴心理結構》, 頁22。

[66] 土居健郎:《依賴心理結構》, 頁22。

歷離亂回家，與孩子重敍天倫的作品也相當有名。以後現代術語出之，這一現象也就是「互文」。

近日台灣發生一宗男子肢解同居婦人及其與前夫所生的兩個女兒的命案，事後亦不後悔，著名政治學者石之瑜(1958-)在《中國時報》發表了一篇文章，題爲〈接受自己擁抱別人：台灣須從自恨自戕中甦醒　相信自己值得被愛並對外發出光熱〉[67]，這是一種「被愛」的台灣詮釋，足見「被愛」的概念，也開始爲國人所引用。

3. 應酬之作太多「不是」問題

「離別詩」的研究在日本也慢慢建構成一個體系，東京大學戶倉英美(TOKURA Hidemi, 1949-)認爲魏晉的重時間，唐代則以空間見描寫見稍[68]。如果常常寫作應酬題材的作品(諸如「有謂王教授賦詩贈學生過濫」之酷評，見第四節)，自然也有創新之處，至於怎樣切入，詳加探討，則非一朝一夕的事。

4. 徵聖宗經的旨趣

莫教授大作繼承《文心雕龍》的古典主義理念，以徵聖宗經爲評估標準，現在研究中國文學批評的學者，都覺

---

[67] 《中國時報》1999年10月15日，版15‧

[68] 參拙稿〈古詩十九首的時間意識〉，《兩漢文學學術研討會論文集》(輔仁大學中文系編，臺北：輔仁大學中文系，1995)，頁423-425。

得劉勰(約465-約522)很了不起, 這種很「了不起」的研究角度, 如果應用於其他文學的分析, 是否得到同等的敬佩? 就很難說了。(完)

~~~~~~~~~~

對龔校長講評之回應: 莫雲漢

龔校長心思邃密, 對拙文多加指正, 謹此拜謝。現略作回應如下:

一、事緣李志文教授轉告港大亞洲研究中心, 舉辦有關八十年代文學之研討會, 望有能講述舊詩者。筆者得大會錯愛, 獲邀講述王韶生教授詩, 以其在香港文學, 亦應佔一地位云。而八十年代, 恰爲中國文革結束, 市場開放。文革弊害, 造成人倫毀廢。市場開放, 又造成人皆「向錢看」。王教授詩多蘊含倫常之情, 又有陶蘇(蘇軾, 1037-1101)淡泊曠遠之懷, 介紹王教授詩, 不失爲此年代, 下一服清涼劑。故本文內容, 似與大會主題無關而又有關也。

二、龔校長期待能於王教授詩中, 可以看出八十年代香港, 從事古典詩詞作者之活動狀況, 或與台灣新加坡詩壇之互動等。此種寫法, 筆者完全同意。然筆者意欲述介王教授詩之思想內容, 以配合其「正風俗」之詩教。只就此點落筆, 故其餘未有觸及也。

三、本文特別強調王教授詩之思想，而無分析其詩藝者，蓋王
　教授爲詩，服膺陳白沙「言詩學者，宜求敦性情，不宜講技
　巧」之說。又王教授自言「自教條盛行，而文藝生機窒，自
　人欲橫流，而文藝道德廢」。故其詩重思想多於重技術。
　而詩無達詁，因此未及深論教授之詩藝也。題目亦僅言「述
　介」而已。

四、王教授藹然仁者，淡泊榮利，所引詩已可證之。至於墨家，
　梁啓超(1873-1929)曾云：「古今中外哲人中，同情心之厚，
　義務觀念之強，犧牲精神之富，基督而外，墨子(墨翟，前
　478?-前392?)而已」《先秦政治思想史》；又：「就堅苦實
　行這方面看來，墨子眞是極像基督，若有人把他釘十字架，
　他一定含笑不悔。」《墨子學案》王教授詩頌墨子之任俠，
　故亦頌甘地(M.K. Gandi, 1869-1948)文天祥(1236-1282)，
　蓋二人皆亦是敢於犧牲之英雄也。王教授詩云：「嶺學稍
　異吳與皖，淑世丘軻睹熱腸。」又謂：「何謂嶺學，若東漢
　陳元士變(光武帝建武[25-56]時人)之經術，唐宋兩代張九
　齡(678-740)，余靖(1000-1064)之政事風度，明代陳白沙(陳
　獻章，1428-1500)，湛甘泉(1466-1560)之理學，明末清初屈
　大均(1630-1696)，陳恭尹(1631-1700)之文章氣節，均表現
　嶺南之精神作用」〈論陳蘭甫先生之經學〉而九江與蘭甫
　同時，兩人學問大體亦相同，皆主經世致用，蓋延嶺學之
　一脈也。王教授之業師楊壽昌(果庵)，爲陳蘭甫再傳弟子，
　其承此風而主經世致用，故詩亦主有益世道人心也。王教
　授又云：「(晦聞)有謁九江朱先生祠五律一首云：『接地

吾私淑。登堂識本師。九江儒學派〔言學術〕。三晉使君祠〔言政績〕。』丁酉去草堂,有留別簡岸先生五律一首云:『道在斯人與。時危講席開。青山臥龍宅(比諸葛亮[181-234])。紫水釣魚台(比陳白沙)。』著學統也。」〈黃晦聞先生之詩學〉此又見黃晦聞(黃侃,1886-1936)之學統。黃晦聞詩,得力於漢魏古風,亦下及宋之陳后山(陳師道,1053-1101)。汪辟疆(1887-1966)云:「[晦聞]其詩由晉宋以出入唐宋諸賢,惟不落前人窠臼,沉厚悱惻,使人讀之,有惘惘不甘之情。」〈光宣以來詩壇旁記〉。張爾田(1874-1945)云:「(晦聞)其詩歷宋之后山,宛陵諸家,盡規其度。」〈鮑參軍詩注序〉拙文謂「教授學詩,得黃晦聞先生之傳,出入漢魏唐宋,於陶蘇二家,尤三致意焉」一語,意謂王教授得黃晦聞「詩教轉移風教」之傳,(拙文曾有「王教授得晦聞先生之傳,所爲詩皆有意欲理性情而反諸淳正」語)其詩能以漢魏唐宋爲基,更致意陶蘇二家云。

五、龔校長所引有瑕疵之詩句,皆見《懷冰室續集》(1993年版)。按此集前曾出版,因校對有誤,錯字頗多。後來再版增訂,1933年版爲增訂本也。然當中仍不免尚有錯字,龔校長引詩指瑕,其間或許錯字而引致誤會也。至謂對仗不穩,愚意以爲古人律體,亦未必字字皆對,如常建(生卒不詳,727年中進進士)〈破山寺後禪院〉:「曲徑通幽處。禪房花木深。」李白〈送友人〉:「此地一爲別。孤蓬萬里征。」東坡〈和子由澠池懷舊:「泥上偶然留指爪。鴻飛那復計東西。」等,皆似對非對,不對而對。而李白〈夜泊牛渚懷

575

古〉：「牛渚西江夜。青天無片雲。登舟望秋月。空憶謝
將軍。余亦能高詠。斯人不可聞。明朝挂帆去。楓葉落紛
紛。」更全篇不用對偶。沈德潛(1673-1769)謂其「一氣旋
折」《唐詩別裁》，此乃詩有以意帶句，以氣運句之法，區
區一二字句，有不暇計之者也。又引王教授「他日復歸來。
爲子觴一揮」句，指「揮」字失理欠通。按王教授亦有「江
城酒冽一觴揮」〈蘇圃絜眷歸東湖賦詩送行〉句，此「揮」
字蓋出陶潛〈時運〉詩：「揮茲一觴。陶然自樂。」丁仲
祜(丁福保, 1874-1952)《陶淵明詩箋注》：「揮，振去餘瀝
也。曲禮：飲玉爵者勿揮。後凡言揮觴，揮杯者倣此。」
揮觴，猶云舉杯也。又「昨宵纔賞中秋月。今日仍觀滿院
花。」按此詩題爲〈辛亥秋日珠海文史系師生郊遊作〉，「昨
宵」句言賞月，秋空澄澈淵然。「今日」句言觀花，滿院生
趣盎然。上句喻己，下句喻學生，非同類事也。又「縱橫健
筆志凌雲。戰守猶能張一軍。」「健筆」爲文事，「戰守」
爲武事，既能文，猶能武，語氣似無不妥。又「英年稱夙慧，
析族證非非。」「析族」，用《莊子》庖丁解牛意。析，分
也，解也。族，即庖丁解牛「每至於族，吾見其難爲」之
「族」，指交錯聚結複雜處。「非非」，語出《荀子‧修身》：
「是是非非謂之智。」意即能辨是爲是，非爲非，則謂之智
也。茲爲易於析述，錄原詩如下：

英年稱夙慧。析族證非非。上庠勤學習。充實
睹光輝。憶子髮覆額。鞠育賴慈闈。荏苒十載餘。

沖天試一飛。秉此幽嫻姿。志潔行芳菲。執禮何謙
恭。玉立長而順。處世本孝慈。天意實有歸。贈子
以語言。茲事微乎微。我聞孟軻言。人禽元幾希。
又聞莊叟語。萬物出於機。科玄理一貫。願子慎無
違。他日復歸來。爲子籌一揮。(〈周白茵小姐獲港
大高級學位聘任加州大學研究院動物研究員治裝赴
美賦詩贈行〉)

此詩爲送後輩赴美任動物學研究員，首即稱其夙慧，能知
幾解微，辨析是非。其用庖丁解牛語意，蓋語帶雙關，正合
動物學研究員身份也。中段再稱其爲人勤學孝慈，深存人
之本性。後段則以孟莊之言戒惕之。「萬物出於機」句，見
《莊子·至樂篇》：「……胡蝶，胥也，化而爲蟲，生於竈
下。……瞀芮生乎腐蠸。……青寧生程，程生馬，馬生人，
人又反入於機。萬物皆出於機，皆入於機。」郭象注：「此
言一氣而萬形有變化而無死生也。」《莊子》「出於機入
於機」之說，正如近代科學理論，謂物質互變而成一生物鍊
之意也。「科玄理一貫」句，「科」，指動物學之研究，「玄」，
指《孟子》人禽之辨及《莊子》萬物互變之理，以此勉後
輩勿失本心，葆此孝慈。蓋美國科技先進，而人反爲所役，
更且道德淪亡，人禽莫辨，可不慎哉。全詩理路清晰，立言
得體。

　　又「揮毫潑墨臨院本」。按此句可析爲兩句，即「揮
毫潑墨」一句，「揮毫臨院本」又一句，今兩句合而爲「揮

毫潑墨臨院本」，大有杜甫「燈前細雨簷花落」〈醉時歌〉
之妙也。

　　又「劫餘山海怯登樓」。按此詩第二句末字爲「深」
字，其後押韻處爲「琴」，「忱」，「衾」等字，故「登樓」
顯爲「登臨」之誤，用十二侵韻也。然「登樓」或「登臨」
亦無損其意。此句意謂山海一經劫後，禾黍滄桑，人怯登臨
（樓）也。「劫餘山海」爲「山海劫餘」之倒裝，杜甫〈登
樓〉：「花近高樓傷客心。萬方多難此登臨。」亦倒裝句，
即「花近高樓此登臨」，「萬方多難傷客心」也。

　　又「漫詡雲龍思際會。祇談風月可淹留。暨南聲教宜
珍重。人物伊誰第一流。」〔自注：朱晦庵[朱熹，1130-1200]
有言，人不可以第一人自命，但當以第一流自居。此言深可
念也。〕「止談風月」，語出《南史・徐勉傳》：「勉(徐
勉，466-535)居選官，彝倫有序，嘗與門人夜集，客有虞暠
求詹事五官，勉正色答云：『今夕止可談風月，不宜及公
事』。故時人服其無私。」「暨南聲教」語見《書經・禹
貢》：「朔南暨聲教訖于四海。」按此詩乃贈李生孟晉者，
李生爲台灣彰化人，來港負笈，學於王教授。台灣舊隸福建，
因以閩派朱子之言爲勉。詩之前二句謂今夕止談風月，不
及公事。後二句勉其以第一流自居，他日雲龍際會，暨南聲
教，當賴以訖于四海也。「人物一流」應「雲龍際會」句。
蒙龔校長不吝指瑕，謹借此以己意疏解一二，未必當也。
然或可補拙文未有言及王教授詩藝之闕。(完)

　　　　　　　　　　　　　　[責任編輯：白雲開博士]

取消故事與情節的小說：
西西〈假日〉的分析

■黎活仁

作者簡介: 黎活仁（Wood Yan
LAI），男, 1950年生於香港,
廣東番禺人。京都大學修士,
香港大學哲學博士。現爲香
港大學中文系副教授。著有
《盧卡契對中國文學的影
響》(1996)、《林語堂瘂弦簡
媜筆下的男性和女性》(1998)
等。

論文提要: 西西〈假日〉是一篇
取消故事和淡化情節的意識流小說, 內容依停頓分爲四節,
如音樂的四重奏。另一方面又帶有「後設小說」的特徵。
關鍵詞(中文): 西西 〈假日〉 意識流 現代中國文學 現代中
國小說 香港文學 後設小說

關鍵詞(英文): Xi Xi, Holiday, the stream of conscious, modern Chinese literature, modern Chinese fiction, Hong Kong literature, meta-fiction

一、西西的〈假日〉的位置

　　西西(張彥, 1938-)以寫作「實驗小說」知名, 所謂「實驗小說」是指敢於在技巧上創新, 研究西西的論著也有一些[1], 至於具體談到小說匠心的有專書一種[2], 《西西卷》[3]所收部分評論也提供一些線索, 例如她對童話的看法[4], 對一些作家的評論等等[5]。西西曾表示過〈假日〉、〈蘋果〉、《春望》、《我城》是自己最喜歡的作品[6], 但不知何故, 沒有收進《西西卷》。〈假日〉是一篇取消故事與情節的意

---

[1] 西西的研究資料, 何福仁編《西西卷》(香港: 三聯書店, 1998, 3版, 1992年初版)後附的論文, 以及網頁線上檢索系統: (1). 臺灣「國家圖書館」(臺北), 「當代文學史料影像全文系統」http://readopac.ncl.edu.tw/html/frame11.htm; (2).「中華民國期刊論文索引影像系統」http://readopac.ncl.edu.tw/html/frame1.htm

[2] 陳潔儀, 《閱讀肥土鎮──論西西小說的敘事》(香港:牛津大學出版社, 1998)。

[3] 何福仁, 《西西卷》, 頁372-473。

[4] 何福仁:〈童話小說: 與西西談她的作品及其他〉,《西西卷》, 頁341-353。

[5] 何福仁:〈臉兒怎樣說: 和西西談〈圖特碑記〉及其他〉,《西西卷》, 頁354-363。

[6] 何福仁:〈臉兒怎樣說: 和西西談〈圖特碑記〉及其他〉, 頁355。

識流小說，沒有「文學能力」的讀者，大概讀不下去，而即
使讀完，也會感到不知寫什麼。現試將該篇小說分析如
下。

〈假日〉的內容是敘述一位作家想「坐下來寫一個小
說」。故事始終沒寫出來，只是交代了寫作期間的心路歷
程，小說以四首詩分隔，形成四重奏的效果。

二、「後設小說」的特徵

何福仁認爲寫作於1974-1975年間的《我城》，已引進
「後設小說」的技法[7]。關於「後設小說」的特徵，據張惠
娟(1956-) 在〈臺灣後設小說試論〉一文的歸納，可包括
爲: (1).反現實; (2). 在小說中談論創作; (3). 暴露謀篇的
過程; (4). 使用括弧，形成兩種聲音; (5). 特別意識讀者的
存在，力邀讀者介入作品，跟作者一起進行文字遊戲;[8] (6).
甚至挑戰讀者的閱讀行爲等等。第五、六點，張惠娟舉黃
凡(黃孝忠, 1950-)〈如何測量水溝的寬度〉以爲說明:

> 1. 你可以立刻放棄閱讀, 再想辦法把前面讀
> 的完全忘掉。

---

[7] 何福仁: 〈《我城》的一種讀法(摘錄)〉, 《西西卷》, 頁405。

[8] 張惠娟: 〈臺灣後設小說試論〉, 《當代臺灣評論大系》(鄭明娳
編, 臺北: 正中書局, 1993), 卷3, 頁201-227。

2. 你一定急著想知道作者如何測量水溝的寬度，那麼我現在告訴你，我們當時帶了一把弓箭，把繩子綁在箭尾，射到緊靠溝旁的樹幹上，把箭拉回後，再量繩子的長度，答案就出來了。

3. 假如你對上述兩種建議都不滿意，那麼我再給你一個建議，暫時不要去想如何測量水溝的寬度，請耐心地繼續閱讀。[9]

黃凡在1985年11月24日發表的〈如何測量水溝的寬度〉，引起相當多的討論，瘂弦(王慶麟，1932-)後來還編了一本選集(1987)，標誌著這一體裁在臺灣的興起。[10] 黃凡的作品在臺灣評價極高，內容非常有趣，比對之下，〈假日〉只有前三點的特徵。第二和第三點比較容易明白，第一點反寫實要費點篇幅去解釋。

1. 反寫實

西西很早就大量採用「陌生化」的方法寫小說，《我城》就是以孩子的視角寫成的，〈假日〉也是如此。

什克洛夫斯基(Victor Shklovsky, 1893-1984)以提出「陌生化」(defamiliarize)的理論知名，在1917年寫作的〈藝術作為手法〉("Art as Technique")一文，什克洛夫斯基認為

9　黃凡：〈如何測量水溝的寬度〉，《如何測量水溝的寬度》(臺北：聯合文學，1987)，頁13。

10　瘂弦：《如何測量水溝的寬度》(臺北：聯合文學，1987)。

藝術的技巧就是要把客體(對象)變得「陌生」, 例如以陌
生人的角度來寫, 文中引托爾斯泰(Lev Tolstoy, 1828-1910)
《戰爭與和平》(*War and Peace*)和斯威夫特(Jonathan Swift,
1667-1745)《格列佛遊記》(*Gulliver's Travels*)等爲例說明。
「陌生化」的「藝術的手法就是使事物奇特化的手法, 是
使形式變得模糊, 增加感覺的困難和時間的手法」[11]。

　　「陌生化」常用第一次見到的某一事物的觀感來描述,
譬如劉姥姥進榮國府, 看到掛鐘, 不知爲何物, 作者於是
透過這位農婦的眼光, 來描寫掛鐘的形狀和值得好奇的地
方, 從而得到一種新鮮的感覺[12]。在敘事「視角」而言, 常
常採用陌生人、小孩子、精神病患者甚至是動物的眼光重
新建構社會歷史現象, 如托爾斯泰《戰爭與和平》的波羅
金諾戰役(Battle of Borodino, 1812.9.7), 它不是透過將軍
和兵士而是交由非軍人把感覺表述; 又如色情文學, 也常
以童話的手法描寫。 此外, 在詩歌中使用平民化的語言也
可以達到同樣效果[13]。

　　〈假日〉以兒童視角形成的「陌生化」, 有拒絕接受
殘酷現實的「反寫實」特點:

---

[11] 什克洛夫斯基: 〈藝術作爲手法〉, 《俄蘇形式主義文論選》(蔡
　　鴻濱譯, 北京: 中國社會科學出版社, 1989), 頁65。
[12] 胡亞敏(1954-):《敘事學》(武昌: 華中師範大學出版社, 1994), 頁
　　192-194。
[13] 胡亞敏, 頁193。

> 新聞常常是有頭無尾的。……那天我看見的是
> 一場大火，焚燒了山谷間的僭建木屋。受災的老百
> 姓卻歡天喜地，把冰箱、洗衣機，興致冲冲地緣著泥
> 濘小徑從山上抬下來。新聞著實令我驚訝。但這樣
> 的新聞畢竟是少數。新聞常常令我悲愁。[14]

由孩童對成人世界「不理解」，可以營造出一種歡樂的氣
氛。西西同意加西亞·馬爾克斯(Garcia Marquez, 1928-)
的想法，即「快樂是目前不風行的情感」，「要把快樂重
新推動」，她不喜歡悲劇，有策略地以喜劇的手法來寫小
說15，兩者有互為因果的關係。

　　順便一提的是：童話故事也有很多非常殘酷的描寫，
就以〈白雪公主〉("The Snow White")為例，〈白雪公主〉
是《格林童話》(Grimm's Fairy Tales)中最為家傳戶曉的一
篇，故事梗概如下：後母十分討厭白雪公主，暗中吩咐獵
人把她殺死，拿她的肺和肝回來領賞，獵人於心不忍，他
殺了一頭小野豬，取出內臟，虛報已執行了命令，後母居
然叫廚子把這些肺肝弄給公主的父王吃。這篇童話表現了
人性中的「惡」，獵人生性兇殘，不想居然能夠有善意；至
於後母則顯得毫不後悔，不知為什麼現代讀者又不會認為
不妥。然而〈白雪公主〉的善惡觀是十分特別的，在故事

14　西西(張彥):〈假日〉,《像我這樣一個弱女子》(臺北: 洪範, 1984),
　　頁172-173。
15　何福仁:〈童話小説: 與西西談她的作品及其他〉, 頁342。

的結尾，後母被罰穿上燒紅的鐵鞋跳躍而死，似乎認為惡的手段如果能夠達至積極的意義，就是善。

　　承上所說，西西的「童話小說」其實作了加工，經過「反寫實」的「陌生化」過程處理，自成系統。

2. 暴露謀篇的過程：結尾和停頓問題

　　在小說之中暴露謀篇的過程，是「後設小說」的另一特徵。〈假日〉一開始就表示意識到結尾的重要：

> 　　我寫小說常常是先有了題目，然後才把故事的脈絡書寫下來的；有時從頭開始，有時先處理結尾，或者把中間的一個片段抽出來下筆，要看當時的思路。[16]
>
> 　　巴西人把驢子送給教宗的新聞，不知道結果怎樣了。新聞常常是沒有結局的。所以新聞不是一冊故事書。[17]

俄國形式主義者討論有關小說結尾的提示，在敘述學而言是很有名的[18]。傳統的小說，有開端、中腰和結尾，愛倫坡

---

[16] 西西：〈假日〉，頁172。

[17] 西西：〈假日〉，頁192。

[18] Wallace Martin, *Recent Theories of Narrative* (Ithaca and London: Cornell UP, 1986), p.84; 什克洛夫斯基：〈短篇小說和長篇小說的結構〉("The Construction of the Short Story and of the Novel"), 《俄國形式主義文論選》, 頁149-150。

(Edgar Allan Poe, 1809-1849)曾強調短篇小說特別需要一個有力的結尾, 而且要像中國人寫書一樣, 從「結尾」開始寫[19]。小說沒有結尾, 即採「開放性」結尾, 是對愛倫坡以來形成的短篇寫作概念的一種顛覆;〈假日〉是沒有結尾的, 到收束前倒數第二段, 又再顯示作者對「後設小說」的認知, 暴露了謀篇的過程, 說「新聞常常是沒有結局的。所以新聞不是一册故事書」, 有意無意向讀者交代一下所運用的策略, 也就是採「開放性結尾」。另一方面, 西西的小說大部分是「童話小說」, 敘述者是一個小孩, 什克洛夫斯基就曾經說過:

> 馬克‧吐溫在《湯姆‧索耶歷險記》結尾時說, 他不知道怎樣使自己的故事收尾, 因為一個小男孩的故事不能象一部寫大人的小說那樣通常以成婚收尾。因此, 他說什麼時機到了, 他就把書結束。[20]

馬克‧吐溫(Mark Twain, 1835-1910)寫了兩本有名的小說, 一是《哈克貝利費恩歷險記》(*The Adventure of Huckleberry Finn*), 另一是《湯姆‧索亞歷險記》(*The Adventures of Tom*

---

[19] 艾亨鮑姆(B.M. Eikhenbaum, 1886-1959):〈論散文理論〉("The Theory of Prose"), 《俄蘇形式主義文論選》(蔡鴻濱譯, 北京: 中國社會科學出版社, 1989), 頁171-184。

[20] 什克洛夫斯基:〈短篇小說和長篇小說的結構〉, 頁141-142。 Tzvetan Todorov (1939-): *The Poetics of Prose*. trans. Richard Howard (Ithaca: Cornell UP, 1977), 260.

Sawyer〉, 後者是前者的延續, 關係是「一個次要的人物
變成了主要的人物」,「後來又由另一本以偵探小説手法
寫的小説接續」[21], 西西的故事與故事之間, 也存在這種關
係, 從作家作品的整體而言, 也是没有結尾:

> 像楚浮、小津安二郎, 不能單看一兩齣, 要通
> 盤地看, 他們的作品有前因後果, 這一齣是另一齣
> 的延續。看加西亞・馬爾克斯也是這樣, 他的小説
> 是互相關連的, 這一個完結, 卻是另一個開端, 連
> 綿發展, 這裡的小角色, 那裡卻成為主角, 要真正
> 論斷一個人的作品, 不能孤立地看。要看他一生的
> 作品, 同時要看他四周其他人的作品。[22]

〈假日〉中間插入四首頗長的童詩, 讀者覺得像無緣無故
地「停頓」(pause)下來, 但作者肯定是有意為之的, 這是
再度暴露寫作的策略:

> 我坐下來寫〈假日〉的時候, 也接到了一個電
> 話。這亦是我寫小説時忽然會在中途停頓下來的緣
> 故之一。[23]

---

[21] 什克洛夫斯基:〈短篇小説和長篇小説的結構〉, 頁142。
[22] 何福仁:〈童話小説: 與西西談她的作品及其他〉, 頁351。
[23] 西西:〈假日〉, 頁187。

巴爾(Mieke Bal, 1946-)《敘述學：敘事理論導論》
(*Narratology: Introduction to the Theory of Narrative*)一書
有如下的綜述：古典作品如荷馬(Homer, 前9-前8世紀)史
詩(《伊利特亞》, *Iliad*和《奧德賽》, *Odyssey*),「停頓」是
儘可能避免的, 到自然主義時期,「停頓」已不大成為問
題, 這一派作家忙於分心去寫他的關心的「環境」, 讓情
節停頓下來[24]。

3. 使用括弧, 形成兩種聲音: 說書式的敘述者

〈假日〉的發端說:「讓我坐下來寫一個小說。(寫小
說的人說)」[25], 加上括弧的(寫小說的人說)這句話, 在文
中出現六次, 第七次見於結尾, 略作修訂作(寫小說的人如
是說), 以配合作為結尾的性恪。以敘述者分類而言, 形成
「外敘述的異敘述者」。

現在不如據胡亞敏的綜合, 把敘述者的分類作一交代,
以便說明: (1). 異敘述者(異敘述者不是故事中的人物, 他
敘述別人的故事); (2). 同敘述者(不如異敘述者的自由,
必須講自己的或自己所見所聞的故事); (3). 內敘述者: 故
事內講故事的人, 即故事內的人變成敘述者; (4). 外敘述
者(故事中可以有故事,「內敘述者」可以在小說內講別人

---

[24] 巴爾:《敘述學: 敘事理論導論》(譚君強譯, 北京: 中國社會科學
出版社, 1995), 頁86。
[25] 西西:〈假日〉, 頁171。

的故事, 故事中可能又有故事, 形成了「敘述層次」, 外敘
述者是第一層次的敘述者); (5).「自然而然」的敘述者: 敘
述者不在故事内公開他的構思過程和寫作方法; (6). 「自
我意識」的敘述者: 敘述者在小説内説明自己在敘述, 以
上兩者重點是在「敘述行爲」; (7). 敘述者對故事中的人
物和事件, 保持不介入的態度, 現實主義者最推崇的範式;
(8). 對故事中的事件、人物或社會現象發表長篇評論, 例
如羅曼羅蘭(Romain Rolland, 1866-1944.)《約翰・克利斯朶
夫》(*Jean-Christophe*)對「革命理想」發表了長篇意見(以
上見胡亞敏《敘事學》)[26]。陳潔儀於西西這種手法, 有頗
細的討論:

> 〈肥土鎮灰蘭記〉的演員「我」, 由於具有「雙
> 重身份」, 因此造成「角色」(「内敘述的同敘述者」)
> 與「職能」(「外敘述的異敘述者」)的不相稱, 這除
> 了是取效自「敘述體戲劇」要求演員的「自我疏離」
> 外, 亦融入了「中國説書人」的技巧・中國説書人
> 常以第一人稱「外敘述的異敘述者」身份, 跳出故
> 事, 夾敘夾議, 趙毅衡稱之爲「敘述干預」。[27]

---

[26] 胡亞敏:《敘事學》(武昌: 華中師範大學出版社, 1994), 頁41-49
[27] 陳潔儀, 頁25。

三、取消故事與情節

西西的〈假日〉的最大目的, 是取消故事與情節, 有關故事與情節的理論, 不如再借重胡亞敏《敘事學》作一簡介。情節主要有兩大原則: 1. 承續原則; 2. 理念原則; 承續原則包括: (1).時間連接; (2). 因果連接; (3). 空間連接。

〈假日〉採散文化的寫法, 沒有時間順序, 也沒有因果關係, 因此近於空間連接。「空間連接」是序列按空間關係或空間位置組合。這是對前二者的反叛, 是對敘事結構的一種探索。

1. 空間連接

空間連接的典型方式是按幾何原理組織序列, 即通過序列與序列的平行、對照、循環、交錯乃至序列相身的重複等互相參照以獲得一種音樂和詩歌所具有的效果。昆德拉(Milan Kundera, 1929-)的小說《生命中不能承受的輕》(*The Unbearable Lightness of Being*)由四個人物組成各自的故事, 情節線索交對呼應, 循環反復, 產生音樂上的四重奏效果。

空間連接可以根據事物的空間位置排列序列, 主要體現在作品的內容而不是結構中。實驗小說家致力打破時間序列, 要求像欣賞一幅畫或雕塑那樣欣賞他們的作品。心理空間組合也是空間組合的一個特殊形式, 以意識活動為

支柱, 自由組接序列, 故事由一些片段構成, 序列圍繞人
物意識中心不斷往復擴展, 這種方式主要表現在意識流小
說(以上見胡亞敏《敘事學》)。[28]

〈假日〉也有四重奏的特徵。首先, 小說是用四首詩
分成四個片段, 每一段以一首童詩作為間隔。關於如何把
音樂的效果應用於小說創作, 弗里德曼 (Melvin J.
Friedman) 的《意識流: 文學手法研究》(Stream of
Consciousness: A study in Literary Method)一書有頗詳細的
交代。文學是直線型的, 但音樂是圓形的,[29] 而且兩個字很
難同時發聲, 但如華格納(Richard Wagner, 1813-1883)所說:
詩歌可以詠唱, 因此把小說以詩或散文詩的形式表達, 是
意識流作家的理想之一[30]。另外, 作家可以把幾條伏線同時
展開, 又每一章都類似一個新的開始, 就有了近乎交響樂
的效果, 《尤利西斯》(Ulysses) 採用了這一技法。 至於
卡迪亞(Paul Emile Cadillac)的《田園》(La Pastorale, 1924),
小說分黎明、上午、中午和黃昏四個部分, 與四個樂章的
春夏秋冬對應, 特點是同一章使用同一時態。[31] 宋淇(林以
亮, 1919-1996)在評論西西《哨鹿》的文章, 曾引用過這一
觀點:

---

[28] 胡亞敏, 頁126-128。
[29] Melvin J. Friedman, *Stream of Consciousness: A study in Literary
Method* (New Haven: Yale UP, 1955), 121.
[30] 這是吳爾芙(Virginia Woolf, 1882-1941)意識流小說的特徵, 參
Friedman, 206-207.
[31] Friedman, 126.

591

　　《哨鹿》的結構猶如一首交響曲, 共分四章: (1)
秋獮(四十三頁)、(2). 行營(四十九頁)、(3)塞宴(四
十一頁)、(4)木蘭(四十九頁), 其長短比例和主要旋
律的出現也與交響樂相彷彿。作者自認受電影的影
響很大, 但是從《感冒》的女主角對樂曲(貝多芬的
《艾格蒙序曲》, 莫札特的降B調鋼琴協奏曲和貝多
芬的C小調第五交響曲)的投入和熱愛, 可以推斷作
者對古典音樂也具有頗深的認識。我們其實不必追
究作者好古典音樂與否, 只要把作品細加分析, 看
看以上的假設是否能成立就可以了。[32]

意識流小說挪用了音樂的主旋律, 在一定間隔重複一個詞
組或片語(phrase), 讓人覺得一而再地重新開始, 以致線型
的敘述被徹底破壞為止[33]。西西〈假日〉是以「中心句」
連接的, 作家想「坐下來寫一個小說」成為支柱。胡亞敏
《敘事學》有如下所示的解釋, 作品有一「中心句」像建
築物的支柱, 序列依照這一支柱堆砌, 如(Marcel Proust,
1871-1922)[34]的小說《追憶似水年華》(*Remembrance of*

---

[32]　林以亮:〈像西西這樣一位小說家(摘錄)〉,《西西卷》, 頁389。
[33]　Friedman, 128-129.
[34]　普魯斯特則是法國作家, 曾獲文學士學位, 他一生從未謀職, 出
　　　入上流社會。《追憶似水年華》是公認的意識流文學經典, 這部
　　　作品分7部分, 共15冊。晚近敘事學成為顯學, 這個領域的知名學

Things Past), 《追憶逝水流年》是據「馬賽爾成了作家」
這一「中心句」展開的。[35]與宋淇提及的《哨鹿》一樣, 西
西〈假日〉討論了對音樂欣賞:

> 當我坐下來寫小説的時候, 我並不聽音樂, 我
> 是個不能一面寫小説一面聽音樂的人。當我播送喜
> 歡的音樂, 我會跑進音樂的世界去, 別的事情都不
> 想做了。對於我來説, 聽音樂就是聽音樂, 那是一件
> 完全獨立的工作, 就像我寫小説, 也是一件絕對獨
> 立的事情; 我不能一面看電視一面寫小説, 不能一
> 面聽音樂一面寫小説, ……
>
> 不寫小説的時候, 我喜歡看小説, 不看小説的
> 時候, 我喜歡聽音樂。我在看小説的時候也不能聽
> 音樂, 我只能在一個特定的時間内投入一個特定的
> 世界。我常常聽的音樂, 是貝多芬的交響樂, 我常常
> 聽第九, 我喜歡跟隨樂曲浮游, 像潛泳, 穿逾變奏
> 的賦格曲, 投入大合唱的漩渦, 又從莊嚴的行板上
> 升空, 停留在宣敍調式的讚美詩上。有時候, 我重複
> 傾聽第六, 聽著聽著, 覺得自己已經身處田園, 躺
> 在河邊榆樹下的草地上, 沐浴著林蔭間灑落下來花
> 瓣似的陽光, 奏鳴曲裡的溪澗潺潺流晃, 夾著杜

者熱奈特(Gérard Genette, 1930-)據這部巨著寫了《敍事話語》
(*Narrative Discourse*), 普魯斯特的小説更成爲常置案頭的讀物。
[35] 胡亞敏, 頁128-129。

鵑、鵪鶉的吟唱；我也舞蹈，我也歌詠，我也遭遇驟
雨，我就躺在山石的縫隙，靜待風暴的消逝。然後帶
來了彩虹，樹梢上掛著水珠，明豔的田園裡再度呈
現一片鳥語花香。[36]

在小說裡寫音樂欣賞，以引起讀者的聯想，只能說是
「假」的意識流小說的寫法，但西西這一段文字很像散文
詩，這一點卻合乎意識流小說的散文詩化的目的。

　　這段文字以「聽音樂」爲話題，有著什克洛夫斯基「梯
級性的排比」的特徵，目的是在「阻延」小說的向前發展，
另一方面「阻延」又是鋪展小說內容的技法之一。「梯級
性的排比」就是把「已經被概括的和統一的事物進行分
解。重複及其具體表現──韵腳和同義反復、排比反復、
心理排比、延緩、敘事重複、童話儀式、波折和許多其他
的情節性手法都屬於梯級性構造」，[37] 西西把「聽音樂」分
解「不聽音樂」，然後又跟在下一段說「喜歡聽音樂」，還
描寫了欣賞交響樂的心路歷程，在另一段則可見冗贅的排
比和重複，方法是逐一點列寫小說時有些什麼家務不能
做。

36　西西：〈假日〉，頁181-182。
37　《散文理論》(*The Theory of Prose*, 劉宗之譯，南昌：百花文藝出
　　版社，1994)，頁33.

2. 情節的淡化

〈假日〉屬於「非線型」情節,據胡亞敏《敘事學》,所謂「非線型」是相對於線型而言,特徵是打亂情節的時間順序和因果關係,淡化人物和情節。非線型有兩種趨勢: (1). 情節結構的開放; (2). 情節淡化。

「情節結構的開放」是對完整結構的突破,情節再不是一個封閉的體系,事件也不劃上句號,而是潛在多種可能性。首先表現在「開放性結尾」,情節可以在任何一點結束;再者,是結尾有多種選擇,有多個可能發生的結局;還有,作品中事件的任意組合,事件與事件之間變成鬆散的聚合,任何一部分可作開端或結尾,並由此顯示敘事文的過程。這是反傳統的寫法。

「情節淡化」體現爲敘事文因果關係消退,故事呈現自然狀態,情節平淡、朦朧乃至支離破碎。技法叮得而言的有幾種: (1).取消戲劇化情節,放棄序幕、開端、發展、高潮、結局、尾聲的情節模式; (2). 增加「非動作因素」的比重,例如充滿和種議論和感覺,情節變作花團錦簇的文字的點綴; (3).又或者沿著人物意識組織故

哀悼乳房

西西著

榮獲1992年《中國時報》和《聯合報》最佳新書獎

事, 情節基於人物的想象、幻覺、乃至潛意識, 而不是按
邏輯構成的外部事件(以上見胡亞敏《敘事學》)。[38]

　　西西〈假日〉的策略是「離題」, 藉此取消因果關係。
這篇小說的主題應是談小說創作的, 但不妨看看每一節寫
什麼:

第1節	第1段	描寫創作小說時用的書桌
	第2段	暴露寫作小說過程, 談論結尾的問題
	第3,4段	討論新聞上看到巴西人送驢子給教宗事
	第5段	一首詩, 大概以《格林童話》為素材
第2節	第1段	描寫室內雜物
	第2段	描寫窗外景色
	第3段	描寫家居附近的飛機場
	第4段	一首詩, 仍然是以《格林童話》為話題
第3節	第1段	討論寫作時不聽音樂的理由

---

[38] 胡亞敏, 頁132-136。

	第2段	談貝多芬第六和第九交響樂，趁機以散文詩的筆觸描寫田園景色
	第3段	描寫家居附近的店舖
	第4段	童詩一首，談及母親、老師和樹林等
第4節	第1段	討論寫小說時有些什麼家務不能做
	第2-4段	討論跟朋友以電話聊天之樂
	第5段	詩一首，以電影爲素材
第5節	第1-4段	由寫作用紙張的聯想及環保
	第5段	結尾

〈假日〉沒有開端、發展、高潮和結局，沒有故事，較大部分是描寫(桌子、室內雜物、窗外景色、家居附近機場、店舖)，也有討論(小說創作、貝多芬交響樂、寫小說時有些什麼家務不能做、電話聊天之樂和環保等等)， 寫小說時有些什麼家務不能做的討論，近於胡扯，在文藝技法而言，如引進什克洛夫斯基「梯級性的排比」之論爲分析，亦有點鐵成金、化腐朽爲神奇之妙，不妨仔細欣賞：

　　當我寫小說的時候，我除了不聽音樂之外，我也不做其他的許多事情，譬如，我不上市場去買

菜、不洗米煮飯, 甚至暫時不吃飯; 我不洗衣服熨衣
服、我不看書、不掃地抹窗子, 不追殺甲蟲和壁虎。
這些事我都可以不做, …。[39]

本來說「寫小說時不做家務」就可以, 但西西把這一概念
分解又分解, 無限量地放大來處理, 讓描寫對象變得冗長,
廢話連篇。如是, 什克洛夫斯基「梯級性的排比」成爲西
西取消故事情節的重要技法, 值得留意。

四、格雷馬斯的人物分析

格雷馬斯(A.J. Greimas, 1917-1993)的人物分析實有助
於進一步明確〈假日〉的結構及其主題, 以下先作一介紹。

1. 格雷馬斯的「行動元」

格雷馬斯提出「行動元」(*Actants*)以標示人物之間、
人物與客體之間的行動關係。以下仍據胡亞敏《敘述學》
的概括作一說明, 英譯名詞則參考卡勒(Jonathan Culler)的
《結構主義詩學》(*Structuralist Poetics*)[40]。

---

[39] 西西: 〈假日〉, 頁186。

[40] Jonathan Culler, *Structurist Poetics: Structuralism Linguistics and the Study of Literature* (London and Henley: Routledge & Kegan Paul, 1980), 233.

格雷馬斯提出三組對立的行動元模式: 主體(subject)/客體(object)、發送者(sender)/接受者(receiver)、幫助者(helper)/敵對者(opponent)。

主體/客體: 行動元最重要的一組關係, 構成了情節發展的框架, 在愛情故事之中, 男士追求女士, 前者是主體, 女士為客體。

發送者/接受者: 發送者是推動或阻礙主體實現目標的一種力量, 它可以是人形的, 也可以是抽象物。在愛情故事中, 男子期待女子的允諾, 因此是接受者; 女權主義作品之中, 女人要追求獨立人格, 而作為發送者的社會則不允許她們的願望實現。

幫助者/敵對者: 幫助者與推動主體實現其目標的發送者有相似的作用。敘事學者巴爾認為兩者有以下的分別:
(1). 發送者是一種決定性力量, 幫助者往往只給與局部的支持; (2), 發送者大多是抽象的, 幫助者是具體的; (3). 發送者只處於背景之中, 幫助者往往參與行動; (4). 發送者大多只有一個, 幫助者可以是多種人物; 至於敵對者是主體的對立面, 它構成對主體挑戰或破壞[41]。以愛情故事為例, 父親千方百計反對和破壞女兒的親事, 就是處於敵對者的

---

[41] 米克・巴爾(Mieke Bal): 《敘述學: 敘事理論導論》(*Narratology: Introduction to the Theory of Narrative*, 北京: 中國社會科學出版社, 1995), 頁30-31。

位置, 前往說項的就是幫助者(以上見胡亞敏《敘事學》)[42]。

大抵格雷馬斯的「行動元」仍有一定程度的抽象性, 要安排對號入座需要想像力, 《結構語義學: 方法研究》舉的實例可爲明證: 馬克思主義思想, 是以服務人類爲目的, 其「行動元」分配如下:

> 主體: 人
> 客體: 無階級社會
> 發送者: 歷史
> 接受者: 人類
> 敵對者: 資産階級
> 幫助者: 工人階級 [43]

2. 〈假日〉的行動元

〈假日〉的主題是「追求快樂」, 主體是敘述者, 客體是快樂。快樂在〈假日〉中可理解爲對生命的熱愛, 其中談環境保護, 則是對大自然的泛愛。依愛情原理分析, 主體期待著客體的回應, 因此主體也是客體, 客體也是主

---

[42] 胡亞敏, 頁147-148。

[43] 格雷馬斯: 《結構語義學: 方法研究》(*Sémantique Structurale: Rechryche de Méthode*, 吳泓緲譯, 北京: 三聯書店, 1999), 頁258。

體。發送者是一種力量，對應的是對生命的熱愛，敵對者是令人不快樂的事實，例如電影中毆打民衆的軍隊，西西的世界是充滿愛和快樂的童話世界，因此敵對者很少。幫助者大概又是作爲敘述者的主體，因爲敘述者追求快樂，又給讀者分享他的快樂。敘述者可能同時擔當主體、客體、幫助者的角色。

主體	敘述者
客體	快樂、敘述者
發送者	對生命的熱愛
接受者	人類、大自然(從環保的主題去聯想)
敵對者	破壞爲人類謀幸福快樂的人(殘暴的警察、破壞自然環境的人)
幫助者	敘述者(讓讀者分享快樂)、教宗、收養流浪貓的朋友、經常來電聊天的摯友)

五、結論

　〈假日〉有以下的特色: (1). 以童話色彩加上作者追求快樂的人生觀，形成一種「反寫實」的「陌生化」; (2), 具備「後設小說」重視自我意識的前衞特徵; (3). 吸收意識流小說的音樂效果，把文體以詩和散文詩的形式表達; (4).

在結構上以重複「中心句」的方式, 有著四重奏的音樂效
果; (5). 什克洛夫斯基「梯級性的排比」成為西西取消故
事情節的重要技法; (6). 否定傳統小說的故事與情節, 有
著「反小說」的特徵。

假日是一篇很成功的「反小說」, 當然讀者必須明白其中
的寫作技巧, 才會知道作者實在獨具匠心。

~~~~~~~~~

參考文獻目錄

BA

巴爾, 米克 (Bal, Mieke): 《 敘述學: 敘事理論導論 》
(*Narratology: : Introduction to the Theory of Narrative*),
北京: 中國社會科學出版社, 1995。

CHEN

陳潔儀: 《閱讀肥土鎭——論西西小說的敘事》, 香港: 牛津
大學出版社, 1998。

DANG

當代文學史料影像全文系統,
http://readopac.ncl.edu.tw/html/frame11.htm

GE

格雷馬斯 (Greimas, A.J.):《結構語義學: 方法研究》
　　(*Sémantique Structurale: Rechryche de Méthode*), 吳泓緲
　　譯, 北京: 三聯書店, 1999。
　　HE
何福仁:〈童話小説: 與西西談她的作品及其他〉,《西西卷》,
　　香港: 三聯書店, 1998, 3版, 1992年初版, 頁341-353。
──:〈臉兒怎樣説: 和西西談〈圖特碑記〉及其他〉,《西
　　西卷》, 香港: 三聯書店, 1998, 3版, 1992年初版, 頁354-
　　363。
──:〈《我城》的一種讀法(摘錄)〉,《西西卷》, 香港: 三
　　聯書店, 1998, 3版, 1992年初版, 402-412。
──編:《西西卷》, 香港: 三聯書店, 1998, 3版, 1992年初版。
　　HU
胡亞敏:《敘事學》, 武昌: 華中師範大學出版社, 1994。
　　LEI
雷蒙-凱南, 施洛米絲(Rimon-Kenan, Shlomith)·《敘事虚構作
　　品: 當代詩學》(*Narrative Fiction: Contemporary Poetics*),
　　姚錦清譯, 福建: 廈門大學出版社, 1991。
　　LIN
林以亮:〈像西西這樣一位小説家(摘錄)〉,《西西卷》, 何福
　　仁編, 香港: 三聯書店, 1998, 3版, 1992年初版,
　　SHI
什克洛夫斯基:〈短篇小説和長篇小説的結構〉("The
　　Construction of the Short Story and of the Novel"),《俄國

形式主義文論選》, 蔡鴻濱譯, 北京: 中國社會科學出版社, 1989, 頁141-142。

——: 《散文理論》(*The Theory of Prose*), 劉宗之譯, 南昌: 百花文藝出版社, 1994。

WO

渥厄, 帕特莎(Waugh, Patricia): 《後設小說: 自我意識小說的理論與實踐》(*Metafiction*), 錢競、劉雁濱譯, 臺北: 駱駝出版社。

YA

瘂弦: 《如何測量水溝的寬度》, 臺北: 聯合文學, 1987。

ZHANG

張惠娟: 〈臺灣後設小說試論〉, 《當代臺灣評論大系》, 鄭明娳主編, 臺北: 正中書局, 1993, 卷3, 頁201-227。

ZHONG

中 華 民 國 期 刊 論 文 索 引 影 像 系 統 , http://readopac.ncl.edu.tw/html/frame1.htm

ZHU

朱立元: 《當代西方文藝理論》, 上海: 華東師範大學出版社, 1997。

Culler, Jonathan. *Structurist Poetics: Structuralism Linguistics and the Study of Literature*. London and Henley: Routledge & Kegan Paul, 1980.

Friedman, Melvin J.. *Stream of Consciousness: A Study in Literary Method*. New Haven, Yale UP, 1955.

Kermode, Frank. *The Sense of an Ending: Studies in the Theories of Fiction*. New York: Oxford UP, 1967.

Martin, Wallace. *Recent Theories of Narrative*. Ithaca and London: Cornell UP, 1986.

~~~~~~~~~~~~~

英文摘要(abstract)

Lai, Wood Yan, "Effacing Story and Plot: An Analysis of Xi Xi's 'Jiari'"

Associate Professor, Department of Chinese, The University of Hong Kong

Xi Xi's 'Jiari' writes in an approach of stream of consciousness that cancels out story lines and effaces story plot. The content is divided into four parts and paused in-between. The rhythm of the fiction structures like a quartet. Besides, it also contains the peculiarities of Meta-fiction.

~~~~~~~~~~

論文重點

1. 西西〈假日〉是一篇取消故事和淡化情節的意識流小說;

2. 以童話色彩加上作者追求快樂的人生觀,形成一種「反寫實」的「陌生化」;

3. 具備「後設小說」重視自我意識的前衛特徵;

4. 吸收意識流小說的音樂效果,把文體以詩和散文詩的形式表達;

5. 在結構上以重複「中心句」的方式,有著四重奏的音樂效果;

6. 什克洛夫斯基「梯級性的排比」成為西西取消故事情節的重要技法。

7. 以格雷馬斯「行動元」分析,則西西的世界是充滿愛和快樂的童話世界,因此敵對者很少;

8. 幫助者大概又是作為敘述者的主體,因為敘述者追求快樂,又給讀者分享他的快樂;

9. 敘述者可能同時擔當主體、客體、幫助者的角色。

10. 主體是敘述者,客體是快樂。快樂在〈假日〉中可理解為對生命的熱愛,其中談環境保護,則是對大自然的泛愛。依愛情原理分析,主體期待著客體的回應,因此主體也是客體,客體也是主體。

~~~~~~~~~~~~~

特約講評人：陳學超

陳學超(Xue Chao CHEN)，文學博士，曾爲中國西北大學和日本名古屋學院大學教授，現執教於香港教育學院中文系，並爲北京師範大學兼職博士研究生導師。主要著作有《中國現代文學思潮史》、《認同與嬗變》、《現代文學思想鑒識》等。

　　香港是中西文化交匯之地，其多元自由的特點和兼收並蓄的精神，使香港文學有一種嫻雜中西、流派紛呈的特徵。較之中國內地和臺灣，它對西方現代、後現代主義的創作方法，接受得似乎自然、理智一些，既沒有表現出過分的熱情，也沒有人爲地加以拒斥。從五十年代創刊的《文藝新潮》，到六、七十年代以後的《新思潮》、《好望角》、《盤古》、《文藝伴侶》雜誌，以至《香港時報。淺水灣》文藝副刊，對西方現代主義、後現代主義的理論和創作的推介、倡導一直沒有停止，因而在香港作家中也出現了一些接受現代派影響大膽實驗、勇于創新者，其中小說創作方面孜孜耕耘、成績驕人者，西西是有代表性的。而黎活仁教授這篇以後現代理論對西西小說《假日》的解讀，則又讓我們看到了香港後現代文學批評的一個側影。

後現代批評對小說文本解讀時，文本闡釋往往只是營造理論的手段，解釋理論才是其更高層次的目的。所以讀這類論文時，我總是先做好思想武裝，準備進入玄虛、晦澀的理論堡壘。但是，讀完這篇後現代批評解讀，卻沒有這種壓力。準確地說，我感到作者在將後現代批評向著淺俗化、現實化的方向作出了自己的選擇。關於西西《假日》的「後役小說」特徵，作者從「以兒童視覺形成『陌生化』」以「反現實」；「在小說中談論創作和暴露謀篇的過程」；「說書式的敘述者」的運用三個方面進行說明，深入淺出，詞清意切。關於《假日》採取散文化的手法，取消故事與情節，作者則較為細緻地分析了作品的意識片段，從每一節每一段的內容排列看作品的「情節」開放和「離題」策略，沒有把讀者引入西方「敘事學」的理論迷宮，卻有理論深度地說明了主旨。這種趨向，也許會使現代派文學贏得更多的讀者。

綜觀全文，第一部分「西西《假日》的位置」，提出了問題，但未能給予有力的邏輯論證和中肯的結論，是本文的一大缺憾。只說「成功」是不夠的，還需要力排眾議，說明這篇小說在作者所有小說中的獨特地位，在香港文學中的地位，乃至在中文文學中的地位，才算解答了自己提出的問題，實現了讀者的期待。

第四部分「格雷馬斯的人物分析」，則嫌單薄，也與全文論述情節結構的中心聯繫不緊。格雷馬斯「行動元」

和《假日》「行動元」的分析均缺少理論的穿透力。這一段刪去, 對全文亦無大傷。

~~~~~~~~~~

特約講評人: 尹昌龍

尹昌龍(Chan Long YIN), 男, 1965年出生。文學博士, 畢業於北京大學中文系, 現當代文學專業。現工作於深圳市特區文化研究中心, 任副主任, 副研究員。著有《1985: 延伸與轉折》(1998)、《重返自身的文學: 當代中國文學實踐中的話語類型考察》(1999)。

　　西西作爲香港當代文學實踐中最具探索精神的作家, 她的作品的試驗性、形式性、陌生感, 不僅僅爲業餘性的閱讀設置了障礙, 對專業性的研究也構成了挑戰。實際上, 她以其創作解構了我們既存的關於文學的種種預設。比如她的小說, 會讓我們再次思考這樣一些根本性的問題, 小說到底是甚麼? 小說可以怎麼寫? 因此, 解讀她的小說, 幾乎是與對解讀者自身的解讀同時到來。通過這種閱讀, 我們打碎了一些東西, 然後又想象了一些東西, 而文學或我們自身因此可能會敞開一些新的可能性。

　　〈假日〉作爲西西個人最喜歡的一類作品, 選擇這樣一個文本進行解讀, 無疑是進入西西文學世界的較爲準確

的通道。黎活仁教授也正是通過對〈假日〉的分析，闡發
出西西在寫作中所體現出的獨特的「寫法」。當前由於「文
化研究」對文學研究領域的大規模入侵，文學研究似乎正
日益喪失著自身的方法和個性，而象黎活仁教授這樣堅守
文學研究的本位立場，通過對敘事學理論和小說理論的應
用，展示出了文學研究自身獨有的技術理性。實際上，西
西的小說更多地回到某種形式化的、文體性的小說自身，
而運用這種屬於文學研究自身或小說研究的獨特技術進
行分析，無疑更貼近西西的小說理念和文學追求。80年代
香港作家西西的小說讓人想起同樣是80年代的大陸作家
馬原的小說，它們對小說的新奇的、陌生的「寫法」，無
疑給小說文體自身帶來了革命性的變化，從某種意義上講，
西西、馬原對80年代華文文學中小說寫作的技術性推動，
應該是具有極為深遠的影響的。而黎活仁教授對西西小說
的分析也讓人想起當年批評家吳亮對馬原小說的評點，這
類批評，它的獨特之處和迷人之處在於，作家和批評家在
進行一種智慧上的較量，互相在掙脫對方，又互相在把握
對方，而這種較量最終將落實到對小說技術的領悟能力
上。黎教授的這篇論文，當然是在講述西西的小說技巧，
但同時也是在講述他自身對小說的技術性理解。在敘事理
論的武裝之下，黎教授進入這場「較量」似乎並不遜色。

　　但是，細讀這篇論文之後，也生發出一些疑問或設想：

　　1、論文以「後設小說」理論來對〈假日〉進行定位、
分析，但問題是，僅僅根據張惠娟的〈臺灣後設小說試

論〉一文作爲理論來源, 總讓人放心不下。因爲後設小說
(Meta-fiction)的命名來源於西方, 這當中經過了多次的研
究, 不對這些研究進行研究, 而僅僅是「輕鬆地」取過一
個人的一個論點就開始爲我所用, 在合法化和合理上似乎
有些不足;

　　2、僅僅以「取消故事與情節的小說」來對〈假日〉進
行歸類, 似乎不夠全面, 也不盡準確。至少文中所作「後
設小說」的定位與此歸類之間還有不少的差異之處。而在
論文第四部份「格雷馬斯的人物分析」中, 論者也並沒有
再就「取消故事與情節」的情況作出闡發, 當然這一部份
突然引入格雷馬斯理論也顯得有些突兀, 影響了論文的
「連貫性」。全篇如果從「小說類型與敘事技術」來整體
設論, 可能更能涵蓋文中的內容。

　　3、僅僅就西西的一篇小說作出具有極強技術性的分析,
似乎還有些不夠。問題在於, 如果不談論這篇小說與西西
創作的整體性的技術美學的關係以及在這種美學的地位,
就予人以零散化、個別性之嫌。當然還可以由此再進一步,
西西這篇小說以及西西個人的技術美學對香港80年代文
學實踐的影響是甚麼, 還可再作解析。而一旦進入一種更
大範圍的語境中, 對西西的作品和技術, 我們可能獲得某
種更有價值的「歷史眼光」和「整體想象」。

　　以上建議僅僅作爲參考。因爲就我個人而言, 對西西
的小說和香港80年代文學本身就缺乏知識性的了解, 作出
的建議可能也就不足爲信了。

~~~~~~~~~~

特約講評人: 吳予敏

吳予敏(Yu Min WU), 1954年生, 西北大學中文系碩士, 中國
社會科學院文學研究所文學博士(1989), 現爲深圳大學傳
播系教授、系主任, 著有《美學與現代性》、《無形的網
絡——從傳播學角度看中國傳統文化》。

　　文學創造是十分精緻的審美活動。人類用很多時間編
故事、說故事、聽故事。故事要編得好, 編得新鮮。問題
是, 在個人創作之前, 所有的故事, 都象是從一個龐大無
比的文化巨冊裡摘出來的。意義的結構或隱或顯地擺在故
事裡。聽故事, 實際上是不知不覺的接受那個意義結構。
爲每個人的頭腦安裝意義結構, 是文明的伎倆。再者, 講
故事聽故事, 也是自我的擴張, 自戀的外顯。種種的撲朔
迷離滿足自我的幻想。如果, 超越了這兩種基本的說聽故
事的方式, 故事本身可能成爲一件精緻的工藝品。講述一
個故事, 就象構思和彫琢工藝品。那麼, 聽故事就成了純
粹的美的欣賞。當然, 美的欣賞也需要訓練、成熟老道的
眼光, 又要有盎然的生趣, 游戲般的挑戰的衝動。黎活仁
教授的關於西西小說的評論, 就讓我們經歷了一次美的欣
賞。

　　黎活仁教授選擇西西的小說來作研究, 是很典型的。
在香港這樣商業化的地方, 純文學生長的艱難不言而喻。
關鍵是創作純文學的那種心態, 是很難找到, 很難保持。
超越了政治、商業、道德的功利, 執著對生活的形式的玩
味, 由衷的喜悅, 技藝的精緻地擺弄, 對於讀者全無勸
誘、干擾的企圖, 只有盛意的邀請, 猶如精心準備了豐
宴。西西的作品體現了這種心態。

　　純藝術的美麗自然有待慧眼人。香港作家對文學敍述
技藝的創新實踐, 過去文學研究界很少談及, 更不用說精
細的讀解了。一來, 不大注意香港還有純文學; 二來, 研究
者自己也難得有賞玩純文學的心境和技術。西西的創作遠
離我們習慣遭遇的意義結構, 她的實驗的結果顯然無法用
衡量意義結構的尺子來度量。黎活仁教授嫻熟地運用意識
流、形式主義、結構主義、敍述學等多種批評方法, 從小
說的情節、人物、謀篇佈局、節奏、視點各個層面對西西
作品進行分析解讀, 讓我們透過童話般的故事, 感受到作
家的藝術匠心。這種貼近作品的評論, 是給人很多藝術啓
迪的。

　　中國大陸長期以來批判藝術上的所謂形式主義。這導
致在很長的時間裡文學作品的藝術技藝的粗陋。在八十年
代後期到九十年代, 一批實驗性的小說, 嘗試套用西方文
學的敍述策略, 以及使用西方文藝理論的對於技藝的總結,
創作純文學, 講究敍述形式和結構技巧。大陸至今對於香
港作家的探索還注意不夠。對於真正的藝術家來說, 已經

成爲慣例的藝術形式給他的困擾和阻滯，決不亞于他在探索意義結構時所感到的焦慮。意義結構總歸是隱含在敘述的形式裡。敘述形式包含著人對時間、空間、生命狀態、生活趣味、自我和他我的種種感知。敘述形式在一定的意義上說，就是作家的特殊的生命感知形式。每個人都有屬於自己的生命感知形式。但是，惟有作家才能將一般的生命感知形式轉化爲文學敘述形式。如果不穿越作家的文學敘述形式，也就無從拓展我們的生命感知。這大概就是我們從西西小說的形式讀解裡領悟的美學意義吧。

[責任編輯: 白雲開博士]

浮城的符象閱讀

■劉自荃

作者簡介：劉自荃（Paris Chi
Chuen LAU），香港中文大
學英文系碩士，倫大東方
學院博士生。曾任香港樹仁
學院英文系系主任及高級
講師。現任教於香港理工大
學通識教育中心。譯作包括
《解構批評：理論與應
用》、《後現代主義的政治
學》及《逆寫帝國：後殖民
文學的理論與實踐》等。

論文提要：論文從西西對自我
的命名，到城市的命名，以
童心與直覺，探討一種神話符號學的閱讀可能性。所援引
的小說，包括〈肥土鎮的故事〉、〈蘋果〉、〈鎮咒〉、

〈浮城誌異〉、〈肥土鎮灰闌記〉、〈宇宙奇趣補遺〉等八十年代作品。

關鍵詞（中文）：名 義 實 文本 脈絡 意義 符象 神話 符號學系統 隱晦不定性 自由浮動 符號的鏈串 神話符象 選字軸 被竊的名字 符象的帝國

關鍵詞（英文）：signifier, signified, referent, text, context, meaning, sign, mythology, semiological system, ambivalence and undecidability, free play, chain of signifiers, mythological sign, paradigmatic axis, stolen language, empire of signs

一、閱讀、寫作與遊戲

香港作家西西的小說曾被貶爲結構鬆散、人物面目模糊、文字不夠清通等。詩人何福仁卻偏生建議把小說推薦給年輕人。[1] 他大抵認爲年輕人不像評論家，沒有對小說的成見與執著，可以擺脫慣常的閱讀方法，用孩子的眼睛看世界，用孩子的耳朵聽故事。童心與直覺，有時可以遠勝於學院式的精微訓練；遊戲時的直率反應，亦不亞於學院裏的多年研究。

---

[1] 何福仁：〈《我城》的一種讀法〉，見西西：《我城》(增訂本。臺北：允晨文化, 1996), 頁240。

　　閱讀西西的肥土鎮時，研究生陳潔儀努力從西方的敘事學角度，找尋不同敘事層中的敘事人，以解釋小說。[2]但其閱讀會不會反而墮進學院式的舊窠臼中，越陷越深呢？何福仁借洋蔥的無核心結構，復以《清明上河圖》的移動視點，閱讀西西故事中的城市。這些皆可於西西小說集的代序如〈看畫〉及文章如〈洋蔥〉中得到合法的求證。[3]然而又有沒有更為天眞與戲謔的讀法呢？

　　西西喜歡看畫，喜歡聽故事，更喜歡會講故事的畫。[4]但假如在畫中看不到故事又怎麼辦呢？況且畫其實與小說不盡相同，西西自己也以爲小說是章節的貫連，電影由場鏡剪接，跟畫不大相近。畫是一種「孤寂的存在，旣沒有從前，也沒有以後。」[5]她喜歡的《清明上河圖》，其實不是一幅畫，而是一盞在重覆中向前邁進的走馬燈。[6]

---

[2]　陳潔儀：《閱讀肥土鎮－論西西的小說敘事》(香港：牛津大學，1998)，頁5-20。

[3]　西西：〈看畫〉，〈看畫〉(代序)，見西西：《鬍子有臉》(臺北：洪範，1986)，頁1-6；〈洋蔥〉，見西西：《畫/話本》(臺北：洪範，1995)，頁2-3。

[4]　西西：〈看畫〉，頁4,6。

[5]　西西：〈看畫〉，頁1。

[6]　西西：〈看畫〉，頁5。

二、書寫與命名

在小說集《像我這樣的一個女子》的代序〈造房子〉中，西西談到其筆名的由來。「西」字是一幅圖畫，一個象形文字，是一個穿著裙子的女孩子兩隻腳站在地上的一個四方格子裏的形象。如果把兩個「西」字並置在一起，就成了兩格菲林，一幅動畫，成了造房子或跳飛機遊戲中的一種跳格子的動作。[7] 跳格子跟爬格子的動作類同，自我的書寫跟小說的書寫，均在遊戲的重覆中邁進。意趣顯然不在格子之內，而在格子之間。

現實裏密西西比河、陝西西安、西西里島、墨西哥和巴西、聖法蘭西斯·阿西西、西西弗斯、西班牙和西印度群島中的西西，與自象形符號直覺感知的西西，相去甚遠。小說中城鎮的命名，跟現實中的香港，又有多少名實上的關係呢？造房子跟建城鎮是不是類同的活動？從七十年代的《我城》，到九十年代的《飛氈》，西西在重覆地玩著甚麼遊戲呢？

西西在自我命名的過程裏，不自覺地鬆解了名 (signifier) 與義(signified)／實(referent) 的固有關係，語言文字不再組構成文本(text)，自脈絡(context) 中蘊釀意義 (meaning)，反而還原爲圖象，自符號的視覺形態中解脫出新活的詮釋。所有循文本脈絡或借現實指涉釋義的慣常閱

---

7 西西：〈造房子〉，〈造房子—代序〉，見西西：《像我這樣的一個女子》(臺北：洪範，1984)，頁2。

讀方法，均難以解釋西西。因爲在全新的感知遊戲裏，語言中的符象已經轉化爲神話中的符象了。

三、神話符號學

科克(G. S. Kirk) 把神話看作是一些傳統故事，以口頭語言不斷轉述，其主題亦因應時勢，隨表演者與聽衆而有所增減，或被加添，或被遺忘。[8] 李維·史陀(Lévi-Strauss)則企圖把索緒爾 (Mongin-Ferdinand de Saussure, 1857-1913) 的結構主義語言學，應用於人類學上。[9] 神話有著潛意識的二元結構，其意義不在於個別的故事細節，反而在於其潛藏的關係結構之上。[10]

有別於科克與李維·史陀，

[8] G. S Kirk , *Myth: Its Meaning and Functions in Ancient and Other Cultures* (Berkeley and Los Angeles: Cambridge UP and U of California P, 1970), 74.

[9] Claude Lévi-Strauss, *Structural Anthropology* , trans. Claire Jacobson and Brooke Grundfest Schoepf (Harmondsworth: Penguin, 1977), 31-54.

[10] Lévi-Strauss, *Myth and Meaning* (London: Routledge, 1978.), 23.

羅蘭‧巴爾特(Roland Barthes, 1915-1980) 認爲, 神話不會
是一件物件、一個概念或一個意念, 而是一種表意的模
態、一種形式。神話是一種傳遞訊息(message) 的話語
(speech), 可以是口頭的、書寫的, 甚至可以是攝影、電
影、報告、運動、表演及宣傳。神話不屬於語言學, 而屬
於符號學(semiology) 的範疇。神話研究不過是符號學這博
大的符象科學(science of signs) 中的一環罷了。[11]

　　對於巴爾特來說, 神話是一種第二序列(second order)
的符號學系統(semiological system)。在語言這第一序列的
系統中, 名與實有著固定的關係, 巴爾特喚之爲語言物象
(language-object), 而名與義則組成了符象(sign)。在神話這
第二序列中, 固定的關係被鬆解、符象的意義被懸空, 成
爲一個空置的符號。這時文字與圖象再無分別, 都是一種
純粹的表意作用(a pure signifying function), 都是符號鏈串
中的一個名字。[12]

　　也許西西在小說中不斷尋找的, 亦正是這樣的一個名
字, 一個在神話這第二序列中, 被鬆解、被空置的符象。
在八十年代的符號鏈串裏, 它有時叫做肥土鎭, 有時叫做
浮城。

---

[11] Barthes, *Mythologies*, trans. Annette Lavers (London: Jonathan Cape, 1972), 117-119.

[12] Barthes, *Mythologies*, 123, 124.

四、浮城的創世與啟示

　　西西故事中的城市，肇始於人們的記憶之前，消亡於
神物的夢覺之後。浮城的開始，好比混沌初開：

> 　　是怎麼開始的呢，只有祖父母輩的祖父母們才
> 是目擊證人。那是難以置信的可怕經歷，他們驚惶
> 地憶溯：雲層與雲層在頭頂上面猛烈碰撞，天空中
> 佈滿電光，雷聲隆隆。而海面上，無數海盜升起骷髏
> 旗，大炮轟個不停，忽然，浮城就從雲層上墜下來，
> 懸在空中。[13]

浮城的結束，則有若洪水重臨：

> 　　我們是住在一隻大海龜的背上，海龜如今睡覺
> 了，一旦醒來，浮土鎮就會又沉到大海裏去。[14]

浮城的出現，是祖父母輩的祖父母們流傳下來的一個故
事。以口語代代相傳，自然因應時勢，有所增補。所謂可
怕經歷，果真令人難以置信。浮城的結束，則仿如一夢，多
少繁華，盡皆付諸流水。一切無端得來，亦輕易失去。

---

[13] 西西：〈浮城誌異〉(1986年4月)。見西西：《手卷》(第3版，臺
北：洪範，1989)，頁1。

[14] 西西：〈肥土鎮的故事〉(1982年10月)。見西西：《鬍子有臉》(臺
北：洪範，1986)，頁78。

浮城之「浮」，名實相應，城鎮仿如氫氣球那樣，懸在
半空：

> 頭頂上是飄忽多變的雲層，腳底下是波濤洶湧
> 的海水，懸在半空中的浮城，既不上升，也不下沉，
> 微風掠過，它只略略晃擺晃擺，就一動也不動了。[15]

不獨浮城在浮，浮城中的人也在浮；浮城若夢，城中的人
亦浮在夢中：

> 到了五月，浮城的人開始做夢了，而所有的人
> 都做同樣的夢，夢見自己浮在半空中，既不上升，
> 也不下沉，好像每個人都是一座小小的浮城。浮人
> 並沒有翅膀，所以他們不能夠飛行，他們只能浮著，
> 彼此之間也不通話，只默默地、肅穆地浮著。整個
> 城市，天空中都浮滿了人。[16]

傳說中的城鎮，懸在空中，浮於夢裏；記憶中的城鎮，亦浮
游於半真半假：

> 我的記憶中有一個小鎮：滿街都是杏仁
> 樹。……

---

[15] 西西：〈浮城誌異〉，頁1。
[16] 西西：〈浮城誌異〉，頁4。

　　那是一個既真實又虛幻的小鎮。我不知道我記
憶的是小鎮的軀體還是它的靈體。[17]
　　一切都是那麼真實，但卻又不像是真的。[18]

浮城的創世，是城中書寫歷史以前，傳說與記憶之間的一段神話。浮城的末日，則是歷史文本以外，一段依然空白、尚待書寫的啓示。浮城之「浮」，其名既指向城鎮之體墜於浮雲，懸在空中，浮在龜背，飄流於大海的實。亦指向其歷史現實的義，浮於傳說與記憶、文本與空白之間，半真半假。

　　浮城不獨浮在半空，亦浮於時間，浮游於零與壹之間：

　　那是重要的時刻，絕對的時刻，一輛火車頭剛
剛抵達。[19]
　　時間零總是令人焦慮，時間一將會怎樣，人們
可以透過鏡子看見未來的面貌麼？[20]

浮城的鏡子，只能照見過去。時間只好浮游於新舊交替之中。這是一個看不到將來的年代，一處過渡的空間：

---

[17] 西西：〈鎮咒〉(1984年10月)。見西西：《鬍子有臉》(臺北：洪範, 1986), 頁141。
[18] 西西：〈肥土鎮的故事〉, 頁80。
[19] 西西：〈浮城誌異〉, 頁10。
[20] 西西：〈浮城誌異〉, 頁12。

不論古代還是現代，舊的尚未過渡，新的仍未
到來，這仍是一個灰昧昧的年代。[21]

城鎮並不需要上演戲劇，因爲它本身就是舞臺。一切
都是眞事，何需搬演。這也不是古代，而是現在。城鎮裏
的人好比《灰闌記》裏的小孩子，浮盪於親娘與代母之間，
無力爲自我命名與定位，他只能問：

已經這麼多年了，難道你們還不讓「我」長大
嗎？[22]

然而灰闌裏的小孩子，正好能以自己的眼睛看世界，以自
己的耳朵聽故事。以童心與直覺，擺脫成年人世界的虛妄，
玩自己愛玩的遊戲。

五、被竊的名字

城鎮的名字，浮游不定。有時是名與實的相應：

肥土鎮本來叫做浮土鎮。整塊土地貼附在一頭
大海龜的背上，浮來浮去，無所依歸。[23]

---

[21] 西西：〈肥土鎮灰闌記〉(1986年12月)。見西西：《手卷》(第3
版。臺北：洪範, 1989), 頁78。
[22] 西西：〈肥土鎮灰闌記〉, 頁120。

有時是口語和文字, 語言上選字軸(paradigmatic axis) 的歧異
錯位:

> 　　最初的時候, 肥土鎮的名字, 並不叫做肥土。
> 有的人說, 肥土鎮本來的名字, 叫做飛土;有的人卻
> 說, 不是飛土, 是浮土。[24]
> 　　把肥土鎮又寫成了浮土鎮。老是寫:非土鎮、
> 浮土鎮、飛土鎮、否土鎮, 就是不肯安安份份地寫:
> 肥一土一鎮。[25]

肥/飛/浮/否土鎮, 浮游變動, 難以定名。

　　浮城之「浮」, 也可能是傳說與記憶之間, 一個被竊
的名字。暫時以隱晦的神話, 現存的符象, 替代現實及語
言上的匱乏。羅蘭・巴爾特便曾指出, 神話是一種被竊的
語言(stolen language)。[26] 浮城之「浮」, 其名可脫離於實
與義, 自由浮動(free play) 於符號的鏈串(chain of
signifiers), 成為神話符象(mythological sign) 的一種遊
戲。

---

[23] 西西:〈宇宙奇趣補遺〉(1988年1月)。見西西:《母魚》(臺北:
　　洪範, 1990), 頁145。
[24] 西西:〈肥土鎮的故事〉, 頁39。
[25] 西西:〈蘋果〉(1982年12月)。見西西:《像我這樣的一個女子》
　　(臺北:洪範, 1984), 頁203。
[26] Barthes, *Mythologies*, 142.

> 他們都到外面去尋找了。……讓我們去尋找那
> 奇異的蘋果, 他們說。讓我們吃一口蘋果然後立刻
> 睡眠, 他們說。讓一切不如意的事、可怕的命運都
> 在睡眠中度過, 他們說。讓我們醒來的時候, 看見一
> 個美麗的國家, 人民可以安居樂業, 無憂無慮, 他
> 們說。[27]

「蘋果」其實並不是蘋果, 而是一個符象, 一個神話, 一個
在傳說與記憶之間, 早已被竊的名字。若有所失, 不斷追
尋:

> 有星的晚上我抬頭看天, 尋找一個名字, 或者,
> 有一顆星, 叫約克那帕塌法。但我記憶中的小鎮有
> 另一個名字, 名字還是不要讓別人知道, 免得被人
> 作賤。[28]

> 我記憶中的小鎮彷彿也有一個會到處跑的影
> 子, 我能感覺它的移動、它的飛翔。[29]

---

[27] 西西: 〈蘋果〉, 頁203-204。
[28] 西西: 〈鎮咒〉, 頁141。
[29] 西西: 〈鎮咒〉, 頁142。

空中樓閣，水裏城池，都不過是一個虛幻流動的名字，一個符
號在格子間的自由跳動而已。

六、符象與城鎮

　　鄭樹森教授以「變化瑰奇」作為西西近三十年的小說
創作中，最顯著的特色。西西的創作歷程，從現實主義到
後設小說，既有歷史神話的再詮釋，亦有魔幻現實主義的
虛與實。別樹一幟的選材，加上對講故事的方式鍥而不捨
的追求，正是文學生命不會枯竭的保證。[30]　然而三十年來，
從七十年代的《我城》，經八十年代的浮城與浮＼肥土鎮，
到九十年代的《飛氈》，西西顯然在重覆著同一選材，以
不同的講故事方式，說著同一個故事。她到底在語言文字
中，鍥而不捨地尋找些甚麼呢？

　　西西閱讀卡爾維諾(Italo Calvino, 1923-1985)的《命運
交匯的城堡》(The Castle of Crossed Destinies)時，把後現
代小說最顯著的面貌，定義為複製與增殖。[31]　那麼她自己
在三十年裏，重覆著同一選材，以不同的講故事方式，說
著同一個故事。是否也是一種後現代的複製與增殖呢？複
製與增殖，不也是一種在重覆中不斷邁進的遊戲嗎？

---

[30] 鄭樹森，〈讀西西小說隨想〉，見西西：《母魚》(臺北：洪範, 1990),
　　頁1-5。
[31] 西西：〈複製〉，見西西：《畫/ 話本》(臺北：洪範, 1995),頁10。

在分析小說〈東城故事〉後，鄭樹森教授率先指出，小說裏現身的西西，跟封面署名的西西之間的虛實輳轕，有著某種辯證張力，在認同與不認同之間，可以不斷地引發讀者的興趣。[32] 如此說來，在自我的命名（作者與敘事人）上，西西顯然早已鬆解了名與實的關係，以浮動的符號，跟讀者在玩著一個在認同與不認同之間的遊戲。然而符象與城鎮的名實兩者，又有何辯證上的張力呢？

西西每一篇小說裏的城鎮，都不過是格子框構裏的一個神話符象。八十年代的浮城，正好在《我城》與《飛氈》的格子之間。故事中的城市，既是傳說中的城市，亦是記憶中的城市，意義浮游於舊有的語言與初現的神話之間。其隱晦不定性(ambivalence and undecidability)，須以童心與直覺，在符象之間跳躍游移，才可得到樂趣。獨樂樂與衆樂樂，難以論定，用西西的話來說：

> 「那是一種熱鬧的遊戲，也是一種寂寞的遊戲。」[33]

西西的浮城好比莫泊桑(Guy de Maupassant, 1850-1893)眼中的艾菲爾鐵塔，又好比羅蘭・巴爾特眼中的東

---

[32] 鄭樹森：〈讀西西中篇小說隨想〉，見西西：《象是笨蛋》(臺北：洪範, 1990), 頁3。

[33] 西西：〈造房子〉，見西西：《像我這樣的一個女子》(臺北：洪範, 1984),頁3。

京。在巴黎, 艾菲爾鐵塔是無所不在的, 只有在鐵塔中吃午飯, 才看不見它。[34] 東京的中心, 其實是空置的, 以沒有中心爲中心。[35] 浮城的符象, 正好游走於見與不見、中心與邊緣之間。讓尚有童心與直覺的人, 遊玩一番。

~~~~~~~~~

參考文獻目錄

CHEN

陳潔儀:《閱讀肥土鎮——論西西的小說敘事》, 香港：牛津大學, 1998。

HE

何福仁:〈《我城》的一種讀法〉, 見西西:《我城》。增訂本。台北：允晨文化, 1996, 頁219- 240。

——編‧《西西卷》, 香港：三聯, 1992。

XI

西西:〈複製〉。見西西:《畫/ 話本》, 台北：洪範, 1995, 頁10-11。

---

34 Barthes, "The Eiffel Tower", In *The Eiffel Tower and Other Mythologies*. trans. Richard Howard (Berkeley, Los Angeles and London: U of California P, 1997), 3-17.

35 Barthes, *Empire of Signs* trans. Richard Howard (NY: Hill and Wang, 1982), 30-32.

——: 〈盒子〉。見西西：《畫/ 話本》，台北：洪範, 1995,
頁42-43。

——: 〈看畫〉 (代序)。見西西：《鬍子有臉》，台北：洪範,
1986, 頁1-6。

——: 〈洋蔥〉。見西西：《畫/ 話本》，台北：洪範, 1995,
頁2-3。

——: 〈造房子─代序〉。 見西西：《像我這樣的一個女子》,
台北：洪範, 1984, 頁1-3。

——: 〈肥土鎮的故事〉，見西西：《鬍子有臉》，台北：洪
範, 1986, 頁39-80。

——: 〈蘋果〉，見西西：《像我這樣的一個女子》，台北：
洪範, 1984, 頁195-204。

——: 〈鎮咒〉，見西西：《鬍子有臉》，台北：洪範, 1986,
頁133-148。

——: 〈浮城誌異〉，見西西：《手卷》。第3版。台北：洪範,
1989。頁1-19。

——: 〈肥土鎮灰闌記〉，見西西：《手卷》，第3版。台北：
洪範, 1989。頁77-120。

——. 〈宇宙奇趣補遺〉，見西西：《母魚》，台北：洪範, 1990,
頁143-164。

ZHENG

鄭樹森： 〈讀西西小說隨想─代序〉，見西西：《母魚》。
台北：洪範, 1990, 頁1-5。

——.〈讀西西中篇小說隨想—代序〉, 見西西:《象是笨蛋》。台北：洪範, 1990, 頁1-8。

Kirk, G. S. *Myth: Its Meaning and Functions in Ancient and Other Cultures*. Berkeley and Los Angeles: Cambridge UP and U of California P, 1970.

Lévi-Strauss, Claude. *Anthropology and Myth: Lectures 1951-1982*. Trans. Roy Willis. Oxford: Basil Blackwell, 1987.

---. *Myth and Meaning*. London: Routledge, 1978.

---. *Structural Anthropology*. Trans. Claire Jacobson and Brooke Grundfest Schoepf. Harmondsworth: Penguin, 1977.

Barthes, Roland. "The Eiffel Tower." In *The Eiffel Tower and Other Mythologies*. Trans. Richard Howard. Berkeley, Los Angeles and London: U of California P, 1997. 3- 17.

---. *Empire of Signs*. Trans. Richard Howard. NY: Hill and Wang, 1982.

---. *Mythologies*. Trans. Annette Lavers. London: Jonathan Cape, 1972.

Zhang, Yingjin. *The City in Modern Chinese Literature and Film: Configuration of Space, Time, and Gender*. Stanford, California: Stanford UP, 1996.

~~~~~~~~~~

英文摘要 (Abstract)

Lau, Chi-chuen Paris, "A Semiological Reading of Xi Xi's Floating Cities"
General Education Centre, The Hong Kong Polytechnic University

This essay incisively notes a possible reading of Xi Xi from the perspective of semiology. The astute analysis ranges from the naming of the writer herself to the naming of cities, moreover, extends from the perspective of child's mentality to adult's intuition. The cited references are mainly published in the 1980s, which include: *Fei-tu Zhen, Pin Guo, Zhen Zhou, Fu Cheng Xi Yi, Fei-tu Zhen Hui Lan Ji*, and *Yu Zhou Qi Qu Bu Wei*. (摘要: 余麗文譯)

~~~~~~~~~~

論文重點

1. 學院式的閱讀訓練, 或以畫爲喻, 皆不能理解充滿童眞的西西筆下及眼中的世界。

2. 西西自我的命名, 與小說的書寫, 都是一種在重覆中邁進的遊戲。
3. 介紹三種閱讀神話的方式, 口語、結構主義及符號學。
4. 從符號學的角度, 看西西八十年代在故事中建設的浮城。

～～～～～～～～

特約講評人: 張慧敏

張慧敏(Hui Min ZHANG), 北大現當代文學碩士, 現在香港中文大學攻讀博士。曾發表論文多篇。

　　劉自荃教授將自己對西西作品的閱讀, 指認爲:「天眞與戲謔的讀法」。意在表明自己的閱讀是「以童心與直覺, 探討一種神話符號學的閱讀可能性。」

　　對西西的作品, 世面上已有許多閱讀闡釋, 劉氏試圖另闢佳徑。

　　對讀者群體的看重, 對閱讀方式的強調, 當是二十世紀思維方式在理論層面轉變之後, 所帶來的直接成果。劉氏的通篇閱讀, 都取於此方理論資源。

　　首先, 劉氏的閱讀基本取源於結構主義語言學理論, 主要強調符碼的「規則」與「結構」, 因此, 劉氏在閱讀過程中, 不斷提示:西西的小說發生在「格子」與「格子」

之間，如「浮城，正好在《我城》與《飛氈》的格子之間」。
意義生成於這符碼的結構中。

其次，劉氏強調思維之重要。其既涉及創作思維，亦包
括閱讀思維。劉氏文章直接引用結構主義人類學理論對神
話思維的討論，以神話的結構來闡釋西西語言的思維造型
和反映。其突出了西西創作思維的「編碼」和創造結構的
能力。故劉氏讀出：「西西每一篇小說裏的城鎮，都不過
是格子框構裏的一個神話符象。故事中的城市，既是傳說
中的城市，亦是記憶中的城市，意義浮游於舊有的語言與
初現的神話之間。其隱晦不定性，須以童心與直覺，在符
象之間跳躍游移，才可得到樂趣」。

最後，值得指出的是，劉氏自己在論文重點中提出的
「從符號學的角度，看西西八十年代在故事中建設的浮
城。」也就是說，其閱讀活動有重要部分是取源於符號學
理論。並由此言明其閱讀關注點是在「事實符號」，及對
這些符號的編碼；其閱讀興趣在於解碼本身。

巴爾特的符號學意義，除了告訴人們世界的經驗可以
「編成代碼」之外，更重要的是指出了：真正的作家是要
將人們帶入寫作本身，猶如畫家繪畫，他們希望閱者看到
的是自己怎樣使用顏色、形式和布局；音樂家希望呈現的
是音響，而不是論證和事件。其強調作品藝術不是載體，
而是作為目的本身。故劉氏以巴爾特闡述艾弗爾鐵塔的方
式指出：西西作品浮城之「浮」，指向名脫離於實與義；
肥土鎮，以現存的符象，替代現實及語言上的匱乏。

　　巴爾特理論的注意力，基本集中在讀者和閱讀行為方面，要求人們的閱讀興趣應集中在能指構成上，而不應任憑自我衝動越過能指轉到暗示的所指上。因此，劉氏認為，西西的作品是「一個符號在格子間的自由跳動而已」，因為「西西在自我命名的過程裏，不自覺地鬆解了名、義、實的固有關係，語言文字不再組構成文本，自脈絡中蘊釀意義，反而還原為圖象，自符號的視覺形態中解脫出新活的詮釋。所有循文本脈絡或借現實指涉釋義的慣常閱讀方法，均難以解釋西西。因為在全新的感知遊戲裏，語言中的符象已經轉化為神話中的符象了。」

　　這可說是劉氏文發掘出的西西作品之意。

～～～～～～～

特約講評人: 余麗文

余麗文(Lai Man YEE), 女, 1975年生, 香港大學畢業(1998)。英國Warwick大學英國殖民與後殖民文學碩士(1999), 現於香港大學亞洲研究中心「香港文化與社會計劃」任職研究助理。

　　閱讀劉教授的論文，可以發現其中三個最為有趣的地方；包括對閱讀方式的解讀、文字的書寫，與及對時間的處理。撮要地說劉教授的論文是精確地提示了閱讀西西

小說須特別注意其中的時間與空間的處理，現嘗試對劉教授的三大要點提出意見。

　　論文開宗明義地解說西西的小說有別於一般的「慣常閱讀方式」去閱讀，暗示認同了何福仁所言可能「用孩子的眼睛看世界，用孩子的耳朵聽故事」，比起學院式的批評更能眞切地理解文本中的故事。劉教授開啓了另一種的圖像閱讀，希望踰越文字空間的壓迫，也把文字從框架理念中得到解放。在書寫解放的同時劉教授也釐定了多種的規範，是文字框架的規範，也有學院的規範；所有解放的可能便只有在框框之間遊走。論文的書寫理念似乎並沒有實際協助釋放文本的浮動性，卻有著爲了表示理念的流動性而把圈子套在「所謂的學院派別」裡面，也似乎未自覺這種書寫背後卻是刻意劃分了學院／成年人？相對於非學院／非成年人？年輕人？的關係之中。然而這些概念若未能獲得深刻的分析，對於閱讀小說的時候也可能把文本的開放性限制和框架化。

　　除了是對概念的理解，劉教授也提出了西西對小說空間作一浮動性的處理，也就是給予了空間一種不受限制的做法。其中寫小鎮旣眞實也虛幻，也準確指認浮城之名「旣指向城鎮之體墜於浮雲，懸在空中，浮於龜背，飄流於大海的實。亦指向其歷史現實的義，浮於傳說與記憶、文本與空白之間。」這一種對符號／意義的反抗和解構，點明了西西希望突破一種強調眞實意義（歷史的眞實性／可研

究性）的質疑。西西也實是利用了對空間的不信任而動搖了歷史記錄的霸權處理。

另外論文中也提出了對命名的審視是以「隱晦的神話」「替代現實及語言上的匱乏」，這種對語言的懷疑更應置放於文字的書寫之中，作為對被僵化、被概念化的言語的抗拒。因此，在強調「說」，如引文中的「他們說」神話的隱喻，與及不「說」「文字」以免「被人作賤」，也似乎暗示了「說」與「寫」之間的弔詭性。這也大可以現在後殖民主義理論強調的「口述歷史」（Oral History），即以口述的弱勢社群歷史對抗於一般書寫的大敘事。這種「說」與「寫」的關係也可以與西西經常被描寫成「說故事」的作者作一扣合的閱讀。這些均是可作為閱讀西西小說如何利用文字的空間，與及文字所營造的空間對時間的解體。

～～～～～～～～

特約講評人: 毛少瑩

毛少瑩(Shao Ying MAO): 女，廣州中山大學哲學碩士，現任深圳市特區文化研究中心助理研究員。著有《香港普及文化初探》、《十九世紀香港文化一瞥》等論文10餘篇。

　　西西的小說我一直比較喜愛，也讀過一些評論。不過象劉先生這樣「以童心與直覺，探討一種神話符號學的閱讀可能性」，倒是一種少見的新穎嘗試。羅蘭·巴爾特在其《當代神話》(《神話學》的最後一節)中指出：任何符號學的分析，必須假定能指和所指之間的關係，即它們之間不是「相等」的而是「對等」的關係。我們在這種關係中把握的，不是一個要素導致另一個要素的前後相繼的系列，而是使它們聯合起來的相互關係。劉先生在論文中先借助詩人何福仁提出的「無核心結構」、「移動視點」及西西本人對其筆名的解釋，提出西西有意無意地松解了名(signifier)與義(signified)/實(referent)的固有關係。之後，列舉大量論據說明在西西的小說中，「語言文字不再組構成文本(text)，自脈絡(context)中蘊釀意義(meaning)，反而還原為圖畫，自符號的視覺形態中解脫出新活的詮釋。」。這種似乎可以稱之為如詩(大量充滿暗示與聯想的語言，跳躍鬆散的結構)如畫(富有視覺衝擊力和生動細節的描述)的符號是開放的，多義的。這樣，作者認為西西語言中的符象已經轉化神話中的符象，獲得了豐富的含義，因此西西的小說能給人以直觀生動、聯想跳躍、巨大而豐富的想象空間，甚至達到了某種圖像交流的程度，別具一格，魅力獨特。

　　我認為論文對西西小說的符號學解讀是成功的。作為香港本土最具創意與「實驗精神」的作者，西西的大量小說確實寫法奇特，難以用一般的文本解讀方法批評。西西

在藝術上深受拉美魔幻現實主義的影響，同時吸收西方現代主義的許多技法，往往用兒童的感覺去感覺，用兒童的語言去表達，西西自己稱為「頑童體」，而西西這一命名也可讀為「戲嘻」，包括「浮城」、「肥土鎮」等衆多的命名無不表達出西西的藝術態度。論文對西西小說的神話符號學解讀較好地把握了西西小說中能指與所指的關係。

另想提一點意見供劉先生參考：1.解讀背後的是什麽？可否更進一步表明，西西在這樣的命名與游戲中，表達了香港本土作家對香港這一「浮城」複雜而微妙的文化認同、身份認同，而小說家本人，在這工商社會裡，做的不過是「一種熱鬧的游戲，也是一種寂寞的游戲」(西西語)，而「浮城的符象，遊走于見與不見，中心與邊緣之間，讓尚有童心與直覺的人，遊玩一番而已。」

2.為更全面的理解西西的小說，可否提供西西小說的別的解讀方式進行比較，豐富論文內容，從而也就更好地證明作者符號學解讀的恰當？

僅供參考，謝謝！(完)

特約講評人：孫以清

孫以清（Yi-ching SUN），祖籍安徽省壽縣，1957年10月1日生於台北市。中國文化大學俄文系學士，美國德州大學奧斯汀校區（University of Texas at Austin）政治學博士。著有《U.S Arms Transfer policy during the Cold War Years 》及《美中台三角關係的再省思》等文。現任南華大學亞太所助理教授。

　　說一句老實話，這篇文章我雖然看懂一些片段，不過整體而言我並沒有信心說我抓的住劉先生整篇文章的主旨與重點。在反覆幾次閱讀這篇文章之後，我首先想到的問題是不能夠和作者溝通的原因到底是什麼。第一，我想我是一個文學的門外漢，文學的造詣不夠，尤其是對文學理論知識的缺乏，而劉先生卻引用了許多文學理論，在這種情況下，當然溝通是有困難的。第二，我想我對此文中的主角——西西的作品也沒什麼瞭解，當然沒有辦法瞭解劉先生的文章。所以，我在此也不談不上什麼評論，不過倒是可以提出我對這篇文章的一些感覺與看法。

　　以一個對文學沒什麼修養的人來說，這篇文章其實是非常的有意思，而且也的確有可觀之處。首先，以我對此

文有限的瞭解,劉先生認為西西的小說並不只是「結構鬆散、人物面目模糊、文字不夠清通」而已,他覺得西西的小說有著更深層的含意,讀者必須抱著童心,以天真遊戲的心態來閱讀,同時,劉先生為文的主旨在於探詢西西到底在玩著甚麼「遊戲」。劉先生認為:

> 西西在自我命名的過程裏,不自覺地鬆解了名(signifier) 與義(signified)/ 實(referent) 的固有關係,語言文字不再組構成文本(text),自脈絡(context) 中蘊釀意義(meaning),反而還原為圖象,自符號的視覺形態中解脫出新活的詮釋。

因此,「西西自我的命名,與小說的書寫,都是一種在重覆中邁進的遊戲」。而劉先生所引出的一些例子,以為此一論點的佐證,這些例子不但恰到好處,也十分精彩。其中,對西西筆名的由來這段,他引用西西自己的說法·『「西」字是一幅圖畫,一個象形文字,是一個穿著裙子的女孩子兩隻腳站在地上的一個四方格子裏的形象。如果把兩個「西」字並置在一起,就成了兩格菲林,一幅動畫,成了造房子或跳飛機遊戲中的一種跳格子的動作』。我感覺如此文字的確十分鮮明,也很可愛,同時也很支持劉先生所提出的觀點。

不過,以「社會科學」的標準而言,劉先生的文章在許多概念性的地方寫的並不是十分的清晰,我也不太清楚

這是否這是一般文學性論文的寫作型態。譬如,「神話有著潛意識的二元結構,其意義不在於個別的故事細節,反而在於其潛藏的關係結構之上」。在這段話中,「潛意識的二元結構」和「潛藏的關係結構」,這兩個概念顯得十分的模糊,令人摸不太清楚作者想要表達的意思。諸如此類的的表達方式在此文中還蠻多的,我想這也是使得這篇文章變得難去評論的原因之一。

[責任編輯: 白雲開博士]

互涉、戲謔與顛覆：
論李碧華小說中的「文本」與「歷史」

■陳岸峰

作者簡介：陳岸峰(Ngon Fung CHAN)，男，現爲香港科技大學人文學部研究生。著有：〈解讀《香港情與愛》與〈浮城誌異〉中的香港〉(1998)及〈亂世、「大話」與「小」說〉——論張愛玲「小」說在現代文學史上的意義〉(1998)。

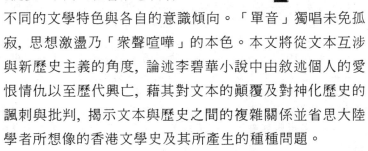

論文提要：不同的社會形態自有不同的文學特色與各自的意識傾向。「單音」獨唱未免孤寂，思想激盪乃「衆聲喧嘩」的本色。本文將從文本互涉與新歷史主義的角度，論述李碧華小說中由敘述個人的愛恨情仇以至歷代興亡，藉其對文本的顛覆及對神化歷史的諷刺與批判，揭示文本與歷史之間的複雜關係並省思大陸學者所想像的香港文學史及其所產生的種種問題。

關鍵詞(中文)：香港文學 大中原心態 邊緣小說 文學歷史 文
　　本互涉重寫 戲謔 寫作遊戲 文本的不滿 新歷史主義 建
　　構的想像力 真實 虛構 歷史小說 隔世追憶 民族創傷 顛
　　覆 去神化
關鍵詞(英文)：Hong Kong Literature, Logocentrism,
Periphery Fiction, Literature History, Intertextuality,
Rewrite, Parody, Writing Game, Antagonism of the Text,
New Historicism, Constructive Imagination, Truth, Fake,
Historical Novel, Recollection of Memory, National
Trauma, Subversion, Demythfication

一、前言

　　若要探討八十年代的香港文學現象，不可能不提及李
碧華獨樹一幟的小說。李碧華小說的暢銷與影響力都是一
時無兩的。從其小說的再版次數之驚人[1]、被拍成電影的作
品之多，[2]以及地域之廣(包括中、港、臺甚至東南亞等地區)

---

[1] 《川島芳子——滿州國妖艷》，初版1990, 10版1995；《青蛇》初
　　1986, 13版1993；《霸王別姬》原初版本1985, 10版1991 (此書的
　　新版本初版在1992年5月，同年9月已至5版)；《潘金蓮的前世今
　　生》初版1989, 9版1993。以上資料乃參考李小良：〈穩定與不定
　　——李碧華三部小說中的文化認同與性別意識〉，《現代中文文
　　學評論》1995年第4期, 1995年12月，頁101。
[2] 據李小良統計，李氏小說拍成電影的共有七部，包括：《川島芳
　　子——滿州國妖艷》、《青蛇》、《霸王別姬》、《潘金蓮的前

等等成就而言，我們不得不正視這一位不太「文學」[3]的女作家，更不能只從不切實際又難以信服的印象批評而將她定位。本文將從文本互涉(intertextuality)與新歷史主義(new historicism)的角度，論述李碧華小說中敘述個人的愛恨情仇以至歷代興亡，藉其對文本的顛覆及對神化歷史的諷刺與批判，揭示文本與歷史之間的複雜關係，並省思大陸學者所想像的香港文學史及其所產生的種種問題。

二、李碧華與香港文學：從一部《香港文學史》說起

　　直至今天，香港仍沒有自己的文學史。然而，中國大陸的學者專家早爲香港撰寫了好幾部香港文學史。[4]王劍叢

世今生》、《胭脂扣》、《秦俑》以及《誘僧》。見李小良，頁101。

[3] 這是馮偉才在〈「有些殘餘的記憶在我身上，抹不去……」——專訪李碧華〉一文中將鍾曉陽與李碧華比較時說的。見《讀書人》1988年第8期，1988年1月，頁9。

[4] 主要有四本：謝常青：《香港新文學簡史》，廣州：暨南大學出版社，1990；潘亞暾、江義生：《香港文學概觀》，廈門：鷺江出版社，1993；王劍叢：《香港文學史》，南昌：百花洲文藝出版社，1995；王劍叢：《二十世紀香港文學》，濟南：山東教育出版社，1996。此處乃依據王宏志(1956-)在〈中國人寫的香港文學史〉中所採納的四本文學史，詳見王宏志、陳清僑、李小良：《否想香港》，臺北：麥田，1997，頁96。

(1966-)在其《香港文學史》中對大陸文學與香港文學作了如下的比較：

> 　　大陸的嚴肅文學在觀念上所思考、所探索的，一般是國家、民族、社會人生的重大問題，有明顯的憂患意識、參政意識和社會責任感。作品對讀者要求要有思想的、道德的、理想的教育作用和人生的認識作用。香港的嚴肅文學作品，雖也有一定程度的教育作用和認識功能，但總的來說已大爲減弱了，作家的歷史使命感、社會責任感已不那麼強調。他們極少以「代言人」的身分，爲表達某一階層的人民的疾苦與呼聲而寫作；也少有「干預生活」的觀念，歌頌與暴露沒有強烈的對比，事件的意識被削弱。他們極少對政治、歷史、文化的重大變遷作反思。所反映的大多是人們的日常生活事件，作品的時代背景、政治背景通通被淡化；對人物雖有愛憎，但不再有強烈的褒貶感情色彩。[5]

在這段文字中，充分流露了王劍叢的大中原意識。一方面，他認爲大陸的嚴肅文學具有「明顯的憂患意識、參政意識和社會責任感」，對讀者具教育作用，甚至「人生的認識作用」，這無疑爲大陸的嚴肅文學套上神聖的光環。香港雖然也有「嚴肅」的文學作品，但相對來說，在他眼中香

---

[5] 王劍叢：《香港文學史》，頁15-16。

港的「嚴肅」文學的描述顯然不是那麼「嚴肅」，香港文學的教育和認識功能「大爲減弱」，作家的歷史使命感、社會責任感已「不那麼強調」，「極少」以代言人的身份反映某一階層人民的心聲，歌頌與暴露「没有強烈的對比」，「極少」對政治、歷史、文化的重大變遷作反思。

　　另一位香港文學研究者潘亞暾(1931-)則認爲是大陸改革開放之後的文壇「震撼了香港文壇，給香港作家以深刻啓迪」，而且：

> 　　幾年間，内地大量評介台港文學作品，並爲他們提供了廣闊的園地，發表和出版了香港作家的大量作品，這對香港小説家是個莫大的鼓舞，增強了他們的使命感和自信心，激發了他們的創作熱情，從而迎來了香港文學的新高潮。[6]

依其所見，乃大陸文學的新風氣刺激、滋潤了香港文學，即是説，香港文學是中國大陸文學的旁枝，大陸文學是香港文學的母體。然而，潘氏在結束文章之前卻又不自覺地流露出居高臨下的指導姿態，他認爲：「香港小説在今後的行程中，不可避免地還會遇到許多艱難險阻，例如如何

---

[6]　潘亞暾：〈第一個高度——八十年代香港小説巡禮〉，《香港文學》第59期，1989年11月，頁4。

克服庸俗化模式化傾向等。」[7]這種大中原心態與王劍叢並無分別。

此外, 將李碧華小說《霸王別姬》改編爲電影的導演陳凱歌(1952-)也批評李氏的小說「單薄」, 而且:

> 對大陸情境, 京劇梨園不夠清楚, 對文革缺乏感性的認知和身歷其境的直接感受。再者她的語言也有問題, 看得出是非本地人寫本地人……要找大陸一位編劇合寫。後來找了西影的蘆葦。[8]

李碧華的小說無疑是「單薄」的,[9]但陳凱歌的批評乃單從「本地人」與「非本地人」觀點而作出判斷是相當狹隘的, 試問文學史上有多少作品是以本地人寫本地人的? 如果堅持本地人寫本地人的話, 那就要問爲甚麼陳凱歌會看上「非本地人」李碧華的作品, 而他所謂的「本地人」又爲甚麼寫不出這樣的作品了。陳凱歌對李氏的批評也如王劍

---

[7]　潘亞暾, 頁9。

[8]　焦雄屏:〈中國導演「後五代」的變局〉,《影響電影雜誌》第32期, 1992年9月, 頁111。此處乃轉引自李小良, 頁108。

[9]　李碧華的小說被批評爲「單薄」可謂是歷來論者不約而同的共通點, 曾作出這樣的批評的除了陳凱歌之外, 還有王德威與黃碧雲。至於李小良與李焯雄也默認。見李小良, 頁108, 109; 及李焯雄:〈名字的故事〉, 收入陳炳良主編:《香港文學探賞》(香港: 三聯書店, 1991), 頁310。

叢與潘亞暾一樣將香港作家及其創作「邊緣化」，實在流
露了「『大中原』優越感和排他性。」[10]

　　從上述王劍叢、潘亞暾以至陳凱歌的觀點中，我們可
得知：中國大陸的嚴肅文學與所謂香港的嚴肅文學根本存
在極明顯的二元對立意識，香港的嚴肅文學尚且如此，流
行文學便根本不入他們的視野了。

　　其實，王劍叢等人對大陸嚴肅文學的自詡也是「只緣
身在此山中」而已，在海外學者的論述中，現代中國文學
均離不開「感時憂國」的傳統，[11]甚至後來更淪落至文學為
政治服務。[12]至於四九年以後所撰寫的文學史，有論者也認
為不過是為意識形態服務的「國家與論述」(nation and
narration)[13]而已，王劍叢等人的香港文學史，自也不能免
疫。這種以官方意識形態為依歸的文學創作及文學史的編
寫現象，對文學的多元發展，自然是有害無益的。而從王

---

[10] 這是李小良對陳凱歌的批評，見李小良，頁108。

[11] 夏志清(1921-)：〈現代中國文學感時憂國的精神〉，《中國現代
小說史》(香港：友聯出版有限公司，1979)，頁459-477。

[12] 這主要指毛澤東為指導文藝創作的方向而撰的〈在延安文藝座談
會上的講話〉，可參夏志清，頁264-269對其文藝政策的批判；對
毛氏講話及其對以後大陸文壇的影響持肯定的論述可參黃修
己：《中國現代文學發展史(修訂本)》(香港：三聯書店，1994)，頁
502-513。

[13] 王宏志在〈中國人寫的香港文學史〉中便指出：「在中國大陸，現
代文學史的論述，教育以及史著的編寫，都具備了重要的政治任
務和意義，原因在於它們跟國家政權的建構有密切的關係，這是
所謂「國家與論述」(nation and narration)的問題。」見王宏志，頁
98-99。

氏對香港嚴肅文學的描述中，其實正好反映出兩種截然不
同的社會形態底下迥異的文學姿態。香港沒有階級的文學，
沒有「干預生活」的企圖，絕少盲目的諂媚與歌頌而又不
無暴露。由此而言，香港文壇並非「單音」(monological)
獨唱，而是「眾聲喧嘩」(heteroglossia)。[14]

　　香港作家中，李碧華可說是王劍叢所批評的典型對
象。然而，李碧華的小說中的重要主題恰恰是王劍叢對香
港文學的觀察中所不曾道及的，那就是對四九年之後中國
的黑暗面的控訴。李氏的小說沒有「歌頌」，但對中共政
治的黑暗一面卻「暴露」無遺。她的著眼處並不在於故事
本身，而是透過文本與歷史的互涉，「對政治、歷史、文
化的重大變遷作反思。」[15]

　　她的小說正是香港文學現象的典範，[16]題材之多樣化
真是令人目不暇給，目瞪口呆：如《吃貓的男人》、《吃
眼睛的女人》、《誘僧》、《潘金蓮之前世今生》、《糾

---

[14] 「眾聲喧嘩」這一概念乃借用自俄國小說理論家巴赫金(M. M.
Bakhtin, 1895-1975)。劉康指出「眾聲喧嘩」這一概念所指向的包
括小說與文化兩方面。在小說方面，劉氏指出：「巴赫汀認為小
說的語言或話語最全面、完整地展現了社會語言的多樣化和多元
化，或者說小說裡的眾聲喧嘩最全面地再現」；至於文化方面乃
是：「只有在文化發生劇烈動盪、斷層、裂變的危機時刻，只有
在不同的價值體系、語言體系發生激烈碰撞、交流的轉型時期，眾
聲喧嘩才全面地凸顯，成為文化的主導。」見劉康：《對話的喧
嘩──巴赫汀文化理論述評》，臺北：麥田出版社，1998，頁208。
[15] 王劍叢，頁15。
[16] 王德威便認為李氏的小說(狹邪風格)是「十分香港的」。見王宏
志等，頁222。此處乃轉引自李小良，頁109。

纏》。光看篇名，便知內容並非什麼曉人以大義的嚴肅文
學。例如《糾纏》[17]一書中所收錄的五篇小說，分別是《梁
山伯自白書》，《糾纏》，《明天正式做女人》，《洛陽牡
丹》，《鳳誘》，無一不是戲謔成份極重的，然戲謔中又不
無令人省思之處。三、文本及其不滿

1. 文本的失落與其互涉

李碧華小說中的一重要特色便是改寫經典文本，作品
包括《青蛇》(《白娘娘永鎮雷峰塔》)、《潘金蓮之前世
今生》(《金瓶梅》與《水滸傳》)及《霸王別姬》(崑曲老
本《千金記》)等等。

在其新文本中卻往往花極大的篇幅追尋舊文本的特色
及其版本的演變與流傳的過程，此中不無寫作遊戲的成份，
而往往新舊文本之間的「改編」、「戲謔」、「剪貼」等
元素[18]及文本與歷史的關係，便產生「文本互涉」的現象。

「文本互涉」乃保加利亞裔的文學理論家克麗絲蒂娃
(Julia Kristeva, 1941-)將其所提出的「正文」(text)和俄羅

---

[17] 李碧華：《糾纏》，香港：天地圖書有限公司，初版1987， 10版
1995。
[18] 容世誠：〈「本文互涉」和背景：細讀兩篇現代香港小說〉，陳
炳良，頁252。

斯的巴赫金的小說理論中的「對話性」(dialogicality)[19]和「複調」(polyphony)[20]兩種理論融匯而形成的。

　　克麗絲蒂娃的「正文」理論乃針對一般人將文學作品視為以文字排列而成的表象，她認為這樣的理解最終將意義單一化。克氏認為傳統的文學批評如精神分析或馬克思主義文學批評，都是毫無自覺地使用語言學，依照它自身特性建立的概念及原則，機械地將以句子為研究單位的語言學挪用到文學作品，把作品視作系統化的研究對象，根本漠視文學作品的歧義性。相對來說，她認為巴赫金乃打破文本意義單一性的第一人，[21]並指出文本結構並非單獨的存在，而是彼此互動地存在。[22]

---

[19] 見Michael Holquist, ed., *The Dialogic Imagination: Four Essay,* trans. Caryl Emerson & Michael Holquist (Austin：UP of Texas, 1981). 介紹性的論著可參：Michael Holquist, *Dialogism: Bakhtin and his World* (London: Routledge, 1990). Tzvetan Todorov, *Mikhail Bakhtin: The Dialogical Principle,* trans. *Wlad Godzich* (Minneapolis: UP of Minnesota, 1984). 也可參劉康，頁93-116, 181-205。

[20] 見Caryl Emerson, ed. *Problems of Dostoevsky's Poetics,* trans. Caryl Emerson (Manchester: Manchester UP, 1984).

[21] Julia Kristeva, "Word, Dialogue, And Novel", *Desire In Language,* trans. Thomas Gora Alice Jardine & Leon S. Roudiez (New York: Columbia UP, 1980) 65.

[22] Kristeva, 65.

　　克氏的符號異質性乃將文學作品視作並非靜止的語言現象，即是將「正文」「符表的實踐」。[23]在「符表的實踐」中：

> 　　意義的產生不再是索緒爾所預設的源於抽象的「語言」(language)層次，而是隨著符表的運作與行動而來。[24]

換言之，「正文」本身亦具有不斷運作的能力，這是作家、作品與讀者融匯轉變的場所，[25]克氏稱之為「正文」的「生產特性」(productivity)。[26]故此，「正文」便是各種可能存在意義的交匯場所，打破了傳統文學批評單一性的意義概念。而就在這「正文」的「生產特性」的場所中，透過符表的分解與重組，所有的「正文」都是其他「正文」的「正文」，互為「正文」成為所有「正文」存在的基本條件，在這種基礎上，克氏借巴赫金理論稱為的「文本互涉」。[27]

　　在李碧華重寫經典的作品中，她花了不少篇幅鉤沉原來的文本。宋、元以說書形式流傳的白蛇故事在明代便被

---

[23] 參于治中：〈正文、性別、意識形態──克麗絲特娃的解釋符號學〉，見呂正惠主編：《文學的後設思考》(臺北：正中書局, 1991)，頁212

[24] 于治中，頁212。

[25] 于治中，頁212。見Kristeva, 65.

[26] Kristeva, 36.

[27] Kristeava, 36, 66.

馮夢龍(1574-1646)編入《警世通言》中，起名爲《白娘娘
永鎮雷峰塔》。[28]在這基礎上，便孕育了清朝陳遇乾所著的
《義妖傳》四卷五十三回，又續集二卷十六回。[29]從其題目
而言，陳氏所改編自《白娘娘永鎮雷峰塔》一書的新故事
在意識形態上已明顯地有了很大的轉變，青白二蛇是「義
妖」，而非舊文本中的導人誨淫誨盜的成份。

　　《潘金蓮之前世今生》據作者自言乃追蹤《金瓶梅》
中九轉輪迴的潘金蓮的蹤影。[30]《金瓶梅》一書的作者誰
屬衆說紛紜，[31]但其中有關潘金蓮的故事則是取材於施耐
菴(1290-1365)與羅貫中(1330-1400)合撰的《水滸傳》。

　　《潘金蓮的前世今生》是一個尋找失落文本的故事，
《金瓶梅》此書的坎坷命途乃作者追溯的主要焦點。此書
首先出現於文化大革命的火紅年代，九轉輪迴的潘金蓮，
即今世的單玉蓮於八歲見到此書時：「(《金瓶梅》)這三
個字如一隻纖纖蘭花手，把她一招，她對它懷有最後的依

---

[28] 見馮夢龍編：《警世通言》(上海：上海古籍出版社, 1990)，頁
420-448。《青蛇》一書中曾提及此書的流傳經過，見李碧華：《青
蛇》(香港：天地圖書有限公司, 1998)，頁239。

[29] 李碧華：《青蛇》，頁240。

[30] 李碧華：《潘金蓮之前世今生》(香港：天地圖書有限公司, 1998)，
背頁。

[31] 《金瓶梅》傳說是明朝的蘭陵笑笑生所撰，身份不明。也有認爲
蘭陵笑笑生便是明代後七子之一的王世貞(1526-1590)爲諷殺父
仇人嚴嵩及其子嚴世藩而作的。可參魯迅：《中國小說史略》(北
京：人民文學出版社, 1973)，頁151。

戀」，[32]因爲是「淫書」，是封建社會的遺毒，那書瞬即化爲灰燼，從此下落不明。因爲是「淫書」，《金瓶梅》所繁衍其他文本多是誨淫性質的。同樣是《金瓶梅》所繁衍的衆多文本之一的《潘金蓮之前世今生》則以潘金蓮九轉輪迴爲重心，寫她在今生報前世的仇。自潘氏今生八歲開始，她便目睹她原來的文本《金瓶梅》被紅衛兵焚燬。作者令潘氏的前生常與現世中以電影的蒙太奇手法與當下的行動並置(「剪貼」)，從而構成一種前世今生的互動關係，即前世的種種在今生以另一種方式重演。如她被章院長施暴時即出現前世被張大戶污辱的片斷[33]、與武松(現世的武龍)夙世重逢時即出現：「他一身黑衣，纏腰帶，穿油靴，手提梢棒」[34]的英姿；在她與武汝大(即前世的武大)結婚時中出現的舞獅場面即勾起前世武松打虎的情景，[35]以及《水滸傳》中潘金蓮雪夜情挑武松的一幕。[36]《潘金蓮之前世今生》一開始以《金瓶梅》爲故事的生發場所，在作者恣意放縱的想像(九轉輪迴)驅馳底下，演繹出一嶄新的故事，故事結束之前，新舊文本的靈魂終於相遇。訴說的是潘金蓮被視爲淫婦的坎坷命途，也爲《金瓶梅》此書鳴不平。

---

[32]李碧華，《潘金蓮之前世今生》，頁15。
[33]李碧華，《潘金蓮之前世今生》，頁24-25。
[34]李碧華，《潘金蓮之前世今生》，頁30。
[35]李碧華，《潘金蓮之前世今生》，頁68-69。
[36]李碧華，《潘金蓮之前世今生》，頁89。

　　另一類改寫自其他故事的，應從文化脈絡(cultural context)上視之。例如《霸王別姬》中「霸王別姬」這齣戲雖說是屬徽班[37]的拿手好戲，但此劇據徽班的關師傅說，原來是改編自崑劇的《千金記》。[38]「霸王別姬」這一劇的流傳實際上可能非常複雜，且不同地方的戲劇可能都有不同的版本，在此未能逐一探究。但可以肯定的是，「霸王別姬」這文本最重要的源頭應是司馬遷(公元前145-?)《史記》中的〈項羽本紀〉。[39]

　　這些「失落」的文本，正因為它們輾轉顛沛的命運而在文化系統中不斷被詮釋及演繹，從簡單的故事而逐漸被不同時代的意識形態與文化歷史的氛圍所影響，而重新塑造出嶄新的文本，從而達到互涉的效果。

2. 文本的不滿與自我顛覆

　　在文本與文本、文本與歷史文化的的多重互涉底下李碧華小說中的新文本經常是對舊文本的顛覆。這種由兩個文本所造成的諷刺的張力，仿如巴赫金的「狂歡節結構」(Carnivalesque Structure)，[40]即是指兩個文本相遇而產生相反與相對的效果。[41]

---

[37]李碧華：《霸王別姬》(香港：天地圖書有限公司, 1994), 頁26。

[38]李碧華：《霸王別姬》, 頁108。

[39]司馬遷：《史記‧項羽本紀》(鄭州：古籍出版社, 1991, 卷7), 頁64-71。

[40]Kristeva, p. 78.

[41]Kristeva, p. 78.

在《青蛇》中，青蛇赤裸裸地道出白蛇情傾許仙乃「一半因爲人，一半因爲色。」[42]更指出白蛇盜取庫銀的所爲乃沒有操守：「一條蛇的操守會高到那兒去？」[43]而且，白蛇並非《白娘娘永鎮雷峰塔》中這一傳統神話文本中的溫良恭順形象，她沒有操守之餘，而且好色，青蛇直揭其底蘊，她是「妖精」：「妖精要的是纏綿。／她要他把一生的精血都雙手奉上。她控制了他的神魂身心。」[44]

至於許仙也並非「原來那麼一本正經，德高望重，知書識禮，文質彬彬」，[45]表面上岸貌道然，但內裡也是爲慾望所奴役。他得到白蛇後又垂涎青蛇，後來縱使知道與蛇共枕，然又無法毅然離去，備受慾念播弄，終於喪命。

但《青蛇》一書主要仍是重新審視一直不爲人注意的配角青蛇的內心活動及其慾望，青蛇自白云：

> 她一直把我當成低能兒。她不再關注我的「成長」和欠缺。她以爲我仍然是西湖橋下一條渾沌初開的蛇。但，我漸漸的，漸漸的心頭動盪。[46]

敘事者青蛇口口聲聲地強調故事的「願來」，好像在揭穿舊文本的虛僞面紗，而只有她的文本才是第一手資料似

---

[42]李碧華：《青蛇》，頁43。
[43]李碧華：《青蛇》，頁67。
[44]李碧華：《青蛇》，頁91。
[45]李碧華：《青蛇》，頁63。
[46]李碧華：《青蛇》，頁93。

的。這樣便突出了新舊兩個文本的不同之處，產生懾人的
張力，新文本旨在顛覆舊文本，令對傳統文本耳熟能詳的
讀者產生驚愕。

作者不止顛覆舊文本的角色形象，而且藉著角色之間
的慾念，將青蛇與白蛇、許仙及法海的情慾瓜葛複雜化，
角色之間除了異性戀，還加入青蛇對法海的誘惑，甚至
青、白二蛇曖昧的同性戀關係，為舊文本注入慾念的暗湧，
將人物的關係複雜化，深化了人物的心理，從而豐富了這
一家傳戶曉的神話。

另一部小說《胭脂扣》雖有論者指出乃受羅澧銘的《塘
西風月痕》一書所影響，[47]但從其中的故事結構而言，如花
對袁永定與凌楚娟敘述的便是一個出自她個人經歷及想
像而構成的文本，她與十二少的一段轟轟烈烈的情事也可
視作此書的另一文本。在此小說中，如花便是帶領袁、楚
兩個現代人追尋失落了的文本的導遊，也是追尋一段對於
一對現代男女來說已屬古老傳說的神聖愛情故事，但是敘
述者袁永定說：

> 我不相信這種愛情故事。我不信。──它從沒
> 有發生過在我四周任何一人身上。
> 正想答話──電話鈴聲驀地響了。

---

[47]陳炳良，頁296。

> 在聽著古老的情愛時，忽然響來電話鈴聲，叫
> 人心頭一凜。彷彿一下子還回不過來現實中。[48]

　　然而，如花一開始所努力建構的神聖「文本」最終被自己及袁、楚二人徹底破壞，如花追憶中的情事不外一場一廂情願的夢幻。十二少自殺不遂，潦倒殘生。而當初如花在與他共赴黃泉之時竟以雙重毒藥防止他反悔，[49]說到底她根本便非信任當下此刻追憶中完美的情人。最終證明，袁永定與凌楚娟兩人不求永恆，只重此刻的現代愛戀態度卻變得較爲實際。然而藉著如花的追述往事，「過去」與「現在」便常常穿梭並置，「過去」的如夢如幻的美好，只在追憶中，而卻成爲「現在」不求永恆的袁、凌二人的美麗嚮往。一番追尋，幾許期盼，換來的是殘酷的眞相，男的不忠貞於盟誓，女的也不信任對方，「過去」的美麗神聖自我崩潰於努力建構愛情神話的局中人，可謂諷刺之極。
　　在另一層次上，便是文本中的人物對文本自身的不滿與自我顛覆。在《潘金蓮之前世今生》中對《金瓶梅》被歷代視爲「淫書」有如下的不滿與嘲諷，敘事者指出：

> 在方正嚴謹的經史子集後頭，原來偷偷地藏著
> 《金瓶梅》。

---

[48] 李碧華：《胭脂扣》(香港：天地圖書有限公司,1985年初版,1998年19版),頁34。
[49] 李碧華：《胭脂扣》，頁147。

　　它「藏」身在它們之後，散發著不屬於書香的，
女人的香。——古往今來，詩禮傳家，一定有不少道
貌岸然的讀書人，夜半燃起紅燭，偷偷地翻過它
吧。到了白天，它又給藏起來了，它見不得光。它是
淫書。[50]

　　至於作爲第一身的敘述者青蛇在歷經情劫後搖身一變，
成爲潛藏西湖底的大作家，她之所以埋首創作，乃「因爲
寂寞，寂寞而不免回憶。」[51]惹人注目的是她對歷代關於她
與白蛇的不同文本的不滿。在青蛇的見證下，《白娘娘永
鎮雷峰塔》一書伴隨著中國政治的浪濤，歷經了朝代的更
替，南宋的苟安，蘇杭的繁華，轉眼到了元朝：

　　……這樣把舊恨重翻，發覺所有民間傳奇中，
沒有一個比咱們更當頭棒喝。
　　幸好也有識貨的好事之徒，用說書的形式把我
們的故事流傳下來。
　　宋、元之後，到了明朝，有一個傢伙喚馮夢龍，
把它收編到《警世通言》之中，還起了個標題，曰《白
娘子永鎮雷峰塔》。覓來一看，噫！都不是我心目
中的傳記。它隱瞞了荒唐的眞相。酸風妒雨四角糾
纏，全都沒在書中交代。我不滿意。

---

[50]李碧華：《潘金蓮之前世今生》，頁198。
[51]李碧華：《青蛇》，頁253。

　　明朝只有二百七十七年壽命，便亡給清了。清
朝有個書生陳遇乾，著了《義妖傳》四卷五十三回，
又續集二卷十六回。把我倆寫成「義妖」，又過份
的美化，內容顯得貧血。我也不滿意。
　　——他日有機會，我要自己動手才是正經。誰
都寫不好別人的故事，這便是中國，中國流傳下來
的一切記載，都不是當事人的真相。[52]

　　此中，青蛇對文學的要求也仿如要求歷史客觀、真實
的傳統觀念。然而，反諷的是，她也不過是虛構出來的角
色而已。雖然如此，文本中的她還是決心寫部自傳，其中
一句可反映她對文本的觀念：

　　我把自己的故事寫下來，一筆一筆的寫，如一
刀一刀的刻，企圖把故事寫死了，日後在民間重
生。[53]

然而，她忘記了她練就不死之身，這邊廂說要將故事「寫
死」，那邊廂的她一轉身變了身份，成為「張小泉剪刀廠」
的女工，緊隨白蛇又再展開她們在紅塵中的另一段愛戀。[54]
這不啻是自我的一種嘲諷。她們的文本是以不同的形式一

---

[52] 李碧華：《青蛇》，頁240。
[53] 李碧華：《青蛇》，頁249。
[54] 李碧華：《青蛇》，頁256。

直繁衍下去。這如同《秦俑》中服食了長生不老藥的蒙天放一樣永遠不死，而冬兒則不斷輪迴，兩人永遠以不同的形式與身份重逢並相戀下去。這也是李碧華小說中所常見的開放式結局。

三. 寫作遊戲與文本的戲謔

羅蘭·巴特(Roland Barthes, 1915-1980)提倡以一種享樂主義的態度遨遊於文本之中，通過解構主義的解讀得到一種個體的歡悅。這種歡悅乃對種種話語特權的超越，語言結構在自由的歡悅中解體。文本具有自己的社會理想(social utopia)，文本先於歷史(before history)，文本獲得的如果不是社會關係的透明度(transparence)，至少也是語言關係的透明度。在這個空間中沒有一種語言控制另一種語言(no language has a hold over any other)，所有的語言都自由自在地循環(circulate)。[55]李碧華的小說可謂正是一種遊戲的寫作，在《潘金蓮的前世今生》書底作者有如下自白：

> 明萬曆丁巳年北方《金瓶梅詞話》，這是最早而最近真的本子(穢本)。全書一百回，字數近百萬。作者不帶任何情感地道出一個好色婦女的風情故事，

---

[55] Roland Barthes, "From Work to Text," *Image-Music-Text,* trans. Stephen Heath (New York: The Noonday Press, 1977), p. 164.

也因他的妙筆,潘金蓮成了千古第一淫婦。道家(佛
家?)有所謂「貪嗔癡愛」。她潑辣、小器、自欺、
狠毒、縱慾,一身小眉小眼的缺點,但究其實,不過
是封建社會大門大戶內掙扎自保的小妾,長得標緻,
敢愛敢恨。短命,死時年方三十二。本小說毫無野
心,不過基於好奇,我一直想追尋她的影蹤,——九
轉輪迴之後,宋代的潘金蓮到那兒去了?

　　作者在此挑戰將潘金蓮視爲淫婦的傳統道學觀念,同
情地理解她,並將她的情慾視作「敢愛敢恨」。而且,作
者聲明其小說「毫無野
心」,但竟可以忽發奇想地追尋潘
金蓮九轉輪迴後的蹤影。這
明顯蘊含了其代潘氏伸冤平
反的意向,也有對道學挑戰
的意味。至於她創作的動機
卻是出於「好奇心」,坦白告
訴讀者,這本小說是一場想
像,一場文字遊戲,一次與
淫婦潘金蓮、道德觀念及《金
瓶梅》與《水滸傳》中的其
他相關人物的對話而已。

　　在具體的文本方面,李

碧華常以「戲謔」(parody)[56]的手法造成新文本對舊文本的
調侃與諷刺。例如在歷來不敢爲人道的淫書《金瓶梅》一
經改寫爲《潘金蓮的前世今生》，政治的諷喻鮮明而諧趣
橫生，單玉蓮飾演的喜兒(白毛女)在舊社會中慘被地主黃
世仁污辱，[57]然而反諷地，在新中國中的「喜兒」(單玉蓮)
卻被革命領導章院長強暴。[58]又如單玉蓮與武龍有如下充
滿諧趣的對話：

> 　　單玉蓮站起來，持著酒，便斟滿了一杯。她把
> 酒杯遞予武龍。嬌聲軟語：「叔叔，你眞英雄，我很
> 敬重你呢。你飮過這杯吧。」武龍接過：「海盜船
> 而已，那有什麼英不英雄？」[59]

潘金蓮本是敬佩武松打虎的英勇行爲，而在此卻轉爲指武
龍在海盜船上保護受驚的單玉蓮。這種出奇不意的轉化，
直令人噴飯。

　　《霸王別姬》中在新中國掃除文盲班上，程蝶衣說他
不明白「愛」與「受」之別，老師這樣教他識別：「『受』
是受苦、受罪、忍受……。解放前，大夥在舊社會中，都

---

[56] 陳炳良，頁252。

[57] 可參孟悅：〈《白毛女》演變的啓示——兼論延安文藝的歷史多
質性〉，見唐小兵主編：《再解讀：大眾文藝與意識形態》(香港：
牛津大學出版社，1993)，頁68-89。

[58] 李碧華：《潘金蓮之前世今生》，頁24-25。

[59] 李碧華：《潘金蓮之前世今生》，頁88。

是『受』;如今人民翻身了,便都是『愛』。」[60]當段小樓與菊仙談及「為人民服務」的「人民」是誰時,竟說為人民服務的人民不是人民,說到底,他竟大膽地說只有毛主席才配當「人民」。言下之意,整個社會都在為毛主席一人服務而已。而此書的結果更調侃地道出:「霸王並沒有在江邊自刎。/……現實中,霸王卻是毫不顧後果,渡江去了。」[61]「渡江」,指的是偷渡到香港。至於同性戀者的程蝶衣也被黨糾正過來,給他介紹了對象。[62]

《白娘娘永鎮雷峰塔》這一誨淫誨盜的神話小說被改寫為《青蛇》,突現了角色之間慾望的角力,更深層次的是指向現實世界的政治慾望,將現實世界的非人道現象妖化,從而達到嘲諷與控訴的雙重目的。

至於《秦俑》一書更插入的神話與政治現實,秦始皇九轉輪迴為邢正,被與他爭權奪位的毛主席在文革中鬥死。[63]將秦始皇與毛主席的坑儒相提並論,[64]意之所指,呼之欲出。

李碧華小說中的戲謔元素具有強烈的意向性,大致可分為兩方面:一是對人物的調侃與諷刺;二是對特定政治背景的歷史控訴。這兩個元素其實又很多時是二而為一的,鋒芒指向毛澤東及共產黨在四九年後的種種政治運動。其

---

[60] 李碧華:《霸王別姬》,頁233。
[61] 李碧華:《霸王別姬》,頁320-321。
[62] 李碧華:《霸王別姬》,頁332。
[63] 李碧華:《秦俑》,頁205。
[64] 李碧華:《秦俑》,頁205。

中常常出現的便是李氏對「文化大革命」中紅衛兵的種種
惡行與人民的悲慘遭遇的揭露。那麼，李氏小說中的歷史
敘述是真還是假?何謂真?何謂假?這便牽涉到文學與歷史
的關係。

四、歷史與小說的關係

亞里斯多德(Aristotle, 前384-322)對詩人(即文學家)與
歷史學家的職責作了如下區分：

> 詩人的職責不在於描述已發生的事，而在於描
> 述可能發生的事，即按照可然律或必然律可能發生
> 的事。[65]

而歷史家與詩人在職責上的差別乃：「在於一敘述已
發生的事，一描述可能發生的事。」[66]因此，他宣判詩比歷
史更富於哲學意味，因為詩所描述的事具普遍性，而歷史
則只是敘述個別事件。[67]

然而，我們一般的傳統觀念卻總是認為文學是屬於想
像的殿堂，而歷史則是真相的記載。兩者涇渭分明，不可

---

[65] 亞理斯多德：《詩學》(*Poetics*, 羅念生、楊周翰譯, 北京：人民
出版社, 1997), 頁28。
[66] 亞理斯多德, 頁29。
[67] 亞理斯多德, 頁29。

逾越。這種徵實的歷史觀念，實在是出於對眞相的期待的
普遍主觀心態而忽略了其他因素所造成的困難。首先，歷
史學家是如何建構歷史的?這涉及材料的搜集與整理，甚
至所用字句的斟酌，這便有賴其學識與判斷力，而最爲要
緊的還是其人格，即是他是不是一個傳統所稱譽的「董狐
筆」。

　　傳統的歷史與文學之分被新歷史主義所泯除。1980年
由美國學者斯蒂芬・格林布拉特(Stephen J. Greenblatt,
1943-)撰寫的《文藝復興時期的自我塑造：從莫爾到莎士
比亞》(*Renaissance Self-Fashioning: From More to
Shakespeare*)一書被批評界視作可取代漸呈頹勢的解構批
評。1982年格林布拉特爲《體裁》(*Genre*)撰文時便將他與
其同道所從事的批評方法稱爲「新歷史主義」。新歷史主
義文學批評認爲歷史有其「文本性」，而且，文學話語範
式對歷史話語具制約的能力，而最與其他文學批評迥異之
處的是新一歷史主義將文學視作歷史現實與意識形態的
互相激盪之處。新歷史主義在從事文學批評時視文學爲歷
史現實與社會意識形態的結合，企能從中發掘歷史事件如
何被主導的意識形態轉化爲文本，並落實爲一般的意識形
態，而一般的意識形態又如何轉化爲文學作品中反映出的
社會存在。[68]

---

[68] 參盛寧：〈歷史.文本.意識形態——新歷史主義的文化批評和文
學批評芻議〉，《文藝理論》1993年11期, 1993年12月，頁119。

新歷史主義理論家之一的海登．懷特(Hayden White, 1928-)指出歷史寫作乃是：

> 一種以敘事散文形式呈現的文字言談結構，意
> 圖為過去種種事件及過程提供一個模式或意象。經
> 由這些結構我們得以重現過往事物，以達到解釋它
> 們的意義之目的。[69]

過往事物能否「重現」?是誰擁有「解釋」的權力?先
讓我們看看史家是如何建構歷史的。諾思魯譜.福萊
(Northrop Frye, 1912-1990)對歷史學家的工作有如下見
解：

> 一個歷史學家搜集事實，進行推論，除了他自
> 己從事實中觀察到的或真誠相信自己觀察到的信息
> 形式之外，他試圖避免提供任何其他的解釋形式。[70]

---

[69] 見Hayden White, *Metahistory* (Baltimore: Johns Hopkins UP, 1973)
2.此處乃轉引自王德威：〈歷史／小說／虛構〉，《從劉鶚到王
禎和──中國現代寫實小說散論》(臺北：時報文化出版, 1990), 頁
269。

[70] 轉引自海登‧懷特：〈作為文學虛構的歷史本文〉("The Historical
Text as Literary Artifact")，《新歷史主義與文學批評》(張京媛
[1954-]主編，北京：北京大學出版社, 1997), 頁161-162。

我們會問，歷史學家如何搜集所謂的「事實」?他如何
判斷他所搜集的資料確有其事?而他又如何避免介入自己
的主觀詮釋及免於官方意識形態的影響？懷特認爲：

歷史學家在努力使支離破碎和不完整的歷史材料產生
意思時，必須要借用柯林伍德所說的「建構的想像力」
(constructive imagination)，這種想像幫助歷史學家——如
同想像力幫助精明能幹的偵探一樣——利用現有的事實和
提出正確的問題來找出「到底發生了什麼」。[71]

精明能幹的偵探與精明能幹的歷史學家的不同之處在
於，精明能幹的偵探最終可能會找出具體的眞相，而歷史
學家在很多事件上則永遠不能拿出確鑿的證據證明歷史
眞相，而只能藉收集到的資料，再加上柯林伍德(R. G.
Collingwood, 1889-1943)所說的「建構的想像力」而將零碎
的資料拼合，從而推出結論。其間已不可避免地涉及主觀
成份。司馬遷在撰寫《史記》時不也是周遊四海以採集資
料嗎?他所搜集的不也是鄉里村老的見聞與民間的傳說，
再加上自己「建構的想像力」，而爲古人立傳、爲千秋功
過下定斷的嗎?由此而言，歷史的客觀眞相是永不可能重
現的。所謂「歷史的眞相」只是一個美麗的神話。列維—
斯特勞斯(Claude Lévi-Strauss, 1908-)便指出：「歷史學家
自稱從歷史記錄中找到的歷史延續性是憑借歷史學家強
加於歷史記錄的欺騙性綱領(fraudulent outlines)而獲得

---

[71] 懷特，頁163。

的。」[72]他甚至認爲「歷史從未完全脫離神話的本質」。[73]
這對於中國歷史來說也有類似之處，因爲中國的「史官文
化實乃脫胎自巫官文化。遠古時，巫官之掌管御敵和祭
祀⋯⋯。」[74]懷特則指出：

> 很明顯，提倡神話和歷史意識會觸犯一些歷史
> 學家和使一些文學理論家感到不安，這些人對文學
> 的概念預先確定歷史和虛構或者事實和幻想是完全
> 對立的。諾思魯普.福萊(Northrop Frye)說過，「在某
> 種意義上說，歷史是神話的對立面，對一個歷史家
> 說他的書是神話一定會使他感覺受到了污辱。[75]

懷特認爲歷史與神話對立的觀點對福萊的目的很有用
處，因爲它允許福萊在「神話」和「歷史」概念之間的空
間置放特殊的「虛構」。[76]對於懷特來說，歷史敘事
(historiography)只是一個「象徵結構」，並不能「重現
(reproduce)其所形容的事件」。[77]歷史事件本身只是歷史學

---

[72] 懷特，頁170。

[73] 懷特，頁170。

[74] 見南帆：〈敘事話語的顛覆：歷史和文學〉，《文藝理論》1994
年10期，1994年11月，頁105。

[75] 懷特，頁161。

[76] 懷特，頁162。

[77] 懷特，頁170。

家編織故事的因素而已。[78]至於歷史學家的「建構的想像
力」在發生作用的時候，即組合一個歷史境遇時則：

> 取決於歷史學家如何把具體的情節結構和他
> 所希望賦予某種意義的歷史事件相組合。這個作法
> 從根本上説是文學操作，也就是説，是小説創造的
> 運作。[79]

這便是説，在敍述層次上，歷史與小説有其共通之
處。魯迅(周樹人，1881-1936)也説過：「小説家者流，蓋出
於稗官，街談巷語，道聽途説者之所造也。」[80]這便道出了
小説的虛構成份。西方的小説(fiction)一詞，亦指虛構。由
此而言，歷史與小説的不同乃如懷特所説的「眞實」(truth)
與「錯誤」(error)之分，而非「事實」(fact)與「想像」(fancy)
之別。[81]然而，一般人卻又將歷史與文學作「眞實」與「想
像」之分：

> 同樣，「歷史」也可以同「文學」相對立，因
> 爲「歷史」對具體事物而不是對「可能性」感興趣，
> 而「可能性」則是「文學」著作所表述的對象。因

---

78 懷特，頁163-164。
79 懷特，頁165。
80 魯迅，頁3。
81 見Hayden White, "Fictions of Factual Representation," *Tropics of Discourse* (Baltimore: Johns Hopkins UP, 1978), p. 123.

此我們的批評傳統一直在尋找小說中「真實」和「想
像」的成份，在這樣的批評傳統中，歷史一直是表述
的「真實」角色的原型。[82]

在西方十九世紀早期，歷史便與小說(fiction)水火不
容，前者被認為乃真實(actual)的代表，而後者乃「可能」
(possible)與「想像」(imaginable)的殿堂。[83]

對上述的歷史觀有了清楚的認識之後，再回頭面對李
碧華小說中小說與歷史的關係才不致如會產生陳凱歌對
她的批評，認為她不瞭解文化大革命等等。我們質疑，要
瞭解文化大革命，應信任共產黨的官方史書，還是在文革
中被批鬥的人？抑或訪問批鬥過人的紅衛兵？說到底，真相
往往是以冰山的一角而已。「可能性」是文學表述的對象，
然又何嘗不是歷史的可能性？王德威對歷史小說有如下界
定：

> 歷史小說富涵各種特質，欲將其涵蓋範圍勾勒
> 出來，首先有兩種原始類型是值得加以留意的。從
> 最粗淺的層次來看，歷史小說可以指涉所有時空範
> 圍放置於過去某一時代、並描寫與該時代應合之舉
> 止儀節與道德規範的敘事性小說。這一類小說主要
> 的目標在於建立一種過往的氣氛；透過模擬，重

---

[82] 懷特，頁168。
[83] White, "Fictions of Factual Representation,", p. 123.

建、描繪出作者與/或讀者心中認爲從前可能發生、
但不一定眞正發生過的實際細節。[84]

　　除了《川島芳子——滿洲國妖艷》之外，李碧華小説
中具歷史成份的均未能稱得上述歷史小説的定義，因爲她
所改寫的幾乎全是傳統的神話與小説。《川島芳子——滿
洲國妖艷》是根據歷史上的眞人眞事改編而成，甚至，大
概爲了令讀者相信這本小説的「歷史」眞實感，作者在故
事完結之後竟列出其「參考文獻」，其中不乏中日關係的
史書，以至於有關川島芳子的傳記。然而，作者又在「嗚
謝」中自言故事中「正野史資料」夾雜，更坦言：「本小
説經過戲劇化加工，渲染、增刪，——只是『傳奇』，不是
『傳記』。」[85]由此可見，李氏對於歷史與小説的分野是很
有認識的。由此而言，歷史小説並非她所追求的文類，藉
小説以訴説「正史」以外的「歷史」方是其創作的目的。
　　在這一意義上，李碧華無疑極爲出色。李碧華小説中
的歷史，不無怪誕，不無淺薄，但也是一種獨特的透視歷
史的方式，説不定，這也可視作爲制衡甚至顛覆「單音」
獨唱的官方歷史論述的一種途徑。

---

[84] 王德威，頁276。
[85] 李碧華：《川島芳子——滿洲國妖艷》(香港：天地圖書有限公司，
　　1998第11版)，頁313-315。

五、隔世追憶與民族創傷

海登.懷特認爲:「最偉大的歷史學家總是著手分析他們文化歷史中的『精神創傷』性質的事件。」[86]但這只限於「最偉大的歷史學家而已」,而官方的歷史學家當然不在此列,這樣說來,民族的精神創傷除了有待被視爲具顛覆性質的邊緣歷史學者,另外便是那些没有顧慮的其他國籍的歷史學者的研究。由此而言,在意識形態的限制之下,小說中的歷史敘述是否也可被視作爲對官方「正史」的制衡與挑戰?

新歷史主義不同意僅將歷史視爲文學的「背景」或「反映對象」,而是認爲「文學」與形成文學的「背景」或其「反映對象」之間是一種相互影響、相互塑造的關係。而且,歷史與文學對於新歷史主義來說都是「文本性的」,兩者是一種「作用力場」,是「不同意見和興趣的交鋒場所」,是「傳統和反傳統勢力發生碰撞的地方。」[87]這對於「文本互涉」來說也同一道理。就其認識論的層次而言,「文本互涉」的概念擴大了「正文」的範圍,除了參予自身所產生的符表系統,又令「正文」跨出傳統文本的桎梏,匯通了社會範疇,以論述的方式進入社會的運作過程之中,與眞實世界發生雙重的聯繫,甚至如克莉絲蒂娃所言的

---

[86] 懷特,頁167。
[87] 盛寧,頁119。

「狂歡性結構」的叛逆(rebellious)與對話(dialogical)的挑戰神(God)、權威(authority)與社會定律(social law)。[88]

李碧華小說中經常出現的兩個母題，一是個人的(personal)愛恨情仇，常是此恨綿綿的追憶；另一種便是大我的層次，這涉及歷史的敘述，而主要均歸結於對四九年後中國在共產黨統治下的種種錯誤的運動所帶來的民族創傷。

李碧華的小說中正具備新歷史主義中的挑戰權威與「文本互涉」中這種擴大「正文」的範疇，並將個人的感情糾纏與客觀世界的變幻並置，造成一種滄桑世變的戲劇效果益從而達至以小觀大的目的。她是以小說的形式敘述她獨有的一套歷史觀。在其小說中，歷史的幅度縱橫二千多年，遠至秦朝，近及現代，關懷之切，鋒芒所指，自有其個人的主觀愛憎在其間。她不是客觀冷靜的報導，而是任意的挪用，出神入怪，超越死生輪迴，無所不用其極，並且往往從女性或女性化的敘述角度，以隔世追憶的形式，在緬懷已悄然遠逝的情事之際，對作為背景的歷史冷嘲熱諷。

隔世追憶在李碧華的小說中以不同的形式重複出現，精彩多姿。《青蛇》一書便是「青蛇」因為寂寞而訴諸回憶的個人傳記。《胭脂扣》中的如花便是以記憶追述她與陳十二少的一段轟轟烈烈的情事。記憶在李氏小說中是一種追溯歷史的手段，也是人物間的一種承諾，例如如花與

---

[88] Kristeva, p. 78.

十二少便約定以「密碼」的記憶，來生再續未了情。如花對袁永定說：「輪迴道中無情，各人目的地不同，各就因緣，揮手下車，只能憑著一點記憶，互相追認。……」[89]這對於價值觀迥然不同的現代人袁永定來說簡直是癡人說夢話：「記憶?今世有前世的記憶?何以我一點都記不起前生種種?」[90]

　　在《秦俑》中，敘述者便指出：「歷史一去不返，但歷史鑄刻在無形的記憶中。」[91]在此，歷史不是永恆不變的，而是「一去不返」，然無形的記憶又是歷史活動的所在場所。蒙天放則因長生不老的仙丹而長守皇陵。被塗上泥漿的蒙天放守了二千多年墓，然仍惦念昔日的秦朝童女冬兒。至於不斷輪迴的冬兒，則在紛紛擾擾的紅塵，以不同的身份與姿態，上演幕幕故事。冬兒今生身為三流女演員的朱莉莉，在一次意外中誤闖皇陵，觸動機關，令蒙天放重生。然而，二千多年後的重逢已成陌路人：

> 當她滔滔不絕地說大道理時，蒙天放望定她，他聽不見她的話，她像是另外一個人。一個忘記「歷史」的女孩。[92]

---

[89] 李碧華：《胭脂扣》，頁108。
[90] 李碧華：《胭脂扣》，頁108。
[91] 李碧華：《秦俑》，頁6。
[92] 李碧華：《秦俑》，頁113。

　　蒙天放長生不老而冬兒已忘卻前世，恢復莉莉記憶的
重任便落在蒙天放身上，他不斷地提及他倆的過去。然而
當一齣「荊軻刺秦皇」在街上上演之際，扮演荊軻的在行
將刺殺秦皇時，蒙天潛意識地護故主，跳上舞台打退荊
軻。」[93]朱莉莉教訓他：「做戲是假的。」蒙天放回答：
「這個我知道，但不可能歪曲了眞相。」[94]朱莉莉翻了翻白
眼：「別淨跟我說古文好不好?我們年齡有差別。唉，幸虧
我沒有過去，只有未來。」[95]歷史搬上舞台，虛構的人物卻
堅持眞相。然而，他所屬的朝代已落入所謂記錄「眞相」
的歷史教科書中了，甚至只在現代人因爲考試而被迫的記
誦中，然而也可能背也背不上，如那背朝代表的小孩般，
連辨認朝代的能力也喪失了。[96]隔世的追憶對於蒙天放來
說是一種負擔，也令他無所適從，因爲他的記憶全在過去，
現在的歷史空間中他沒有身份，現代文明令他茫然失措：

　　　　地面上，交通也很繁忙，有汽車、馬車、人力
　　車……，方一站定，車子都慌亂起響號，把他困在
　　中央，進退兩難。路人也蜂湧看熱鬧，把心一橫，他
　　又躍上屋頂上。

　　　　惟有躍離文明社會，方有立足之地。[97]

---

[93] 李碧華：《秦俑》，頁132。
[94] 李碧華：《秦俑》，頁133。
[95] 李碧華：《秦俑》，頁134。
[96] 李碧華：《秦俑》，頁126。
[97] 李碧華：《秦俑》，頁141。

他是超越時間與歷史的，因為他是長生不老的。然而長生
不老卻令他看盡朝代興衰，見證一代梟雄的殞落及其基業
的消逝：

> 他情願是個平淡而安靜的老百姓，國不是他的
> 國，君不是他的君，人海茫茫，他蒙天放，不過是個
> 淪落的英雄。冷眼旁觀興衰起跌，人間正道是滄
> 桑。[98]

單玉蓮前世記憶在今世中與同樣的事件並置，前世種
種在今生的追憶中加以確認，從蒙昧無知而至確認前世，
舊文本中的潘金蓮為現世的單玉蓮提供其前世的歷史資
料，在一幕幕的往事重現之後，單玉蓮終於再面對失落多
年的《金瓶梅》：

> 她的回憶回來了。她的前世，一直期待她明白，
> 到處的找她，歷盡了千年的焦慮，終於找到她了，
> 她是它的主人。它很慶幸，等了那麼久，經了土埋火
> 葬，它還是輾轉流傳著，她沒有把它荒棄在深山村
> 野。她見到它，兩個靈魂重逢了，合在一起。她的命
> 書。[99]

---

[98] 李碧華：《秦俑》，頁206。
[99] 李碧華：《潘金蓮之前世今生》，頁211。

678

而藉著回憶前世,主人公得以在今生採取報復的行動,自
我改寫千古的不白之冤以及實現未遂的心願。

　　至於《霸王別姬》中的程蝶衣,他自被選為飾演旦角
虞姬伊始,他便永遠以虞姬自居而迷戀師哥段小樓。他沉
溺在戲劇的虛幻之中,分不清舞台與現實之別,將自己視
為段小樓的女人。在段小樓未遇上菊仙之前,程蝶衣仍沉
醉於他對師哥的幻想世界中,永遠是霸王與虞姬的想像。
自菊仙出現並嫁與段小樓後,他不單失去了段小樓,更失
去了霸王。於是乎《霸王別姬》這齣戲便成為他追憶昔日
與師哥的戀愛文本,他與他的美麗日子便冰封於這永不復
再的文本中,成為他不斷的追憶。更重要的是,《霸王別
姬》也指涉了歷史的變更,在國民黨陶醉於勝利的虛幻中
時,程蝶衣「他的唱詞仍是遊園、驚夢」,[100]暗喻國民黨人
眼前的一切只不過是「遊園」,總有從夢中驚醒的時刻,一
場夢幻而已。而在新中國成立之後,敘述者卻指出:「自
行鐘停了。——原來已經很久不知有時間了,今夕何夕。」
[101]時間的靜止乃社會的死寂象徵,也可是人心不願進入另
一個時代的反映,他們惦念的仍是昔日在舞台上的光輝,
對四九年前後文藝政策的改變非常不滿。然而實際時間的
流動正揭開了程蝶衣與段小樓在新中國的坎坷遭遇,京戲
不再能上演,《霸王別姬》也自不例外,京戲被視為封建

---

[100] 李碧華:《霸王別姬》,頁213。
[101] 李碧華:《霸王別姬》,頁241。

的渣滓而停上，推行的是革命樣板戲。因爲飾演夕角的段
小樓以習慣性的霸王腔遮蓋了昔日徒弟小四所飾演的主
角楊子榮[102]而被判爲「淹没正面人物的光輝形象」、「抵
觸了無產階級文藝路線的立場問題」。[103]他們被迫穿上戲
服遊街，接受批鬥。飾演霸王的小樓輕喟：「唉，此乃天
亡我楚，非戰之罪也。」扮虞姬的蝶衣悄道：「兵家勝敗，
乃是常情，何足掛慮？」[104]在現實中不能暢所欲言，惟有借
戲文溝通，他們是被迫回歸古代，昔日舞台上的「霸王別
姬」，與段小樓的童年往事，均成爲程蝶衣在仿如隔世的
記憶中的惟一所恃。

　　李碧華小說中常以神化與小說互涉而顛覆被神化了的
歷史人物，將神話元素注入政治現實，並從而造成對政治
人物的指控及暴露當時的政治迫害底下的非人道現象。
《秦俑》中的秦始皇嬴政九轉輪迴爲邢正，並成爲共產黨
的軍委主席與紅軍總司令，但他被毛澤東(1893-1976)鬥
倒。毛氏在中共「八大」二次會議上說：

　　　　秦始皇算是什麼？他只坑了四百六十個儒。我
　　們鎮反，還沒有殺掉一些反革命的知識份子嗎？我

---

[102] 李碧華：《霸王別姬》，頁258。
[103] 李碧華：《霸王別姬》，頁263。
[104] 李碧華：《霸王別姬》，頁275-276。

們與民主人士辯論過,你罵我們是秦始皇,不對,
我們超過秦始皇一百倍!……[105]

在《潘金蓮之前世今生》這部小說中,九轉輪迴的潘
金蓮/單玉蓮再度在人間掀起情慾的風波。革命領導的舞蹈
學院的章院長對單玉蓮起了慾念:

> 他不革命了,末了獸性大發,把這少女按倒。
> 她還是未經人道的。
> 　章院長把桌上的鋼筆、文件、紙鎮……都一手
> 掃掉,在紅旗和毛主席像包圍的慾海中浮盪。[106]

單玉蓮給章院長強暴了之後,取過一件物體插向章的下體,
「章院長喊叫著,那物體沾了鮮血。沒有人看得清,原來
是毛主席的一個石膏像。」[107]可笑的是他在痛苦地呻吟卻
不忘說:「這人——反革命——。」[108]章氏以革命之名而
淫辱女性,作者藉此揭開革命的神聖面紗,「紅旗」與「毛
主席像」在慾望之前不復神聖,這不啻是對神化的毛主席
的嘲弄,也是對革命的神話的顛覆。

---

[105] 李碧華:《秦俑》,頁204-205。
[106] 李碧華:《潘金蓮之前世今生》,頁23-24。
[107] 李碧華:《潘金蓮之前世今生》,頁25。
[108] 李碧華:《潘金蓮之前世今生》,頁25。

《青蛇》中白蛇之子投胎爲紅衛兵的深具諷刺意味，換言之發動文化大革命的豈不是妖王？由此而言，即是將神化了的偶像貶至妖界？而將神話引介入歷史中，也是是一種對歷史的徹底否定與顛覆：

> 唉，快繼續動手把雷峰塔砸倒吧，還在喊甚麼呢？眞麻煩。這「毛主席」、「黨中央」是啥？我一點都不知道，只希望他們萬眾一心，把我姊姊間接地放出來。……也許經了這些歲月，雷峰和中國都像個蛀空了的牙齒，稍加動搖，也就崩潰了。
>
> 也許，因爲這以許向陽爲首的革命小將的力量。是文化大革命的貢獻。
>
> 我與素貞都得感謝它！
>
> 沿途，竟然發現不少同類，也在「回家」去。我倆是蛇，其他的有蜘蛛、蝎子、蚯蚓、蜥蜴、蜈蚣……極一時之盛。這些同道中妖，何以如此的熱鬧？
>
> 啊，我想到了！——我們途經甚麼靈隱寺、淨慈寺、西冷印社、放鶴亭，岳墳……一切一切的文物，都曾受嚴重破壞，剝削階級的舊思想、舊文化、舊風俗、舊習慣，都像垃圾一樣，被掃地出門，砸個稀爛。
>
> 感謝文化大革命！感謝由文曲星托世，九轉輪迴之後，素貞的兒子，親手策動了這一偉大功業，

拯救了他母親。也叫所有被鎮的同道中妖，得到空
前「大解放」。[109]

革命小將是妖精的兒子，大解放的不是人民而是妖精，反
諷至極！

以上種種案例，均道出人世的滄桑，當下的無奈，昔
日的依戀，造成強烈的對比，更重要的是這些角色活在隔
世的追憶中而沉醉其中，甚至不能自拔，如程蝶衣擁坐戲
服之中，又沉溺鴉片。這種隔世的追憶揭示了人物對現實
的厭倦與不滿，而這現實往往是指向共產黨統治下的新中
國。故此，李碧華小說中的歷史「去神化」
(demythfication)[110]的意識形態旗幟鮮明。作爲文學一種類
型的小說，是她批判歷史的一種工具，從中她個人的歷史
觀正是對權威的、神化的官方記載的挑戰與顛覆。

六、結論

李碧華出入小說與歷史之間，穿梭自若，或嬉笑怒
罵、或顛覆鞭撻，在在流露其執著之所在與不凡的識見。
其作品所流露的意識形態可見並非一般手筆，隱隱然具有
挑戰中心論述的意向。孟淘思(Louis A. Montrose)說：

---

[109] 李碧華：《青蛇》，頁243, 245-246。
[110] White, p. 124.

　　我真正要做的, 其實是描述一部作品如何變形,
而成爲開放的、變動不居, 而且是矛盾的論述, 在歷
史過程中來看作品, 而且更是另一個產銷與挪用的
歷史過程之中來看待作品, 看它如何的被重複、被
蓄積, 成爲一個作品或文本。經過如此的歷史過程
與社會過程的積澱以後, 一個文本的空間(textual
space)——這是一個永遠被佔用、永遠在使用中的空
間, 對在歷史過程中或意識型態的情境中受到定位
的讀者, 永遠產生意義——便會麇集無可計數的文
化語碼, 彼此互動。[111]

上述這段話用來形容李碧華的小說也是非常貼切。其小說
的「文本空間」所覆蓋的意義的深廣, 文本、歷史與讀者
的多元「互動」, 是其作品受歡迎的原因。而由其小說中
獨特的意識形態與其影響力所覆蓋的幅度而言, 如不將其
作品納入香港文學現象視之, 而妄自擷取符合官方意識形
態之作而作出論斷, 實乃自欺欺人。不同的社會形態自有
不同的文學特色與各自的意識傾向。「單音」獨唱未免孤
寂, 思想激盪乃「衆聲喧嘩」的本色。《香港文學史》只
是大陸學者對香港文學的主觀想像的產物而已。(全文完)

---

[111]見孟淘思:〈文本與歷史〉, 陳界華譯, 《中外文學》1992年第12
　　期, 1992年5月, 頁85。

論文摘要(abstract)

Chan, Ngon Fung, "Intertextuality, Parody and Subversion: A Criticism on the Notion of "Text" and "Histoy" in Works of Li Bi Hua".

Ph.d Candidate, Department of Humanities, The Hong Kong University of Science and Technology

An array of literary peculiarities and ideological inclination is inscribed in special social dynamics. "Monophonic" writing reveals nothing but loneliness, and that only "polyphonic" approach can generate and stimulate ideas anew. This essay strives to analyze various aspects of Bi Hua LI's works. Major themes diversify from the love and hate of protagonists to the rise and fall of dynasties. It is through expounding theories like Intertextuality and "New Historicism", perplexities between narrative fiction and history can be unraveled. The imagination of Hong Kong literary history and its problems by Mainland scholars is also one of the major concerns. (余麗文譯)

~~~~~~~~

論文重點

1. 李碧華的小說極受歡迎, 且跨越媒介, 乃研究八十年代香港文學中不可忽略的一位;

2. 在大陸學者所撰寫的文學史及其他論述當中, 香港文學(包括李碧華)均被邊緣化, 未能獲得應有的重視, 甚至漠視如李碧華這類作家的作品中所反映的四九年後的大陸政治情況;

3. 李碧華小說中對歷史的顛覆與省思爲大陸學者的香港文學史及有關人士對香文學的觀點提供了一個反證;

4. 本文從克莉絲蒂娃的文本互涉、羅蘭. 巴特的寫作遊戲與新歷史主義的角度剖析李氏的小說, 發掘文本與歷史的複雜關係;

5. 李氏小說中花費不少篇幅鉤沉舊文本的流傳, 而新文本往往在舊文本的基礎上有所衍變, 而新文本又顛覆了舊文本;

6. 李氏乃以一種如巴特所言的寫作遊戲進行, 其中蘊含對中共黑暗面的控訴的政治意識十分明顯;

7. 從小說中表達作家的歷史意識, 是李氏小說的一大特色, 新歷史主義有關文本與歷史互動的主張爲我們提供了透視李氏小說的一個新角度;

8. 歷史不見得可信，小說也未必不實，李氏的小說或可是制衡官方歷史論述的一種策略；

9. 李氏小說中往往以隔世追憶表達現有時間的死寂，人物乃活於過去，而其將神話元素引介入小說中更可視爲顚覆神化的歷史及歷史人物的一種策略；

10. 李氏小說的「文本空間」所覆蓋的意義的深廣，文本、歷史與讀者的多元「互動」，是其作品受歡迎的原因；

11. 《香港文學史》只是大陸學者對香港文學的主觀想像的產物而已。

~~~~~~~~~

參考文獻目錄

FENG

馮偉才:〈「有些殘餘的記憶在我身上，抹不去……」——專訪李碧華〉，《讀書人》1988年8期，1988年1月，頁4-11。

馮夢龍編:《警世通言.白娘娘永鎭雷峰塔》，上海:上海古籍出版社，1990，頁420-448。

HUANG

黃修己:《中國現代文學發展史(修訂本)》，香港:三聯書店，1994，頁502-513。

HUAI

懷特, 海登(White, Hayden)：〈作爲文學虛構的歷史本文〉("The Historical Text as Literary Artifact")，《新歷史主義與文學批評》, 張京媛主編, 北京：北京大學出版社, 1997, 頁160-179。

LI

李碧華：《糾纏》, 香港：天地圖書有限公司, 1987初版, 10版 1995。

——：《青蛇》, 香港：天地圖書有限公司, 1998。

——：《潘金蓮之前世今生》, 香港：天地圖書有限公司, 1998。

——：《胭脂扣》, 香港：天地圖書有限公司, 1985年初版, 1998 年第19版。

——：《川島芳子——滿洲國妖艷》, 香港：天地圖書有限公司, 1998第11版。

——：《霸王別姬》, 香港：天地圖書有限公司, 1994。

李小良：〈穩定與不定——李碧華三部小說中的文化認同與性別意識〉, 《現代中文文學評論》1995年第4期, 1995年12月, 頁101-111。

李焯雄：〈名字的故事〉, 《香港文學探賞》, 陳炳良主編, 香港：三聯書店, 1991, 頁285-330。

LIU

劉康：《對話的喧嘩——巴赫汀文化理論述評》, 臺北：麥田出版社, 1998。

LU

魯迅：《中國小說史略》, 北京：人民文學出版社, 1973。

NAN

南帆：〈敘事話語的顛覆：歷史和文學〉，《文藝理論》1994
　　年10月，1994年11月，頁103-114。

MENG

孟悅：〈《白毛女》演變的啟示──兼論延安文藝的歷史多質
　　性〉，《再解讀：大眾文藝與意識形態》，唐小兵主編，香
　　港：牛津大學出版社，1993，頁68-89。

孟淘思著(Montrose, Louis A.)：〈文本與歷史〉，陳界華譯，《中
　　外文學》1992年第12期，1992年5月，頁65-109。

PAN

潘亞暾：〈第一個高度──八十年代香港小說巡禮〉，《香港
　　文學》第59期，1989年11月，頁4-9。

RONG

容世誠：〈「本文互涉」和背景：細讀兩篇現代香港小說〉，《香
　　港文學探賞》，陳炳良主編，香港：三聯書店，1991，頁
　　249-284。

SHENG

盛寧：〈歷史・文本・意識形態──新歷史主義的文化批評和
　　文學批評芻議〉，《文藝理論》1993年11月，1993年12月，
　　頁114-123。

SIMA

司馬遷：《史記．項羽本紀》，鄭州：古籍出版社，1991，卷7，
　　頁64-71。

XIA

夏志清：《中國現代小說史》, 香港：友聯出版有限公司, 1979。

WANG

王劍叢：《香港文學史》, 南昌：百花洲文藝出版社, 1995。

王宏志、陳清僑、李小良：《否想香港》, 臺北：麥田出版社, 1997。

王德威：《從劉鶚到王禎和——中國現代寫實小說散論》, 臺北：時報文化出版, 1990。

YA

亞理斯多德(Aristotle)：《詩學》(*Poetics*), 羅念生、楊周翰譯, 北京：人民出版社, 1997。

Barthes, Roland. *Image-Music-Text.* Stephen Heath trans. New York: The Noonday Press, 1977.

Bakhtin, M. M. *The Dialogic Imagination: Four Essays.* Michael Holquist, ed. Caryl Emerson & Michael Holquist trans. Austin: UP of Texas, 1981.

——. *Problems of Dostoevsky's Poetics.* Caryl Emerson ed. & trans. Manchester: Manchester UP, 1984.

Todorov, Tzvetan. *Mikhail Bakhtin: The Dialogical Principle. Wlad Godzich,* trans. Minneapolis: UP of Minnesota, 1984.

Holquist, Michael. *Dialogism: Bakhtin and his World.* London: Routledge, 1990.

Kristeva, Julia. *Desire In Language.* Thomas Gora, Alice
  Jardine and Leon S. Roudiez trans. New York: Columbia
  UP, 1980.

White, Hayden. *Tropics of Discourse.* Baltimore: Johns
  Hopkins UP, 1978.

~~~~~~~~~~

特約講評人：陳惠英

陳惠英(Wai Ying CHAN)，女，香港大學碩士、博士研究生。
曾任職電視台、報社，現在嶺南學院中文系任講師。從事現
代文學研究，並有創作。作品包括《遊城》(1996)、《感性　自
我　心象—中國現代抒情小說研究》(1996)等。

　　陳岸峰以「建構的想像力」來說明歷史與小說所以值
得討論且二者相互參照的因由。論文中特別引述了由中國
大陸出版的《香港文學史》(王劍叢，1995)對香港嚴肅文
學的論述，認爲充分反映出其中的「大中原意識」。值得
注意的是，文中提到《霸王別姬》的導演陳凱歌(1952-)對
於李碧華小說的批評，可堪玩味：「對大陸情境，京劇梨
園不夠清楚，對文革缺乏感性的認知和身歷其境的直接感
受……。」陳先生的論文正是以這樣的論述所呈現出來的
「二元對立意識」，作爲評論的重心。整篇論文顯現出以

691

歷史(新歷史主義)論歷史(歷史的還是歷史的小說)穩健的論述,從而帶出李氏小說「有關文本與歷史互動」與新歷史主義的說法相應的新角度,不啻是本論文精采的地方。論文以中國大陸方面評論李氏小說的觀點為起點,在關於李碧華的小說與香港嚴肅文學的關係的討論這環節上,則有或可探討的地方。

論文在對李氏小說的描述中,以「對四九年之後的中國的黑暗面的控訴」為「李碧華小說中的重要主題」,並以「她的小說正是香港文學現象的典範」可供討論。若以李氏小說為八十年代的香港文學現象不能不提的作品(作品的版次可反映讀者的人數,但在評論方面卻一直沒有得到很大的關注)。以八十年代的香港作品選來看,李碧華的小說不見得是香港嚴肅文學的典範。《香港短篇小說選(八十年代)》(梅子編,1998)並沒有收入李氏的小說(其中的原因可能是由於篇幅的關係,亦可能是由於對「文學」、「香港文學」的看法所致)。在眾多的有關香港嚴肅文學的討論中,對於李碧華小說的討論,是相對的出現較少。陳先生明言李小說的「單薄」,是結合香港評論者的說法。李焯雄〈名字的故事〉直言李碧華對昔日名物的沉溺,致影響要說的「故事」。李碧華的懷舊情懷致令她的小說在一片香港論述的聲音中得到注目——這多少是由於「歷史」的原因所引起的注目。由此而來的問題是:在文本的閱讀上,對於李碧華這樣的一位作家來說,有沒有因歷史的議題而忽略了其中的寫作意圖和策略?

　　李氏小說的「懷舊」與記憶是關係密切的。然而，記憶弔詭的地方正由於遺忘。因為遺忘，所以須加以記憶。在方死方生的故事敘述中，「文本」的「此在」(在這「文本」的「生產特性」的場所中，透過符表的分解與重組，所有的「正文」都是其他「正文」的「正文」，互為「正文」成為所有「正文」存在的基本條件)成為作者與讀者共同的記憶與遺忘，因為閱讀李氏小說的「策略」是非關乎「歷史的」、「嚴肅的」；在文本互涉的閱讀中，在「現在」和「過去」的二度之間，呈現的是生生不息的開放性(論文亦強調這是李碧華小說的特色)。李氏小說的「穿梭自若」、「嘻笑怒罵」以至「遊戲的寫作」，正是在這樣的寫作策略(或可說是無意的，但在出版的較為商業的考慮下，更大的可能是有意的)下所產生的結果。以李氏小說為「十分香港」的作品，其中的「記憶」固然是值得注意的，但忽略了「遺忘」，也就無從談及其中的互動，尤其是關於香港的歷史／故事的種種。陳先生的論文對於研究李碧華的小說，提出了很有力的論述。李碧華的小說與香港文學的關係，正正顯示出李碧華的小說絕對不是「單音」而是「複調」的。

~~~~~~~~~

特約講評人: 劉自荃

劉自荃(Paris Chi Chuen Lau): 男, 香港中文大學英文系碩士, 倫大東方學院博士生。曾任香港樹仁學院英文系系主任及高級講師, 現任教於香港理工大學通識教育中心。譯作包括《解構批評》, 《後現代主義的政治學》, 《逆寫帝國》等。

　　陳先生的論文從文本互涉與新歷史主義的角度, 探討李碧華小說中, 文本與歷史之間的複雜關係。其引述的理論部分, 頗爲駁雜, 從克麗絲蒂娃、巴赫金、羅蘭. 巴特到格林布拉特、懷特、福萊、柯林伍德及列維. 斯特勞斯(新歷史主義?)等。但其實兩派理論屬於不同體系, 彼此未必相容。陳先生應先行融合二者, 成爲一套完備的功能模式(functional model), 再應用於李碧華的小說, 避免論文成爲兩大塊缺乏呼應的文字。

　　陳先生隨心所欲地引用西方理論, 獲取靈感, 然後再從李碧華的文章中找出吻合之處。因此讀起來好像是一段理論、一段小說。再一段理論、又一段小說。至於理論與理論、小說與小說之間, 卻沒有系統及脈絡相承, 很多時候論述只在母題上有關, 而非主旨上相連。在第四段討論

歷史與小說的關係時，更把案頭所有新歷史主義者(或非新歷史主義者如列維.斯特勞斯及魯迅)有關歷史的引文一段接著一段地照搬，而沒有作出理論上的整理。

論文的前言中，陳先生提到大中原心態與香港文學史的討論，跟以後有關文本互涉與新歷史主義的討論，關係不大明確。在結論時亦匆匆帶過，没有再加以發展及總結。

總括而言，陳先生的論文見解精闢，行文流暢。如果能對理論加以整理，而不是原文一段一段地搬來並置，當可成爲重要著作。陳先生年紀輕輕，已有如許驚人的洞見，他日前途，自無可限量。……

~~~~~~~~

特約講評人: 余麗文

余麗文(Lai Man YEE)，女，1975年生，香港大學畢業(1998)。英國Warwick大學英國殖民與後殖民文學碩士(1999)，現於香港大學亞洲研究中心「香港文化與社會計劃」任職研究助理。

陳教授的論文從歷史與文本的關係中解讀李碧華極具爭議性的小說，點出了不同的閱讀方式；也精闢地賦予小

說在「大中原文化」與及本土歷史獨特的背叛意味。現試就其中的幾個論點嘗試深入分析論文中可以更臻完備的構想，其中分別是對中心／邊緣的閱讀；文本互涉/權力的問題；以及歷史／反映歷史之間等等關係中加以理解和討論。

論文中在早段以一部《香港文學史》作爲開始，反映了陳教授對「大中原意識」的不滿；認爲該部文學史有意識地確立文學正統，繼而把香港邊緣化，打作「不合流」的一群。陳教授的意見指明了「爲意識形態服務的國家論述」是一種單音獨唱，也是否定了除官方意識爲依歸以外的文學創作的地位。論文的脈絡繼而轉往討論李碧華小說對政治黑暗面的「暴露」，這種說法雖合理地指出官方意識的壓抑意味；但卻未曾開放訴說政治層面以外的世界；因而論文討論時也只能跟從了「大中原」的理論層面而作出反證。這種做法在在卻加強了書寫必須與政治掛鉤的關係，而並非擺脫了「大中原」論述框架，中心／邊緣的關係也未能在論文中得到的化解。

另外對於李碧華小說中「改寫經典文本」的特色，論文也作爲了很明確的分析。克麗絲蒂娃(Julia Kristeva, 1941-)的「文本互涉觀念」與及巴赫金(M. M. Bakhtin, 1895-1975)的「複調」理論，正正有助於解構歷史中的壓迫性，並指出文本之間所存在的互動關係。這也同時暗示了歷史的產生不啻是話語與話語之間的相互產生，話語互爲目標與對象。筆者卻覺得李碧華的小說所提供的另類閱

讀，如潘金蓮從《金瓶梅》中的新審視，又或是青蛇的自我論述；其實全是借喻對歷史文本的反抗，掀起對書寫的壓抑的批判，重申一群沉默者被掠奪的地位。這種書寫是其一是爲了申訴，卻更加是引證了歷史的不準確性的道理。是觀點與角度把歷史歪曲，並透過「中介」得以展現；可惜這些絕不代表青蛇或潘金蓮的故事是眞實的故事。也恰如陳教授所言青蛇對歷史客觀、眞實的要求是一種反諷，因爲「她也上不過是虛構出來的角色而已。」這是一種虛構中的虛構，預示了李碧華也不是要寫眞正的歷史，因爲她只不過是說故事的人。可以肯定的是作者是利用了書寫的文本戲弄也自嘲了書寫的意義，是令人相信故事是眞實的，又或是眞實也不過是個故事。

[責任編輯: 白雲開博士]

附錄資料(一): 繼續保持探求知識的活力

■朱耀偉

朱耀偉(Yiu Wai CHU), 男, 1965年生, 香港中文大學比較文學
博士, 現任香港浸會大學中文系助理教授, 著有《後東方主
義》、《當代西方批評論述的中國圖象》、《他性機器？
後殖民香港文化論集》、《香港流行歌詞研究》、《光輝
歲月: 香港流行樂隊組合研究(1984-1990)》等。朱教授是
這次研討會的「個人名義協辦」, 曾多次參加香港大學亞
洲研究中心的國際研討會, 這次大會邀請朱教授協助總結
經驗。

　　自1998年11月獲邀參加香港大學亞洲研究中心舉辦的
「香港新詩國際學術研討會」以來, 至今(連這次「香港八
十年代文學現象國際學術研討會」在內)已共參加了四次同
類研討會。這一連串的研討會跟我一向參加的研討會截然
不同, 以下將借此機會談一下自己的親身體驗。

　　首先, 這一連串的研討會可以辦得如此有效率, 當然
是籌辦人黎活仁教授魄力過人, 另一方面則有賴於以電子
郵件辦研討會那種乾淨俐落的手法。過去一年間先後收到
大會數以百計的電子郵件, 每次研討會都有二三十次通知,

不但資料交代得十分詳盡，與會者對籌辦進度亦可有充分
的掌握，與一般研討會多月才接一次通知，有時對很多細
節都茫無頭緒的情況完全不可同日而語。除了與會者彷如
可以親身參與籌辦過程以外，這種研討會預先將與會者提
交的論文以電郵的方式傳閱，讓其他與會者可以預先閱讀，
大大減省了會上發表論文的時間。一般研討會發表論文時
間較長，但因此討論時間十分有限，往往未能展開深入的
對話，而那些因在會上匆匆閱讀論文所引起的誤解而來的
不是問題的問題更會叫人覺得浪費時間。這種利用電子郵
件的新研討會文化實在值得推介。此外，提交的論文亦預
先按大會指定格式排好版，場刊格式統一醒目，到會後出
版論文集又快捷方便。大會又預先邀約講評(由「香港新詩
國際學術研討會」的一位到今次的三至四位)亦在會前把講
評寫好，收錄在場刊之內，論文作者可以預先參考，有利
於會上產生真正的對話交流，實是另一德政。

　　以上所述的新研討會文化的另一創舉是評獎制度。過
去自己參與的研討會論文水準良莠不齊，更有個別是濫竽
充數，有時注釋也欠奉，連學術論文的基本要求也達不
到。評獎制度的好處是可以保証所提交的論文有一定水
平。當然，文無第一，要真正從不同題材風格的論文中公
允的排出名次幾近不可能。在我看來，評獎制度的重點並
不在於挑出獲獎的文章，而是可以提高論文的整體水平。
會後論文又要經匿名審稿才可結集出版，完全符合學院的
嚴格要求，再加上由學者擔任責任編輯，論文集的水準是

有目共睹的。當我在會後半年左右便收到質量卓越的論文集，實在叫曾辦類似研討會的自己感到汗顏，也再一次確認這種新研討會文化值得推廣。

籌辦人的廣闊視界亦是研討會成功的要素。當我第一次參與「香港新詩國際學術研討會」之時，發表的論文以香港流行歌詞爲題而獲接納，倒有點意料不及。在以往的「嚴肅」學術研討會，這幾乎可說是天方夜譚。這種開放的學術空間使人可以不完全受制於僵化的學院成規，亦使研討會的題材更加多元化。當然，題材過分多樣化會使焦點不夠集中，但因大會強調方法論的運用，批評理論可以作爲對話交流的支點，使不同的學術探索不會各說各話。研究生的積極參與亦可顯出大會的學術胸襟。學生的論文有時可以寫得比老師的好已是公開的秘密。大會不問背景，只看論文水平的做法實在值得表揚。研究生思想活潑，學問的探求充滿不同的可能性，可以爲研討會帶來新的文化撞擊，爲論述空間注入新的活力。同時，研究生自己又有機會得到不同老師的指正，對其日後的學術生涯而言實在是難得的經驗。

在我們這個「論述生產」年代，不同研討會不停舉辦，但眞正有學術交流和成果的又有多少？誠如三好將夫所言，全球化經濟使學術知識生產有如商品般大量製造，在如此年代，籌辦研討會的人多，眞正參與的人少；發言的人多，眞正聆聽的人少；寫論文的人多，眞正閱讀的人少。這種情況乃學院要求量化成果的惡果。學院「公司

化」、學術知識生產機械化,使學院的研討會淪爲派名片
的場所,到處瀰漫著一種「自戀式機會主義」(narcissistic
opportunism),不再可以成爲學術交流的地方。[1] 我們的確
需要一種新研討會文化來衝擊日漸僵化的制度,不斷更新
知識生產的既有模式。香港大學亞洲研究中心這一連串研
討會可算是跨出了重要一步,而日後是否成功,就要看是
否可以繼續抗衡體制化的壓力,繼續保持探求知識的活
力。(附朱耀偉教授參與籌委會過去主辦國際研討會資料)

1998.11.27	香港新詩國際研討會	論文發表人 特約講評人	
1999.3.26-27	中國小說研究與方法論國際研討會	論文發表人 特約講評人	論文總成績第二名
1999.6.11-12	柏楊思想與文學國際學術研討會	論文發表人 特約講評人	
1999.12.2-3	香港八十年代文學現象國際學術研討會[本次會議]	個人名義協辦、主題演講的特約回應、主席、特約講評人	論文總成績第三名、講評第一名

---

[1]   Masao Miyoshi, "Sites of Resistance in the Global Economy," *Boundary 2*, 22 (Spring 1995), pp.82-83.

附錄資料(二): 景觀的效應

■孫以清

孫以清（Yi-ching SUN），祖籍安徽省壽縣, 1957年10月1日生於臺北市。中國文化大學俄文系學士, 美國德州大學奧斯汀校區（University of Texas at Austin）政治學博士。著有 *U.S Arms Transfer policy during the Cold War Years* 及《美中台三角關係的再省思》等文。現任南華大學亞太所助理教授。孫教授應大會邀請發表觀察報告。

　　我想趁著這次「觀察報告」的機會, 對「香港八十年代文學現象國際學術研討會」提出一些我自己的感想與大家分享。我覺得整體而言, 這次會議辦的十分成功。當然, 有人會問:「要如何評斷一個學術會議是否成功」？我認為要從一些小處觀察, 尤其是一些細節能否夠照顧周全, 是最能表現一個會議的效率與品質。

　　以大會的行政人員而論, 有三點值得大家注意。第一, 每一場會議進行之時, 都有一位行政人員為各個發表人及講評人拍照, 而這些照片, 在大會尚未結束之前, 都已經

703

沖洗完畢，同時已送到每一個人的手中，由這個小地方，我們便可看到大會行政人員的效率。第二，在會場後方的茶水，在這麼多人同時使用之下，都可以一直保持充分的供應，從來沒有發生沒水喝的現象，我自己本人已擔任過研討會的行政工作，知道要做到這一點是十分不容易的，而事前的分工也必須十分的周到才行。第三，在會議進行的同時，大家都能夠拿到最新的資料，尤其是每個人的講評稿，使大家不但對發表人的文章能夠清楚的瞭解，對每位講評人的思維也能夠充分的掌握，一個學術研討會要做到這一點也是不容易的。

其次，我也覺得這次研討會的場地十分的理想。我想在此我們應當感謝「光華新聞文化中心」江素惠主任借給大會這麼好的場地。這個會場的座椅舒適，大小適中，不大也不小，如果會場太大，不但講話會有回音，同時也顯得冷清，但是如果會場太小，則過份擁擠，壓力太大。除了場地大小之外，會場窗外的景觀也是如此之好，有時在疲累之餘，看看窗外的景色，精神也為之一振，我想這次會議打瞌睡的人特別的少，窗外的美景可能多少對大家精神的提振有些幫助。總而言之，這次會議的氣氛十分熱絡良好，必定和會場的品質有直接的關係！

這次會議的有些安排對我來說是很新鮮的。第一則是本次大會的「多講評」制度。雖然有人覺得「三講評」或「四講評」顯得有些多餘，不過，我倒是覺得這是蠻好的一個設計。因為，一篇文章如果只有一個講評人，難免有

些疏漏之處,而透過「多講評」制度,多人評論同一篇文章,不但可使文章的各種優點缺點更加清楚,同時,透過不同的人的不同解讀,可使與會人士更能瞭解一篇文章的各個不同層面,相信對學術研究是有極大助益的。第二則是論文的評審制度,大會以匿名評比的方式評定論文,並在每場討論結束時頒發級別證書,也在大會結束時,公布評分最高的前三名的論文。如此,對本次會議論文品質的確保,有著正面的幫助。第三,大會進行方式頗有新意,主辦單位在會前,已將各篇論文掛上互聯網絡,使與會人士蒞會之前,對各篇論文已有認識。而會議進行時,各發表人即可省去臨場宣讀之時間,由評論人進行評論,發表人則進行說明或答辯。開始時,我本人雖然有些不習慣,不過經過幾場「訓練」之後,覺得以這種方法進行學術研討,更能發揮「研討會」的功能,有值得學習之處。

總之,我感覺這次「香港八十年代文學現象國際學術研討會」十分成功,尤其,對我這一個學術界的晚輩而言,能參與這個會議不但感覺到十分榮幸,也學習到很多東西。(完)

在會場後方的茶水,在這麼多人同時使用之下,都可以一直保持充分的供應,要做到這一點是十分不容易的。　　　　　——摘要(編委會整理)

附錄資料(三):

爲學術説「不」: 不辭辛勞, 不計酬報, 不遠千里

■郭冠廷

郭冠廷 (Kuan-ting KUO), 男, 1960年生, 臺北市人, 德國弗萊堡 (Freiburg) 大學政治學博士, 現爲南華大學亞太研究所副教授。著有《周易的政治思想》(1988), "Die chinesische Buerokratie in der Zeit der Kulturrevolution: 1966-1976 (1996)"、《日本國防政策與亞太安全》(1999) 等。郭教授應大會邀請發表觀察報告。

---

1. 這一次的「香港八十年代文學現象國際學術研討會」, 本人有幸參與盛會, 深感獲益良多, 現謹將個人之觀察心得臚陳如下:

2. 本次會議, 計有一篇主題演講、十六篇論文、三篇主題演講特約回應以及五十三篇論文講評, 無論在文章的品質與或是在文章的數量上, 都是相當可觀並且難得一見的。

3. 本次會議的籌備委員會,在黎活仁先生的領導下,任事十分積極,運作甚有效率。舉例而言,截至十一月三十日為止,籌委會就以電子郵件發出了三十四封「籌備通訊」;此外,研討會的論文也都十分迅速地掛上網站。以極少的 人力而負荷大量的工作,個人對於籌委會團隊的能力以及熱忱深感欽敬。

4. 為保障論文品質,並促進良性競爭,大會設定多重「學術監控」的遊戲規則,例如「學術論文獎」、「講評優異獎」等制度,使得本次會議不致淪為「廟會」、「大拜拜」。像這樣的制度設計,很值得學術界的參考與學習。

5. 這次「香港八十年代文學現象國際學術研討會」,在經費短缺的情形之下,與會者均以自費參加會議,這種熱愛學術的精神,十分令人讚佩。尤其兩岸三地的學者,不辭辛勞,不計酬報,不遠千里,匯集一堂,增進彼此的溝通與交流,更是值得令人肯定的。

6. 本次會議的論文講評雖高達五十三篇,但是有不少的講評者卻因故未能出席,這是美中不足的地方。所幸講評者均撰有書面文稿提供與會者閱讀,因而使得這樣的缺憾並不突顯。

7. 由於時間的有限性,論文發表者多未能於會上宣讀或簡介論文內容,這使得未克事先詳讀論文的與會者較難掌握討論的重點與核心。嗣後如有類此會議,建議籌委會仍宜安排論文發表者做一簡要的口頭說明。

8. 這次大會的主題是「香港八十年代文學現象國際學術研討會」,但是檢視所有論文,卻多以單一作家的作品做為分析的對象。對於個別作家的探研,固然有助於吾人更深入了解香港八十年代的文學現象,惟若僅如此,也容易有「見樹不見林」之失。倘大會能在論文的議題上增加一些較爲宏觀的,以「文學社會學」爲取徑的文章,相信更能有助於與會者掌握香港八十年代文學現象的脈動,並進而了解形成這種現象的背後因素。(完)

摘要(編委會整理)

1. 在經費短缺的情形之下,與會者均以自費參加會議,這種熱愛學術的精神,十分令人讚佩。
2. 本次會議的論文講評雖高達五十三篇,但是有不少的講評者卻未能出席,這是美中不足的地方。
3. 倘大會能在論文的議題上增加一些較爲宏觀的,以「文學社會學」爲取徑的文章,相信更能有助於與會者掌握香港八十年代文學現象的脈動。

附錄資料(四): 雅集盛事一回眸

■吳予敏

吳予敏(Yu Min WU), 1954年生, 西北大學中文系碩士, 中國
社會科學院文學研究所文學博士(1989), 現爲深圳大學傳
播系教授、系主任, 著有《美學與現代性》、《無形的網
絡——從傳播學角度看中國傳統文化》。

　　時至二十世紀行將結束, 人類步履邁向新的千禧年之
際,「香港八十年代文學現象國際學術研討會」在香港、
大陸、臺灣三地學者的鼎力支持下, 成功地召開了。本人
作爲來自大陸的與會學者之一, 談點會後的感想, 或許不
能代表其他學者們的觀感, 卻可算是一次頗有收益的學術
經歷的小駐回眸。

　　這次由香港大學亞洲研究中心主辦的會議可以說是香
港文學研究工作的檢閱。會議以十分開闊的視野對80年代
的香港文學現象進行了全面而深入的研討。會議論文涉及
的題目, 包括文學思潮、區域文化、文學文本批評、文學
史、比較文學、期刊研究、創作分析、文化批評等各個層
面。論文評涉到的作家作品有小說、新詩、古體詩詞、散
文、政經評論等多種類型。學者們採取的理論方法, 從結
構主義、符號學到解構主義, 從文本闡釋到社會文化闡釋,

從意識流、新批評到潛意識、性別分析，從東方主義到現代性、全球化，從傳統的經世致用、歌詩言志到當代的意識形態批判、新歷史主義分析……總而言之是多邊視角，睿思疊出，展現出活潑、質實、謹嚴而又充滿時代氣息的學術面貌。

會後靜思，大概有四點主要收穫。第一是通過三地學界的同道者對香港的嚴肅文學以及香港文化精神的學理性的省思，從斑駁陸離的商業文化的萬花筒式的景觀裡剔抉出內隱的文學靈魂，那種深切的憂鬱，搖曳的迷離，對文化認同的執着追尋。香港不只是有相當質量的文學實績，也不只是延續著古典文化的血脈以及新文學的傳統，而且還以自己的富有個性的面貌介於兩岸之間，成就了東方現代性的都市文明的特殊的語言藝術形像。第二是通過專業性很強的研究表示了香港文學正在走向一個反思和自覺的階段。隨著香港文學、香港作家的概念釐定，香港文學代表作、代表人物、標誌事件的確證，香港文學精神的凸現，兩岸的文學界和研究界將從此對香港文學有一個再認識。第三這次研討會是兩岸三地的學者以香港文學作為聚焦點的學術對話。它的氣度氛圍是雍容豁達的，但學術評議卻獨抒己見，力摒矯飾，無論文化價值觀或意識形態的差異都不構成交流的障礙。以增進了解、分享心得、促成溝通為目標，而決無強加於人的學術霸氣。可以說真的體現了中國傳統的以文會友、切磋吟詠的風格。第四可以說是最有說服力的，這次會議收穫了一批有較高學術質量的

論文以及有眞知灼見的評議書，兩者相得益彰。關於香港文學的研究論文，有她比較難產的客觀和主觀原因。一者三地的主流的文學研究界對於香港文學重視不夠。不但缺乏研究基礎和研究隊伍，竟至像樣的作品集粹或作家專集選集都不能齊備。二者兩岸各有深切而緊迫的文學關切，未免主觀上忽略了香港。香港文學尤如一個文化棄兒頭上的冠冕或者頸上的墜玉，除了她自已去臨鏡觀賞、把玩拂拭，誰會去在意呢？恰恰這個規模不大的研討會，聚攏來一些關心香港，關心香港文學的有心人和有道人，施展各自的法器來細細攷察香港文學，治學態度之嚴肅謙遜，考索論證之審慎密致，一般都達到相當水準。特別是其中若干篇討論作家作品的論文，研究者顯然下足了細讀的工夫，立論力戒蹈空坐虛，持之有故，言之成理。

作爲大陸學者雖也參加過多次國際國內學術會議，這次卻仍感到新鮮。原因一多半在於會議組織形式的創新。組織者充份利用了互聯網，會前會後傳輸信息，極其方便高效。這督促了論文寫作的高質量，保證了評議的有的放矢。再者創造了公平公開的學術競爭的機製，嚴格的論文匿名評審、中立的學術評比裁判，打破了那種論資歷、排座次、擺頭銜、邀名聲、獨霸話語權力或虛僞捧場的學術積弊，造成了一種讓學術新銳脫穎而出的良好的機製和心態氛圍。可以說，這種令人清新的會議文化對兩岸三地的學術界都是一個貢獻。

　　當然用理想中的臻於完美的標準評判這次會議，還是有些不盡如人意之處。首先是會議研討內容廣泛，卻缺少焦點問題。由龔鵬程教授所作的會議的主題報告，宏文偉制，視野博大，啓人智益之處甚多，但偏重於文化性而疏離於文學性。他叩擊出香港文化和文學的焦點問題在於文化的認同和文化的整合。但是這個問題在會議上沒有深入研討，沒有時間自由展開爭論。可以說是錯過了一個好的問題和討論機會。會議僅有研究的對象範圍，在主題方面卻相對分散。這樣會議顯得缺少興奮點、趣味點，溫文爾雅有餘，爭論辯難不足。其次在進行學術會議組織形式創新的時候，似乎需要注意形式不宜超於內容。無論發表論文還是發表評議，畢竟不是學位論文答辯，關鍵是眞知灼見、知識創新、方法創新。所以，論文著眼的是獨立的具體的研究對象，而會議應著眼的是整個研究界域的知識進步和思想進步。只有如此，才能給80年代的香港文學一個準確的描述和闡釋，使每次會議都有階段性的認識的提昇，從而引起學術界的關注。

　　香港文學的研究興趣圈正在形成中，更可貴的是兩岸三地的學術對話和學術聚焦也正在成長中。孔子曰，三人行，有我師。三地學術互動，聚焦香港，誠爲文壇學界雅集盛事。天助自助者，天啓互師者，斯言非虛歟！

附錄資料(五): 仍有活水注香江

■劉慎元

劉慎元(Shen-yuan LIU), 男, 1970年生於臺灣, 祖籍山東嶧縣。高雄師範大學文學士, 現就讀南華大學文學研究所碩士班。曾獲梁實秋文學獎譯詩組第二名(1998)。曾應邀參加「香港大學亞洲研究中心」於1999年3月26至27日舉辦「中國小說研究與方法論國際研討會」, 獲論文總成績季軍, 這次重臨香港, 大會因此邀請發表會後記。

　　從秦漢到明清, 都有北人南遷香港, 此地早有人跡, 卻因遠離中原, 難脫南蠻之地的標籤; 清季它承受了中國的苦難, 成了英人治下的明珠, 英人為香港帶來法治和進步, 卻也讓它成了近代中國人難忘的印記。張愛玲說香港是一個華美的但悲哀的城, 余光中不知香港算是異地, 還是故鄉? 這些說法恐怕都反映了作家當時對此地的觀感。隨著一九八二年中、英香港問題談判端上檯面, 九七回歸勢成定局, 中國大陸也展開對香港文學的熱烈討論, 各種文學史論著紛紛出爐, 「我城」中人亦驚覺「九七大限」將至, 也大規模的探討香港今昔, 然而隔海的臺灣, 或

限於客觀條件上使不上力，或昧於主觀的政治氛圍下用不上心，除了九七前後的新聞報導，臺灣和香港實在是地相近、心相遠。

千禧將至，九七已過亦尋常，在一九九九年的嚴冬，維多利亞港依然舟楫相望，活力十足；不遠處的四十層高樓上，光華新聞文化中心裡，亦有一群來自中、臺、港、澳，以及加拿大等地的學者，共同探討八十年代的香港文學現象，相與析疑，也是香江思想上的活水激盪。這一次會議的珍貴處，首先在於該地的文學研究者，在九七的熱潮過後，仍能兢兢業業地爬梳香港文學的過往，從而試圖建立一己的研究成果，而不是盲目地追求熱門的議題。然而如果只是一群思想相近的學者關起門來研究、甚至吹捧，這種聚會無異死水一潭。所幸主事者廣邀各方學者提出論文、擔任講評，從而把會場化成開放的場域，容許各種不同的意識形態相互辯駁、角力，當然也可以是說服、甚或揉雜式的協商。這一次大會共邀得論文共十七篇，講評或回應共五十六人次，議程共分時代背景（80年代文化思潮、文化批評）、刊物、新詩、古典文學研究、文學創作（小說、散文）、文學批評等六個子題，從某方面來說，各篇論文或能涵攝此一時期香港文學的各個面向。

欣聞這些論文和講評文字，將由臺灣學生書局結集出版，大會的主辦人——香港大學黎活仁教授囑我撰寫一篇會後記，所以拙文或有幸讓臺灣讀者指教。這次會議當然還有許多值得稱道的地方，是和臺灣現行的許多研討會不

同的，以下不揣冒昧，特加介紹，或許某些地方值得我們
借鑑：首先本次研討會採取e-mail通訊的方式，讓與會者充
份掌握進度、交換訊息。其次將所有的論文及講評張貼在
網站上，會前就讓有心人先睹爲快。至於省下來的朗讀論
文時間，大會廣邀三至四位的講評，希望能激發更多交會
時互放的光亮。最後，由大會邀請的匿名裁判，針對各篇
論文及講評進行敍獎，伯仲之間當然是見仁見智，然而不
可諱言的，這對於搪塞文債的人自然有些警惕，不由得想
起好幾次在臺灣會場外，拿到幾份派印的論文，獨立於場
刊之外，筆走龍蛇，似欲揚己書道造詣，撫紙猶有影印之
餘溫。我想我對於香港這群文壇先進和文友所組的工作團
隊，印象最深的是在於效率。舉凡黎教授主持的電子通
訊、鄭振偉博士架設的網站、余麗文小姐的英譯、和其他
幾位先生職司文役、統一編排與格式，無不工作目標明確，
課人亦課己必準時完成。這樣強大的後勤效能，一下子也
只能想到臺灣的某幾個文學系所可堪與並轡。

　　他人表現當可讓我們思考，香港先輩和朋友展現高度
工作效率，這值得在臺灣的我們效法，然而這次會議給我
的感覺，香港的聽衆在會場發言討論的意願似乎不如臺灣
的熱烈（也可能是我以偏蓋全），所謂的多講評設計，也
足見規劃人黎博士的苦心。會後敍獎制能橫的移植到臺灣
來嗎？恐怕不是那麼容易。當然不同的主題和理論思考角
度，很難分出伯仲，然而倉促了事的文稿，應該並不難看
出來，最近《中央日報》文學獎也開始增設文學批評獎項，

這或許嘗試將論文比照其他文體創作，可以一較雄長。所以日後這種甄別的制度設計，也可能漸漸地在臺灣試辦。

接著也許可以來談談自己的感想。這次香江之行，實際踏上了這港埠，印證了以往從文本中習得的有關這城市的了解。走在繁華的金鐘道，與各色人種擦肩而過，我不知道這裡是歐美、還是南洋；閒晃在狹隘的灣仔市場，看著那些就像自家巷尾市場的熟面孔，叫賣者蔬果、乾貨，刹那間以為自己並未跨海西來。模糊間好像真以為靈悟了什麼是hybridity和postcolonialism，下一秒鐘又不很確定。打開酒店的電視，除了口音殊異，沒什麼特別，1997似乎不過是過去的一年。或許這就是旅行的好處吧，能穿越原有的疆界，印證自身對他地的設想，也可以反省過去的自己、和自己所處的那個舊圈子，再回去，就成了個新人。儘管浮光略影可能只看到香港的皮相，可能還是顛倒夢想，但總是脫離了劃地自限的井蛙之見。我猜想研究臺灣文學的人，不妨也試著了解一下香港文學研究，兩地的地理位置和歷史、政治、文化處境有一些相似，當然也有許多不同，然而香港現代化的便利情況優於臺灣，卻不靠什麼諂美媚日的政客、亦無計較先後移民血統純正與否的氛圍，倒蠻可以讓我們思考的。

最後容我向主辦單位感謝他們提供的一切，並且不吝讓後輩如我參與，至於主辦人黎活仁教授，他的母親於籌辦期間逝世，仍忍痛勉力不誤籌辦工作，我想對他的致意，是文末特別要提出來的。

附錄資料(六): 論文質素相當高

■楊靜剛

楊靜剛(Ching Kong YEUNG), 男, 1953年生。1977年中文大學哲學碩士; 1984年澳洲國立大學哲學博士。現任香港公開大學人文社會科學院副教授。曾發表學報論文多篇。楊教授應邀擔任籌委會主辦「柏楊的思想和文學國際學術研討會」(1999.6)大會裁判, 負責邀約「匿名評審」, 處理各獎項頒授事宜, 並撰寫裁判報告, 以爲日後的參考; 這一制度仍需具經驗的學者協調確立, 因此請楊教授再度出馬, 穩定大局。

今年 (1999年) 六月份香港大學中文系黎活仁教授組織了一個「柏楊的思想和文學國際學術研討會」, 邀請我作大會裁判。雖然知道自己才疏學淺, 難當重任, 但黎教授盛意拳拳, 不好意思拒絕, 便只好答允下來。本來以爲中國人說:「一不做, 二不休」, 做過這次裁判後, 黎教授大概不會再找我了。沒想到這次的「香港八十年代文學現象國際學術研討會」, 黎教授又再次邀請我作裁判, 我做了「一」, 「二」還是不休。

不過，我想到中國人又有句話說：「一不離二，二不離三」，既然黎教授對我如此錯愛，我似乎還是應該答允下來。

做裁判的責任就是要找評審，評核與會論文的質素及等級。黎教授囑咐我要在海外找一位評審，以示客觀。我因為與新加坡學術界關係較為密切(我在新加坡國立大學中文系工作過十年)，便想到找一位新加坡學者來作評審。本來以為評審雖然是匿名的 (即使黎活仁教授也不知道評審是誰)，但要評核其他也是有頭有面的學者的論文質素，到底不是一件優差，因此心裏早有準備，這個評審並不好找。沒料到當我用電子郵伴接觸第一位學者時，他一知到是黎活仁教授組織的學術研討會，便一口答應。並說黎教授是他所尊重的學者，黎教授所辦的，他一定支持。因此，在邀請評審的整個過程中，我並未遇到什麼阻滯。

本來原定與會的論文共有20篇，但後來有四篇退出，只餘16篇，分別由香港、臺灣、加拿大的學者撰寫。論文的評審標準是：內容的豐富程度佔33%，內容的邏輯推理佔33%，創意佔33%。當我收到每篇論文後，便將作者姓名及任何會透露作者身份的文字刪除，再電傳給評審。因此，評審是不知道作者姓名的，這樣便不構成任何利益衝突。本來評審需要評核全部16篇與會論文，但由於他在11月26、27日要離開新加坡，因此只來得及評核其中的13篇。餘下的三篇因為來得較晚，趕不及傳到海外，於是黎教授囑咐我在香港找一位評審，評核這餘下的三篇。當我用電話找這一位香港評審時，他一聽到是黎教

授辦的研討會，便立刻接受，在整個過程中，我同樣沒有遇到什麼阻滯。

但是，由于這次16篇論文分別由兩位教授評審，彼此的評分尺度可能有很大的不同，我和黎教授經過縝密的考慮和磋商，決定以新加坡的評審爲主流，他所評核的13篇，除了可以評核爲一等、二等、三等論文外，還可以參加首三名冠、亞、季軍的角逐。其餘三篇則只發一等、二等或三等獎。最後，評審的結果是：第三名有兩位，分別是阿伯特大學東亞系梁麗芳〈八十年代的《爭鳴》與中國當代文學的互動〉，浸會大學中文系朱耀偉〈同途殊歸：八十年代香港的中西比較文學〉，各得81分；第二名亦有兩位，分別是嶺南大學鄭振偉〈給香港文學寫史 ── 論八十年代的《香港文學》〉，香港理工大學翻譯系曾焯文〈《洛麗桃》與《圓舞》── 兩本兒童性愛小說〉，各得82分；冠軍是香港科技大學人文學部陳岸峰〈互涉、戲謔與顛覆：論李碧華小說中的「文本」與「歷史」〉，得分是85分。由以上的評分可見，今次與會論文的水準十分接近，相差往往只是兩、三分。而三名外的其他論文，得分也十分接近。可見這次研討會的論文質素相當高。若單以論文質素來說，這次研討會無疑是成功的。

在上次的「柏楊思想與文學國際學術研討會」裁判報告中，我曾經提出過對首三名論文作者最好能有一些實質的獎勵，而不單單是宣佈他們的名字及論文題目。這次的研討會，由于經費的限制，仍然不能落實我這個建議。不過，我始終認爲，假如經費許可的話，給予首三名一些實質的獎勵，如現

金、書券、銀碟、記念盾之類，以示對論文的肯定及對作者的鼓勵，似乎是可以考慮的一個做法。

　　本來，大會還安排了一個臺、港論文整體平均成績的大比拚，作爲良性競爭，鞭策作者，以提高論文的質素。但是由于這次研討會臺、港論文數目並不平均，16篇論文中，香港的有12篇，臺灣的只有3篇 (餘下的1篇是加拿大學者的論文)，實在是不成比例。因此，在和主辦人黎活仁教授商討後，研討會決定取消臺、港論文的比賽。不過，以後如具體情況許可的話，照黎教授的意思，這樣的比賽還是會舉行的。

　　最後，研討會還有大約50餘篇的講評，本來也是要評審給予等次的。可是由于大部分講評來得很晚，來不及評審，也就不在會上設講評獎。不過黎教授囑咐說，對于這50餘篇的講評，以後還是要請一位評審，評核其質素，並選取其中最好的5篇，在日後出版的論文集中宣佈，以示鼓勵。黎教授可以說是學術界的有心人，爲了確保研討會論文的質素，與及使研討會不致成爲學術界的社交場合，而想出這樣一個比賽形式。而我也因爲黎教授的錯愛，得附驥尾，做了兩次裁判，了解到整個比賽的運作過程，也可以說是一種難得的經驗。至於這種比賽形式，會不會被學術界普遍接受，成爲日後研討會的常規，且讓我們拭目以待吧。

> 與會論文的水準十分接近，相差往往只是兩、三分。而三名外的其他論文，得分也十分接近。可見這次研討會的論文質素相當高。(編委會摘錄)

附錄資料(七): 一些省察

■劉漢初

劉漢初(Hon Chor LAU), 廣東南海人, 1948年生於香港, 國立臺灣大學中國文學博士, 現任教於國立臺北師範學院語文教育系、國立清華大學中國文學系, 專研六朝文學與唐宋詩詞。劉教授多次前來協調香港大學亞洲研究中心舉辦的國際研討會, 貢獻良多, 包括在1999年6月的「方法論於中國古典和現代文學的應用」研討會發表「觀察報告」; 1999年3月的「中國小說研究與方法論」研討會擔任「大會裁判」, 確立評獎制度; 這次應邀發表「顧問報告」, 檢討整個會議流程, 並提供改善的策略。

　　香港大學亞洲研究中心主辦、由黎活仁教授召集的學術會議, 經已舉辦多次, 誠如幾位撰寫會後報告或感言的學者所說, 重視各家研究理論的運用、鼓勵並歡迎年輕後進發表著作、電子郵遞論文、匿名評審、論文競賽、多講評、講評競賽、比較高的學術水準, 比較高的工作效率等等, 早已蔚為這些會議的共同特色。如此強自拋開成見, 雖膽大卻不妄為, 主張不顧情面的公平競爭而又能兼顧厚道, 放眼海峽兩岸三地, 這樣的學術會議還不多見。期許成為具有指標作用的學術活動, 提出真正公正公開的競爭模式,

以供學術界同道參考，促進研究風氣的改良，相信是主辦者和與會者的共同願望。

作爲多次會議的協辦人，我寧願用比較嚴苛的態度，對這次會議提出一些省察。首先，這次會議的主題是「香港八十年代文學現象」，深圳大學的吳予敏教授認爲，研討的內容廣泛，卻缺少焦點，這確是一針見血，看出問題的所在。以我的理解，主辦人黎教授早就洞悉這個問題，連同過去的幾場會議，黎教授在徵集文稿之前，對篇目範圍都有所規畫，可是格於能夠邀請出席爲發表人的某些條件所限，一時未易克服，我以爲今後的會議，籌辦的時間必須更從容些，集稿時要再多費些工夫，其實能籠罩會議全局、突出主題焦點的論文也不必太多，三分之一左右大概可以了，以免過度限制了發表人的專長揮灑，影響論文的水準。主辦人事前最好能周諮博議，集思廣益，爲大會的主題和焦點定出幾個必須的篇目，再分頭邀稿，情況必能改善。其次，近幾次會議都有一個現象，一般涉及作家或作品的實際評價之時，論文發表人大都溫柔敦厚，肯定者多，商榷者少，有時甚至乎「屈法申恩，吞舟是漏」，這樣雖符合傳統美德，卻不能免於過分「客氣」，對現代學術研究的要求，恐怕是頗有距離的吧？研究者理應服膺於眞理，沒有對所研究的對象多方迴護的義務。（上次有關柏楊著作的會議，這種情形尤其多見。）再就這個問題進一步思索，且容放肆直言，我覺得我們重視方法論的應用，但仍應考慮，避免以論文當作某些理論和批評方法的演示

(雖然那也是一種論文的寫法），而應回歸探索作者作品的意義與價值。以上的要求無疑是高標準，實行起來當有種種困難，而我仍願意誠心提出，以爲大會的策勵，期望將來繼續舉辦的會議能夠有所突破。

可能是由於風習關係，多次會議辦下來，我越發覺得參加者儘多熟面孔。據悉黎教授的計畫中，每年舉辦學術會議的次數，不下三四回，在香港要找那麼多有時間又願意共襄盛舉的學術人口，確實不大容易，可是我認爲參與面還是值得設法擴大，以增進會議內容的多元化，維持活潑的生命力，這一次深圳方面來了好幾位學者，頗使大會增添了新氣象，將來類似的邀請還須繼續，並且擴大辦理，尤其希望多邀請一些新面孔爲論文發表人。至於年輕的在學研究生，很有些能力卓越的人物，建議黎教授多方打聽邀請，讓他們有出人頭地的機會，畢竟，後學度越前輩，一代勝過一代，是學術長足進步的泉源，相信與會的年長學者們，也有雅量看到他們爭得論文競賽首席的。

說到論文競賽，累積過去的經驗，或者可以思考更周延的做法了。譬如說，增加匿名評審的人數，以平衡可能發生的偏好誤差，相對的要增加評審的時間，截稿的日期研究是否可以提前。總裁判可以換人，並不是說楊靜剛教授做得不好，而是有鑑於每個人的人脈都有限度，而匿名評審並不易覓，也難爲楊教授毽勉從公，一而再，再而三的爲大會賣命。又或者，總裁判可以增爲正副二人，各自推舉匿名評審。總之，是爲了使評審人的內涵有更多的面

向，提高評審結果的公信力，像這一次請到一位海外評審，就是很不錯的主意。其次，評分表的結構要不要改變？有沒有更好的給分標準？這些都是值得研究改進的。

這一次大會沒有選在香港大學校園內舉行，是新的嘗試，感覺上不錯。光華新聞文化中心地點適中，交通方便，樓下是有名的購物中心太古廣場，而會場則高高在上，遠隔塵囂，會議可以在寧靜悠閒中進行，就像光華中心的布置一樣，融繁華與沈實於一體，是很奇妙的組合，黎教授在此備見苦心。光華的江素惠主任，吳小姐，還有其他的工作人員，給予大會高效率和盡可能完善的協助，在在令人感動。稍覺遺憾的是，原擬申請的經費終究沒有下來，大會難免捉襟見肘，所幸經過相關人等的努力，會議還是圓滿達成了。未來舉辦的學術會議，如果經費充裕，我建議首先考慮增加會後交流活動，因為，在發表論文和講評的時間遭受高度壓縮這樣的會議模式之下，許多人都未能暢所欲言，如何補救？應該是大會優先處理的事。

對於促成大會順利進行的幾位幕後才子，我們是應該致以深深的敬意的，梁敏兒、白雲開、鄭振偉等諸位先生，儼然形成「黎家班」的班底，近年襄助黎教授辦了不少極佳的學術活動，現在，他們的處事能力更見靈活成熟，許多困難都可以舉重若輕，希望黎教授和他的班底繼續發展精進，成為海峽兩岸三地學人的是好橋樑。

摘要(編委會整理)

1. 首先，這次會議的主題是「香港八十年代文學現象」，深圳大學的吳予敏教授認爲，研討的內容廣泛，卻缺少焦點，這確是一針見血，看出問題的所在。

2. 據悉黎教授的計畫中，每年舉辦學術會議的次數，不下三四回，在香港要找那麼多有時間又願意共襄盛舉的學術人口，確實不大容易，可是我認爲參與面還是值得設法擴大，以增進會議內容的多元化，維持活潑的生命力，

3. 又或者，總裁判可以增爲正副二人，各自推舉匿名評審。總之，是爲了使評審人的內涵有更多的面向，提高評審結果的公信力，像這一次請到一位海外評審，就是很不錯的主意。其次，評分表的結構要不要改變？有沒有更好的給分標準？這些都是値得研究改進的。

4. 未來舉辦的學術會議，如果經費充裕，我建議首先考慮增加會後交流活動，因爲，在發表論文和講評的時間遭受高度壓縮這樣的會議模式之下，許多人都未能暢所欲言，如何補救？應該是大會優先處理的事。

附錄資料(八): 總結經驗的必要

■鄭振偉

鄭振偉(Chun-wai CHENG), 男, 1963年生於香港, 廣東潮州人, 香港大學中文系哲學博士。現職香港嶺南大學文學與翻譯研究中心研究統籌員, 負責行政及研究工作, 另爲該中心出版之《現代中文文學學報》及《嶺南學報》執行編輯。編有《當代作家專論》(1996)、《女性與文學》(1996), 另有單篇論文發表於學報及雜誌。

「香港八十年代文學現象國際學術研討會」是我的老師黎活仁教授繼今年(一九九九)六月十至十一日舉辦「柏楊思想與文學國際學術研討會」以後, 又一次親自策劃的大型學術活動。過去的幾次研討會, 黎老師都讓我加入籌委會, 得以循序漸進地學習和實踐; 至於紀錄每次會議的籌備過程的新思維, 也漸漸由弟子輪流執筆, 這次由我負責作一綜合, 能夠服其勞, 分擔老師繁重的工作, 也是份內的事。

一、感謝「光華新聞文化中心」的支援

是次會議，相信許多學者和與會的朋友，必定對光華新聞文化中心所提供的會場和後勤服務(茶點和複印等)，給予很高的評價。「光華」座落港島金鐘的商業地段，交通方便，場內設有展覽廳、視訊廳、圖書館和讀報室(訂有當天的二三十種港臺報紙)等；部分經過會場的市民，也給吸引進場聆聽，這一點對籌委會來說是意外的收穫。過去籌委會在香港大學辦過四次研討會，現在不妨就這些經驗作一比較:

撰 擇 場 地 要 件 比 較 表		
考慮要件	香 港 大 學	光華新聞文化中心
1.交通	對外校學者可能不很方便	座落地鐵金鐘站旁邊，十分方便
2.會場設施	因會場而定，高級的可能要收費	基本上具備開會的設施
3.所需費用	一般不收，設備好的日租四萬元	沒基金補助的話或可以不收費用
4.膳食	價錢和質量合適的食肆距離較遠	下面就有收費相宜的優質酒樓

5.休憩設施	可在校園散步和利用圖書館	太古廣場可方便外地旅客利用午膳後的空閒時間觀光購物
6.景觀	一般大學校園的風景，其實也不錯	在太古廣場四十樓，遠山林蔭盡收眼底，景觀極佳
7.影印設備	有些場地沒有影印機	影印十分方便，似也可拜託中心攝影師拍照
8.市民參與	不方便	可吸引前來讀報看展覽的市民旁聽
9.後勤服務	要及早規劃申請，其實也不錯	主動提供各樣配套支援，十分友善

以上九點，「光華新聞文化中心」都略佔優勢。籌委會在沒有得到「香港藝術發展局」的贊助，不想柳暗花明，若有神助，成就又一次的盛舉，合該在此向江素惠主任和吳敏華小姐表示深深的謝意！

二. 由「雙講評」制度發展爲「三四位講評」

「總結經驗的必要」，這一口號是瘂弦〈如歌的行板〉一詩的引伸出來的順口溜，事實上，每次學術會議總有可以改善的空間。

香港的「學術人口」不多，因此在上次的「柏楊思想與文學國際學術研討會」上，大會實施了「雙講評」制，這次再由「雙講評」再變爲多講評，有些文章更由四至五位學者講評，可惜部分學者臨行前因事未能前來參與，不然的話，當更爲熱鬧。

這次得到陳學超教授和張慧敏小姐的幫助，邀約到數位在廣東地區任教的學者前來擔任特約講評，開發了新的學術資源，容納各地的、更多的聲音，共析疑義。據知在「柏楊思想與文學國際學術研討會」得論文獎項的臺灣學者已把「雙講評」制推薦給在千禧年舉行的一些國際研討會。因此，我們有理由相信「三四位講評」這一實驗，也可以出口或轉內銷。很多朋友都告訴我，是先飽覽幾篇講評，才費神拜讀長長的原作，人同此心，足見講評具集思廣益，提示研閱角度的優點。

三. 每場設「責任編輯」的新思維

過去幾次會議的籌備工作，主要都是黎老師一力承擔，這次把人力重新整合，將各場會議的論文編校工作交各場的「責任編輯」，至於論文則由撰述者直接轉交負責講評的學者；此舉無疑避免了工作量過於集中的情況，且可以發揮團隊的力量。當然，這一構想，是基於各與會者已經熟習會議操作的假設；是次嘗試仍有不協調的情況出現，到籌備中段，已明白由各場「責任編輯」集中處理較爲便

捷。除此之外，各場設「責任編輯」編輯的制度實在相當
不錯的。

四. 預作出版規劃

是次會議共收到十六篇論文，約一半的講評也在會前
陸續收到；而且出版所需的小傳、相片、英文摘要等，均
能提前備好，比較理想。最值得記一筆的，是龔鵬程校長
為大會聯絡了臺灣的學生書店，建立了互惠互利的合作模
式，而與會者也踴躍支持訂購，相信論文集可在會後很短
時間內問世。

五. 互聯網的應用

會議的通訊、程序表、與會者的資料、論文的格式、
其他相關的資料等等，都嘗試掛在互聯網上；由於過去以
電子郵件附件發送消息的方式，曾導致各人帳戶限額爆滿，
因此，互聯網不失為電子郵件(e-mail)的補充。通訊工作到
了中期稍為慢下來，是由於負責的工作人員也在忙於編校，
黎老師也因為母親在外地急病入院，要到前往看望，希望
趁這個機會致歉。以下嘗試把過去三次(「中國小說研究與
方法論國際研討會」、「柏楊思想與文學國際學術研討
會」、「香港八十年代文學現象國際學術研討會」[本次會
議])的會議設計以表列的方式作一評估：

會議設計	小說研究 99.3.26-27	柏　　　楊 99.6.11-12	八十年代 99.12.2-3
雙講評	沒有	設雙講評	講評多至四位
責任編輯	負責會後編校論文	同左	每1場設1位,預先把論文排版校對
網頁應用	沒有	開始應用	較前次為理想
會場論文集的設計	有論文和講評，程序表和與會學者名單另印單張	同左	所有資料合為一冊,增添籌辦理念、歷次研討會的回顧、籌委經驗的總結和研討會相關資料
論文提要等的翻譯	作者提供	部分作用提供	籌委會委託專人翻譯

出版計劃	已申請了經費，由香港大學亞洲研究中心出版	由臺灣遠流出版公司出版	以作者認購若干冊的方式解決經費，由臺灣學生書店出版
估計出版周期	會後一年	會後九個月	會後兩個月內
膳食	好像不很理想	優質、晚宴得到贊助	優質、午膳得到贊助

從表列各點來看，研討會的管理仍然有相當程度的提升，特別是多講評制度、優質膳食和出書方面，最讓與會學者受惠。

有意見認為會議是給來自各地的學者研討的好機會，但短短的三數天和十數分鐘的發言，究竟該如何研討？我認為研討的過程可以逆向推進至會前的參與。現在資訊科技的水平，已容許我們把所有的論文和講評掛在互聯網上。假如與會者都能在會前都把所有的論文看完，把所有的講評消化，我相信臨場的發言將會更有深度。假如將來每個與會者都有私人網頁，都可以把自己的論文掛在自己的網頁上，籌委只須把主網頁管理好，提供覽閱網址的互連鏈(link)就可以了，相信這一構思也將陸續得到實現。

六. 研究生也能問鼎獎項

　　限制研究生參加是學術研討會的「馬其諾防線」，看下列的表，不如鼓勵「不設防」，讓學者處於高度戒備狀態，反而可以自強不息，續領風騷。過去辦過三次評獎，其中兩次是研究生拿冠軍的：

	小說研究	柏楊	八十年代
冠軍	李志宏(臺清華研究生)	張堂錡(政治)	陳岸峰(香港科大研究生)
亞軍	朱耀偉(浸會)	劉季倫(輔仁)	鄭振偉(嶺南)
		張素貞(臺北師大)	曾焯文(理工)
季軍	周建渝(新加坡)	向陽(靜宜)	梁麗芳(阿伯特)
	劉慎元(南華研究生)		朱耀偉(浸會)

另一方面，個別學者認爲論文長度宜劃一，否定篇幅較長內容自然較豐富，不加限制的話，論文變得愈來愈長，對會前會後的編輯校對、印製現場派的論文集和將來出書，都有影響，現在據當日派發的論文集作一統計，看看其中的情況：

	作　　者	論　文　篇　　名	初稿	出書
1	龔鵬程	〈從臺灣看八〇年代的香港文化〉	27	27
2	郭冠廷	〈八十年代兩岸三地文學思潮的回顧〉	29	29
3	孫以清	〈林行止政經評論──1989年〉	19	19
4	曾焯文	〈《洛麗桃》與《圓舞》：兩本兒童性愛小說〉	132	37
5	梁麗芳	〈八十年代的《爭鳴》與中國當代文學的互動〉	28	28
6	梁敏兒	〈都市文學的空間：八十年代的《秋螢詩刊》〉	38	38
7	鄭振偉	〈給香港文學寫史：論八十年代的《香港文學》〉	27	27
8	白雲開	〈「六四」香港詩作初論〉	31	31
9	劉慎元	〈試論余光中「香港時期」的創作風貌〉	35	35
10	鄧昭祺	〈「修竹園」詩管窺〉	40	40
11	莫雲漢	〈王韶生教授詩述介〉	30	30

12	黎活仁	〈取消故事與情節的小說: 西西〈假日〉的分析〉	28	28
13	劉自荃	〈浮城的符象閱讀〉	14	27
14	陳岸峰	〈互涉、戲謔與顛覆:論李碧華小說中的「文本」與「歷史」〉	49	49
15	朱耀偉	〈同途殊歸:八十年代香港的中西比較文學〉	27	27
16	張慧敏	〈試評小思八十年代的研究〉	35	35
17	余麗文	〈也斯說故事: 越界的迷思)	25	25

其中一篇, 送「匿名評審」時達132頁, 內裡參考書目達14頁, 因印刷經費所限, 刪為35頁; 最短的一篇只14頁, 應籌委會要求增訂為27頁。看上面的數字, 論文長度不多於30頁, 30頁之中參考書目不多於3頁, 是合理的方案。

七. 會前有太多未能預期的突發事件

關於各場會議的時間控制, 可謂十分理想。但不得不承認的是, 場刊和時間表, 由於會前有太多調動, 出現一些狀況。會議未能獲得「香港藝術發展局」撥款資助, 是個別外地學者缺席的一個原因; 發生於九月的臺灣「集集大地震」和十月臺

735

灣嘉義五級餘震，再度使決定前來共襄盛舉的朋友臨時改變行程，原本周詳的規劃，不得不一再修訂，至於負責講評的學者，也因遭逢多番更變，課務或公務未能如預期配合，無法赴會。謹在此作一說明，並致歉意。

　　黎老師很早在電子郵件的籌備通訊上決定了一些共同致力完成的工作指標，現在也不妨檢討一下：

設　定　的　指　標	執　　行　　情　　況
1. 包括論文水平要高；	1. 這一點可好像基本上已達到，詳裁判報告；
2. 行政效率要達到100分(準時開始、準時結束等等)	2. 黎老師在會後「後續通訊」的自我評估是85分；準時開始、準時結束等大概沒問題；
3. 所有講評都在會前寫好，收進在會場派發的論文集；	3. 大概有一半左右未能收在會場派發的論文集，原因是論文遲交、講評者工作太忙、不熟悉怎樣使用電腦傳送檔案、不適應大會快速的節奏等；
4. 籌委會報告希望收錄在場刊；以總結經驗；	4. 已達到指標；

5. 邀請朱教授撰寫〈香港大學幾次國際學術會議的回顧〉,以提示未來發展的方向;	5. 朱教授很早就交了稿;
6. 最後一場的「觀察報告」希望能夠在會場派發;	6. 手提電腦發生故障,未能如願;
7. 「顧問報告」(評估這次會議的水準)在會後一星期內完稿,	7. 在會後的十七天(十二月十九日)交稿;
8. 也準備邀約外地學者發表書面的觀感,用以促進學術交流。	8. 會後記邀請了深圳的吳予敏教授、南華大學的劉慎元先生撰寫「會後記」。

八. 反思與展望

一份會後報告認為這次「新面孔」太少,其實16篇論文作者之中,有8位是第一次在籌委會舉辦的學術會議發表論文的(敬稱略: 孫以清、郭冠廷、梁麗芳、曾焯文、莫雲漢、劉自荃、陳岸峰和張慧敏),剛佔半數,至於成為骨幹的也不是每次都發表論文,如鄧昭祺、白雲開、鄭振偉(敬稱略)等屬之,以舊人帶新人比較容易辦事,太多「新面

孔」則恐怕不易處理。籌委會在千禧年四月舉行的「明清
文學國際研討會」，已報名學者近四十之譜，一九九九年
九月開始籌備，如獲撥款的話，合辦單位可能近十個，與
會者大部分都是「新面孔」，這將是籌委會的一個嚴峻的
考驗。

籌備八個月，周期不可謂不長，大部分學者是否因此
改變急就或臨急抱佛腳的性格呢？我想也不可能。最重要
的還是建設監控學術水準的遊戲規則。

研討會總有一個主題，譬如每年都有全國性的唐詩研
討會，舉凡與唐詩這一主題有關的題目，都是適用的範圍，
唐詩研討會之中另立「焦點」當然可以集思廣益，但不是
唯一的方法，而且也不流行，因此認為「香港八十年代文
學現象國際學術研討會」沒有「焦點」，則可以引同樣的
道理以為解釋。況且，要另立「焦點」跟「後現代」的「去
中心」不無矛盾之處。(1999年12月18日)

1.　「光華新聞文化中心」地點吸引市民進場聆聽；

2.　「三四位講評」這一實驗也可以出口或轉內銷；

3.　各場設「責任編輯」編輯的制度實在相當不錯；

5.　管理方面在多講評制度、膳食和出書有所提升；

6.　限制研究生參與是研討會的「馬其諾防線」；

7.　論文長度照學生書店的格式排版後不應多於30
　　頁，30頁之中參考書目不應多於3頁。

　　　　　　　　　　　　　　——摘要(編委會整理)

附錄資料(九): 其他相關資料

■編委會

一.	「香港八十年代文學現象國際學術研討會」本地學者交註冊費港幣1,000元; 外地學者免註冊費;
二.	召集人: 黎活仁(香港大學中文系)
三.	主辦: 香港大學亞洲研究中心 合辦: 光華新聞文化中心(會議舉行地點) 合辦: 佛光大學(代表人: 龔鵬程校長) 合辦: 嶺南大學文學與翻譯研究中心(代表人:劉靖之教授) 合辦: 香港公開大學人文社會科學院(代表人: 林憶芝教授)
四.	個人名義「協辦」: 劉漢初教授(臺北師範學院語文學系) 個人名義「協辦」: 鄧昭祺教授(香港大學中文系) 個人名義「協辦」: 朱偉耀教授(香港浸會大學中文系)

五.	團體和個人「合辦」與「協辦」的目的如下:
	(1). 「合辦」和「協辦」者協助邀約境外各地學者與會,或作「匿名評審」,整合各院校的人力資源;
	(2). 召集人與「合辦」單位和「協辦」者建立互信關係,致力長期跨地區的學術交流;
	(3). 總結經驗之後,下一次將透過「合辦」和「協辦」者邀約臺北隊、臺中隊、佛光隊、星加坡隊、廣東隊、香港 A隊(老師)、香港 B隊(研究生)作隊際 「良性互動」,提升學術會議文化;
六.	舉辦日期: 1999年12月2-3日(星期四、星期五);
七.	研討會舉行地點:光華新聞文化中心 (香港金鐘道88號太古廣場第1座40樓)
八.	整個計劃完成日期:研討會論文集通過「匿名評審」,統一論文格式,加上插圖,然後出版,約於2000年1月完成;
九.	籌委會通訊:大會將會以電子郵件發出通訊,報導籌辦進度,直至論文集出版爲止;
十.	主題演講:龔鵬程教授(佛光大學校長);
	觀察報告:郭冠廷教授(南華大學亞太研究所)、孫以清教授(南華大學亞太研究所)
	裁判:楊靜剛教授(香港公開大學人社及社會科學院)
	顧問報告:劉漢初教授(臺北師範學院語文學系)
十一.	大會委任余麗文小姐爲英文秘書;

十二.	籌備委員會: 黎活仁(召集人)、龔鵬程(合辦)、劉靖之(合辦)、劉漢初(協辦)、鄧昭祺(協辦)、朱耀偉(協辦)、林憶芝(合辦);
十三.	執行編輯: (負責排版校對, 敬稱略) 黃耀堃、梁敏兒、朱耀偉、鄭振偉、洪濤、余麗文、陳惠英。
十四.	學術會議常被譏評為 「廟會」 或「消化預算」的「儀式」, 因此設定多重「學術監控」遊戲規則: (1). 設立學術論文獎, 從另一角度來看, 對「提升教授」(升等), 申報學術成就提供了方便; (2). 試辦「臺灣香港隊際比賽」, 作「良性互動」; 隊際比賽設第一、二名, 方便申報學術成就; (3). 把論文和講評在會前以電郵及上網方式公布, 一起進行監控; (4). 論文送交(境內或境外)兩位「匿名評審」作學術審查,然後出版;
十五.	將以「匿名評審」方式給論文和講評稿評分, 作「良性互動」, 提升論文水準; (1). 各獎不設獎金獎品; (2).「評審人」兩位, 由大會「裁判」楊靜剛教授邀約; (3).「評審人」姓名絕對保密; (4).作者的名字將先刪除然後送「評審人」。
十六.	論文一等獎 論文二等獎 論文三等獎	80分以上(達給水準就給獎) 75-79分以上(達給水準就給獎) 70-74分以上(達給水準就給獎)

十七.	論文總成績獎 隊際賽	冠軍一名、亞軍一名、季軍一名 取論文評審平均分
十八.	論文評審標準	「內容的豐富程度」佔33%, 「內容的邏輯推理」佔33%, 「創意」佔33%;
十九.	講評優異獎	「針對文章作出批評」(33%), 「提供建設性意見」(33%), 文筆(33%);
二十.	配合兩岸三地研究院的發展, 撥出名額給研究生, 這次有南華大學和香港科技大學的研究生參加; 研究生的理論訓練很好, 比較有時間寫論文, 可作「良性互動」;
廿一.	沒有依學術規範寫作的論文, 特別是沒有注釋, 沒有頁碼等等, 將不獲送審, 又論文字數約一萬二千, 限於經費, 太長(二三萬字)也不在考慮之列;

廿二.	發言守則:
	(1). 與會者已在網頁上看過論文, 因此「宣讀論文」約佔5分鐘;
	(2). 「特約講評」時間約10分鐘, 「講評」已在網頁上發表, 因此時間不宜太長;
	(3). 如設「雙(或三四位)特約講評制」, 則宣讀論文時間取消, 請「論文發表人」以點列的方式, 摘要列出要發言的10到15點, 大會將附錄於場刊;
	(4). 開放討論, 每位發言不超過3分鐘;
	(5). 然後由「論文撰述人」或「特約講評」回應;
	(6). 每一場的「責任編輯」將紀錄來賓發言, 附錄於論文集。

香港八十年代文學現象國際學術研討會

程序表

	1999年12月2日(星期四)
9:00- 9:20	報到(地點): 光華新聞文化中心 (香港金鐘道88號太古廣場第一座40樓).
9:20- 9:30	開幕式: 中華旅行社 鄭安國總經理 嘉賓致辭: 光華新聞文化中心 江素惠主任
	宣誓儀式 「大會召集人」黎活仁
	誓詞:「大會委託香港公開大學楊靜剛教授擔任裁判, 本人不知道『匿名評審』姓名, 又爲維護學術公平公正, 沒有參與審查過程, 此誓。」
	「大會裁判」楊靜剛教授:
	誓詞:「大會委託本人擔任『裁判』, 至感榮幸, 評獎和審查過程絕對保密, 維護公平公正原則,此誓。」
	全體與會學者合照留念
9: 30-10:40	第一場: 主題演講
	主席: 李志文(珠海書院文史研究所)
	[責任編輯: 鄭振偉博士]

	佛光大學校長龔鵬程教授(30分鐘)
	講題:〈從臺灣看八〇年代的香港文化〉
	特約回應: (楊宏海, 深圳市區文化研究中心, 10分鐘; 李志文, 珠海書院文史研究所, 10分鐘; 朱耀偉, 香港浸會大學中文系, 10分鐘)
10:40-12: 00	第二場 八十年代文化思潮、文化批評
	[責任編輯: 梁敏兒博士]
	主席: 龔鵬程（佛光大學校長）
	郭冠廷(佛光大學亞太研究所):〈八十年代兩岸三地文學思潮的回顧〉
	(三講評: 吳予敏, 深圳大學大眾傳播系; 毛少瑩, 深圳市區文化研究中心; 劉自荃, 香港理工大學通識教育中心)
	孫以清(佛光大學亞太研究所):〈林行止政經評論—1989年〉
	(雙講評. 林憶芝, 香港公開大學人文及社會科學院; 魏甫華, 深圳市區文化研究中心)
	曾焯文(香港理工大學中文及雙語學系):〈《洛麗桃》與《圓舞》——兩本兒童性愛小說〉
	(四講評: 孫以清, 南華大學亞太研究所; 盧偉力, 香港浸會大學電影電視系;劉自荃, 香港理工大學通識教育中心; 余麗文, 香港大學亞洲研究中心研究助理)
12:00-2:30	午膳

2: 30-3:35	第三場 刊物
	[責任編輯: 鄭振偉博士]
	主席: 楊宏海(深圳市區文化研究中心)
	梁麗芳(阿伯特大學東亞系): 〈八十年代的《爭鳴》與中國當代文學的互動〉
	(三講評: 璧華, 著名評論家; 盧偉力, 香港浸會大學電影電視系; 陳以漢, 香港大學專業進修學院社會及教育學部)
	梁敏兒(香港教育學院中文系): 〈都市文學的空間: 八十年代的《秋螢詩刊》〉
	(三講評: 魏甫華, 深圳市區文化研究中心; 陳德錦, 嶺南大學中文系; 劉偉成, 浸會大學中文系)
	鄭振偉(嶺南大學文學與翻譯研究中心): 〈給香港文學寫史——論八十年代的《香港文學》〉
	(三講評: 鄭煒明, 澳門大學中文系; 陳德錦, 嶺南大學中文系; 毛少瑩, 深圳市區文化研究中心)
3:35- 5:00	第四場 新詩
	[責任編輯: 梁敏兒博士]
	主席: 鄧昭祺(香港大學)
	白雲開(香港教育學院中文系): 〈「六四」香港詩作初論〉

	(四講評: 梁麗芳, 阿伯特大學東亞系; 陳以漢, 香港大學專業進修學院社會及教育學部, 劉偉成, 浸會大學中文系研究生; 陳岸峰, 香港科技大學研究生)
	劉慎元(佛光大學): 〈試論余光中「香港時期」的創作風貌〉
	(兩講評: 梁敏兒, 香港教育學院中文系; 陳學超, 香港教育學院中文系)
	不設晚宴, 讓各位自由訪友、購物或觀光
	1999年12月3日(星期五)
9:00- 10:15	第五場 古典文學研究、詩詞創作
	[責任編輯: 白雲開博士]
	主席: 楊靜剛(香港公開大學)
	鄧昭祺(香港大學中文系): 〈「修竹園」詩管窺〉
	(雙講評: 黃耀堃, 香港中文大學中文系; 劉漢初, 臺北師院語文學系)
	莫雲漢(珠海書院中文系): 〈王韶生教授詩述介〉
	(雙講評: 龔鵬程, 佛光大學校長; 黎活仁, 香港大學中文系)
10:15-10:30	茶點
10:30-11:30	第六場 文學創作(小說、散文)
	[責任編輯: 白雲開博士]
	主席: 朱耀偉(香港浸會大學中文系)

	黎活仁(香港大學中文系):〈取消故事與情節的小說:西西〈假日〉的分析〉
	(三講評:陳學超,香港教育學院中文系;吳予敏,深圳大學新聞系;魏甫華,深圳市區文化研究中心)
	劉自荃(香港理工大學通識):〈浮城的符象閱讀〉
	(三講評:孫以清,佛光大學亞太研究所;余麗文,香港大學亞洲研究中心研究助理;毛少瑩,深圳市區文化研究中心)
	陳岸峰(香港科技大學人文學部):〈互涉、戲謔與顛覆:論李碧華小說中的「文本」與「歷史」〉
	(四講評:郭冠廷,佛光大學亞太研究所;劉自荃,香港理工大學通識教育中心;陳惠英,嶺南大學中文系;余麗文,香港大學亞洲研究中心)
11:30-2:00	午膳
2:00-3:00	第七場 文學批評
	[責任編輯:鄭振偉博士]
	主席:劉漢初(臺北師範學院語文學系)
	朱耀偉(浸會大學中文系):〈同途殊歸:八十年代香港的中西比較文學〉

	(三講評: 龔鵬程, 佛光大學校長; 尹昌龍, 深圳市區文化研究中心; 洪濤, 香港城市理工大學)
	張慧敏:〈試評小思八十年代的研究〉
	(三講評: 吳予敏, 深圳大學新聞系; 黎活仁, 香港大學中文系)
	余麗文(香港大學亞洲研究中心):〈也斯說故事: 越界的迷思)
	(雙講評: 白雲開, 香港教育學院中文系; 朱耀偉, 香港浸會大學中文系)
3:00-4:00	第八場 總結發言
	主席: 劉靖之(嶺南大學文學與翻譯研究中心主任)
	觀察報告: 郭冠廷(南華大學亞太研究所)、孫以清(南華大學亞太研究所)
	宣佈獎項: 楊靜剛(香港公開大學人文社會科學院)

附錄資料(十): 參與學者簡介

主題演講嘉賓

GONG

龔鵬程(Peng Cheng GONG), 男, 1956年生, 江西省吉安縣人,
臺灣師範大學國文研究所博士, 現為佛光大學校長(1996
年起)。 著有《龔鵬程四十自述》(1996)、《晚明思潮》
(1994)、《近代思想史散論》(1992)、《1996龔鵬程年度學
思報告》(1997) 、《1997龔鵬程年度學思報告》(1998)等
數十種。

論文撰述人

BAI

白雲開(Wan Hoi PAK), 男, 廣東南海人。加拿大多倫多大學博
士。現任教於香港教育學院中文系。著有〈穆時英小說的
男性形象〉(1998),〈穆時英小說的女性形象：現代型女性〉
(1998),〈中國現代派小說的現代感〉(1997)。

CHEN

陳岸峰 (Ngon Fung CHAN), 男, 現爲香港科技大學人文學部
　　博士研究生。著有:〈解讀《香港情與愛》與〈浮城誌異〉
　　中的香港〉 (1998) 及〈亂世、「大話」與「小」說〉——
　　論張愛玲「小」說在現代文學史上的意義〉 (1998)。

　　DENG

鄧昭祺(Chiu Kay TANG), 男, 1948年生於香港, 廣東三水人。
　　香港大學哲學博士。曾任教於澳門東亞大學、亞洲國際公
　　開大學、新加坡國立大學(兼任)等, 現爲香港大學中文系助
　　理教授。著有《元遺山論詩絕句箋證》(1993)。

　　GUO

郭冠廷 (Kuan-ting KUO) , 男, 1960年生, 臺北市人,　德國弗
　　萊堡 (Freiburg) 大學政治學博士, 現爲南華大學亞太研究
　　所副教授。著有《周易的政治思想》(1988), "Die chinesische
　　Buerokratie in der Zeit der Kulturrevolution: 1966-1976"
　　(1996)、《日本國防政策與亞太安全》(1999)等。,

　　LI

黎活仁(Wood Yan LAI), 男, 1950年生於香港, 廣東番禺人。
　　京都大學修士, 香港大學哲學博士。北京大學法律學學士,
　　現爲香港大學中文系副教授。著有《盧卡契對中國文學的
　　影響》(1996)、《林語堂瘂弦簡媜筆下的男性和女性》(1998)
　　等。

　　LIANG

梁麗芳(Lai Fong LEUNG), 女, 1948年生, 在香港完成中學教
　　育, 加拿大英屬哥倫比亞大學東亞系博士, 現爲阿伯特大

751

學副教授, 加華作協會長。《柳永及其詞之研究》(1985)、
《從紅衛兵到作家: 覺醒一代的聲音 / 梁麗芳著》(1993)

梁敏兒(Man Yee LIANG), 女, 1961年生於香港, 廣東南海
人。香港大學文學學士、哲學碩士, 京都大學文學博士。
現為香港教育學院中文系講師。著有〈犧牲與祝祭: 路翎
小說的神聖空間〉(1999),〈鄉愁詩的完成: 余光中的詩與
香港〉(1999)。

LIU

劉慎元(Shen-yuan LIU), 男, 1970年生於臺灣, 山東嶧縣人。高
雄師範大學文學士, 現就讀南華大學文學研究所碩士班。
曾獲梁實秋文學獎譯詩組第二名(1998)。

劉自荃(Paris LAU), 男, 香港人, 倫大東方學院博士候選人,
曾任香港樹仁學院英文系系主任及高級講師, 現時任教於
香港理工大學通識教育中心, 譯作包括《解構批評》,《後
現代主義的政治學》,《逆寫帝國》等.

MO

莫雲漢(Wan Hon MOK), 1954年生於香港, 廣東雲浮人, 珠海
書院文史研究所文學博士, 現為珠海書院中文系副教授,
著有《一路生雜草》(詩集), 研究範圍包括清代常州派詞學
等。

SUN

孫以清(Yi-ching SUN), 祖籍安徽壽縣, 1957年生於臺北。中國
文化大學俄文系學士。德州大學（U of Texas at Austin)政
治學博士, 著有 *U.S Arms Transfer policy during the Cold*

*War Years*及《美中台三角關係的再省思》等文。現任南華
大學亞太所助理教授。

YU

余麗文(Lai Man YEE) 女, 1975年生, 香港大學畢業(1998)。英
　國Warwick大學碩士, 現爲香港大學亞洲研究中心研究助
　理。曾發表〈蔡源煌《錯誤》的壓抑與解放觀〉(1998)、
　〈香港的故事: 也斯的後殖民話語〉(1999)、〈歷史與空間:
　董啓章《V城繁勝錄》的虛構技法〉(1999)等論文數篇。

ZENG

曾焯文(Chapman CHEN), 香港中文大學英文榮譽學士, 翻譯
　碩士, 香港城大學文學博士。曾專業翻譯多年, 現任香港理
　工大學中文及雙語學系助理教授, 著有《香港性經》(1998),
　《達夫心經》(1999)等。

ZHANG

張慧敏(Hui Min ZHANG), 女, 北京大學中文系碩士, 現在香
　港中文大學攻讀博士。原北京工作單位是中國藝術研究院
　中國文化研究所。曾主編《二十世紀中國女性文學精粹》
　（1998）, 發表〈黃國彬詩三首分析〉（1998）,〈他者的
　話語——本雅明理論分析〉（1996）,〈艱難的跋涉——
　大陸女性文學分析〉（1995）等。

ZHENG

鄭振偉(Chun-wai CHENG), 男, 1963年生於香港, 廣東潮州人,
　香港大學中文系哲學博士。現職香港嶺南大學文學與翻譯
　研究中心研究統籌員, 負責行政及研究工作, 另爲該中心

753

出版之《現代中文文學學報》及《嶺南學報》執行編輯。
編有《當代作家專論》(1996)、《女性與文學》(1996)等。

ZHU

朱耀偉(Yiu Wei CHU), 男, 1965年生, 香港中文大學比較文學
博士, 現任香港浸會大學中文系助理教授, 著有《後東方主
義》、《當代西方批評論述的中國圖象》、《他性機器？
後殖民香港文化論集》、《香港流行歌詞研究》等。

小組主席、特約講評人、大會裁判

BI

璧華(Bi Hua), 原名紀馥華, 男, 筆名璧華、懷冰等, 福建福清
人, 1934年生於印尼萬隆市, 山東大學中文系畢業, 香港大
學哲學碩士, 現任麥克米倫出版(香港)有限公司中文總編
輯, 著有《意境的探索》(1984)、《中國新寫眞主義論稿二
集》(1992)。

CHEN

陳德錦(Tak Kam CHAN), 男, 廣東新會人, 1958年生於澳門,
香港大學中文系碩士。 現任教於香港嶺南大學中文系, 著
有《如果時間可以》(1992), 《文學散步》(1993) , 《邊緣
回歸》(1997)等。

陳惠英(Wai Ying CHAN), 女, 香港大學碩士、博士研究生。
曾任職電視台、報社, 現在香港嶺南大學中文系任講師。
從事現代文學研究, 並有創作。作品包括《遊城》(1996)、

《感性　自我　心象—中國現代抒情小說研究》(1996)
等。

陳學超(Xue Chao CHEN), 男，北京師範大學文學博士。曾爲
日本名古屋學院大學, 中國西北大學中文系教授、現任教
於香港教育學院中文系。著有《認同與嬗變》（1994)、
《中國現代文學思潮史》（1995 ）等。

陳以漢(Yee Hon CHAN), 男, 1949年生, 廣東省大埔縣人, 美
國密蘇里大學新聞學碩士, 任職美港記者編輯多年, 現爲
香港大學專業進修學院教學顧問。

　　HONG

洪濤(Tao HUNG), 男, 福建晉江人。香港大學文學士、哲學碩
士。現爲香港城市大學講師。撰有《紅樓夢衍義考析》、
「《紅樓夢》英譯評議」系列論文、「俞平伯紅學遺稿評
議」系列論文。

　　HUANG

黃耀堃(Yiu Kwan WONG)。1953年生於澳門。大學畢業於香
港中文大學中國語言及文學系, 並在日本京都大學文學部
取得文學碩士及文學博士學位。現任職香港中文大學中國
語言及文學系。著有《音韻學引論》及《論銳變中的香港
語文》等。

　　LI

李志文（Chee Man LEE ）, 男, 1949年生於香港, 廣東東莞人。
國立臺灣大學中文系畢業, 香港珠海書院文學博士, 香港
中文大學教育文憑, 現任香港珠海書院文史研究所教授。

LIN

林憶芝(Lam Yik Chi LAM), 女, 香港中文大學文學士(1987)、
　教育文憑(1991)、哲學碩士(1994), 香港浸會大學哲學博士
　研究生。現任職香港公開大學人文社會科學院。

LIU

劉漢初(Hon Chor LAU), 廣東南海人, 1948年生於香港, 國立
　臺灣大學中國文學博士, 現任教於國立臺北師範學院語文
　教育系、國立清華大學中國文學系, 專研六朝文學與唐宋
　詩詞。

劉靖之(Ching-chih LIU), 香港大學哲學博士。現爲香港嶺南大
　學翻譯系教授、兼文學與翻譯中心主任。編、著有音樂專
　論文集十五部, 古典文學研究專著兩部, 翻譯論文集十部,
　近著爲《中國新音樂史論》(1998)。

劉偉成(Wai Shing LAU), 男, 香港浸會大學中文系碩士研究
　生。著有詩集《一天》(1995), 即將出版詩集《感覺自燃》。

LU

盧偉力(Wai Luk LO), 男, 1958年生於香港, 1987年赴美國進修,
　得新社會研究學院媒介碩士, 紐約市立大學戲劇博士, 現
　爲香港浸會大學傳理學院電影電視系助理教授, 參與戲劇
　活動二十多年, 亦寫詩, 有《我找》(詩集)、《紐約筆記》
　(多文體合集)等。

MAO

毛少瑩(Shao Ying MAO), 女, 深圳市特區文化研究中心助理
　研究員。哲學碩士, 1994年畢業於廣州中山大學哲學系西方

哲學專業。曾發表論文〈香港普及文化初探〉、〈十九世
紀香港文化一瞥〉等論文l0餘篇。現主要從事大衆文化研
究及倫理學研究。

PAN

潘露莉(Dory POA), 女, 菲律濱中正學院中國文史學士, 菲律
濱大學亞洲研究碩士, 美國斯丹佛大學中國現代文學博
士。現爲香港教育學院中文系講師。

YANG

楊靜剛(Ching Kong YEUNG), 男, 1953年生。1975年香港中文
大學榮譽文學士; 1977年中文大學哲學碩士; 1984年澳洲
國立大學哲學博士。現任香港公開大學人文社會科學院副
教授。曾發表學報論文多篇。

WEI

魏甫華(Puhua WEI), 男, 1971年出生於湖南邵陽, 現爲深圳市
特區文化研究中心研究人員, 1998年畢業於中山大學哲學
系, 獲哲學碩士; 現在主要研究課題是香港、深圳文化與社
舍的比較與發展, 論文有〈怨恨、市民倫理與現代性〉、
〈資本主義的死亡〉、〈市場經濟一定會導向民主主義嗎〉
等。

WU

吳予敏(Yu Min WU), 1954年生, 西北大學中文系碩士, 中國
社會科學院文學研究所文學博士(1989), 現爲深圳大學傳
播系教授、系主任, 著有《美學與現代性》、《無形的網
絡──從傳播學角度看中國傳統文化》。

YANG

楊宏海(Hong Hai YANG), 男, 廣東梅州人, 1951年出生, 深圳
　　大學中文系研究生畢業, 深圳市特區文化研究中心主任,
　　文學副研究員, 兼職有深圳市專家協會副秘書長、深圳市
　　作家協會文學評論委員會副主任、編著有《文化深圳》、
　　《內地與香港: 比較文化的視野》等。

YIN

尹昌龍(Chang Long YIN), 男, 1965年出生。文學博士, 畢業於
　　北京大學中文系, 現當代文學專業。發表多篇關於當代文
　　學與文化的研究論文, 已出版學術兩部, 《1985: 延伸與轉
　　折》(1998)、《重返自身的文學: 當代中國文學實踐中的話
　　語類型考察》(1999)。對香港文學和文化頗爲關注, 並發表
　　關於香港移民文化研究等論文。現工作於深圳市特區文化
　　研究中心, 任副主任, 副研究員。

YU

于昕(Yan YU), 男, 1972年生, 香港大學哲學碩士。現任職香港
　　城市大學中國文化科目中心。已發表的論文有〈讀《詩風·
　　屈原專號》〉, 載《香港新詩的「大敘事」精神》。

ZHENG

鄭煒明(葦鳴, Wai Ming CHENG), 中央民族大學語言民族學
　　博士, 現任澳門大學中文學院講師。

國家圖書館出版品預行編目資料

香港八十年代文學現象

Literary phenomena of Hong kong in the eighties

黎活仁等總編輯.— 初版.— 臺北市：臺灣學生，
2000[民 89]

ISBN 957-15-1001-7 (一套：精裝)
ISBN 957-15-1002-5 (一套：平裝)

1.香港文學 – 論文，講詞等

863.207   89001746

香港八十年代文學現象 （全二冊）

總　編　輯：黎活仁、龔鵬程、劉漢初、黃耀堃
第一冊主編：朱　耀　偉　、　白　雲　開
第二冊主編：鄧昭祺、梁敏兒、鄭振偉
出　版　者：臺　灣　學　生　書　局
發　行　人：孫　　　善　　　治
發　行　所：臺　灣　學　生　書　局
　　　　　　臺北市和平東路一段一九八號
　　　　　　郵政劃撥帳號00024668號
　　　　　　電　話：(02)23634156
　　　　　　傳　真：(02)23636334
本書局登
記證字號：行政院新聞局局版北市業字第玖捌壹號
印　刷　所：宏　輝　彩　色　印　刷　公　司
　　　　　　中和市永和路三六三巷四二號
　　　　　　電　話：(02)22268853

　　　　　　精裝新臺幣八四〇元
定價：平裝新臺幣七〇〇元

西　元　二　〇　〇　〇　年　三　月　初　版